연세 한국어 6

연세대학교 한국어학당 편

연세대학교 대학출판문화원

前言

　　在韓國享譽盛名的延世大學韓國語學堂擁有韓國語教育 50 年的優良傳統，曾為韓語教學編著許多優質的教材。近來，由於全世界人民對韓國和韓國文化的關心程度不斷提高，致力於學習韓語的海外人士也大幅增加，於此同時，學生對於韓語教材的要求也不斷變得更多元化。因此延世大學韓國語學堂針對多樣化的學生，出版本系列教材，不僅可以培養韓語能力，同時也可以了解韓國文化。

　　延世大學語言研究院韓國語學堂出版的此教材共有六冊，分別是為了韓語初學者而設計的「最權威的延世大學韓國語 1、2」，為了中級韓語學習者設計的「最權威的延世大學韓國語 3、4」，以及為了高級韓語學習者設計的「最權威的延世大學韓國語 5、6」。每本教材的內容皆依據學習者們在不同階段的韓語能力，幫助學習者集中提升各種類型的溝通能力。

　　《最權威的延世大學韓國語》教材的內容，不僅包括以不同韓語學習階段所要求的內容為主題的會話，以及對語彙和文法的系統性訓練，更包括為實踐聽、說、讀、寫能力之培養發展而編寫的多樣練習題、情境活動等，是一套多元、綜合性的教材。本系列教材以學生為學習中心，以其感興趣的主題和情境為基礎，完成各種語言溝通的任務，進而精熟韓語。

　　希望《最權威的延世大學韓國語》對於所有致力於正確了解並使用韓語的學生都能有所幫助。

延世大學韓國語學堂
教材編輯委員會

일러두기

- '연세 한국어 6'은 한국어를 배우려는 외국인과 교포 성인 학습자들을 위한 고급 단계의 책으로 총 10개의 과로 이루어져 있으며, 각 과는 4개의 항으로 이루어져 있다. '연세 한국어 6'은 고급 수준의 한국어 숙달도를 지닌 학습자가 꼭 알아야 할 주제를 중심으로 구성되었으며 이와 함께 필수적인 어휘와 문법, 문화를 소개함으로써 한국어 능력을 향상시키고 아울러 한국에 대한 이해를 넓히고자 하였다.

- 각 과의 앞에는 해당 과의 제목 아래에, 각 항의 제목과 어휘, 문법, 과제를 제시하여 각 과에서 다룰 내용을 한 눈에 알아보기 쉽게 하였다. 그리고 매 과의 3항은 복습 항으로 그 과에서 다룬 내용을 종합적으로 복습할 수 있도록 하였고, 마지막 항은 '읽기'로 끝냈다. 문화부분은 각 과의 주제과 관련된 내용을 선정하여 다루었다.

- 각 과의 제목은 주제를 명사형으로 제시하였으며, 각 항의 제목은 소주제를 명사형으로 제시하였다.

- 각 항은 제목, 학습 목표, 사진과 질문, 시각 자료와 질문, 본문 대화와 질문, 어휘, 문법, 과제의 순서로 구성되어 있다.

- 학습 목표에는 학습자들이 학습해야 할 의사소통적 과제와 어휘, 문법을 제시하였다.

- 사진과 질문은 1단계 도입으로 학습자를 본문 대화의 상황으로 자연스럽게 끌어들일 수 있도록 본문 대화의 상황을 쉽게 연상시킬 수 있는 사진과 함께 관련 질문을 제시하였다.

- 시각 자료와 질문은 강화된 도입 단계로 학습자가 주제에 대한 흥미와 호기심을 가질 수 있도록 그래프, 기사 제목, 사진이나 그림 등의 다양한 시각 자료와 함께 질문을 제시하였다.

- 본문 대화는 각 과의 주제와 관련된 가장 전형적이고 대표적인 대화 상황으로 설정하여 3~4개의 대화 쌍으로 구성하였으며 내용 이해 질문과 대화의 내용과 관련된 말하기 짝활동을 포함시켰다. 본문에 나오는 새 어휘는 대화 아래에 따로 제시하였다.

- 어휘는 각 과의 주제와 관련된 어휘 목록을 선정하여 그 의미나 쓰임새에 따라 범주화하여 제시하였고 담화 맥락 속에서 연습이 이루어지도록 하였으며 연습한 어휘를 학습자가 직접 사용해 볼 수 있게 하는 활동을 포함시켰다.

- 문법은 각 과에서 다루어야 할 핵심 문법 항목을 각 항마다 2개씩 추출하여 담화 맥락 속에서 2개의 문법이 유기적으로 연결되어 나타나는 모범 예시문을 통해 제시하였다. 두 개의 문법을 각각 연습한 후에는 두 문법을 연결하여 담화 차원의 생산을 할 수 있도록 하는 활동을 포함시켰다.

- 과제는 학습 목표에서 제시한 의사소통 기능에 부합되는 것으로 각 항마다 2개를 제시하였으며 주제 관련 통합 과제로 구성 하였다.

- 각 과의 마지막 부분에는 문화와 문법 설명을 제시하였다.

- 문화는 각 과의 주제와 관련된 한국 문화를 선정하여 정보나 지식을 설명하는 방식으로 기술하였다. 아울러 학습자로 하여금 자국의 문화와 비교, 분석해 보게 하는 등 비교문화적인 관점을 바탕으로 언어 학습 활동과 연계하도록 구성하여 그 내용이 문화적 지식에 그치지 않고 한국어 능력과 통합적으로 학습될 수 있도록 하였다.

- 문법 설명은 각 과에서 다루는 문법에 대한 설명과 함께 각각 4개의 예문을 제시하였다.

- 색인에서는 각 과에서 다룬 문법과 어휘를 가나다 순으로 정리하였으며 해당 본문의 과와 항을 함께 제시하였다.

內容介紹

- 《最權威的延世大學韓國語 6 》是為學習韓語的外國人準備的高級階段教材,其內容共有 10 課,每課各有 4 個小單元。以高級程度的學生必須掌握的主題為中心編寫,包括該階段 必需的語彙和文法,並通過對文化及思考方式的介紹使學生們增加對韓國的了解。

- 每一課的最前面,在主題下方介紹每一個小單元的的題目、語彙、文法、練習題等內容, 使每一課裡出現的內容一目了然。每一課的第三單元為綜合複習,最後為「閱讀」部分。 在文化部分,選定與該課內容相關的文化主題進行簡單的說明。

- 每課的題目使用與主題相關的名詞,各個小單元的標題也使用與小主題相關的名詞。

- 每個小單元以標題、學習目標、照片與提問、影像資料與提問、課文對話與提問、語彙、 文法、練習題為順序組成。

- 於學習目標中列出學習者們必須掌握的溝通課題、語彙及文法。

- 以照片及提問作為第一階段的導入,安排容易聯想到課文對話情境的照片及相關提問,自 然地引導學習者進入課文對話的情境中。

- 以影像資料及為提問作為加強用的導入階段,安排圖表、報導標題、照片或插圖等各種視 覺資料,並提出疑問,引起學習者對主題的興趣與好奇心。

- 課文對話部分,設定與各課主題相關之最典型、最具代表性的對話情境,課文對話通常以 3~4 組對話構成,包含內容理解提問及與對話內容相關之對話練習活動。課文中出現的新語 彙另行列在對話下方。

- 語彙部分,選定與各課主題相關之語彙,根據其意義或用途進行分類,使其得以在談話內 容中進行練習,最後讓學習者可以在教材設計的活動中,直接使用練習過的語彙。

- 文法部分,從每個小單元中各抽出 2 個必須使用在各課中的核心文法,在對話內容中與文 法進行連結,並示範在範文中。在練習完兩個文法後,安排活動將兩個文法連結起來使用, 引導練習談話。

- 練習題中將練習學習目標中言及之溝通能力,每個小單元均有 2 個練習題,為與主題相關 的綜合練習題,以聽力或閱讀為始,最後以口說或寫作練習做結尾。

- 每一課後面均有文化及文法說明。

- 文化部分,選擇與每一課主題相關的韓國文化,描述說明其資訊或知識,並讓學習者與自 己國家的文化進行比較、分析等,以比較文化的觀點為基礎,與語言學習活動相連結,使 其內容不僅止於文化上的知識,更能在韓語能力上進行綜合學習。

- 文法說明部分,對每課當中使用的文法加以說明,並各舉出 4 個例句。

- 索引部分,以韓文字母順序排列每一課出現的文法及語彙,並標明所屬章節。

차례

目錄

YONSEI KOREAN 6

내용 구성

	제목	소제목	과제	어휘	문법	문화
06	가까워지는 세계	한국 속의 외국인	한국 생활의 어려움에 대해서 의견 나누기	고민과 조언	–는다는 듯이	외국인을 위한 배려
			통계자료 분석하기		–건만	
		경제의 세계화	경제적 측면의 세계화와 그 장단점에 대해서 의견 나누기	자유 무역	–는답시고	
			논박하는 글쓰기		–는 날엔	
		길거리와 문화				
07	소중한 문화유산	한국의 문화유산	한국의 문화유산에 대해서 알아보기	문화유산	–은 이상	한국의 문화재 보호
			논리적인 글쓰기 (서론쓰기)		–는다는 점에서	
		세계의 문화유산	세계의 문화유산에 대해서 알아보기	문화재 훼손과 보호	–는 반면	
			논리적인 글쓰기 (본론쓰기①)		으로 말미암아	
		영화로 본 한국				
08	한국인의 생활	한국인의 집	한국의 전통주거문화에 대해서 알아보기	주거	–다 못해	한국인의 종교
			논리적인 글쓰기 (본론쓰기②)		–기에 망정이지	
		한국인의 사상	한국의 사상에 대해서 알아보기	한국의 사상과 효	–는 둥 마는 둥 하다	
			논리적인 글쓰기 (결론쓰기)		–던 차이다	
		한국의 시				
09	미래 사회	자동화 사회	자동화된 사회에 대해서 전망하기	자동화	–기 나름이다	지난 20년간 사라진 것
			정보 전달하기		–는다손 치더라도	
		미래형 인간	미래 사회에 대해서 의견 나누기	미래형 인간	–는 한이 있더라도	
			예측하기		은 고사하고	
		소설 읽기와 세상 읽기 (1)				
10	진로와 취업	진로 상담	진로에 대해서 조언하기	진로	–으려고 들다	조선시대의 신분 제도
			상담하기		–노라면	
		취업 면접	면접시험에서 질문에 대답하기	면접	–은 바	
			자기 소개서 쓰기		–을 바에야	
		소설 읽기와 세상 읽기 (2)				

課程
大綱

	主題	小單元名稱	課程目標	語彙	文法	文化
01	成功的人生	成功的人物	介紹尊敬的人物	成功	–느니	韓國紙鈔上的人物
			採訪(提問)		–을지라도	
		對於成功的價值觀	認識成功的價值觀	價值觀	–는다거나	
			採訪(回答)		–는 데	
		開始與相遇				
02	群居社會	地域利己主義的克服	認識地域利己主義的現象	地域利己主義	–어 주십사 하고	韓國的捐獻文化
			對新聞報導做出摘要並發表		–었던들	
		企業利潤的社會回饋	意見分享：企業的社會服務活動	企業的貢獻	–으면 몰라도	
			撰寫新聞報導		–겠거니 하고	
		理解與溝通				
03	男性與女性	男性與女性的變化	比較韓國的傳統女性形象與現代女性形象	女性	–은 채	韓國的男性與女性的品德
			開始討論		–으리라는	
		妥當的性別角色	認識妥當的性別角色	性別角色	아무리 –기로서니	
			對對方的看法表示同意或反駁		–은 끝에	
		世界大同				
04	正確的選擇	選舉與投票	認識選舉與投票	選舉	–는다 뿐이지	韓國的政治制度
			說服		–을 법하다	
		分裂的克服	意見分享：南北統一	統一政策	–는 가운데	
			討論(會議主持的角色)		–을 테지만	
		站在我們的土地上				
05	運動	運動科學	意見分享：運動科學發展樣貌	運動科學與效果	–는 셈치고	韓國的武術"跆跟"
			調查並發表		–으련만	
		運動精神	意見分享：可取的運動精神	運動精神	–는 탓에	
			調查並發表		이라도 –을라치면	
		人類與環境				

	主題	小單元名稱	課程目標	語彙	文法	文化
06	越來越近的世界	在韓國的外國人	意見分享：韓國生活的困難處	煩惱與建議	–는다는 듯이	為外國人著想
			分析統計資料		–건만	
		經濟全球化	意見分享：經濟層面的全球化與它的優缺點	自由貿易	–는답시고	
			寫作辯駁文章		–는 날엔	
		街道與文化				
07	珍貴的文化遺產	韓國的文化遺產	認識韓國的文化遺產	文化遺產	–은 이상	韓國的文化財保護
			邏輯性寫作(序論)		–는다는 점에서	
		世界的文化遺產	認識世界的文化遺產	文化財毀損與保護	–는 반면	
			邏輯性寫作(本論❶)		으로 말미암아	
		透過電影看韓國				
08	韓國人的生活	韓國人的家	認識韓國的傳統居住文化	居住	–다 못해	韓國人的宗教
			邏輯性寫作(本論❷)		–기에 망정이지	
		韓國人的思想	認識韓國的思想	韓國人的思想與孝	–는 둥 마는 둥 하다	
			邏輯性寫作(結論)		–던 차이다	
		韓國的詩				
09	未來社會	自動化社會	展望自動化的社會	自動化	–기 나름이다	過去20年間消失的東西
			傳達訊息		–는다손 치더라도	
		未來型人類	意見分享：未來社會	未來型人類	–는 한이 있더라도	
			預測		은 고사하고	
		閱讀小說閱讀世界 (1)				
10	未來發展與就業	未來發展諮詢	對未來發展提出建議	未來發展	–으려고 들다	朝鮮時代的身份制度
			諮詢		–노라면	
		就業面試	在面試時回答問題	面試	–은 바	
			撰寫自我介紹		–을 바에야	
		閱讀小說閱讀世界 (2)				

톰슨 제임스
미국 기자

제임스의 하숙집 친구

요시다 리에
일본 은행원

제임스의 하숙집 친구

츠베토바 마리아
러시아 대학생

제임스의 반 친구

왕 웨이
대만 회사원 (연세 무역)

제임스의 반 친구

김미선
한국 대학원생

마리아의 방 친구 / 민철의 여자 친구

정민철
한국 여행사 직원

미선의 남자 친구

이영수
한국 대학생

제임스와 리에의 하숙집 친구

오정희
한국 회사원 (연세무역)

웨이의 회사 동료

제1과 성공적인 삶

1-1 성공한 인물

학습 목표 ● 과제 존경하는 인물 소개하기, 인터뷰하기(질문하기)
● 문법 -느니, -을지라도 ● 어휘 성공

위의 인물들 중 가장 만나보고 싶은 사람은 누구입니까? 그리고 그 사람을 만난다면 무엇을 질문하고 싶습니까?

위의 인물 외에 여러분이 성공한 인물로 꼽고 싶은 사람은 누구입니까?

	1등	2등	3등	4등	5등
인물	이순신 장군 (20.1%)	세종대왕 (16%)	박정희 전 대통령(15.3%)	김구 선생 (7.9%)	반기문 유엔 사무총장(2.04%)
이유	거북선 발명, 강한 지도력	한글 창제, 측우기 등 다양한 과학 발명품	경제 발전	독립운동	최초의 한국인 유엔 사무총장

위 도표는 전국 성인 1,514명을 대상으로 한국 역사상 가장 존경하는 인물과 그 이유를 조사한 결과입니다.

1) 한국 사람들이 가장 존경하는 인물에는 어떤 공통점이 있습니까?

2) 여러분 나라에서 같은 조사를 한다면 누가 1, 2, 3위를 할 것 같습니까?
   그 이유는 무엇입니까?

대화

🔊 01~02

제임스 우선 축하드립니다. 한국인으로서는 최초로 국제 기구의 수장이 되셨는데요.
소감을 말씀해 주십시오.

사무총장 국민 여러분이 보내주신 한결같은 지지와 성원에 감사할 따름입니다.
개인적으로는 큰 영광이지만 한편 어깨가 무척 무겁습니다.

제임스 어린 시절의 꿈을 이루신 대표적인 인물로 젊은이들의 귀감이 되고 계십니다.
구체적으로 외교관의 꿈을 가지게 된 계기가 있으셨습니까?

사무총장 어렸을 때는 막연히 세계 여기저기를 누비며 나라를 위한 일을 하고 싶다는 생각을
했는데 고등학교 때 선생님께서 너는 외교관이 되면 참 좋겠다는 말씀을 해
주셨습니다. 제 꿈이 구체화되는 순간이었지요.

제임스 지금 이런 자리에 오르시기까지 위기나 시련도 많으셨을 텐데 어떻게 극복
하셨는지 알고 싶습니다. 더불어 인생을 성공으로 이끈 좌우명이 있다면 말씀해
주십시오.

사무총장 위기나 시련으로 주저앉고 싶을 때마다 '실패가 두려워 아무 것도 못하느니
실패하더라도 한 번 해 보는 게 낫다'는 생각으로 새로운 도전을 시도했습니다.
그러다 보니 위기와 시련이 어느새 기회로 바뀌어 있더군요. 그러니까 아마도
이것이 제 인생의 좌우명인 듯싶습니다.

제임스 마지막으로 최근 세계적인 화두가 되고 있는 인권문제에 대해서 어떻게
생각하시는지 듣고 싶습니다.

사무총장 인간은 인간이기 때문에 가지는 권리가 분명히 있으며 이것은 이유를 막론하고
침해될 수 없다고 믿습니다. 따라서 이것을 지키는 것이야말로 어떤 어려움이
따를지라도 제가 노력해야 할 부분이라고 생각합니다.

제임스 좋은 말씀 감사합니다.

수장 n. (首長) 首長	소감 n. (所感) 感想、感言	한결같다 a. 始終如一的	지지 n. (支持) 支持
성원 n. (聲援) 聲援	귀감 n. (龜鑑) 楷模、榜樣	막연히 adv. (漠然 -) 茫然、渺茫	누비다 v. 穿梭、走遍
구체화되다 v. (具體化 -) 具體化	시련 n. (試鍊 / 試練) 考驗	주저앉다 v. 打退堂鼓、癱坐、坍塌	
좌우명 n. (座右銘) 座右銘	화두 n. (話頭) 話題	막론하다 v. (莫論) 不管、無論	침해되다 v. (侵害) 侵犯、損害

01 '사무총장' 에 대한 설명으로 맞는 것을 모두 고르십시오.

❶ 위기나 시련은 겪은 일이 없다.　　　❷ 고등학교 선생님을 한 일이 있다.

❸ 최근에 국제기구의 수장이 되었다.　　❹ 인권을 지키기 위하여 노력할 것이다.

02 '사무총장' 의 좌우명은 무엇입니까? 그리고 그것의 의미는 무엇입니까?

03 여러분의 좌우명은 무엇입니까?

좌우명	의미
내일은 없다	오늘, 바로 지금을 소중히 하고 최선을 다하자

[보기] 제 인생의 좌우명은 '내일은 없다' 예요. 제가 생각하기에 우리가 생각하는 내일은 또
하나의 오늘일 뿐이에요. 그래서 저는 항상 오늘, 바로 지금이 가장 소중하다고 생각해요.
오늘 최선을 다해야 하고 오늘 행복해야 하는 거죠.

어휘　성공　●

01　다음 표현을 익히고 질문에 답하십시오.

(가)	(나)
성공	승승장구
기회	칠전팔기
도전	고진감래
시련	전화위복
위기	자수성가
좌절	
재기	

1) 다음은 한 무명의 배우가 유명한 영화감독이 되기까지의 이야기입니다. (가)에서 알맞은 표현을 찾아 쓰십시오.

[보기]　**기회**　: 유명 감독의 눈에 띄다.

❶ _____ : 출연한 영화가 크게 인기를 끌다.

❷ _____ : 영화 촬영 중 화재로 온몸에 화상을 입다.

❸ _____ : 자살을 시도하다.

❹ _____ : 영화제작을 공부하다

❺ _____ : 전 세계인을 감동시킨 영화를 만들다.

2) (가)에서 ☐☐에 사용할 수 있는 표현을 모두 찾아 쓰십시오.

[보기]　☐☐감을 느끼다　　**위기, 좌절**　_____

❶ ☐☐을/를 거두다　_____

❷ ☐☐을/를 겪다　_____

❸ ☐☐을/를 극복하다　_____

❹ ☐☐을/를 노리다　_____

❺ ☐☐에 처하다　_____

3) 다음을 알맞게 연결하십시오.

승승장구 ●·····················● 하는 일마다 성공하다

칠전팔기 ● ● 물려받은 재산 없이 혼자 힘으로 재산을 모으다

고진감래 ● ● 여러 번 실패해도 포기하지 않다

전화위복 ● ● 위기가 오히려 기회가 되기도 하다

자수성가 ● ● 어려움을 참고 견디면 좋은 결과가 오다

4) (나)에서 (   )에 알맞은 표현을 찾아 빈 칸을 채우십시오.

올 크리스마스에는 감동의 책을 선물하세요. - 한국기업 총수 김영수 회고록

맨주먹으로 시작하여 한국 최고의 기업 총수가 된, (   )한 인물의 전형, 김영수 회장!
그에게도 시련은 있었다. 단 한 번의 실패 없이 (   )하던 그가 형제처럼 믿고 지내던
동업자의 배신으로 한 순간에 모든 걸 잃고 빈털터리가 되고 말았던 것이다. 그러나 그는
포기하지 않고 오늘날 젊은이들이 가장 일하고 싶어 하는 기업을 일구어낸다. 이제 이
책을 손에 드는 순간, 당신은 고난의 가시밭길을 지나 성공의 기쁨을 맛보는 (   )의
참의미를 알게 될 것이다.

---

02 여러분이 알고 있는 성공한 인물을 위의 표현을 사용하여 소개해 보십시오.

[보기] 영국의 헤비메탈 밴드의 드러머 릭 앨런을 아십니까? 힘이 넘치면서도 정교한
리듬의 연주로 명성을 떨치다가 불의의 교통사고로 왼쪽 팔을 절단하는 시련을 겪은
인물입니다. 하지만 이 사람은 좌절하지 않고 오른팔만 사용하는 특수 주법을 익혀
재기에 성공했습니다.

문법

01 다음을 읽고 문법 및 표현을 익혀 봅시다.

저는 가난한 농부의 아들로 태어났습니다. 부모님들은 늘 이렇게 말씀하셨지요.
쓸데없이 책을 읽으면서 시간을 **낭비하느니** 밭에 나가 일을 하라고. 그럼 밥 한 끼가
생긴다고. 그러나 저는 공부를 하고 싶었습니다. 구하면 길이 열린다고 했던가요? 저는
장학금을 받아 유학을 떠날 기회를 잡았습니다. 그토록 원하던 넓은 세상과의 만남!
앞으로 어떤 어려움이 **닥칠지라도** 포기하지 않고 끝까지 꿈을 향해 나아가겠습니다.

-느니

1) 빈 칸을 채우고 보기와 같이 문장을 만드십시오.

상황	선택
[보기] 일이 적성에 맞지 않는데 계속해야 할지 고민이다	경제적으로는 어렵겠지만 적성에 맞는 일을 하겠다
❶ 우리 부서에서 제일 무능력한 최 대리와 한 팀이 되었다	
❷ 지금 출발하면 수업이 끝날 때쯤 학교에 도착할 것 같다	
❸ 비를 맞고 있는데 옛날 남자친구가 우산을 쓰고 걸어오고 있다	
❹ 보고서를 완성하지 못했는데 상사에게 뭐라고 변명해야 할 지 모르겠다	

[보기] 적성에 맞지 않는 일을 하면서 경제적 안정을 얻느니 경제적으로는 어렵겠지만 적성
에 맞는 일을 하겠다.

❶ _____ .

❷ _____ .

❸ _____ .

❹ _____ .

-을지라도/ㄹ지라도

2) 빈 칸을 채우고 보기와 같이 문장을 만드십시오.

예상되는 부정적 결과	결심
[보기] 실패를 하다	나쁜 방법을 쓰지는 않겠다
❶	이 사람과 결혼하고 말겠다
❷	내일 아침까지 이 일을 끝내고 말겠다
❸	계획을 바꾸는 일은 없을 거다
❹	친구를 고자질할 수는 없다

[보기] 실패를 할지라도 나쁜 방법을 쓰지는 않겠다.

❶ ⋯⋯ .

❷ ⋯⋯ .

❸ ⋯⋯ .

❹ ⋯⋯ .

02 여러분은 도전하는 사람입니까? 쉽게 포기하는 사람입니까? 다음 표에 표시하고 이야기해 보십시오.

상황	도전하는 사람 (-을지라도)	포기하는 사람 (-느니)
[보기] 짝사랑하는 사람이 있는데... 고백할까?		
❶ 입사시험에 자꾸 떨어지는데... 계속 도전해야 할까?		
❷ 나는 수영을 잘 못 하는데... 물에 빠진 아이를 구해야 할까?		
❸ 돈은 많지 않지만... 해외 배낭여행을 떠나볼까?		

[보기] 도전하는 사람 : 저는 그 사람을 다시 보지 못하게 될지라도 좋아한다는 고백을
　　　　　　　　　　하겠어요.
　　　　포기하는 사람 : 저는 괜히 고백했다가 그 사람을 못 보게 되느니 친구로라도 계속 그
　　　　　　　　　　사람 옆에 있고 싶은데요.

과제 1　읽고 말하기

다음은 인생을 성공적으로 이끌어 가고 있는 외과의사 송명근 박사에 대한 이야기입니다.
읽고 질문에 답하십시오.

　　　　　　　　1992년 국내 최초 심장 이식 수술 성공, 1997년 국내 최초
인공 심장 이식 수술 성공, 2005년 심장, 신장 동시 이식 수술
성공! 바로 외과의사 송명근 교수가 이루어 낸 업적들이다.
미국 유학 시절, 양손을 쓰는 의사들의 수술 시간이 현저하게
적게 걸리는 것을 발견하고 6개월간 왼손으로 밥을 먹고
젓가락질도 왼손으로 했다는 그! 당시 그가 왼손으로 꿰매는 연습을 한 담요는
액자에 끼워져 지금도 경기도의 한 종합병원 수술실 앞에 <어느 외과의사의
노력>이라는 제목으로 걸려 있는데 그는 스스로 자신이 '미쳤었다' 고 말한다.
미쳤기 때문에 몰두할 수 있었고 몰두했기에 성공이 따라왔다는 것이다.

　　그러나 송명근 교수가 성공적인 삶을 이끌어 가는 인물이라는 데 이견이 없는
것은 단지 그가 외과의사로서 성공했기 때문만은 아니다. 송 교수는 얼마 전 200억
원이 넘는 전 재산을 그와 아내의 사후에 사회에 되돌리겠다는 유언장을 작성해
공증까지 마쳤다는 사실을 공개했다. 평소 유일한 박사의 '기업이 사회에서 번
돈은 사회에 돌려 줘야 한다' 는 인생철학에 공감하고 있던 터였는데 심장 수술을
앞둔 부자 노인의 앞에서 자식들이 재산 싸움을 벌이는 것을 보고 결심을 굳혔다는
것이다. 그리고 여러 해 전에 공증까지 마친 일을 새삼스럽게 공개 선언까지 하게
된 것은 유언장을 작성해 공증을 할 때에는 이렇게까지 재산이 불어날지 몰랐고
의료기기 사업의 성공으로 갑자기 재산이 엄청나게 늘자 욕심이 생겨 마음이
흔들릴까 봐 쐐기를 박기 위해서였다고 고백했다.

송 교수의 재산은 앞으로 얼마나 더 늘어날지 모른다. 그러나 얼마가 되든지 송 교수는 그가 환원한 돈으로 우선 국립심장병센터를 세우고 나머지는 심장병 연구기금으로 쓰였으면 한다고 밝혔다. 그리고 소외받는 노인과 고아들을 위해서도 일부 쓰이기를 희망한다고 말했다.

01 <어느 외과의사의 노력>은 무엇입니까?

02 송명근 박사는 자신의 성공 비결이 무엇이라고 말합니까?

03 송명근 박사가 공개 선언한 내용은 무엇입니까?

04 여러분은 송명근 박사의 결심과 공개 선언에 대해서 어떻게 생각합니까?

05 여러분 나라에도 사회의 지도층 또는 상류층으로서의 의무(노블리스 오블리제)를 실천하고 있는 인물이 있습니까? 소개해 보십시오.

인물	활동

과제 2 인터뷰하기(질문하기) ●

기능표현 익히기
· 장애인 의무 고용제에 대해서 어떻게 생각하십니까?
· 장애인 의무 고용제에 대해 찬성/반대하십니까?
· 장애인 의무 고용제에 대해 한 말씀 해 주십시오.
· 장애인 의무 고용제에 대한 의견을 듣고 싶습니다.
· 장애인 의무 고용제에 대한 견해를 밝혀 주십시오.
· 장애인 의무 고용제에 대한 입장을 분명히 해 주십시오.

01 다음은 송명근 박사를 인터뷰한 내용입니다. 각 대답에 적당한 질문을 만들어 보십시오.

1) ....

"글쎄요. 어떤 일에서 성공하려면 무엇보다도 그 일에 미쳐야 한다고 생각합니다. 저는 늘 제 일에 미쳐 있었고 미쳤기 때문에 몰두할 수 있었고 성공은 그래서 따라왔다고 생각합니다."

2) ....

"아, 그거요? 그건 제가 미국 유학 시절에 양손을 쓰면 수술 시간이 2배나 빨라진다는 사실을 알고 수술할 때 왼손을 자유자재로 쓰기 위해 한 6개월간 왼손만 쓰면서 지낸 적이 있는데 그때 왼손으로 꿰매는 연습을 했던 담요입니다."

3) ....

"평소 유한양행 창업자 고(故) 유일한 박사의 '기업이 사회에서 번 돈은 사회에 돌려 줘야 한다' 는 인생철학에 공감하고 있던 터였는데 어느 날 심장 수술을 앞둔 부자 노인의 앞에서 자식들이 재산 싸움을 벌이는 것을 보고서 결심을 굳혔습니다. 그런데 그 후 제가 시작한 의료기기 사업의 성공으로 재산이 갑자기 엄청나게 불었고 그래서 욕심이 생겨 마음이 흔들릴까 봐 쐐기를 박은 것입니다."

4) ....

....

"우선 국립심장병센터를 세우고 나머지는 심장병 연구기금으로 쓰였으면 합니다. 그리고 소외받는 노인과 고아들을 위해서도 일부 쓰이기를 희망합니다."

02 다음의 인물과 인터뷰하려고 합니다. 한 사람을 골라서 보기와 같이 인터뷰 질문을(5개 정도) 만들어 보십시오.

> [보기] **유일한(73살)**
> 한국의 경제인들이 가장 존경하는 기업인. 미국 유학 시절 조국을 잊지 않겠다는 의지로 이름을 '유일형'에서 '유일한'으로 바꾼 인물. 사업이 한창 승승장구하던 1920년, 조국의 어려운 상황을 알고 돌연 귀국, 제약회사를 설립하여 영리가 목적이 아닌 민족에 봉사하기 위한 기업경영을 한 민족기업가. 72세에 전문경영인에게 기업의 경영권을 넘기고 은퇴, 교육 사업에 힘쓰는 한편 '유한재단'이라는 공익재단을 만들고 각종 공익사업에 기부를 아끼지 않으며 사후 전 재산을 유한재단에 기부하겠다는 뜻을 밝히기기도 한 살아있는 성자.

❶ 미국 유학시절 이름을 바꾸신 것으로 알고 있습니다. 특별한 의미가 있으십니까?

❷ 사업이 한창 성공적이던 때 갑작스런 귀국을 하신 이유는 무엇입니까?

❸ 선생님의 기업경영 철학에 대해서 말씀해 주십시오.

❹ 경영에서 은퇴하시면서 혈연관계가 전혀 없는 전문경영인에게 기업을 넘기셨는데요.
  우리나라의 상속문화에 대한 견해를 듣고 싶습니다.

❺ 요즘 하고 계시는 공익사업과 이후의 계획에 대하여 이야기해 주십시오.

박찬우 (33살)

야구선수, 한국인 최초로 메이저리그 진출, 데뷔전 17일 만에 마이너리그로 추락, 피나는 노력으로 5년간 6500만 달러의 연봉 계약에 성공, 그러나 곧 다시 이어지는 부상과 부진, 그로 인한 비난 속에서도 좌절하지 않고 또다시 재기를 꿈꾸는 불굴의 한국인.

진유환 (26살)

프로게이머, 공부는 뒷전이고 오직 컴퓨터 게임에 미쳐 부모님 속을 무던히도 썩이던 소년, 2006년 연봉 2억 5천만 원! 인기 탤런트, 가수 등을 제치고 팬 카페 회원수 1위! 월스트리트 저널과 르몽드지가 주목하는 e스포츠의 황제!

인요셉 (47살)

전라도 사투리를 쓰는 파란 눈의 미국 국적을 가진 외국인 진료소 소장, 한국에서 태어나 한국에서 의술을 베풀며 북한 의료 지원 사업에도 앞장서는 한국 사람보다 더 한국 사람같은 외국인.

강우래 (39살)

화려한 춤과 노래로 대중의 사랑을 받던 댄스 가수, 불의의 교통사고로 하반신이 마비돼 죽음을 바라던 그가, 5년 후 휠체어 댄스를 선보이며 돌아오다!

문국진 (26살)

말단 사원에서 기업의 전문경영인이 된 입지전적인 인물. IMF 경제위기 속에서도 단 한 명의 해고 없이 오히려 고속성장을 이뤄 '아시아에서 가장 일하기 좋은 기업' 6위에 선정되기도 한 그의 기업 철학은 '혁신과 원칙', '공익성과 수익', '효율성과 인력유지' 등으로 일면 대립되는 두 가치의 균형 잡힌 조화이다.

1-2 성공에 대한 가치관

학습목표 ● 과제 성공에 대한 가치관 알아보기, 인터뷰하기(대답하기)
● 문법 –는다거나, –는 데 ● 어휘 가치관

이 사람들이 인생에서 추구하는 것은 무엇일까요?

여러분은 인생에서의 성공이 무엇이라고 생각합니까? 그리고 성공하기 위해서 어떤 노력을 하고 있습니까?

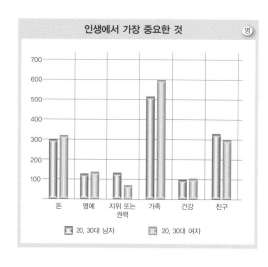
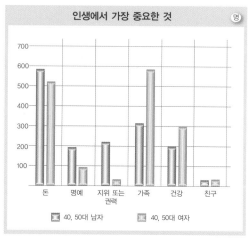

1) 남녀, 세대에 따라 한국인의 가치관에는 어떤 차이가 있습니까?

2) 여러분 나라에서는 남녀, 세대에 따라 어떤 가치관의 차이가 있습니까?

대화

🔊 03~04

답변자 　그러니까 조금 전에도 말씀드렸다시피 제 인생 최고의 가치는 가족과 행복하게 살면서 제 이상을 실현하는 데 있습니다.

제임스 　지금까지 하신 말씀을 종합해 보면 선생님께서는 성공이라는 것을 상당히 주관적으로 해석하시는 듯합니다. 그럼 부와 명예, 지위나 권력 등을 최고의 가치로 여기는 많은 사람들에 대해서는 어떤 생각을 가지고 계십니까?

답변자 　사람마다 추구하는 바가 다르므로 저는 그들이 틀렸다고 생각하지 않습니다. 제가 말씀드리고 싶은 것은 어떻게 살아가든 그 삶이 자기에게 만족스럽고 행복하다면 그것으로 그만이라는 것입니다.

제임스 　그렇다면 선생님이 말씀하시는 가족의 행복과 이상의 실현이 과연 어떤 것인지 구체적으로 듣고 싶습니다.

답변자 　저는 무엇보다도 가족과 많은 시간을 함께 하고 싶습니다. 함께 하는 시간만큼 많은 걸 공유하게 될 테고 그럼 서로에 대한 이해와 사랑이 깊어지지 않겠습니까? 그리고 제 이상은 나누는 삶입니다. 크고 거창하게 남을 도울 수는 없다 해도 가까운 이웃하고라도 제가 가진 것을 조금씩 나누면서 사는 것이 제가 생각하는 행복입니다.

제임스 　마지막으로 하나만 더 말씀해 주십시오. 혹시 사회적으로 성공한 사람들이 선생님을 인생의 낙오자로 취급한다거나 먼 훗날 아이들이 선생님과는 다른 삶을 살고 싶어한다거나 하면 어떨까요?

답변자 　세상에는 다양한 삶의 방식이 있습니다. 누구도 다른 사람에게 이렇게 살라고 강요할 수는 없는 거지요. 그리고 이제 우리 사회도 그 다양성들을 인정하고 있다고 보는데요.

제임스 　잘 알겠습니다. 바쁘실 텐데도 불구하고 진지하게 답변해 주셔서 감사합니다.

01 '답변자'의 생각으로 맞는 것을 고르십시오.

❶ 부와 명예를 추구한다.

❷ 가정과 나의 행복을 우선시한다.

❸ 사회적 성공을 위해 개인의 행복을 희생할 수 있다.

❹ 사회적 성공을 최고의 가치로 여기는 것은 잘못이다.

종합하다 v. (綜合 -) 綜合　　　주관적으로 adv. (主觀的 -) 主觀地　　　추구하다 v. (追求 -) 追求
공유하다 v. (共有 -) 共有、分享　　　거창하다 a. (巨創 -) 宏偉的、巨大的
낙오자 n. (落伍者) 落伍的人、掉隊的人　　　취급하다 v. (取扱 -) 視為、受理、辦理、經營
강요하다 v. (強要 -) 強迫　　　진지하다 a. (真摯 -) 真摯的、認真的　　　답변하다 v. (答辯 -) 答辯、回答

02 '답변자' 가 말하는 다양한 삶의 방식이란 무엇입니까?

03 여러분은 사회적 성공과 가정의 행복 중에서 어느 것이 우선이라고 생각합니까? 그 이유는 무엇입니까?

[보기] 저는 사회적 성공이 우선이라고 생각해요. 제가 사회적으로 성공하지 못하면 저와 제 가족이 행복해질 수 없을 것 같거든요. 가정의 행복은 사회적으로 성공한 후에도 얻을 수 있지 않을까요?

어휘 가치관 ●

01 다음 표현을 익히고 질문에 답하십시오.

(가)	(나)
인생관	가치관을 심어주다
도덕관	가치관을 형성하다
인간관	가치관을 확립하다
이성관	가치관의 혼란을 겪다
결혼관	가치중립적 태도를 취하다
직업관	가치판단을 내리다
정치관	가치판단이 서다
경제관	

1) (가)에서 알맞은 표현을 찾아 빈 칸을 채우십시오.

가치관이란 사람이 어떤 대상의 가치를 판단할 때 기준으로 삼는 잣대이다. 이때 그 대상 이 무엇이냐에 따라서 가치관은 여러 가지의 이름을 갖는데 대상을 인생으로 했을 때를 (   )이라 하고, 도덕적 선악이나 바르고 그릇됨을 분별하는 경우는 (   ), 대상이 인간이라면 (   ), 이성과 결혼이 대상일 때는 (,   ), 그리고 직업과 정치, 경제에 대하여 가지는 생각이나 판단의 기준을 (,   ,   ) 이라고 한다.

2) 알맞은 표현을 고르십시오.

> 인간은 태어나면서부터 눈에 보이는 모든 대상을 판단하기 시작한다. 바로 자신만의 가치관을 (**형성하기, 확립하기**) 시작하는 것이다. 이때 그들의 가치관에 가장 큰 영향을 미치는 것은 다름 아닌 부모이다. 따라서 부모는 아이에게 올바른 가치관을 (**세우기, 심어주기, 확립하기**) 위해서 스스로의 가치관을 다시 한 번 (**세울, 형성할, 확립할**) 필요가 있다. 이제 아이는 자라서 청소년기를 맞고 절대적인 줄만 알았던 부모의 가치관과 부딪치면서 (**가치관의 혼란을 겪는다, 가치중립적 태도를 취한다**) 그러나 이것도 올바른 가치관을 세우는 하나의 과정이다. 그러므로 이 시기에 부모는 아이가 스스로 바른 가치관을 (**확립할, 심어줄**) 수 있도록 (**가치판단을 내리는, 가치중립적 태도를 취하는**) 것이 좋다.

02 위의 표현을 사용하여 여러분의 가치관 형성의 과정을 이야기해 보십시오.

[보기] 저의 가치관은 고등학교 때 확립된 것 같아요. 저도 남들처럼 중, 고등학교 때 어른들의 이중적인 가치관이 보이기 시작하면서 심한 가치관의 혼란을 겪었어요. 도무지 무엇이 옳은지 아무런 가치판단이 서지 않았어요. 그때 한 선배와 가깝게 지냈는데 그 선배는 제가 바른 가치관을 세울 수 있도록 많은 도움을 주셨어요.

문법

01 다음을 읽고 문법 및 표현을 익혀 봅시다.

사람은 누구나 성공하고 싶어한다. 그런데 과연 성공은 무엇일까? 사람들은 부자가 **된다거나 유명해진다거나** 하면 성공했다고 하지만 내가 보기에는 그 사람들이 모두 행복해지는 것 같지는 않다. 도대체 부와 명예, 지위와 권력이 **행복해지는 데** 무슨 소용이 있다고 소중한 것들까지 잃어가면서 그것들을 가지고 싶어하는 걸까?

-는다거나/ㄴ다거나/다거나

1) 빈 칸을 채우고 보기와 같이 문장을 만드십시오.

상황	
[보기] 직장에서 인정을 받다, 가족과 화목한 시간을 보내다	인생에서 성공했다고 느끼다
❶	애인이 있었으면 싶다
❷	공부하기가 싫어지다
❸	자꾸 웃음이 나다
❹	고향이 그립다

[보기] 직장에서 인정을 받는다거나 가족과 화목한 시간을 보낸다거나 할 때 인생에서 성공했다고 느껴요.

❶ _____ 하는 경우 _____ .

❷ _____ 할 때 _____ .

❸ _____ 하면 _____ .

❹ _____ 할 때 _____ .

-는/은/ㄴ 데

2) 관계가 있는 것끼리 연결하고 문장을 만드십시오.

[보기] 커피, 찬물 세수, 다리 꼬집기 ●·······················● 졸음을 쫓다

❶ 버섯, 된장, 요구르트 ● ● 담배의 유혹을 뿌리치다

❷ 물 마시기, 충분한 수면, 긍정적 사고 ● ● 잠이 오게 하다

❸ 껌, 사탕, 폐암 경고문 ● ● 좋은 피부를 유지하다

❹ 따뜻한 우유, 목욕, 조용한 음악 ● ● 암을 예방하다

[보기] 커피와 찬물세수, 다리 꼬집기 등은 졸음을 쫓는 데 효과가 있어요

❶ .... 효과가 있어요.

❷ .... 필수적이에요.

❸ .... 효과적이에요.

❹ .... 도움이 돼요.

02 위의 두 표현을 사용하여 다음과 같은 상황에서 여러분이 사용하는 '나만의 비법'을 공개해 주십시오.

[보기] 긴장이 될 때 – 심호흡을 한다거나 두 팔을 위로 들고 몸을 쭉 편다거나 하면 긴장을 줄이는 데 도움이 돼요.

❶ 웃음을 참아야 할 때
❷ 친구의 화를 풀어 줘야 할 때
❸ 남는 시간을 때워야 할 때

다음은 국가 청소년 위원회가 청소년의 가치관을 조사하기 위해 작성한 조사 계획서입니다.

조사 내용	● 전국 중·고등학생을 대상으로 청소년의 가치관을 조사한다. ● 일대일 인터뷰 조사로 인생관, 결혼·가족관, 사회·국가관, 통일관 및 다문화 의식 등 4개의 부분으로 나누어 질문을 진행한다.
조사 목적	● 청소년의 주관적 가치 의식을 올바르게 이해하고 이것을 근거로 적절하고 현실성 있는 청소년 정책을 수립하는 것을 목적으로 한다.
향후 계획	● 매년 정기 조사를 실시하여 청소년의 가치관 변화에 대한 자료를 지속적으로 구축해 나간다. ● 장기적으로는 외국 청소년 및 성인에 대한 조사까지 병행하여 국가간·세대간 비교도 가능할 수 있도록 발전시켜 나간다.
조사 개요	● 조사기간 : 00년 11월 ● 조사대상 : 전국 중·고등학교 재학생 6,160명 ● 조사방법 : 일대일 인터뷰 조사 ● 조사수행기관 : 한국청소년정책연구원

위의 조사에서 국가 청소년 위원회는 청소년의 인생관, 결혼·가족관, 사회·국가관, 통일관 및 다문화 의식 등의 가치관을 알아보기 위해 어떤 질문을 했을까요? 질문을 만들어 보십시오.

● 인생관 　　　　❶

　　　　　　　　 ❷

● 결혼·가족관 　 ❶

　　　　　　　　 ❷

● 사회·국가관 　 ❶

　　　　　　　　 ❷

● 통일관 및 다문화 의식 　❶

　　　　　　　　 ❷

01 다음은 국가 청소년 위원회가 실시한 청소년의 가치관을 조사한 내용입니다.

1) 인생관과 결혼 · 가족관에 대한 조사 부분을 듣고 빈 칸을 채우십시오.

질문	대답
인생관	❶ 인생을 살아가는 데 가장 중요한 것이 무엇입니까?	❶ 가족 50.2%, 건강 20.4%, 돈 12.3%, 친구 8.7%, 종교 2.7%, 학력 1.5%
	❷	❷ 네 66.4%, 아니요 33.6%
	❸	❸ 능력 발휘 33.2%, 적성 32.8%, 경제적 수입, 장래성
결혼 · 가족관	❶	❶ 아니요 25%
	❷ 배우자 선택 시 무엇을 가장 중요하게 생각합니까?	❷ 성격 58.3%, 경제력, 외모, 직업
	❸	❸ 평균 2.09명
	❹	❹ 딸 33.5%, 아들 19.4%
	❺	❺ 긍정적 66.8%

위 표는 질문/대답 2열 구조이며, 왼쪽에 인생관·결혼·가족관 구분 셀이 있습니다.

2) 사회·국가관에 대한 조사 부분을 듣고 빈 칸을 채우십시오.

질문	대답
❶	❶ 아니요 79.1%
❷	❷ 아니요 54.9%
❸	❸ 부모님 1,592명, 세종대왕, 이순신 장군 빌 게이츠, 선생님, 헬렌켈러, 유관순
❹ 역대 대통령 중 존경하는 인물이 있습니까? 있다면 누구입니까?	❹ 없다 65.8% 있다 (김대중18.3%, 박정희 1.4%)
❺	❺ 네 68.5%
❻	❻ 네 39.4%
❼ 나라의 발전이 곧 나의 발전이라고 생각합니까?	❼ 네 51.1%

왼쪽에 사회·국가관 구분 셀이 있습니다.

3) 통일관 및 다문화의식에 대한 조사 부분을 듣고 빈 칸을 채우십시오.

	질문	대답
통일관 및 다문화 의식	❶	❶ 네 65.9%
	❷	❷ 네 58.1%
	❸ 북한을 협력 대상으로 생각합니까?	❸ 네 76.9%
	❹	❹ 아니요 71.6%
	❺	❺ 네 52.6%
	❻	❻ 네 56.3%
	❼ 우리사회가 다문화 사회가 되는 것이 국가 발전에 도움이 된다고 생각합니까?	❼ 네 67.7%

02 여러분은 위의 질문에 어떻게 대답하겠습니까? 두 사람이 짝이 되어 질문하고 대답해 보십시오.

과제 2 인터뷰하기(대답하기) ●

기능표현 익히기

· 둘 중에서 하나만 선택하라는 **말씀이십니까?**

· 다시 한 번 **질문해 주시겠습니까?**

· **제가 말씀드리고 싶은 것은** 이번 결정은 다시 논의되어야 한다는 것입니다.

· **제 말의 의미는/뜻은** 성공에 대한 가치관은 사람마다 다를 수 있으며 옳고 그름을 따질 수 있는 문제가 아니라는 것입니다.

· **제가 보기에는/제 생각으로는** 그런 극단적인 경우는 생기지 않을 것 같은데요.

· **저는 이렇게 생각합니다.**

· 두 가지 이상의 상황이 고려되었다는 **면에서** 저는 박 선생님의 **의견에 찬성합니다/ 동의합니다/반대합니다.**

· 저는 박 **선생님과 생각이 같습니다/다릅니다.**

01 인터뷰의 주제를 정하여 보기와 같이 조사 계획서를 만들고 구체적인 질문을 만들어 보십시오.

[보기] **주제: 한국 대학생들의 직업에 대한 의식 구조**

조사 내용	한국 대학생들을 대상으로 직업에 대한 의식을 조사한다.
조사 목적 및 조사결과 활용 계획	직업이 다양화, 세분화 되어가고 있는 현재, 한국 대학생들의 직업에 대한 의식의 변화를 알아보고 보다 효율적으로 미래를 준비할 수 있도록 정보를 제공한다.
조사 개요	조사 기간 : OO년 O월 OO일 ~ O월 OO일 조사 대상 및 조사 장소 : 한국 대학생 5명, 명동 조사 방법 : 일대일 심층 인터뷰
기본질문	❶ 실례지만 현재 어느 대학, 몇 학년에 재학 중이십니까? (남자인 경우, 군대에는 다녀오셨습니까?) ❷ 전공이 어떻게 되십니까?
질문	❶ 어린 시절 꿈이 무엇이었습니까? ❷ 현재 가지기를 원하는 직업은 무엇입니까? 이유는? ❸ 이상적이라고 생각하는 직업의 조건은 무엇입니까? ❹ 지금 취업을 위해서 어떤 준비를 하고 계십니까? ❺ 희망 직업은 전공과 관계가 있습니까? (없으면, 왜 전공과 관계없는 직업을 희망합니까?) ❻ 직업을 선택하는 기준은 무엇입니까? (세 가지) ★ 각 대답에 대해 심층 질문을 한다.

주제: _____

조사 내용	
조사 목적 및 조사결과 활용 계획	
조사 개요	조사 기간 : 조사 대상 및 조사 장소 : 조사 방법 :

기본질문	❶ ❷ ❸
질문	❶ ❷ ❸ ❹ ❺ ❻ * 각 대답에 대해 심층 질문을 한다.

02 위의 조사 계획서를 이용하여 인터뷰를 실시한 후 보기와 같이 결과를 정리해 보십시오.

[보기]

○○년 ○월 ○일

한국 대학생들의 직업에 대한 의식 구조

– 발표자 : 6급 1반 왕 웨이

조사 내용과 목적, 조사결과 활용 계획 : 직업이 다양화, 세분화 되어가고 있는 현재, 한국 대학생들의
직업에 대한 의식의 변화를 알아보고 보다 효율적으로 미래를 준비할 수 있도록 정보를 제공한다.
조사 기간 : ○○년 ○월 ○일 ~ ○월 ○일
조사 장소 : 명동
조사 대상 : ❶ 김민석(25세, 남자, 무역학과 4학년, 군필)
　　　　　　　❷ 이수영(20세, 남자, 체육학과 1학년)
　　　　　　　❸ 정민지(20세, 여자, 산업디자인학과 1학년)
　　　　　　　❹ 이보람(22세, 여자, 러시아어과 2학년)
　　　　　　　❺ 조설아(24세, 여자, 건축공학과 4학년)

조사방법: 일대일 심층 인터뷰

기본질문: 1. 실례지만 현재 어느 대학, 몇 학년에 재학 중이십니까?
   (남자인 경우, 군대에는 다녀오셨습니까?)
   2. 전공이 어떻게 되십니까?

질문과 대답: 1. 어린 시절 꿈이 무엇이었습니까?
   ❶ 의사 ❷ 연예인 ❸ 의사 ❹ 법률가 ❺ 교수
   2. 현재 가지기를 원하는 직업은 무엇입니까? 이유는?
   ❶ 대기업 회사원 – 달리 되고 싶은 것도 없고 무난하니까
   ❷ 방송인 – 어렸을 때부터 꿈이었다
   ❸ 기자 – 전문적이고 안정적인 직업인 것 같아서
   ❹ 요리사 – 요리하는 걸 좋아할 뿐만 아니라 전문적인 일이니까
   ❺ 사회복지사 – 무엇보다도 종교적인 내 신념과 맞기 때문에
   3. 이상적이라고 생각하는 직업의 조건은 무엇입니까?
   ❶❷❹ 개인적 이상 실현 ❸ 사회적 인정 ❺ 사회 공헌
   4. 지금 취업을 위해서 어떤 준비를 하고 계십니까?
   ❶❷❸❹❺ 외국어를 배우고 있다.
   * ❶ 방학마다 인턴십에 적극 참여하고 있다.
   ❷ 방송국 아르바이트를 하고 있다.
   ❺ 자격증을 따기 위해 공부하고 있다.
   5. 희망 직업은 전공과 관계가 있습니까?(없으면, 왜 전공과 관계없는 직업을 희망합니까?)
   ❶ 있다 – 대기업 상사에 취직하기를 원하고 있으므로 관련이 있다.
   ❷ 없다 – 솔직히 대학은 간판을 따기 위해 왔다.
   ❸ 있을 수도 있고 없을 수도 있다
   – 일반 기자가 된다면 관련이 없겠지만 편집기자가 된다면 어느 정도 전공의 도움을
   받을 수 있을 것 같다.
   ❹❺ 없다
   – 전공을 선택할 때 내 적성/이상이 뭔지 잘 모르고 선택했던 거 같다.
   6. 직업을 선택하는 기준은 무엇입니까?
   ❶ 적성, 돈, 사회적 인지도 ❷ 돈, 적성, 사회적 인지도
   ❸ 사회적 인지도, 적성, 돈 ❹ 적성, 사회적 인지도, 돈
   ❺ 사회적 공헌도, 적성

소감: 한국 대학생들의 희망 직업은 전공과 큰 관련이 없었다. 그리고 이것은 어린 시절의 꿈이 구체적이거나 실제적이지 않다는 사실과 관계가 있어 보인다. 따라서 어렸을 때부터 다양하고 보다 실질적인 직업에 대한 교육이 이루어져야 하겠다. 또한 한국 대학생들은 학년이 높을수록, 여자보다는 남자가 취업을 위한 구체적인 준비를 하고 있었다. 한편 한국의 대학생들은 이상적인 직업의 조건으로 개인적인 이상의 실현이나 사회적 인정, 공헌도를 이야기하였는데 동시에 현실적인 직업 선택에 있어서는 경제적인 부분도 많이 고려하고 있었다.

03 위의 내용을 이용하여 인터뷰 결과를 발표해 보십시오.

1) 조사 내용, 목적, 향후 계획, 개요 소개하기

2) 구체적인 질문과 응답 밝히기 (조사 결과에 대한 분석)

3) 조사 후 소감 말하기

[보기]

　여러분도 아시다시피 직업은 점점 더 다양해지고 세분화 되어가고 있습니다. 그래서 저는 현재 한국 대학생들의 직업에 대한 의식과 그 변화를 조사하여 이를 통해 보다 효율적으로 미래를 준비할 수 있는 방법이 있는지, 있다면 그것이 무엇인지를 알아내고자 <한국 대학생들의 직업에 대한 의식 구조>에 대한 조사를 실시했습니다. 조사기간은 ○○년 ○월 ○일부터 ○일까지였고 조사장소는 명동, 조사대상은 남녀 대학생 5명이었으며 조사방법은 일대일 심층 인터뷰였습니다.

　먼저 기본적으로 현재 다니고 있는 대학과 학년, 전공에 대해 물었습니다. 조사 대상 중 3명은 여자였는데 각각 어학 전공 2학년생과, 미술 전공 1학년생, 공학 전공 4학년생이었습니다. 나머지 2명은 남자로 한 사람은 군대를 다녀 온 무역 전공의 4학년생이었으며 다른 한 사람은 체육을 전공하는 1학년 학생이었습니다.

　저의 구체적인 질문은 모두 6개로, 먼저 ①어린 시절 꿈, ②앞으로 가지기를 원하는 직업과 그 이유 그리고 ③이상적이라고 생각하는 직업의 조건에 대해 질문했습니다. 제 질문에 각각의 조사 대상은 의사나 법률가, 교수 그리고 연예인 등 아주 흔하게 생각할 수 있는 직업이 꿈이었다고 대답했습니다. 한편 가지고 싶어 하는 직업은 대기업 회사원, 방송인, 기자 등이었는데 그 이유는 전문직이기 때문이라는 대답이 많았습니다. 다음 3번 질문에는 모두 비슷한 대답을 했는데 한마디로 말하면 개인적으로 만족하고 사회적으로 공헌할 수 있는 직업이 이상적이라는 대답이었습니다.

그러나 대학생들의 어린 시절 꿈과 현실에는 많은 차이가 있었습니다. 저는 대학생들에게 ④지금 취업을 위해서 어떤 준비를 하고 있는지 ⑤희망 직업은 전공과 관계가 있는지, 없으면 왜 전공과 관계없는 직업을 희망하는지, 그리고 ⑥직업을 선택하는 기준이 무엇인지를 물어보았습니다. 첫 번째 질문에는 학년이 높을수록 남자일수록 보다 구체적인 준비를 하고 있었습니다. 이들이 하고 있는 준비로는 외국어를 배우고 있다는 대답이 제일 많았는데 특히 군대에 다녀온 남자 대학생은 방학을 이용하여 여러 업체에서 하는 인턴쉽에 적극적으로 참여하고 있다고 말했고 사회복지사가 되기를 원하는 4학년 여자 대학생은 사회복지사 자격증을 따기 위해 공부하고 있다고 대답했습니다. 그리고 전공과 희망 직업 사이에는 큰 관련이 없었습니다. 마지막 질문은 실질적인 직업 선택의 기준에 관한 것이었는데 모두들 개인의 적성과 사회적 인지도가 고려돼야 한다고 3번 질문의 이상적인 직업의 조건이 현실에서도 똑같이 적용되고 있음을 볼 수 있었습니다. 그러나 물론 예상대로 5명중 4명이 경제적인 부분도 고려해야 한다고 답했습니다.

저는 이번 조사를 통해서 한국 대학생들의 희망직업이 전공과 크게 관계가 없으며 나이와 함께 점차 구체적으로 변화해 가는 것을 알게 되었습니다. 따라서 좀 더 어렸을 때부터 구체적으로 직업에 대한 정보를 제공하는 현실적인 교육이 필요하다고 느꼈습니다. 또한 어느 나라나 직업 선택의 경우에는 개인적인 부분과 사회적인 부분이 모두 고려되고 있다는 것을 알게 되었습니다. 따라서 이 두 조건을 모두 만족시키는 직업을 찾는 것이 가장 이상적인 직업이라는 것을 다시한번 확인했습니다.

이외에도 조사 대상들과 많은 이야기를 나눌 수 있어서 제 개인적으로도 아주 재미있고 즐거운 경험이었습니다. 이상입니다. 혹시 질문이 있으십니까?

1-3 정리해 봅시다

I. 어휘

01 다음 설명에 알맞은 단어를 고르고 그 단어를 이용하여 짧은 문장을 만드십시오.

| 한결같다 | 침해되다 | 종합하다 | 거창하다 | 추구하다 | 공유하다 |
| 취급하다 | 답변하다 | 진지하다 | 강요하다 | 누비다 |

[보기] 처음부터 끝까지 변함없이 똑같다 :   **한결같다**

사귄 지 5년이 넘었는데도 저 두 사람의 사랑은 언제나 한결같다.

1) 크기나 모양, 느낌 등이 매우 크고 넓다 :

2) 마음을 쓰는 태도나 행동 등이 가볍지 않고 진실하다 :

3) 목적을 이룰 때까지 뒤쫓아 얻다 :

4) 두 사람 이상이 하나의 대상을 공동으로 가지다 :

5) 이리저리 빠짐없이 다니다 :

02 다음의 문장의 밑줄 친 부분을 보기와 같이 배운 어휘를 이용하여 바꾸십시오.

[보기] 사람에게는 누구에게나 살면서 인생을 성공으로 이끌 세 번의 <u>좋은 때</u>가 온다지만 오직 준비한 자만이 그것을 잡을 수 있다.

    → 사람에게는 누구에게나 살면서 인생을 성공으로 이끌 세 번의 <u>기회</u>가 온다지만 오직 준비한 자만이 그 기회를 잡을 수 있다.

1) 아무리 큰 어렵고 힘든 일들이라고 해도 참고 견디다가 보면 다시 일어설 수 있을 거라고 믿어.

  →

2) 네 인생에서 네가 이겨내지 못할 만큼 힘든 일은 없을 거라고 생각해. 그러니까 무슨 일이든지 두려워하지 말고 정면으로 부딪쳐 맞서 싸워 보는 거야.

  →

3) 살아보니까 세상에는 지금은 불행하다고 느낄 만한 일이 나중에는 행운으로 바뀌는 경우도 참 많은 것 같아.

  →

4) 네 남자 친구는 좀 남자답지 않아 보여. 위험한 상황에 처하면 싸워보지도 않고 금방 모든 걸 잃은 것처럼 마음과 기운이 약해져서 포기할 사람 같아.

  →

5) 앞으로 수없이 실패하는 일이 있어도 그 때마다 포기하지 않고 다시 일어나서 끝까지 해보겠다는 정신으로 노력할 것임을 다짐해 본다.

  →

03 여러 가지 가치관에 관한 단어를 쓰고 문장을 만들어 보십시오.

[보기] 인 생 관: 제 인생관은 가늘고 길게 사는 것이 아니라 짧아도 굵게 사는 것입니다.

1) ☐ ☐ 관: _____.

2) ☐ ☐ 관: _____.

II. 문법

01 사람들은 다음과 같은 문제를 해결하려면 어떻게 해야 한다고들 말합니까? 그리고 여러분은 그 방법들에 대해서 어떻게 생각하십니까? 보기와 같이 이야기해 보십시오.

손가락을 불에 데었다
우리 할머니는 불에 덴 상처를 가라앉히는 데에는 된장을 바른다거나 오줌물에 상처부위를 담근다거나 하면 좋다고 하셨지만...

저는 오줌물에 손가락을 담그느니 차라리 그냥 아파도 참겠어요.	저는 효과가 빠르다면야 비록 좀 더럽다 할지라도 오줌물에 손가락을 담그겠어요.

1) 말을 안 듣는 아이의 버릇을 고쳐야 한다.

2) 풀이 죽은 아이의 기를 살려야 한다.

3) 사람들의 이목을 끌어야 한다.

4) 귀찮게 따라다니는 상대를 쫓아버리고 싶다.

5) 피부의 적, 자외선을 차단해야 한다.

III. 과제

01 다음은 사회적으로 성공한 인물들의 말입니다. 각각의 의미가 무엇인지 이야기해 봅시다.

유일한	유한양행 창업자	"기업의 소유주는 사회다. 단지 그 관리를 개인이 할 뿐이다."
앤드류 카네기	미국의 철강왕	"행복의 비결은 포기해야 할 것을 포기하는 것이다."
토마스 헌터	영국의 투자가	"엄청난 부에는 그만한 책임이 따른다."
정문술	전 미래산업 사장	"진정으로 자신을 버릴 때 자신을 얻을 수 있다."

02 여러분은 이 사회에 어떤 말을 남기고 싶습니까? 그 의미는 무엇입니까?

03 여러분이 사회적으로 유명한 인물이 되어서 인터뷰의 대상이 된다면 어떤 질문을 받고 싶습니까? 받고 싶은 질문을 만들고 스스로 대답해 보십시오.

질문	대답

1-4 시작과 만남

1. 여러분은 출발선 앞에 섰을 때 어떤 기분이 듭니까?

2. 다음은 새로운 시작을 의미하는 인용구입니다. 의미를 이야기해 보십시오.

> • 시작이 반이다. – 한국 속담
>
> • 인생이 그대를 속일지라도 슬퍼하거나 노하지 말라. – 푸쉬킨
>
> • 내일은 내일의 태양이 떠오른다. – 마가렛 미첼 『바람과 함께 사라지다』

🔊 06

또 다른 시작

장영희

이제 한 해가 저물고 또 다른 해가 시작되고 있다. 생각해 보면 '또 다른' 이라는 말은 참으로 신비한 말이다. 이제 연륜의[1] 바퀴를 다시 한 번 돌리기 시작해야 한다는 부담감과 함께 그래도 다시 시작할 수 있다는 여유와 이제 새롭게 시작하는 해는 과거보다 나으리라는 희망을 약속하는 말이다.

우리에게 영화로도 친숙한 마가렛 미첼의 『바람과 함께 사라지다』는 "내일은 내일 5 의 태양이 떠오른다." 라는 유명한 말로 끝나는 것으로 알려져 있지만, 사실 원문에는 "내일은 또 다른 하루의 시작이다." 로 되어 있다. 남북전쟁의 패배로 인해 가문이 몰락하고[2] 과거의 부귀와 영화가 '바람과 함께 사라진' 남부의 한 여인의 삶을 그린 대작인데, 아름답고 콧대 높은 대지주의 딸 스칼렛 오하라는 이기적이고 기회주의적이지만 생기발랄하고[3] 자신의 꿈과 야망을 포기하지 않는 근성이[4] 있다. 질투와 이해관계 10 때문에 세 명의 남자와 결혼하지만, 결국 첫 번째와 두 번째 남편은 죽고 세 번째 남편 레트는 첫사랑 애슐리를 잊지 못하는 그녀를 버리고 떠난다. 스칼렛은 레트가 떠난 후에야 결국 자신이 진정 사랑하고 있는 사람은 레트였다는 것을 깨닫지만, 이미 때는 늦었 15 다. 사랑도 재산도 모든 것을 잃어버린 스칼렛, 그러나 그녀는 자신의 땅 타라로 돌아가 새로운 삶을 시작하기로 결심한다.

이 소설의 여주인공 스칼렛을 내가 사랑하는 이유는 상실과[5] 실패 속에서 오히려 더욱 강인하고 성숙 20 해질 뿐 아니라 절망 속에서도 '또 다른' 시작을 할 수 있는 그녀의 능력 때문이다. 그리고 감히 나도 '다시 시작한' 경험이 있다고 말할 수 있다.

「바람과 함께 사라지다」 의 포스터

---

1 연륜 : 한 해 한 해 쌓아올린 경험.
2 몰락하다 : 지금까지 이어져 오거나 번영하던 것이 없어지거나 형편없어지다.
3 생기발랄하다 : 활발하고 씩씩하며 활기차다.
4 근성 : 어떤 일을 끝까지 해내려는 끈질긴 성질.
5 상실 : 가지고 있는 성질, 기능, 가치 등을 잃어버리는 일.

1985년 뉴욕주립대학에서 6년째 유학생
활을 하던 나는 학위논문을 거의 마무리짓고
행복한 귀국을 꿈꾸고 있었다. 그런데 완성본
을 제출하기 직전에 급히 LA의 언니네 집에
다녀올 일이 생겼다. 어차피 곧 떠날 것이므
로 나는 그 동안 책상 위에 쌓였던 논문 초고
들을[6] 다 버리고 – 기계치인 나는 컴퓨터 작
업이 어려워 모든 작업을 전동타자기로 해결
했다. – 최종본과 책과 옷 등 나의 전 재산을
가방 하나에 넣었다.

다시 돌아올 때 케네디 공항까지 차로 마
중 나와 준 친구 집에 잠깐 들른 동안 막 커피를 마시려는데 이웃이 들어와 도둑이 친구 차
의 트렁크를 열고 내 짐을 훔쳐 달아났다고 했다. 2년 동안의 노력을 순식간에 잃어버린 나
는 그 자리에서 기절했다.

어떻게 올바니의 학교까지 돌아왔는지 기억이 없다. 기숙사 방문을 잠그고 꼼짝 않고
침대에 누워 있다가 닷새째쯤 되는 날 아침에 눈을 떴다. 발치의[7] 거울을 보니 헝클어진
머리에 창백한 유령 같은 모습이 나타났다. 그런데 참으로 신기하게도 내 속 깊숙한 데
서 어떤 목소리가 속삭였다. '다시 시작하자, 다시 시작할 수 있어. 그래, 살아 있잖아....
논문 따위쯤이야.' 그것은 분명 절대 절명의[8] 막다른 골목에 선 필사적[9] 몸부림이 아니었
다. 조용하고 평화롭게 있는 그대로를 받아들이고 일어서는 숙명의 느낌, 아니, 예고 없
는 순간에 절망이 왔듯이 어느새 예고 없이 찾아와서 다시 속삭여 주는 희망의 목소리였
다.

이 경험을 통해서 나는 절망과 희망은 늘 가까이에 있다는 것, 넘어져서 주저앉아[10]
있기보다는 비틀거려도 다시 일어나 걷는 것이 편하다는 것을 배웠다. 그리고 나는 그때
내게 '다시 시작할 수 있는' 힘을 준 것은 적어도 부분적으로는 내가 일생 동안 읽은 문학
의 힘이라고 믿는다. 포크너의 말처럼 문학은 한 마디로 '인간이 어떻게 극복하며 살아가
는가' 의 기록이기 때문이다.

---

6 초고 : 나중에 잘 고쳐 쓰기로 하고 대충 쓴 원고.

7 발치 : 발이 있는 쪽. 어떤 장소나 건물의 아랫부분이나 끝부분.

8 절대 절명 : 목숨이 끊어질 정도로 중요하고 다급함.

9 필사적이다 : 죽을 힘을 다할 정도로 애쓰다.

10 주저앉다 : 힘없이 그대로 앉다. 하던 일을 중도에 포기하다.

그렇게 우여곡절[11] 끝에 끝낸 논문이지만, 요새 재기발랄한[12] 신진 학자들이 새로운 이론으로 쓴 논문들에 비하면 어디 제대로 내놓을 만한 게 못 된다. 그래도 내가 여전히 자랑스러워하는 부분은 논문의 맨 첫 페이지이다. 헌정사에[13] 나는 '내게 생명을 주신 부모님께 이 논문을 바칩니다. 그리고 내 논문 원고를 훔쳐 가서 내게 삶에서 가장 중요한 교훈-다시 시작하는 법-을 가르쳐 준 도둑에게 감사드립니다.'라고 썼다.

새로운 해의 시작은 또 다른 시작을 의미한다. 지난해에 좌절하고[14] 실망하고 마음 아팠던 기억이 있다면 이제 다 뒤로 하고 다시 시작할 때다. "내일은 또 다른 하루의 시작이다"라면서 분연히[15] 일어나는 스칼렛처럼…. 독자 여러분, 더욱더 활기차고 복된 새해 맞이하세요!

5

---

11 우여곡절 : 복잡하게 뒤얽힌 사연이나 과정.

12 재기발랄하다 : 재주가 넘치며 활기차다.

13 헌정사 : 예술 작품이나 글, 책 등을 그의 이름으로 만들어 바치는 글.

14 좌절하다 : 뜻이나 기운이 꺾이다. 계획이나 일이 헛되이 끝나다.

15 분연히 : 크게 힘을 내어.

● 글쓴이 소개

장영희 (1952~2009)

서강대학교 영미어문 영미문화과 교수. 어릴 적 소아마비로 두 다리가 불편해져 장애인교수로 유명했다. 2004년 가을 척추암 선고를 받았던 그는 2005년 3월, 봄학기에 다시 강단에 복귀해 많은 이들에게 감동을 주었다. 저서로는 『문학의 숲을 거닐다』, 『살아온 기적, 살아갈 기적』 등이 있다.

더 읽어보기

로스트로포비치 선생님의 눈물

장한나

　선생님이 눈물을 흘리시는 모습은 처음 봤다. 5년 전 뉴욕에 연주하러 오신 첼리스
트 로스트로포비치(Rostropovich) 선생님을 놀라게 해 드리려고 아무 연락 없이 무대
뒤로 불쑥 찾아갔다. 연주가 끝난 뒤 여느 때처럼 선생님의 사인을 받기 위해 많은 팬
들이 줄을 서 있었다. 그 줄에 합류해서 기다리다가 내 차례가 되자 선생님께 연주 프
5　로그램을 불쑥 내밀었다. 무심코 사인하려던 선생님은 고개를 들더니 나를 바라보셨
다. 선생님은 환하게 웃음 짓다가 자리에서 일어나서 사인을 하던 책상 앞쪽으로 나오
셨다. 내 얼굴을 응시하는 사이 미소는 눈물로 변했다. 그렇게 눈물을 흘리며 나를 안
고 계시던 시간이 1분 정도 되는 것 같았다. 시끌시끌하던 무대 뒤편이 갑자기 조용해
졌다.

10　11세 때인 1994년 10월 프랑스 파리에서 4년마다 열리는 선생님의 첼로 콩쿠르에
나갔다. 너무 어렸기 때문에 콩쿠르가 얼마나 중요한지, 상을 받는다면 어떻게 되는 건
지 하는 생각도 없었다. 로스트로포비치 선생님께
내 연주를 들려 드리고 싶다는 마음뿐이었다. 나흘
째 내 연주 순서가 왔다. 규정상 33세 미만은 모두 참
15　여할 수 있었지만 첼로 콩쿠르에 나오는 사람들은
당시 나보다 덩치도, 나이도 2~3배 가량 많았다. 내
가 예선에 연주하러 나오는 걸 보고 선생님께서는
"첼로가 혼자서 걸어 나오는 줄 알고 깜짝 놀랐다."
고 나중에 말씀하셨다.

20　연주를 마치고 무대 뒤에 있는데 갑자기 선생님
이 나타나셨다. 곧장 오시더니 번쩍 나를 들어서 안
아 주며 "아주 잘 했다." 며 머리를 쓰다듬어 주셨다.
현존하는 최고의 첼리스트가 다정다감한 할아버지
로 변했다. 덕분에 2차 예선과 본선에서 모두 할아버
25　지 앞에서 하듯이 편안한 마음 으로 연주에 몰입했고

장한나

1등상을 받았다. 시상식 후 자택에서 베푼 저녁식사 때 선생님은 "매달 4회 이상은 연주하지 말라."는 말씀을 해 주셨다. 그리고 학교에서 충분히 시간을 갖고 다른 또래 친구들과 함께 성장하라고 강조하셨다. 이런 조언이 없었더라면 나는 공부할 틈이나 쉴 틈도 없이 연주하는 생활에 빨려 들어갔을 수도 있었을 것이다.

로스트로포비치

이듬해 2월에는 선생님께서 내 연주를 들으러 일부러 프랑스 칸에 오셨다. 저녁을 사 주겠다며 식당으로 데리고 가셨다. 첼로와 피아노의 위치에 대해서 상세히 설명을 해 주시고, 냅킨에 무대 위 배치도까지 그려 주셨다. 그때 첼로와 피아노가 하나의 소리로 객석에 전달이 되어야 한다는 큰 가르침을 주었다. 지금도 냅킨은 잘 간직하고 있다. 식사가 끝난 뒤 내가 묵고 있는 숙소로 바래다 주셨는데, 헤어지기 싫어서 호텔 앞에서 선생님과 함께 양손을 잡고 춤췄던 기억이 생생하다. 그해 11월 선생님은 내 첫 녹음을 지휘하시겠다고 직접 나서 주셨다.

그 뒤 뉴욕, 워싱턴, 모스크바, 상트페테르부르크 등 선생님이 계신 곳으로 비행기 표를 사서 날아갔고, 닷새씩 호텔에 머무르며 매일 선생님께 3시간 정도의 레슨을 받았다. 15세 때였던 아주 추운 겨울 상트페테르부르크에서 마지막 레슨이 있었다. 마지막 연주를 하자 선생님께서는 "이제 음악의 열쇠를 네게 넘겨 준다."고 하시며 "앞으로 나 자신을 포함해서 그 누구에게도 레슨을 받지 말라."고 하셨다. 오히려 내가 함께 연주하는 훌륭한 지휘자들, 그리고 무대에 서는 경험을 통해 스스로 음악 세계를 열어 가라고 하셨다.

5년 전 뉴욕에서 생각지도 못했던 선생님의 눈물을 보며 다시 한 번 '스승의 마음'을 느낄 수 있었다. 선생님은 지난 4월 저세상으로 떠나셨다. 나는 지금 선생님의 눈물을 받기에 부족함이 없도록 끊임없이 성장하고, 선생님의 가르침과 사랑을 다른 사람들과 나누는 음악인이 되기 위해 매일 새로운 마음으로 나만의 싸움을 시작한다.

문화

한국 화폐 속의 인물

한국의 화폐 중에서 인물이 디자인되어 있는 것은 100원, 1,000원, 5,000원, 10,000원이다.

100원짜리 동전에 있는 충무공 이순신은 조선시대의 명장으로서 거북선을 처음 만들어 사용했으며 외세의 공격으로부터 조선을 지켰다. 투철한 조국애와 뛰어난 전략으로 민족을 적으로부터 방어하고 격퇴함으로써 한국 역사상 가장 추앙 받는 장수의 한 사람이 되었다. 이순신은 글에도 능하여 '난중일기'와 시조, 한시 등 여러 편의 작품을 남겼다.

1,000원 권에는 퇴계 이황이 그려져 있다. 이황은 조선시대를 대표하는 학자로서 중종, 명종, 선조의 존경을 받았으며 시문과 글씨에도 뛰어났다. 그는 도산 서원을 창설하여 후진 양성과 학문의 연구에 힘을 쏟았으며 인간의 존재와 본질을 행동보다는 이념적인 면에서 추구하였다.

5,000원 권에 그려져 있는 율곡 이이는 조선 중기의 학자이며 정치가로서 강원도 강릉 출생이다. 정치적 식견과 폭넓은 경험으로 왕의 두터운 신임을 얻어 40세 무렵에 정국을 주도하는 인물로 부상했으며 당파 간의 갈등을 해소하기 위해 적극적으로 노력하였다. 이이는 국력을 기르기 위한 '십만양병설'을 주장하였으며 낙향해서는 제자 교육에 힘썼다.

10,000원 권에는 역대 왕들 중에서 업적이 많기로 손꼽히는 조선의 제4대 왕인 세종대왕이 그려져 있다. 세종대왕은 궁궐 안에 정음청을 설치해 한글을 창제했으며 해시계, 물시계, 혼천의 등 많은 과학 기구들을 발명하여 우리나라의 과학 기술을 발전시켰다. 또한 활자를 개발해 많은 책을 펴내 학문 발전에도 기여했다.

2009년에 발행되는 10만 원 권 지폐에는 백범 김구가, 5만 원 권에는 신사임당이 선정됐다. 김구는 독립애국지사로서 일제 강점기인 1919년 중국 상하이로 망명해 임시정부의 중요한 직책을 맡아 독립운동을 이끌었으며, 광복 후에는 남북한 통일국가를 만들기 위해 힘을 쏟았다. 신사임당은 여성 문화 예술인으로서 대표적인 상징성을 보유하고 있으며 조선 중기의 한국적 특성을 잘 살린 회화, 서예, 문예 등 수준 높은 작품을 남겼다. 조선 중기 대학자인 율곡 이이를 비롯해 3남 4녀를 훌륭하게 키워냄으로써 현모양처의 표본이 되었다.

여론조사 등을 토대로 5만 원 권과 10만 원 권의 지폐 인물 후보자로 김구, 김정희, 신사임당, 안창호, 유관순, 장보고, 장영실, 정약용, 주시경, 한용운 (가나다순) 등 10명을 선정한 뒤 후보자 압축 작업을 진행해 최종적으로 백범 김구와 신사임당을 선정했다.

1. 화폐의 인물을 선정하는 기준이 무엇인지 생각해 봅시다.

2. 5만 원 권과 10만 원 권의 지폐 인물 후보자로 뽑혔던 김정희, 안창호, 유관순, 장보고, 장영실, 정약용, 주시경, 한용운이 어떤 인물인지 알아 봅시다.

3. 여러분 나라의 지폐나 동전에 새겨져 있는 인물에 대해 이야기해 봅시다.

01 -느니

앞 상황이나 행위보다는 뒤 상황이나 행위가 차라리 나음을 의미하는데 뒤의 상황, 행위도 썩 만족스럽지는 않은 경우이며, 따라서 뒤 문장에 '차라리'나 '아예' 등과 자주 어울려 쓰인다.

表示比起前面的狀況或行為，倒不如後面的狀況或行為更好。但因為後面的行為或狀況也不是很令人滿足的情況，因此後面子句常與'차라리'、'아예'一同使用。

- 남이 먹다 남긴 음식을 먹느니 차라리 굶겠다.
- 모르면서 아는 척 하느니 부끄럽지만 아예 모른다고 솔직하게 말하겠다.
- 이렇게 나쁜 성적으로 진급을 하느니 차라리 유급을 하는 게 어떨까?
- 앓느니 죽지!.

02 -을지라도/ㄹ지라도

앞 문장과 같은 어려움이나 바람직하지 못한 상황이 예상되지만 그것을 감수하고 뒤 문장의 상황을 선택하겠다는 의지를 말할 때 쓴다.

表明雖然事先預想到前面子句所提到的困難或不妥的狀況，但願意忍受並選擇後面子句的狀況的意志時使用。

- 아무리 큰 어려움이 있을지라도 포기하지 않겠다.
- 비록 좋은 결과를 얻지는 못할지라도 끝까지 최선을 다할 생각이다.
- 부모님이 반대하실지라도 저는 이 사람과 꼭 결혼하고 말 거예요.
- 그가 나를 떠난다 할지라도 원망은 하지 않을 거다.

03 -는다거나/ㄴ다거나/다거나

여러 가지 사실을 예로 들어 나열할 때 쓴다.
羅列舉例各種事實時使用

- 나는 아버지 구두를 닦는다거나 어머니 일을 돕는다거나 해서 용돈을 벌고 있다.
- 하루 종일 집에서 뒹군다거나 좋아하는 영화를 본다거나 하면서 주말을 보낸다.
- 과장님은 아침을 못 먹었다거나 아침에 지하철에 사람이 많았다거나 하면 꼭 우리에게 짜증을 낸다.
- 수업에 늦을 것 같다거나 날씨가 흐리다거나 할 때 학교에 가기 싫어진다.

04 -는 데

'-는 것', '-는 때', '-는 경우', '-는 상황'을 의미하며 주로 효과가 있다/
없다, 효과적이다, 필요하다, 필수적이다, 중요하다, 도움이 되다 등과 같이
쓰인다.

表示'-는 것', '-는 때', '-는 경우', '-는 상황', 大部分和 효과가 있다/ 없
다、효과적이다、필요하다、필수적이다、중요하다、도움이 되다 等一起
使用。

● 김치의 각종 재료와 양념은 암을 예방하고 비만을 억제하는 데 효과가 있다.

● 요즘 취직을 하는 데 필수적인 조건은 외국어 실력과 컴퓨터 실력이다.

● "파이팅" 하고 크게 소리를 지르는 것은 용기를 내는 데 도움이 되는 것 같다.

● 서로 간의 믿음이야말로 좋은 관계를 오래도록 유지하는 데 중요하다고 본다.

제2과 더불어 사는 사회

2-1 지역이기주의의 극복

학습 목표 ● 과제 지역이기주의 현상에 대해서 알아보기, 신문기사 요약하여 발표하기
● 문법 –어 주십사 하고, –었던들 ● 어휘 지역이기주의

위의 사진에서 사람들은 무엇을 하고 있습니까?

이와 같은 상황은 왜 발생하겠습니까?

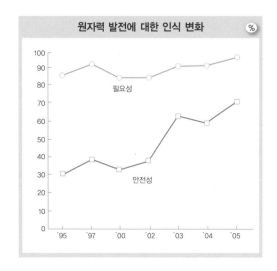
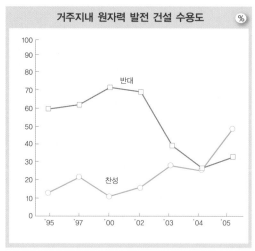

1) 이 표를 통해 무엇을 알 수 있습니까?

2) 이러한 변화가 일어나는 이유는 무엇이겠습니까?

대화

🔊 07~08

구청장 오늘 공청회는 구민 여러분께 화장장 건립에 대해 이해를 구하고 이 계획에 협조해 주십사 하는 취지에서 열리게 되었습니다.

정희 먼저 화장장을 세워야 할 필요성에 대해 알고 싶은데요.

구청장 여러분도 아시다시피 최근 10여 년간 급속도로 화장이 늘고 있지만 화장시설과 납골 시설은 상당히 부족합니다. 시설 건립과 확장이 시급한 상황입니다.

민철 보다 일찍부터 장례문화의 변화를 예측하고 준비했던들 지금과 같은 급박한 상황에 이르지는 않았을 텐데요.

정희 그런데 왜 하필이면 우리 구에 화장장을 설치해야 하는 겁니까?

구청장 현재 우리 구민의 약 60%가 화장을 희망하고 있는 것으로 나타났습니다. 우리 구에 화장장을 유치할 경우, 이용료의 부담도 줄고 정부에서 지원을 받아 공공시설도 확충할 수 있다는 이점이 있습니다.

민철 아무리 그렇다 하더라도 소각할 때 유해 물질이 발생할 것은 뻔한 일입니다. 그로 인한 환경피해도 피할 수가 없고요.

구청장 그래서 위치를 주거지역에서 가능한 한 먼 곳으로 선정할 계획입니다. 또 오염 물질과 악취가 발생하지 않도록 최첨단 시설을 갖추고 공원형으로 건립하여 혐오시설이 아닌 생활편의시설로 인식되도록 하겠습니다. 여러분의 많은 협조를 부탁드립니다.

01 이 사람들은 무엇에 대해서 이야기하고 있습니까?

❶ 공청회　　　❷ 환경오염　　　❸ 공원 확충　　　❹ 화장장 건립

02 주민들이 우려하는 문제는 무엇입니까?

03 화장장 외의 다른 혐오시설로는 무엇이 있습니까? 보기와 같이 이야기해 보십시오.

[보기] 또 다른 혐오시설로는 핵폐기물 처리장을 들 수 있습니다. 핵폐기물 처리장은 방사능을 발생시켜서 공기나 물, 또는 사람의 신체 등을 오염시킬 수 있습니다. 방사능은 인체에 해를 많이 끼치고 치사율도 높다고 합니다.

공청회 n. (公聽會) 公聽會　　　화장장 n. (火葬場) 火葬場　　　건립 n. (建立) 建立、成立
취지 n. (趣旨) 宗旨、主旨　　　납골 시설 n. (納骨 施設) 納骨設施　　　하필이면 adv. 何必、偏偏
유치하다 v. (維持 -) 維持、保持　　　확충하다 v. (擴充 -) 擴充、擴大　　　소각하다 v. (燒却 -) 焚燒、燒掉
유해 물질 n. (有害 物質) 有害物質　　　선정하다 v. (選定 -) 選定　　　악취 n. (惡臭) 惡臭、臭味
혐오시설 n. (嫌惡施設) 嫌惡施設

註：區廳長相當於台灣的區長

어휘 | 지역이기주의

01 다음 표현을 익히고 질문에 답하십시오.

(가)	(나)
님비 현상 혐오시설 시위 분쟁 갈등	기피하다 유치하다 벌이다 발생하다 유발하다 조정하다

1) (가)에서 알맞은 표현을 찾아 빈 칸을 채우십시오.

화장장, 핵폐기물 처리장, 쓰레기 매립장 등 (   )을/를 자신들이 살고 있는 지역에 유치하는 것을 반대하는 주민과 정부와의 (   )이/가 지역이기주의의 구체적 사례들이다. 이러한 '내 뒷마당에서는 안 된다' 는 지역이기주의를 (   )이라고/라고 부르기도 한다.

2) (나)에서 알맞은 표현을 찾아 빈 칸을 채우고 님비 현상의 사례로 볼 수 있는 것에 표시하십시오.

기사 내용	님비 현상
❶ 경기도 안산시와 주민들 사이에 쓰레기 소각장 건설문제로 분쟁이 ( )었다/았다/였다.	
❷ 부산시와 대구시는 대기업 자동차 공장을 자기 지역에 ( )으려고/려고 치열한 경쟁을 하고 있다.	✔
❸ 서울시는 지난 2001년 월드컵경기장 선정문제를 놓고 인천시와 유치 경쟁을 ( )었다/았다/였다.	
❹ 묘지공원과 화장장 등은 오폐수와 쓰레기로 인해 물이 오염될 뿐 아니라 차량 증가로 소음까지 발생한다고 주민들이 ( )는 시설의 하나이다.	
❺ 시민단체가 시와 주민 사이의 의견 차이를 ( )어/아/여 분쟁을 해결하였다.	

02 위의 단어들을 사용하여 여러분이 알고 있는 지역이기주의의 예를 들고 해결방안에 대해서 이야기해 보십시오.

[보기] 어느 지역에서 시립 화장장이 좁아 넓히려는 계획이 있었대요. 그런데 주민들이 반대하는 바람에 분쟁이 발생했고 이것을 해결하기 위해 공무원들은 자체적으로 공식적인 모임을 여러 번 가지는 한편 주민들을 위한 설명회와 공청회도 17 차례나 실시해서 결국 추모공원 사업을 할 수 있게 되었대요. 대화와 타협이 갈등을 해결한 것이죠.

문법

01 다음을 읽고 문법 및 표현을 익혀 봅시다.

친애하는 구청장님!

이웃 서초구가 확장계획을 추진하고 있는 화장장이 우리 주민들의 의사와 관계없이 우리 구와 인접한 곳으로 결정되었습니다. 우리 구 주민들은 이로 인해 재산권, 환경권 등에 막대한 피해가 발생할 것을 우려하여 서초구의 결정에 반대합니다. 장소를 선정하는 과정에서 우리 주민들의 의견을 묻고 미리 협의를 **했던들** 지금과 같은 분쟁 상황이 발생하지는 않았으리라 생각됩니다. 우리 지역 주민들은 일방적이고 비민주적인 방법으로 사업을 추진하고 있는 서초구의 방식을 받아들일 수가 없습니다. 구청장님께서 주민들의 이러한 의견을 파악하셔서 확장계획을 재검토하도록 **힘써 주십사 하고** 이 의견서를 제출합니다.

구민 대표 정민철 올림

-어/아/여 주십사 하고

1) 다음을 연결하고 보기와 같이 이야기해 보십시오.

"장애인 학교의 설립을 도와 주십시오"　●　　　●　무료식사권을 드리는 겁니다

"우리 식당에 자주 와 주십시오"　●　　　●　시사회초대권을 드리는 거예요

"저희 결혼식의 주례를 봐 주십시오"　●　　　●　견본품을 증정하는 겁니다

"제가 출연한 영화를 보러 와 주십시오"　●　　　●　설명회를 개최하게 되었어요

"저희 회사 화장품을 애용해 주십시오"　●　　　●　부탁드리러 왔습니다

[보기]　장애인 학교의 설립을 도와 주십사 하고 설명회를 개최하게 되었어요.

-었던들/았던들/였던들

2) 빈 칸을 채우고 보기와 같이 문장을 쓰십시오.

과거의 사실	현재의 결과
[보기] 화장장 유치를 반대했다	3배 정도 비싼 사용료를 다른 지역에 지불한다
❶ 돈을 물 쓰듯 썼다	지금처럼 사고를 당했을 때 병원비가 부족하다
❷ 눈이 오는 날 높은 구두를 신었다	
❸ 평소에 건강에 신경 쓰지 않았다	건강이 나빠졌다
❹ 도박에서 손을 떼라는 친구의 충고를 듣지 않았다	

[보기] 화장장 유치를 반대하지 않았던들 3배나 비싼 사용료를 다른 지역에 지불하지 않아도 됐을 텐데….

❶ _____.

❷ _____.

❸ _____.

❹ _____.

02 지금 후회하고 있는 일의 반대 상황을 가정하여 보기와 같이 이야기해 보십시오.

후회되는 일	상상할 수 있는 상황
10년간 다니던 직장을 그만두었다	지금쯤 부장이 되어서 높은 연봉을 받을 것이다

[보기] 대학을 졸업하자마자 대기업에 취직을 했습니다. 하지만 10년간 다니다가 내 사업을 해 보겠다고 사표를 냈지요. 50대가 된 지금 내 입사동기들은 대부분 부장이 되어 억대 연봉을 받고 있지만 나는 경기가 나빠 사업이 마음먹은 대로 되지 않아 후회를 합니다. '그 때 그만두지 않았던들 나도 높은 연봉을 받으면서 편히 살고 있을 텐데.' 하고 말입니다.

01 다음을 듣고 질문에 답하십시오.

1) 이 뉴스는 무엇에 대한 것입니까?
  ❶ 지역이기주의의 뜻   ❷ 지역이기주의를 극복한 사례
  ❸ 쓰레기 소각장 건립의 필요성   ❹ 쓰레기 소각장 건립의 어려움

2) 쓰레기 소각장을 유치하려는 경쟁이 벌어진 이유는 무엇입니까?
  ❶ 주민들이 소각장의 건립 필요성을 실감했기 때문에
  ❷ 지방 자치 단체가 재정적으로 여유가 있었기 때문에
  ❸ 시 당국이 후보지역에 유리한 조건을 제시했기 때문에
  ❹ 환경보호에 좋은 영향을 끼칠 것이라고 판단했기 때문에

3) 소각장 유치 지역으로 선정될 경우의 혜택으로 언급되지 않은 것은 어느 것입니까?
  ❶ 일자리 증가   ❷ 온수 무료 공급
  ❸ 지역개발 지원금 보조   ❹ 유치 지역으로 공공기관 이전

02 만일 여러분이 사는 곳에 이러한 시설이 들어온다면 여러분은 어떻게 하겠습니까? 여러분의 의견을 이야기해 보십시오.

시설명	찬성	반대	이유
초등학교			
쓰레기 소각장			
핵 폐기물 처리장			
복합 문화관			
노인 요양 시설			

기능 표현 익히기

· **이것은** 2007년 12월 30일자 국민 **신문** 사회**면에 나온 기사입니다.**

· 이 기사**에 의하면/이 기사에 따르면** 한국이 실질적 사형 폐지국가가 되었**다고 합니다.**

· 지난 30일에 서울 여의도 국회의사당 앞마당**에서** 종교, 인권, 시민단체 관계자들**이**
  참석하여 '사형폐지국가 기념식' **이 열렸습니다.**

· 이 기사**에 나타난 것과 같이/**이 기사**에서 보다시피** 최근 10년 동안 우리나라에서 한
  번도 사형이 집행되지 않았습니다.

· **이 기사를 읽고** 현실적으로 실행되고 있지도 않은 이 제도는 당연히 폐지되어야
  한다고 생각했습니다.

---

01 다음 기사를 읽고 요약하여 발표해 보십시오.

서울시, 차로 줄여 자전거길 만든다
-양천·송파·노원구 중 2곳 '자전거 시범마을' 조성…6월부터 공사

　자전거를 이용해 아파트, 학교, 쇼핑센터, 지하철 등 생활권 내에서 편리하게 이동할
수 있는 자전거 시범타운이 올해 안에 만들어진다.

　서울시는 시민들이 일상생활에서 자전거를 더 많이 이용하도록 하기 위해 올해 안에
양천구, 송파구, 노원구 중 2곳에 반경 3㎞ 규모의 자전거 시범타운을 조성할 예정이라
고 22일 밝혔다.

　시범타운은 자전거 교통수요가 많은
곳이나 자전거 교통량을 증가시킬 수 있
는 곳, 자전거 도로 등의 관련 시설의 설
치가 가능한 지역 중에서 선정된다.

　시범타운으로 지정되면 시는 자전거
도로를 추가로 정비해 주고, 자전거 보관
대와 주차장을 설치하는 한편 자전거 무
료 대여소 등도 만들 계획이다.

　　자전거 도로가 보도에 설치돼 시민들이 보행에 불편을 겪고 있는 점을 고려해 시는 시범타운 내에서는 원칙적으로 차도에 자전거도로를 설치할 방침이다. 서울시는 경찰과 협의를 통해 차로 수는 유지하면서 차로 폭을 줄인 뒤 기존 차로에 자전거도로를 만들고 자전거 이용자들의 안전을 위해 차도와 자전거도로 사이에 경계석을 설치하거나 차로의 폭을 줄일 수 없는 곳의 경우 차로의 수를 줄여 자전거도로를 설치하기로 했다.

　　시는 다음 달까지 시범타운을 선정하고 6월부터 10월까지 공사를 실시할 예정이다.

[국민신문 사회면 2008/03/22]

1) 요약하기

요약 항목		요약 내용
기본 정보	날짜	
	신문이름	
	면	
주제		친환경
중심내용		
세부 내용	언제	6월~10월
	어디서	
	누가	서울시
	무엇을	
	왜	
	어떻게	조성하겠다

2) 자기 의견 정리하기

저는 이 기사를 읽고 .... 이라고/라고/다고/는다고/ㄴ다고 생각했습니다.

3) 질문 사항 만들기

여러분은 .... 에 대해서 어떻게 생각합니까?

02 시사적인 기사를 골라 위의 방법으로 발표해 보십시오.

2-2 기업 이윤의 사회 환원

학습 목표 ● 과제 기업의 사회봉사활동에 대해서 의견 나누기, 신문기사 작성하기
● 문법 –으면 몰라도, –겠거니 하고 ● 어휘 기업의 공헌

위의 사진은 무엇을 하는 장면입니까?

기업들은 왜 이런 일을 할까요?

▲▲ 통신의 '어린이 찾아주기'

사랑의 별

나눔의 별

일성과 함께 하는 아름다운 하루

*아름다운 가게와 함께하는
일성주식회사 **사회봉사단 10주년 기념 바자회**

– 일시 : 2007년 12월 20일 오전 10시 30분~오후 4시
– 장소 : 일성일보 본사 주차장
– 판매물품 :
 일성 계열사 임직원 기증품/ 일성 광고 소품/일성 스포츠 선수 기증품 /
일성 패션 의류 / 일성 전자제품
(*'아름다운 가게' 에서는 헌 물건을 기증받아 판매하고 그 수익금으로 어려운
이웃과 단체를 돕고 있습니다)

1) 위 그림은 기업들의 사회봉사활동 광고입니다. 어떤 봉사활동입니까?

2) 위 두 기업의 경우 기업의 성격과 봉사활동의 내용 사이에 어떤 관계가 있다고 생각합니까?

대화

🔊 10~11

민철 정희 씨, 어제 특집 방송 '기업 이윤 어디로 가나' 보셨어요? 국내 기업들도 이제는 이윤을 사회에 환원하려고 여러 모로 노력하고 있더라고요.

정희 아, 네. 요즘 기업들마다 특색 있는 행사를 다양하게 벌인다고 들었어요. 저소득층 서민을 위해 어린이 공부방을 만들어서 직원을 교사로 파견하는 곳도 있고 무료 급식시설을 마련하여 직원들이 직접 봉사활동을 하는 기업도 있다더군요.

민철 한 화장지 회사는 나무심기를 비롯한 환경 보존 사업을 펼치고 있고 어떤 전자 제품 회사는 지역발전을 위해 문화예술 행사를 지원하기도 하던데요.

정희 그런데 그런 건 사회를 위해서도 바람직하지만 회사 이미지에도 상당히 긍정적인 영향을 미치지요? 물건이 품질에서 뚜렷하게 차이가 나면 몰라도 별 차이가 없다면 역시 좋은 이미지의 회사 물건에 끌리게 마련이잖아요.

민철 그러고 보니 기업은 기업대로 이윤을 올려서 좋고 소비자는 소비자대로 그 회사 제품을 구입함으로써 간접적으로 사회에 공헌하게 되니까 모두에게 좋은 일이네요.

정희 이제는 기업과 소비자가 같이 사회 발전을 이루어가야 하는 시대예요. 내가 아니라도 누군가 하겠거니 하고 그냥 보고만 있어선 안 되죠.

민철 그런 의미에서 기업들도 눈앞의 이익에만 급급하지 않고 사회적 책임의 차원에서 봉사활동에 적극 참여하고 있는 것이 아니겠습니까?

01 두 사람은 무엇에 대해서 이야기하고 있습니까?

❶ 기업 이윤의 사회 환원 ❷ 기업의 권리와 책임

❸ 기업의 상품 판매 전략 ❹ 기업과 개인의 역할

02 사회봉사활동을 많이 하는 기업의 제품을 구입하면 좋은 점은 무엇입니까?

특집 n. (特輯) 特輯、專題　　이윤 n. (利潤) 利潤、盈利　　환원하다 v. (還元 -) 還原、復原、恢復
저소득층 n. (低所得層) 低收入階層　　파견하다 v. (派遣) 派、派遣　　급식시설 n. (給食施設) 供餐設備
펼치다 v. 打開、展開、翻開、進行、演出　　바람직하다 a. 可取的、妥當的、值得的
공헌하다 v. (貢獻) 貢獻　　급급하다 a. (汲汲 -) 忙於、疲於　　차원 n. (次元) 層次、層面、角度

03 여러분이 알고 있는 기업들의 사회봉사활동에 대해서 보기와 같이 이야기해 보십시오.

회사이름	업종	국가	사회공헌활동	특기 사항
GE	전기제품 회사	미국	세계적인 자원 봉사조직 운영	자원봉사조직은 승진에 필수적인 코스로 여겨짐.
MS	소프트웨어 회사	미국	기업, 단체, 대학 등에 기부금 제공	저개발국의 어린이들을 위한 전염병 백신 개발, 배포 활동도 병행함.

[보기] 세계적으로 유명한 전기제품 회사 GE는 세계적인 자원봉사 조직을 갖고 있어요. 그런데 이 봉사 조직은 승진에 필수적인 코스여서 회원으로 활동하지 않으면 고위직으로 올라갈 수 없을 정도래요.

어휘   기업의 공헌 ●─────────────────

01 다음 표현을 익히고 질문에 답하십시오.

(가)	(나)
사회적 책임	지원하다
사회 환원	기여하다
일자리 창출	이바지하다
사회봉사단	기증하다
구호 활동	기부하다
바자회	기탁하다

1) (가) 에서 알맞은 표현을 찾아 빈 칸을 채우십시오.

일성그룹은 무료 급식센터를 설립하고 취업에 어려움을 겪는 사람들을 직원으로 채용하여 700여 개의 (　　　　　　　)을/를 계획하고 있다. 또한 회사 차원에서 (　　　　　　)을/를 조직하여 다양한 활동을 벌이고 있는데 직원들이 기증한 자사 제품을 판매하여 그 수익금을 어려운 이웃을 위해 쓰고자 (　　　　)을/를 열거나 국외에서는 지진 발생지역에 직접 가서 (　　　　　)에 참여하기도 한다.
　최근 이처럼 기업들이 이윤의 (　　　　　)에 적극적으로 힘쓰는 것은, 이제는 이윤만 올리려고 해서는 기업이 성공할 수 없으며 사회에 적극적으로 공헌함으로써 (　　　　　　) 을/를 다해야 한다는 인식에서 비롯된 것이다.

2) 밑줄 친 부분과 같은 의미의 표현을 (나) 에서 찾아 쓰십시오.

❶ 그 회사 사장은 해마다 10억 이상을 장학재단에 내고 있다.
(　　　　　)

❷ 일성그룹은 이미 시민단체가 운영하고 있는 공부방 시설에 대해서도 경영면에서나 재정적인 면에서 도와줄 계획이다.
(　　　　)

❸ 어떤 대형 할인 매장은 지역의 특성에 맞춰 봉사활동을 함으로써 지역 발전에 공헌하고 있다.
(　　　　　)

02 여러분은 어떤 나눔 활동을 해 보았습니까? 또는 어떤 활동을 해 보고 싶습니까? 위의 표현을 사용하여 보기와 같이 이야기해 보십시오.

[보기] 제가 다니던 초등학교는 1년에 두 번 큰 바자회를 했어요. 쓰지 않게 된 장난감이나 다 읽은 책, 작아서 입을 수 없는 옷 같은 것을 학교에 가지고 가서 아주 싼 값으로 파는 거예요. 제가 소중하게 쓰던 물건이 다른 사람에게 팔리면 참 뿌듯했어요. 남에게 다시 소중하게 쓰이면 그 사람에게 기쁨도 주고 그 물건의 생명도 더 길어지는 거잖아요.

문법

01 다음을 읽고 문법 및 표현을 익혀 봅시다.

　　예전엔 '봉사' 라든지 '나눔' 이라든지 하는 말을 들어도 나하고는 거리가 먼 이야기라고만 여겼었다. 봉사나 나눔은 남을 위해 자신을 희생할 각오가 되어 있거나 경제적으로 다른 사람보다 여유가 많아서 남에게 베풀 수 있는 **사람이면 몰라도** 나같이 특별한 재주도 능력도 없는 사람은 불가능한 일이라고 생각했던 것이다. 아니, 어쩌면 굳이 내가 하지 않아도 누군가 나서서 **하겠거니 하고** 남에게 미루고 싶었는지도 모르겠다. 그런데 친구를 따라 우연히 갔던 장애인 시설에서 나는 경험했다. 내 작은 도움이 얼마나 큰 의미가 될 수 있는지……. 혼자서는 자유롭게 움직이기 어려운 이들의 손발이 되어주면서 나눔은 먼 데 있는 것이 아니라 바로 내 옆에 있다는 것을 실감했다.

-으면/면 몰라도

1) 다음을 연결하고 보기와 같이 이야기해 보십시오.

회사 차원에서 참가하다 ●┄┄┄┄┄●	직장인이 혼자서 시간을 내어 봉사활동 하기란 쉬운 일이 아니다
어르신들이 오지 말라고 하시다 ●	● 그렇게 힘들게 일을 시키는 회사에는 가고 싶지 않습니다
월급을 지금의 10배쯤 주다 ●	● 1시간씩이나 기다려서 식사를 할 생각은 없어
무료로 먹게 해 주다 ●	● 가능한 한 자주 양로원에 가서 봉사활동을 하고 싶어요
서울에 아주 좋은 일자리가 생기다 ●	● 고향에서 부모님 모시고 살고 싶어요

[보기] 회사 차원에서 참가하면 몰라도 직장인이 혼자서 시간을 내어 봉사활동을 하기란 쉬운 일이 아니다.

-겠거니 하고

1) 다음을 연결하고 보기와 같이 이야기해 보십시오.

[보기] 가: 이번 바자회 행사가 생각보다 홍보가 덜 돼 있는 것 같아. 예상보다 신청자가 많지 않던데.
　　　　나: 네? 그렇습니까? 사람들이 신문을 보고 다 알겠거니 하고 걱정을 별로 안 했는 데요.
　　　　가: 요즘 사람들이 신문을 별로 안 보잖나? 이제라도 다른 방법을 써야겠어.

❶ 가: 네가 새로 샀다는 이 가방, 안이 찢어졌는데 알고 있었어?

　 나: 뭐라고? _____

　 가: 아무리 유명회사 수입품이라도 물건의 품질을 잘 확인하고 사야지.

❷ 가: 미선아! 김치찌개가 왜 이렇게 싱거워?

　 나: _____

　 가: 김치가 짜긴 하지만 아무리 그래도 이렇게 물을 많이 넣으면 무슨 맛으로 먹겠니?

❸ 가: 김 부장! 계획서 다시 해 오게. 행사 기간이랑 비용 계산이랑 다 엉터리야.

　 나: _____

　 가: 이 과장이 아무리 꼼꼼해도 부장인 자네가 다시 잘 검토해야 할 것 아닌가?

❹ 가: 음식의 양을 어떻게 이렇게 딱 맞게 준비했어?

　 나: _____

　 가: 아무리 손님을 많이 치러도 그렇지 모자라지도 않고 남지도 않게 이렇게 정확하게 하기는
　　　 어려운 법인데 말이야. 아주 알뜰한 주부인가 봐.

YONSEI KOREAN 6

02 다음 표를 채우고 위의 두 표현을 사용하여 보기와 같이 이야기해 보십시오.

고민의 계기	고민의 내용	상황 가정	현실상황 판단	결론
월급이 많은 걸로 유명한 대기업의 구인 광고를 보았다	회사를 옮길까?	새 직장으로 옮겨도 지금처럼 마음이 맞는 동료들과 자유롭게 일할 수 있을까?	10년째 다녀서 익숙한 지금 직장이 제일 편할 것이다	더 이상 고민하지 않기로 했다
❶ 다른 학원에 다니는 친구가 같이 다니자고 자꾸 조른다	친구가 다니는 학원으로 옮길까?		우리 선생님만큼 잘 가르치는 선생님은 없다	
❷ 친구가 다른 남자 (여자) 를 소개해 줄 테니 한 번 만나보라고 했다		소개받을 여자 (남자) 가 완전한 이상형일까?	나를 공주 (왕자) 처럼 모셔주는 지금 남자친구 (여자친구) 가 최고다	
❸ 요즘 너나 할 것 없이 다이어트한다고들 야단이다	나도 남들처럼 살을 빼기 위해 굶어야 할까?	굶어서 살을 빼도 지금의 건강이 유지될까?		굶는 다이어트는 안 하기로 했다

[보기] 월급이 많은 걸로 유명한 대기업에서 경력사원을 뽑는다는 광고를 보고 얼마동안 고민을 했었다. 그렇지만 지금 직장처럼 마음이 맞는 동료들과 자유로운 환경에서 일할 수 있으면 몰라도 10년째 즐겁게 다닌 지금 직장이 내 적성에 제일 맞는 곳이겠거니 하고 더 이상 고민하지 않기로 했다.

다음을 읽고 질문에 답하십시오.

우리랑, 아름다운 하루, 연탄 한 장, 돼지 저금통, 김밥 데이, 월급 1%… 이들의 공통점은 무엇일까?

그것은 바로 일성 직원들의 연말 나눔 행사들과 관련된 용어들이다. '우리랑' 은 본사 여직원 동아리로 해마다 연말에 자선 바자회를 개최하고 있다. 올해는 바자회 10년째를 맞아, 보다 적극적으로 나눔을 확산하고 공유하자는 취지로 '아름다운 가게' 와 협력해 20일 자선 바자회를 열었다. 그래서 이른바 '아름다운 하루' 가 됐다.

'연탄 한 장' 은 일성 본사의 봉사 동아리로 설립 2년 만에 300여 명의 본사 직원 중 70여 명 이상이 참여하는 규모로 발전했다. 이 동아리의 맹 열 회장은 "동아리 이름은 안도현 시인의 시에서 모티브를 얻어 지었는데 연탄은 일단 제 몸에 불이 옮겨 붙었다 하면 하염없이 뜨거워지는 것이 특징" 이라면서 "처음에 여섯 명의 회원이 많은 사람들의 봉사하는 마음과 열정이 뜨거워지기를 소망하면서 만들었다" 고 말했다.

이들은 새해에 돼지저금통을 나눠 가졌다가 연말에 모아서 불우이웃 돕기에 사용한다. 전미선 회원은 "저금통을 모으는 날을 '돼지 잡는 날' 이라고 부르는데 정해진 날에 저금통을 깨서 불우이웃 돕기에 사용하게 된다" 며 "연말을 맞아 23일에는 '김밥데이' 도 기획하고 있다" 고 말했다. 이날 동아리 회원들은 김밥을 만들어 직원들에게 판매하고 그 수익금을 소년소녀가장 돕기에 보탠다는 계획이다.

이러한 직원들의 나눔 활동은 동료애에서도 남다르다. 군포공장의 경우, 아이가 백혈병을 앓고 있는 동료를 돕기 위해 '월급 1% 나누기' 운동이 벌써 두 달째 진행되고 있다.

일성의 홍보팀장은 "저희 회사가 기업의 사회적 책임과 함께 사회공헌을 강조하는 문화가 있다 보니 직원들이 나눔 문화에 적극적인 것 같다" 며 "지식과 기부는 나눌수록 가치가 커지기 때문에 요즘 같은 때에 우리 회사 직원들의 작은 나눔 물결이 우리 사회에 많이 확산됐으면 좋겠다" 고 덧붙였다.

01 위 글은 무엇에 대한 것입니까?
❶ 어느 기업의 사업 성공 전략
❷ 어느 기업의 다양한 복지 제도
❸ 어느 기업의 다양한 봉사활동
❹ 어느 기업 직원들의 취미 활동

02 동아리 이름인 '연탄 한 장' 은 어떻게 해서 지어지게 되었습니까?

03 위 기업 직원들의 활동과 관계가 있는 다음 용어들은 무엇을 의미합니까?

용어	의미하는 것
돼지잡는 날	
김밥데이	
월급 1% 나누기	

04 위 기업 직원들이 위와 같은 활동에 적극적으로 참여하는 이유는 무엇입니까?

05 위 글에서 소개된 것 외에 기업이 하는 사회봉사활동에는 어떤 것이 있을까요?

06 여러분이 기업의 대표라면 어떤 사회봉사활동을 하겠습니까? 그 이유는 무엇입니까?

과제 2　신문기사 작성하기　●

기능 표현 익히기

· 기상청**에 따르면**/기상청**에 의하면** 강원 영동 일부지방에는 주말과 휴일에도 최고 20cm의 눈이 더 내릴 것**이라고 한다.**

· 교육과학기술부**는** 수능 성적이 학교별로 공개되면 전국 학교의 서열화로 인한 과열경쟁 등의 부작용이 발생한다**고 밝혔다.**

· 지난해 시작된 '서울 차 없는 날', 올해는 출근시간대 모든 버스는 물론 수도권 지하 철까지 무료로 이용할 수 있게 돼 시민 참여폭이 더욱 커질 **전망이다/것으로 보인다/것으로 예상된다.**

· 영국 하트퍼드셔대의 연구 **결과,** 새해 결심 중 '담배를 끊겠다' 는 결심이 가장 성공하기 어려우며 조사 대상의 75% 가량이 1년 후 담배를 다시 피우는 **것으로 밝혀졌다/나타났다/드러났다.**

---

01 다음의 정보를 이용해서 기사를 완성하고 대제목을 붙여 보십시오.

기사의 날짜와 게재신문 이름과 면
– 2008년 2월 10일자 국민신문 사회면
세부 내용
언제　－ 지난 3일
어디서 － 공동모금회 전북지회
누가　－ 전주 연세 초등학교 6학년 6반 이정숙 선생님과 5명의 학생들
무엇을 － 33명의 학생 전체가 10개월 동안 자발적으로 폐지와 용돈 등을 모은 금액 10만원
왜　　－ 어려운 이웃을 돕고 싶어서
어떻게 － 사회복지 공동모금회에 전달했다.

[대제목] ....

[소제목]-초등생 고사리 손으로 폐지 모아...
[2008년 2월 10일 국민신문 박미선 기자]

[전문] 전북 전주 _____ 이/가 _____ 을/를 _____ 어 달라고 _____ 해 훈훈한 감동을 주고 있다.

[본문] 지난 _____ 전주 연세 초등학교 6학년 6반 이정숙 선생님과 5명의 학생들이 _____ 을/를 _____ 에 전달했다.

[부연] 나눔 활동에 참여한 1학기 학급 대표 이영현 군은 "처음에는 폐지를 모아 오라는 말에 무척 귀찮았지만 티끌 모아 태산처럼 금액이 조금씩 늘어갈 때 너무 기분이 좋았다. 사랑의 열매를 통해 어려운 사람들을 위해 사용한다는 말씀을 들으니 행복해진다" 며 "중학교에 진학해서도 이웃사랑에 앞장서는 학생이 되겠다" 고 말했다.

02 기사의 본문을 읽은 후에 전문을 작성하고 제목을 붙여 보십시오.

[제목] _____

[2008년 1월 7일 연세신문 박미선 기자]

_____
_____ 을/ㄹ 전망이다.

   1974년 서울지하철 1호선 개통 이후 33년여 동안 '종이 승차권' 이 사용되어 왔다. 그러나 지난해 상반기 승차권 종류별 이용률을 살펴보면, 종이 승차권을 이용한 승객은 6.9%에 불과했다. 반면 정기권을 포함한 선·후불 교통카드의 이용률은 2006년 79.5%에서 지난해 80.3%로 늘어나는 등 매년 꾸준히 증가하고 있다. 이처럼 교통카드 사용률이 증가함에 따라 서울시는 승차권 폐지를 검토하게 된 것이다.

   한편 정부 측도 '교통카드 일원화' 를 추진 중이다. 건설교통부는 코레일·서울메트로 등이 발급 중인 종이승차권을 폐지하고 전국 단위 선불 교통카드를 도입하는 방안을 추진하고 있다. 종이승차권은 완전히 사라지고, 통합 교통카드를 소지하지 않은 승객은 이와 동일한 기능의 일회용 카드를 이용하게 한다는 것이다.

03 기사의 전문을 읽고 본문을 써 보십시오.

광복절 특사 절도범 다시 '철창행'

[2008년 1월 6일 연세신문 박미선 기자]

    대전 중앙경찰서는 지난달 31일 새벽 대전 중앙구 모 유흥주점에서 자신을 고교선배 라면서 접근해 피해자들의 승용차와 신용카드, 귀금속 등을 훔친 혐의 (상습 절도) 로 최 모 (32) 씨에 대해 7일 구속영장을 신청했다.

  경찰에 따르면ㅤㅤㅤㅤㅤㅤㅤㅤㅤㅤㅤㅤㅤㅤㅤ

    강도 상해죄로 6년형을 복역하다 지난해 8.15 광복절 특사로 출감한 최 씨는ㅤㅤ

ㅤㅤㅤㅤㅤㅤㅤㅤㅤㅤㅤㅤㅤ것으로 경찰조사 결과 드러났다.

---

04 기사문 작성 방법에 따라 직접 기사를 써 보십시오.

2-3 정리해 봅시다

I. 어휘

01 빈 칸에 알맞은 표현을 쓰십시오.

건립	취지	악취	시위	이윤	공헌	환원	분쟁	파견
공청회	화장장	납골 시설	혐오 시설	급식 시설		유해 물질		저소득층

지역이기주의 → (　　　　　　) 기피 현상
　　　　　　일례

↓ 예

(　　　　 ,　　　　)

↓ 문제점

(　　　　 ,　　　　)이/가 발생한다

↓ 주민의 반대

(　　　　　　)을/를 벌인다

↓ 지방자치단체의 노력

1. (　　　　　　) 을/를 개최한다
2. (　　　　　　) 장소를 신중히 선정한다

↓ 시민단체의 노력

(　　　　　　) 을/를 조정한다

↓ 주민들의 자세

관용과 타협의 정신으로 대화에 참여한다.

기업의 사회적 책임 → 기업 (　　　　) 의 사회(　　　　)
　　　　　　실천 방법

↓ 사례

1. (　　　　) 서민 자녀에게 공부방 지원, 교사 (　　　　)
2. 결식 아동을 위한 무료 (　　　　) 설립
3. 나무 심기
4. 문화 행사 지원

↓ 결과

1. 기업 이미지 향상
2. 기업의 사회 (　　　　)

02 다음을 연결하고 보기와 같이 문장을 만드십시오.

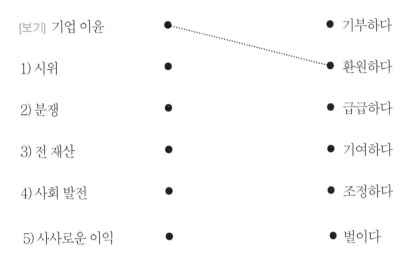

[보기] 기업 이윤 ●   ● 기부하다

1) 시위 ●   ● 환원하다

2) 분쟁 ●   ● 급급하다

3) 전 재산 ●   ● 기여하다

4) 사회 발전 ●   ● 조정하다

5) 사사로운 이익 ●   ● 벌이다

[보기]   기업들은 사회적 책임을 다하기 위해 이윤을 사회에 환원합니다.

II. 문법

알맞은 문법을 골라 보기와 같이 이야기를 완성하십시오.

-었던들/았던들/였던들   -어/아/여 주십사 하고   -으면/면 몰라도   -겠거니 하고

[보기] 어제는 유난히 커피를 많이 마셨다. 출근길에 커피 전문점을 지나면서 유혹적인 커피 향에 이끌려 한 잔. 신제품 아이디어를 내야 하는 회의 전에는 긴장감 때문에 또 한 잔. 퇴근 후 오랜만에 만난 동창과도 커피를 마셨다. 밤에 나는 잠을 이룰 수가 없었다. <u>석 잔 정도는 괜찮겠거니 하고</u> 마셨는데... 아무 생각 없이 그렇게 많이 <u>커피를 마시지 않았던들</u> 이렇게 잠이 안 와서 고생하지는 않을 텐데... 하고 정말로 후회했다.

1) 우리 집 문단속은 늘상 맨 마지막으로 집에 돌아오는 내 담당! 그러나 어제는 언니가 맨 마지막이었고 난 일찌감치 잠들었다. 그런데 아침 일찍 출근하려고 보니 대문이 열려 있었다. 그리고 지하실에 있던 내 자전거가 감쪽같이 사라졌다. 도둑이 든 것이다. ⋯⋯⋯⋯

2) 아침에 집을 나올 때 어머니께서 우산을 가져가라고 하셨지만 날씨가 괜찮을 것 같아서 듣지 않았다. 그런데 명동에서 쇼핑하던 중 비가 억수같이 쏟아지기 시작했다.

3) 드디어 학교를 졸업하고 그간의 꿈을 실현시킬 날이 왔다. 전공을 살리고 자신의 능력을 발휘할 수 있을 기업을 선정해 취직 준비를 시작했다. 내가 지원할 기업은 추천서를 가장 중점적으로 본다는 정보를 들었다.

4) 주택 값이 하늘 높은 줄 모르고 치솟는 요즘, 맞벌이를 한다 해도 월급만 모아서 자기 집을 마련하기란 하늘의 별따기이다.

III. 과제

01 다음 신문 기사들의 제목을 관련 있는 것끼리 연결하고 내용을 이야기해 보십시오.

ㄱ은행, '소년소녀가장 돕기' 봉사활동 ●	● 알뜰 주부 돈 안 들이고 책 구입하기
브레이크 고장난 환율... 뛰는 물가에 기름 붓나 ●	● 새로운 사회 운동 자리잡는 '환경지킴이 주부' 들
서평 쓰고 아이 책 공짜로 받을까 ●	● 달러 '너무 빨리 오른다'... 원화의 나홀로 약세 전망
집에서 지구 지키는 활동 불편하냐구요? 뿌듯해요 ●	● 건조한 날씨와 강풍...곳곳서 화재
담뱃불도 조심! 메마른 봄바람 타고 곳곳 산불 ●	● 활발한 나눔 경영 '함께 가요, 희망으로'

02 다음 기사에 제목을 붙이고 기사 내용에 대한 여러분의 의견을 이야기해 봅시다.

1)

사회사업가 김모씨는 평생을 독신으로 살다가 100억 원의 예금을 은행에 맡겨놓은 채 2005년 11월 5일 직계 가족이 없이 숨졌는데, 은행 대여금고에서 자필로 쓴 유서가 발견됐다.

유서에는 '본인 유고시 본인 명의의 전 재산을 모 장학재단에 한국 사회사업 발전기금으로 기부한다'는 전문과 연월일(2000년 3월 8일)·주소·성명이 자필로 쓰여 있었지만 날인은 빠져 있었다. 숨진 김씨의 형제와 조카 등 유족은 2005년 12월 은행을 상대로 예금 반환청구소송을 냈고, 해당 장학재단은 유언장을 근거로 유산이 재단의 재산이라며 소송의 독립당사자로 참가했다.

1·2심 재판부는 "날인이 누락됐다면 효력이 없다"고 판단했고, 대법원도 2008년 9월 8일 원심을 확정하자 해당 장학재단은 한 달 뒤 헌법소원을 냈다.

2)

미국 어느 주에서 17~22세의 외국 청년 3명이 두 명의 남자에게 접근해 "대마초를 갖고 있느냐"고 물은 뒤 총을 들고 "가진 것을 다 내 놓으라"며 협박을 했다.

노상 강도 혐의로 체포된 이들은 이미 4개월간 감옥생활을 했지만 영어를 못해 법정에서 통역을 써야 했다. 그러자 판사는 "피고들은 미 정부가 일생 동안 통역을 제공할 줄 아느냐"고 반문하고 영어 읽기·쓰기 공부를 한다는 조건으로 가석방을 허용했다. 그 대신 1년 뒤 고교 수준의 영어시험을 통과하지 못하면 2년 징역형에 처하도록 했다고 AP통신이 보도했다.

Y O N S E I K O R E A N 6

2-4 이해와 소통

1. 점자나 수화를 아는 비장애인들을 보면 어떤 생각이 듭니까?

2. 사람과 사람의 관계에서 가장 필요하다고 생각하는 세 가지를 골라 보십시오.

이해 ☐	사랑 ☐	관심 ☐
협력 ☐	배려 ☐	희생 ☐
신뢰 ☐	인내 ☐	관용 ☐

🔊 12

점자들¹ 속으로

나희덕

점자용 종이에 격자판을 대고 펀치를 이용해 점자를 찍는 모습

스무 살 무렵 틈만 나면 점자책을 만들던 때가 있었다. 격자판과 펀치, 점자종이만 있으면 언제 어디서나 할 수 있는 일이었다. 우연한 기회에 어떤 사회복지관의 강습과정을 통해 수화와 점자를 배우게 되었다. 처음에는 점자기호가 익숙하지 않아 번번이² 교재를 들여다 보아야 했고, 잘못 찍을 때가 한두 번이 아니었다. 그러나 점차 숙달되어³ 초등학교 교과서를 비롯해 쉬운 동화책, 아름다운 단편들, 나중엔 성경책까지 꽤 긴 분량도 소화할⁴ 수 있게 되었다.

지금은 컴퓨터 덕분에 빠른 시간 내에 자동으로 점자화할 수 있게 되었다지만, 그때까지만 해도 점자를 익힌 사람들이 일일이 손으로 점자책을 만들지 않으면 안 되었다. 그러니 점자로 된 책이 턱없이⁵ 부족할 수밖에 없었다. 카세트테이프에 책 내용을 녹음하는 방식에 비하면 시간도 오래 걸리고 번거로운 일이지만, 시각장애인들은 귀로 듣는 것보다 손으로 직접 읽는 것을 좋아한다고 한다. 우리가 눈으로 책을 읽듯이 그들 역시 아주 예민한 손끝으로 스스로 책을 읽으며 음미하고⁶ 싶어하기 때문일 것이다. 그들의 손끝이 스쳐가는 것은 희미하게⁷ 도드라진 점들의 집합에 불과하지만, 그 작은 점들을 통해서 만나는 세계는 결코 작지 않다.

점자를 많이 찍은 날에는 손에 굳은살이 박이거나 통증이 느껴지기도 했지만, 그 책을 받아서 손끝으로 읽어 갈 누군가를 생각하면서 점을 하나하나 찍다 보면 어느새

---

1 점자 : 지면에 볼록 튀어나오게 점을 찍어 손가락 끝의 촉각으로 읽을 수 있도록 만든 기호.

2 번번이 : 일이 생길 때마다.

3 숙달되다 : 어떤 특별한 일에 익숙해지다.

4 소화하다 : 완전히 이해하여 자기 것으로 만들다.

5 턱없이 : 너무. 대단히.

6 음미하다 : 내용이나 속뜻을 깊이 새겨 가며 감상하거나 따져 보다.

7 희미하다 : 뚜렷하지 않고 어렴풋하다.

몇 시간이 훌쩍 지나 있곤 했다. 그것은 마치 수틀을 앞에 두고 한 땀 한 땀 무언가를 수놓아 가는 일과도 같았다. 누구를 위해 봉사한다는 생각보다는 그저 그 일이 즐거웠을 뿐이다. 세상에 한 권밖에 없는 책을 만든다는 즐거움에 나는 수공업자라도 된 듯이 그 일에 몰두했다.[8]

5　　그러면 그 점들이 또 하나의 세상과 통하는 통로처럼, 낯선 그들과 나를 연결해 주는 어떤 끈처럼 느껴지기도 했다. 지금은 글을 쓰는 사람으로 살아가고 있지만, 그 시절 나는 막연하게나마[9] 장애인과 함께 살아가고 싶다는 생각을 키워 가고 있었다. 그러기 위해서는 먼저 그들이 쓰는 언어를 알아야 한다고 생각했다. 자라면서 배운 언어가 아닌 또 하나의 언어를 배운다는 것, 그것은 다른 세계와 만나기 위한 하나의 준비이기도 했다. 그것이
10　비록 아주 단순하고 지루한 기호들의 나열이라 할지라도, 점자라는 언어를 통해 나는 세상이라는 텍스트를 새로운 방식으로 읽고 싶었던 것이리라.

　　그러나 점자 찍는 일이 아무리 익숙해져도 점자를 손으로 읽는 일은 마음먹은 대로 되지 않았다. 눈을 뜨고는 점자를 술술[10] 읽을 수 있지만, 막상 눈을 감고 점자 위에 손을 얹으면 내 손끝은 그렇게 무디고[11] 어두울 수가 없었다.

15　　그러면서 나는 절감했다.[12] 빛에 익숙해진 눈으로 누군가의 어둠을 이해한다는 일이 얼마나 불가능에 가까운 일인지를. 손끝이 눈동자처럼 예민해지기까지 그들이 얼마나 암흑 속에서 발버둥 쳐야[13] 했는지를. 그 칠흑 같은 암흑을 제대로 겪어 보지도 못하고 그들의 언어를 읽으려 했던 나의 시도가 얼마나 오만에[14] 찬 것이었는지를. 끝내 나는 눈으로 읽는 자였던 것이다.

20　　이러한 절망 역시 눈먼 사람이 듣는다면 배부른 소리라고 할지도 모르겠다. 그러나 세상은 눈만으로 보는 것이 아님을 느낄 때가 많다. 눈으로 볼 수 없는 것들이 너무나 많다. 눈을 뜨고도 마음의 눈이 멀어버린 사람에 비하면 육신의 눈이 어두운 사람이 덜 불행할지도 모른다는 생각이 들기도 한다. 두 눈으로 인해 생겨나는 수많은 욕망과 분열을 생각해 본다면, 두 눈은 사람에게 주어진 축복이자 가장 큰 짐이라는 것을 부정할 수 없다.

---

8 몰두하다 : 한 가지 일에만 집중하여 온 정신을 기울이다.

9 막연하다 : 분명하지 못하고 희미하다.

10 술술 : 거침없이 잘 나오는 모양.

11 무디다 : 느끼거나 깨닫는 힘이 약하다.

12 절감하다 : 마음 깊이 절실하게 느끼다.

13 발버둥 치다 : 어떤 일을 이루려고 갖은 애를 쓰다.

14 오만 : 잘난 체하며 남을 무시하는 태도.

연암 박지원의 산문 중에 이런 얘기가 나온다. 화담 서경덕 선생이 길을 가다가 집을 잃고 울고 있는 어떤 사람을 만났다. 왜 울고 있느냐는 선생의 말에 그가 울면서 대답하기를, "저는 다섯 살 때 눈이 멀어서 이십 년 동안이나 앞을 보지 못하고 살아왔습니다. 그런데 오늘 아침 밖에 나왔다가 홀연히^{15} 세상이 밝게 보이기에 영문을 모르고 기뻐했습지요. 신기해서 사방을 구경하다가 이제 집으로 돌아가려 하는데, 길은 여러 갈래요, 대문들은 비슷비슷해서 도무지 어디가 어딘지 분간할^{16} 수가 없습니다. 그래서 이렇게 울고 있습니다." 이 말을 듣고 화담 선생은 집으로 돌아갈 수 있는 방법을 일러 주었다. "잘 들어라. 도로 눈을 감아 보아라. 그리고 지팡이를 두드리며 걷다 보면 곧 너의 집이 나올 것이다." 그래서 그 눈면 사람은 늘 하던 대로 다시 눈을 감고 지팡이를 두드리며 걸어가 집을 찾아갈 수 있었다고 한다.

그렇게 소원하던 대로 눈을 뜨게 된 사람에게 도로 눈을 감으라는 화담 선생의 말은 언뜻^{17} 현실성이 없게 들리기도 한다. 이 이야기는 정작 눈먼 사람들보다는 두 눈을 뜨고 살면서도 앞을 제대로 분간할 줄 모르는 사람들에게 들려 주는 말이라고 봐야 할 것이다. 눈앞의 현실이 혼미해질수록^{18} 다시 눈을 감고 평상심을^{19} 되찾으라고 말이다. 그러면서 이 이야기는 우리에게 참으로 본다는 것이 무엇인가를 다시 묻게 한다.

옛 기억으로 다시 돌아가 내가 언제부터 점자책과 멀어지게 되었는가 생각해 보면, 그것은 내가 '본다' 는 사실을 의심도 가책도 없이 받아들이면서부터였던 것 같다. '또 다른 봄' 의 언어를 잊고 내 언어에만 익숙해지면서부터, 다른 언어에 길들여지지^{21} 않는 자신을 더 이상 불편해하지 않으면서부터, 그리고 손끝을 세우고 기다리는 어떤 사람들을

---

15 홀연히 : 뜻하지 않게 갑자기.

16 분간하다 : 사물의 옳고 그름, 좋고 나쁨 등을 헤아려 가려내다.

17 언뜻 : 우연히. 잠깐. 문득. 별안간.

18 혼미해지다 : 일이나 현상이 복잡하여 갈피를 잡을 수 없게 되다.

19 평상심 : 늘 있는 보통 상태의 마음.

20 가책 : 자기가 저지른 잘못을 깨달아 스스로 책망하는 것.

21 길들여지다 : 어떤 일에 익숙해지다.

점차 잊게 되면서부터...... 그러면서부터였을 것이다.

대학 졸업 후 지방 소도시에 고등학교 교사로 취직이 되어 서울을 떠나게 되었다는 것, 국문과를 졸업한 나로서는 원한다 해도 바로 장애인들과 관련된 일을 얻을 수 없었다는 것, 시 쓰는 일에 십 년이 되도록 발목이 잡혀 있다는 것, 이젠 세상이 좋아져서

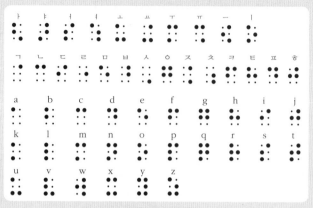

한글과 영어의 점자

손으로 만든 점자책 따위는 필요 없어졌다는 것, 이런 핑계들을 나는 가지고 있다. 꿈꾸었지만 가지 못했던 길과 지금 걸어가고 있는 길에 대해 그렇게 둘러대면서 살아왔다.

그러나 그런 핑계들 위로 한 덩이의 진흙이 던져진다.

"도로 눈을 감아 보아라. 그리고 지팡이를 두드리고 걷다 보면 곧 그곳이 나올 것이다. 네 마음의 눈을 땅에 떨어뜨렸던 그곳이."

까마득하게[22] 잊고 있었던 스무 살 무렵의 기억이 불현듯[23] 떠오른 것은 연초에 한 어른께서 손수 써 보내신 글 때문이었다. 득안 (得眼) 이라는 말. 문학에서 '눈' 을 얻는 것이 가장 중요하다는 말씀과 함께 보내신 '득안' 이라는 두 글자를 펴 놓고 있자니, '눈' 이라는 말이 마음을 무겁게 만든다. 문학의 눈을 얻기 이전에 한 인간으로서 내가 대체 무얼 보고 살아왔나 싶기도 하고, 그것을 또 뭐라고 언어로 남겼나 싶기도 해서. 참된 눈을 얻는 일은 까마득하기만 하고 아직도 눈먼 짐승처럼 살아가는 하루하루가 힘겹기도 해서.

득안. 스무 살 때 내 영혼이 들락거리던[24] 그 작은 점자들에게로 돌아가 빛과 어둠에 관해 다시 물어보아야 할 것 같다.

---

22 까마득하다 : 아주 멀거나 오래 되어서 아득하다.

23 불현듯 : 뜻하지 않게 갑자기.

24 들락거리다 : 자꾸 들어왔다 나갔다 하다.

● 글쓴이 소개

나희덕 (1966~   )

조선대학교 교수로 1989년 중앙문예 '뿌리에게' 로 등단하였다. 뛰어난 언어적 감각으로 인간 현실의 문제에서부터 존재의 심연까지 다양한 영역을 시적으로 형상화하고 있다. 2007년 소월시문학상 대상을 수상하였다.

사람과 사람 사이

법정

한 경제 연구소가 전국 3천 1백 8가구, 7천 4백 95명을 조사 대상으로 고정시켜, 지난 93년부터 매년 가구당 경제활동을 조사하여 최근 그 결과를 발표한 바 있다. 특히 도시 지역에서는 이웃과의 단절현상이 두드러져서 주민의 절반 정도가 하루에 한 번도 이웃과 접촉 없이 생활하고 있다고 한다. 이웃과 마주치더라도 인사는커녕 얼굴을 돌리며 외면하기 일쑤다. 이게 우리 시대의 차디차고 무표정한 세태이다. 바로 이웃에 살면서도 벽과 5 담으로 갈라 놓은 주거형태가 사람한테서 인사와 표정을 앗아간 것이다. 굳이 이런 조사 보고가 아니더라도, 오늘날 우리들은 도시나 농어촌을 가릴 것 없이 따뜻하고 정다운 인간적인 속성에서 점점 벗어나고 있는 현실이다. 날이 갈수록 사람과 사람 사이가 멀어져만 간다.

다른 한편, 자주 만나 이야기하면서도 그저 건성으로 스치고 지나가는 일은 없는가? 가족 10 사이가 됐건 혹은 친구 사이가 됐건 너무 자주 만나기 때문에 으레 당연하게 여기고 범속해지는 일은 없는가? 일이 있건 없건 걸핏하면 습관적으로 전화를 걸고, '땡동' 하고 찾아가는 것도 우정의 밀도에 어떤 몫을 할 것인지 생각해 볼 일이다. 무료하고 심심하니까 그저 시간을 함께 보내기 위해서 친구를 찾는다면 그건 '우정' 일 수 없다. 시간을 죽이기 위해 찾는 친구는 좋은 친구가 아니다. 시간을 살리기 위해 만나는 친구야말로 믿을 수 있는 좋은 15 친구 사이이다.

친구 사이의 만남에는 서로 영혼의 메아리를 주고받을 수 있어야 한다. 너무 자주 만나게 되면 상호간에 그 무게를 축적할 시간적인 여유가 없다. 멀리 떨어져 있으면서도 마음의 그림자처럼 함께 할 수 있는 그런 사이가 좋은 친구일 것이다. 만남에는 그리움이 따라야 한다. 그리움이 따르지 않는 만남은 이내 시들해지게 마련이다. 20

우리가 세상을 살아가면서 가장 기쁜 일이 있을 때, 혹은 가장 고통스러울 때, 그 기쁨과 고통 을 함께 나눌 수 있는 그런 사이가 좋은 인간관계이다.

진정한 친구란 두 개의 육체에 깃들인 하나의 영혼이란 말이 있다. 그런 친구 사이는 공간적으로 멀리 떨어져 있을지라도 결코 멀리 있는 것이 아니다. 바로 지척에 살면서도 일체감을 함께 누릴 수 없다면 그건 진정한 친구일 수 없다.

사랑이 맹목적일 때, 즉 사랑이 한 존재의 전체를 보지 못하는 동안에는 관계의 근원에 도달하지 못한 것이다. 열 길 물속은 알아도 한 길 사람 속은 알 수 없다는 옛말은, 세월의 여과 과정을 거치면 관계의 실상이 이내 드러나게 된다는 소리이다. 인간관계의 뿌리를 이루고 있는 예절과 신의는 어느 한때만 가지고는 헤아릴 수 없다. 시간이 지나가면 그 사람의 본바탕이 드러나게 마련이다. 아무리 그럴듯하게 생긴 상대일지라도 속에 든 것이 바닥나 버리거나 신의가 없으면 번데기처럼 시시한 대상이 되고 만다. 그러나 지극히 평범한 상대일지라도 어느 날 문득 자신이 가장 소중하게 여기고 있는 일에 대해서 지대한 관심을 가지고 열정적으로 이야기를 나누게 되면 그가 새롭게 돋보인다.

진정한 만남은 상호간의 눈뜸 (開眼) 이다. 영혼의 진동이 없으면 그건 만남이 아니라 한때의 마주침이다. 그런 만남을 위해서는 자기 자신을 끝없이 가꾸고 다스려야 한다. 좋은 친구를 만나려면 먼저 나 자신이 좋은 친구감이 되어야 한다. 왜냐하면 친구란 내 부름에 대한 응답이기 때문이다. 끼리끼리 어울린다는 말도 여기에 근거를 두고 있다.

이런 시구가 있다.

사람이 하늘처럼 맑아 보일 때가 있다.
그때 나는 그 사람에게서
하늘 냄새를 맡는다...

사람한테서 하늘 냄새를 맡아 본 적이 있는가. 스스로 하늘 냄새를 지닌 사람만이 그런 냄새를 맡을 수 있을 것이다.

인간관계에서 권태는 시간적으로나 공간적으로 늘 함께 있으면서 부딪친다고 해서 생기는 것만은 아니다. 창조적인 노력을 기울여 변화를 가져오지 않고, 그저 맨날 비슷비슷하게 되풀이되는 습관적인 일상의 반복에서 삶에 녹이 스는 것이다. 아름다움을 드러내기 위해 가꾸고 다듬는 일도 무시될 수 없지만, 자신의 삶에 녹이 슬지 않도록 늘 깨어 있으면서 안으로 헤아리고 높이는 일에 보다 근본적인 노력이 뒤따라야 한다.

생각과 영혼에 공감대가 없으면 인간관계가 투명하고 살뜰해질 수 없다. 따라서 공통적인 지적 관심사가 전제되어야 한다. 모처럼 친구끼리 만나서 이야기를 나누면서도 공통적인 지적 관심사가 없기 때문에 만남 자체가 빛을 잃는 일이 얼마나 많은가? 끊임없이 탐구하는 사람만이 지적 관심사를 지닐 수 있다. 사람은 저마다 따로따로 자기 세계를 가꾸면서도 공유 (共有) 하는 만남이 있어야 한다. 칼릴 지브란의 표현을 빌리자면 '한 가락에 떨면서도 따로따로 떨어

져 있는 거문고 줄처럼' 그런 거리를 유지해야 한다. 거문고 줄은 서로 떨어져 있기 때문에 울리는 것이지 함께 붙어 있으면 소리를 낼 수 없다. 공유하는 영역이 넓지 않을수록 깊고 진하고 두터워진다. 공유하는 영역이 너무 넓으면 다시 범속에 떨어진다.

행복은 더 말할 것도 없이 절제에 뿌리를 두고 있다. 생각이나 행동에 있어서 지나친 것은 행복을 침식한다. 사람끼리 만나는 일에도 이런 절제가 있어야 한다. 행복이란 말 자체가 사랑이란 표현처럼 범속으로 전락된 세대이지만, 그렇다 하더라도 행복이란, 가슴속에 사랑을 채움으로써 오는 것이고, 신뢰와 희망으로부터 오고, 따뜻한 마음을 나누는 데서 움이 튼다. 그러니 따뜻한 마음이 고였을 때, 그리움이 가득 넘치려고 할 때, 영혼의 향기가 배어 있을 때 친구도 만나야 한다. 습관적으로 만나면 우정도 행복도 쌓이지 않는다.

혹시 이런 경험은 없는가? 텃밭에서 이슬이 내려앉은 애호박을 보았을 때, 친구한테 따서 보내주고 싶은 그런 생각 말이다. 혹은 들길이나 산길을 거닐다가 청초하게 피어 있는 들꽃과 마주쳤을 때, 그 아름다움의 설레임을 친구에게 전해주고 싶은 그런 경험은 없는가? 이런 마음을 지닌 사람은 멀리 떨어져 있어도 영혼의 그림자처럼 함께 할 수 있어 좋은 친구일 것이다. 좋은 친구는 인생에서 가장 큰 보배이다. 친구를 통해서 삶의 바탕을 가꾸라.

5

10

15

20

문화

한국의 기부 문화

　현대 사회에서 기업의 사회 공헌은 경영전략에서 빼놓을 수 없는 중요한 요인으로 자리 잡았다. 정부는 기업과 개인이 기부금을 낼 경우 기부한 금액만큼 소득공제를 해주고 있다. 그러나 요즈음 한국 기업은 세제상 혜택을 볼 수 있는 기부금 형식이 아닌 사회공헌 활동에 관심을 갖고 있다. 이것은 이윤의 일부를 사회에 내놓은 기업 이윤의 사회 환원과의 조화 속에서 자사의 장점을 발휘할 수 있도록 사회공헌 활동 영역을 특화시켜 나가고 있다.

　울산에 기반을 둔 SK는 울산시 남구 신정동 일대 1,020억 원의 건설비를 투자해 10년에 걸쳐 조성한 110만 평에 달하는 '울산대공원' 을 울산시에 기부 헌납했다.

　삼성은 사회복지, 문화예술, 학술 및 교육, 자원봉사 등을 통해 사회에 공헌하고 있다. LG는 '함께 잘 사는 사회' 를 구호로 내걸고 수혜자들에게 실질적이고도 직접적으로 도움이 되는 공익사업을 하고 있다. 문화, 복지, 교육, 환경, 언론 등 5개 분야별로 나눠 전문화된 공익재단을 통해 수혜자들에게 필요한 사업을 통해 공헌하고 있다. 현대, 기아 자동차는 '사회공헌활동협의회' 를 구성해 환경, 사회복지 및 자원봉사, 문화예술, 국제교류, 체육진흥 등 분야별로 사회 공헌 사업을 진행하고 있다.

　CJ는 메세나 (기업의 문화예술지원) 활동에 주력하고 있다. 최근 유라시안 필하모닉 오케스트라에 2년간 10억 원을 후원하기로 했다.

　또한 신용카드사들은 고객들이 잘 사용하지 않는 적립 포인트로 이웃을 도우면서 연말정산 때 소득, 세액공제도 받을 수 있는 부가서비스를 선보이고 있다. 현대카드는 고객들이 기부하는 1천만 포인트와 자체 지원금 1천만 원을 합해 '사회복지모금회' 에 기부하여 희귀, 난치병 어린이들을 돕는 'M포인트 기부 캠페인' 을 벌이고 있다.

　이와 같이 기업의 사회 공헌 활동은 계속될 것이다. 그 이유는 기술력의 차이뿐만 아니라 기업이 어떤 이미지를 갖느냐가 해당기업을 다른 기업과 차별화하는 결정적인 역할을 하기 때문이다. 이러한 기업의 전략적인 기부 문화는 소비자에게 좋은 이미지를 갖게 하고 나아가 기업의 경쟁력을 높이는 중요한 역할을 하게 될 것이다.

1. 한국 기업들의 기부 문화가 활성화되는 이유를 알아봅시다.

2. 여러분 나라의 기부 문화에 대해 이야기해 봅시다.

3. 여러분이 생각하는 이상적인 기부 문화는 무엇입니까? 그리고 앞으로 필요한 기부의 형태는 어떤 것이라고 생각합니까?

01 -었던들/았던들/였던들

지난 사실을 현재와 다르게 가정할 때 쓰는 표현이다. 아쉽거나 후회스러운 일에 쓴다.

假定與過去的事實不符時所使用的表現，用在表示感到遺憾或後悔的事情上。

● 진작에 준비했던들 이렇게까지 고생하지 않았을 걸.

● 그 때 좀 더 서둘렀던들 비행기를 놓치지 않았을 텐데.

● 술과 담배를 일찍 끊었던들 암으로까지 진행되지는 않았을 텐데.

● 여행을 떠나기 전에 차를 잘 점검했던들 이런 사고는 나지 않았을 거야.

02 -어/아/여 주십사 하고

상대방에게 매우 조심스럽고 공손하게 부탁할 때 쓰는 표현이다.

非常小心且恭敬地拜託對方時使用的表現。

● 이것은 저희 가게를 자주 찾아 주십사 하고 드리는 선물입니다.

● 제 결혼식에 꼭 와 주십사 하고 청첩장을 드리는 겁니다.

● 어제 새로 개업했는데 꼭 한번 들러 주십사 하고 찾아 왔습니다.

● 새로 시작하는 사업에 투자해 주십사 하고 부탁말씀 드리러 왔습니다.

03 -으면/면 몰라도

어떤 사실에 대해 강한 확신을 나타낼 때 쓰는 표현으로 앞 문장에는 예외적이고 특별한 경우를 가정하는 내용이 온다.

在非常確定某件事實時使用，前面子句的內容為假設例外的，且特別的狀況。

● 너무 매우면 몰라도 보통 한국음식은 다 잘 먹어요.

● 시험에서 실수를 하면 몰라도 영수는 꼭 합격할 거예요.

● 50%이상 할인행사를 하면 몰라도 저는 절대 백화점에서 물건 안 사요.

● 구입하신 제품이 손님의 부주의로 파손되었으면 몰라도 1주일 이내에 가져오시면 교환이나 환불이 가능합니다.

04 -겠거니 하고

으레 그럴 거라고 단정하거나 미루어 짐작하여 어떤 행동을 수행했음을 의미하는 표현이다.

表示斷定一定會那樣或推測某種行動已經完成的表現。

- 밖이 춥겠거니 하고 주말에 하루 종일 집에 있었는데 오늘 나와 보니 봄날처럼 따뜻하네요.

- 치즈를 넣은 김치찌개는 느끼하겠거니 하고 입도 안 대 봤어요.

- 지금쯤은 집에 돌아왔겠거니 하고 지나는 길에 들러 봤어요.

- 약속시간이 조금 지나서 다들 도착했겠거니 하고 모임 장소에 들어가보니 아무도 없었어요.

제3과 남성과 여성

3-1 남성과 여성의 변화

학습 목표
- 과제 한국의 전통 여성상과 현대 여성상 비교하기, 토론 시작하기
- 문법 –은 채, –으리라는 ● 어휘 여성

과거와 현재의 여성의 생활은 어떻게 다릅니까?

현재 여성의 사회적 지위에 대해 이야기해 봅시다.

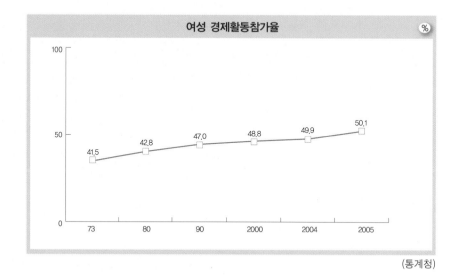

여성 경제활동참가율   %

41.5   42.8   47.0   48.8   49.9   50.1

73   80   90   2000   2004   2005

(통계청)

1) 여성 경제활동인구가 늘어나고 있는 이유는 무엇이겠습니까?

2) 여성 경제활동참가율의 증가가 사회에 미친 영향에 대해서 이야기해 봅시다.

대화

🔊 13~14

며느리　어머니, 오늘 인사이동 발표가 났는데 저 이번에 승진했어요. 이번에도 안 될까 봐 얼마나 마음을 졸였는지 몰라요.

시어머니　그거 정말 축하할 일이로구나. 우리 때만 해도 결혼과 동시에 직장을 그만두어야 하는 분위기였단다. 그런데 요즘은 능력만 있으면 얼마든지 하고 싶은 일을 하면서 사는 것 같아 부럽구나.

며느리　그렇긴 하지만 아직도 취업주부들에게는 가사와 직장 일을 병행하는 게 쉽지 않은 일이에요. 저만 해도 아직 어린 아이들을 어머니께 맡긴 채 회사에 나가야 해서 늘 어머니께 죄송스러워요.

시어머니　그렇게 생각할 필요 없다. 난 오히려 집안일 하랴 회사에 나가랴 늘 동분서주 하면서도 직장에서 인정받는 네가 자랑스럽구나.

며느리　하지만 요즘에도 현모양처로 사는 것이 가장 바람직하다고 생각하는 여자들이 많아요. 여자의 행복이 자신의 사회적 성공보다는 남편이나 아이들의 성공에 달려 있다고 믿는 거죠.

시어머니　어떻게 살든 자신이 만족하고 행복하게 살 수 있는 길을 찾으면 되는 것 아니겠니?

며느리　일단 취업하기로 했을 때는 적당히 다니다가 그만둘 것이 아니라 평생직장으로 일하리라는 각오를 해야 하고요.

시어머니　그러려면 아이가 있는 직장 여성들이 마음 놓고 일할 수 있는 환경이 만들어져 야지.

01 시어머니의 생각과 같은 것을 고르십시오.

❶ 뭘 하든 만족하면서 살 수 있으면 된다.

❷ 현모양처가 가장 바람직하다.

❸ 결혼하면 직장을 그만두어야 한다.

❹ 취업주부는 집안일과 직장 일을 다 잘 해야 한다.

02 취업주부들이 겪는 어려움은 무엇입니까?

인사이동 n. (人事異動) 人事調動	마음을 졸이다 著急、提心吊膽	
병행하다 v. (竝行 -) 並行、雙管齊下	동분서주하다 v. (東奔西走 -) 東奔西走、奔波	
현모양처 n. (賢母良妻) 賢妻良母	각오를 하다 (覺悟) 有所覺悟、做心理準備	

03 다음 주제에서 하나를 골라 보기와 같이 이야기해 봅시다.

1) 아이가 있는 직장 여성들이 마음 놓고 일할 수 있는 환경

2) 현모양처의 조건

[보기] 저는 직장 안에 좋은 시설을 갖춘 탁아소가 반드시 있어야 한다고 봐요. 엄마랑 같이 출근과 퇴근을 하면 아기는 정서적으로 안정감을 느끼게 돼서 좋고 엄마도 마음 놓고 일할 수 있을 테니까요.

어휘 여성 ●

01 다음 표현을 익히고 질문에 답하십시오.

(가)	(나)
전업주부	현모양처
취업주부	여장부
맞벌이 부부	여걸
가사노동	요조숙녀
가사분담	슈퍼우먼

1) (가)에서 알맞은 표현을 찾아 빈칸을 채우십시오.

❶ 가정생활을 하는 데 필요한 노동인 (   )을/를 하는 시간은 나라마다 차이를 보인다.
한국의 경우 집안일만 하는 (   )은/는 하루 평균 10시간 이상이고 직장을 다니며
집안일도 하는 (   )은/는 5~6시간 정도이다. 일반적으로 이와 같은 노동은
편한 것 또는 노는 것이라고 생각하지만 의외로 노동시간이 길고 종류가 많고 복잡하며
힘든 노동이 많다.

❷ 한국노동연구원의 조사에 따르면 부부가 모두 일을 하는 (   ) 중 부인이 가사를 돌보는 시간은 주당 21.4시간으로 남편의 4.6시간에 비해 다섯 배 정도 많은 것으로 나타났다. 그러므로 이들의 노동시간을 줄이려면 적절한 (   )이/가 필요하다.

2) (나)에서 알맞은 표현을 찾아 빈칸을 채우십시오.

❶ (   )이란/란 현명한 어머니이면서 착한 아내를 말하는 것으로 한국에서는 신사임당이 대표적이다.

❷ (   )은/는 말과 행동이 얌전하고 품위 있는 여자를 말하며 이와 달리 (   )이란/란 기운이 세고 용감하며 리더십과 결단력 및 추진력이 강한 여자를 말한다.

❸ (   )은/는 아내, 어머니, 직장인으로 자신이 해야 할 모든 역할을 완벽하게 해내는 여자를 말하는데 현실적으로는 거의 불가능하다.

02 위의 표현을 사용하여 다음 질문에 답하십시오.

1) 여러분 나라에서는 여성을 표현하는 말로 어떤 것이 있습니까? 그리고 그 의미는 무엇입니까?

2) (여학생의 경우) 여러분은 결혼 후에도 계속 일을 할 생각입니까?

(남학생의 경우) 여러분은 결혼 후에 아내가 직업을 갖는 것에 대해 어떻게 생각합니까?

[보기] 저는 결혼을 하면 직장을 그만두고 살림만 할 거예요. 현모양처로 사는 것이 제 꿈인데 직장 일을 하다가 보면 가정에 소홀해지기가 쉽지 않겠어요?

문법

01 다음을 읽고 문법 및 표현을 익혀 봅시다.

결혼 전에 나는 결혼해도 계속 직장을 다닐 거니까 설거지와 청소는 남편이 하고 요리와 빨래는 내가 맡기로 했었다. 하지만 남편은 신혼 초부터 바쁘고 피곤하다는 핑계로 툭하면 설거지감들을 내버려 **둔 채** 들어가 자 버렸고, 몇 날 며칠 청소기를 돌리지 않아 집안에 먼지가 가득한 날도 많았다. 그래서 어젯밤에는 이 문제를 반드시 **해결하리라는** 결심을 하고 남편에게 "내가 슈퍼우먼이야? 이럴 거면 왜 결혼했어?" 하고 큰 소리로 따졌다. 과연 남편은 앞으로 얼마나 달라질까?

-은/ㄴ 채

1) 다음 표를 완성하고 보기와 같이 이야기해 보십시오.

[보기] 일을 끝내지 못했다	퇴근했다
❶ 잠 자는 것도 잊었다	
❷ 옷을 그대로 입었다	
❸ 주머니에 손을 넣었다	
❹ 두 팀이 승부를 가리지 못했다	

[보기]   일을 끝내지 못한 채 퇴근했다.

-으리라는/리라는

2) 다음을 연결하고 보기와 같이 이야기해 봅시다.

영미는 이번 대학시험에 꼭 합격하다 ●   ● 기대감이 높아지고 있다

그 사람은 로봇 연구의 일인자가 되다 ●   ● 예상을 하고 있다

영수야, 올해는 술을 끊다   ●   ● 네 결심이 변하지 않았겠지?

금년에는 경기가 회복되다   ●   ● 각오로 열심히 공부하고 있다

세계 인구가 2050년쯤 백억 명을 넘다 ●   ● 신념을 갖고 연구에 매진하고 있다

[보기] 영미는 이번 대학시험에 꼭 합격하리라는 각오로 열심히 공부하고 있다.

02 다음의 표를 채우고 위의 두 표현을 사용하여 잘못을 하거나 실수를 한 후의 결과와 그 후의
결심 또는 각오를 보기와 같이 이야기해 봅시다.

잘못이나 실수	결과	결심 또는 각오
[보기] 화장을 지우지 않고 잤다	다음 날 얼굴에 뾰루지가 많이 났다	아무리 피곤해도 화장을 꼭 지우고 자겠다
❶ 문을 열어 놓고 잤다		
❷ 렌즈를 끼고 잤다		
❸ 가스 불을 켜 놓고 외출했다		
❹ 칼에 벤 상처를 치료하지 않았다		

[보기] 화장을 지우지 않은 채 잤더니 다음 날 얼굴에 뾰루지가 많이 났어요. 그래서
앞으로는 아무리 피곤해도 화장을 꼭 지우고 자리라는 결심을 했어요.

과제 1 　읽고 말하기

다음을 읽고 질문에 답하십시오.

　　여성 교육은 시대와 사회의 여성관이나 여성의 사회적 지위 등에 따라 변화되어 왔다. 한국의 경우 삼국시대의 왕족이나 귀족사회에서는 여성도 상당히 높은 교양을 지녔었다고는 하나 그와 같은 교양을 접할 수 있었던 것은 극히 제한된 일부이고 대부분의 여성은 글자를 깨우칠 기회조차 없었다.

　　고려 시대에는 비교적 자유로운 문화가 형성되었기 때문에 여성의 활동에 대한 제약이 덜했으며 지위도 높았다. 이 시기의 여성 교육은 불교적인 계율과 신앙을 덕으로 강조하였다.

　　주자학을 국가의 지도 이념으로 삼은 조선은 양반 중심의 위계적 신분질서를 공고히 하기 위해서 여성의 활동을 엄격하게 통제하였다. 더욱이 가부장제의 확립은 남성 중심 혼인 풍습의 정착과 함께 여성의 경제권도 약화시켰고 여성의 지위도 낮추는 큰 이유가 되었다. 이 시기의 여성교육은 유교적 부덕을 겸비한 여성의 교화를 강조하였고 신분 질서에 순응하는 순종적 여성을 육성해 나갔다.

　　근대 여성 교육은 1886년 선교사 스크랜튼 부인이 젊은 여성 한 명을 상대로 문을 연 이화학당에서 비롯되었다. 뒤이어 여러 여학교가 속속 설립되어 여성교육의 여명기를 맞이하게 되었다. 이화학당이 문을 열기 한 해 전인 1885년에는 한국 최초의 현대식 학교 법규가 공포되어 한국에서 여자에게도 남자와 똑같은 취학의 기회가 주어졌다.

　　1940년대 중반 이후 서구의 문화가 더욱 광범위하게 유입되면서 남녀평등 의식이 확산되었고 그로 인해 활발한 여성 운동이 펼쳐졌다. 이와 함께 남녀 공통의 의무교육이 실시되고 남녀 공학 제도가 도입되는 등 여성 교육의 기회가 확대되었다.

　　1998년에는 교육부에 여성교육정책담당관실이 설치되어 여성교육관련 정책의 수립을 조정하며 여학생의 진로교육 및 진로지도를 하고 있고 2000년에는 남녀평등교육진흥법이 제정되었다. 이와 같은 노력들로 2006년 여학생의 대학 진학률은 81.1%로 35년 전과 비교하여 15배 증가하는 등 여성의 교육기회가 경이로울 정도로 증가했고 그에 따라 여성의 사회·경제적 지위는 점차 높아지고 있는 양상을 보이고 있다.

01 이 글의 중심 내용은 무엇입니까?

❶ 한국여성 교육의 역사　　　　　　　❷ 남녀평등교육

❸ 전통적 여성 교육　　　　　　　　　❹ 여성의 사회·경제적 지위의 향상

02 여성 교육의 기회가 증가한 때는 언제부터이며 그 배경은 무엇입니까?

03 여러분 나라의 여성 교육에 대해 이야기해 보십시오.

과제 2 토론 시작하기

> **기능표현 익히기**
>
> <사회자가 토론을 시작할 때>
>
> - 우리는 오늘 조기 유학에 대해서 토론을 **하고자 합니다.**
> - 지금부터 조기 유학**에 대한 토론을 시작하겠습니다.**
> - 오늘은 '조기유학 꼭 필요한가' **라는 제목으로 토론을** 해 보겠습니다.
> - 찬성/반대 팀부터 말씀해 주시지요.
>
> <토론자(찬성팀/반대팀)가 이야기를 시작할 때>
>
> - 저는 조기 유학에 대해서 반대 의견을 **말씀드리고자 합니다.**
> - 저는 조기 유학**에 대해서 찬성하는 이유를 말씀드리도록 하겠습니다.**

01 다음 도표를 보고 무엇에 관한 것인지 이야기해 보십시오.

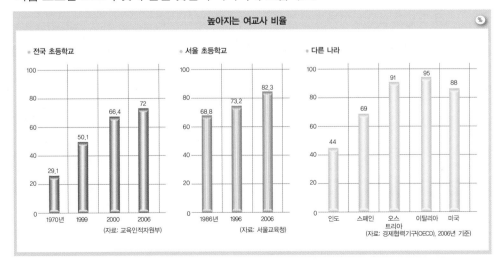

02 다음은 '남자 교사 할당제' 라는 주제로 토론을 시작하는 사회자의 말입니다.

인사/사회자 소개	여러분, 안녕하십니까? 오늘 토론의 진행을 맡은 한세미입니다.
주제 소개	얼마 전 서울시 교육청이 초 · 중 · 고등학교 교원 양성의 불균형 해소 차원에서 남자 교사 신규임용 할당제를 추진하겠다고 발표했습니다. 남자 교사 신규임용 할당제란 초 · 중 · 고등학교 교사를 임용할 때 남자 선생님의 비율을 최대 30%까지 뽑을 수 있도록 하는 제도입니다. 이 방안을 추진하려는 이유는 특히 초등학교의 경우 남자 교사가 너무 적어서 아동 교육에 문제가 많다고 판단했기 때문입니다. 그러나 남자 교사 할당제는 여성에 대한 역차별이라는 비판 의견도 많습니다. 그래서 우리는 오늘 남자교사 신규 임용 할당제라는 주제로 토론을 하고자 합니다.
참석자 소개	이 주제에 대해 토론하실 분들을 소개해드리겠습니다. 먼저 한국 여성발전연구소의 김연주 박사님께서 나와 주셨습니다. 그 옆에 한국 대학교 교육학과 박철수 교수님께서 나와 주셨습니다. 맞은 편에 연세초등학교 교장선생님으로 계시는 최수호 선생님께서 나와 주셨습니다. 그 옆에 서울학교발전위원회의 이종수 위원장님께서 나와 주셨습니다.
토론을 시작하는 말	그럼 우선 양 팀 대표들의 찬반 의견을 들어 보도록 하겠습니다. 먼저 찬성팀부터 말씀해 주시지요.

1) 이 토론의 목적은 무엇입니까?

2) 시 교육청은 왜 남녀교사 할당제를 도입하려고 합니까?

03 다음 도표를 보고 무엇에 관한 것인지 이야기해 보십시오.

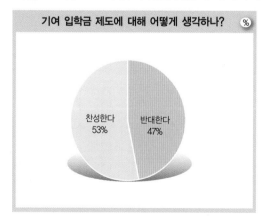

<전국 대학생 2,249명에게 질문함>

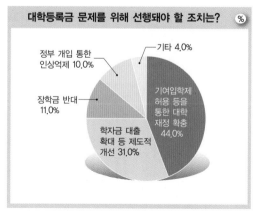

<전국 성인 남녀 1,578명에게 질문함>

04 여러분도 토론의 사회자가 되어 다음의 주제로 찬반 토론을 시작해 보십시오.

주제: 기여입학제

기여입학제란?

기여입학제는 특정 학교에 물질을 무상으로 기부하여 현저한 재정적 공로가 있는 경우나 대학의 설립 또는 발전에 비물질적으로 기여하는 등 공로가 있는 사람의 직계자손에 대해 대학이 정하는 기준과 방법에 따라 입학이 가능하도록 특례를 인정하는 제도를 말한다.

인사/사회자 소개	
주제 소개	
참석자 소개	
토론을 시작하는 말	

3-2 바람직한 성역할

학습 목표 • 과제 바람직한 성역할에 대해서 알아보기, 상대방의 주장에 대해서 동의 또는 반박하기
• 문법 아무리 –기로서니, –은 끝에 • 어휘 성역할

여러분 나라에서는 그림과 같은 장면을 얼마나 볼 수 있습니까?
가정에서의 남편의 역할은 무엇이라고 생각합니까?

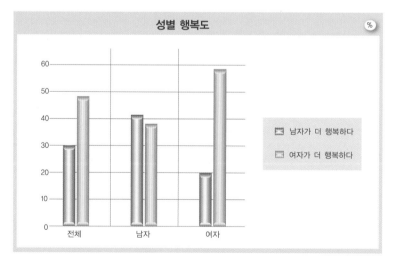

1) 전국의 성인 남녀 534명에게 '성별 행복도' 에 관해 설문 조사한 결과입니다. 이 조사의
결과가 시사하는 바는 무엇입니까?

2) 여러분은 남자가 더 행복하다고 생각하십니까? 아니면 여자가 더 행복하다고 생각하십니까?

대화

🔊 15~16

정민철   부장님, 저 이번에 1년 간의 휴직 신청을 좀 하려고 하는데요.

최부장   아니, 휴직이라니? 그게 무슨 말인가? 내 이번에 자네에게 큰 일을 맡기려고 했는데...

정민철   다름이 아니라 부장님도 아시다시피 지난달에 제 집사람이 출산을 했잖습니까? 그런데 직장에 다니는 아내가 안심하고 아기를 맡길 만한 데가 없어서요. 그래서 아내와 이 문제에 대해 심사숙고한 끝에 제가 휴직을 하기로 결정을 했습니다.

최부장   그래도 그렇지, 아이는 엄마가 돌봐야 하는 것 아닌가?

정민철   저는 아이를 반드시 엄마가 키워야 한다고는 생각하지 않습니다. 남녀를 불문하고 엄마든 아빠든 여건이 되는 사람이 아이를 돌보면 되는 것 아닌가요? 그런데 자기 사업을 하는 제 아내가 지금 일을 쉴 수 있는 형편이 못 되거든요.

최부장   아무리 시대가 달라졌기로서니 남자가 직장을 쉬면서까지 아이를 봐야 한단 말인가? 내가 구세대라서 그런지 모르겠네만 도저히 납득이 안 가는 일일세.

정민철   부장님께서 제게 큰 기대를 갖고 많이 아껴주시는 거 잘 알고 있습니다. 하지만 남자가 꼭 바깥일을 해야 하고 여자는 집안일을 해야 한다는 것은 고정관념이 아닐까요? 저는 직장에서의 성공만큼 가정의 행복도 중요한 것이라 생각합니다.

최부장   자네가 정 그렇다면야 나로서도 어쩔 수 없지만 다시 한 번 잘 생각해 보게나.

01   정민철이 육아 휴직을 하려는 이유는 무엇입니까?

❶ 아내가 출산을 해서   ❷ 아이를 맡길 적당한 곳이 없어서

❸ 아기에게 아빠가 필요해서   ❹ 아이 돌보는 것을 좋아해서

02   최 부장과 정민철의 생각이 어떻게 다른지 정리해 보십시오.

	최 부장	정민철
육아의 책임을 가진 사람		
남자와 여자의 역할		

심사숙고하다 v. (深思熟考 -) 深思熟慮   불문하다 v. (不問 -) 不追究、不分   여건 n. (與件) 條件
납득이 가다 (納得) 理解、接受   고정관념 n. (固定觀念) 刻板印象   정 adv. (正) 實在、真的

03 여러분은 누구의 생각을 지지합니까? 보기와 같이 이야기해 보십시오.

[보기] 제가 보기에 정민철의 생각은 너무 튀는 것 같은데요. 최 부장의 말대로 남자가 자기 일을 쉬면서까지 아이를 돌본다는 건 쉽지 않은 일이지요. 육아 도우미를 부른다든지 하는 다른 방법을 더 찾아 볼 수 있지 않을까요?

어휘 성역할

01 다음 표현을 익히고 질문에 답하십시오.

(가)	(나)
고정관념	남녀평등/양성평등
남녀차별/성차별	성차이
남자답다	성역할
여자답다	양성성
가부장적이다	양성적이다

1) (가) 에서 알맞은 표현을 찾아 빈칸을 채우십시오.

❶ 여성은 감성적이고 의존적이며 소극적인 인물로 생각되고, 남성은 이성적이고 경쟁적이며 독립적이고 적극적인 인물로 생각되는 경우가 많은데 이를 성역할에 따른 (   )이라고/라고 할 수 있다.

❷ (   )는 말은 여성이 지녀야 할 만하다고 여겨지는 성질이나 모습을 갖추고 있을 때 쓰는 말이다. 일반적으로 상냥하다, 얌전하다, 애교가 많다 등의 단어가 이러한 성격을 표현한다. 반면에 남자에 대해서 박력 있다, 씩씩하다, 거칠다, 공격적이다 등은 (   )는/은/ㄴ 것을 표현할 때 자주 쓰는 말이다.

❸ 가부장은 가족 중에서 가족 전부에 대하여 가장 큰 권력을 가진 남자 어른을 의미하는데 남편이나 아버지가 지나치게 절대적인 권력을 갖고 권위적으로 행동할 때 (   ) 이라고/라고 말한다.

2) (나) 에서 알맞은 표현을 찾아 빈칸을 채우십시오.

❶ 성차별은 성에 기초한 모든 차별이나 배제 또는 제한을 뜻한다. 다시 말해서 남자와 여자의 성별에 따라 법률적 권리나 사회적 대우가 다른 것을 말하며 반대말은 (   ) 이다.

❷ 근래에 와서 전통적으로 남성과 여성 사이에 존재해왔던 이성간의 벽이 허물어지고 있는데 젊은 한국인 남녀 절반 이상이 각자의 성에 대한 고유의 (   ) 에서 벗어나 (   ) 을/를 추구하고 있는 것으로 나타났다.

02 여러분이 알고 있는 성역할에 따른 고정관념이 드러나는 말이나 이에 대한 자신의 경험을 이야기 해 보십시오.

[보기] 우리나라에는 색에 대한 고정관념이 있는데 아기가 태어나면 남자아기는 보통 하늘색이나 파란색 옷을 입히고 여자아기는 분홍색 옷을 입혀요. 저도 어렸을 때 분홍색 계통의 옷을 많이 입었고 주로 인형을 가지고 놀았어요. 하지만 아무도 저에게 로봇이나 장난감 자동차는 사주지 않았고, 엄마는 제게 파란색 옷은 입히지 않으셨어요.

01 다음을 읽고 문법 및 표현을 익혀 봅시다.

요즘 성역할에 대한 고정관념이 많이 사라지고 있다고는 하지만 그것은 젊은 여성들만이 갖는 생각인 것 같다. 최근 들어 우리 할머니한테서 제일 많이 듣는 소리가 안 되는 취직하려고 애쓰지 말고 좋은 신랑감 만나서 시집이나 가라는 소리다. 내가 **아무리** 취직을 못해 백수로 **지내기로서니** 어떻게 그런 말을 하실 수 있을까? 그래서 이 말을 할까 말까 한참을 **망설인 끝에** "저도 나름대로 하고 싶은 일이 있고 계획도 있으니까 그런 말씀은 제발 그만하세요" 라고 할머니께 대들 듯이 말하고 말았다.

아무리 -기로서니

1) 보기와 같이 다음의 상황을 비난하는 문장을 만드십시오.

[보기] 바빠서 부모님께 한 달 동안 전화를 못 드렸다.

❶ 화가 많이 나서 동생을 때렸다.

❷ 피곤해서 하루 종일 잠을 잤다.

❸ 돈이 없어서 다른 사람의 돈을 훔쳤다.

❹ 스트레스가 많이 쌓여서 정신을 잃을 정도로 술을 많이 마셨다.

[보기]   아무리 바쁘기로서니 부모님께 전화 한 통도 못 드릴 수가 있어요?

-은/ㄴ 끝에

2) 빈칸을 채우고 보기와 같이 이야기해 보십시오.

상황	과정	결과
[보기] 비행기가 연착되었다	세 시간이나 기다렸다	겨우 비행기를 탈 수 있었다
어려운 문제가 생겼다	밤새도록 고민했다	
경쟁률이 높은 회사에 지원했다	죽기 살기로 노력했다	
그 범인의 행방이 묘연했다	끝까지 추적했다	
사랑고백하기가 부끄러웠다	오랫동안 망설였다	

[보기]   비행기가 연착되어서 세 시간이나 기다린 끝에 겨우 비행기를 탈 수 있었다.

02 위의 두 표현을 사용해서 여러분의 경험을 보기와 같이 이야기해 봅시다.

[보기] 저는 고등학교 때 반드시 일류 대학에 가겠다는 목표로 하루에 서너 시간만 자면서 정말 열심히 공부했어요. 그 때 대부분의 제 친구들은 잠도 실컷 자고 놀기도 많이 하면서 "아무리 대학 가는 게 중요하기로서니 잠도 못 자 가면서 공부를 하니?" 라고 저에게 말하곤 했지요. 하지만 저는 그런 말들을 무시하고 정말 힘들게 노력한 끝에 원하던 대학에 합격하게 되었답니다.

과제 1   듣고 말하기 [🔊 17]

01 다음 도표를 보고 무엇에 관한 것인지 이야기해 보십시오.

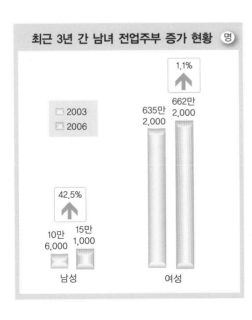

최근 3년 간 남녀 전업주부 증가 현황 (명)

2003
2006

1.1%
↑
635만
2,000
662만
2,000

42.5%
↑
10만
6,000
15만
1,000

남성   여성

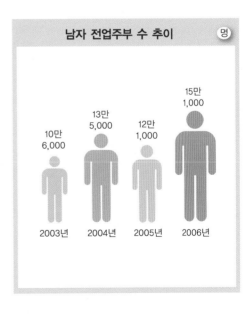

남자 전업주부 수 추이 (명)

10만
6,000
13만
5,000
12만
1,000
15만
1,000

2003년   2004년   2005년   2006년

02 다음을 듣고 질문에 답하십시오.

1) 들은 이야기와 맞는 것을 고르십시오.

❶ 전문직 종사자 수의 증가는 남성과 여성이 비슷하다.

❷ 가부장적 부부관계가 붕괴하고 있다.

❸ 여자 전업주부의 수는 감소하고 있다.

❹ 통계청은 초등학생까지의 아이를 돌보는 것을 '육아' 로 분류한다.

2) 남자 전업주부가 늘고 있는 이유가 아닌 것은 무엇입니까?

❶ 여성 연상 커플의 증가

❷ 고소득 전문직 여성의 증가

❸ 질 좋은 일자리 감소

❹ 미취학 아동의 증가

03 온라인 취업사이트 '사람인' 이 남성 직장인 1,092명을 대상으로 실시한 설문 조사에 따르면 조사대상의 33.1%가 "배우자의 수입이 많으면 집에서 살림만 할 의사가 있다" 고 답했다고 합니다. 여러분은 남자 전업주부에 대해서 어떻게 생각합니까?

상대방의 주장에 대해서 동의 또는 반박하기 ●

기능표현 익히기

<동의하기>

- 저는 대북지원이 남북관계를 유지하고 관리하는 중요한 협상수단이라는 **점에서 -씨의 의견에 동의합니다.**
- 기여입학제가 교육의 기회를 확대시켜줄 수 있**다는 점에서는 일리가 있습니다.**

<반박하기>

- 자녀의 조기유학을 위해 부모가 자신의 일을 접고 희생하는 **것이 반드시** 아이에게 득이 되는 **것만은 아닙니다.**
- 자유무역협정(FTA) 타결이 세계적 추세라서 피할 수 없다고 **단언할 수는 없는 일이지요.**
- 죽는 것보다 평생 감옥에서 사는 게 더 낫다고**는 생각하지 않습니다.**
- 사형제도가 흉악 범죄 예방에 효과가 있다는 **말은 납득이 가지 않습니다.**
- 남자교사 할당제의 실시가 교사의 질을 떨어뜨릴 수 있다는 **점에서 문제가 있다고 생각합니다.**
- **다른 관점에서 보자면** 사형제도는 국가가 저지르는 살인이라고 할 수 있습니다.

01 다음을 읽고 질문에 답하십시오.

초등학교 '여교사 편중현상' 이 심화되면서 남자 교사가 없거나 한두 명에 불과한 학교가 늘고 있다. 초등학교 재학 6년 동안 남자 담임교사를 만나지 못하는 학생도 수두룩하다. 서울의 경우 초등 여교사의 비율은 82%를 넘었다. 이와 같은 추세로 나간다면 곧 90%를 넘을 전망이다. 서울시교육청이 이와 같은 현상을 완화시키기 위한 방안 마련에 나섰다. 초·중·고교 교사 임용 때 최대 30%까지 남성으로 뽑는 제도를 도입하겠다는 것이다. 그러나 이에 대해 찬성과 반대의 의견이 팽팽한데 이것은 대략 네 가지 논점으로 정리될 수 있다.

이를 찬성하는 쪽에서는 그 이유를 첫째로 학생들의 성역할 정체성 확립에 도움을 줄 수 있다고 한다. 하지만 이에 대해 반대하는 입장에서는 성역할은 학교에서만 배우는 게 아니며 가정에서 부모로부터 배우는 성역할 교육도 중요하다고 반박하고 있다. 이들은 또한 여성 비율이 높은 것이 문제라면 초등학교의 교장선생님 중 91%가 남자라는 것도 문제가 되어야 한다고 지적하고 있다.

둘째로 생활 지도와 체육 수업 등에 남자교사가 더 적합하고 수련회나 운동회 등의 각종 활동에서도 남교사의 역할이 크다는 주장이다. 이 문제에 대해 반대하는 쪽에서는 생활 지도와 체육과 각종 활동을 전문적으로 담당하게 하는 전문 교사제를 도입해야 한다고 말하고 있다.

셋째로 여교사의 급격한 증가로 임신과 출산, 육아 휴직 등이 많아지면서 이 부분을 담당할 계약직 교사를 확보하는 것이 어려울 뿐만 아니라 상대적으로 책임감과 경험이 부족한 이들로 인한 수업의 질이 떨어질 수 있다는 점을 찬성하는 쪽에서 지적하고 있다. 이에 대해 반대쪽에서는 이것은 국가적인 차원에서 예산을 늘려 해결해야 할 문제라고 주장하고 있다.

마지막으로 할당제를 반대하는 쪽에서는 지금의 교사 성비 불균형은 교사를 시험성적으로 뽑아서 발생한 것이기 때문에 여성보다 성적이 낮은 남성으로 30%를 채운다면 교사의 질이 떨어질 게 분명하다고 주장하고 있다. 하지만 할당제를 찬성하는 입장에서는 교사를 뽑는 과정에서 남자를 우대하자는 것은 성차별적 발상이 아니라 아이들에게 균형 잡힌 교육환경을 제공하기 위한 것으로 이해되어야 한다고 반박하고 있다.

한편 여성계 등에서는 "여교사의 비율이 높아 교육에 문제가 있다는 것은 입증된 적이 없다"며 교사들의 처우가 좋아지면 자연히 우수한 남성들이 몰리게 될 것인데 근본적인 문제해결 없이 할당제만으로는 이 문제를 풀어갈 수 없다고 말하고 있다.

1) 다음 표를 채우십시오.

찬성의 논리	반대의 논리
학생들의 성역할 정체성 확립에 도움이 됨.	
남교사가 생활지도와 체육수업에 유리하고 수련회, 운동회 등의 각종활동에 남교사의 역할이 큼.	
여교사의 출산휴가 및 육아휴가 시 수업을 담당할 교사 확보가 어려움.	
남자를 우대하자는 게 아니라 아이들에게 균형 잡힌 교육환경을 제공하기 위한 것임.	

2) 다음 표는 기여 입학제에 대한 찬반 토론표입니다. 상대방의 주장에 반박하는 내용으로 빈 칸을 채우십시오.

찬성의 논리	반대의 논리
기여입학제는 사립대학들이 재정난을 해소하기 위해 도입을 주장한 것임. 현재 국내 사립대학들은 예산의 대부분을 학생들의 등록금에 의존하고 있으며 그 나머지는 대학 법인에서의 수익과 국가지원기금, 민간 기부금으로 충당하고 있음. 그러나 국가지원기금과 민간기부금의 비율은 매우 미미한 정도임.	이 제도가 재정난을 타계하기 위한 정도(正道)가 아니기 때문에 받아들일 수 없음. 즉, 대학이 등록금을 인상할 수 없다면 법인에서의 수익을 늘리거나 국가지원을 늘리는 방향으로 재정난을 타계하는 것이 보다 근본적인 방안임.
기여입학제를 통해 장학금 등으로 교육기회를 확대해서 형편이 어려운 학생이 등록금을 내지 못해 학교를 그만두는 일은 없애야 함. 또한 한국의 기술수준은 선진국의 60~70%수준이므로 기여입학제를 허용하고 그 일정부분을 과학기술 진흥을 위한 기금으로 적립하는 방안을 국가적 차원에서 검토해야 함.	
	교육의 기회균등과 평등이념이 훼손됨. 돈만 있으면 다 된다는 황금만능주의사상을 갖게하고 사회 계층간 위화감을 조성할 수 있음. 그리고 기여입학제로 입학한 학생들은 일반 학생들에 비해 학업에 대한 충실도가 떨어질 수밖에 없고 그로 인해 학생들 전체의 학업분위기마저 저해될 수 있음.
돈 많은 사람은 공부 잘 못해도 좋은 대학에 마음대로 가고 돈 없는 아이들만 상대적으로 박탈감을 준다는 것은 인정할 수 밖에 없음. 또한 이 제도가 교육의 기회균등을 보장하고 있는 헌법에 위배되지만 자본주의 사회에서 이 정도는 용인될 수 있고 기여입학을 한 학생들이 공부 안 하면 쉽게 졸업할 수 없도록 학사관리를 강화하면 그런 문제점은 어느 정도 보완할 수 있음.	

3-3 정리해 봅시다

I. 어휘

01 다음의 표현에서 떠오르는 단어를 찾아 쓰고 그 단어를 사용해서 문장을 만드십시오.

마음을 졸이다	각오를 하다	병행하다	납득이 가다
인사이동	현모양처	정	여건

[보기] 조마조마하다, 초조하다, 시험 : **마음을 졸이다**

수술실 앞에는 마음을 졸이며 수술이 무사히 끝나기를 기다리는 가족들이 있었다.

1) 회사에서 자리를 옮기다, 승진, 좌천 :

2) 이해가 가다, 받아들이다, 수긍하다 :

3) 가사, 직장, 맞벌이 :

4) 굳게 마음먹다, 단단히, 결심 :

5) 주어진 조건, 허락하다, 되다 :

02 다음의 설명에 알맞은 단어를 쓰십시오.

현모양처   슈퍼우먼   성차별   요조숙녀   가사분담

[보기] 제 사촌 언니는 아주 얌전하고 품위가 있어서 며느리 삼고 싶어하는 아주머니들이 많대요. (**요조숙녀**)

1) 우리 이모는 이모부한테는 좋은 아내이고 자식들에게는 훌륭한 어머니이십니다.

( )

2) 제시카 씨는 능력이 뛰어나 아내와 어머니 역할을 잘 해 나가면서 회사일까지 완벽하게

해낸다. ( )

3) 우리 언니와 형부는 맞벌이 부부인데 퇴근 후에 식사 준비와 설거지는 언니가, 청소와

아기 돌보는 일은 형부가 맡아서 한다. ( )

4) 내가 다니는 회사에서는 새로 들어 온 여사원에게는 으레 커피 심부름과 복사를 하게

시키는데 남자 신입사원에게는 그런 잡다한 일을 시키지는 않는다. ( )

03 다음의 단어는 남성과 여성 중 어느 쪽을 설명할 때 많이 사용되는 표현인지 나누어 보고 그
이유를 설명해 보십시오.

섬세하다, 부드럽다, 주장이 강하다, 감정이 풍부하다, 의리가 있다, 다정다감하다,
결단력이 있다, 이성적이다, 차분하다, 알뜰하다, 독립적이다, 의존적이다, 순하다,
꼼꼼하다, 털털하다, 박력 있다, 얌전하다, 싹싹하다, 씩씩하다, 깔끔하다, 의지력이
강하다, 공격적이다, 애교가 있다.

남성	여성

II. 문법

01 다음 상황에 대한 여러분의 의견을 보기와 같이 이야기해 보십시오.

-은/ㄴ 채로   -으리라는/리라는   아무리 -기로서니   -은/ㄴ 끝에

상황

내 친구 미선이는 지금 고민에 빠져 있다. 부모님은 조건 좋고 능력 있는 남자를 소개해 줄 테니 집안도 그저 그렇고 장래성도 별로 없어 보이는 지금의 남자 친구와 빨리 헤어지라고 재촉하셨다고 한다. 미선이가 그럴 수 없다고 크게 반발하니까 그럼 우선 그 남자와 한 번만 만나보라셨다는 것이다.

[보기]

의견

부모님이 딸을 위하는 마음은 잘 알지만 아무리 조건이 중요하기로서니 결혼이 시장에 가서 물건 사는 것도 아닌데 어떻게 그렇게 말하실 수가 있을까요? 미선이 부모님은 한 번만 소개해 주는 사람을 만나보라셨다지만 난 지금의 남자 친구와 헤어지지 않은 채로 다른 남자를 만나는 일은 하면 안 된다고 생각한다.

상황 1

경미 씨와 준호 씨는 결혼한 지 6개월쯤 된 신혼부부인데 요즘 부부싸움을 자주 한다. 5년이나 연애를 하고 결혼을 했어도 서로의 성격을 잘 몰랐기 때문이다. 연애를 하는 것과 직접 같이 살아 보는 것은 별개의 문제인가 보다. 그런데 점점 싸움의 강도가 심해지면서 며칠 전에는 말다툼을 하던 중 준호 씨가 화를 참지 못하고 경미 씨의 뺨을 때리고 말았고 그 일로 경미 씨는 집을 나와 버렸다.

의견

상황 2

우리 언니는 자녀 교육에 남다른 열정과 신념을 가지고 있어서 자기 아들에게 최고의 교육을 시키려고 노력한다. 그 덕분에 형진이는 음악, 미술, 체육은 물론 수학과 과학에서도 제 또래보다 뛰어난 실력을 발휘하고 있다. 하지만 한 가지 언니가 만족하지 못하는 분야가 있는데 그것은 바로 영어다. 그것 때문에 고민을 많이 하던 언니가 결단을 내려 아직 모국어도 완전히 익히지 않은 초등학교 1학년짜리 내 조카를 미국에 유학 보내려고 한다.

의견

III. 과제

다음은 여러분의 성 정체성을 알아보는 항목들입니다. 적극적으로 동의하는 항목에만 표시하고 그 결과에 대해서 이야기해 봅시다.

1) 내 안의 남성성은?

- ☐ 나는 경제적으로 자립해야 한다고 생각한다.
- ☐ 나는 목표를 향해 적극적으로 도전하는 편이다.
- ☐ 나는 다소 공격적인 행동을 많이 하는 편이다.
- ☐ 나는 체면과 치레를 중시한다.
- ☐ 나는 누구에게 의존하기보다 독립적인 것을 좋아한다.
- ☐ 나는 내가 사회의 중추적인 역할을 해야 한다고 생각한다.
- ☐ 나는 포부와 야망이 크다.
- ☐ 나는 다소 권위적이다.
- ☐ 나는 힘이 좀 더 세졌으면 좋겠다.
- ☐ 나는 어떤 모임에서든 리더십을 발휘한다.

2) 내 안의 여성성은?

- ☐ 나는 드라마나 연극, 영화 같은 것을 보면 즐겁다.
- ☐ 나는 동정심이 많다.
- ☐ 나는 다른 사람의 감정에 민감하게 반응한다.
- ☐ 나는 낭만적인 이야기를 좋아한다.
- ☐ 나는 이따금 애교를 부리는 편이다.
- ☐ 나는 귀엽고 예쁜 물건을 좋아한다.
- ☐ 나는 다른 사람에 비해 질투심이 많은 편이다.
- ☐ 나는 언어 능력이 뛰어난 편이다.
- ☐ 나는 시각적인 것보다 촉감을 좋아한다.
- ☐ 나는 내 감정을 다른 사람에게 표현하길 좋아한다.

[제일기획]

<성정체성 분석>

남성성 항목	여성성 항목	유형	분석
여섯 가지 이상	여섯 가지 이상	양성형	'예쁜 남자' 혹은 '강한 여자' 이거나 곧 될 가능성이 높음.
여섯 가지 이상	여섯 가지 미만	남성형	전형적인 마초맨이거나 여장부임.
여섯 가지 미만	여섯 가지 이상	여성형	천상 여자이거나 무늬만 남자임.
여섯 가지 미만	여섯 가지 미만	미형성	당신은 누구십니까? 어느 별에서 오셨나요?

3-4 세계는 하나

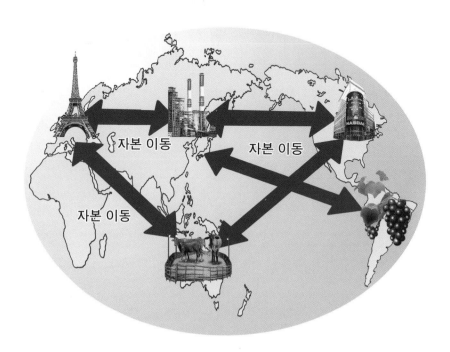

1. 위의 그림은 세계화 중 무엇의 예를 말하고 있습니까? 세계화의 또 다른 예에는 어떤 것이 있을까요?

2. 다음 중 어떤 것이 세계화와 관계가 있겠습니까? 이야기해 보십시오.

- 국가가 경제 정책에 많은 간섭을 한다. ☐
- 시장의 자유로운 경쟁을 보장한다. ☐
- 국경에 상관없이 자본이 이동한다. ☐
- 초국가적 기업이 등장한다. ☐
- 국가가 수출입을 통제한다. ☐
- 인권을 중요시한다. ☐

세계화의 이모저모

김세웅, 강명옥

어떤 사람들은 우리가 국제화 시대에 살고 있다고 하고, 어떤 사람들은 그 단계를 지나 이미 세계화 시대에 살고 있다고 한다. 국제화 시대에 살고 있다고 하던 것이 엊그제 같은데, 이미 세계화 시대가 왔다고 하니 어리둥절하다는[1] 생각이 들기도 한다. 사실 세계화라는 말은 이제 우리에게 익숙한 단어가 되었다. 그러나 이 말이 무엇을 가리키는가에 대해서는 빨리 이해가 되지 않는 측면이 있다. 우선 세계화란 무엇인가를 알아보기로 하자.

지금까지 우리의 활동에 기본적인 경계가 되었던 국경을 넘어 지구 전체가 하나의 단위로 변하는 추세나[2] 과정을 세계화 (Globalization) 라고 정의할 수 있다. 세계화라는 말 대신 지구화라고 쓰는 경우도 많다.

그렇다면 세계화는 언제 시작되었을까? 동양에서는 진시황제가, 서양에서는 알렉산더 대왕이 천하통일을 꿈꾸었다. 이 두 사람이 활동했던 시기가 공교롭게도[3] 비슷한 시기인 기원전 4세기이다. 세계화는 아마도 이때부터 이미 시작되었다고 보는 것도 일리가 있다. 어떤 이들은 산업혁명으로 세계화가 시작되었다고 하기도 한다.

그러나 현재 우리가 일상에서 말하고 있는 세계화는 길어야 최근 몇 십 년의 일이다. 1970~80년대에는 국가가 아닌 인류의 관점에서 환경파괴, 전쟁, 빈곤 등의 지구적 문제를 해결해야 한다고 하여 "지구적으로 생각하고 지방적으로 행동한다" 는 표어가 등장하기도 하였다.

1990년대에는 경제를 중심으로 세계화가 가속화되었다. WTO의[4] 성립과 이에 따른 무역과 서비스의 자유화는 우리의 중소기업 제품이 지구 반대편의 중소기업 제품과 경쟁하는 양상을[5] 초래하였다. 세계의 거의 모든 나라들에 적용되는 WTO 규정은 우리 농민들의 생계에도 커다란 영향을 미치게 되었다.

미국의 증권 거래소

---

1 어리둥절하다 : 당황스럽거나 정신이 없다.

2 추세 : 세상 일이 되어 가는 형편.

3 공교롭다 : 우연스럽다.

4 WTO : World Trade Organization의 약자. 세계무역기구. 무역과 관련된 국가 간의 경제 분쟁을 조정하고 해결하는 국제기구.

5 양상 : 나타난 모습이나 모양.

　　1997년 우리나라의 금융위기 때는 국제통화기금6 (IMF : International Monetary Fund)
이 직접 우리나라의 경제 운용에7 개입하였다. 우리나라의 주식시장이 미국의 나스닥 시장
이나 동경의 증권시장의 영향을 받고, 시장에 대한 외국인 투자자의 영향력이 커졌다. 이
모든 것이 우리가 일상적으로 겪고 있는 세계화의 징표들이다.8 세계화는 이제 기업인은 물
5　론이고 도시의 근로자, 농민, 어민, 공무원 등 거의 모든 사람들의 생활에 영향을 미치고 있
다. (중략)

　　세계화의 다양한 모습은 우리의 일상생활에 끊임없이 영향을 미치고 있다. 때로는 우리
가 알지도 못하는 사이에 우리를 부유하게 하기도 하고, 가난하게 만들기도 한다. 나아가서
10　는 우리의 도덕적 기준과 행동양식까지9 변화시킨다.

　　가장 먼저 우리에게 다가오는 현상은 커뮤니케이션의 발달이다. 컴퓨터 네트워크, 전화
통신, 대중매체 등을 통하여 국경에 상관없이 세계의 어느 곳에도 실시간으로 접촉할 수 있
다. 정보통신 기술의 눈부신 발전이 만들어낸 작품이다. 이라크에서의 전쟁 장면을 세계 각
국의 안방에서 생생하게 볼 수 있는 세상이 되었다.

15　　미국이나 아프리카의 어느 나라에서 우리나라의 인터넷 뉴스를 실시간으로 보고 우리나
라의 은행 계좌에 대한 인터넷 뱅킹이 실시간으로 이루어지고 있다. 정보통신 기술 발달의
효과가 인터넷을 통하여 전 세계의 평범한 사람들에게 어떠한 영향을 주고 있는가를 보면
이 부문의 세계화가 얼마나 우리에게 광범위하게 그리고 가깝게 다가와 있는가를 알 수 있
을 것이다. 결국 정보통신 기술의 발달
20　은 세계화를 위한 가장 원천적인10 동
력이라고 할 수 있다.

　　WTO의 출현에 의한 세계 무역자유
화도 세계화의 중요한 모습의 하나다.
WTO 규정은 이제 명실 공히11 세계

2004년 한·칠레 무역협정 후 수입된 와인과 포도

6 국제통화기금 : 세계무역 안정을 목적으로 설립한 국제금융기구로서 외환시세 안정이나 자금을 국가에
　　　　　　　빌려주는 등의 일을 하고 있다.
7 운용 : 물건이나 제도를 적절하게 사용함.
8 징표 : 구별되는 표시.
9 양식 : 일정한 형식.
10 원천적 : 근본적인 것.
11 명실 공히 : 소문과 사실이 모두 같게.

전체를 관통하는[12] 무역법이 되었다고 할 수 있다. 경제의 세계화를 이끄는 양대 축인 무역과 금융의[13] 세계화 중에서 무역의 세계화는 WTO를 통하여 가능하게 되었다고 해도 과언이 아니다.

우리의 눈에 잘 보이지 않는 금융의 세계화도 놀라울 정도다. 2004년도의 경우 하루 평균 전 세계 교역량이 약 250억 달러 정도인데, 외환거래와 주식 거래를 합한 국제금융 시장의 하루 평균 금융거래 총액이 2조 달러를 넘어섰다고 한다. 실물 거래와 상관없는 금융 자체의 거래가 실물 거래의 약 100배에 이르는 셈이다. 특히 단기 자금들은 돈 되는 곳이면 마치 생선 떼가 움직이듯이 순식간에 이동하여 간다. 금융의 세계화를 실감할 수 있다. 1997년 우리의 IMF 사태도 금융 세계화의 한 단면이었다.[14]

다음으로는 다국적 또는 초국적[15] 기업들의 생산 활동을 통한 세계화다. 삼성전자가 우리나라에 기반을 둔 기업임이 분명한데, 우리는 국내에서 판매되는 삼성 노트북, 디지털 카메라 등의 상당 부문이 중국산이라는 것을 잘 안다. 소니, 토시바 등 일본의 브랜드도 이제 일본에서 생산되는 상품을 찾기가 쉽지 않게 되었다. 중국에서 생산되는 삼성 노트북은 분명히 Made in China이다. 그러나 그 안의 부품은 말 그대로 다국적이다. 이제 기업은 자본, 노동력, 시장 등의 조건에 따라 이윤을 낼 수 있는 최적지를 찾아다닌다.

마지막으로 문화, 예술, 스포츠의 세계화다. 정보통신 기술의 발달로 세계의 많은 지역에서 똑같은 영화, 똑같은 텔레비전 프로그램, 똑같은 스포츠 경기를 관람하는 것이 일상화되었다. 미셸 위의 골프 경기를 미국, 유럽, 일본, 한국 등에서 동시에 볼 수 있고, 그의 인기가 어느 곳에서나 한결같이[16] 높다는 것도 확인할 수 있다. 좁아진 세계에서 살고 있다는 것이 실감난다.

아시아에서 인기가 있었던
한국 드라마

세계화 시대의 주역으로 등장한 것은 초국적 기업, 금융 조직, 국제적 NGO[17], 다양한 성격의 국제기구, 세계적인 문화, 예술, 스포츠계의 인기인 등이다. 세계화는 이들에게 과거에는 상상도 할 수 없는 활동의 공간을 제공하여 주었다.

---

12 관통하다 : 여러 개의 것을 하나가 공통으로 꿰뚫다.

13 금융 : 돈이나 자본이 들어오고 나가게 하는 일.

14 단면 : 어떤 전체 현상을 가장 잘 보여 줄 수 있는 한 부분.

15 초국적 : 국가를 초월함.

16 한결같이 : 변함없이 똑같이.

17 NGO : Non-Governmental Organization의 약자로, 국제연합(UN)에 여론을 반영하기 위해 설립된 각국의 민간단체이다. 환경, 인권, 빈곤추방, 부패방지와 관련된 활동을 한다.

그러나 이러한 효과는 지구의 모든 곳에, 또한 모든 사람에게 동일하게 주어지는 것은 아니다. 아시아나 미주 지역, 유럽, 또는 아프리카 등지에서 경험할 수 있는 세계화의 정도는 모두 다르다. 또한 같은 곳에 사는 사람이라도 어느 계층에 속하느냐에 따라 세계화의 영향은 달리 나타날 것이다.

또한 세계화는 만병통치약처럼[18] 모든 점에서 좋은 결과만을 가져다주는 것은 아니다. 세계화는 자유, 평등, 평화, 번영을[19] 가져올 것이라는 일부의 환상과는 달리 부작용도 초래하였다.[20]

경제적 소득, 교육과 문화의 향유[21], 정보통신 수단의 소유와 이용 등 다양한 분야에서 양극화를[22] 초래하였다. 테러리즘과 전쟁, 내전의 빈발, 환경의 악화, 새로운 질병의 출현, 에이즈와 마약의 확산 등을 보면 세계화가 곧 모든 문제를 해결해 주는 것이 아님이 분명하다. 그렇다고 모든 잘못된 결과를 세계화의 탓으로 돌려서도 안 될 것이다.

서방 선진국(G8) 회담의 세계화 반대 시위

또한 세계화가 우리로부터 지리적인 거리를 완전히 제거해 주었다거나, 세계의 모든 인류에게 문화적 동질성을[23] 가져다준다거나 하는 주장은 설득력이 없다. 우리는 엄연히 영토적인 제한 하에 있으며, 지방적인 특수한 문화가 세계화의 진전에 따라 더 선명하게 비쳐지기도 한다.

우리는 지금 세계화의 과정에 있다. 세계화의 진전에 따라 위에서 지적한 내용들은 변화를 거듭할 것이다. 국제적인 교류가 전혀 없는 상태를 '제로의 세계화' 라 하고 세계가 완전히 하나의 단위로 되어 움직이는 상태를 '100% 세계화' 라고 할 때, 오늘의 세계화는 과연 몇 %의 세계화에 와 있을까? 이것을 정확히 계산해 낼 수는 없다. 그러나 앞으로의 공부 과정에서 우리 모두가 스스로 계산을 시도해 보는 것도 좋겠다.

---

18 만병통치약 : 모든 병을 치료할 수 있는 약.

19 번영 : 일이 잘되고 번창함.

20 초래하다 : 어떠한 사태를 불러오거나 그렇게 되게 하다.

21 향유 : 누려서 가짐.

22 양극화 : 서로 점점 더 달라지고 멀어짐.

23 동질성 : 바탕이 같은 성질이나 특성.

● 글쓴이 소개

김세웅 (1954~　)
정치학 박사이며 주일본 대사관 서기관, 아태민주지도자회의 사무총장, 주중국 대사관 참사관 등 많은 외교활동을 펼쳤던 전직외교관이다.

강명옥 (1959~　)
사단법인 한국국제개발연구소 대표 (정치학 박사) 로, 한국국제협력단 (KOICA) 팀장, 유네스코 아시아 태평양 국제이해교육원 기획행정실장, 국가인권위원회 국제협력담당관 등을 역임하였으며 국제 관계와 관련된 다양한 활동을 하고 있다.

세계는 점점 같아지는가?

유철인

코카콜라와 맥도날드는 미국을 상징할 뿐만 아니라 소비의 세계화 또는 문화의 세계화를 나타내는 상징이 되었다. 전 세계적으로 200여 개국 사람들이 마시고 있는 코카콜라는 자사의 인터넷 홈페이지에서 "당신이 코카콜라를 즐기는 미국의 학생이든, 홍차를 마시는 이탈리아 여성이든, 주스를 원하는 페루의 아이든, 함께 운동을 한 후 생수를 사는 한국의 연인들이든, 우리는 항상 당신의 곁에 있다."고 선전하고 있다. 그러면서 생각, 행동, 종족적 배경 등이 다양한 소비자들을 코카콜라를 마시는 하나의 범세계적인 사람으로 만들겠다고 선언하고 있다. 맥도날드 역시 120여 개국 소비자들에게 제품과 서비스가 언제 어디서나 동일한 것이라는 확신을 심어 주기 위해 노력하고 있다. 어느 맥도날드 매장의 햄버거를 먹든 다른 매장의 햄버거와 같을 것이며, 다음 주 또는 내년에 먹을 햄버거도 오늘 먹은 햄버거와 같을 것이라고 말이다.

우리는 초국가적 상품인 코카콜라를 마시고, 맥도날드 햄버거를 먹고 있다. 또한 세계화의 물결 속에서 우리나라에 들어온 대형 할인매장이나 편의점을 이용하기도 한다. 또 현대식 대형 할인매장을 찾으면서, 세련된 최신식 유통업체를 이용한다는 자부심을 느끼기도 한다. 반대로 재래시장이나 소형 점포를 이용하는 것은 은근히 구식이거나 후진적이라는 생각을 하기에 이르렀다. 이러한 경향 때문에 기존의 점포들이 아예 편의점으로 이름만 바꾸기도 한다.

이처럼 지구촌 사람들의 소비패턴이 동질화되어 가는 측면이 많아지고 있다. 소비의 세계화와 함께 지구촌의 문화적 차이도 겉으로는 매우 좁아지고 있는 것처럼 보인다. 교통과 통신이 발달하고 자본주의가 지구 전체로 확산되면서, 세계는 점점 더 상호의존적인 세계로 좁혀지고 있기 때문이다. 그러나 문화의 다양성을 중시하는 인류학자들은 세계화의 영향 때문에 전 세계가 주도적인 서구 모델로 동질화되어 간다는 일반적인 인식을 잘 받아들이지 않는다.

심지어 맥도날드 햄버거나 감자튀김을 먹는 방식만 보더라도 지역에 따라 차이가 나타난다. 미국 사람들은 햄버거를 먹을 때, 포장지를 벗긴 후 맨손으로 햄버거를 먹는다. 이에 반해 우리나라에서는 포장지에 그냥 싼 채 먹는 사람들이 많다. 그러나 감자튀김을 먹을 때는 미국 사람처럼 손으로 집어 먹는다. 손에 기름이나 음식이 묻는 것을 싫어하는 독일 사람들은 맥도날드 매장에 비치된 나무로 만든 일회용 포크로 감자튀김을 찍어 먹는다. 또 우리는 여러 사람이 같이 먹을 때 보통 각자의 감자튀김을 한 곳에 모두 모아 놓고 먹는다. 마치 밥상의 반찬을 여럿이 나누어 먹듯이, 각자 주문한 감자튀김을 다시 한꺼번에 모아 놓고 먹는 것이다.

소비자들이 자신들의 음식 문화에 맞게 맥도날드 햄버거를 먹을 뿐만 아니라, 맥도날드 매장도 메뉴의 다양화 또는 현지화를 시도하고 있다. 프랑스의 맥도날드 매장에는 다른 나라에 비해 샐러드류의 메뉴가 많고, 포도주도 팔고 있다. 전 세계적으로 표준화되고 제한된 메뉴를 고집하지 않고 프랑스 사람들의 기호에 맞춘 것이다. 영국의 맥도날드 매장에는 아침 메뉴의 종류가 미국이나 프랑스보다 훨씬 많다. 이것 역시 영국의 음식문화를 반영하는 것이다. 영국 사람들은 아침 식사로 유럽식 조찬(Continantal Breakfast)이나 미국식 조찬(American Breakfast)보다 훨씬 다양한 따뜻한 음식을 먹기 때문이다. 이에 비해 우리나라의 맥도날드 매장에는 아침 식사 메뉴가 아예 없는 경우가 많다. 대신 우리나라의 맥도날드 매장에서만 파는 제품으로 김치버거가 있다. 한민족을 상징하는 김치와 미국 문화를 상징하는 햄버거가 결합된 새로운 제품인 것이다.

범세계적인 제품을 지역에 따라 다르게 받아들이는 일은 단지 맥도날드에 국한된 것이 아니다. 코카콜라의 경우를 보자. 남미의 페루에는 안데스 산맥에서 나는 여러 가지 과일을 혼합한 노란색 콜라인 잉카콜라(Inca Kola)가 생산되고 있다. 코카콜라만을 파는 맥도날드도 페루에서는 현지 소비자의 요구에 따라 잉카콜라는 팔고 있다. 우리나라에서도 1998년 4월 '콜라독립 815'라는 이름의 콜라 제품이 탄생했다. 코카콜라 회사가 국내 직판 체제를 선언하자, 이에 대응해 코카콜라의 원액을 수입해서 판매하던 한 식품회사가 자체 상품을 개발한 것이다. 민족주의에 호소한 콜라의 이름 덕에 그해 한국능률협회가 선정

하는 '히트 상품' 에 선정되기도 했다. 게다가 우리나라에서는 코카콜라를 대체하는 음료
만 생산하는 것이 아니라, 전통 음료인 식혜를 제품화한 음료나 차로 마시던 대추나 매실
을 이용한 음료도 생산되고 있다. 우리의 음료 시장이 보여 주듯 세계화는 범세계적인 문
화에 저항하거나 타협하면서 전통을 새롭게 만들어가는 지역화도 강화할 것이다. 또한
맥도날드 매장의 메뉴가 보여 주듯 외래적 요소와 토착적 요소가 혼합하는 문화의 혼성 5
화 현상의 지역화가 그 하나의 방식으로 나타나고 있다.

문화

한국의 남성과 여성의 덕목

근대 이전에는 모든 사람들이 사회적인 관습대로 살 수밖에 없었다. 계층이나 연령에 따라 각기 맡은 역할이 정해져 있었으며 남성과 여성의 역할도 고정되어 있었다. 밖에서 일을 하고 사회활동을 하는 것은 남성이, 아이를 돌보는 일이나 집안일을 하는 것은 여성의 역할로 여겼다. 여성의 사회활동이 제한되었고 남성이 집안일을 하거나 부엌에 출입하는 것을 금기시하였다. 이러한 제약은 남성과 여성의 성의 차이로 인해 생겨난 것인데 점차 사회적 차별이 되기도 하였다. 근대 이전까지 여성의 사회적 진출과 정치적 활동은 제한을 받았으며 교육과 문화 등의 분야에 진출하는 것도 제약을 받았다.

한국의 남성이 갖춰야 하는 덕목으로는 먼저 '사내대장부'와 같은 남성다움이 있다. 남자에게는 무의식중에 대범함, 강직함, 신중함, 과묵함 등이 남성의 덕목이라는 의식이 뿌리내려져 있다.

한국의 여성은 사회적인 성공보다는 자식과 남편을 위해 희생하는 현모양처가 최고의 덕목으로 여겨졌다. 솜씨, 마음씨, 말씨 등을 기본으로 정숙하고, 다소곳하며, 순종하는 것을 여성의 미덕으로 교육해 왔다.

그러나 현대 사회에서는 이러한 남성과 여성의 고정적인 역할 제약이 점차 깨어지고 있다. 남성과 여성의 성의 차이는 인정하되 사회적 제약과 차별은 지양해야 한다는 것이다. 여성과 남성으로 구분하던 고정관념이 희미해지면서 여성의 전유물로 여겨져 왔던 직업인 미용사, 요리사, 유치원 교사, 간호사로 이미 많은 남성이 일하고 있다. 또한 여성들의 사회활동이 활발해지면서 기업의 경영자, 버스 운전사, 중장비 기사 등 그 활동 영역을 넓히고 있다.

1. 한국 남성과 여성의 덕목에 대해 생각해 봅시다.

2. 여러분 나라에서는 남성과 여성의 지위에 어떤 변화가 있었습니까?

3. 여러분이 생각하는 바람직한 남성상과 여성상에 대해서 이야기해 봅시다.

문법 설명

01 -은 /ㄴ 채

어떤 행위가 이루어진 상태 그대로 후행문의 내용이 발생했음을 나타낸다.

表示在某種行為完成的狀態下，維持那狀態並發生後面子句的內容。

- 그 남자는 숨진 채 발견됐다.
- 도둑이 신발을 신은 채 방까지 들어왔다
- 아이가 너무 피곤해서인지 앉은 채 잠이 들었다.
- 과일을 씻지 않은 채 그냥 먹었다.

02 -으리라는/리라는

결심이나 계획, 추측이나 전망 등의 내용을 나타낼 때 사용한다.

決心或計畫，推測或展望等內容出現時使用。

- 영희는 이제 다시 그 사람과 헤어지지 않으리라는 다짐을 다시 한 번 해 본다.
- 어떤 일이 있어도 이번 사업에서 꼭 성공하리라는 각오로 열심히 일하고 있어요.
- 모든 국민은 새 대통령이 경제를 발전시켜 주리라는 기대를 하고 있다.
- 시간을 두고 배우면 언젠가 잘 되리라는 믿음을 가지고 있어요.

03 아무리 -기로서니

앞에 오는 문장의 사실은 인정하지만 그것이 뒤에 오는 문장의 충분한 이유나 조건이 될 수 없음을 나타낼 때 쓴다.

雖然承認前面子句的事實，但那不能成為接在後面的子句的充分理由或條件時使用。

- 아무리 키가 크기로서니 2미터가 넘겠니?
- 아무리 철수가 잘못했기로서니 어쩌면 네가 그럴 수가 있니?
- 아무리 철이 없기로서니 어떻게 그런 말을 할까?
- 아무리 시간이 없기로서니 다른 사람의 숙제를 베껴서야 되겠어요?

04 –은/ㄴ 끝에

'오랜 시간 동안 어떤 일을 힘들게 한 후에'라는 의미로 뒷문장에는 그 후에 얻게 되는 결과가 나온다.

有"因為某件事辛苦了很久之後"的意思,後面子句為在那之後得到的結果。

- 애써 노력한 끝에 큰 성공을 거두게 되었다.

- 일주일 동안 밤새워 열심히 공부한 끝에 반에서 일등을 했다.

- 여기 저기 알아 본 끝에 그 친구가 이민을 갔다는 것을 알게 되었다.

- 여러 번의 시행착오를 겪은 끝에 신제품 개발에 성공했다.

제4과 바른 선택

4-1 선거와 투표

학습 목표 ● 과제 선거와 투표에 대해서 알아보기, 설득하기
● 문법 –는다뿐이지, –을 법하다 ● 어휘 선거

위 사진은 무엇을 하는 장면입니까?

여러분은 이런 장면을 본 일이 있습니까?

	1번 박영수(65세)	2번 김미선(55세)	3번 이수영(40세)
지지율	45%	39%	15%
주요 경력	경제학 교수 서울 시장, 국무총리	방송인 통일부 장관	인권 변호사 환경 운동가
이념 성향	안정 보수 성향	중도 개혁 성향	급진 개혁 성향
주요 공약	여성 복지법 강화 100만 일자리 창출	외교 통일 정책 강화 교육 정상화 정책	부동산 안정화 비정규 노동법 개정

대통령 후보들의 광고물입니다.

1) 여러분은 어느 후보를 지지하겠습니까? 그 이유는 무엇입니까?

2) 여러분 나라의 대표적인 정치인은 누구입니까? 소개해 봅시다.

대화

🔊 19~20

정희 TV에서 대통령 후보들이 선거 유세를 한다는데 민철 씨도 볼 거지요?

민철 물론이지요. 그런데 정희 씨는 누구를 선택할지 결정하셨어요?

정희 아직 결정하지 못했어요. 하지만 3번 후보의 공약이 구체적이고 현실적이라고 생각해요. 비정규직 노동자 문제라든지 공공주택 보급 방안 등 국민들의 민생 문제에 대한 해결 방안을 많이 내 놓았어요.

민철 그렇지만 3번 후보는 공약만 좋다뿐이지 뒷받침할 인력이 충분하지 않아요. 대통령은 후보자 본인도 중요하지만 소속 정당도 중요하다고 생각해요. 그런 점에서는 기호 1번의 후보가 대통령이 되는 것도 괜찮을 듯싶어요.

정희 그 당은 보수적인 성향이 강해서 좀 염려가 돼요. 2번 후보가 정당도 안정적이고 국민을 위한 정책도 내 놓아서 많은 사람들이 지지할 법한데 왜 지지율이 낮은지 모르겠어요. 여자라서 그럴까요? 혹시 민철씨도 2번 후보가 여자라서 믿음이 안 가는 것은 아니에요?

민철 정희 씨는 절 어떻게 보고 그러세요. 설마 제가 남자라고 해서 무조건 여자가 대통령이 될 수 없다고 생각하겠어요?

정희 민철 씨를 그런 사람으로 생각하는 것은 아니에요. 하지만 선거 때마다 지연이나 학벌, 성별 등에 얽매여 본질적인 판단을 못하는 사람들이 너무 많아요.

민철 하지만 요즘은 그런 분위기도 점점 바뀌고 있는 것 같아요. 이번 선거에서는 후보자들의 선거 공약이 실현 가능한지를 검토해 보는 운동도 활발하게 전개되었으니 국민들도 잘 살펴보고 선택할 수 있을 거예요.

01 각 후보에 대한 설명을 읽고 알맞은 기호 번호를 쓰십시오.

❶ 국민들의 생활과 직접 관련된 고민을 많이 하였다. (기호 **3** 번)

❷ 소속 정당에 도움을 줄 인력이 충분하지 않다. (기호 ___ 번)

❸ 소속 정당이 보수적이어서 개혁 정책을 펼치기가 어렵다. (기호 ___ 번)

❹ 소속 정당이 안정적이고 국민을 위한 정책을 많이 내 놓았다. (기호 ___ 번)

02 정희와 민철은 각각 누구를 지지합니까? 그 이유는 무엇입니까?

선거유세 n. (選舉遊說) 選舉活動　　비정규직 n. (非正規職) 派遣工　　공공주택 n. (公共住宅) 公共住宅
보급 n. (普及) 普及、推廣　　민생 문제 n. (民生 問題) 民生問題　　인력 n. (人力) 勞動力
소속 n. (所屬) 所屬、隸屬　　보수적이다 a. (保守的 -) 保守的、傳統的　　성향 n. (性向) 傾向、趨向
학벌 n. (學閥) 學緣、校友關係　　얽매이다 v. 被束縛、被綑綁　　본질적이다 a.(本質的 -) 本質的
전개되다 v.(展開 -) 展開、進行

03 대통령 후보자를 선택할 때 무엇을 보고 판단해야 할까요? 여러분의 생각을 이야기해 보십시오.
(공약, 경력, 소속 정당, 이념 성향, 나이, 지역)

[보기] 저는 후보자의 공약을 잘 살펴봐야 한다고 생각해요. 공약이 현실성이 있어야 해요.

어휘 선거 •

01 다음 표현을 익히고 질문에 답하십시오.

(가)	(나)
기호 _번	간접선거
낙선	기권하다
당선	선출하다
선거 공약	지지자
선거 운동	지지하다
선거 유세	직접선거
정당	투표하다
출마	후원자

1) (가)에서 알맞은 표현을 찾아 빈 칸을 채우십시오.

지난 국회의원 선거에 제 삼촌이 (   )했습니다. 삼촌의 (   )은/는 야당인
민주당이었고, (   ) 은/는 3번이었습니다. 삼촌은 심사숙고를 하여 (   ) 을/를
만들고 (   ) 에서 멋진 연설도 했습니다. 주민들을 만나서 지지를 호소하고 후원자
를 찾는 등 선거운동을 했습니다. 여론 조사를 보고 (   ) 가능성이 아주 높아서
가족들은 모두 기대를 했습니다. 하지만 투표 결과는 아깝게도 2위였고 (   ) 으로/로
인해 실망이 컸지만 삼촌은 포기하지 않고 다시 도전하겠다고 합니다.

2) (나)에서 알맞은 표현을 찾아 빈 칸을 채우십시오.

> 민주주의 국가들은 나라의 대표자를 (   )기 위하여 선거를 하고 있습니다. 국민들은
> 여러 후보자들 중에서 자기가 (   )는/은/ㄴ 후보자들에게 (   )어/아/여
> 자신의 정치적 견해를 나타냅니다. 하지만 어떤 사람들은 선거나 정치 등에 관심이
> 없습니다. 선거 때마다 투표소에 가지 않고 (   )는/은/ㄴ 사람들도 있습니다.

02 최근에 여러분 나라에서 출마한 정치가 중 한 사람을 선택하여 보기와 같이 말해 봅시다.

	[보기]	여러분의 나라
이름	이명박	
소속 정당	한나라당	
선거 번호	기호 2번	
선거 공약	경제 발전, 대운하 건설	
선거 유세 방법	TV 연설	
선거 결과	대통령 당선	

[보기] 2007년 12월 19일, 한국에서는 대통령 선거가 있었습니다. 이명박 씨는 한나라당의
대통령 후보로 출마했습니다. 그의 기호는 2번이었습니다. 그는 대한민국의 경제
발전과 대운하 건설을 공약으로 제시해서 큰 호응을 얻었습니다. 그는 텔레비전
광고를 통해 서민적인 모습을 보여주는 선거 유세를 했습니다. 그는 2위와 아주 큰
표차를 보이며 제17대 대한민국 대통령으로 당선되었습니다.

문법

01 다음을 읽고 문법 및 표현을 익혀봅시다.

문 도지사는 지명도만 **낮다뿐이지** 그 능력은 어느 정치가 못지 않다. 40여 년 동안 연세 기업을 경영해 오면서 세계적인 기업으로 성장시켰고, 국민들에게 제일 존경받는 기업가로 선정된 적도 여러 번 있다. 그러므로 총선거에 출마하면 대통령으로 **당선될 법도 한데** 왜 출마할 의사를 표명하지 않는지 모르겠다.

-는다뿐이지/-ㄴ다뿐이지/다뿐이지

1) 보기와 같이 대화를 완성하십시오.

[보기]   가: 그 후보가 선거법을 위반했다는 증거가 있어요?
　　　　　나: 아직 증거가 없다뿐이지 모든 사람이 다 아는 사실이에요.

❶ 가: 넌 네 동생을 왜 그렇게 미워하니?
　　나: 동생을 좋아하지 않는다뿐이지 _____.

❷ 가: 저 사람은 공부를 오래 했으니 아는 것도 많겠지?
　　나: 저 사람은 공부만 오래 했다뿐이지 _____.

❸ 가: 그 사람은 말을 잘 해서 그런지 정말 믿음이 가는 사람이야.
　　나: _____ 는다뿐이지/ㄴ다뿐이지/다뿐이지 별로 믿을 수 있는
　　　　사람은 아니에요.

❹ 가: 저 후보는 대학생들이 지지하지 않는 걸 보니 다른 사람들도 지지하지 않겠군요.
　　나: 아니에요. _____.

-을/ㄹ 법하다

2) 다음 표를 채우고 보기와 같이 이야기해 보십시오.

추측	사실
[보기] 지지율이 5% 미만이면 기권할 것이다	꿋꿋하게 선거운동을 하고 있다
❶ 해외파 선수들까지 동참했으니까 이길 것이다	10:0으로 졌다
❷ 대기업 회장으로 만족할 것이다	국회의원 선거에 출마했다
❸ 여직원의 음주 정도는 이해할 수 있을 것이다	부장이 공개적으로 비난했다
❹ 지금쯤은 대책이 마련됐을 것이다	정부가 발표를 미루고 있다

[보기]   지지율이 5% 미만이면 기권할 법한데 꿋꿋하게 선거운동을 하고 있네요.

02

위의 두 표현을 사용해서 여러분이 알고 있는 정치가를 평가해 보십시오.

[보기]   OOO 대통령은 경제상황이 호전되어서 지지율이 오를 법도 한데 오히려 낮아졌어요.
아마 경제안정을 이루었다뿐이지 민주주의를 정착시키지 못했다는 평가 때문인 것
같아요.

01　다음은 국회의원의 선거 연설문입니다. 읽고 질문에 답하십시오.

<국회의원 선거 연설문 1>

　안녕하십니까! 민주당 기호 2번, 강석천 인사 드립니다.

　시민 여러분! 살기가 쉽지 않으시죠? 국가 전체적으로는 경제가 좋아졌다고 하지만 아직도 우리 지역은 많은 분들이 경제적 어려움을 겪고 있습니다. 며칠 전 시청 앞마당에서는 우리 시의 어민들이 시위를 했습니다. 바로 어민들의 실정에 맞지 않는 법 때문입니다. 제가 국회의원이 되면 제일 먼저 이 법을 고칠 것입니다.

　또한, 중소기업들이 은행으로부터 돈을 쉽게 빌릴 수 있도록 하는 중소기업 진흥법을 만들도록 하겠습니다. 중소기업들의 사업이 활발해지면 인천의 경제가 살아날 수 있을 것이고 일자리를 얻지 못한 실업자들이 취업할 수 있는 기회가 많아질 것입니다. 이 강석천은 서민 경제를 어떻게 풀어야 할지 잘 알고 있습니다.

　존경하는 시민 여러분!

　어떤 사람은 저를 배신자라고 합니다. 지난번에 제가 공화당 국회의원이었는데 이번에는 민주당 후보로 출마한 것을 비난하는 것이지요. 하지만 제가 왜 민주당으로 당을 바꾸었는지 아는 사람은 절대 비난할 수 없습니다. 제가 자신의 명예를 추구하기 위해서 당을 바꾸었습니까? 아닙니다. 국회의원 한 번 더 하자고 당을 바꾸었습니까? 그것도 아닙니다. 바로 우리 지역의 발전을 위해서 당을 바꾸지 않을 수가 없었습니다. 지난번 국회의원 활동 중에 저는 우리 지역에 몇 가지 큰 사업을 유치하려고 맨발로 뛰었습니다. 하지만 공화당에서는 우리 지역 사업에 손을 들어주지 않았습니다.

　그런데 제가 낙심해 있을 때 민주당 총재께서 제 손을 들어주었습니다. 그 결과 우리 지역에서 아시안 게임을 유치할 수 있었습니다.

　시민 여러분! 민주당 총재께서는 우리 지역의 발전에 관심이 많으십니다. 그리고 앞으로 이 강석천이가 하는 일은 무조건 도와주기로 약속을 하셨습니다. 저는 결국 제 개인의 이익이나 명예보다는 우리 지역의 발전을 위해서 당적을 바꾼 것입니다.

　존경하는 시민 여러분!

　이 강석천이에게 우리 지역의 경제적 발전을 맡겨 주십시오. 한 번도 시민 여러분을 실망시킨 적이 없는 이 강석천, 이 강석천이가 다시 우리 지역을 위해 큰 일을 해 낼 것입니다. 믿어 주십시오. 감사합니다.

1) 후보에 대한 정보를 정리해 보십시오.

기호	소속	이름	공약
＿＿번	＿＿당		❶ ❷

2) 이 후보는 무엇 때문에 당적을 바꾸었다고 주장합니까? (　　)

❶ 지역의 발전을 위해서

❷ 자신의 명예를 회복하기 위해서

❸ 다시 한 번 국회의원으로 봉사하기 위해서

❹ 바꾼 당의 총재와 긴밀한 관계에 있기 때문에

<국회의원 선거 연설문 2>

　여기 모이신 시민 여러분, 안녕하십니까? 공화당 기호 1번 정재인 인사 올립니다.

　여러분! 우리 대통령께서 경제를 살리기 위해 얼마나 노력하셨습니까? 그런데 우리 대통령께서 세계 각국을 찾아다니며 협상을 하고 계실 때 민주당에서는 대통령을 비난하고 헐뜯기만 하고 있습니다. 여러분 이것이 슬프게도 제 1야당이라는 민주당의 현실입니다. 이 당을 지지하시겠습니까? 여러분!

　지난 번 자동차 공장 파업 때도 민주당은 노동자 여러분을 선동하여 문제만 일으켰지 해결을 위해 무엇을 했습니까? 책임을 졌습니까? 결코 아닙니다. 아무 것도, 아무런 책임도 지지 않았습니다.

　존경하는 시민 여러분! 지금 남북문제는 긴장과 대립으로 풀 수 없습니다. 그래서 지난 주 대통령께서는 베를린에서 북한에 대해 화해의 선언을 했습니다. 민주당은 대통령이 인기를 위해서 북한을 이용한다고 말하고 있습니다. 정말 민주당 사람들은 비판만 할 줄 알았지 우리에게 무엇이 필요한지 모르는 사람들입니다. 여러분! 우리가 왜 북한과 화해를 해야 하는지 모르십니까? 우리 지역에는 많은 분들이 북한에 가족을 두고 오셨습니다. 고향 땅과 가까운 곳에 살아보겠다고 우리 지역으로 오신 분들이 많습니다. 우리는 이 분들이 하루라도 빨리 가족을 만날 수 있도록 도와드려야 합니다. 우리는 같은 동포이기 때문입니다.

또한 북한과 화해해야만 우리 지역 어민들의 생존권이 보장됩니다. 남한과 북한의 군대가 서해에서 대치를 계속한다면 우리 어민들은 고기를 잡을 수가 없습니다. 더구나 북한의 어민들이 조직적으로 남한 땅까지 들어와서 마구잡이로 어업을 하고 있는데 이것을 막지 못하면 우리 어민들은 앞마당의 물고기까지 빼앗기는 꼴이 됩니다. 우리 대통령께서는 북한과의 화해라는 방법을 통해서 서해 어장을 보호하려고 하는 것입니다.

존경하는 시민 여러분!

이런 대통령의 뜻을 잘 알고 구체적으로 실천할 수 있는 사람이 바로 누구입니까? 바로 저 정재인입니다. 비판을 일삼기보다는 같이 일하는 분의 뜻을 알고 섬기는 사람이 바로 저 정재인입니다. 시민 여러분! 저는 여러분을 섬기는 정치를 하겠습니다. 감사합니다.

3) 후보에 대한 정보를 정리해 보십시오.

기호	소속	이름	공약
........번	........당		

4) 이 후보가 상대 당을 공격하는 중심 내용은 무엇입니까? (   )

❶ 민주당은 맹목적 비난과 편 가르기를 하고 있다.

❷ 민주당의 공약은 구체적으로 실현 가능성이 없다.

❸ 민주당의 공약은 대중들의 민생 문제를 간과하고 있다.

❹ 민주당의 후보자는 도덕적으로 깨끗하지 못하다.

5) 이 후보에 따르면 남북이 화해한다면 얻을 수 있는 긍정적 효과는 무엇입니까? (   )

❶ 북한에 자동차 공장을 세울 수 있다.

❷ 북한의 인건비가 저렴한 인력을 이용할 수 있다.

❸ 국민들의 대통령에 대한 지지도가 높아진다.

❹ 어민들의 생존에 영향을 미치는 서해 어장을 보호할 수 있다.

6) 이 후보가 내세우는 자신의 장점은 무엇입니까?

02 여러분은 두 후보 중 어느 후보를 더 지지합니까? 다음 표에 정리해 보십시오.

지지하는 후보	
지지하는 이유	
다른 후보를 지지하지 않는 이유	

위 표를 이용하여 다른 후보를 지지하는 사람을 설득해 보십시오.

과제 2   설득하기

기능표현 익히기

- 더 좋은 방법이 없으니만큼 제 의견을 따르는 것이 어떻겠습니까?
- 그것을 하기가 어렵다면 이렇게 해 보는 것이 어떨까요?
- 그 문제는 이런 관점에서 다시 한 번 생각해 보도록 합시다.
- 지금 이 상황에서는 제 3안을 선택하는 것도 고려해 볼 만합니다.
- 그 사람 의견대로 해보는 것도 괜찮을 듯싶어요.

다음을 읽고 질문에 답하십시오.

   나는 이번 대통령 선거에서 투표를 하지 않을 것이다.

   왜냐하면 정치인들은 진실하지 않기 때문이다. 선거철이 되면 서민을 위한답시고 시장에도 찾아가고, 고아원이나 양로원에 가서 자원봉사를 하는 척하지만 일단 당선되고 나면 언제 그랬냐는 듯 서민들을 잊어버린다. 그들이 어려운 사람을 찾아가서 웃는 웃음은 표를 얻기 위한 가짜 웃음이라고 생각한다.

   또한 우리나라 정치인들은 소신이 없다. 나는 정치인이 되려면 자신은 좀 손해 보더라도 국민을 위해 소신을 가지고 일을 해야 한다고 생각하는데 그런 정치인은 아무도 없다. 국회의원이 되어서 서민들을 위한 정책을 만들기는 커녕 오히려 자신들에게 이익이 되는 일만 한다. 정치인들이 패싸움을 하는 것도 대부분 자신의 의견보다는 자기 당의 정책에 따라 하는 것이다.

   나는 정치인을 믿지 않는다. 그래서 난 그 사람들을 도와주는 선거 따위는 안할 것이다. 선거하는 날은 출근하지 않아도 되니까 혼자 여행이나 떠나겠다.

01   위 글을 읽고 다음 표를 정리해 보십시오.

핵심 주장	
주장의 이유	❶ 정치인들은 진실하지 않다. ❷

02 이 사람의 주장에 대한 여러분의 생각을 써 보십시오.

동의하는 부분	
동의하지 않는 부분	
동의하지 않는 이유	

03 위 표를 이용해서 이 글의 필자를 설득하는 이야기를 해 보십시오.

04 다음 글을 읽고 하나를 골라 정리한 후 설득하는 이야기를 해 보십시오.

가) 저는 흡연하는 사람들에게도 흡연권이 있다고 생각해요. 내가 좋아하지 않는 음식을 다른 사람이 좋아한다고 그것을 나무랄 수는 없는 일이지요. 흡연도 마찬가지예요. 다만 밀폐된 공간에서는 내 흡연으로 다른 사람까지 피해를 줘서는 안 되지요. 그래서 사무실 같은 곳에서는 안 피우는 것이 당연하지만 건물 안 공공장소에서 담배를 피우지 못하게 하려면 건물 안에 흡연실을 만들어 주어야 한다고 생각해요.

나) 저는 지금의 버스 전용 차선제를 확대해야 한다고 생각해요. 버스 전용 차선의 실시로 대중교통 이용객의 출근 시간이 20%쯤 단축되었다는 연구 결과가 있었어요. 물론 자가용 운전자들의 경우는 출근 시간이 더 늘어나고 불편한 점이 있지만 그것은 다수를 위해서 소수가 희생해야지요.

중심 생각	구체적 내용
글의 중심 생각	
글의 내용 중 동의하는 부분	
동의하지 않는 부분	
나의 주장	
주장의 이유	
기타	

4-2 분단의 극복

학습 목표 ● 과제 남북통일에 대해서 의견 나누기, 토론하기(사회자의 역할)
● 문법 –는 가운데, –을 테지만 ● 어휘 통일 정책

위 사진이 시사하는 내용은 무엇입니까?

남북통일에 대해서 어떻게 생각합니까?

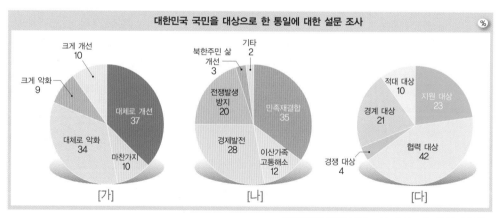

<통일문제 국민여론조사, 2005년, 통일연구원>

1) 다음 질문에 맞는 그래프를 (가)–(다)에서 찾으십시오.

❶ 북한이 어떤 대상이라고 생각하십니까?

❷ 통일이 필요한 가장 큰 이유가 무엇이라고 생각하십니까?

❸ 통일 후 경제성장이 통일 전에 비해서 어떻게 될 것이라고 생각하십니까?

2) 각 질문에 대해서 여러분은 어떻게 생각하십니까?

대화

🔊 21~22

사회자 지금까지의 논의를 요약해 보면 우리나라 국민들이 통일을 원하는 이유는 첫째, 우리 민족의 숙명이기 때문에, 둘째, 대한민국의 안정은 물론 세계 평화에 기여할 수 있기 때문에 등으로 정리할 수 있습니다. 그러면 이제부터는 현 정부의 통일 정책에 대해 토론을 하는 것이 어떨까 합니다. 먼저 신 국장님부터 말씀해 주시지요.

신국장 지금 우리 정부는 북한의 정치적 개방을 유도하기 위하여 북한 정부를 적극적으로 지원하고 북한 정부와 협력하는 포용 정책을 펴고 있습니다. 이런 정책은 시간이 좀 걸리지만 남북 간의 이질화를 점진적으로 극복하고 통일의 부작용을 최소화하는 데 효과가 있습니다.

박 의원 우리 정부는 선의의 목적으로 북한을 지원했을 테지만 지금 우리 정부의 정책은 북한에 이용만 당하고 있다는 의견이 적지 않습니다. 저는 우리 정부가 북한에 무조건 퍼주기보다는 줄 것은 주되 받을 것은 철저히 받아내는 원리 원칙을 가졌으면 합니다. <중략>

사회자 역시 예상했던 대로 정부의 정책에 대한 견해에서도 두 분의 의견이 확연히 갈라지는군요. 마지막으로 통일에 대한 두 분의 의견을 한 마디씩만 듣고 이 토론을 마치도록 하겠습니다.

신국장 지금 우리 정부의 통일 정책은 오랜 조사와 연구 후에 나온 것입니다. 그러므로 국민 여러분이 정부를 믿고 정부의 정책을 지원해 주시면 우리 후손들에게는 통일된 대한민국을 물려줄 수 있지 않을까 생각합니다.

박 의원 우리 국민 대부분이 통일을 원하는 것은 분명한 사실입니다. 정부는 정부 주도의 통일 정책만을 고집할 것이 아니라 민간 차원의 교류를 확대해야 한다고 생각합니다.

사회자 네, 두 분 의견 감사합니다. 통일을 해야 하는 이유와 통일의 효과, 통일 정책에 대해 이야기하는 가운데 어느새 100분의 시간이 다 지났습니다. 통일에 대해 의견을 나누어 본 결과 통일로 가는 길이 어렵고 험난한 과정이라는 걸 알게 되었습니다. 이 토론이 국민 여러분 모두에게 도움이 되었길 바라면서 이만 마치도록 하겠습니다. 지금까지 사회자 홍소영이었습니다.

숙명 n. (宿命) 宿命　　개방 n. (開放) 開放　　유도하다 v. (誘導 -) 誘導、引導

포용 n. (包容) 包容、寬容　　이질화 n. (異質化) 異質化　　점진적 (漸進的) 漸進的、逐漸

선의 n. (善意) 善意、好意　　퍼주다 v. 舀給、掏給、盛給　　철저히 adv. (徹底 -) 徹底地；完全地

원리 원칙 n. (原理 原則) 原則　　확연히 adv. (確然 -) 確實、明確　　험난하다 a. (險難 -) 艱險、艱難

01 정부의 통일 정책을 한 단어로 말한다면 무엇입니까?

02 박 의원에 대한 설명으로 맞는 것은 무엇입니까?

❶ 정부의 정책을 무조건 비판하고 있다.

❷ 정부의 정책을 적극 지지하며 도울 방법을 찾고 있다.

❸ 정부의 잘못을 탓하기보다 북한에 잘못이 있다고 말하고 있다.

❹ 정부의 정책을 부분적으로 인정하지만 더 강한 다른 의견이 있다.

03 남북한 통일에 대해 어떻게 생각하십니까? 보기와 같이 여러분의 생각을 이야기해 보십시오.

[보기] 저는 남북통일이 10년 안에 가능하다고 봅니다. 통일을 위해 남한과 북한은 우선 서로 민간 교류가 먼저 이루어져야 합니다. 통일 방법으로는 남한과 북한의 연방 정부를 수립 해야 문제가 없을 것입니다. 통일 후에는 경제 문제를 해결하는 것이 가장 큰 숙제인데 이를 위해 남한은 북한 주민의 경제 활동을 지원해야 할 것입니다.

어휘 통일정책 ●────────────────────────────

01 다음 표현을 익히고 질문에 답하십시오.

(가)	(나)
(정부) 주도	
(민간) 주도	
개방	정착되다
번영	극복하다
부작용	협력하다
분단	교류하다
안정	포용하다
원리 원칙	
이질화	
통일 비용	

1) 다음 설명에 맞는 표현을 (가)에서 찾아 쓰십시오.

❶ 갑자기 변하지 않고 일정하게 유지되어 편안한 느낌이 있음 (   )

❷ 같았던 두 가지가 서로 달라짐 (   )

❸ 문을 열어 들어오고 나가는 것이 자유로움 (   )

❹ 어떤 일을 중심이 되어 이끌어 감 (   )

❺ 어떤 일을 할 때 부수적으로 나쁜 결과가 나타남 (   )

❻ 일이 잘 되고 발전하여 좋은 결과가 있음 (   )

❼ 하나였던 것이 둘로 나누어짐 (   )

2) (나) 에서 알맞은 표현을 찾아 빈 칸을 채우십시오.

❶ 통일이 되기 위해서는 남한과 북한이 한 마음으로 서로 (   ) 어서/아서/여서 정책을
만들어가야 합니다. 두 정부가 다른 생각을 가지고 있다면 통일이 되기 어려울 것입니다.

❷ 통일 전에는 남한과 북한이 정치적으로나 경제적으로 활발하게 (   ) 으면서/면서
분단 후 서로 달라진 것들을 (   ) 으려는/려는 노력이 있어야 합니다. 어느 한 편이
다른 편에게 이용을 당한다는 생각이 있다면 통일을 이루기 어렵습니다.

❸ 통일이 된다면 한반도에 평화가 (   ) 을/ㄹ 것이고 동북아시아의 평화에도 기여하게
될 것입니다.

02 위의 표현을 사용하여 통일되지 않았을 때와 통일되었을 때의 한국이 어떻게 달라질지 정리하
고 여러분의 생각을 이야기해 보십시오.

	통일되지 않았을 때	통일되었을 때
남북한의 사람들		
남북한의 경제		
동북아시아의 평화		
세계에서 한국의 위상		
주변 국가들의 생각		

[보기] 남북한 사람들은 통일되지 않으면 20년 후에는 이질화가 심화되어 서로 다른 생각을 하
게 될 것입니다. 하지만 통일이 된다면 한 민족으로서 동질성을 회복하여 같은 민족으로
살아갈 수 있을 겁니다.

문법

01 다음을 읽고 문법 및 표현을 익혀 봅시다.

대한민국과 북한의 교류가 점점 활발해져 **가는 가운데** 사람들 사이에는 이제 통일 논의가 서서히 대두되고 있습니다. 하지만 저는 아직 통일은 시기상조라고 생각합니다. 통일이 되면 동북아시아에서 우리의 영향력이 **커질 테지만** 통일에 소요되는 막대한 비용을 감당하기에는 아직은 두 정부의 경제적 여력이 부족하다고 보기 때문입니다.

-는/은/ㄴ 가운데

1) 빈 칸을 채우고 보기와 같이 이야기해 보십시오.

상황	진행된 일
[보기] 생중계를 통해 온 국민이 지켜보고 있다	검찰의 조사 결과가 발표되었다
❶ 폭우가 쏟아지고 있다	119대원의 구조 작업이 계속되었다
❷ 여당과 야당이 정책적으로 대립하고 있다	국민 경제는 점점 더 어려워지고 있다
❸ 환경단체들의 반대 시위가 거세지고 있다	
❹ 수도권 인구가 급증하고 있다	

[보기] 생중계를 통해 온 국민이 지켜보는 가운데 검찰의 조사 결과가 발표되었다.

-을/ㄹ 테지만

2) 빈 칸을 채우고 보기와 같이 문장을 만드십시오.

의도	행위	의도와 다른 결과
[보기] 멋있게 보이고 싶었다	강도에게 대들었다	사람들은 무모하다고 생각했다
❶ 시험을 잘 보고 싶었다	밤을 새워서 공부를 했다	
❷ 잘 할 수 있을 거라고 생각했다	별로 연습을 하지 않았다	
❸ 형이 도와줄 것이라고 생각했다	형을 찾아갔다	
❹ 경제를 활성화하려고 했다	금리를 인하했다	

[보기] 멋있게 보이고 싶어서 강도에게 대들었을 테지만 사람들은 무모하다고 생각했다.

❶ _____ .

❷ _____ .

❸ _____ .

❹ _____ .

02 위의 두 표현을 사용해서 보기와 같이 이야기해 보십시오.

의도	행위	의도와 다른 결과
[보기] 여학생들이 보고 있다	한 남학생이 넘어졌다	남학생 생각 : 창피한 일을 당했다 여학생 생각 : 불쌍하다

[보기] 여학생들이 지켜보고 있는 가운데 한 남학생이 넘어졌다. 그 남학생은 창피한 일을 당했다고 생각했을 테지만 여학생들은 그 남학생이 불쌍하다고 생각했다.

과제 1 듣고 말하기 [🔊 23]

01 다음 토론의 전반부를 듣고 질문에 답하십시오.

1) 남북 철도 개통의 의미를 이 장관은 어떻게 보고 있습니까?

2) 박 의원의 중심 내용은 무엇입니까?

3) 철도는 몇 개의 노선이 개통되었습니까? 그 노선의 이름은 각각 무엇입니까?

4) 다음은 토론에 이어지는 사회자의 진행 발언입니다. ....에 알맞은 말을 써 넣으십시오.

[보기] 역사적 상징성에 대해서는 같은 의견인 것 같습니다만 문제는 .... 인 것 같습니다.
이 문제를 적극적으로 논의해 보면 어떨까 합니다.

02 다음 토론의 후반부를 듣고 질문에 대답하십시오.

1) 남북 철도 개통의 경제적 측면을 보는 통일부 장관과 야당 국회의원의 관점을 표현한 것을
모두 고르십시오. (　 , 　)

❶ 긍정적 / 부정적　　　　　　　❷ 장기적 / 단기적

❸ 개방적 / 폐쇄적　　　　　　　❹ 적극적 / 소극적

2) 야당 국회의원이 남북 간의 진정한 대화가 힘들다고 보는 이유는 북한의 어떤 태도 때문입
니까?

3) 다음은 통일부 장관의 반론을 정리한 것입니다. 알맞은 말을 넣으십시오.

남북 대화에는 (   ) 이/가 필요하다. 단기적으로 계산하는 태도는 옳지 않다. 북한에
대해 지원하는 것도 (   ) 은/는 아니다. 차관으로 제공되는 것이다.

4) 다음은 토론의 내용을 메모한 것입니다. 누구의 주장인지 쓰십시오.

메모한 내용	토론자
평화와 안정에 기여	통일부장관
북한의 웃돈 요구	
고비용 저효율	
주식 시장 안정화	

03 여러분은 누구의 생각을 지지합니까? 다음 표를 정리하고 이야기해 보십시오.

지지하는 사람	
지지하는 내용	
지지하는 이유	

과제 2　토론하기(사회자의 역할) ●

기능표현 익히기

- 통일의 부작용에 대해서는 잠시 후에 토론하**기로 하면 어떻겠습니까**?
- 이에 대해 어떻게 생각하는지 청중의 의견을 들어보**는 것이 어떨까 합니다**.
- **지금까지의 이야기를 요약해 보면** 첫째는 이질화 극복, 둘째는 통일 비용으로 문제를 정리할 수 있겠습니다.
- 두 분의 이야기를 들어**본 결과** 아직도 풀어야할 과제가 많다는 것을 알게 되었습니다.
- 두 팀의 의견을 듣**는 가운데** 어느새 우리에게 주어진 시간이 다 지났습니다.

01　사회자가 과제 1에서 들은 토론을 마무리하려고 합니다. 빈 칸을 채우십시오.

마무리를 도입하는 말	지금까지 ....에 대해 논의를 진행하는 가운데 100분의 시간이 지났습니다.
토론 내용의 요약	이 토론에서는 남북 철도 개통의 ....에 대해 의견을 나누어 보았습니다.
결론	이 주제로 논의를 해 본 결과 남북 철도 개통의 경제적 가치를 보는 시각이 다양함을 알 수 있었습니다.
끝내는 말	저는 이 토론이 남북 철도 개통의 의의를 이해하는 데 도움이 되었기를 바라면서 토론을 마치려고 합니다. 지금까지 진행에 ○○○이었습니다/였습니다. 안녕히 계십시오.

02 다음을 읽고 질문에 답하십시오.

<토론 제목> _____

국회의원　이번 정상회담을 계기로 더 많은 기업들이 북한에 투자를 해 준다면 남북 관계는 경제 협력을 바탕으로 더욱 좋아질 거라고 생각합니다.

시민　　저는 정상회담을 보면서 경제계 인사 분들의 걱정이 많이 됐는데요. 북한은 투자 환경이 열악하기로 유명하잖아요. 그런데 남한 기업들을 북한에 투자하라고 정부가 밀어붙이면 기업들에게 너무 많은 부담을 주고 있는 것은 아닌지 그런 생각이 듭니다.

국회의원　잘 아시다시피 기업들은 기업의 입장에서 판단해서 투자할 가치가 있을 때 투자를 하게 됩니다. 그걸 정부가 강요할 수도 없는 겁니다. 지금 말씀하신 것처럼 개성공단에 투자를 더 활성화하기 위해서는 가장 큰 난제가 바로 통신, 통행, 통관의 절차가 까다롭고 복잡했던 것인데 이것은 이번 정상회담에서 아주 구체적이고 명시적으로 다루어졌습니다. 그래서 앞으로 북한의 투자 환경이 크게 개선될 것이라고 봅니다. 그러면 남쪽의 기업들은 정부가 시키지 않아도 자연스럽게 북쪽에 투자할 거라고 봅니다.

시민　　정부의 강요가 없다면 다행인데요. 제가 좀 걱정이 되는 것은 북한의 정치적 위험입니다. 금강산 관광 등 북한에 투자를 많이 하고 있는 현대 그룹의 경우만 하더라도 북한에 관한 뉴스가 나올 때마다 주가가 계속 요동치고 있지 않습니까? 그만큼 정치적 위험이 큰 곳에 기업이 자발적으로 투자하길 바라는 것은 현실적으로 문제가 있지 않을까요?

국회의원　정부가 북한의 투자 환경을 개선한다는 것은 남북 간의 군사적 긴장을 해소하는 것을 의미합니다. 그래서 남쪽의 기업이 스스로 북에 찾아가서 투자할 수 있도록 하는 것이지요. 이번에 정상회담에서 남북 간의 최고 지도자들이 직접 이 문제를 다룬 것도 결국 같은 생각에서 비롯된 것이지요.

1) 이 내용을 바탕으로 토론의 제목을 붙여 보십시오.

2) 시민의 우려와 국회의원의 답변을 다음과 같이 정리했습니다. 빈 칸을 채우십시오.

시민의 우려	국회의원의 답변
정부가 기업들의 북한 투자를 강요하여 부담을 주는 것은 아닌가	
	남북 간의 군사적 긴장을 해소하여 투자 환경을 개선한다

03 이 토론을 마무리하려고 합니다. 다음 표를 정리하고 이야기해 보십시오.

마무리를 도입하는 말	
토론 내용의 요약	
결론	
끝내는 말	

4-3 정리해 봅시다

I. 어휘

01 다음 설명에 알맞은 표현을 쓰십시오.

[보기]　회사에 정식으로 채용되지 않고 임시로 채용된 사람　｜비｜정｜규｜직｜

1) 국민들의 생활에 꼭 필요한 문제　□□□□

2) 나라를 관리하고 다스림　□□

3) 마음이 넓어서 이해하고 받아들임　□□

4) 같았던 것이 서로 달라짐　□□□

02 다음 표에 알맞은 표현을 쓰십시오.

❶ 후보자	김대한	이민국
❷	한나라당	민주당
❸	1번	2번
❹	안정적 번영	적극적 통일 정책
❺	TV 연설	대중 집회
선거 결과	❻	❼

03 다음의 표현을 사용해서 여러분 나라의 정치 혹은 경제에 대해서 이야기해 보십시오.

번영   부작용   개방   안정   비용   원칙   협력   극복

[보기] 우리나라는 지금부터 50년 전 박정희 씨가 대통령이 되면서 경제적으로 크게 발전하였다. 박정희 대통령은 한국의 번영을 위해 무역을 개방하고 다른 나라와 협력을 이루어 나갔다. 그 결과 한국은 세계에서 가장 빨리 경제적 성장을 이룬 국가가 되었다. 하지만 경제적 성장의 결과가 항상 긍정적인 것만 있는 것은 아니었다. 빈부의 격차가 커지면서 사회가 각박해지고 사람들이 성장을 지향하면서 경제적 가치만을 추구하는 현상이 나타났다. 이제 한국 사회는 급속한 경제 성장의 부작용을 극복해야 할 때다.

II. 문법

다음 문법을 사용해서 보기와 같이 대화를 완성하십시오.

–는 가운데   –을/ㄹ 테지만   –을/ㄹ 법하다   –는다뿐이지/ㄴ다뿐이지/다뿐이지

[보기] 직원 이 휴대폰을 한 번 보시겠어요? 디자인이 특이해서 인기가 있는 제품입니다.

손님 디자인이 특이하다뿐이지 별다른 기능이 없잖아요? 최신 제품이라면 카메라 기능은 말할 것도 없고 엠피스리(MP3) 기능이나 지피에스(GPS) 기능 정도는 갖추었을 법한데......

1) 가: 말리 씨는 언제나 공주처럼 말하고 행동하더라. 말할 땐 콧소리를 많이 섞어서 천천히 하고 행동도 아주 우아하게 하려고 노력하는 것 같아.

    나: _____

2) 가: 우리 사장님은 퇴근 시간이 지나고 저녁 9시가 가까워지도록 댁에 돌아가실 생각을 안 하셔. 게다가 우리 직원들한테도 그 시간까지 일해 주기를 바라신다니까. 늦게까지 일하는 것이 일을 잘 하는 거라고 생각하시나 봐.

    나: _____

149

3) 가: 엄마는 늘 잔소리를 하셔. 공부해라, 방 정리해라, 미리 미리 챙겨라 등등. 엄마의
　　　잔소리를 이해 못하는 건 아니지만 항상 기분 좋게 들리는 건 아니야.

　　나: _____

4) 가: 스트레스가 쌓일 땐 역시 술을 좀 마시는 게 좋은 것 같아. 피로했던 몸에 새로운
　　　기운이 돌고 기분도 편안해지는 것 같아서 말이야.

　　나: _____

III. 과제

우리 학교에서 학생 대표를 뽑으려고 합니다. 여러분이 후보자가 된다면 어떤 공약을 내세우시
겠습니까?

01 다음 표에 여러분의 생각을 정리해 보십시오.

	공약
도입하는 말	
내가 바라는 우리 학교는?	
우리 학교가 개선해야 할 것은?	
선생님과 학생들에게 당부하고 싶은 것은?	

02 정리한 내용을 발표하고 누구의 생각에 동의하는지 또는 반대하는지 이야기해 봅시다.

03 다음 순서에 따라 우리 반의 대표를 선출해 봅시다.

1) 선거 진행자 결정하기: 누가 선거를 진행했으면 좋겠습니까?
   선거위원장:
   기록하는 사람:

2) 후보자 추천받기
   여러분은 누구를 추천합니까?
   그 사람을 추천하는 이유는 무엇입니까?

3) 추천에 동의하기
   추천을 받은 사람이 지도자가 되는 것에 대해 동의합니까?

4) 후보자 공약 말하기
   누가 내 생각과 비슷합니까?
   누가 일을 잘 할 것 같습니까?

5) 투표하기

6) 당선 소감 말하기

4-4 우리 땅에 서다

설악산 입구

울산 바위

비선대

대청봉

1. 여러분은 산을 등반한 적이 있습니까? 어느 산이 가장 인상적이었습니까?

2. 다음에서 여러분이 하고 싶은 여행을 골라 이야기해 보십시오.

히말라야산 등반	☐	백두대간 종주	☐
자전거 여행	☐	도보 여행	☐
오지 탐험	☐	순례 여행	☐
세계 일주	☐	우주 여행	☐

이틀 간 전세 낸 설악산 등정

🔊 24

한비야

4월 20일

산은 내게 아주 소중한 친구다. 특히 우리나라 산은 아무리 험하다 한들 아마추어가 오르지 못할 산이 없어서 더욱 친근하게 느껴진다. 외국에 있을 때 한국에 돌아오고 싶은 구체적인 이유가 되기도 한다. 늘 거기에서 언제나 반갑게 맞아 주는 산, 눈만 뜨면 보이는 것이 산이요, 산 역시 늘 우리를 쳐다보고 있다. 그래서인지 초원이나 사막만 계 ⁵ 속되는 나라, 혹은 해안 지방을 오래 여행하다 보면 뭔가 빠져 있다는 허전함을 감출 수 없었다.

산이라면 어느 산인들 정이 가지 않으리오만은 서울 북한산을 빼고 내가 제일 자주 찾는 산이 바로 설악산이 다. 복잡한 일이 생겼을 때, 새로운 친구와 더 친해지고 ¹⁰ 싶을 때, 외국에서 손님이 올 때, 그냥 서울을 잠시 벗어 나 머리를 식히고 싶을 때 등. 술 좋아하는 사람들이 술 마실 구실을¹ 찾는 것처럼 나도 갖가지 이유를 달아 설 악산에 오른다.

진달래가 핀 설악산

그래서 구석구석 눈에 익고 발에 익었다. 설악산 산 ¹⁵ 행은 어디를 가도, 언제 가도, 누구와 가도 늘 특별하고 좋은 시간이었다. 이번 등산도 그럴 것이다. 아무도 없 는 설악산을 혼자 넘어가는 기분은 어떨까?

등산로 입구에 서니 설악산 입산을 정식으로 허가받 은 것이 천만다행이라고 느껴진다. 입구부터 산 둘레를 따라 높은 철조망이 무시무시하 ²⁰ 게 둘러쳐져 있다. 오대산처럼 몰래 들어가기는 아무리 봐도 어렵겠다.

오늘은 오색약수부터 대청봉까지 네다섯 시간의 짧은 산행이다. 산을 오르기 시작한 지 한 시간쯤 지나 놀랍게도 한 무리의 등산객을 만났다. 나를 보고 그쪽에서 더 놀라는 표정이다.

"아가씨, 그냥 돌아가세요. 우린 대청봉에서 한 사람 앞에 10만 원씩 벌금 물고 내려오 ²⁵ 는 거예요."

---

1 구실 : 핑계로 삼는 이유.

거듭 다행이다. 설악산은 그냥 엄포가[2] 아니라 정말 과태료를[3] 물리는 엄한 곳이다.

아무도 다니지 않는 산길에 벌써 봄이 와 있었다. 진달래가 지천이다.[4] 지금쯤 북한산 보광사에서 대동문까지 진달래 능선은[5] 꽃잔치가 벌어졌겠다[6]. 해원사에서 대남문으로 가는 길에도. 다람쥐 한 마리가 아까부터 나를 쫓아오다가 내가 멈추면 앞발을 들고 귀를 쫑긋 세운 채 양손을 비비면서 서 있다. 뭘 달라는 걸까? 사람들이 도토리를 몽땅 긁어가는 바람에 다람쥐 먹을 것이 없다는 얘기를 들었다. 춘궁기를[7] 넘기려고 그러는 것도 아니면서 너무하다. 다람쥐 양식이나 빼앗아 먹다니. 같은 사람으로서 미안한 생각이 든다. 가방 속에 잣이 들었는데 조금 줘 볼까?

설악폭포를 지나면서 나타나는 계곡의 물소리가 시원하다. 어제 비가 와서인지 바람도 아주 깨끗하다. 힘이 솟는 것 같다. 산에만 들어오면 느껴지는 이 신기한 에너지.

산을 좋아하는 사람들은 막연히 '산의 정기' 라고 부르지만 잘 생각해 보면 정체를[8] 알 수 있을 것도 같다. 이건 혹시 산에 있는 바위와 흙, 맑은 공기와 물, 나무와 풀, 그리고 그 안에서 살아가는 크고 작은 동물들 사이의 막힘없는 순환 때문이 아닐까? 인간의 간섭이 없을 때 나타나는 광물, 식물, 동물의 자연스런 교감, 그리고 인간인 나도 자연의 정복자나 이용자가 아닌, 그 일부로 자연의 질서 안에서 한 고리가 되는 일체감이 아닐까? 그 흐름 안에서 자연과 좋은 기를 주고 받기 때문이 아닐까?

그런 것 같다.

중청 대피소의 운동장같이 넓은 방을 혼자 전세 냈다. 같이 묵는 사람들이 있으면 훈기가 좀 있으련만. 밤 기온이 영하로 떨어진다는 소리를 듣고는 담요에 눌릴 만큼 여러 겹 덮고 잤다. 동사하는[9] 것이 압사하는[10] 것보다 나을지 어떨지는 내일 가 봐야 알겠다.

설악산 중청 대피소

---

2 엄포 : 괜한 큰소리로 남을 호령하거나 위협하는 것.

3 과태료 : 법적으로 해야 할 일을 하지 않았거나 질서를 위반한 사람에게 매기는 벌금.

4 지천이다 : 너무 많아서 귀하지 않다.

5 능선 : 산등을 따라 한 봉우리에서 다른 봉우리로 이어진 선.

6 벌어지다 : (잔치나 행사 따위가) 열리다.

7 춘궁기 : 봄철의, 농민이 가장 살기 어려운 때.

8 정체 : 사람이나 사물의 겉으로 드러나지 않은 본래의 신분이나 모습.

9 동사 : 추운 날씨나 기온 탓으로 얼어 죽는 것.

10 압사 : 누르거나 미는 힘에 의해 죽는 것.

4월 21일 먹을 복 터진 날

"어제 대청봉에서 낚은 고기로 만들었어요."

대원 한 분이 농담을 하며 아침을 먹으란다. 간단히 먹는 아침상이 생선찌개에, 김치 찌개까지 진수성찬이다[11]. 누군가 내게 자기 요리 솜씨를 과시하려는[12] 게 분명하다.

컵라면으로 적당히 때울 생각이었는데 웬 떡이냐. 어젯밤에도 미안해서 굳이 컵라면 을 먹겠다니까 그건 맛이 없다며 보통 라면을 기똥차게 맛있게 끓여다 주었다. 김치에 밥 한 공기까지 얹어서. 겨우내 사람이 다니지 않아서 그런지, 원래 그런지, 아니면 내가 여자라서 그런지 여섯 분 모두 아주 친절하다. 여러 가지로 정말 고맙다.

대청봉의 아침이 더할 수 없이 쾌청하다. 이곳은 사시사철 바람이 불기로 유명한데 오늘은 바람도 한 점 없다. 수년 간 근무하고 있는 아저씨들도 아주 드물게 보는 좋은 날 씨란다. 불어 대는 바람 때문에 엎드려 있는 듯 키 작은 눈잣나무와 눈측백나무들이 고 개를 들 만큼.

소청으로 가는 길에는 눈이 무릎까 지 쌓여 있다. 눈밑에 얼음이 얼었는지 몹시 미끄럽다. 시야가 탁 트인 곳에 오니 공룡, 용아, 화채능선이 한눈에 들어온다. 하늘을 향하여 쭉쭉 뻗은 바 위 능선의 역동감이 강렬하게 전해진 다. 두 팔을 벌리고 심호흡을 한다. 속 이 시원하다. 정면으로 잘 생긴 울산바 위가 선명하고, 뒤로는 동해 바다도 보 인다. 이번에는 눈까지 시원해진다.

설악산 공룡, 용아, 화채 능선

여기는 백두대간의[13] 어디쯤인가? 백두산에서 시작해 두류산, 금강산, 설악산, 오대 산, 태백산, 지리산으로 이어지는 우리나라의 등뼈 백두대간. 설악산 내의 대간 줄기는 어제 지나온 오색약수에서 대청봉을 지나 저 눈앞에 보이는 공룡능선을 따라 진부령으

---

11 진수성찬 : 아주 넉넉하게 여러 가지로 잘 차린 음식.

12 과시하다 : (자신의 능력이나 세력을) 자랑스레 남에게 내어 보이다.

13 백두대간 : 백두산에서 뻗어 내린 큰 줄기라는 의미로 한반도의 뼈대를 이루는 산줄기.

로 이어진다. 그래서 공룡능선을 타다 보면 백두대간 종주 중이라는[14] 사람을 심심치 않게 만나게 된다. 목적지를 목전에 둔 사람들이어서인지 피곤한 얼굴이지만 아주 밝고 맑다. 그들을 보면 정말 부럽다. 나도 언젠가 백두대간을 종주하고 싶다. 아니 꼭 할 거다. (중략)

5   오늘은 먹을 복이 터진 날이다. 희운각 아저씨가 점심으로 뜨거운 새 밥을 해 줬다. 누룽지까지 눌려 걸쭉한[15] 숭늉을 마셨다. 59년생 산쟁이 아저씨도 괴짜이다. 백두대간 종주는 일찌감치 마쳤고, 동해안 북쪽에서 시작해 남쪽을 돌아 서쪽의 대천까지 우리나라 해안선 일주도 했다. 앞으로의 꿈은 중국의 만리장성 종주와 혜초 스님이 밟은 길을 따라가는 것이란다. 그러면서 하는 말.

10   "한국도 제대로 모르고 어딜 그렇게 다녔어요?"
      "글쎄 말이에요. 깊이 반성하고 있어요. 그런데 순서는 바뀌었어도 지금 다니고 있잖아요."
      내 대답에 씨익 웃는다.
      "그러네요."

15   나이를 가늠할[16] 수 없는 천진한[17] 웃음이다.
      나이가 들수록 하고 싶은 일이 점점 많아진다. 아무리 생각해도 사람의 한 생, 길어야 백년은 너무 짧다. 하고 싶은 것을 다 하자면. 여행만 해도 그렇다. 세계 일주를 했다고 하면 "이제 갈 데

20   가 없겠네요." 하는 사람들이 많다. 천만의 말씀이다. 다녀 봤기 때문에 가고 싶은 곳이 더 많아진다. 시쳇말로[18] 콧구멍에 바람이 든 것이다.

      한국에 있게 된다면 우선 백두대간 종주와 적

25   어도 200개 정도의 섬을 돌아보고 싶다(우리나라에는 약 3,153개의 섬이 있고, 그 중 464개가 유인도이다. 섬이 많기로는 필리핀, 인도네시아

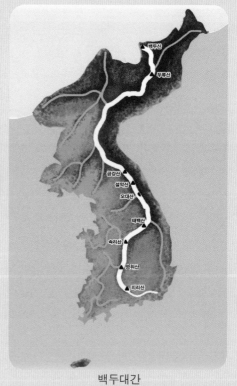

백두대간

---

14 종주 : 능선으로 이어진 많은 산봉우리를 따라 등정함.
15 걸쭉하다 : (액체가) 묽거나 맑지 않고 짙고 탁하다.
16 가늠하다 : 짐작하여 알다.
17 천진하다 : 자연 그대로 꾸밈이나 거짓이 없다.
18 시쳇말 : 유행하는 말, 흔히 하는 말.

에 이어 세계 3위라는 사실!). 국토의 가장 홀쭉한 곳을 동서로 횡단하고[19] 싶기도 하다. 언젠가는 한국의 네 개 끝점, 즉 동쪽의 독도, 서쪽의 평안북도 용천군 마안도, 남쪽의 마라도, 북쪽의 함경북도 온성군 유포진을 연결해 다녀 보고 싶다.

세계여행도 육로여행만이 끝났을 뿐이다. 아직 가 보지 않은 나라들도 천지이다. 다음에는 배를 타고 지구 세 바퀴 반을 돌고 싶다. 섬에서 섬으로 다니면서 지구의 70% 이상을 차지하는 바다를 누비고[20] 싶다. 그리고 바다에서 살고 있는 사람들과 만나고 싶다. 그러고는? 남은 곳은 하늘인가? 언젠가는 거기도 가고 싶다. 경비행기나 열기구를 타고 돌아 보는 것도 좋겠지. 사람들은 만날 수 없어도 나름대로 특별한 맛이 있을 거다. 우주여행은 어떨까. 왜 안 되겠는가. (중략)

희운각에서 계곡을 따라 내려간 설악산은 칠보단장[21] 한껏 멋을 부린 완연한 봄산으로 변신한다. 양폭에서 천불동 계곡을 지나 비선대에 이르는 길은 그야말로 필설로[22] 다할 수 없는 아름다운 경치이다. 은은한 줄만 알고 있던 산벚꽃 향기가 라일락보다 더 진하게 온 산에 진동한다. 흰 꽃잎 때문에 마치 서리가 내린 듯 온 산이 하얗다. 바람이 불면 향기로운 꽃비가 내린다. 내 몸에도 그 향기가 밸 것 같다. 그리고 눈이 시리도록 푸른 신록, 초록의 단조로운 색깔이 묽어졌다 진해졌다 찬란하기까지 하다.

양폭산장 거의 다 와서 폭포가 흐르는 지점. 친구 서너 명이 앉아 놀기 맞춤한 정자바위에서 두 발을 뻗고 쉬면서 좌우를 둘러 본다. 그림을 둘러친 것 같은 기암절벽[23], 그 사이를 굽이치며 크고 작은 소 (沼) 를[24] 만드는 물이 얕은 곳, 깊은 곳에서 각각 흰색, 초록색으로 달라진다. 색깔만 달리 하겠나. 졸졸졸 흐르는 물, 폭포를 이루는 물, 커다란 웅덩이에 갇혀 있는 조용한 물. 흐르는 모양도 가지가지이다.

이런 것을 보고 선경이라고 하는 모양이다. 넋을 놓고 한참 보고 있자니 저절로 침이 꼴깍 넘어간다. 절벽과 계곡이 기막히게 어우러진[25] 천불동계곡 하나만으로도 설악산 이름값을 톡톡히 하고도 남는다. '입산금지' 덕분에 이틀 간 설악산을 홀로 가졌다. 산의 정기

---

19 횡단하다 : 어디를 건너서 가다.

20 누비다 : 이리저리 거리낌 없이 다니며 활동하다.

21 칠보단장하다 : 고운 색깔과 여러 가지 무늬로 꾸미다.

22 필설 : 글과 말.

23 기암절벽 : 모양이 이상하게 생긴 바위 낭떠러지.

24 소 : 빨리 흐르는 시내나 강이 바위벽에 부딪혀서 바닥이 파여 물이 깊어진 곳.

25 어우러지다 : 여럿이 모여 한데 합치거나 한 덩어리나 한판을 이루다.

도 듬뿍 받았다.

나, 한비야 이제 죽어도 여한이 없다.

● 글쓴이 소개

한비야 (1958~)

홍익대학교 영문과를 졸업하고 미국 유타대 언론대학원 국제 홍보학 석사를 받았다. 어린 시절 아버지와 약속한 '세계일주'의 꿈을 이루기 위해 6년 간 전세계 65개국을 다녔다. 네티즌이 뽑은 인기인 1위, 닮고 싶은 여성 2위, 여성특위가 뽑은 신지식인 5인 중 한 명이다.

더 읽어보기

거제도 '황제의 길'

임동헌

길은 누구에게나 열려 있다. 황제가 걸어간 길을 수퍼마켓 주인도 걸을 수 있고, 마라톤 선수를 꿈꾸는 코흘리개 꼬마도 달릴 수 있다. 길만 그러한가? 아니다. 파도 소리도, 꽃도, 자잘한 몽돌도 황제의 소유는 아니다. 장삼이사, 우리 모두의 것이다.

거제도 '황제의 길'로 불리는 망치고개 정상에 선다. 발 아래 내도와 외도를 비롯해 오 5 종종한 섬들이 만추의 햇살 아래 누워 있다. 여자의 섬 내도는 뭍 쪽에 가깝고, 남자의 섬 외도는 바다 쪽으로 밀려나 있다. 이유는 간단하다. 모름지기 남자가 여자를 보호해야 하 는 법, 외도가 풍랑으로부터 내도를 보호하고 있는 것이다. 그러나 거제도 사람들은 외도 가 내도 여인의 아름다움에 반해 다가들다가 여인이 소리치자 바다에 그대로 멈춰 섰다 는 설화를 그대로 믿고 있다. 그러니 두 섬은 안과 바깥의 섬이라는 뜻이 아니라 남녀가 10 내외하는 섬이라는 뜻이다.

'황제의 길'에서 내도와 외도의 의미를 곱씹는 사이 에티오피아 셀라시에 황제가 떠오 른다. 1968년 한국을 방문했던 셀라시에 황제는 비공식 일정으로 거제도를 찾았다 망치 고개에 올랐다. 그는 고갯마루에서 내도, 외도가 보이는 순간 가슴이 멎는 황홀경에 "원 더풀"을 외쳤다. 고갯길을 내려와서도 그는 또 "원더풀"을 외쳤다. 짙푸른 바다에 고깃 배 몇 척 떠다니고, 조개만한 초가들 몇 채 바닷바람에 맞서고 있는 모습이 그의 동심을 15 자극했으리라. "원더풀", 그는 "원더풀"을 일곱 번이나 외친 뒤 고개 아래 망치삼거리에 서 일정을 접고 돌아갔다.

셀라시에 황제가 발길을 돌린 망치삼거리에서 오른쪽으로 꺾어 든다. '황제가 가지 않 은 길' 그 길 옆의 학동 흑진주몽돌해변에 서서 귀를 연다. 수백만 년 파도에 부딪쳐 오는 동안 귀퉁이가 닳아 동글동글해진 몽돌 위로 파도가 다가왔다가 밀려간다. 여기서 파도 20

가 밀려갈 때의 소리가 중요하다. 사그락 사
그락, 형용할 수 없는 소리가 몽돌해변 주변
에 밀려 퍼진다. 파도가 몽돌 사이를 빠져나
가는 소리가 어떤 악기로도 표현할 수 없는
음률을 만들어 내는 것이다.

한 가지 기억이 떠오른다. 25년 전 기자 초
년병 시절 소설가 이무영 선생의 후손을 찾
아 거제도를 처음 왔다. 선생의 아들은 삼
성중공업에 근무하고 있었고, 그는 필자를
자신의 집으로 데려가 점심상을 내왔다 (거
제도까지 내려와 아들의 얘기를 들어 보니
그때 이무영 선생의 아내는 서울에 살고 있
었다. 가까운 곳에 살고 있는 유족은 찾지 못
하고 먼 곳에 있는 아들은 쉽게 찾은 셈이었

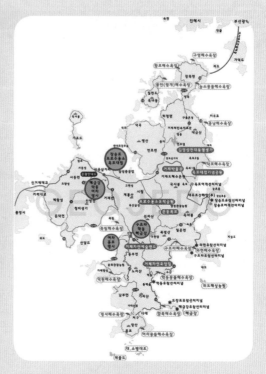

다). 그때 아이들이 피아노를 쳤다. 흰 건반과 검은 건반을 오가며 파도 소리와 바람 소리
를 만들어 내던 아이들의 흰 손이 떠오른다. 그 소리들, 생각하니 흑진주몽돌해변의 몽돌
이 만들어 내는 사그락 소리가 그 피아노 소리와 닮았다. 셀라시에 황제가 이곳까지 왔었
다면 다시 "원더풀" 을 외쳤을 것을.

어쨌거나 거제는 한국 중소도시의 성장성을 내포한 아이콘이다. 한국전쟁 때 포로수용
소에는 무려 17만 명이 수용돼 있었는데 지금 거제 인구가 갓 20만 명을 넘는다. 그게 아쉬
운 일은 아니다. 10년 전 **IMF** 사태를 맞았을 때 일자리를 잃은 사람들은 꾸역꾸역 거제도
로 몰려들었다. 거제도에 가면 먹고 살 길이 있다는 말이 돌았기 때문이다. 실제로 그렇다.
거제시에서 대우조선해양과 삼성중공업에 근무하는 사람들의 식솔까지 합치면 인구 절반
이 넘는다. 작은 도시의 인구는 줄고 있는데 거제시의 인구가 늘고 있는 까닭이 여기에 있
다. 문화관광 해설사 박미자씨가 "거제도에서 축구를 하면 공이 바다에 빠지기 일쑤라는
말은 잊어 달라" 는 말의 함의도 여기에 있다. 거제시는 크고 아름답다는 뜻이다.

황제가 가지 않은 길, 여차저차 가다 보니 여차마을이라던 그 여차마을 끝에 홍포가 있다. 거제시의 비경을 훼손시키지 않기 위해 일부러 남겨 놓은 비포장도로 3km를 달리면 나타나는 망산. 그 아래 대병대도, 소병대도, 대매물도, 소매물도가 한눈에 잡히는 곳이거니와 멀리 대한 해협으로 이어진 바다의 길이 펼쳐진 곳이다. 황제의 길과 황제가 가지 않은 길을 달리다 보니 어느새 일몰 무렵. 붉은 석양 한가운데로 고깃배가 지난다. 눈부심이란 대체 무엇인가. 그것은 같은 길을 가더라도 다른 무엇을 보는 것이고, 다른 사람이 달리지 않은 길을 가며 생각을 품는 것이다. 그 눈부심에 답하듯 홍포의 일몰 속으로 흑진주 몽돌해변의 사그락거리는 소리가 겹쳐진다. 이 시간 속에 있는 한 우리는 누구나 황제다.

5

문화

한국의 정치제도

한국은 정치제도로 대통령제를 실시하고 있다. 대통령제란 권력분립의 원리에 기초를 두고 입법부, 행정부, 사법부 상호간에 견제와 균형을 통해서 권력의 집중을 방지하고 국민의 자유와 권리를 최대한 보장하는 현대 민주국가의 정부형태를 말한다.

대통령제에서는 대통령을 수반으로 하는 행정부의 성립과 존속이 의회로부터 완전히 독립되어 있다. 대통령은 국민이 선출하고 행정부는 대통령에 의해서 구성되며, 대통령은 국가 수반인 동시에 행정수반으로서의 지위를 가진다. 대통령과 정부는 임기동안 의회에 대하여 정치적 책임을 지지 않으며 의회를 해산할 권한도 없다. 그리고 의회 의원과 행정부 각료의 겸직이 인정되지 않고 정부의 법률안 제출권이나 행정부 각료의 의회 출석, 발언권도 인정되지 않는다. 그러나 입법부와 행정부의 상호 억제와 균형을 위해 일반적으로 대통령은 법률안 거부권을 가지며, 의회는 고위 공무원 임명에 동의권, 국정감사권, 조사권, 탄핵소추권 등을 가진다.

한국은 1948년 7월 20일 이승만을 초대 대통령으로 선출함으로써, 국가대표기관으로서의 국가원수인 동시에 행정부의 수반이라는 대통령제가 시작되었다. 그런데 1960년 4.19혁명으로 이승만이 하야하고 내각책임제 개헌안이 통과되어 제2공화국에서는 의원내각제가 잠깐 도입되었다. 그러다가 1961년 5.16 군사정변으로 제2공화국이 무너지고, 7개월의 군정 이후 1962년 제3공화국 때에는 대통령제로 환원되었다. 그 후부터는 지금까지 줄곧 대통령제를 실시하고 있다.

한국의 대통령은 직선제로 선출되며 임기는 5년이고, 단임제로 연임할 수 없다. 한국의 대통령은 국가원수로서의 지위와 행정부 수반으로서의 지위를 겸하고 있다. 국가원수로서의 지위는 대외적으로 국가를 대표하는 지위, 국가와 헌법의 수호자로서의 지위, 국정의 통합·조정자로서의 지위, 다른 헌법기관 구성자로서의 지위로 세분된다. 행정부 수반으로서의 행정 최고 지휘권자와 최고 책임자로서의 지위를 가진다.

1. 한국의 대통령제는 어떤 변화과정을 겪었습니까?

2. 여러분 나라의 정치제도에 대해서 이야기해 봅시다.

3. 여러분 나라의 정치제도와 한국의 정치제도와 비교하여 장단점을 이야기해 봅시다.

문법
설명

01 −는다뿐이지/ㄴ다뿐이지/다뿐이지

선행절의 내용을 인정하지만 그것은 아주 작은 부분에 해당하며 그와 반대가 되는 내용이나 예상 밖의 내용이 후행절에 온다.

雖然承認前半句的內容，但那只佔非常小的部分，後半句出現與之相反的或內容或預料不到的內容。

- 학교를 안 다녔다뿐이지 그는 모르는 게 없다.
- 애인이 아니다뿐이지 그녀는 나에 대해 모르는 게 없어요.
- 그는 조금 나이가 먹었다뿐이지 신랑감으로는 더할 나위 없는 사람이다.
- 그는 감독으로서 프로야구 우승을 하지 못했다뿐이지 모든 분야에서 거의 최고의 자리에 오르신 분입니다.

02 −을/ㄹ 법하다

어떤 상황이 일어날 만한 가능성이 많음 혹은 그렇게 되는 것이 마땅함을 나타낸다.

表示某種狀況出現的可能性很高或應該會變成那樣。

- 믿기지는 않지만 충분히 있을 법한 일이에요.
- 사생활 침해로 고소할 법도 하지만 문제 삼지 않겠대요.
- 작년 실적으로 봐서는 승진될 법도 한데 이번에도 밀렸어요.
- 다섯 번이나 떨어졌으면 포기할 법도 한데 계속 하겠다니 대단해요.

03 −는 가운데

선행문의 내용이 진행되는 중에 후행문의 내용이 발생했음을 나타낸다.

表示在前半句的內容進行中，發生後半句的內容。

- 시민들이 지켜보는 가운데 축하 행렬이 광화문 앞을 지나가고 있습니다.
- 여러 사람이 보는 가운데 혼자 춤을 추기란 여간 어렵지 않아요.
- 총탄이 빗발치듯 날아오는 가운데 그 소대장은 부하를 구하기 위해 달려 나갔다.
- 공무원들의 비난이 계속되는 가운데에도 대통령은 구조조정을 계속해 나갔다.

04 –을/ㄹ 테지만

추측 가능한 내용, 혹은 예상되는 내용과 반대의 사실을 전달할 때 쓴다.

在傳達與可推測的內容，或預想的內容相反的事實時使用。

- 외국에서 공부하면 처음에는 고생할 테지만 풍부한 경험을 쌓을 수 있어서 삶에 큰 도움이 될 것이다.

- 지금은 이런 일이 의미 없다고 생각할 테지만 1년만 지나면 사장님이 왜 이런 일을 하게 했는지 이해할 거예요.

- 너는 나를 도와주려고 그 일을 했을 테지만 그러다가 몸이라도 더 나빠지면 안되니까 앞으로는 그 일을 하지 말아라.

- 시간이 늦었으니까 벌써 밥을 먹었을 테지만 이리 와서 떡이라도 한 개 먹어라.

제5과 스포츠

5-1 스포츠 과학

학습 목표 ● 과제 스포츠 과학의 발전 모습에 대해서 의견 나누기, 조사해서 발표하기
● 문법 -는 셈치고, -으려만 ● 어휘 스포츠 과학과 효과

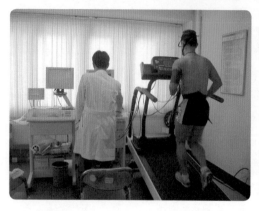
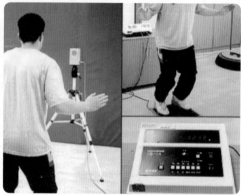

위의 사진은 무엇을 하는 장면입니까?

운동 실력을 향상시키기 위하여 어떤 노력을 하는지 이야기해 봅시다.

마라톤화 (이봉주 선수 전용)	T자형 등판 유니폼	전신수영복	2006독일월드컵 공인구 '팀가이스트'
소재 자체가 공기를 흡입하고 습기를 내뿜도록 함. 일반 마라톤화보다 통기성이 30% 높아 내부 온도가 2도 가량 낮음	단거리 육상 선수들을 위하여 개발됨. 어깨 뒤를 고정시키고 몸에 착 달라붙게 만들어 어깨 부위의 움직임이 가벼움.	물과 공기의 저항을 감소시키고 부력을 증가시킴. 상어 비늘의 원리를 적용함.	2002년까지는 공의 면이 32조각이었으나 14조각으로 줄어듦. 모서리의 수를 줄여 구에 가까워지면 공의 진행 속도와 정확도가 높아짐.

다음은 스포츠 과학의 기술로 개발된 스포츠 용품들입니다.

1) 여러분은 위의 용품 중에서 어떤 것을 가지고 싶습니까? 이유는 무엇입니까?

2) 여러분이 알고 있는 첨단 스포츠 용품에 대해 이야기해 보십시오.

대화

🔊 25~26

민철 어휴, 힘들다. 좀 쉬자. 너도 물 좀 마실래?

친구 너 정말 운동부족이구나. 자, 이 스포츠 음료 마셔. 물을 마시면 당장의 갈증은 해소되지만 체내에서 필요로 하는 충분한 수분 섭취는 안 돼. 운동 중에 위에 부담을 줄 수도 있고.

민철 또 스포츠 과학 전공자 티를 내는구나. 그건 그렇고 이 운동화 어때? 이래봬도 이게 유명 육상선수가 금메달 딸 때 신었다던 바로 그 제품이야. 무게도 가볍고 땀도 안 나서 참 좋다.

친구 말이 나왔으니 말인데 얼마 전에 93그램짜리 초경량 육상화가 개발됐다더라. 신발을 신고 있는 사실조차 잊을 정도라는데 실의 강도는 보통실의 수천 배이고, 신발 안에서 발이 미끄러지는 것도 완벽히 방지한대.

민철 우와, 대단하다. 0.001초를 줄이기 위해 안간힘을 쓰는 단거리 선수들에게는 신발 몇 그램의 차이로 메달의 색깔도 달라질 수 있겠네.

친구 그게 바로 스포츠 과학의 산물이지. 하지만 그건 빙산의 일각에 불과해. 선수들을 낱낱이 분석해서 개개인에게 맞는 최적의 프로그램을 개발하고, 상대 선수의 경기 장면을 촬영해서 기술을 분석하고 대응 전략까지 개발하고 있어. 또 현지 분위기를 재현하고자 가상 경기장을 만들어 기후나 관중들의 소음에까지도 익숙해지게끔 심리훈련도 하고 있을 정도라고.

민철 반세기 전만 해도 맨발의 마라토너가 세계를 제패했었는데. 이쯤 되면 이젠 스포츠가 아니라 과학기술의 대결인 것 같구나. 그렇다면 선수 하나 기르는 셈치고 네 전공을 활용해서 내 운동실력을 확 높여줄 수는 없겠니?

친구 그런 좋은 운동화를 신었으면 남들만큼이라도 뛰어야 하련만 10분도 못 뛰고 주저앉는 네게는 모든 첨단 과학을 동원해도 불가능할 듯싶구나. 스포츠 과학도 선수의 선천적인 체력과 노력이 밑바탕이 되어야 최고의 효과를 볼 수 있는 거란다.

티를 내다 裝模作樣　초경량 n. (超輕量) 超輕　강도 n. (強度) 強度　방지하다 v. (防止 -) 防止
안간힘을 쓰다 竭盡全力　산물 n. (產物) 產品、產物　빙산의 일각 (冰山 - 一角) 冰山的一角
낱낱이 adv. 一五一十、具體地　최적 n.(最適) 最佳、最適合　재현하다 v. (再現 -) 重現
가상 n.(假想) 假設、模擬、假定　제패하다 v.(制霸 -) 稱霸　선천적 (先天的) 天生的、先天的
밑바탕 n. 根基、底子、本質

01 대화의 내용에 맞는 것을 고르십시오.

❶ 민철은 스포츠 과학이 발달하지 않았던 시대를 그리워하고 있다.

❷ 민철은 유명 스포츠 운동화를 신은 것을 자랑하고 있다.

❸ 친구는 스포츠 과학의 전공자로서 지나친 과학의 발달을 우려하고 있다.

❹ 친구는 앞으로 민철의 운동실력 향상을 위해 전공을 발휘해 도와줄 것이다.

02 대화에 나타난 스포츠 과학의 구체적인 예를 모두 찾으십시오.

03 스포츠 과학 분야에서 무엇이 더 개발되면 좋을지 이야기해 보십시오.

[보기] 저는 얼마 전 우리나라 선수들이 외국 관중들의 소음과 야유에 힘들어하는 걸 봤어요. 그래서 양궁이나 사격, 역도 같이 고도의 집중력을 요하는 종목의 경기 때에는 적당한 순간에 관중석의 모습과 소리를 차단할 수 있는 장치가 있으면 좋겠다는 생각을 했어요.

어휘 스포츠 과학과 효과 ●───────────────────────

01 다음 표현을 익히고 질문에 답하십시오.

(가)	(나)
전신운동	
유산소 운동	통기성
근력 운동	탄성
체력	기록 단축
정신력	대응 전략
지구력	심리 훈련
경기력	긴장 완화
폐활량	

1) (가)에서 알맞은 표현을 찾아 빈 칸을 채우십시오.

[보기] 온몸을 골고루 움직이는 운동이며 공으로 하는 대부분의 운동이 여기에 속한다.	전신운동
정신 활동의 힘을 말하며, 양궁 선수들은 고도의 집중력과 이것이 요구된다.	
몸 안에 최대한 많은 양의 산소를 공급시켜 심장과 폐의 기능을 향상시키는 것으로 에어로빅 운동이라고도 한다.	
오랫동안 버티며 견디는 힘을 말하며, 철인 3종 경기와 같은 운동에서는 강한 근력과 함께 이것이 필요하다.	
운동선수나 팀이 운동 경기를 해 나가는 능력으로서, 김 선수는 부상의 후유증으로 요즘 이것이 떨어져 매번 패하고 있다.	

2) (나)에서 알맞은 표현을 찾아 빈 칸을 채우십시오.

❶ 운동역학 분야에서는 최근 상대방의 경기장면을 분석해서 시간대별로 어떻게 경기를 해야 하는지 (　　　　)을/를 개발하는 것까지 가능하다고 합니다.

❷ 최근 유명 스포츠의류 회사가 제작한 육상복은 공기의 저항을 줄여줄 뿐만 아니라 몸의 열과 땀을 빨리 배출시키는 (　　　　)이/가 매우 뛰어나 이를 입은 선수들의 (　　　　)이/가 예상됩니다.

❸ 선수들은 경기장에 나가면 심리적으로 위축감을 느끼고 불안감이 높아지게 마련인데, 빨리 긴장감을 풀고 경기에 집중할 수 있도록 평소에 (　　　　)을/를 하는 것이 중요합니다.

❹ 새로 나온 이 제품은 신발 밑창뿐 아니라 뒤축과 옆면까지도 공기망을 확대 장착하여 (　　　　)과/와 신축성이 매우 뛰어납니다.

02 위의 표현을 사용하여 여러분이 알고 있는 스포츠 과학의 사례에 대하여 이야기해 보십시오.

[보기] 지난 올림픽 때 화제가 됐던 어느 마라톤화는 선수가 달릴 때 뒤꿈치에 전달되는 충격을 흡수하는 첨단 소재를 사용해 탄성과 강도를 높임으로써 경기력을 4%쯤 향상시켰다고 해요. 전문가들이 말하기를 4%의 경기력 향상은 마라톤 경기에서 4분쯤에 해당하고 이는 곧 순위경쟁에서 1등과 22등의 차이라고 하니 정말 대단하지 않아요?

문법

01 다음을 읽고 문법 및 표현을 익혀 봅시다.

　　일주일 전에 친구 영수가 나를 찾아와 농구를 가르쳐 달라고 했다. 회사에서 농구 시합을 하는데 꽤 많은 상금이 걸려 있다고 한다. 영수가 하도 사람 **살리는 셈치고** 좀 도와 달라고 해서 날마다 시간을 쪼개서 영수네 팀에게 기술을 가르쳐 주고 있다. 하지만 어떻게 이런 조합이 있을까 싶을 정도로 개개인의 기술은 물론 팀의 조직력도 엉망이다. 그들에게 조금만 더 운동신경이 있다면 **좋으련만** 그들의 경기를 보고 있으면 전직 농구 코치인 내 실력이 무색할 정도다. 며칠 만에 운동 실력을 급속도로 향상시킬 만한 과학기술은 아직 개발되지 않은 걸까?

-는/은/ㄴ 셈치고

1) 다음을 연결하고 보기와 같이 이야기해 보십시오.

[보기] 운동하다　　　　　　　●　　　　　● TV에서 선전하는 다이어트약을 샀다.

속다　　　　　　　　　　●　　　　　● 살 테니 당장 나가라

한국말 연습하다　　　　　●　　　　　● 아는 길도 물어보면서 갔다

월급의 20만원은 없다　　●　　　　　● 날마다 집에서 학교까지 걸어다닌다

부모 말 안 들으면 딸자식 하나 없다 ●　　　● 매달 적금을 들었다

[보기]　운동하는 셈치고 날마다 집에서 학교까지 걸어다닌다.

-으련만/련만

2) 보기와 같이 다음 대화를 완성하십시오.

[보기]　가: 저 선수는 최첨단 운동복에 최고의 훈련을 받았는데도 왜 실력이 안 좋아질까요?
　　　　나: 글쎄 말이에요. 저렇게 과학적인 훈련을 받았으면 좋은 기록을 세울 만도 하련만
　　　　　　아무래도 요즘 슬럼프인가 봐요.

❶ 가: 돈 있으면 10만원만 좀 빌려줄래?
　　나: 미안해. 돈이 있으면 ＿＿＿＿＿＿＿＿＿으련만/련만 나도 요즘 주머니 사정이 안 좋아.

❷ 가: 영수야, 너희 부모님께서 너를 많이 보고 싶어하시더라.

    나: _____으련만/련만 회사일이 많이 밀려서 틈을 낼 수가 없어.

❸ 가: 내일 아침에 바다에서 해 뜨는 모습을 볼 수 있을까?

    나: 글쎄. _____으련만/련만 일기예보에 의하면 내일 흐리다고 하던데.

❹ 가: 미선아, 사귀는 남자랑 언제쯤 결혼할 예정이야? 사귄 지 벌써 5년이나 되지 않았니?

    나: _____으련만/련만 _____.

02 위의 두 표현을 사용하여 하고 싶은 일을 하지 못했던 경험을 이야기해 봅시다.

[보기] 저는 대학교 때 외국에 어학연수를 다녀오지 못한 것이 후회돼요. 당시에는 아르바이트 하면서 돈을 무조건 절약하면서 하고 싶은 일도 마음대로 하지 않고 지냈는데, 그냥 돈 버리는 셈치고 1년만 자신에게 투자했더라면 하는 생각이 들어요. 그랬다면 지금 영어 때문에 입사 시험에서 떨어지지 않았으련만 매번 최종 영어 면접에서 떨어져 정말 힘들어요.

듣고 말하기 [🔊 27]   ●————————

다음을 듣고 질문에 답하십시오.

01 무엇에 대한 내용입니까?

❶ 약물 남용의 악영향

❷ 스포츠 과학의 부정적인 영향

❸ 어느 수영 선수의 성공 이야기

❹ 스포츠 과학의 효과와 나아갈 방향

02 들은 내용에 맞지 않는 것을 고르십시오.

❶ 박 선수가 입은 새 수영복은 순수 국내기술로 만들어졌다.

❷ 박 선수의 메달 획득은 스포츠 과학에 힘입은 부분이 있다.

❸ 약물 복용 사실이 발각되면 땄던 메달을 빼앗기게 된다.

❹ 모든 선수들이 과학기술이 스포츠에 도움을 주는 것에 찬성하는 것은 아니다.

03 러시아의 수영 선수는 전신 수영복을 왜 입지 않았습니까?

04 여러분은 스포츠와 과학이 만나는 적정선이 어디라고 생각합니까?

YONSEI KOREAN 6

기능표현 익히기

<인사, 발표자 소개하기>

- **안녕하십니까? 저는** 미국에서 온 제임스**입니다.**

<화제 제시하기>

- 저는 오늘 스포츠의 역사에 **대하여 발표하고자/말씀드리고자** 합니다.
- 제가 오늘 말씀드리려고 하는 **주제는** 스포츠의 역사**입니다.**

<발표 목적 제시하기>

- 제 발표의 **목적은** 스포츠 대중화의 방향을 찾아보는 **데에 있습니다./것입니다.**

<발표 내용 제한하기>

- 저는 스포츠의 역사 **중에서** 근대 스포츠의 역사에 **국한하여/관하여/대하여 발표하고자** **합니다.**

<내용 전개 순서 제시하기>

- 저는 발표 내용을 **다음의 네 부분으로 나누어/순서로** 설명하고자 합니다.
- **우선/첫째** 스포츠의 일반적인 역사, **둘째, 셋째, 마지막으로/끝으로...**

<질문에 대해 언급하기>

- **만약 질문이 있으시다면** 발표가 **끝난 후에/언제든지** 해 주셔도 괜찮습니다.

다음은 발표문의 서두 부분입니다. 읽고 질문에 답하십시오.

한국 씨름에 대하여

(가) 안녕하십니까? 저는 일본에서 온 다나카입니다.

(나) 저는 한국의 전통스포츠인 씨름에 대하여 발표하고자 합니다. 씨름이란 두 사람이 샅바나 띠를 매고 상대방을 먼저 넘어뜨려 승부를 내는 운동을 말합니다. 씨름과 같은 격투기는 인류의 생존과 함께 시작되었다고 할 수 있을 만큼 인류 역사상 가장 오래된 경기라 해도 과언이 아닙니다. 이러한 사실은 씨름을 고유의 민속 경기로 즐기는 나라가 비단 한국뿐만이 아니라 중국, 일본, 몽골, 터키, 스위스, 러시아, 브라질, 세네갈 등 30여 개국에 이르는 것을 보아도 알 수 있습니다.

(다) 제 발표는 여러 나라의 씨름 중에서 한국 씨름에 관한 것입니다. 한국 씨름의 흐름을 보면 20세기에 한국에 수많은 서구의 경기가 들어오면서 씨름은 최고의 국민 스포츠의 자리를 내 주게 됩니다. 왜냐하면 국내 경기만 실시되는 씨름은 신교육을 받은 젊은 세대들에게 구태의연한 스포츠로 인식됨으로써 점차 인기가 없어졌고 다른 스포츠에 비해 경쟁력을 잃게 되었기 때문입니다.

(라) 제 발표의 목적은 근대까지도 대중들에게 인기가 있었던 국민스포츠 씨름이 현대에 와서 쇠퇴하게 된 원인을 구체적으로 살펴보고 씨름의 대중화를 위한 바람직한 방안을 모색해보는 데에 있습니다.

(마) 이를 위하여 저는 첫째, 씨름의 역사와 종류, 둘째, 방법과 규칙, 셋째, 씨름 경기의 변천과 근대화 과정, 마지막으로 현대 씨름의 쇠퇴 원인과 대중화를 위한 바람직한 방안의 네 부분으로 나누어 말씀드리고자 합니다.

(바) 만약 질문이 있으시다면 발표가 끝난 뒤 해 주시면 감사하겠습니다.

<본문, 결론 생략>

01 윗글에서 화제를 제시하는 부분은 어느 곳입니까?
① <가>　　　　② <나>　　　　③ <다>　　　　④ <라>

02 윗글에서 발표 목적을 제시하는 부분은 어느 곳입니까?
① <나>　　　　② <다>　　　　③ <라>　　　　④ <마>

03 다음은 발표문의 서두에서 주로 쓰이는 기능 표현들입니다. 각각의 기능이 나타난 단락을 찾고 문장을 써 보십시오.

기능	단락	문장
인사와 발표자 소개하기	(가)	
화제 제시하기		
발표 내용 제한하기		
발표 목적 제시하기		제 발표의 목적은 근대까지도 대중들에게 인기가 있었던 국민스포츠 씨름이 현대에 와서 쇠퇴하게 된 원인을 구체적으로 살펴보고 씨름의 대중화를 위한 바람직한 방안을 모색해보는 데에 있습니다.
내용 전개 순서 제시하기	(마)	저는 첫째, 씨름의 역사와 종류, 둘째, 방법과 규칙, 셋째, 씨름 경기의 변천과 근대화 과정, 마지막으로, 현대 씨름의 쇠퇴 원인과 대중화를 위한 바람직한 방안의 네 부분으로 나누어 말씀드리고자 합니다.
질문에 대해 언급하기		

04 한국과 관련된 것에 대해서 조사하여 발표하려고 합니다. 다음의 표를 채우고 서두의 내용을 생각해 보십시오.

주제의 예 – 한국 음식
　　　　　　한국의 전통의상(한복)
　　　　　　한국의 전통스포츠
　　　　　　한국의 교육
　　　　　　한국 드라마와 영화의 특징 등

발표 제목	
인사와 발표자 소개하기	
화제 제시하기	
발표 내용 제한하기	
발표 목적 제시하기	
내용 전개 순서 제시하기	
질문에 대해 언급하기	

05 위의 표를 바탕으로 발표해 보십시오.

5-2 스포츠 정신

학습 목표 ● 과제 바람직한 스포츠 정신에 대해서 의견 나누기, 조사해서 발표하기
● 문법 –는 탓에, 이라도 –을라치면 ● 어휘 스포츠 정신

위의 장면들은 어떤 상황인 것 같습니까?
이와 비슷한 상황을 보거나 직접 경험한 적이 있습니까?

"심판 탓하기 앞서 너 자신의 플레이를 돌아보라"
어제 농구 결승전은 '각본 있는 드라마'?
女핸드볼 감독 "세계챔피언도 이길 수 없는 경기였다"
K리그 심판 판정, 또 도마 위에 오르나?
엄중처벌로 '그라운드 폭력' 추방해야
심판은 눈 뜬 장님?
'응원과 폭력' 위험한 줄타기

1) 위의 기사 제목은 무슨 뜻입니까?

2) 기사 제목을 보고 어떤 상황이 발생했었는지 추측해서 이야기해 봅시다.

대화

🔊 28~29

제임스 어제 올림픽 개막 행사는 정말 성대하고 화려하더라. 각국 대표단이 깃발을 휘날리며 입장하는 장면도 아주 멋졌는데, 너 봤어?

영수 물론 봤지. 내가 얼마나 손꼽아 기다려 왔는데. 더군다나 전쟁 중이거나 분단된 나라들이 손에 손을 잡고 입장하는 모습은 너무 감격적이었어.

제임스 맞아. 하지만 개막식 후에 열린 축구 시합은 그전까지의 감동에 찬물을 끼얹는 꼴이었어. 선수들의 반칙도 그렇고, 심판 판정도 편파적인 탓에 도저히 경기를 지켜볼 수가 없더라고.

영수 누가 아니라니? 상대 팀의 반칙은 다 눈감아 주고 우리 팀에서 적극적으로 공격이라도 좀 할라치면 금세 심판들이 달려오니 원.

제임스 나도 어찌나 화가 나던지... 지난 대회 때하고는 영 대조적이야. 육상 결승전 때 아슬아슬하게 금메달을 차지한 선수가 비디오 판독 결과에 승복하여 은메달을 딴 선수에게 금메달을 양보했잖아.

영수 그랬었지. 그런데 2등을 했던 선수도 역시 금메달을 양보하면서 시상대에서까지도 서로 윗자리로 미는 모습은 정말 흐뭇했어. 그런 둘의 모습에 관중들이 모두 기립박수를 보냈고.

제임스 그게 바로 진정한 스포츠 정신이랄 수 있지. 최선을 다해 정정당당히 경쟁하고 결과를 받아들이는 거며, 그런 모습에 아낌없이 박수를 보내는 관중들의 모습 전부가 말이야.

영수 네 말이 맞다. 이번 올림픽의 구호가 '하나 되는 우리'이니 만큼 화합과 평화를 기대하면서 앞으로 남은 경기를 지켜보자고.

01 위 대화의 내용에 맞는 것을 고르십시오.

❶ 올림픽 개막 행사가 매우 성대하고 감동적이었다.

❷ 두 사람은 개막전 축구 시합에서 졌기 때문에 실망했다.

❸ 지난 올림픽 때 선수들의 반칙 때문에 화가 났었다.

❹ 두 사람은 올림픽 폐막식을 보면서 아쉬워하고 있다.

성대하다 a.(盛大) 盛大的、隆重的　　손꼽아 기다리다 引頸期盼　　찬물을 끼얹다 潑冷水
꼴 n. 模樣、面目　　편파적이다 a.(偏頗的 -) 偏頗的　　대조적이다 a.(對照的 -) 對照的
판독 n.(判讀) 解讀　　승복하다 v.(承服 -) 服氣、接受　　기립박수 n.(起立拍手) 起立鼓掌

02 대화에 나타나 있는 진정한 스포츠 정신이란 무엇입니까?

03 스포츠와 관련된 감동적인 이야기나 반칙 또는 부정 사례에 대해서 이야기해 봅시다.

[보기] 1960년 로마올림픽 때 미국의 윌마 루돌프는 어릴 적부터 앓았던 소아마비를 극복하고
육상 100m, 200m, 400m를 석권했대요. 그 의지가 정말 대단하지 않아요?

어휘 | 스포츠 정신 ●

01 다음 표현을 익히고 질문에 답하십시오.

(가)	(나)
개막식	
폐막식	화합
개최하다	반칙
구호	공명정대하다
종목	정정당당하다
순위	승복하다
세계신기록	판정
메달을 따다	편파적이다
N관왕을 차지하다	

1) (가)에서 알맞은 표현을 찾아 빈 칸을 채우십시오.

일정 기간 동안 계속되는 행사를 시작할 때 행하는 의식		올림픽 때는 각국의 선수들이 국기를 들고 입장한다.
시위나 운동 경기 등에서 어떤 주장을 간결한 형식으로 표현한 문구		지난 올림픽 때는 '하나의 세계, 하나의 꿈'이었다.
여러 가지 종류에 따라 나눈 항목		올림픽 경기에는 육상, 수영, 체조, 역도, 권투, 레슬링 등이 있다.
차례나 순서를 나타내는 위치나 지위		올림픽 때 한국에서는 금메달의 개수로 결정한다.
주로 운동 경기 등에서 세운 세계 최고의 기록		4년 만에 마라톤에서 에티오피아 선수가 이것을 깼다.

2) (나)에서 알맞은 단어를 찾아 빈 칸을 채우십시오.

❶ 스포츠 경기에서 심판의 (   )에는 어떤 경우라도 (   )해야 합니다.

❷ 하지만 그 만큼 심판도 역시 어떤 팀에게도 (   )해야 한다고 생각합니다.

❸ 올림픽은 메달 따기 전쟁이 아니라 스포츠를 통한 전 세계의 평화와 (   )을/를 도모 하는 데에 개최 목적이 있어야 할 것이다.

❹ 이번 동계 올림픽에서 김 선수가 세계신기록을 세울 것이라고 모두가 확신했었는데 다른 선수의 (   ) 으로/로 좌절돼서 아쉬움이 남는다.

02 다음은 역대 올림픽의 구호들입니다. 여러분의 나라에서 올림픽이 열린다면 어떤 구호를 만들고 싶은지 생각해 보십시오.

1896, 제1회 아테네 올림픽– 인류 평화의 제전

1988, 제24회 서울 올림픽– 인류에 평화를, 민족에 영광을

1992, 제25회 바르셀로나 올림픽– 영원한 친구들

1996, 제26회 아틀랜타 올림픽– 안전 올림픽

문법

01 다음을 읽고 문법 및 표현을 익혀 봅시다.

어릴 적부터 운동의 '운'자도 모르던 내가 친구따라 강남간다고 얼떨결에 농구 동아리에 가입하고 코트를 뛰어다닌 지가 벌써 일 년이다. 워낙 운동을 안 해 왔던 터라 처음 몇 주 동안에는 말도 못하게 고생을 했었다. 평소 안 쓰던 근육을 무리하게 **움직인 탓에** 팔 다리 허리 목 등 온몸 구석구석이 안 아픈 곳이 없었다. 우리 팀 선수에게 **패스라도 할라치면** 여기저기서 상대 팀이 무섭게 달려드는 통에 나는 정신없이 뛰어다니기만 했었다. 하지만 이제 1년여가 지난 지금은 어느 정도 개인기도 생겼고 눈속임도 할 수 있는 정도가 되었다. 다음 달에 있을 길거리 농구 대회에 참가하기 위해 오늘도 나는 친구들과 함께 코트를 누빈다.

-는/은/ㄴ 탓에

1) 다음을 연결하고 보기와 같이 이야기해 보십시오.

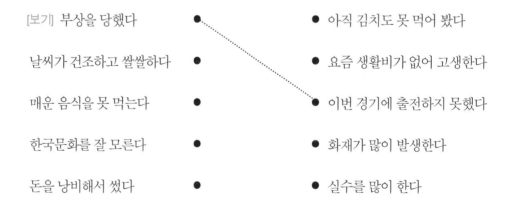

[보기] 부상을 당했다 ●   ● 아직 김치도 못 먹어 봤다

날씨가 건조하고 쌀쌀하다 ●   ● 요즘 생활비가 없어 고생한다

매운 음식을 못 먹는다 ●   ● 이번 경기에 출전하지 못했다

한국문화를 잘 모른다 ●   ● 화재가 많이 발생한다

돈을 낭비해서 썼다 ●   ● 실수를 많이 한다

[보기]   부상을 당한 탓에 이번 경기에 출전하지 못했다.

이라도/라도 -을라치면/ㄹ라치면

2) 다음을 연결하고 보기와 같이 이야기해 보십시오.

의도	결과
[보기] (모처럼)시합 전에 모두 모여 연습을 하려고 한다.	꼭 몇 사람이 빠져서 연습을 할 수 없게 된다.
❶ (잠시)거리에 주차를 하려고 한다.	
❷ (모처럼)술 한 잔 마시려고 한다.	
❸ (오랜만에)공부를 하려고 한다.	
❹ (모처럼)데이트를 하려고 한다.	

[보기] 모처럼 시합 전에 모두 모여 연습이라도 할라치면 꼭 몇 사람이 빠져서 방해가 되곤
해요.

02 위의 두 표현을 사용해서 의도와 다른 결과가 발생했던 경험을 이야기해 봅시다.

[보기] 저는 평소에 운동을 거의 하지 않는데, 어쩌다가 큰마음 먹고 조깅이라도 할라치면
뭔가 일이 생겨서 그냥 집으로 돌아오게 돼요. 또 만약 조깅을 하게 되어도 갑자기
무리를 한 탓에 몸이 여기저기 아파서 며칠 고생을 하고요.

다음을 읽고 질문에 답하십시오.

[신문 사설] 올림픽에서의 메달

미국의 한 사이트를 살펴보다가 내가 알고 있는 올림픽에서의 국가 순위와 이곳 사이트에서 공개한 순위가 다른 것을 보게 되었다. 각각의 메달의 숫자는 같은데 순위가 왜 다르게 나왔을까 하여 살펴보니, 순위 산출 방식이 우리나라와 달랐다. 우리나라는 금메달 수가 많으면 은메달 수와 관련 없이 순위가 오르는 금메달 위주의 방식이었고, 미국은 전체 메달수로 순위를 매기고 있었다.

일반적으로 올림픽 메달 순위를 산정하는 방법은 IOC식과 미국식이 있다. IOC식은 금메달 순서로 순위를 매기고 동수일 경우에 은메달과 동메달의 수를 따져서 순위를 매긴다. 미국식은 메달 색에 관계없이 전체 메달 수를 기준으로 순위를 매긴다.

전자의 경우 금메달에 비중을 둠으로써 선수들의 메달 의욕을 증진시키는 효과가 있는 반면 일등 지상주의를 낳는다는 비난을 받는다. 게다가 소수 종목에서 집중적으로 금메달을 딴 나라가 다양한 종목에서 고루 메달을 획득한 나라보다 순위가 높게 책정되는 폐단이 있다. 후자의 경우 메달수로 하기 때문에 1등을 위해 금메달 획득자가 흘린 땀을 제대로 반영하지 못한다. 게다가 이는 다양한 종목을 육성하고 선수를 파견할 수 있는 강대국한테 유리한 조건이다.

최근 어느 나라에서 메달 수를 인구수로 나눠서 인구 당 메달 수로 순위를 매기는 방법을 시도했다. 당시 호주와 헝가리 등이 상위권을 형성했고 우리나라는 20위권으로 밀려났다. 엉뚱한 듯 보이지만 일리 있는 방식이다. 어떤 국가든 1위를 할 수 있는 기회를 주는 것이 올림픽 정신에 부합하는 것 아닌가. 그렇지만 현실적으로 이 방식은 여러 모로 가능하지 않다는 것은 인정한다.

그런데 상식적으로 가장 이상적으로 보이는 방식이 있다. 개인적으로 금메달은 3점, 은메달은 2점, 동메달은 1점으로 환산해서 포인트제로 순위를 산정하는 방식이 어떤가 한다. 이 방식은 금메달에 가중치를 주면서 은메달과 동메달에도 가치를 부여할 수 있다. 금메달에 지나치게 절대적인 가치를 부여하고 있는 IOC식과 메달간의 차이를 없앰으로써 금메달에 대한 의지를 꺾어 버리는 미국식의 단점을 보완할 수 있다.

더 나아가 올림픽의 순수한 정신을 되새겨 보아야 할 듯싶다. 공식적으로 올림픽에서 순위를 매기는 제도는 없으며, 그건 단지 각국의 언론사들이 만들어낸 것일 뿐이다. '올림픽의 아버지' 쿠베르탱은 1896년 아테네 올림픽에서 이렇게 말했다. "올림픽에서 중요한 것은 메달이 아니라 자국의 명예를 가슴에 품고 달리는 선수들의 땀방울이다." 우리도 이제는 금메달 지상주의를 바꿔야 할 때가 된 것이 아닐까? 메달에 상관없이 노력해 왔던 모든 선수에게 박수를 쳐 주자.

01 이 글의 주장은 무엇입니까?

❶ 올림픽 정신이 사라진 현대 올림픽은 폐지되어야 한다.

❷ 올림픽에서 순위를 매기는 제도를 없애야 한다.

❸ 메달에 상관없이 모든 선수들에게 격려와 힘을 주어야 한다.

❹ 금, 은, 동메달을 구별하지 말고 하나의 메달로 만들자.

02 이 글에서 제시한 올림픽 메달 순위 산출 방식을 다음 표에 정리해 보십시오.

유형	방법
IOC식	금메달 순서로 순위를 매기고 동수일 경우에 은메달과 동메달의 수를 따져서 순위를 매기는 방법
미국식	
인구수로 나누기	메달 수를 인구수로 나눠서 인구 당 메달 수로 순위를 매기는 방법
점수 포인트제	

03 이 글의 내용에 맞는 것을 고르십시오.

❶ 미국식 방식은 일등지상주의를 낳는 단점이 있다.

❷ 이 글을 쓴 사람은 점수 포인트제 방식을 제안하고 있다.

❸ 근대 올림픽의 창시자 쿠베르탱은 금메달에 가치를 두고 있다.

❹ 한국은 금, 은, 동에 상관없이 전체 메달 수로 순위를 매긴다.

04 여러분은 올림픽의 메달 순위 산정 방식에 대해서 어떻게 생각합니까? 이야기해 보십시오.

과제 2 발표하기 (마무리)

기능표현 익히기

\<결론 말하기\>

- **지금까지** 저는 씨름의 종류에 대해서 **살펴보았습니다. / 알아보았습니다.**
- **결론을 말씀드리겠습니다 / 결론적으로 말하면** 정부의 노력이 필요하다는 **것입니다.**

\<요약하기\>

- **이상의 내용을 요약하자면 / 이상에서 살펴본 바와 같이 / 요컨대** 씨름의 역사는 인류의 역사와 함께 시작되었다고 할 수 있습니다.

\<제안하기\>

- 그래서 저는 씨름의 현대화 방안을 **제안하고 싶습니다.**

\<마무리하기\>

- **이상으로 / 이것으로** 제 발표를 **마치겠습니다.**

\<질문 유도하기와 질문에 대답하기\>

- **혹시 질문 있으십니까? / 혹시 질문이나 의견 있으시면 말씀해 주십시오.**
- **죄송하지만 다시 한 번 말씀해 주시겠습니까?**
- 영수 씨의 말씀은 씨름의 종류에 대하여 예를 들어달라는 **말씀이시지요?**

\<인사하기\>

- **지금까지 제 발표를 들어주셔서 감사합니다.**

다음은 발표문의 마무리 부분입니다. 읽고 질문에 답하십시오.

한국 씨름에 대하여

<서두>, <본문> 생략

(가) 지금까지 저는 한국의 씨름에 대하여 살펴보았습니다. 구체적으로는 씨름의 역사와 종류, 방법과 규칙, 씨름 경기의 변천과 근대화 과정의 흐름을 기술하였고, 나아가 현대 씨름의 쇠퇴 원인과 대중화를 위한 바람직한 방안에 대해서도 논해 보았습니다.

(나) 이상의 주요 내용을 간단히 요약하자면 씨름은 4,600여 년 전에 격투기의 일종으로 인류의 역사와 함께 시작되었고 한국에서는 고구려 태조왕(서기 53~146년) 때에 행한 것이 기록에 남아 있습니다. 씨름의 종류로는 지역별로 구분할 수 있었는데, 과거의 왼씨름, 오른씨름, 띠씨름이 현재에는 왼씨름으로 통일되었으며 그 외의 지역별 특징이 남아 있습니다. 씨름은 고구려 시대 이후 근대와 일제 치하의 씨름, 해방 이후부터 프로 민속씨름의 태동, 1983년 이후부터 현대에 이르기까지 한국 고유의 국민 스포츠로서 자리를 잡아왔으나, 서구의 다양한 스포츠의 유입으로 현대에 와서는 민족의 스포츠로서 위상을 상실하게 된 배경을 갖고 있습니다. 그러나 한국씨름연맹의 노력으로 국제 스포츠로서 발돋움하려는 적극적인 시도가 계속되어 한국 전통 씨름의 맥은 끊어지지 않을 것입니다.

(다) 저는 씨름이 국제화도 되어야 하지만 한국 고유의 특징을 잃어버리지 않도록 주의해야 한다고 생각합니다. 그리고 이를 위해서는 무엇보다도 한국정부가 씨름에 적극적인 보조와 지원을 아끼지 말아야 하며 국민들도 애정과 관심을 가져야 한다는 것을 강조하고 싶습니다.

(라) 그럼 이상으로 제 발표를 마치겠습니다.

(마) 혹시 질문이나 의견 있으시면 말씀해 주십시오.

(바) 지금까지 제 발표를 들어주셔서 감사합니다.

01 위 글에서 결론을 말하는 부분은 어느 곳입니까?

02 위 글에서 요약하는 부분은 어느 곳입니까?

03 다음은 발표문의 마무리 부분에서 주로 쓰이는 기능 표현들입니다. 각각의 기능이 나타난 단락을 찾고 문장을 써 보십시오.

기능	단락	문장
결론 말하기	(가)	
요약하기		이상의 주요 내용을 간단히 요약하자면~끊어지지 않을 것입니다.
제안하기	(다)	그리고 이를 위해서는 무엇보다도 한국정부가 씨름에 적극적으로 보조와 지원을 아끼지 말아야 하며 국민들도 애정과 관심을 가져야 함을 제안하고 싶습니다.
마무리하기		
질문 유도하기와 질문에 대답하기		
인사하기	(바)	

04 한국과 관련된 것에 대해서 조사하여 발표하려고 합니다. 다음의 표를 채우고 빈 칸에 마무리의 내용을 생각해 보십시오.

주제의 예 – 한국 음식
한국의 전통의상(한복)
한국의 전통스포츠
한국의 교육
한국 드라마와 영화의 특징 등

발표 제목	
결론 말하기	
요약하기	
제안하기	
마무리하기	
질문 유도하기와 질문에 대답하기	
인사하기	

05 위의 표를 바탕으로 발표해 보십시오.

5-3 정리해 봅시다

I. 어휘

01 다음 문장의 밑줄 친 부분을 보기와 같이 바꾸십시오.

대조적이다	티를 내다	기립박수를 보내다	안간힘을 쓰다
성대하다	손꼽아 기다리다	제패하다	재현하다

어제는 기다리고 기다리던 회장님배 사내 농구 시합이 있었다. 같은 부서 동료들로 결성된 우리 팀
　([보기] **손꼽아 기다리던**)

은 근무 시간 후 틈틈이 모여 연습해 왔다. 출전 팀도 여덟 팀이나 되었고 화려한 깃발을 든 응원단

도 입장하여 큰 행사처럼 웅장하고 볼 만했다. 제비뽑기 결과 우리 팀은 처음부터 제일 강한 팀과
　　　　　　　　　　　　　　　　　　　　　　　(　　　　　　)

맞붙게 되었다. 그 팀은 전직 농구선수가 있어서 취미로 공을 만져온 우리와는 영 딴판이었다. 우리
　　　　　　　　　　　　　　　　　　　　　　　　　　　　　　　　(　　　　)

팀은 승리를 위해 젖 먹던 힘까지 다해서 뛰었고, 의외로 상대팀에서 한 명이 퇴장당한 덕분에 결
　　　　　　　　　　　　　　　(　　　　　　)

국 우리 팀이 이기게 되었다. 시합 후 응원단은 모두 자리에서 일어나 박수를 쳤고, 우리는 응원을
　　　　　　　　　　　　　　　　　　　　　　　　　　(　　　　　　)

해 준 응원단에게 절을 했다.

02 다음의 표현을 사용하여 대화를 완성하십시오.

반칙	판정	근력	지구력	탄성	통기성
폐활량	경기력	강도	전신운동	유산소운동	
세계신기록	승복하다	정정당당하다	편파적이다	메달을 따다	

[보기] 가: 나는 요즘 들어 더 몸이 둔해지고 살이 찌는 것 같아. 팔다리에도 힘이 없고 조금만 일해도 힘이 들어. 어떤 운동을 하면 좋을까?

나: 글쎄, 달리기 같은 유산소운동을 하는 게 어떨까? 날마다 꾸준히 하면 팔다리의 근력도 길러지고 몸도 가벼워질거야.

1) 가: 최근 스포츠 과학이 화제가 되고 있잖아. 최첨단 스포츠 용품이 뭐가 있는지 알고 있니?

나:

2) 가: 너는 올림픽 종목 중에서 어느 종목이 가장 기대가 되고 재미있어?

나:

3) 가: 지난 번 올림픽 때 어떤 경기가 인상적이있어?

나:

4) 가: 승리를 위해서라면 반칙도 적당히 할 수 있지 뭐. 안 그래?

나:

5) 가: 상대 팀 선수가 반칙하는 건 봐 주고, 내가 몸싸움을 좀 하려 하면 반칙이라고 하니 정말 화가 나. 아무리 심판 판정이라도 따르고 싶지가 않아.

나:

II. 문법

다음 상황을 읽고 대화를 완성하십시오.

-는/은/ㄴ 셈치고   -으련만/련만   -는/은 탓에   이라도 -을라치면

영수 3년차 직장인이고 결혼해서 2살 된 아이가 있는 가장이다. 대학교 전공이나 적성과는 무관한 직장에 들어와 아직도 직장생활의 의미나 애정을 느끼지 못하고 있다. 체질적으로 술을 잘 못 마시는데 영업상의 술자리도 많고 회식도 잦은 편이라 몸도 안 좋아지고 지각과 결근을 하게 되어 상사로부터 꾸중도 자주 듣는다. 요즘 회사를 그만둘까 심각하게 고민 중이지만 자신만 바라보고 있는 가족들 생각을 하면 사표를 쓰려다가도 그만 포기하고 만다.

정민 대학 졸업 후 5년째 사법고시 준비 중이다. 1차 시험에는 붙지만 계속 2차에서 떨어지고 있다. 아직 부모님과 함께 살고 있으며 미혼이다. 될 때까지 고시 준비를 하고 싶으나 부모님은 그만 포기하고 평범한 회사에 들어가서 빨리 결혼하라고 재촉이 심하다. 고시 공부 외에는 영어나 컴퓨터 등의 공부도 하지 않았고 여자나 결혼에 대한 관심도 없기 때문에 당장 고시를 포기하고 입사시험 준비를 할 수도 없고 맞선조차 보고 싶은 생각이 없다.

영수 난 네가 부럽다. 아직 혼자 몸이고 또 하고 싶은 공부를 하고 있으니 말이야.

정민 무슨 말이야. [보기] **시험에서 계속 떨어지는 탓에 집에서는 그만 포기하라고 야단이야.**
차라리 나도 대학 졸업하고 너처럼 취직이나 할 걸 그랬어. 넌 어때? 회사 생활하니까
마음 편하고 좋지?

영수 좋기는. _____

_____

정민 그럼 회사를 옮기거나 그만두는 건 어때?

영수 _____

_____

넌 어떻게 할 거야? 고시 준비 계속할 거야? 아님 취직할 거야?

정민 글쎄. _____

_____

Ⅲ. 과제

01 다음은 이색 스포츠입니다. 이 스포츠의 경기방법과 규칙에 대해서 이야기해 봅시다.

스키장 골프

수중 펜싱

겨울철 북극곰 수영대회

체스복싱

야마카시

참치던지기대회

02 여러분이 알고 있는 이색 스포츠를 소개해 보십시오. 그리고 재미있는 스포츠를 상상해서 이야기해 보십시오.

[보기] 하이힐 신고 100미터 달리기
여성 베개 격투기
맥주 캔/우유병 보트 대회
물속에서 축구하기

5-4 인간과 환경

1. 환경 파괴의 예를 찾아 보십시오.

2. 환경이 파괴되어 인공지구를 만든다면 그 속에서 인간이 살아가기 위해 어떤 조건들이 필요할까요?

넉넉한 산소의 공급 ☐

오염되지 않은 식수원의 확보 ☐

철저한 재활용 시스템의 개발 ☐

.... ☐

.... ☐

지구야 고맙다

🔊 30

조흥섭

물고기를 길러 보려고 계곡에서 잡은 버들치[1] 몇 마리를 페트병에 담았다. 어떻게 될까? 당장은 잘 산다. 수돗물을 넣지 않고 계곡물을 넣어 주었다면 말이다. 하지만 얼마 가지 않아 죽고 만다. 어릴 때 일이 기억나는가? 얼마나 많은 물고기들이 과학적 호기심 때문에 죽어 갔는지.

버들치

5

버들치를 더 오래 살리려면 병보다는 자연과 조금 더 비슷한 어항이[2] 있어야 한다. 어항에 모래도 깔고 수초도 심어 준다면 더욱 좋다. 그래도 자연에는 못 미치는 점이 있다. 무얼까? 우선 물결이 없다. 그렇다면 기포발생기를[3] 설치해 충분한 산소를 공급해 준다. 다음엔 물벼룩과 같은 먹이가 없다. 그러면 사료를[4] 넣어 준다. 새 물이 계속 들어오지 않는다면 가끔씩 물을 갈아 준다. 이제 자연과 거의 같아졌는데, 왜 버들치는 알을 낳지 않는 걸까?

10

그건 계곡과 환경이 다르기 때문이다. 계절과 밤낮의 차이 없이 온도가 거의 일정한 방안에서 버들치는 생식[5] 리듬을 잃고 만다. 어항을 베란다에 내어 놓고 실지렁이나 물벼룩 같은 자연 먹이를 준다면 혹시 알을 낳을지도 모른다. 그렇더라도 전기와 사료를 공급받아야 유지되는 '반쪽 자연'일 수밖에 없다. 자연은 아무 일도 하지 않는 것처럼 보인다. 하지만 앞의 예에서 보았듯이 정작[6] 자연을 흉내 내기란 쉽지 않다.

15

20

우주에서 생활하고 있는 이소연 씨

자연은 생물과 무생물로 이뤄진다. 동

1 버들치 : 잉어과, 8-15cm정도의 몸길이. 넓은 하천과 호수 좁은 산간 계류 등지에서 서식.

2 어항 : 물고기를 기르는 유리 항아리.

3 기포발생기 : 기체 방울을 계속 만드는 기계.

4 사료 : 가축에게 주는 먹이.

5 생식 : 생물이 자기와 같은 생물을 태어나게 하는 생리적인 일.

6 정작 : 그전에 생각했던 바와는 달리.

YONSEI KOREAN 6

물, 식물, 미생물 등 생물들은 흙, 공기, 햇빛, 물과 같은 무생물 요소를 잘 활용하면서 살아 간다. 자연은 적어도 30억 년 이상 진화해 온 결과이다. 그동안 생물들은 살아남기 위해 경 쟁하는 과정에서 자연에 가장 잘 적응하는 방식으로 거듭났다. 그래서 생물은 자원의 가 장 알뜰한 소비자이기도 하다.

사람들은 이런 측면에 주목한다. 우주여행이 그런 예이다. 우주인 한 사람이 우주에서 1 년 간 머무는 데는 물, 공기, 식품이 적어도 12톤이나 필요하다. 3명의 승무원이 왕복 2년 걸리는 화성 여행에 나선다면 무려 72톤을 싣고 가야 한다. 화물 1킬로그램을 쏘아 올리는 데 수백만 원이 드는 우주여행에 트럭 수십 대 분량의 물과 통조림 따위를 싣고 5천6백만 킬로미터 이상 떨어진 화성까지 날아간다는 것은 상식적으로 가능할 것 같지 않다. 우주 인들은 지구에서는 상상하기 힘들 만큼 재활용을 철저히 한다. 지금 우주에 떠 있는 국제 우주정거장에서도 승무원들은 오줌을 걸러낸[7] 다음 증류해[8] 식수로 마신다. 샤워나 세면 한 물도 여러 번 걸러 수질 검사를 통과하면 식수통에 붓는다. 우주선의 동력원인[9] 연료전 지를[10] 가동하면 부산물로[11] 물이 나오는데, 이것도 식수원이다. 필요한 물의 대부분은 이 렇게 조달한다.[12] 물은 마실 뿐 아니라 전기분해해 호흡에 필요한 산소를 만드는 데 쓰기 도 한다. 그렇다면 우주인들의 배설물은 어떻게 할까. 진공 건조시켜 모아 두었다가 지구 로 가져온다. 적어도 지금까지는 그랬다.

화성처럼 장거리 여행 시에는 이야기가 또 달라진다. 과학자들은 모든 물질의 재활용, 재사용률을 100퍼센트 가까이 끌어올리지 않으면 안 된다고 믿는다. 이를테면 고형 배설 물에서 수분을 빼내고 나머지 찌꺼기로 식물을 길러 식량을 생산한다는 것이다. 이른바 '우주선 농장'이다. 미래 우주선의 내부를 들여다 보면 각종 기계와 장치가 들어 있는 칸 보다 태양전지로 햇빛을 비추는 인공농장이 더 많을 것이다. 이 농장은 식량 생산뿐 아니 라 탄산가스와 미량 오염 물질을 제거하고 산소를 만들어 내는 기능도 한다. 최고의 과학 기술을 동원한 장거리 우주여행에서 가장 중요한 것이 바로 텃밭에서도 적용되는 원리라 는 사실은 놀랍다. 사실 지구는 직경이[13] 1만 2천 킬로미터인 거대한 우주선 아닌가. 이 ' 우주선 지구호'가 제대로 운항하기 위한 최고의 매뉴얼은 바로 자연이다.

---

7 걸러내다 : 건더기를 따로 모으고 액체만 남기다.

8 증류하다 : 액체 속의 성분을 분리하여 깨끗한 액체만을 남기다.

9 동력원 : 기계를 움직여서 일을 하게 하는 힘의 근본

10 연료전지 : 에너지를 얻기 위해 태우는 물질을 건전지의 형태로 만든 것.

11 부산물 : 주가 되는 생산물을 딸려 함께 생기는 생산물.

12 조달하다 : 필요한 것을 공급하다.

13 직경 : 직선이 원의 중심을 지나서 둘레와 만나는 두 점 사이의 거리.

자연 흉내 내기는 어린 과학도들만의 호기심은 아니다. 어른들도 한다. 그것도 엄청난 규모로. 미국의 백만장자인 에드워드 배스는 작은 지구를 만들고 싶었다. 그는 미국 애리조나 주 남부 오라클의 사막지대에 4만 평의 거대한 유리 온실을 만들었다. '생물권 2(Biosphere 2)'라 이름 붙인 (생물권 1은 지구이므로) 이 인공지구 속에는 지구의 축소판인 바다, 습지, 열대우림,

미국 애리조나 주 사막에 조성된 인공지구인 '생물권 2' 전경.

사막, 초원, 농경지 등을 만들었다. 염소, 원숭이, 지렁이, 벌새 등 3천8백여 종의 각종 동식물과 함께 우주복 비슷한 단복을 입은 자원 참가자 남녀 4명씩 8명은 외부와 차단된[14] 이 인공지구에서 1991년부터 2년간 지냈다. 마치 어항 속 버들치처럼. 만일 이들의 실험이 성공적이어서 온실내부의 공기와 영양분 순환이 잘 이뤄져 외부의 지원 없이 생존할 수 있다면 우리는 달이나 화성에 비슷한 인간 거주지를 만들 수 있을 것이란 기대가 높았다.

2년 뒤 실험은 일단 끝났지만 자급자족 생태계를 구성하려는 시도는 무참히 실패했다. 새와 동물, 곤충들은 번창하기는커녕[15] 대부분 죽어 버렸다. 바퀴벌레와 개미들이 '생물권'을 점령했다.[16] 무엇보다 치명적인[17] 것은 2억 달러가 들어간 이 시설이 8명의 대원들이 숨 쉴 충분한 산소를 공급하지 못했다는 점이다. 애초 약속과 달리 외부에서 산소를 긴급 투입해야 했다. 마치 어항의 기포 발생기처럼 말이다. 우리의 지구 '생물권 1'과는 사뭇 다르다. 인류는 숨 쉬는 산소 값으로 단 한 푼도 지불하지 않지만 60억 명의 지구인 모두에게는 넉넉한 산소가 공급된다. 지구는 참으로 우리에게 아낌없이 준다!

'생물권 2' 실험의 교훈은 분명하다. 비록 자연이 거의 무료로 인간에게 제공해 주는 서비스라 하더라도 인공적으로 만드는 데는 엄청난 비용이 든다는 것이다. 우리는 자연의 이런 고마운 기능이 사라지고 난 뒤에야 그 가치를 알게 되는 일이 많다. 한 연구를 보면 인간 사회에 직접 제공되는 자연의 서비스는 돈으로 따져 연간 약 36조 달러라는

14 차단되다 : 통하지 못하게 끊기거나 막히다.
15 번창하다 : 늘어나고 커지다.
16 점령하다 : 남의 것을 빼앗아 가지다.
17 치명적이다 : 돌이킬 수 없을 정도로 나쁘다.

천문학적인 액수에 이른다. 그런데도 이런 자연의 가치가 정당하게 평가되기도 전에 낭비되고 있다. 지구에 있는 수많은 생물들의 활동이 어우러져 이런 서비스를 만드는데, 인간이 그것을 독차지해[18] 버리거나 망가뜨리고[19] 있다. 예를 들어 육지에 있는 담수의 절반을 인간이 인간만을 위해서 쓴다. 토지의 2분의 1에서 3분의 1, 그리고 식물이 광합성을 통해 영양물질을 만들어 내는 1차 생산의 5분의 2 이상도 인간이 자기만의 목적을 위해 이용하고 있다. 다시 말해 인간은 지구를 자기 것인 양 쓰고 있다. 하지만 우리가 자연을 훼손하면[20] 그 순간 자연이 묵묵히 하고 있던 어떤 소중한 기능이 사라진다는 점을 잊어서는 안 된다. 그런데도 인류는 당장의 자기 이익에 눈이 어두워 아낌없이 주는 자연의 깊은 혜택에는 눈을 감고 있다.

황폐해진 '생물권 2' 내부의 모습

---

18 독차지하다 : 혼자서 모두 가지다.

19 망가뜨리다 : 완전히 부수어 못 쓰게 만들다.

20 훼손하다 : 함부로 다루어 못 쓰게 하다.

● 글쓴이 소개

조홍섭 (1957~   )

현재 환경기자클럽 회장, 한국과학기술학회 이사, 환경과 공해연구회 운영위원으로 활동하고 있다.『과학동아』와 『한겨레』에서 약 20년 동안 환경과 과학에 관한 기사와 칼럼을 썼으며 환경전문기자로 활동하고 있다.

더 읽어보기

날씨도 사람 책임이다

정성희

우리나라에서 인기를 끈 '미드(미국드라마)'의 원조는 뭐니 뭐니 해도 'X파일'이 아닐까 싶다. 풍부한 감성의 멀더와 냉철한 스컬리. 미국연방수사국(FBI)의 남녀 요원이 펼치는 기기묘묘한 스토리와 컬트 취향이 골수 팬클럽을 만들기도 했다. 나는 '비를 만드는 사나이'란 에피소드가 X파일 내용 중 가장 황당하면서도 재미있었다.

얘기는 몇 년 동안 비가 한 방울도 오지 않은 마을에서 시작된다. 멀더와 스컬리 요원이 그 지역 이상기후의 원인을 조사하러 떠난다. 그래서 밝혀진 놀라운 진실은…. 기상청 직원이 범인으로 지목된다. 그 직원의 감정 상태가 날씨에 영향을 미쳤지만 그는 자신이 날씨를 조정해 온 사실조차 모른다. 멀더가 스컬리에게 묻는다. "날씨는 사람들의 기분에 큰 영향을 미치죠. 그렇다면 반대로 사람이 날씨에 영향을 미치는 것은 안 되나요?"라고. 그리고 인상적인 마지막 장면. 그 직원이 고교 시절부터 짝사랑해 온 여성에게 사랑을 고백하는 순간 햇볕 쨍쨍하던 하늘에서 단비가 쏟아진다.

중세 마녀 사냥 모습

인간의 감정이 날씨를 바꾼다는 발상이 신선하다. 하지만 현실에서는 인간이 날씨의 일방적 지배를 받아 왔다. 변덕스러운 날씨 앞에 무력하기만 했던 인간은 날씨를 신의 감정 표현이나 징벌 수단으로 받아들이기도 했다. 자연이 내리는 최대의 공포인 번개가 무서웠던 인간이 제우스를 '번개의 신'으로 묘사한 것이 단적인 예이다. 중세시대에도 궂은 날씨는 신이 보낸 재앙으로 여겨졌다. 1581~95년 프랑스 로렌과 트레브 지방에선 2700여 명이 마녀나 마법사란 누명을 쓰고 화형에 처해졌다. 트레브 지방 생시메옹 마을의 사제는 "뜻밖의 기후변화로 몇 년에 걸쳐 흉작이 계속된 탓에 시민들은 먹을 것이 없어 굶어 죽고 인심은 흉흉해졌다. 사람들은 악마의 부추김을 받은 마녀들 때문에 흉년이 계속되는 것

한강에 홍수가 난 모습

으로 생각했다"고 기록했다. 마녀재판을 연구한 역사가 볼프강 베링거는 유럽에서 마녀재판이 절정을 이룬 세 번의 시기가 최악의 혹한기와 정확히 일치한다고 발표했다.

그런데 현대과학은 X파일의 인간의 감정처럼은 아니지만 인간의 활동이 날씨에 지대한 영향을 미치고 있음을 밝혀내고 있다. 관개시설 또는 다목적댐의 건설과 산림 개간은 생태계 변화를 초래하고 기온과 일사량까지 달라지게 만든다. 고층 빌딩과 포장도로가 열섬 현상을 일으켜 대도시는 시골보다 훨씬 무덥다. 9·11테러로 뉴욕에 쌍둥이빌딩이 사라지면서 맨해튼 일대의 번개 패턴이 바뀌었다는 보고도 있다.

올해 우리나라 날씨는 참 이상하다. 나라 전체가 6월 말부터 비에 젖어 있었다고 해도 과언이 아니다. 9월 강수량이 평균 411.7mm로 1973년 이후 최대치였다. 슈퍼컴퓨터를 보유하고도 날씨 예측에 번번이 실패하는 기상청을 탓하는 이들도 있지만 날씨 예측 모델이 맞지 않을 만큼 이상기후가 잦은 것이 근본 문제일 것이다.

기상 전문가들은 한반도에 비가 많아진 원인으로 지구 온난화를 꼽는다. 기온이 올라가면 육지나 바다에서 증발량이 많아지고 증발된 수증기는 대기 속에서 순환하다가 물리적 지형적 조건이 맞으면 비가 돼 내리는 것이다. 온난화는 기온 상승뿐 아니라 지구 전체의 습도를 높이고 있다고 『네이처 (Nature)』지 최신호는 전하고 있다.

지구 온난화는 인간 활동이 날씨에 영향을 준 가장 분명한 사례이다. 19세기 석탄시대, 20세기 석유시대가 21세기의 이상기후를 빚어 낸 것이다. 올해 다보스포럼부터 유엔총회, 노벨 평화상까지 국제 사회가 기후 변화에 대한 관심을 촉구한 것도 기후에 대한 인간 책임을 일깨우려는 노력의 일환이다.

인간은 날씨의 영향력 아래 있는 수동적 존재만은 아니다. 인간은 자연세계의 일부이고 자연과 상호작용하고 있다. 인간과 날씨의 관계에 대한 분명한 각성이 기후 변화의 재앙을 막는 해법의 기초이다.

5

YONSEI KOREAN 6

문화

한국의 무술 '택견'

택견은 정조 연간 (1777~1800년) 에 간행된 『제물보』에 '탁견' 으로 나와 있고 태종실록, 세종실록에서는 택견을 통해 군사를 뽑은 기록이 전한다. 택견은 역사성과 예술성을 인정받아 1983년 6월 1일 중요무형문화재 제76호로 지정되었다. 택견은 맨손으로 하는 격투기로서 민속놀이로 행해졌으며 서울 일원에서는 편을 짜서 승부를 겨루는 단체놀이로 유행하기도 하였다.

택견은 우리 민족이 형성해 온 전통적 가치관 위에서 성장한 무술로서 다른 종류의 격투기에서 찾아볼 수 없는 독특한 구조를 가지고 있다. 택견 경기에는 상대방이 공격하기 쉬운 위치에 한쪽 발을 내어 주는 대접의 규칙이 있는데 공정과 형평에 대한 스스로의 의지를 굳게 하고 적극적인 투쟁 심리를 갖게 한다. 공격자가 발 모서리나 주먹 같은 강한 신체 부위를 사용하지 않고 장심, 발바닥같이 부드러운 부분으로 공격한다든지 상대방의 급소를 피하고 대신 이마, 장딴지, 어깨 등과 같이 비교적 위험성이 적은 곳을 공격 목표로 삼는 등은 상대방에 대한 배려가 승부에 우선한다는 의식을 보여 준다. 택견 경기의 승부는 상대방을 넘어뜨리는 것으로 결정되지만 얼굴을 발로 차도 이기게 되어 있어서 고난도 발 기술의 묘미를 즐길 수 있다. 그리고 상대의 높이 찬 발을 손으로 잡아 넘길 수 있게 하여 함부로 얼굴을 공격할 수 없도록 견제하고 있어서 다양하고 종합적인 기술 구사가 가능하다.

씨름과 태권도의 혼합된 형태라고 할 수 있는 택견에는 유희성이 짙게 나타나고 있는데 이것은 대중 스포츠의 중요한 요소이기도 하다. 택견 경기는 대접 규칙으로 인하여 견제거리가 배제된 근접 거리에서 경기를 하게끔 되어 있어서 긴박하고 경쾌한 경기 진행과 아울

러 경기 시간의 단축 효과를 얻을 수 있다. 격투 경기는 관중에게 구경거리를 제공해야 하고 또한 그것이 도덕성을 가지고 있어야 한다. 따라서 경기의 진행을 위해서나 관중의 흥미를 유발시키기 위해서는 승부에 소요되는 시간이 합리적으로 제한되어야 하고 공방 기술이 지루하게 전개되지 않도록 유도되어야 한다.

1. 택견의 특징은 무엇입니까?

2. 택견을 통해서 알 수 있는 한국인의 사고방식에 대해서 이야기해 봅시다.

3. 여러분 나라의 전통 무술과 특징을 소개해 보십시오.

문법 설명

01 -는/은/ㄴ 셈치고

관형형 뒤에 붙어서 앞의 동작이나 사실 등을 한다고 가정을 하고 뒤의 행동을 함을 나타낸다.

接在冠形詞後面，表示假定要做前面的動作或事實，而做了後面的行為。

- 사람 살려주는 셈치고 한번 도와주세요.
- 속는 셈치고 그냥 사자.
- 그냥 밥 먹은 셈치고 일이나 하자.
- 아무 일도 없었던 셈치고 용서해 줄게.

02 -으련만/련만

어떤 조건이 충족되면 이러이러한 결과가 기대되는데, 아쉽게도 그 조건이 충족되지 못하여 기대하는 결과도 이루어질 수 없음을 나타낸다. 간혹 '조건' 은 생략되기도 하며 '겠건만' 보다 옛 표현이다.

表現滿足某種條件的話，期待會有這樣的結果，可惜的是那個條件並不充分，所期待的結果也無法實現。有時候也會省略 "조건" ，是比 "겠건만" 更古老的說法。

- 비가 안 오면 당장 가련만 비가 내리니 내일 가자.
- 바람만 없으면 날씨가 제법 포근하련만 바람이 부는구나.
- 돈이라도 있으면 장사라도 하련만 밑천이 없어 엄두도 못 낸다.
- 솔직히 말했으면 좋았으련만 거짓말을 해서 일이 커졌다.

03 -는/은 탓에

주로 부정적인 까닭이나 원인으로 주로 부정적인 결과가 생겨남을 나타낸다.

表示主要因為負面的理由或原因而造成負面的結果。

- 계속 불규칙적인 식사를 한 탓에 위장병이 생겼다.
- 영수는 성격이 급한 탓에 주변 사람들과 충돌이 자주 생긴다.
- 어제 술을 지나치게 많이 마신 탓에 오늘 출근을 못하고 말았다.
- 요즘 일교차가 큰 탓에 감기 환자가 급증하고 있다.

04 −이라도/라도 −을라치면/ㄹ라치면

과거에 경험한 사실을 조건으로 삼을 때 으레 뒤의 상황이 일어남을 나타낸다. 즉 무슨 일을 하려고 생각하거나 의도할 때 뒤의 상황이 일어나 그 생각대로 할 수 없음을 나타낸다. '−으려고 하면' 의 뜻으로 주로 입말에 쓰인다.

把過去經歷過的事實當做條件時，必然會出現後面的狀況。即想做什麼事或有任何意圖時，會發生後面的狀況，無法如預期所想。 與 '으려고 하면' 是同樣的意思，主要使用在口語上。

- 피곤해서 잠시 낮잠이라도 잘라치면 아기가 깨서 운다.
- 오랜만에 도서관에 가서 공부라도 할라치면 빈 자리가 없어 나오고 만다.
- 가족사진이라도 찍을라치면 꼭 한 사람이 참석하지 못해 미루고 있다.
- 잠깐 밖에 나가 산책이라도 할라치면 날씨가 나빠져 곧 돌아온 적이 한두 번이 아니다.

제6과 **가까워지는 세계**

문화
외국인을 위한 배려

6-1 한국 속의 외국인

학습 목표 ● 과제 한국생활의 어려움에 대해서 의견 나누기, 통계자료 분석하기
● 문법 –는다는 듯이, –건만 ● 어휘 고민과 조언

위 사진의 외국인들은 무엇을 하고 있습니까?
여러분이 체험한 한국문화에 대해 이야기해 보십시오. 여러분은 어떤 한국문화를 체험해 보고
싶습니까?

다음은 국내 체류 외국인의 국적별 · 연도별 증감 추이에 대한 표입니다.

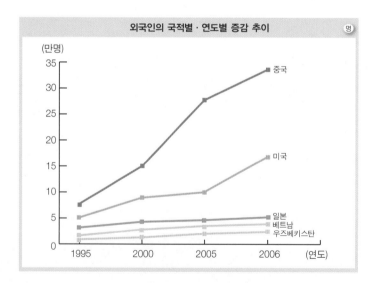

1) 국내 체류 외국인의 국적별 · 연도별 증감 추이에 대해서 이야기해 보십시오.

2) 여러분 나라에는 얼마나 많은 외국인이 체류하고 있습니까? 여러분 나라의 외국인 체류
   실태에 대해 이야기해 보십시오.

대화

🔊 31~32

친구 　이봐, 알렉스, 오늘은 또 무슨 일이 있길래 얼굴이 그 모양이야? 지하철을 거꾸로 타기라도 한 거야?

알렉스 　말도 마세요. 길에서 사람들이 외국사람 처음 본다는 듯이 힐끔거리는데 마치 제가 동물원 원숭이가 된 기분이었어요.

친구 　하하하, 뭘 그 정도 가지고 그래. 내가 처음 한국에 왔을 때는 아이들이 날보고 울음을 터뜨리기까지 한걸.

알렉스 　그랬군요... 사실, 이런 일이 생길 때마다 매번 불쾌하다는 내색을 하건만 사람들은 전혀 신경 쓰지 않는 눈치예요.

친구 　그래, 한국 사람이나 한국 사회가 여러 면에서 좀 배타적인 건 사실이야. 하지만 최근엔 외국인에 대한 사회적 배려도 크게 늘었고 또 제도의 개선이나 외국인과 관련된 법 개정이 꽤 활발한 걸로 알고 있어.

알렉스 　하지만 사회적 배려나 법 개정 같은 변화는 그저 표면적인 변화에 불과한 것 같아요. 진정한 변화는 한국사람 한 사람 한 사람의 의식의 변화에서 오는 거 아닌가요?

친구 　내가 보기에는 한국은 이미 다민족, 다문화 사회로 접어들었어. 그러니까 의식의 변화는 필연적인 거지. 혹시 알아? 그렇게 되면 오히려 한국사람들의 관심어린 시선이 그리워질지도...

알렉스 　설마요. 어쨌거나 이렇게 얘기를 나누고 보니 답답한 마음이 좀 풀리는군요. 정말이지 요 며칠 동안은 당장 내 나라로 돌아가고 싶은 심정이었어요.

01 '알렉스' 가 말하는 한국 생활에서의 어려움은 무엇입니까?
- ❶ 복잡한 지하철 타기
- ❷ 한국 사람들의 시선
- ❸ 한국 사회의 배타성
- ❹ 표면적인 제도의 개선

02 한국 사회에 대한 '친구' 의 생각은 어떻습니까?

힐끔거리다 v. 一瞟一瞟　　내색을 하다 露出聲色　　배타적이다 a.(排他的 -) 排他的
개정 n.(改正) 修改、修正　　표면적이다 a.(表面的 -) 表面的　　불과하다 a.(不過 -) 只不過
다민족 n.(多民族) 多民族　　다문화 사회 n.(多文化社會) 多文化社會　　접어들다 v. 臨近、進入
필연적이다 a.(必然的 -) 必然的　　관심어리다 v. 表示關心　　심정 n.(心情) 心情

03 여러분은 어떤 경우에 한국에서 살기가 힘들다고 느낍니까? 이야기해 보십시오.

[보기] 한국 사람들은 다른 사람한테 좀 지나칠 만큼 관심이 많은 것 같아요. 물론 관심을 가져 주는 건 고맙지만 가끔은 귀찮을 때가 있어요. 좀 참견이 심하다고 할까요. 가끔은 그냥 내버려 둬 주는 것도 상대방에 대한 배려인데... 사생활은 물론 심지어 옷차림까지 간섭을 받을 때는 짜증이 나기까지 해요.

어휘 고민과 조언

01 다음 표현들을 익히고 질문에 대답하십시오.

(가)	(나)
고민	고민이 생기다, 고민을 털어놓다, 고민을 해결하다, 고민에 고민을 거듭하다
고충	고충이 따르다, 고충을 털어놓다
갈등	갈등의 골이 깊다, 갈등이 심화되다, 갈등을 해소하다, 갈등을 빚다
마찰	마찰이 심하다, 마찰을 겪다, 마찰을 일으키다
조언	조언을 아끼지 않다, 조언을 구하다, 조언을 따르다
충고	충고를 따르다, 충고를 받아들이다
화해	화해를 청하다, 화해시키다

1) ☐☐ 에 사용할 수 있는 표현을 (가)에서 찾아 쓰십시오.

❶ 부모님에게도 털어놓지 못할 ☐☐이/가 생겼다.

❷ 이혼의 위기를 겪던 부부가 대화를 통해 ☐☐을/를 해소했다.

❸ 양국 간에 무역으로 인한 ☐☐이/가 점점 커지고 있다.

❹ 나는 두 사람을 ☐☐시키기 위해 가능한 모든 노력을 기울였다.

❺ 그 분은 언제나 내게 ☐☐을/를 아끼지 않으시는 내 인생의 스승이시다.

❻ 입에 쓴 약이 몸에 좋다고 지금 당장은 듣기 싫더라도 친구의 ☐☐를 받아들이는 게 좋을 듯싶다.

❼ 유명인이 되면 사생활을 포기해야 하는 ☐☐이/가 따른다.

2) (   )에 알맞은 표현을 (나)에서 찾아 쓰십시오.

   사람들은 누구나 항상 사소한 일에서 갈등을 (   ). 이 대리와의 갈등도 아주 작은 일에서 시작되었다. 담배를 피우지 않는 이 대리는 근무 중에 담배 때문에 들락날락하는 나를 몹시 못마땅해 했고 나 역시 개인적인 기호까지 참견하려 드는 이 대리가 마음에 들지 않았다. 결국 업무에서도 이 대리와 나는 여러 차례 마찰을 (   )고 윗사람들에게도 이런 사실이 알려져 나에 대한 평가는 나빠져 갔다. 나의 회사생활은 점점 더 고통스러워졌고 결국 '회사를 그만두는 게 좋지 않을까?' 밤이면 밤마다 심각하게 고민에 고민을 (   ). 마침내 나는 조언을 (   )기 위해 전문가에게 회사생활의 고충을 (   ). 상담 전문가는 나 자신의 건강을 위해서라도 우선 담배를 끊고 내가 먼저 이 대리에게 화해를 (   )는 것이 가장 원만한 해결책이라고 말했다. 어떻게 해야 할까? 아무래도 취직하기도 어려운 이 때 회사를 그만두는 것보다는 그의 충고를 (   )는 것이 나을 것 같다.

02 위의 표현을 이용하여 여러분이 가진 문제와 그것의 원인, 또는 해결 방법에 대해서 이야기해 보십시오.

[보기] 요즘의 제 고민거리는 한국인 여자 친구와의 갈등이에요. 문화와 사고방식의 차이로 사소한 일에도 오해와 마찰이 생기고 화해하기는 점점 더 힘들어지고... 그래서 친구에게 조언을 구했는데, 글쎄 친구는 고민하지 말고 헤어지라고 충고하데요.

01 다음을 읽고 문법 및 표현을 익혀 봅시다.

어느덧 가을이다. 찬바람이 불고 낙엽이 뒹구니 고향에 있는 가족이 그립다. 하지만 언제나 부모님과 전화를 할 때엔 전혀 아무 문제도 **없다는 듯이** 씩씩하고 즐겁게 이야기한다. 그러나 전화를 끊고 나면 오히려 그리움은 더욱 커져 있다. 그토록 한국에서 공부하고 **싶어했건만** 한국생활은 왜 이렇게 외롭고 힘든 걸까...

-는다는/ㄴ다는/다는 듯이

1) 처세술 : 이럴 땐 이렇게...

[보기] 한국 친구의 농담을 이해하지 못했어도,
정말 재미있다는 듯이 큰 소리로 웃어준다.

❶ 여자 친구의 새로운 머리 스타일이 마음에 안 들어도,

.... 는다는/ㄴ다는/다는 듯이 ....

❷ 어젯밤 부부 싸움을 했어도 직장에서는,

.... 는다는/ㄴ다는/다는 듯이 ....

❸ 컴퓨터를 잘 못하지만 회사 면접시험에서는,

.... 는다는/ㄴ다는/다는 듯이 ....

❹ 남자 친구가 하는 이야기를 전에 들은 적이 있어도,

.... 는다는/ㄴ다는/다는 듯이 ....

-건만

2) 다음 표를 완성하고 문장을 만드십시오.

행동	결과
[보기] 열심히 노력하다 ❶ 한국에 온 지 5년이 다 되다 ❷ 모든 일을 성실히 하다 ❸ 시킨 대로 꼬박꼬박 약을 먹다 ❹ 여러 번 전화했다	실력이 늘다

그러나 현실은...

[보기] 열심히 노력하건만 실력이 늘지 않는다.

❶ ....

❷ ....

❸ ....

❹ ....

02 위의 두 표현을 이용하여 여러분을 좌절시켰던 경험과 그 후의 이야기를 해 보십시오.

[보기] 나는 대학시절 성적도 좋고 자격증도 몇 개 있건만 취직 시험만 보면 떨어진다.
그래서 이제는 사람들에게 취직할 생각이 없다는 듯이 말한다.

과제 1　읽고 말하기

다음을 읽고 질문에 답하십시오.

　여행은 일상을 떠나서 낯선 곳에서 낯선 문화와 낯선 사람들을 만나는 신선함 때문에 즐겁다. 특히 제 나라가 아닌 다른 나라만이 줄 수 있는 이색적인 분위기는 더욱 더 여행을 짜릿하게 한다. 그래서 해외여행은 여행을 계획하고 준비하는 과정에서부터 충분히 설레고 흥분된다. 그러나 막상 공항에 내리는 그 순간부터 고생이 시작되는 경우도 비일비재하다. 말이 통하지 않아서 손짓, 발짓, 심지어 그림을 그렸다는 사람이 있는가 하면 익숙하지 않은 음식으로 여행 내내 화장실에서 살았다는 사람까지 해외여행에서의 고생담은 전집을 엮고도 남을 법하다. 그렇다면 과연 한국을 찾은 외국인 관광객들이 한국을 여행하면서 불편했던 점은 무엇일까? 2007년 한국관광공사가 외국인 관광객을 대상으로 '한국여행에서의 불편사항'을 조사한 바에 따르면 전체 응답자의 60% 이상이 언어 소통에서 가장 불편함을 느낀 것으로 나타났다. 한 가지 재미있는 사실은 미국, 호주, 캐나다, 영국 사람들에 비해 오히려 중국, 태국, 말레이시아, 러시아 사람 등이 언어 소통하기가 불편했다고 응답한 점인데 이는 한국 관광 시장에 영어 이외의 언어가 소통되는 환경이 조성되면 가까운 나라로부터 보다 많은 외국인 관광객이 한국을 찾을 것이라고도 해석될 수 있다.

　언어 소통에 이어 외국인들은 비싼 물가, 교통 혼잡, 난해한 교통 표지판, 입에 맞지 않는 음식 등의 순으로 불편함을 느꼈다고 대답했는데 특히 많은 외국인들이 호텔 식당처럼 비싼 식당의 메뉴판에는 있는 음식에 대한 그림이나 설명이 일반 대중식당의 메뉴판에는 없는 경우가 많아서 울며 겨자 먹기로 비싼 식당만 이용했다고 하소연하기도 했다. 또한 단체 여행시 상품 구입을 강요받아서 매우 불편했다는 응답도 전체의 10% 이상을 차지했으며 택시 기사의 불친절로 마음을 상했다는 외국인(5.6%), 공항에서의 출입국 수속이 불편했다는 외국인(3.6%), 대중교통을 이용하기 어려웠다는 외국인(3.4%)이 있었다.

　그럼에도 불구하고 대부분의 관광객들은 한국에서의 여행이 즐거웠다고 응답했다. 이들은 가장 인상 깊었던 것으로 안전하고 활기가 넘치는 거리, 친절한 사람들, 독특한 문화유산, 매력적인 쇼핑지 등을 꼽았으며 다시 한번 한국에 오고 싶다는 외국인도 절반이 넘었다.

　외국인으로서 낯선 나라를 여행하면서 불편을 겪지 않으리라고 예상하는 사람은 아무도 없다. 그러나 불편의 정도를 넘어서 불쾌의 수준으로까지 간다면 다시는 그 나라에 가고 싶어지지 않을 것이다. 불편한 점들을 가능한 한 해소하여 한국을 다녀간 외국인들 대부분이 여행이 즐거웠다고 말하게 된다면 한국은 지금보다 더욱 발전된 관광국으로 발돋움할 수 있으리라 생각한다.

01 외국인 관광객이 이야기한 '한국여행에서의 불편사항' 을 순서에 맞게 번호를 쓰십시오.

❶ 교통 혼잡   (　　　)

❷ 입에 맞지 않는 음식   (　　　)

❸ 언어 소통   (1)

❹ 택시 기사의 불친절   (　　　)

❺ 공항에서의 출입국 수속   (　　　)

❻ 난해한 교통 표지판   (　　　)

❼ 비싼 물가   (　　　)

❽ 대중교통   (　　　)

❾ 단체 여행시 상품 구입을 강요 받는 것 (　　　)

02 외국인 관광객이 이야기한, 한국여행에서 인상 깊었던 점을 모두 쓰십시오.

03 여러분은 한국을 여행하면서 불편했던 점과 인상 깊었던 점이 무엇입니까? 이야기해 보십시오.

04 여러분 나라에 온 외국인 관광객들이 불편해하는 것과 인상 깊어하는 것은 무엇입니까? 이야기해 보십시오.

과제 2 통계자료 분석하기

기능표현 익히기

- 외국인 관광객이 한국 여행시 가장 인상 깊었던 점 1위는 '친절한 사람들' 인 **것으로 나타났다/드러났다.**
- 외국인 관광객들을 대상으로 한국을 여행할 때 가장 인상 깊었던 점을 묻는 조사에서 '친절한 사람들' 이 1위**를 차지했다.**
- 외국인 관광객들은 한국 여행시 가장 인상 깊었던 점으로 안전하고 활기가 넘치는 거리, 친절한 사람들, 독특한 문화유산, 매력적인 쇼핑지 등**을 꼽았다.**
- 외국인 관광객이 꼽은 한국 여행시 가장 불편했던 점은 언어 소통, 비싼 물가, 교통 혼잡, 입에 맞지 않는 음식 등의 **순이었다.**
- 특히 3번 질문에 아니라고 대답한 응답자는 무려 62%**에 달했다.**
- 특히 3번 질문에 그렇다고 대답한 응답자는 겨우 16%**에 불과했다.**

---

01 다음은 한국관광공사가 외국인 관광객을 대상으로 조사한 인상 깊은 관광지에 대한 통계자료입니다.

<인상 깊은 관광지(2007)>

(가)	전체	일본	미국
1위	명동	명동	고궁
2위	고궁	남대문 시장	인사동
3위	남대문 시장	부산	이태원
4위	동대문 시장	동대문 시장	판문점
5위	부산	고궁	박물관
6위	제주도	남산 타워	남산타워
7위	남산 타워	인사동	남대문 시장
8위	인사동	제주도	인천
9위	박물관	박물관	제주도
10위	인천	경주	동대문 시장

<자료: 한국관광공사>

1) 위의 통계자료를 분석하여 표를 채우십시오.

조사기관	
조사시기	
조사내용	
조사대상	
특기사항	

2) 다음은 위의 통계자료를 분석하여 결과를 발표하는 글입니다. 글을 완성하십시오.

한국을 찾은 외국인 관광객들에게 가장 인상 깊은 관광지로 명동이 .... 한국관광

공사가 2007년 한국을 찾은 외국인 관광객을 .... 한국 여행시 가장 인상 깊었던 관

광지를 묻는 조사에서 전체 11,470명의 응답자 중 21.7%인 2,497명이 명동이었다고 대답했다.

명동에 이어 인상 깊은 관광지 아홉 곳은 고궁, 남대문 시장, 동대문 시장, 부산, 제주도, 남산 타

워, 인사동, 박물관, 인천의 .... 한편 대답은 국적에 따라 다소 차이를 보였는데 일

본 관광객들 사이에서는 명동이 인상 깊은 관광지 1위를 .... 은/는/ㄴ 반면 미국 관

광객들은 인상 깊은 관광지로 가장 많이 고궁을 .... 특히 종합 10위 안에는 들지 못

했으나 일본인들에게는 경주가, 미국인들에게는 이태원과 판문점 등이 인상 깊은 관광지인 것으

로 ....

02 다음 통계자료중 하나를 골라 분석, 발표해 보십시오.

<국내 체류 외국인 유학생 현황(단위: 명)>   <자료: 법무부>

연도별	2006년	41,638			
	2007년	61,029	국적별	중국	47,677
				베트남	2,764
				몽골	1,939
				일본	1,602
				미국	1,073
			성별	남자	32,086
				여자	28,943

조사기관	
조사시기	
조사내용	
조사대상	
특기사항 및 해설	

<외국인과의 결혼 호감도(2007, 단위: %)>   <자료: 서울시>

	15세 이상 서울 시민 (48,000명)	연령별						혼인 상태	
		10대	20대	30대	40대	50대	60대 이상	미혼	기혼
거부감 있다	62.8	41.7	45.9	58.7	69.2	73.7	74.4	44.7	69.6
거부감 없다	37.2	58.3	54.1	41.3	30.8	26.3	25.6	55.3	30.4

조사기관	
조사시기	
조사내용	
조사대상	
특기사항 및 해설	

<한국인의 사망 원인(2006/2007)>　　　　　　　　　　　　　　　　　　　　<자료: 보건복지부>

순위	2006년		2007년	
	사망원인	명	사망원인	명
1	암	65,909	암	67,561
2	뇌혈관질환	30,036	뇌혈관질환	29,277
3	심장질환	20,282	심장질환	21,494
4	당뇨병	11,600	고의적 자해(자살)	12,174
5	고의적 자해(자살)	10,688	당뇨병	11,272

조사기관	
조사시기	
조사내용	
조사대상	
특기사항 및 해설	

6-2 경제의 세계화

학습 목표 • 과제 경제적 측면의 세계화와 그 장단점에 대해서 의견 나누기, 논박하는 글쓰기
• 문법 -는답시고, -는 날엔 • 어휘 자유 무역

FTA반대 시위장면 (시애틀 컨벤션 센터 앞)

WTO 농업협상 중단 촉구 시위
(광화문 외교통상부 앞)

위의 시위 사진들은 무엇을 반대하는 장면일까요?

여러분은 수입 자유화에 대해서 어떻게 생각합니까?

이것은 여러 나라에서 생산된 부품으로 만든 자동차입니다.

1) 이 그림을 보고 알 수 있는 것은 무엇입니까?

2) 여러분이 사용하는 물건 가운데 수입품은 얼마나 됩니까?

대화

🔊 33~34

정희 시내에서 수입 개방을 반대하는 시위를 하던데 여간 격렬한 게 아니었어.

민철 그럴 만도 하지. 요즘 한창 진행 중인 자유무역 협정이 체결되는 날엔 싼 농축산물이 무제한으로 수입되잖아. 그렇게 되면 우리 농축산업 시장이 치명적인 타격을 입게 될 거야.

정희 그렇긴 하지만 관세 장벽이 뚫리면 그만큼 수출입 비용이 감소할 테고 자연히 무역량이 증가할 거야. 그러면 결과적으로 경제 활성화에 도움이 되리라고 보는데.

민철 무역업을 하는 사람들 입장에서는 환영할 만한 일이겠지.

정희 무역업을 하는 사람들뿐만 아니라 소비자의 입장에서도 가격이나 질적인 면에서 선택의 폭이 넓어지니 만족도가 높아질 거야.

민철 그렇지만 경제를 활성화시키고 소비자의 편의를 돕는답시고 조상 대대로 물려내려온 생계의 수단을 하루아침에 잃게 될지 모르는 농민들을 모른 척할 수는 없지.

정희 그 문제의 심각성은 정부도 잘 인식하고 있는 모양이니까 기다려 봐야 할 것 같아. 다방면으로 지원정책을 강구하고 있다고 하더라고.

민철 아닌 게 아니라 개방으로 인해 피해를 입은 사람들을 위해 보호 기금을 마련하고 있다고 하더군. 모두가 수혜자가 될 수 있는 방법을 하루 빨리 찾았으면 좋겠는데...

01 두 사람은 무엇에 대해서 이야기하고 있습니까?

❶ 경제 전망　　❷ 무역 자유화　　❸ 정부의 수출 정책　　❹ 소비자 만족도

02 두 사람의 의견은 어떻게 다릅니까? 이야기해 봅시다.

	정희	민철
입장	찬성	반대
근거	● 수출입 비용 감소 ● ●	● 농축산물 시장에 치명적 ●

격렬하다 a.(激烈 -) 激烈、劇烈　　자유 무역 협정 n.(自由 貿易 協定) 自由貿易協定
체결되다 v.(締結) 締結、簽訂　　치명적이다 a.(致命的 -) 致命的　　타격 n.(打擊) 打擊
관세 n.(關稅) 關稅　　장벽 n.(障壁) 牆、阻礙、鴻溝、隔閡　　뚫리다 v. 被鑿、被疏通、被突破
활성화 n.(活性化) 活化　　생계 n.(生計) 生計、謀生　　다방면 n.(多方面) 各方面
강구하다 v.(講究 -) 謀求、研究　　기금 n.(基金) 基金　　수혜자 n.(受惠者) 受益人

03 여러분은 누구의 의견에 동의하십니까? 보기와 같이 이야기해 보십시오.

[보기] ■ 정희의 의견에 동의하는 경우:

한국의 무역 규모는 이제 세계적인 수준으로 성장했습니다. 상당히 많은 한국 기업이 해외에 진출해 있고 한국 제품도 세계 여러 나라에서 팔리고 있습니다. 이제 한국도 무역시장을 개방해서 세계 여러 나라와 경쟁해야 하고 또한 협력해야 합니다.

■ 민철의 의견에 동의하는 경우:

한국은 원래 농업 국가입니다. 1970년 총인구 중 45%였던 농민 인구가 2000년대에 들어서 약 8%로 감소했다고 합니다. 농민은 몰락하고 농업이 위험한 상태에 이르렀다는 말입니다. 이러한 상황에서 수입농산물까지 싼 가격으로 들어온다면 농민들은 이제 농사만 지어서는 먹고 살 수 없게 될 것입니다.

어휘 자유 무역

01 다음 표현을 익히고 질문에 답하십시오.

(가)	(나)
외화	세계화 시대
국제 수지	시장 개방
흑자 / 적자	관세 철폐
환율	수입 자유화
외환위기	세계 무역 기구(WTO)
국가 경쟁력	자유 무역 협정(FTA)
다국적 기업	보호 무역

1) (가)에서 알맞은 표현을 찾아 빈 칸을 채우십시오.

❶ 외국 돈, 다시 말해서 (   )과/와 자국 화폐의 교환 비율을 (   )이라고/라고 한다. 한 나라가 국제 거래를 통해 다른 나라와 주고 받은 총액이나 차액, 즉 (   )에서 들어온 돈보다 나간 돈이 많으면 (   )이/가 되고 나간 돈보다 들어온 돈이 많으면 (   )이/가 된다.

❷ 한국은 1990년대 후반에 대외 거래에 필요한 외환이 부족하여 국제 사회로부터 돈을 빌려 써야만 했던 (　　　　　)을/를 경험한 적이 있다. 같은 경험을 반복하지 않으려면 (　　　)을/를 높여 기업이 세계 시장에서 성공적으로 경쟁하도록 해야 할 것이다.

❸ 한국에 진출해 있는 야후, 힐튼호텔, 맥도날드 등은 (　　　　)이다.

2) (나)에서 알맞은 표현을 찾아 빈 칸을 채우십시오.

❶ 1995년, 전 세계 125개국이 자유로운 무역을 목적으로 만든 세계 규모의 경제 기구가 (　　　) 이다. 이에 따라 국가 간에 개별적으로 (　　　　)을/를 맺으면서 수입 자유화의 장벽을 제거하고자 (　　　　)을/를 추진하고 있다.

❷ 개발도상국의 경우는 경쟁력이 약하기 때문에 무역 개방을 제한하는데 이것을 (　　　　) 주의라고 하고 관세 제도나 영화의 스크린 쿼터제가 이에 해당한다.

3) 다음에서 세계화의 사례로 볼 수 있는 것에 표시하십시오.

❶ 다른 나라의 상품을 인터넷을 통해서 살 수 있다.	✔
❷ 한국의 어느 지역에서는 전통 의상을 입고 전통적인 생활방식만을 지키려는 사람들이 모여 산다.	
❸ 위성 방송을 통하여 다른 나라의 방송을 시청할 수 있다.	
❹ 한국의 김치가 외국 시장에서 많이 팔리고 있다.	
❺ 한국 대중 가수의 노래가 동남아시아 지역에서 유행하고 있다.	

02 여러분은 자유 무역 추진에 찬성하십니까? 위 표현을 사용해 보기와 같이 이야기해 보십시오.

[보기] 국제 무역 수지에서 흑자만을 바란다면 지금 당장은 보호 무역을 선호하겠지요. 그러나 한 나라의 경제가 이제 더 이상 그 나라만의 것이 아닙니다. 그런 만큼 경제적인 사고와 행동의 범위도 국가에서 세계로 확대시켜야 한다고 봐요. 시간은 걸리겠지만 자유 무역 협정을 통해 세계시장이 하나의 시장이 될 날도 이제 멀지 않았어요.

문법

01 다음을 읽고 문법 및 표현을 익혀 봅시다.

요즘 오나가나 들리는 말이 '세계화', '국제화' 이다. 일반인들은 국제화시대에 **발맞춘답시고** 자녀들의 조기교육과 해외연수에 열을 올리고 있고 정부는 무역의 세계화라고 수입 개방을 밀어붙이고 있다. 그러나 다른 나라와 경쟁할 수 있는 능력이 충분히 갖추어지지 않은 상태에서 시장이 완전히 **개방되는 날엔** 취약한 분야의 산업이 하루아침에 무너져 버리지나 않을까 심히 우려된다.

-는답시고/ㄴ답시고

1) 빈 칸을 채우고 보기와 같이 이야기해 보십시오.

의도	행위	실제 결과
[보기] 정부는 기업의 경쟁력을 높인다	튼튼한 기업들만 적극 지원했다	중소기업들을 문 닫게 했다
❶ 동생이 TV를 고친다	기계부품을 모두 분해했다	TV를 완전히 망가뜨렸다
❷ 서울시가 도로를 넓힌다	1년째 공사를 한다	통행에 불편만 준다
❸ 아들이 구직 정보를 찾는다	비싼 돈을 들여 인터넷을 연결했다	
❹ 딸이 어머니 일을 도와준다	평소에 안 하던 설거지를 했다	

[보기] 정부는 기업의 경쟁력을 높인답시고 튼튼한 기업들만 적극 지원해서 중소기업들의 문을 닫게 만들었다.

❶ ....

❷ ....

❸ ....

❹ ....

-는 날엔

2) 보기와 같이 다음 대화를 완성하십시오.

[보기] 가: 자유무역이 이루어지면 우리 같은 중소기업들도 큰 영향을 받겠지?
나: 당연하지. 부지런히 기술 개발하고 해외시장을 개척하지 않으면 도산의 위험마저 있다니까.
가: 혹시라도 회사가 도산하는 날엔 우리 가족과 우리 앞으로의 인생은 어떻게 되는 거지?

❶ 가: 요즘 다시 과소비 현상이 나타나고 있다던데 우리 경제가 괜찮을까?
나: 그러게 말이야. 이러다가 90년대 말에 겪었던 외환 위기가 재발할까 봐 겁나네 그려.
가: _____ 이번에야말로 회복하기 어려운 게 아닐까 싶은데 말이야.

❷ 가: 우리 오늘 컴퓨터 게임하고 논 거 엄마께는 절대 비밀이야.
나: 알았어, 형. 엄마 오시면 우리는 하루 종일 컴퓨터 안 했다고 말씀드리면 되지?
가: 아이구, 바보야. 아무 말씀도 드리면 안 돼. _____
진짜 혼난단 말이야.

❸ 가: 빨리 뛰어가자. 막차 시간이 얼마 안 남았어.
나: 뭐? 돈도 다 써버렸는데 _____ 잘 데도 없을 거야.
가: 그러길래 좀 일찍 나오자고 내가 몇 번이나 말했잖아.

❹ 가: 너 학교에 잘 다니고 있어?
나: 나 사실은 늦잠을 자서 결석한 날이 많아. 선생님 말씀으로는 _____
난 정말 졸업을 못하게 된대.
가: 그럼 이제부터는 일찍 자고 일찍 일어나야지. 내가 아침마다 깨워줄까?

02 여러분이 새해에 세운 계획에 대해서 위의 두 표현을 사용하여 이야기해 보십시오.

[보기] 오빠가 올해에야말로 꼭 담배를 끊겠답시고 집에 사 놓았던 담배들을 다 버렸는데 한 달도 안 지나서 그 유혹에 지고 말았다. 어머니께서 아시는 날엔 잔소리를 한참 들어야 할텐데….

과제 1 듣고 말하기 [35]

01 다음을 듣고 질문에 답하십시오.

1) 이 강연의 주장으로 알맞은 것을 고르십시오.

❶ 세계의 경제적 국경은 없어져야만 한다.

❷ 국산품 애용이 반드시 좋은 것은 아니다.

❸ 국산품 애용은 기업 경쟁력을 높이는 길이다.

❹ 다국적 기업의 발달로 인해 민족주의를 지킬 수 없다.

2) 국산품 애용은 시대에 따라 그 영향이 어떻게 달라졌습니까? 다음 빈 칸을 채우십시오.

경제 발전 초기	글로벌 경쟁시대
●기업을 보호한다 ● _____	●생산성 향상을 저해한다 ● _____ ●대외경쟁력을 약화시킨다 ● _____

3) 다국적 기업의 사업 전략은 어떤 것입니까?

02 다음 질문에 답하십시오.

1) 국산품 애용과 세계화에 관한 여러분의 의견을 이야기해 보십시오.

2) 다국적 기업의 긍정적인 면과 부정적인 면에 대해서 이야기해 보십시오.

과제 2 논박하는 글쓰기 ●

기능표현 익히기

- 이 글의 국산품애용이 국가 경제를 보호한다는 주장에 대해 반박하고자 한다.
- 위의 주장은 다음과 같은 점에서 이론의 여지가 있다.
- 반박의 근거는 다음과 같은 3가지 점이다.
- 위의 주장에서는 **첫째**, 국산품을 애용하면 기업의 경쟁력이 커지고, 그로 인해 더 많은 일자리를 창출할 수 있다고 **했다. 그러나**--
- 이와 같이 위 주장은 근거가 미약하며 각각 문제점을 안고 있다.

다음을 읽고 질문에 답하십시오.

스크린 쿼터제 폐지를 반대하며

(가) 스크린 쿼터(screen quota)란 ㉠ _____ 라고도 한다. 즉 외국영화로부터 자국영화를 보호하고 육성하는 차원에서 국산영화 상영 일수를 의무적으로 정해놓은 제도이다. 영국을 시작으로 프랑스, 이탈리아 등의 일부 국가들이 이 제도를 시행했으나 현재는 한국을 비롯하여 브라질, 파키스탄, 이탈리아 등에만 남아 있다. 처음엔 연간 6편 이상 그리고 90일 이상 한국영화 상영이 의무적이었으나 현재는 73일로 제한되었다.

비록 요즘 한국영화가 강세를 보이고 관객 천만 명을 돌파한 영화들이 나오는 성과를 거두고 있지만, 한국영화발전의 근간이 되었던 스크린 쿼터제의 폐지는 시기상조라고 할 수 있다.

(나) 첫째로 몇 년 간 호조를 보이고는 있지만, 아직 한국 영화가 튼튼히 뿌리내렸다고 보기는 어렵다. 근래 들어 소재의 다양화가 다소 이루어지고는 있지만, 새로운 소재나 실험적인 영화는 거의 대부분 고배를 마시고 있다.

둘째로, 관객 동원율을 보면 '태극기 휘날리며'와 '실미도' 의 흥행 행진이 계속될 때 우리 영화의 점유율이 50%를 넘었다. 스크린 쿼터는 1년 중 40%를 한국 영화를 상영해야 한다는 의무조항이다. 현재와 같은 관객점유율이 계속된다면 이 조항은 의미가 없다. 하지만 관객점유율이 떨어질 경우에는 영화계가 몰락하지 않도록 지켜줄 수 있는 조항인 것이다.

마지막으로 지금 상황에서 스크린 쿼터제를 폐지한다면 과연 지금과 같은 상황이 계속될까? 물론 우리가 외국영화에 뒤지지 않을 좋은 영화를 만들 수 있을지도 모른다. 하지만 분명 외국 영화시장은 이만큼 성장한 한국시장을 그냥 놔두지는 않을 것이다. 해외 톱스타들이 영화 홍보 차 한국을 더 자주 방문하고, 홍보 등에도 더욱 많은 비용을 들여서 말 그대로 물량으로 밀어붙일 게 뻔하다. 특히 헐리웃 블록버스터는 당연히 그게 가능하다. 당분간 다소 손해를 보더라도 한국영화를 누르고 자국영화를 들여오기 위해 최선의 노력을 다할 것이기 때문이다.

(다) 이러한 상황에서 우리가 해야 할 일은 스크린 쿼터제를 폐지하는 것이 아니라, 스크린 쿼터제에 대해 왈가왈부하지 못할 정도로 우리 영화의 양과 질을 높이는 일일 것이다.

<역대한국영화 흥행기록>

1위: <괴물> 1,301만 명   2위: <왕의 남자> 1,230만 명
3위: <태극기 휘날리며> 1,207만 명   4위: <실미도> 1,108만 명
5위: <친구> 818만 명

01 ㉠ 에 들어갈 말로 알맞은 것을 고르십시오.

❶ 국산영화 의무상영제   ❷ 외국영화 상영제한제

❸ 헐리웃 블록버스터   ❹ 관객동원 천만 이상의 영화

02 (가)~(다) 의 내용을 요약하십시오.

(가)	•
	•
(나)	•
	•
(다)	•

03 다음의 근거를 이용하여 위 주장에 대해 논박하는 글을 써 봅시다.

논박의 근거
- 한국영화의 수준도 상당히 높다.
- 젊고 능력 있는 감독과 정열적인 배우들이 있다.
- 관객 수가 천만 명을 넘는 영화들이 등장하고 있다.
- 개방을 통해 공정하게 경쟁을 해야 할 때이다.

위 글에서는 세 가지 논거를 통해 '스크린쿼터제 폐지를 반대한다' 고 주장하고 있다. 그러나 내 견해는 좀 다르다. 위 글의 세 가지 논거는 문제의 한쪽 면만 보고 있다. 다른 면에서 생각하면 또 다른 주장이 가능하다.

여기에서는 같은 문제를 다른 관점에서 봄으로써 위의 주장에 대해 반박하고자 한다.

위의 주장에서는 첫째, _____ 다고/이라고 했다.

_____

둘째, _____ 다고/이라고 했다.

_____

셋째, _____ 다는/이라는 점이다.

_____

_____

이와 같이 위의 '스크린쿼터제 폐지 반대' 주장은 문제를 다각도에서 보지 못한 일방적인 주장이라고 할 수 있다.

6-3 정리해 봅시다

I. 어휘

01

| 힐끔거리다 | 회의가 들다 | 배타적이다 | 배려하다 | 개선하다 | 활발하다 |
| 표면적이다 | 불과하다 | 격렬하다 | 치명적이다 | 활성화하다 | 취약하다 |

위의 표현은 긍정적인 의미입니까? 부정적인 의미입니까? 다음의 표에 정리하고 보기와 같이 이유를 이야기해 보십시오.

긍정적인 의미	부정적인 의미
	격렬하다

[보기] 저는 '격렬하다' 라는 단어를 들으면 부정적인 느낌이 들어요. 왜냐하면 저는 뭐든지 너무 지나치게 강하면 좋지 않다고 생각하거든요.

02 보기와 같이 다음의 내용 또는 상황을 가장 잘 설명하는 표현을 쓰십시오.

[보기] 그와 나는 생각하는 바가 너무나 달라서 시시때때로 부딪친다: <u>마찰을 일으키다</u>

❶ 그와 나는 생각이 다르고 마음도 맞지 않아서 잘 어울리지 못하고 불화가 잦다:

....

❷ 후배들이 보다 효과적으로 시험을 준비하도록 도움이 되는 이야기를 해 주었다:

....

❸ 의견이 달라서 심하게 충돌했던 그와 서로 사과하고 잘 지내기로 했다:

❹ 이번 정상 회담 결과 양국은 내년부터 서로의 나라로부터 수입한 물품에는 세금을
부과하지 않기로 했다:

❺ 자국의 산업을 보호하기 위한 여러 가지 법규를 개정하여 외국산 물품들이 자유롭게
쏟아져 들어올 수 있도록 했다:

II. 문법

01 다음 상황을 읽고 알맞은 문법을 골라 보기와 같이 이야기해 보십시오.

–건만, –다는 듯이, –답시고, –는 날엔

> [보기] 김 대리는 요즘 자꾸 실수를 하는 이 대리에게 진심으로 충고를 했지만 내가 듣기에는 말이
> 지나쳐서 모욕적으로까지 들렸다. 나는 순간 이 대리가 김 대리에게 주먹을 날릴지도 모른
> 다고 생각했다. 하지만 워낙 사람이 좋은 이 대리는 아무 말도 듣지 못한 것처럼 하던 일을
> 계속했다. 그렇지만 또 다시 김 대리가 같은 충고를 한다면 그 때는 뭔가 큰 일이 일어날 것
> 만 같다.
>
> ❶ 김 대리는 이 대리를 위한답시고 충고를 했지만 말이 좀 지나쳐 보였다.
> ❷ 내가 보기에는 주먹을 날릴 법도 하건만 이 대리는 아무 말도 듣지 못했다는 듯이 하던
>   일을 계속했다.
> ❸ 다시 한번 김 대리가 같은 충고를 하는 날엔 뭔가 큰 일이 일어날 것만 같았다.

1) 거의 도서관에서 살다시피 하는데도 사법시험에 4번이나 떨어지고 또다시 불합격 소식을
들은 나의 아들. 오늘도 변함없이 도서관에서 책과 씨름 중인 걸 보면 전혀 실망하지 않은
눈치이다. 그런 아들을 위로하고 싶어서 나는 도시락을 싸 가지고 점심시간에 아들을 찾
아갔다. 그런데 이런 나의 정성을 아들은 부담스러워 하는 것 같다. 아들이 끝내 합격하지
못한다면 어떻게 될까... 마음이 아프다.

2) 학교 앞 커피숍에서 아르바이트를 하는 누나를 좋아하게 되었다. 그래서 날마다 그 집에 가서 누나를 도와주기 시작했는데 어느 날 누나는 입장이 난처하니까 제발 그만해 달라고 부탁을 했다. 사실은 누나를 좋아하고 있다고 말했지만 누나는 내 말을 농담으로 생각하는지 그저 내 어깨를 한 번 툭 치더니 가버렸다. 아, 무너지는 자존심! 하지만 나는 용기를 내서 다시한번 고백할 생각이다.

3) 그는 우리의 꿈이요 희망이었다. 우리는 그를 훌륭한 배우로 성공시키기 위해 많은 것들을 기꺼이 희생했다. 그러나 이제 조금 유명해지니까 그는 마치 우리를 모르는 사람처럼 행동하고... 언젠가 그도 자신의 잘못을 깨닫게 될 것이다. 그럼 그는 죄책감으로 몹시 괴로울 것이다.

4) 모든 일처리에 완벽한 그녀. 그럼에도 불구하고 사람들로부터 인정을 받지 못하는 건 그녀의 오만한 행동 때문이다. 그녀의 표정은 늘 나는 당신들보다 한 수 위라고 말하는 것 같다. 물론 그녀가 남보다 좀 잘난 건 사실이지만 그래도 사람을 함부로 대하는 태도는 옳지 않다. 혹시 그녀에게 뭔가 문제라도 생기면 모두들 어떤 반응을 보일까? 과연 누가 그녀를 도와주려 할까?

III. 과제

01 다음의 통계자료를 분석, 설명하고 문제의 해결책을 제시해 보십시오. 그리고 두 사람이 짝이 되어 상대방이 제시한 해결책에 대해 반박해 보십시오.

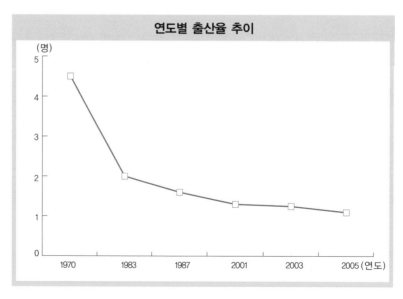

연도별 출산율 추이

234

조사기관	
조사내용	
특기사항 및 해설	
해결책	
반박	

6-4 길거리와 문화

1. 위의 사진은 한국의 길거리에서 볼 수 있는 모습입니다. 여러분 나라에서는 길거리에서 어떤 모습을 볼 수 있습니까?

2. 여러분은 길거리를 어떤 곳이라고 생각하십니까? 이야기해 보십시오.

- 자유로운 만남이 이루어지는 곳
- 그 나라의 문화를 가장 잘 알 수 있는 곳
- 목적지에 가기 위해 지나가는 곳
- 물건을 파는 가게가 모여 있는 곳
- ....

문화 유전자, 길거리

김찬호

아이들은 자라나면서 가정에서 벗어나 골목길에서 또래² 집단이라는 새로운 세계를
형성한다. 거기에서 다양한 놀이를 체득하고 남자 아이들은 '골목대장'을 통해, 권력³관
계를 경험한다. 지금은 많이 사라지고 있지만, 골목길은 아이들이 스스로 사회를 만들고
이를 배우는 터전이었다. 그러다가 어른이 되면서 점점 더 크고 복잡한 도로를 자주 접
하게 된다. 도시의 대로는 다양한 인간 활동이 일어나는 현장이고, 자유로운 만남이 이
루어지는 장소이다. 거기에서 기독교나 일부 민족 종교 신봉자들의 포교 행위가 이루어
지고 선거철에는 길거리 유세가 펼쳐지기도 한다. 그런가하면 '길거리에 나앉다'(이럴
때는 '길바닥'이라는 표현을 더 많이 쓴다), '노숙인' 'street children' 같은 표현에서처럼
삶의 터전을 잃어버린 사람들이 정처 없이 떠도는 곳이기도 하다. 따라서 길거리를 '배회'
한다는⁴ 것은 유쾌한 '방랑'일⁵ 수도 있고, 고단한 '방황'일 수도 있다.

한국 도시의 길거리는 유난히 북적대는⁶ 편이다.
빠른 걸음걸이와 박진감 넘치는 도시의 모습은 인
상적이다. 그리고 밤늦게까지 시끌벅적하다. 야간
자율학습을 끝내고 학원 셔틀버스 앞에 줄을 서는
청소년들, 야근 후에 한잔하는 샐러리맨, 심야 데
이트족들의 행렬 등으로 환하게 붐빈다. 거기에 맞
물려 각종 서비스업에 종사하는 사람들도 꽤 늦은
시간까지 영업을 하고, 노점상들은 더 깊은 밤까지
불을 밝힌다. 한국을 방문한 외국인들은 그러한 거

강남역 주변 밤거리 사진

리의 활력에 끌리게 된다 (반면에 행인들이 지나가면서 어깨를 부딪혀도 아무런 사과
를 하지 않는 데 대해 불쾌해 하면서 한국에 대한 부정적인 인상을 받는 곳도 바로 길거

---

1 유전자 : 자손에게 물려줄 유전의 내용을 담고 있는 화학 물질.

2 또래 : 나이나 수준이 서로 비슷한 집단.

3 권력 : 남을 복종시키거나 지배할 수 있는 힘. 특히 국가나 정부가 국민에 대하여 가지고 있는 강제
　　　력.

4 배회하다 : 목적 없이 어떤 곳을 중심으로 이리저리 돌아다니다.

5 방랑 : 정한 곳 없이 이리저리 떠돌아다님.

6 북적대다 : 어떤 곳에 사람들이 붐비다.

리이다). 예전에 어느 미국인과 서울 광화문에서 만난 일이 있었는데, 밤 10시쯤 커피숍에서 나왔을 때 그는 길거리에 사람들이 분주하게 오가는 것을 보고 경이로운 눈빛을 감추지 못했다. 그러면서 무슨 축제 하는 날이냐고 물어오는 것이었다. 물론 평범한 날 밤이었다. 그러나 여느 외국의 대도시 같으면 그 시간에 상점들이 모두 문을 닫고 거리도 한산할 것이다. 그에 비해 한국은 심야까지도 들썩인다. 웬만한 곳에는 사람들이 있기 때문에 안심하고 돌아다닐 수 있다. (중략)

그곳을 오가는 행인들 사이에는 농밀한[7] 시선의 상호작용이 이루어진다. 모두가 옷깃을 스치는 찰나의 인연이지만 서로 힐끗힐끗 쳐다보면서 견주고 음미하는 것이다. 자신이 불특정 다수의 타자들에게 어떤 모습으로 비치는가에 지극히 신경 쓰면서도, 동시에 거기에 전혀 연연해하지[8] 않는 듯한 모습을 연출한다. 번화가는 그런 마네킹들이 행진하는 패션쇼 무대이다. 뽐내는 몸짓과 부러워하는 눈빛이 복잡하게 교차하는 이미지의 경연장이다.

하지만 길거리에는 자생적인 문화 잠재력이[9] 숨어 있다. 거기에서는 우연한 만남과 즉흥적인 해프닝을 통해서도 창조적인 마음의 상승효과가 일어날 수 있다. 2002년 월드컵 길거리 응원의 신화는 바로 그 폭발적 에너지를 만끽한[10] 경험이었다. (중략)

응원하면서 드러내는 다채로운 몸짓들은 그처럼 갇혀 있고 꼬여 있던 생명의 에너지를 거리낌 없이 표출하는 제전이었다. 광장에서 새삼 발견한 축제에 대한 열망, 그것은 인간이 현실을 벗어나 어떤 커다란 것에 온전히 자기를 몰입시키고자 하는 초월[11] 의지, 비일상으로의 탈출, 그 판타지 안에서 일상을 다시 바라보는 기쁨….

길거리 공연

---

7 농밀하다 : 서로 사귀는 정이 두텁고 가깝다.

8 연연해하다 : 어떤 일을 잊거나 포기하지 않고 계속하여 마음을 쓰다. 또는 매우 그리워하다.

9 잠재력 : 속에 숨어 있는 힘.

10 만끽하다 : 충분히 만족할 만큼 즐기다.

11 초월 : 어떠한 한계나 표준을 뛰어넘음.

거창한 이벤트가 아니더라도 이따금 거리에는 광장이 탄생한다. 익명의[12] 사람들이 제각기 목적지를 향해 뿔뿔이 움직이는 길거리. 그런데 그렇듯 서로가 단절된 공간에 이따금 공동의 마당이 열린다. 거리의 악사가 멋진 연주를 하면 행인들이 삼삼오오 모여들어 객석을 만들어내는가 하면, 누군가가 저지르는 어떤 불의를 목격하면서 군중심리로 한순간 일심동체가 되기도 하는 것이다. 한국에서 배출된 비보이(B-boy)들도 길거리를 모태로[13] 하고 있다. 최근에는 아예 지방자치단체가 '걷고 싶은 거리'나 '문화의 광장' 등을 조성하는 경우도 있다. 이러한 공간에서 청소년 어울마당이나 댄스 경연 대회, 길거리 농구 대회 같은 프로그램이 운영되기도 한다. 이때 길거리는 잠시 머물고 싶은 공간으로 바뀐다.

길거리는 공적 영역과 사적 영역 사이에 있는 제3의 공간, 업무와 일상의 굴레에서[14] 풀려나는 완충지대이다.[15] 윗사람의 눈치를 볼 필요가 없고 공부의 압박에 시달리지 않아도 되는 그 공간은 일종의 안식처이다.[16] 또 길거리는 언제나 표현과 소통의 공간이 될 수 있다. 황량한 빈민가에서[17] 힙합이 태동하였듯이[18], 삭막한[19] 도시에서도 젊은이들은 다양한 멋과 스타일을 창출해간다.

비일상의 즐거움을 잉태하는 일상 공간, 질서와 무질서가 맞물리면서 도시문화를 빚어내는 그릇과도 같은 길거리에서 출렁이는 인파는 저마다 삶의 빛깔을 랩으로 읊으며 화음을 울리고 싶다. 경쾌한 발걸음의 율동으로 어울리고 싶다.

---

12 익명 : 이름을 숨김.
13 모태 : 사물이 발생하거나 발전하는 근거가 되는 토대.
14 굴레 : 부자연스럽게 얽매이는 일을 비유적으로 이르는 말.
15 완충지대 : 급격한 충돌이나 충격, 긴장을 풀어 주는 곳.
16 안식처 : 편안히 쉴 수 있는 곳.
17 빈민가 : 가난한 사람들이 모여 사는 거리나 동네.
18 태동하다 : 어떤 일이 일어날 기운이 생기다.
19 삭막하다 : 황폐하고 쓸쓸하다.

● 글쓴이 소개

김찬호 (1964~)

연세대학교 사회학과 대학원을 졸업하고 일본 오사카 대학 객원 연구원, 서울시 대안교육센터 부센터장을 지냈다. 현재 한양대학교 문화인류학과에서 강의하면서 청소년 교육과 문화, 가족 관계와 부모 자녀 소통, 마을 만들기, 창의적 발상, 지구촌 시대와 문화 간 커뮤니케이션 등에 대해 강의를 하고 글을 쓰고 있다.

서울 인사동

김진애

인사동은 우리나라에서 가장 유명한 전통 동네다. 옛 모습 그대로 있는 다른 명소들도 많지만, 인사동은 활발한 도심 속에 있어서인지 훨씬 더 가깝게 느껴진다.

"인사동에서 만나요!" 분위기 풍기는 말이다. 인사동을 '제 2의 당신 동네' 로 삼고 있는 수많은 작가, 시인, 화가, 지식인들이 아니더라도 요새는 젊은이도, 아줌마도, 어린 학생들도 인사동에서 만나길 즐긴다. '인사동에서 만나는 그 느낌' 이 어딘지 각별한 것이다.

인사동은 사실 떠도 너무 떴다. 너무 많은 사람들이 찾아온다 싶을 정도다. 주중엔 5−6 만, 주말엔 10만여 명이 몰린다. 일요일 오후에 가면 깜짝 놀랄 정도다. 외국 사람은 또 어떻게 그렇게 많은가? 빠지지 않는 관광코스다.

인사동의 변화를 애석해 하는 사람도 많다. 고즈넉하고 고급스런 진짜 전통 동네로 추억하는 세대들이다. "그때가 좋았어!" 뜨내기는 희귀했고 토박이와 단골들이 그 어떤 품격을 이루었다. 수입품은커녕 '순 우리 것' 만 있었다. 나 역시 그때를 어딘가 '옷깃을 여미는 분위기' 로 기억한다.

88올림픽 이후로 대중적인 전통 동네가 된 지금, 인사동은 분위기는 있지만 옷깃을 여미는 분위기는 아니다. 전통은 '살 수 있는 소품' 으로, '마실 수 있는 차' 와 '먹을 수 있는 요리' 로, '입을 수 있는 옷' 으로, '볼 수 있는 과정' 으로 가깝게 다가온다. 한편 애석하지만 다른 한편 신선한 변화다.

변화하는 인사동에서 여전히 인사동이라고 느낄 수 있는 요체는 뭘까? 아무리 시간이 지나도 남아 있을 듯한 것이 뭘까? 가장 인사동다운 것이 뭘까? 물론 한옥도 있고, 기왓장도 있고, 담장도 있겠다. 그러나 인사동의 가장 인사동다움은 '골목 전통' 과 '텃밭 전통' 이 아닐까?

인사동길은 종로변 남인사마당부터 안국동 로터리 북인사마당까지 불과 600미터 길이다. 그러나 옆으로 뻗어 있는 골목은 마치 실핏줄처럼 인사동을 누빈다. 그 총 길이는 20여 킬로미터. 인사동과 비슷한 크기의 강남 코엑스 블록의 길의 길이에 비하면 10배는 길다. 인사동이 '캐도 캐도 잘 모르겠는 매력 동네' 이고, 코엑스 동네는 '한눈에 간파되는 비즈니스 동네' 인 이유다.

인사동은 마치 '잎새' 같은 모양이다. 또는 '뿌리 깊
은 나무'의 모양이라 할까? 인사동이 그 아무리 변해
도 골목만큼은 지켜야 하는 이유다. 그동안 없어졌던
골목도 오히려 다시 살려야 할 판이다.

골목 전통을 받쳐 주는 것이 인사동의 텃밭 전통이
다. '마당 있는 집'이 아니더라도 어느 집 앞에나 있는
텃밭. 담장 밑, 대문 옆에, 기왓장이나 벽돌을 쌓아
구획을 만들기도 한다. 작은 것은 한두 자 폭, 커 봤
자 서너 자 길이지만 열심히 심는다. 텃밭 만들 땅이 없
으면 화분이나 돌확이라도 갖다 놓고 심고 또 심는다. 주인의
손길이 느껴진다. 텃밭 천국이다.

어느 한식집은 몇십 년째 분꽃만 심는다. 어느 카페 앞에는 나지막한 조릿대가 담장
에 기대 있다. 어느 찻집 앞에는 각종 초화가 유명하고 물확에 부레옥잠도 띄워 놓고, 닭
도 있고 새도 난다. 어느 담장 옆의 조롱박은 덩굴이 올라가 칠팔월엔 골목 위에 그늘을
드리워 준다. 채송화, 봉숭아, 맨드라미, 호박, 오죽, 매화, 백일홍, 담쟁이도 찾을 수 있
다.

'사람 살던 동네'였기 때문에 텃밭 전통이 이어지는지도 모른다. 마치 몇백 년 동안
그렇게 있었던 것 같지만 인사동 골목이 생긴 것은 1930년대부터다. 워낙 양반 동네였
지만, 양반들이 몰락하면서 땅을 쪼개 골목 만들어 집 지어 살고, 양반들이 내 놓은 골동
품을 팔면서 고서화집, 도자기집, 필방도 생기고, 큰길가의 화랑도 인사동도 마치 텃밭
의 식물처럼 자라온 것이다.

북인사마당에 앉아 있으면, "이게 끝이야..." 하면서 실망하는 듯한 젊은이들의 말이
들리곤 한다. 그들은 인사동 큰길만 걸은 것이다. 그게 아니다. 인사동의 진짜는 미로 같
은 골목 속에 있다. 휘는 골목, 꺾이는 골목, 막다른 골목, 남의 집 뒤뜰을 거치는 골목.
무한궤도 골목 사이사이를 이어가는 비취 같은 텃밭 푸른 이파리들과 꽃송이들. 인사동
은 무한동네다.

마치 '황무지' 같은 현대 도시를 그나마 덜 잔인하게 만들려면 도시를 자연으로 대하
면 된다. 비록 작은 골목이지만, 비록 작디작은 텃밭이지만, 씨앗을 심으며 야들야들하고
파릇파릇한 생명의 기쁨을 맛보는 것, 그것이 삶이다. 생명은 나고 전통은 자란다. 인사동
의 전통은 골목으로 텃밭으로 무한히 이어지리라. 이 봄이 가고 또 우리가 가도.

문화

외국인을 위한 배려

정부에서는 결혼이민자들의 한국생활 적응을 돕고 다문화 가정을 지원하고자 각 지역에 <결혼이민자가족 지원센터> (tmfc.familynet.or.kr) 를 열었다. 결혼이민자가족 지원센터는 공통적으로 한국어 교육을 지원하고 있다. 또한 가족 구성원들이 참여하는 교육 프로그램을 마련하여 부부가 서로의 국가에 대한 이해의 폭을 넓히며 고부간의 갈등, 자녀와의 관계 고민 등을 해결할 수 있도록 하는 가족통합 교육을 운영하고 있다. 그리고 한국의 명절 이해나 지역 탐방, 요리 등 한국 문화 이해 교육과 결혼이민자들이 국적별로 모임을 할 수 있는 자조 집단 교육, 전화나 온라인, 면접을 통한 가족 상담 등을 지원하고 있다.

또한 보건복지부는 한국생활적응에 어려움을 겪고 있는 여성 결혼이민자가 보다 수월하게 적응할 수 있도록 '행복한 한국생활 도우미' 라는 생활안내책자를 배포하고 있다. 이 책은 결혼이민자들이 입국에서부터 한국생활 정착에 이르기까지 필요한 영역별 각종 시책에 대한 소개와 이용 방법, 서비스 제공기관 등을 수록했다. 합법적인 거주, 한국생활 정착, 건강한 삶, 아이 낳아 기르기, 저소득층 생활 보장, 취업관련, 한국문화 등으로 구분해, 질문에 답하는 형식 (Q&A) 으로 작성되어 여성 결혼이민자들의 모국어인 영어, 중국어, 베트남어, 러시아어, 몽골어, 타갈로그어 (필리핀) 와 한국어로 제작했고 법무부의 출입국관리소, 지방자치단체 등을 통해 제공하고 있다.

지방자치단체에서도 외국인 지원 기관을 설치하여 외국인들의 생활 편의를 도모하고 있다. 서울시는 <글로벌 센터> (global.seoul.go.kr) 를 개관하여 외국인의 서울 생활을 돕고 있다. 응급 서비스, 쓰레기 분리수거 방법과 같은 일상적인 것부터 운전면허증이나 신용카드 발급, 휴대전화 개통, 비자 입국이나 세무 상담, 각종 서류 발급, 자녀 교육, 의식주 관련 정보, 관광 안내 등 서울 생활에 필요한 모든 도움을 이곳에서 받을 수 있다. 이 외에 수원시, 하남시 등 다른 지방자치단체에서도 <외국인 복지 센터>를 통해 한글 교육과 법률 상담, 결혼 이민자 생활 지원 서비스 등을 제공하고 있다.

1. 정부와 지방자치단체에서 시행 중인 외국인을 위한 정책은 무엇입니까?

2. 여러분 나라에서는 외국인의 생활 지원을 위한 특별한 지원책이 있습니까?

3. 외국인의 생활 편의를 위해 개선되어야 할 점에 대해서 이야기해 봅시다.

文法
說明

01 -는다는/ㄴ다는/다는 듯이

선행문의 내용을 직접 말하지는 않지만 마치 그렇게 말하는 것처럼 후행문의 행동을 한다는 의미이다. 따라서 후행문의 행동은 충분히 선행문의 내용을 짐작할 수 있을 만한 행동이어야 한다.

表示雖然沒有直接說出前文的內容，卻像那麼說了一樣，做出後半句的動作。因此後文的行動必須是可以充分推測出前半句的內容的行動才行。

● 드디어 그가 왔을 때 자존심 때문에 그를 전혀 기다리지 않았다는 듯이 모르는 척했다.

● 내가 가장 싫어하는 여자들의 부류는 세상의 모든 남자가 다 자기를 좋아한다는 듯이 행동 하는 여자들이다.

● 저 두 사람은 세상에 둘도 없다는 듯이 서로를 아낀다.

● 내 어머니는 항상 큰 일이 생겨도 별 일이 아니라는 듯이 대범하게 행동하신다.

02 -건만

선행문의 내용으로 예상되는 결과와 반대되는 내용이나 상황이 후행문으로 이어질 때 쓰는 표현이다.

與前文的的內容所預想的結果相反的內容或狀況接續在後文出現時使用的表現。

● 저렇게 능력이 뛰어나건만 인정을 받지 못하다니!

● 언제나 열심히 일하건만 성과가 그다지 좋지 않다.

● 벌써 여러 번 설명을 했건만 이해를 못한 눈치이다.

● 부모가 크게 신경 쓰지도 못했건만 아이들이 모두 반듯하게 자랐다.

03 –는답시고/ㄴ답시고

어떤 일을 제대로 하려고 했는데 혹은 어떤 상태를 자랑스럽게 만들려고 했는데 결과가 만족스럽게 나오지 않았음을 빈정거리며 말할 때 쓴다.

諷刺想好好地做某件事或想創造某種引以為傲的情況，但結果不令人滿意時用的話。

- 한 푼이라도 더 번답시고 밤낮으로 일하다가 병만 얻었다.
- 너는 요리를 한답시고 부엌을 엉망으로 만들어 놓으면 어떡하니?
- 영수는 영화감독이 된답시고 공부는 안 하고 영화만 보러 다닌다.
- 다이어트 한답시고 운동기구만 잔뜩 사 들여서 집안만 더 좁게 만들었다.

04 –는 날엔

앞 문장에서는 극단적이거나 바람직하지 못한 상황을 가정하고 그에 따른 경고의 내용이나 우려하는 결과가 뒤 문장의 내용으로 온다.

假定前文為極端或不妥當的狀況，後文出現的內容為隨之而來的警告內容或擔心的結果。

- 거짓말한 게 들통 나는 날엔 그 날로 쫓겨나고 말 거야.
- 다시 한 번 지각하는 날엔 진급할 수 없게 되니까 조심하세요.
- 네가 한 번만 더 약속을 어기는 날엔 우리 사이는 그걸로 끝이야.
- 이번 같은 지진이 또 한 번 일어나는 날엔 섬사람들이 모두 떠나 버릴 것 같아.

제7과 소중한 문화유산

7-1 한국의 문화유산

학습 목표 ● 과제 한국의 문화유산에 대해서 알아보기, 논리적인 글쓰기(서론 쓰기)
● 문법 –은 이상, –는다는 점에서 ● 어휘 문화유산

무령왕릉

숭례문

다보탑

위 사진에 있는 한국의 문화재를 알고 있습니까?
세계유산으로 지정된 한국의 문화유산에 대해서 이야기해 봅시다.

다음은 한국의 성인남녀 2,012명을 대상으로 한국인이 자랑스러워하는 문화유산을 조사한
결과입니다.

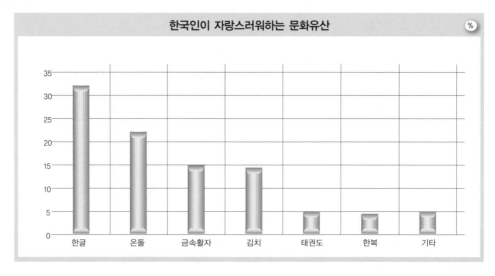

1. 이 문화유산들의 공통점은 무엇입니까?

2. 여러분 나라의 대표적인 문화유산에는 무엇이 있습니까?

대화

🔊 37~38

리에 　오랜만에 야외로 나오니 가슴이 탁 트이는 것 같네요. 여기 수원 화성은 역사적으로도 큰 가치가 있는 유적지라면서요?

영수 　네, 조선의 22대 왕인 정조께서 왕위에 오르지 못하고 죽임을 당한 아버지의 묘를 당시 최고의 명당인 수원의 화산으로 옮기고 근처에 새로운 도시를 건립하셨어요. 리에 씨가 한국에 대해 깊이 알고자 한국에 온 이상 이곳은 꼭 한 번 둘러 봐야 할 것 같아서 오늘 오자고 한 거예요.

리에 　그랬군요. 그런데 왕께서는 왜 이런 신도시를 만드신 거예요?

영수 　부모에 대한 뜨거운 효심이 제일 큰 동기였고 또 정치·경제적 측면도 있었지요.

리에 　한국인의 정서상 부모에 대한 효심 때문이라는 건 좀 알겠는데 정치·경제적 측면이란 구체적으로 어떤 내용이에요?

영수 　왕의 권력을 지원하는 배후도시를 건설해서 왕권을 강화하려는 정치적 의도와 남쪽에서 서울로 올라오는 길목인 이곳을 물자유통의 요지로 삼으려는 경제적 목적으로 이 도시를 세웠다는 거지요.

리에 　와, 화성이 그렇게 많은 의도를 갖고 건설된 계획 도시였다는 건 몰랐네요. 그런데 이런 규모의 성곽을 쌓으려면 아주 많은 사람들이 동원됐겠는데요?

영수 　이곳은 그 당시 뛰어난 학자였던 정약용을 책임자로 하고 전국의 기술자들이 대거 참여한 덕분에 매우 과학적이고 실용적인 성곽으로 세워질 수 있었다고 해요. 게다가 화성의 설계와 함께 성을 쌓는 과정 모두를 글과 그림으로 완벽하게 기록한 책을 남겨 놓았다는 점에서 역사적 가치가 큰 것으로 평가되고 있어요.

01 두 사람은 왜 이 곳에 왔습니까?

❶ 기분전환을 하려고 　　　　　　❷ 역사적 가치가 있는 유적지이므로

❸ 화성을 세운 목적을 알아보려고 　❹ 최고의 명당을 보려고

02 정조는 왜 수원 화성을 만들었습니까?

03 여러분 나라에 이와 같이 특별한 목적으로 건설된 도시가 있으면 이야기해 보십시오.

트이다 v. 開朗、開闊、舒暢　　명당 n.(明堂) 風水寶地、明堂、正殿　　측면 n.(側面) 側面、方面
효심 n.(孝心) 孝心　　배후 n.(背後) 背後、幕後　　길목 n. 路口　　물자유통 n.(物資流通) 貨物流通
동원하다 v.(動員 -) 動員、調動　　대거 n.(大擧) 大張旗鼓、大擧　　성곽 n.(城郭 / 城廓) 城郭

01 다음 표현을 익히고 질문에 답하십시오.

(가)	(나)
문화유산 자연유산 문화재(국보, 보물) 유적 유적지 유물	발굴 심의 선정 지정 보존

1) (가)의 표현을 이용하여 다음을 연결하십시오.

희귀하거나 멸종 위기에 처한 동식물의
서식지나 자연적인 지형 ●   ● 유물

한 나라의 문화유산 가운데 역사적, 예술
적으로 계속 보존할 만한 가치가 있는 것 ●   ● 유적지

과거의 인류가 남긴 형태가 있는 제작품 ●   ● 문화재

남아 있는 자취라는 뜻으로 건축물이나
역사적인 사건이 벌어졌던 곳 ●   ● 자연유산

2) (나)에서 알맞은 표현을 찾아 빈 칸을 채우십시오.

❶ 땅 속에 묻혀 있는 것을 파낸다는 의미인 (   ) 작업을 통해 유물이나
지하자원을 찾아 낼 수 있다.

❷ 세계유산으로 (   ) 되려면 유네스코 세계유산위원회가 심사하고 의논하는
(   ) 과정을 거쳐야 한다.

❸ 각 나라는 이러한 세계유산들을 잘 보살펴서 그대로 남아 있도록 (   ) 해야
한다.

02 위의 표현들을 이용해서 한국에서 세계유산으로 지정되었으면 좋겠다고 생각하는 것에 대해 이야기해 봅시다.

[보기] 저는 지난 주말에 경상남도 고성군에서 열린 공룡축제에 갔다 왔어요. 그곳은 약 2천여 개의 공룡 발자국이 발견된 세계적으로 유명한 공룡유적지래요. 바닷가에서 화석이 된 수많은 발자국을 보니 마치 제가 타임머신을 타고 공룡이 살았던 몇 억 년 전으로 돌아간 것 같은 착각이 들데요. 이런 경험을 해 볼 수 있는 곳이 얼마나 있겠어요? 그래서 저는 그곳이 세계유산으로 지정되었으면 좋겠어요.

문법

01 다음을 읽고 문법 및 표현을 익혀 봅시다.

나는 지난 주말을 이용해서 창덕궁을 구경했다. 1405년에 지어진 이 궁은 조선의 궁궐 중에서 그 원형이 거의 그대로 남아 있고 자연과 건물의 조화로운 배치가 **탁월하다는 점에서** 1997년에 유네스코 세계문화유산으로 지정되었다고 한다. 아름다운 그곳을 둘러보면서 창덕궁이 세계문화유산으로 **지정된 이상** 모두가 힘을 모아 더욱 더 소중하게 가꾸도록 노력해야겠다고 생각했다.

-은/ㄴ 이상

1) 다음 표를 완성하고 보기와 같이 이야기해 보십시오.

[보기] 네가 잘못하지 않았다	사과할 필요는 없다
❶ 담배를 끊기로 마음 먹었다	앞으로 다시 담배 피우는 날은 없겠지
❷ 그 친구를 도와 주기로 약속했다	
❸ 그렇게 하기로 결정이 났다	
❹ 죄를 지었다	

[보기] 네가 잘못하지 않은 이상 사과할 필요는 없다

-는다는/ㄴ다는/-다는 점에서

2) 다음을 연결하고 보기와 같이 이야기해 보십시오.

인간은 생각하고 말할 수 있다 ● ‥‥‥‥‥‥‥‥‥‥‥ ● 부담스럽기도 했다

승진을 해서 기뻤지만 책임이 늘었다 ● ● 다른 동물과 구별된다

이번 여행은 고생스러웠지만 그 나라의 풍습을 ● ● 칭찬 받을 만합니다
많이 알게 되었다

한글은 독창적이고 과학적인 문자 체계를 갖추 ● ● 매우 유익했다
고 있다

김 과장은 이 일에 끝까지 최선을 다했다 ● ● 우수성을 인정받고 있다

[보기] 인간은 생각하고 말할 수 있다는 점에서 다른 동물과 구별된다.

02 빈 칸을 채우고 '-다는 점에서'를 사용하여 보기와 같이 이야기해 보십시오.

	공통점	차이점
[보기] 나와 내 친구	외향적인 성격	수면 습관
남자와 늑대		
여자와 여우		
개와 고양이		
한국어학당 5급과 6급		
한국말과 여러분 나라 말		

[보기] 나와 내 친구 민수는 성격이 외향적이라는 점에서는 같지만 나는 늦게 자고 늦게
일어나는 올빼미형 인간인데 비해 민수는 일찍 자고 일찍 일어나는 아침형 인간이라는
점에서 많이 다르다.

과제 1 듣고 말하기[🔊 39]

듣고 질문에 답하십시오.

01 조선시대 궁궐의 돌다리에는 왜 동물을 새겨 놓았습니까?

02 부용지의 모양을 설명해 보십시오.

03 다음을 연결하고 각각의 특징을 설명하십시오.

● ●돈화문 :

● ●금천교 :

● ●인정전 :

● ●부용지 :

04 여러분이 알고 있는 궁에 대해 이야기해 보십시오.

기능표현 익히기

<연구 주제 밝히기>

- 이 글에서는 영어공용화에 대해 다루**어 보고자 한다.**
- 요즘 영어를 공용화하자는 주장이 많이 제기되고 있으**므로 이 문제에 관해 다루기로 한다.**

<의의 제시하기>

- 한국 사회에서 영어공용화를 하느냐 마느냐가 중요한 문제가 될 것으로 **판단된다.**

<정의하기>

- 영어공용화**란** 공식적으로 영어를 국어와 동등한 위치에 놓는 **것을 말한다.**

---

01 다음은 논술문 작성에 관한 글입니다. 읽고 질문에 답하십시오.

　　글을 논리적으로 잘 쓰려면 어떻게 하는 것이 좋을까? 이를 위해서는 첫째, 논술 대상에 대해 구체적이고 정확한 이해를 해야 하고, 주제에 대한 철저한 조사를 통해 자료를 충분히 모으고 배경 지식을 쌓아야 한다. 둘째, 반드시 개요를 짜야 한다. 개요는 건물의 설계도와 같은 역할을 하기 때문이다. 셋째, 논점을 일관되게 유지하면서 논거를 적합하게 제시해야 한다. 넷째, 다양한 어휘를 정확하게 사용해야 하며 정확성과 효율성을 지닌 문장을 써야 한다. 다섯째, 각 문단은 서로 논리적으로 연결되어서 내용상 모순이 없어야 하며 긴밀한 관계를 가지고 있어야 한다.

　　이러한 글은 논술문이라 불리는데 보통 서론, 본론, 결론의 형식으로 이루어져 있다.

　　서론에는 일반적으로 글을 시작하는 간략한 도입 부분이 포함되어야겠지만 가장 중요한 것은 바로 문제 제기의 역할을 하는 것이다. 이를 위해서는 '무엇에 관해 글을 쓰고자 하는가', '왜 그것을 쓰고자 하는가', '어떤 방식으로 접근할 것인가'가 잘 드러나야 한다.

　　본론은 논의를 전개하는 핵심 부분이므로 자신의 주장과 주장을 내세운 근거를 논리적이고 설득력 있게 제시해야 한다. 또한 각 문단의 연결에 논리적인 비약이 없도록 전체를 짜임새 있게 구성해야 한다. 찬반 논의형 논술문에서는 상대 주장의 비판도 철저하고 꼼꼼하게 검토해야 한다.

결론은 글 전체를 마무리하는 단계이지만 단순한 마무리 차원을 넘어 글 전체의 인상을 좌우할 수도 있으므로 피상적이고 막연한 내용은 피하고 구체적인 방향으로 나아가야 한다. 결론에서 대책을 제시할 경우 그 목표를 이룰 수 있는 구체적인 수단과 방법까지 제시해야 한다.

1) 논술문을 잘 쓰기 위해 가장 먼저 해야 할 일은 무엇입니까?

2) 서론의 제일 큰 역할은 무엇입니까?

3) 서론 부분에서 반드시 작성해야 할 세 가지는 무엇입니까?

4) 본론에서 꼭 해야 할 것은 무엇입니까?

5) 결론에서 피해야 할 것은 무엇입니까?

02 다음은 한국의 문화재인 안동하회마을이 세계유산으로 지정되기를 희망하는 글의 서론입니다. 읽고 빈 칸을 채우십시오.

    하회마을은 한국에서 가장 유서 깊은 전통마을이다. 오래 된 기와집과 초가집이 옛 모습 그대로 남아 있기 때문이다. 또한 이곳에서는 해마다 10월이면 축제가 열려 한국의 전통 가면극, 길놀이, 마당극 등의 다양한 민속 공연들을 선보인다. 그래서 이 마을 전체가 조선 전기 이후의 전통 가옥촌 보존과 전통문화의 계승 발전이라는 차원에서 중요민속자료 제 122호로 지정되었다. 이렇듯 옛 모습을 고스란히 간직하고 있고 전통 문화 보존에 힘쓰고 있는 이 마을이 세계문화유산으로 지정된다면 국민들과 정부의 관심이 늘게 되고 그 만큼 보존하기가 쉬워질 것이다. 그러므로 이 글에서는 앞서 이야기한 하회마을의 특징과 장점들을 더 자세히 살펴보고 하회마을이 세계문화유산으로 지정되어야 할 필요성에 관해 다루고자 한다.

1) 다음의 표를 이용하여 위 글의 개요를 정리해 보십시오.

주제	안동 하회마을은 세계문화유산으로 지정되어야 한다.
무엇에 관한 글인가 (논술대상)	
왜 그것을 쓰려고 하는가 (연구목적)	
어떤 방식으로 접근할 것인가 (연구방법)	

2) 여러분 나라의 문화재 중에서 세계문화유산으로 등록되었으면 좋겠다고 생각하는 것을 고르고
   서론의 개요를 만들어 보십시오.

주제	
무엇에 관한 글인가 (논술대상)	
왜 그것을 쓰려고 하는가 (연구목적)	
어떤 방식으로 접근할 것인가 (연구방법)	

3) 위의 개요를 이용해서 서론을 써 보십시오.

7-2 세계의 문화유산

학습 목표 ● 과제 세계의 문화유산에 대해서 알아보기, 논리적인 글쓰기(본론 쓰기 1)
● 문법 −는 반면, 으로 말미암아 ● 어휘 문화재 훼손과 보호

중국 병마용

인도 타지마할

캄보디아 앙코르와트

위의 세계문화유산을 알고 있습니까? 여러분은 어느 곳에 가고 싶습니까?
여러분이 알고 있는 세계문화유산에 대해서 이야기해 봅시다.

문화유산	훼손 원인	현황
중국 러산대불	석탄에 의한 대기 오염, 산성비	불상의 머리, 코, 귀 등의 색이 흑색으로 변함. 현재 공장과 화물차 운송로를 폐쇄하는 등 보호정책 추진 중임.
아프가니스탄 얌(jam)첨탑	국가 간 전쟁과 내전	전체적으로 훼손이 심하며, 현재 보수 공사 중임.
페루 마추픽추	관광산업과 개발	건축물의 훼손과 자연생태계 파괴가 매우 심각한 상태임.

1) 여러분은 훼손된 문화재를 직접 본 적이 있습니까? 이야기해 보십시오.

2) 여러분은 일반 관광객에게 문화유산을 개방해야 한다고 생각합니까? 통제해야 한다고 생각합니까?

대화

🔊 40~41

영수 민수야, 우리가 배낭여행 가서 찍은 사진 나왔다. 네 말대로 앙코르와트에 갔다 오길 잘한 것 같아. 여기 이 밀림 속의 사원이며 호수가 아주 장관이야.

민수 난 그렇게 큰 유적지는 난생 처음 가 봤어. 과연 세계문화유산이라 할 만하지 않니?

영수 맞아. 열대의 정글 한가운데서 그렇게 어마어마하게 큰 돌로 지어진 사원이 나타났을 때는 정말 입이 딱 벌어지더라. 웬만한 도시 규모라는 것도 놀라워.

민수 나 역시도 그 웅장한 크기에 압도당했다니까. 그런데 건물 여기저기에 부서지고 훼손된 곳이 많아서 마음이 씁쓸했어. 뒤늦게 보수 공사하는 모습들도 좀 안타까웠고.

영수 그런 귀중한 문화재들이 자연재해나 전쟁 같은 인간의 행위로 말미암아 파괴된다던데 역시 직접 보니까 그 심각성이 피부로 느껴지더라.

민수 그런데 세계유산으로 지정되는 문화재들은 점점 많아지는 반면 소실되고 황폐화된 문화재들에 대한 관심이나 복구 노력은 많이 부족한 것 같아. 오랜 세월 탓에 지반까지 점점 약해지고 있다는데 말이야.

영수 비단 세계유산뿐만이 아니라 인류의 역사가 숨 쉬는 모든 문화재들을 적극적으로 보호해야 할 것 같아.

민수 전적으로 동감이다. 그럼 말이 나온 김에 문화보존 단체에 가입해 보는 게 어떨까? 기금 마련 행사도 하고 다양한 자원봉사 활동도 한다던데, 내친 김에 오늘 가 볼래?

01 대화의 내용과 맞는 것을 고르십시오.

❶ 민수는 문화재 보호를 주장하는 영수의 제안을 반대한다.

❷ 두 사람이 다녀 온 세계유산은 보존이 잘 되어있는 편이다

❸ 최근 훼손된 문화재에 대한 관심이 많아지고 있어 다행이다.

❹ 여행 당시 앙코르와트에서는 보수공사가 진행되고 있었다.

02 대화에서 세계문화유산을 훼손시키는 원인이 무엇이라고 합니까?

밀림 n.(密林) 密林   사원 n.(寺院) 寺院   장관 n.(壯觀) 壯觀
어마어마하다 a. 巨大的、雄偉的、嚴肅的   압도당하다 v.(壓倒 -) 被震懾   씁쓸하다 a. 苦澀的
소실되다 v.(消失 -) 消失   황폐화되다 v.(荒廢化 -) 荒廢化   지반 n.(地盤) 地盤、地基
전적으로 adv.(全的 -) 完全地、純粹地、滿滿地   동감 n.(同感) 同感
내친 김에 adv. 既然開始做了，索性…

01 여러분이 가 본 적이 있는 문화유산에 대해서 이야기해 보십시오.

저는 작년 여름에 인도를 여행했는데요, 많은 관광명소 중에서 '타지마할' 이 가장 인상적이었어요. '타지마할' 은 왕이 사랑하는 왕비인 '마할' 의 죽음을 애도하기 위해 거액을 들여 22년 동안 지은 어마어마한 궁전 형태의 묘지인데 아름다운 건축 양식은 물론 손으로 직접 만든 대리석의 무늬들을 보면 감탄이 절로 나와요.

어휘 문화재 훼손과 보호 ●─────────────────────

01 다음 표현을 익히고 질문에 답하십시오.

(가)	(나)
자연재해	훼손되다
산성비	소실되다
지구온난화	도굴하다
지반 약화	복구하다
전쟁	복원하다
관광산업	보수공사를 하다

1) (가)에서 알맞은 표현을 찾아 빈 칸을 채우십시오.

❶ 세계문화유산으로 지정된 많은 석조 건물이나 문화재 등이 (   )에 의해 녹거나 부식되어 그 훼손이 심각하다고 한다.

❷ 일본 오키나와에 있는 수리성은 태평양 (   )으로/로 성 전체가 완전히 소실되었었 지만 전후 47년 만에 복원되어 2000년에 세계문화유산으로 지정되었다.

❸ 몰디브는 국토의 80%가 해발 1m에 불과하며, (   )으로/로 해수면이 높아지고 있어 언젠가는 나라 전체가 가라앉을지 모른다는 전망이 지배적이다.

❹ '물의 도시' 라 불리는 이탈리아 베네치아는 해수면 상승뿐만 아니라 본래 모래로 이루어진 땅에 세워졌기 때문에 (   )으로/로 물속으로 가라앉고 있어 대책이 시급하다.

2) 다음 설명에 맞는 표현을 (나)에서 찾아 쓰십시오.

❶ 광물이나 옛 무덤 속의 유물을 불법적으로 몰래 파내다　　　　　（　　　　）

❷ 사라져서 없어지거나 잃어버리거나 불에 타서 없어지다　　　　　（　　　　）

❸ 손상을 입은 것을 원래의 상태나 모양으로 돌아가게 하다　　　　（　　　　）

❹ 체면, 명예 등이 손상되거나 어떤 것이 망가지고 못 쓰게 되다　　（　　　　）

02 위의 표현을 사용하여 여러분이 알고 있는 훼손된 문화유산에 대해 이야기해 봅시다.

[보기] 저는 작년에 미얀마에 갔다 왔는데요, 천 년 전 미얀마의 수도였던 '바간' 이라는 곳이 인상적이었어요. 세계 3대 불교 유적지 중의 하나인 '바간' 은 1975년의 대지진으로 4,446개의 탑 중 2,000여 개나 파괴되었는데, 지금 계속 발굴과 복원 사업이 진행 중이라고 해요. 저녁노을이 질 무렵 황금빛으로 물드는 탑의 모습을 보면 천 년의 시공을 뛰어넘는 감동이 느껴지고요, 도시 전체가 인류의 소중한 유산이라고 생각해요.

문법

01 다음을 읽고 문법 및 표현을 익혀 봅시다.

나는 다음 달에 남아메리카에 있는 '에콰도르'로 그동안 별러 오던 배낭여행을 떠난다. 에콰도르는 과거에 국경을 둘러싼 갈등을 비롯해 복잡한 투쟁 역사를 거쳐 **온 반면**, 현재는 남미에서 가장 평화롭고 안전한 나라 중의 하나로 손꼽힌다. 여행은 1979년에 세계유산으로 지정된 에콰도르의 수도 키토에서 시작할 예정이다. 키토는 고대 잉카제국의 문명이 꽃핀 도시이다. 비록 에스파냐인의 침입**으로 말미암아** 16세기에 잉카는 멸망하였으나 발굴된 유적지와 남아 있는 도시들에는 인류 역사의 신비가 잠들어 있다고 한다. 생각만 해도 가슴이 설레는 요즘이다.

-는/은/ㄴ/인 반면

1) 다음을 연결하고 보기와 같이 이야기해 보십시오.

문화재의 훼손이 심각하다 •   • 바람은 오히려 거세지다

그 사람은 말은 빠르다 •   • 보람이 있다

빗줄기는 조금 약해지다 •   • 관리와 보호 정책은 미비하다

우리 팀은 개인기를 바탕으로 하다 •   • 상대팀은 조직력의 축구를 하다

봉사활동은 힘이 들다 •   • 동작은 느리다

[보기]   문화재의 훼손이 심각한 반면 관리와 보호 정책은 미비합니다.

-으로/로 말미암아

2) 다음 표를 완성하고 보기와 같이 이야기해 보십시오.

원인	결과
전쟁	문화유산 여기저기가 훼손되었다.
여론 악화	김영수는 이번 국회의원 선거에서 떨어졌다.
부상	
폭우	
음주운전	

[보기] 전쟁으로 말미암아 문화유산 여기저기가 훼손되었다.

02 위의 두 표현을 사용하여 여러분의 여행 경험에 대하여 이야기해 보십시오.

[보기] 저는 지난 여름에 유럽여행을 다녀왔는데, 여름에는 오후 10시는 돼야 해가 지기
때문에 하루를 길게 사용할 수 있는 장점도 있었던 반면, 많은 관광객들로 말미암아
유명 박물관이나 미술관 입장 시 오랫동안 줄을 서야 하고 기차나 숙소에 자리가
없어 좀 곤란하기도 했었어요. 여름에 유럽 여행을 할 때는 미리 기차나 숙소 예약을
확실히 하는 것이 좋겠다고 생각했어요.

다음을 읽고 질문에 답하십시오.

사설-한번 세계문화유산은 영원한 세계문화유산?

종묘는 한국의 세계적인 문화유산이다. 하지만 최근 종묘에 가 본 사람들이 있다면 나와 같은 생각을 하게 되었으리라 짐작한다. 주변 환경을 제대로 관리하지 못하면 자칫 세계문화유산 등록이 취소될 수도 있다는데 이 아찔함을 우리 모두가 함께 인식해야 하지 않을까?

한국 최초의 세계문화유산 종묘. 종묘는 조선시대 역대 왕과 왕비의 신주를 모신 곳으로 1995년 불국사의 석굴암, 해인사의 팔만대장경 경판과 함께 유네스코 세계문화유산으로 지정되었다. 그런데 세계문화유산 지정 10여 년이 지난 종묘의 현재 모습은 어떨까?

종묘와 연결된 종묘광장에는 세계문화유산이 취소위기에 있다며 불법행위를 자제해 달라는 문구가 곳곳에 붙어 있다. 종묘 입구인 종묘광장은 불법 이동식 노래방의 소음과 무차별적인 주류 판매, 불법 집회 등이 판을 치고 있다. 이에 관리사무소는 지난 4월부터 대대적인 단속을 벌였지만 아직도 여기저기 나뒹구는 쓰레기와 불법행위가 사라지지 않고 있다.

그렇다면 한번 지정된 문화유산의 취소는 가능할까? 유네스코 한국위원회에 따르면 문화유산 등록 취소는 가능한 일이라고 말한다. 인류가 공동으로 보호해야 할 만큼 탁월한 가치가 있다고 판단되어야 하는데 그 가치를 잃어 버렸다고 판단되면 세계유산 지정을 취소하게 된다.

실제로 오만의 영양 서식지는 90%가 개발지역으로 묶이면서 자연유산의 기능을 상실해 세계문화유산 등록이 취소된 첫 사례로 남아 있다. 또, 유럽 고딕건축의 걸작으로 평가받는 독일의 퀼른 대성당이 불법 고층건축물로 인해 보존을 위협받고 있어 위험에 처한 세계유산 목록에 올랐다. 위험에 처한 세계문화유산은 이외에도 네팔의 카트만두 계곡과 고대 사막도시인 팀북투 등 32곳이 있는데 산업이나 채굴, 환경오염, 도굴, 전쟁이나 무분별한 관광 등으로 위협받고 있으며, 이란의 도시 '밤' 의 고고학적 유적들도 지진으로 파괴되었다.

종묘도 지금과 같은 상태라면 언제라도 '위험에 처한 유산' 목록에 올라 취소될 수 있음을 시사해 준다. 아직까지 경고를 받거나 제재를 받진 않았지만 등록 취소의 가능성은 항상 열려있는 만큼 우리의 소중한 문화유산을 오래도록 보호할 수 있는 정화노력이 더욱 더 요구된다.

01 이 글의 중심 내용은 무엇입니까?

❶ 한국 문화재의 세계문화유산 등재를 주장하고 있다.

❷ 훼손된 세계유산을 원인별로 분석하고 대책을 제시하고 있다.

❸ 세계유산으로 등재되어 있는 문화유산의 보호를 요구하고 있다.

❹ 가치가 없어진 문화유산의 등재를 취소할 것을 제안하고 있다.

02 종묘가 세계문화유산 등록이 취소될 위기에 놓인 이유는 무엇입니까?

❶ 종묘 내부에 불법 건축물들이 세워졌기 때문에

❷ 불법 행위나 음주 행위 등의 좋지 못한 주변 환경 때문에

❸ 개발구역으로 선정돼 자연유산의 기능이 상실됐기 때문에

❹ 세계문화유산으로 지정된 지 10년이 지났기 때문에

03 이 글에 의하면 세계문화유산으로 지정된 문화재를 취소하게 되는 경우는 어떤 경우입니까?

04 위험에 처한 문화유산을 보호할 수 있는 방법에 대해서 이야기해 봅시다.

과제 2 논리적인 글쓰기(본론 쓰기 1)

기능표현 익히기

<상술하기>

- 다시 말하면/더 자세히/ 풀어/구체적으로 말하자면/ 즉, 제주의 장점을 부각시켜야 한다는 것이다.

<인용하기>

- '삼다도' 라는 말이 있다.
- 어느 작가는 '한국은 정이 흐르는 사회' 라고 말한 바가 있다.

<원인 제시하기>

- 범죄는 개인적 또는 사회적인 하나의 원인이 아니라 복합적인 원인에서 비롯된다.

<유추하기>

- 이 사실/자료/통계 자료/설문 결과를 통하여 가정의 역할의 중요성을 짐작할 수 있다.
- 가정폭력범이 유년기에 폭력을 당한 경험이 있다는 사실로 미루어 볼 때, 유년기 때의 가정환경이 얼마나 중요한지를 알 수 있다.

다음은 한국의 문화재인 안동하회마을이 세계유산으로 지정되기를 희망하는 글의 본론입니다.

<서론 생략>

(가) 안동하회마을은 조선 중기인 1600년대부터 풍산 류씨들이 모여 건축하고 마을을 조성한 풍산 류씨의 집성촌이다. 혈연을 중심으로 한 집성촌은 전국 여러 곳에 형성되었으나, 오늘날에는 대부분 소멸되거나 변형되어 그 본래의 모습을 찾아보기 힘들다. 그러나 하회마을은 그 원형을 그대로 보존하고 있을 뿐만 아니라 양반의 주거문화를 대표하는 옛 건축물들이 그대로 남아있으며 빼어난 건축미를 자랑하고 있다.

(나) 하회마을은 전래의 문화유산이 잘 보존된 마을이다. 다시 말하면, 마을 전체가 중요민속자료 제122호로 지정된 마을로서 국보, 보물, 중요민속자료 등으로 지정된 여러 유산들이 잘 보존되어 있다.

(다) 세계문화유산 등록 기준에 '독특한 예술적 혹은 미적인 업적, 즉, 창조적인 걸작품을 대표할 것', '일정한 시간에 걸쳐 세계의 한 문화권 내에서 건축, 조각, 정원 및 조경디자인, 관련예술 등의 결과물에 상당한 영향력을 행사한 것' 이라고 쓰여 있는데, 총 여섯 기준 중 이 두 가지 기준에 하회마을이 부합한다.

(라) 하회마을의 대명사가 된 하회탈은 사실 국내가 아니라 1954년에 해외의 학계에 먼저 발표됨으로써 그 가치를 인정받았으며 그 후 국내 학계에서 활발히 연구하여 국보로 지정된 바 있다. 하지만 이렇게 하회탈이 국내가 아니라 해외에서 먼저 인정받았다는 사실은 지금도 인정받지 못하고 있는 문화유산이 우리 주변에 있을지도 모른다는 것과 우리의 문화유산을 깊이 연구하여 그 소중함을 알아야 함을 시사하는 것이다.

(마) 우리의 역사 속에서 함께 했던 소중한 문화재들이 이미 많은 부분 소실되었다. 문화재의 소실은 재해나 오랜 세월의 흐름, 환경변화에서도 비롯되지만 문화재에 대한 의식 부족, 보호와 관리 정책의 소홀에서도 비롯된다. 인류의 소중한 유산은 마땅히 인류 모두가 지켜야 한다. 그러므로 세계문화유산의 등록 기준에도 부합하며, 이미 마을 전체가 중요민속자료인 안동하회마을을 세계문화유산으로 지정하여 세계 속의 소중한 마을로 보존해야 할 것이다.

<결론 생략>

01 윗글에서 다음의 기능 표현이 쓰인 단락과 문장을 찾아 빈 칸을 채우십시오.

기능	단락	문장
상술하기	<나>	하회마을은 전래의 문화유산이 잘 보존된 마을이다. 다시 말하면, 마을 전체가 중요 민속자료 제122호로 지정된 마을로서...
인용하기		
원인 제시하기		
유추하기	<라>	해외에서 먼저 인정받았다는 사실은... 우리의 문화유산을 깊이 연구하여 그 소중함을 알아야 함을 시사하는 것이다.

02 여러분 나라의 문화재 중에서 세계문화유산으로 등록되었으면 좋겠다고 생각하는 것을 고르고 다음의 기능 표현을 연습해 보십시오.

기능	문장
상술하기	
인용하기	
원인 제시하기	
유추하기	

03 위의 문장을 토대로 논술문의 본론을 써 보십시오.

7-3 정리해 봅시다

I. 어휘

01 어울리는 표현을 찾아 문장을 완성하십시오.

어마어마하다　　웅장하다　　압도하다　　씁쓸하다　　동원하다
보존하다　　복원하다　　트이다　　건립하다

> [보기]　규모가
> 　　　　크기가　　어마어마하다
> 　　　　차이가
> 　　　이번에 새로 짓는 건물은 150 층으로 설계되어서 그 크기가 어마어마하다.

1) 기분이
   뒷맛이
   마음이

2) 환경을
   전통 문화를
   문화재를

3) 생태계를
   훼손된 문화재를
   청계천을

4) 군대를
   사람을
   물자를

5) 상대방을
   뛰어난 연기력으로 관객을
   분위기를

02 아래의 사진의 상황을 설명할 수 있는 단어를 다음에서 골라서 쓰십시오.

훼손	보존	복원	발굴	파괴	폭파	포격
소실	도굴	복구	전쟁	보수공사	지반약화	

바그다드 박물관

경남 진주 고분

보스니아 이슬람 사원

II. 문법

다음 상황에 맞게 대화를 완성하십시오.

-은/ㄴ 이상   -다는 점에서   -으로/로 말미암아   -는/은/ㄴ인 반면

[보기] <사건>
2008년 2월 10일 오후 8시 48분에 국보 1호인 숭례문에 화재가 발생했음. 이 불은 토지 보상금에 불만을 품은 70대 노인에 의한 방화임. 소방 당국은 초기 진화에 성공했다고 추정하고 10시 30분쯤 화재가 진압된 것으로 판단한 뒤 잔불 진화작업에 나섰음. 그러나 불길은 오후 10시 40분쯤 2층 안쪽 지점에서 다시 살아나 5시간 만에 모두 타버림. 이번 사건을 계기로 문화재 개방에 대한 논란이 일 것으로 예상됨.

<다시 쓰기>
10일 오후 8시 48분쯤 국보 1호인 숭례문에 방화로 인한 화재가 발생해서 5시간 만에 숭례문이 완전 붕괴됐다. 소방 당국의 오판과 안이한 대응으로 말미암아 화재 초기 불길을 제대로 잡지 못해 국보를 소실시켰다는 비판이 제기되고 있다. 이번 화재는 숭례문을 일반에게 개방한 후에 일어났다는 점에서 앞으로 문화재 개방에 대한 논란을 가져올 것으로 예상된다.

01
고○○(28.남)씨는 지난 8월 1일 자정께 서울 강동구 이○○(42.여)씨의 집에 몰래 들어가 핸드백을 훔쳐 나오다 잠이 깬 이 씨가 생활고로 인해 먹고 살기조차 힘들다고 호소하자 핸드백을 두고 오히려 현금 5천 원을 이 씨에게 쥐어 주고 나왔음. 고 씨는 이 씨의 신고를 받고 출동한 경찰에게 곧바로 붙잡혔고 경찰은 비록 범행은 미수에 그쳤지만 흉기로 피해자 이 씨를 위협했기 때문에 고 씨를 그냥 풀어줄 수 없다며 구속했음.

<다시 쓰기>

02 취업 전문 업체 '스카우트' 가 지난 8월 26일부터 9월 5일까지 기업 인사담당자 245명을 대상으로 '다른 조건이 모두 같을 때 채용 시 선호하는 구직자' 에 대해 조사한 결과 42.4%가 '장남·장녀' 라고 답했으나 외동아들·외동딸과 막내아들·막내딸은 각각 4.5%, 4.1%에 불과했음. 이 회사의 사장은 "장남이나 장녀는 성장환경 속에서 다른 형제자매에 비해 신중함과 책임감을 더 갖게 된다" 면서 "이 같은 요인으로 인해 많은 기업 인사담당자들이 장남·장녀를 선호하고 있다" 고 말했음.

<다시 쓰기>

03

미국 미시건대 연구팀이 17년에 걸쳐 192쌍의 부부를 대상으로 연구한 결과, 화가 날 때 두 사람 모두 화를 참는 부부 중 27%가 두 사람 중 한 사람이 연구기간 중 조기사망 했고, 23%가 두 사람 모두 사망했음. 그러나 부부 모두 화를 내거나 한 사람이 화를 낸 부부에서는 19%가 연구기간 중 한 사람이 사망했으며 두 사람 모두 조기사망한 것은 단 6%에 불과했던 것으로 나타남. 이 실험은 화가 날 때 화를 억제하는 부부들이 화를 표현하고 부부싸움으로 이를 해소하는 부부들 보다 조기 사망할 위험이 크다는 것을 밝혀냈으므로 큰 의미가 있음.

<다시 쓰기>

III. 과제

다음 주제로 토론해 봅시다.

주제: 문화재 개방과 통제

화제도입: 숭례문이 완전히 불타버려서 온 국민이 깊은 충격에 빠졌습니다. 많은 사람들이 이번 일의 원인을 숭례문의 성급한 개방에 돌리고 있습니다. 문화재 개방에 따른 훼손의 문제는 세계 여러 나라에서 나타나고 있는데 중국의 '만리장성' 과 페루의 '마추픽추' 가 그 대표적인 예입니다. 다음 표를 채우고 이를 바탕으로 문화재 개방과 통제의 문제에 관해 토론해 봅시다.

	문화재 개방	문화재 통제
장점	1) 교육적 효과: 2) 관광객 유치:	무분별하고 부주의한 관광객들로부터 문화재가 훼손되는 것을 막을 수 있다.
단점	문화재 훼손과 파괴가 있을 수 있다.	
해결책	개방	모조품을 만들어 전시하거나 특정한 기간에만 진품을 공개하는 등의 방안을 활용해야 한다.

7-4 영화로 본 한국

1. 여러분이 본 한국영화에 대해서 <가>를 중심으로 이야기해 보십시오. 그 영화는 어떤 영화
   였는지 <나>를 중심으로 이야기해 보십시오.

<가>	<나>
	풍자하다
소재	과장하다
주제	미화하다
배경	포장하다
결말	비판하다
시각/관점	표현하다
	시사하다

2. 한반도 분단에 관한 영화를 본 적이 있습니까? 어떤 영화를 보았는지 이야기해 봅시다.

🔊 42

「웰컴 투 동막골」과 '분단 영화' 를 보는 시각

이슈의 배경

2005년 최고의 흥행[1] 기록을 세운 「웰컴 투 동막골」(이하 「동막골」)의 대박 성공은 시사하는[2] 바가 크다. 최근 몇 년간 분단이나 이념을 이슈로 삼은 한국영화들이 사회적 이슈를 일으키며 흥행에 성공하는 경우가 많았다. 「쉬리」와 「공동경비구역 JSA」(이하 「JSA」), 「태극기 휘날리며」(이하 「태극기」) 등이 그 예인데, 분단 영화의 성공 신화를 「동막골」이 이은 셈이다. 「동막골」 신드롬에 대해서는 분단이라는 한국적 상황을 잘 활용한 이야기와 영화적 재미를 적절히 배합한 기획의 승리라는 분석이 나오고 있다. 하지만 「동막골」에는 분단이나 이념 문제를 다룬 기존의 영화들과 구별되는 특징이 발견된다. 분단을 다룬 기존 영화와 무엇이 다르고 그 변화는 어떤 의미를 가지는가?

분단 영화의 진화

흥행을 목적으로 한 상업적 기획과 사회·정치적 해빙 무드로 국민적 관심을 불러 모았던 일련의 분단 영화들은 일종의 '역사 다시 쓰기'와 '이데올로기 벽 허물기' 작업의 일환이었다. 잊혀졌거나 잘못 알려졌던 역사적 기억을 복원하고[3] 경색돼[4] 있던 남북 간 갈등을 영화를 통해서라도 풀어 보자는 의도가 담겨 있었던 것이다. 분단을 화제로 삼았던 영화의 발전 과정을 더듬어 보면, 그 영화들은 정치적인 색깔을 짙게 띠었던 이야기에서 사적인 이야기로 방향을 옮겨 왔다. 「남부군」, 「그 섬에 가고 싶다」, 「태백산맥」 등 1990년대 초까지의 분단 영화들이 '역사에 대한 반성적 되돌아보기'를 시도했다면 「쉬리」, 「JSA」, 「태극기」, 「동막골」 등 2000년대 분단 영화들은 역사적 무게감을 조금 덜어냈다. 「쉬리」는 남북 관계를 남녀 간의 애증으로 풀어내 민족의 대립을 안타까운 시선으로 응시했

5

10

15

20

---

1 흥행 : 돈을 받고 영화, 연극 등을 보여 줌.

2 시사하다 : 간접적으로 알려 주다, 암시하다.

3 복원하다 : 원래의 상태나 모양으로 돌아가게 하다.

4 경색되다 : (정치나 경제 활동이) 제대로 이루어지지 못하고 막히고 긴장되다.

YONSEI KOREAN 6

고, 「JSA」는 공동경비구역에서 피어난 남북 병사들의 우정과 그것을 파괴해 버린 보이지 않는 외부의 힘을 우회적으로[5] 비판했다. 「태극기」는 「쉬리」의 남녀 관계를 형제 관계로 바꾼 버전이었다. 2000년대 분단 영화에서 볼 수 있는 공통점은 정치적 신념과 개인 간의 갈등이다. 「쉬리」의 대립은 이데올로기적 신념 (체제의 차이에서 오는 대결)과 개인적 신념 (연인에 대한 사랑)이 상충되는[6] 상황에서 발생한다. 대다수 인물의 죽음으로 끝나는 「JSA」의 대립 구도 역시 유사한 양상을 보인다. 이처럼 2000년대 분단 영화는 민족이나 개인끼리의 소통과 결합을 가로막는 이데올로기의 해악성을 지적하고 있다.

「동막골」과 기존 분단 영화의 차이

「동막골」은 분단을 소재로 삼은 이전 영화들과도 조금 다른 관점을 취한다. 이 영화는 한국전쟁과 이념을 판타지로 푼 첫 번째 사례일 것이다. 「쉬리」, 「JSA」, 「태극기」 등이 무겁고 진지한 톤으로 분단을 다뤘다면 「동막골」은 판타지와 코미디라는 가벼운 코드로 그 문제에 접근한다. 앞의 세 영화들이 분단 이데올로기를 끊임없이 환기하며[7] 극적 갈등의 중심에 '분단'이라는 주제를 위치시키는 데 반해, 「동막골」은 이야기가 진행될수록 남북 병사들의 갈등을 지워 버린다. 작전을 잘못 이해하고 남한으로 내려 온 인민군과 본대에서 이탈한[8] 국군들이 신비한 마을 동막골에 흘러들게 된 뒤부터 분단과 이념 대립이라는 상황은 이야기의 중심에서 점점 종적을 감춘다.[9] 이 영화가 이처럼 이념적 갈등 상황을 제거할 수 있었던 것은 현실과는 거리를 둔 영화의 판타지적 색깔 때문이다.

「동막골」은 한국전쟁을 배경으로 깔고 있지만 현실 감각을 철저히 배제한[10] 이야기이다. 즉, 이 영화가 보여 주려는 건 전쟁이나 이념이 아니다. 전쟁은 병풍처럼 배경으로만

---

5 우회적으로 : 직접적인 방법이 아닌 간접적인 방법으로.

6 상충되다 : 서로 맞지 않고 어긋나다, 서로 충돌되다.

7 환기하다 : 기억을 불러일으키다, 되살리다.

8 이탈하다 : (어떤 범위나 대오 등에서) 떨어져 나가거나 벗어나다.

9 종적을 감추다 : 사라지다.

10 배제하다 : 무엇을 어떤 것으로부터 제외하거나 빼 놓다.

존재하고 마지막 순간 주제의 환기를 위해 잠깐 등장할 뿐이다. 기존 분단 영화와의 가장 큰 차이점은 바로 이 분단 상황을 지워 버리려는 의도와 현실에서 벗어나려는 판타지성에서 발견할 수 있다. 판타지는 현실에서 일어날 수 없는 일을 다룬다. 현실에서 일어날 수 없기 때문에 과장과 미화가 가능하다. 밖에서는 총부리를 겨눈 전쟁이 한창인데, 강원도 두메산골 정체 모를 마을에 모인 국군과 인민군, 불시착한 연합군 전투기 조종사가 마을 사람들과 어우러져 이념의 해방구를 만든다는 설정은 그 자체로 허구적이다.[11]

「동막골」은 현실 공간을 자유로운 상상이 가능한 판타지 공간으로 전복시킴으로써[12] 역사적 시공간을 유희의[13] 장으로 만든 것이다. 거기에는 분단 이데올로기가 만든 골 깊은 대립과 상처를 '판타지' 라는 예술적 형식으로 어루만지려는 의도가 담겨 있다.

흥행 코드에 담긴 대중적 무의식

흥행에 성공한 분단 영화에는 대중의 환대를 받을 만한 요소들이 담겨 있다. 먼저 그것은 정면에서 분단 문제를 다루지 않는다. 「쉬리」, 「JSA」, 「태극기」, 「동막골」은 모두 역사적 시각으로 그것에 접근하기보다 다분히 사적이고 인본주의적인[14] 태도를 취한다. 여기에는 영화 소비를 주도하는 계층의 대부분이 전쟁을 체험하지 못한 전후 세대들이라는 점도 한몫을 했다. 전쟁을 직접 경험하지 못한 이들에게 분단은 피부로 절감할 수 있는 긴요한 문제가 아니다. 분단 영화들이 남녀 간의 사랑 (「쉬리」) 이나 우정(「JSA」), 가족애 (「태극기」) 등 정서적 공감대 형성이 가능한 코드를 끌어들이는 이유가 여기에 있다. 이들 영화는 분단이라는 다소 멀게 느

껴질 수 있는 이슈를 사랑과 우정, 가족애 등 보편적 이야기로 포장함으로써 공감대를 형성한다.

---

11 허구 : 사실이 아닌 것을 사실처럼 만들어낸 것.

12 전복시키다 : (차나 배를) 뒤집다, 뒤집혀 엎어지게 하다, (정권이나 체제를) 무너뜨리다, 뒤집어엎다.

13 유희 : 즐겁게 노는 것.

14 인본주의 : 인간이 모든 것의 중심이 된다는 사상.

「동막골」에서 이런 기능을 하는 것은 '이념의 차이를 넘어 선의를 가진 모든 인류는 하나' 라는 사해동포주의이다. 남한군도 북한군도 연합군도 촌사람도 도시 사람도 모두 화합해야 할 친구이며 똑같은 사람이라는 의식이다. 여기서 짚고 넘어갈 것은 분단 영화가 대중들의 지지를 얻어낼 수 있었던 이유는 사회적 금기에 대한 위반 의식 때문이라는 점이다. 반공 이데올로기의 위협 탓에 금기시됐던 생각들을 자유롭게 발언할 수 있는 표현의 자유가 한국 영화계에도 생긴 것이다. 정치·사회적 이유로 오랜 기간 이념적 억류[15] 상태에 있던 한국인들의 의식은 이같은 위반을 통해 카타르시스를 얻는다. 동막골 폭격을 결정하는 연합군 본부의 반인륜적인 처사를 보여 주는 영화의 마지막 부분에서 드러나듯 「동막골」에는 또 다른 금기였던 반미적 색채도 있다. 미국 방송 저널 CNN이 「동막골」 신드롬을 취재해 간 이유도 '한국인들이 반미 영화에 열광한다' 는[16] 사실 때문이었다. 근년 들어 미국에 대한 반감을 노골화하고[17] 있는 국민 정서도 관객들이 이 영화에 열광하는 데 한몫을 한 것으로 보인다.

휴머니즘은 이념의 골을 메우는가?

「동막골」은 분단과 이념의 대립이라는 한국의 특수한 상황을 판타지와 코미디라는 보편적인 코드로 풀어내 의미와 재미를 동시에 충족시켰다. 영화는 분단이라는 민족적 이슈의 해결책보다 휴머니즘의 복원을 부르짖는다.

일각에서는 「동막골」 같은 영화가 담고 있는 역사에 대한 허구적 접근이 역사에 대한 시각 자체를 왜곡시킬[18] 수 있음을 우려한다. 객관적 사실로 존재해야 할 역사를 극적 허구 또는 판타지의 틀 속에 가둠으로써 역사의식의 형성을 방해할 수 있다는 것이다. 하지만 이는 국가 정책이나 학자의 논설에 어울릴지 몰라도 예술 작품에 들이댈 만한 비판의 요지는 아니다. 「동막골」을 위시해[19] 한국전쟁을 소재로 한 영화가 관객들의 열광적인 지지를 받는 이유는 그것이 우리 시대의 무의식을 암묵적으로[20] 반영하는 거울의 역할을 하기 때문이다.

---

15 억류 : (마음대로 행동하지 못하게) 강제로 붙잡아 두는 것.

16 열광하다 : 몹시 흥분하여 대단히 신이 나다.

17 노골화하다 : 마음속에 있는 그대로 숨김없이 드러내다.

18 왜곡하다 : (사실이나 진실과) 어긋나게 하다.

19 위시하다 : (여럿을 차례로 들어 말할 때, 어떤 대상을) 시작이나 첫째로 삼다.

20 암묵적이다 : 내용을 겉으로 드러내거나 표현하지 않다.

　　분단 영화는 이념 대립과 갈등이라는 정치적 이슈를 직접적으로 다루지 않는다. 그것은 인간이 인간을 미워하고 해하려는 마음이 어디서 오고 어떤 비극적 결과를 초래하는가를, 한국이라는 나라가 처한 '분단'이라는 특수 상황을 통해 보여 준다. 분단과 대립은 남북 관계뿐 아니라 한국 사회 곳곳에 상존하는 위협이다. 첨예한[21] 대립과 분열의 시기를 살아가는 우리들에게 이 영화가 허구적으로 가공된[22] 과거의 이야기로만 보이지 않는 이유가 여기 있다.

5

---

21 첨예하다 : (생각, 사태 등이) 급진적이고 격해지다.
22 가공 : 현실적 근거가 없거나 사실이 아닌 꾸며낸 것.

더 읽어보기

영자와 엽기적인 그녀

이효인

> 적어도 1980년까지는 영자는 흔한 이름이었다. 그것은 근대화에 부응하면서도 문화적으로는 부응하지 못한 사람들의 작명력의 한계이기도 했다. 「영자의 전성시대」속의 영자는 당시 이농현상과 연관된 사회적 맥락 속에 나온 인물이다. 그로부터 십 몇 년이 지난 후 개그우먼 이영자는 '영자'를 당당하게 상품화하면서 인기를 누리다가 낙마하고 말았다. 그러나 곧이어 또 다른 영자가 등장했다. 「엽기적인 그녀」의 '그녀'가 영자의 뒤를 이은 것이다. 하지만 21세기에 나타난 '그녀'는 다른 영자였다. '그녀'의 역할은 욕망을 솔직하게 드러내거나 사회적 위계질서를 벗어날 수 있는 욕구의 대리 실현자였다.

미모를 갖춘 21세기의 '영자'

「영자의 전성시대」의 영자로부터 20여 년 후에 등장한 영자는 운명에 치이고 불행에 잠식 당한 그런 영자가 아니었다. 운명을 헤쳐 나갈 줄 알고 신체적 불리함을 오히려 무기 삼아 대중들에게 즐거움과 우월감을 안겨 주는, 그런 영자였다. 이 영자가 불운하고도 억울한 소동에 의해 쫓겨날 즈음, 영자는 다시 부활하게 된다.

영자만큼 뻔뻔스럽지만 미모를 갖춘 영자, 그녀는 바로 「엽기적인 그녀」(곽재용, 2001)의 '그녀'였다. 그녀는 영자와 별반 다를 바 없거나 더 심했다. 하지만 미모 덕택에 모든 것을 용서 받을 수 있었다. 개그우먼 이영자가 자신의 불리한 신체 구조를 적극적으로 드러내면서 인기를 누렸다면 '엽기적인 그녀'는 날씬한 몸매와 예쁜 얼굴, 그리고 '엽기적인 행동'으로 인기를 누렸다. 그녀는 남자에게 걸핏하면 "...할래 아니면 죽을래?"라고 협박했고, 술을 엄청 마셔 댔고, 전철 안에서 다른 사람 머리 위에 토하기도 했다. 그것을 사람들은 '엽기'라고 불렀는데, 이 엽기란 단어 속에는 묘한 울림이 있다. 누구라도 하고 싶지만 아무나 할 수 없는 짓. 혹은 '누구에게라도 놀라운 짓이지만 귀여운 짓'이라는 울림이 진동하고 있는 것이다. 「엽기적인 그녀」의 '그녀'를 쫓아다니는

견우에게 그녀는 갖은 수모와 고통, 그리고 서러움을 안겨 주지만 그녀의 행동은 '위악적인 것'일 뿐이었다. 그녀에게는 떠나 보낸 옛 애인을 향한 연모의 고통이 남아 있었기 때문이다.

「영자의 전성시대」가 시대를 대표하는 사실적인 인물이었다면, 개그우먼 이영자는 그 사실성을 변용해서 상품으로 만들었고, 「엽기적인 그녀」의 그녀는 동시대 여성들이 마음 속으로 바라는 대표적인 여성상 중의 하나였다. 그녀는 경박했고 즉흥적이었으며 한 남자의 일생을 좌지우지할 수 있는 미모를 가졌다. 만약 미모가 없었다면 그녀의 모든 행동과 말은 천박함으로 추락했겠지만, 미모는 모든 것을 방어할 뿐 아니라 오히려 그것들을 선망적인 매력이 되게 만든 셈이다. 커리어가 없어도 가능한 자유분방함, 경박해도 수용되는 귀여움, 수호천사 혹은 몸종 같은 남자를 거느릴 수 있는 매력. 학력이나 미모, 커리어 등에 의해 인간들의 등급이 매겨지는 사회 속에서 '그녀'는 스크린 속에서나마 관객들에게 위안을 주었다.

이런 점은 몸에 대한 우리들의 태도를 반영하는 것이기도 하다. 이제 몸을 가꾸지 않은 사람은 지적으로도 게으른 사람으로 치부되고 있다. 이제 몸은 우리 것이 아니라 우리가 가꾸거나 투쟁해야 할 대상이다. 이는 육체와 정신을 이분법적으로 나누어 생각하는 서구 근대 철학의 기조가 극단적으로 반영된 것이지만, 한편으로는 몸에 관한 포스트모던한 태도와도 연결되어 있다. 즉, 이제 사람들은 몸을 유희하는 셈이다. 이런 현상은 인간의 신체에 대한 인식의 변화와도 관계가 있지만 더 크게는 소비를 추동하는 자본주의 시장과 연관되어 있다. 개그우먼 이영자는 시장이 조장하는 그러한 대세를 거스르는 쾌감을 준 반면 '엽기적인 그녀'는 그 물결에 적극적으로 편승한 이미지인 것이다.

2000년대 한국 일부 영화는 더 이상 리얼할 필요도, 삶을 반성적으로 살펴볼 필요도 없었다. 관객들 역시 솔직하게 욕망과 감정을 드러냈고, 사회적 위계질서로부터 벗어나고 싶은 욕망에 따라 '영자'와 '그녀'를 시시각각 소비했다. 그것이 인간들에게 좋은 것인지 나쁜 것인지를 판단하기에는 아직 이른 것 같다.

한국의 문화재 보호

문화

한국에서 문화재를 보호하기 위한 정책을 수립하고 관리하는 정부 기관으로 문화재청이 있다. 문화재청은 소중한 문화재를 체계적으로 보존, 관리하여 민족문화를 계승하고 이를 효율적으로 활용하여 국민의 문화적 향상을 도모하는 것을 기본 임무로 하고 있다.

문화재청에서는 문화재 중 중요한 것을 '지정문화재' 로 지정하여 관리하고 있으며 지정되지 않은 문화재 중에서 보존이 필요한 것은 '등록문화재' 로 등록하여 보존하는 일을 하고 있다. 유적지 관리, 문화재 보호를 위한 재정지원, 문화재 조사 등의 업무를 수행하고 있으며 특히 우리 문화재의 세계화 및 남북한의 문화재 교류를 활성화하기 위한 노력을 기울이고 있다.

다음은 문화재청이 제정한 '문화유산헌장' 이다.

문화유산헌장

문화 유산은 우리 겨레의 삶의 예지와 숨결이 깃들어 있는
소중한 보배이자 인류문화의 자산이다.
유형의 문화재와 함께 무형의 문화재는 모두
민족 문화의 정수이며 그 기반이다.
더욱이 우리의 문화 유산은 오랜 역사 속에서
많은 재난을 견디어 오늘에 이르고 있다.
그러므로 문화 유산을 알고 찾고 가꾸는 일은
곧 나라 사랑의 근본이 되며
겨레 사랑의 바탕이 된다.
따라서 온 국민은 유적과 그 주위 환경이 파괴·훼손되지
않도록 노력하여야 한다.
문화유산은 한 번 손상되면
다시는 원상태로 돌이킬 수 없으므로
선조들이 우리에게 물려준 그대로
우리도 후손에게 온전하게 물려 줄 것을 다짐하면서
문화 유산 헌장을 제정한다.

1. 문화 유산은 원래의 모습대로 보존되어야 한다.
1. 문화 유산은 주위 환경과 함께 무분별한 개발로부터 보호되어야 한다.
1. 문화 유산은 그 가치를 재화로 따질 수 없는 것이므로
   결코 파괴·도굴되거나 불법으로 거래되어서는 안 된다.
1. 문화 유산 보존의 중요성은 가정·학교·사회교육을 통해
   널리 일깨워져야 한다.
1. 모든 국민은 자랑스러운 문화 유산을 바탕으로
   찬란한 민족 문화를 계승발전 시켜야 한다.

1997 년 12 월 8 일

---

1. 문화재를 보존하고 보호해야 하는 이유는 무엇입니까?

2. 국가, 사회, 개인의 입장에서 문화재 보호를 위해 할 수 있는 노력에는 어떤 것이 있을까요?

3. 여러분 나라에서는 문화재를 보호하기 위해 어떤 노력을 하고 있습니까?

문법설명

01 -은/ㄴ 이상

앞 문장의 내용이 이미 정해진 사실이거나 확실하므로 뒤의 상황이 당연하다는 의미를 나타낼 때 쓴다.

表示因為非常確定前半句的內容或已經是既定事實，因此後半句的狀況也是理所當然時使用。

- 잘못을 한 이상 그것에 대한 책임을 져야 한다.
- 바보가 아닌 이상 그런 걸 모를 리는 없다.
- 그 사실을 안 이상 그냥 넘어갈 수는 없다.
- 계약을 한 이상 계약서대로 해야 한다

02 -는다는/ㄴ다는/다는 점에서

앞 문장에서는 어떤 사실이나 특성을 말하고 '-다는 점에서' 뒤에서는 그것에 대해서 평가를 하거나 결론을 내릴 때 쓴다.

在前半句敘述某種事實或特性，並在 '-다는 점에서' 後面對於前半句的事實做出評價或結論時使用。

- 영어공용화는 계층 간의 격차를 심화시킨다는 점에서 반대했다.
- 그 두 사람은 취미가 같다는 점에서 공통점을 발견했다.
- 문화재는 잘 지키고 보존해야 한다는 점에서 일반 시민에게 공개하는 것에 반대한다.
- 그 백화점은 사후관리가 철저하다는 점에서 다른 백화점과 구별된다.

03 -는/은/ㄴ/인 반면

앞 문장과는 반대의 사실을 연결하여 말할 때 쓴다.

在連接與前半句相反的事實時使用。

- 더워서 여름이 싫다고 하는 사람이 있는 반면 뜨거운 햇볕이 정열적이라며 여름을 즐기는 사람도 있다.
- 그 회사 휴대전화는 품질이 우수한 반면 수리기간이 길다는 것이 흠이다.
- 한국 사람들은 집에 대한 애착이 강한 반면 서구인들은 자동차에 대한 애착도가 높다고 한다.
- 3개월만 해도 실력이 쑥쑥 느는 사람이 있는 반면 1년을 해도 항상 제자리인 사람도 있다.

04 -으로/로 말미암아

앞문장의 어떤 현상이나 사물을 원인이나 이유로 하여 뒷문장의 안 좋은 결과가 생겼음을 나타낼 때 쓴다. 명사에만 붙여 쓴다.

把前半句的某種現象或事物當作原因或理由，在後半句出現不好的結果時使用。只能接在名詞之後使用。

- 작은 실수로 말미암아 큰 사고가 났다.

- 이 영화는 전쟁으로 말미암아 파괴되는 인간들의 모습을 그리고 있다.

- 아버지의 사업 실패로 말미암아 학교를 중간에 그만두었다.

- 가정교육의 소홀로 말미암아 청소년들의 탈선이 늘고 있다.

제8과 한국인의 생활

8-1 한국인의 집

학습 목표 ● 과제 한국의 전통주거문화에 대해서 알아보기, 논리적인 글쓰기(본론 쓰기2)
● 문법 –다 못해, –기에 망정이지 ● 어휘 주거

위 가옥의 특징은 무엇입니까?

여러 나라의 전통적인 주거형태에 대해서 이야기해 봅시다.

난방법	난방 방식	보기
직접 난방	연료를 직접 태워서 난방을 하는 방식	난로
증기 또는 온수 난방	열을 내는 장치를 실내에 두고, 그 속에 실외의 보일러에서 만든 증기, 온수를 통해서 난방을 하는 방식	라디에이터
온풍 난방	가스, 증기, 온수, 전기 등으로 공기의 온도를 높여 내보내 난방을 하는 방식	온풍기
복사 난방	벽, 바닥, 천장 속에 파이프를 넣고 그 속에 온수, 열풍 등을 보내줌으로써 벽, 바닥, 천장의 표면온도를 높여서 난방을 하는 방식	온돌

위의 표는 다양한 난방법에 대한 설명입니다.

1) 각 난방법의 장점과 단점에 대해서 이야기해 보십시오.

2) 여러분 나라의 전통 난방법은 어떤 방식입니까?

대화

🔊 43~44

영수 　한옥 체험을 하고 왔다고요? 온돌방에서 자 보니까 어땠어요?

제임스 　겨우 한두 번 불을 때서 밤새도록 따뜻함을 유지할 수 있다니 참 놀라웠어요. 게다가 난방을 해도 방안의 공기가 탁해지지 않다니 놀랍다 못해 경이롭기까지 하던걸요.

영수 　언젠가 신문에서 온돌 난방법이 경제적일 뿐만 아니라 위생적이어서 세계적으로 주목을 받고 있다는 기사를 본 적이 있어요. 더욱이 요즘은 전통적인 한옥의 소재들이 자연친화적이어서 건강하게 오래 살고 싶어하는 사람들 사이에서 새롭게 인기를 끌고 있다고요.

제임스 　그런데 온돌도 온돌이려니와 방 사이에 놓인 탁 트인 마루가 아주 인상적이던데요.

영수 　잘 보셨어요. 온돌과 마루는 한옥의 과학적 우수성을 보여주는 대표적인 두 가지 특징이에요. 온돌이 겨울을 위한 장치라면 마루는 여름을 위한 공간이지요.

제임스 　하지만 한옥의 매력은 그런 기능적인 면에도 있지만 지붕이라든가 처마라든가 우아한 한복의 곡선을 닮은 부드러운 형태의 아름다움에 있는 것 같은데요.

영수 　이거 하룻밤 만에 한옥의 매력에 푹 빠지셨군요. 어때요, 시간을 내서 체험해 보시길 잘했지요?

제임스 　네, 우연히 체험단 얘기를 들었기에 망정이지 이렇게 좋은 경험도 못하고 한국을 떠날 뻔했어요.

01　온돌 난방이 세계적으로 주목을 받는 이유를 모두 고르십시오.

❶ 소재가 자연친화적이다.

❷ 지붕과 처마의 곡선은 한복의 그것과 유사하다.

❸ 불을 때도 방 안의 공기가 탁해지지 않아서 위생적이다.

❹ 한번 불을 때면 오랫동안 따뜻함이 유지되므로 경제적이다.

02　한옥의 과학적 우수성을 보여주는 대표적인 두 가지 특징은 무엇입니까?

체험 n.(體驗) 體驗　　불을 때다 燒火　　탁해지다 v. 變混濁　　경이롭다 a. (驚異 -) 驚人的、驚奇的
소재 n.(素材) 原料　　자연친화적이다 a. (自然親和的 -) 親環境的、環保的
장치 n. (裝置) 設施、機制　　처마 n. 屋簷　　형태 n. (形態) 形式、樣子

03 '제임스' 가 생각하는 한옥의 매력은 무엇입니까?

04 여러분이 체험한 한국의 전통 주거문화에 대해서 이야기해 보십시오.

> [보기] 아시다시피 미국사람들은 집 안에서도 신발을 신은 채 생활해요. 그런데 한국에 와서 신발을 벗고 생활해 버릇하니까 이렇게 좋을 수가 없어요. 실내를 깨끗하게 유지할 수 있어서 좋고 또 발 위생에도 좋고요.

어휘   주거

01 다음 표현을 익히고 질문에 답하십시오.

(가)	(나)
기와집	
초가집	
온돌	난방시설
아랫목	냉방시설
윗목	방음시설
아궁이	방수시설
굴뚝	정수시설
마루	
처마	

1) (가)에서 알맞은 표현을 찾아 빈 칸을 채우십시오.

한국의 대표적인 전통가옥은 부유한 양반들이 주로 살았던 (   )과/와 대부분의 서민들이 살았던 (   )이다/다. 여기에는 기본적으로 방과 (   ), 부엌의 세 공간이 갖추어져 있었고 한국인들은 부엌에 있는 (   )에 불을 때서 취사를 하였다. 이때 그 열기가 연기와 함께 방을 덥힌 후 (   )으로/로 빠져나갔는데 이러한 난방법을 (   )이라/라 한다.

2) (나)의 표현 중에서 다음과 같은 경우에 필요한 시설이 무엇인지 쓰십시오.

❶ 무더운 여름

❷ 추운 겨울

❸ 오폐수가 많은 공장

❹ 목욕탕, 수영장

❺ 날마다 악기를 연습하는 연주가가 사는 집

02 위의 표현을 사용하여 여러분의 고향집이나 지금 살고 있는 곳을 이야기해 보십시오.

[보기] 뉴질랜드는 여름에 별로 덥지 않고 겨울도 그리 춥지 않아서 냉방이나 난방시설이 따로 없는 집이 많아요. 그리고 대부분 단독주택에서 살지요. 저도 1층짜리 단독주택에서 살았는데 특별한 냉난방 시설이 없었어요.

문법

01 다음을 읽고 문법 및 표현을 익혀 봅시다.

　　지난 주말에 강릉에 있는 선교장으로 한옥 체험을 다녀왔다. 단풍철이 한창이어서 길이 좀 막혔지만 덕분에 차창 밖으로 **아름답다 못해** 황홀하기까지 한 단풍들을 실컷 볼 수 있었다. 선교장에 도착한 것은 오후 7시경이었다. 우리는 제일 먼저 마루로 안내되어 저녁식사를 했다. 그 후 따끈따끈한 온돌방에 이불을 펴고 누웠는데 스르르 하루의 피로가 녹아 사라지는가 싶더니 어느새 잠이 들었나 보다. 한참을 자다가 한층 더 뜨거워진 바닥 때문에 눈을 떴는데.... 요가 **두꺼웠기에 망정이지** 하마터면 화상을 입을 뻔했다. 하하하...

-다 못해

1) 다음을 연결하고 보기와 같이 문장을 쓰십시오.

[보기] 조상의 슬기가 놀랍다　●　　　　　　　　●　아프다

❶ 겨울 산의 경치가 아름답다　●　　　　　●　입에 불이 난 것 같다

❷ 배가 고프다　●　　　　　　　　　　　●　경이롭다

❸ 낙지볶음이 맵다　●　　　　　　　　　●　춥다

❹ 극장 안이 시원하다　●　　　　　　　　●　황홀하다

[보기]　조상의 슬기가 놀랍다 못해 경이롭기까지 해요.

❶ ....

❷ ....

❸ ....

❹ ....

2) 다음 표현을 사용하여 보기와 같이 문장을 완성하십시오.

　　참다 못해　　견디다 못해　　생각다 못해　　보다 못해　　듣다 못해

[보기]　기차에서 아이들이 하도 떠들어서 참다 못해 조용히 하라고 말했다.

❶ 하숙집 아줌마의 잔소리가 너무 심해서 ....

❷ 애인과 성격이 맞지 않아서 ....

❸ 자꾸 엉뚱한 행동을 하길래 ....

❹ 수업 중에 자꾸 전화가 와서 ....

-기에 망정이지

3) 다음 표를 완성하고 보기와 같이 문장을 만드십시오.

문제 발생	예상되는 위기	위기 탈출
[보기] 물건을 사고 계산을 하려고 하는데 지갑이 없었다	망신당하다	수첩 속에 비상금이 있었다
❶ 자동차 타이어에 펑크가 났다		출발 전에 발견했다
❷ 계단을 헛디뎠다	넘어져서 다리가 부러지다	
❸ 컴퓨터에 저장해 놓은 자료가 모두 사라졌다		
❹ 소리 나게 방귀를 뀌었다		

[보기] 수첩 속에 비상금이 있었기에 망정이지 망신당할 뻔했다.

❶ ....

❷ ....

❸ ....

❹ ....

02 위의 두 표현을 사용하여 유학생활의 어려움과 그것을 어떻게 극복했는지에 대해서 이야기해 보십시오.

[보기] 예상 외로 생활비가 많이 들어서 생각다 못해 아르바이트를 하기로 했어요. 다행히 아르바이트 자리를 금방 찾았기에 망정이지 공부를 포기해야 할 뻔했어요.

과제 1 　듣고 말하기

다음을 듣고 질문에 답하십시오.

01 무엇에 대해 이야기하고 있습니까?
  ❶ 좋은 집의 조건　　　　　　　　❷ 풍수지리의 과학성
  ❸ 좋은 집을 짓는 방법　　　　　　❹ 집에 대한 다양한 견해

02 풍수지리에서 말하는 좋은 집의 정의는 무엇입니까?

03 다음은 풍수지리에서 말하는 좋지 않은 집의 예입니다. 이와 같은 집들을 왜 좋지 않다고 했을까
요? 그 이유를 이야기해 봅시다.

> – 무덤이 있었던 자리는 좋지 않다.
> – 집 주위에 변전소가 있으면 좋지 않다.
> – 외딴 집은 좋지 않다.
> – 쓰레기 매립장이었던 곳도 좋지 않다.
> – 막다른 집이나 복도식 아파트의 맨 끝 집은 좋지 않다.
> – 집안 내부에 수석을 많이 두는 것은 좋지 않다.
> – 집안에 동물 박제를 두는 것은 좋지 않다.
> – 담장이 집에 비해 너무 높으면 좋지 않다.
> – 침실 가까이 큰 나무가 있거나 나무가 많으면 좋지 않다.
> – 애완동물은 집 밖에 두고 기르는 것이 좋다.
> – 마당에 연못이나 분수대를 설치하는 것은 좋지 않다.
> – 대문 바로 옆에 화장실을 두는 것은 좋지 않다.

04 여러분 나라에서는 어떤 집을 좋은 집으로 여깁니까? 그리고 어떤 집을 좋지 않은 집으로 여깁
니까?

과제 2　논리적인 글쓰기(본론 쓰기 2) ●

기능표현 익히기

<분석하기>

- 각국의 전통적인 난방방식**을 분석해 보면** 특히 열효율 면에서 온돌이 우수하다는 **것을 알 수 있다.**

<설명하기>

- **말하자면** 온돌은 조상의 과학적 슬기를 보여주는 소중한 유산인 것이다.

<예시하기>

- **예를 들어** 기와지붕의 선과 처마의 곡선이 한복의 그것과 유사하다.

<비교하기>

- 다른 나라의 전통 의상이 대부분 여인의 몸의 굴곡을 강조하여 아름다움을 표현하는 **것과는 달리** 한복은 여인의 몸을 드러나지 않게 감싸 숨김으로써 아름다움을 표현한다.
- 한복은 여인의 몸을 드러나지 않게 감싸 숨김으로써 아름다움을 표현한**다는 면에서** 다른 나라의 전통 의상**과 차이를 보인다.**

01 다음을 읽고 질문에 답하십시오.

과학적인 온돌 난방

〈서론〉

　자연의 세계에서 인류는 신체적으로 열등한 조건을 가지고 있다. 따라서 인류는 자연의 세계에서 피포식자의 자리에 서 있어야 마땅하다. 그럼에도 불구하고 인류가 만물의 영장이 된 것은 신체의 열등함을 지혜로 극복해 냈기 때문이다. 한 예로 인간은 혹독한 추위로부터 자신을 보호하기 위해 다양한 난방 장치들을 고안해 냈다. 그리고 온돌은 한국인이 만들어 낸 한국 고유의 전통 난방 장치이다.

〈본론〉

　온돌이란 아궁이에 불을 때 열기가 방밑을 지나게 해서 방바닥 전체를 덥히는 난방 장치를 말한다. 이는 한국민족만이 가진 독특한 난방 방식으로서 그 난방의 방식을 분석해 보면, 온돌은 전도에 의한 난방 외에 복사 난방과 대류 난방을 겸하고 있음을 알 수 있다. 그리고 바로 이 점에서 온돌이 경제적이고 위생적인 난방법으로서 과학적으로 우수함을 드러낸다.

　먼저 온돌은 바닥재로 돌을 사용한다. 돌은 공기에 비해서 오랫동안 열을 머물게 한다. 즉 한 번 달궈진 돌은 불을 때지 않는 시간에도 열을 방출해 바닥을 따뜻하게 유지한다는 점에서 경제적이다. 뿐만 아니라 온돌은 주거환경을 쾌적하게 만드는 비밀이기도 하다. 온돌은 습도가 높을 때에는 바닥의 진흙이 습기를 흡수했다가 건조할 때 방출하여 방의 습도를 조절한다. 말하자면 자연 습도 조절 기능을 가진 것이다. 또한 벽난로와 같은 직접 가열식 난방이 방 안의 공기를 탁하게 하는 것과는 달리 온돌은 불을 땔 때 나오는 연기가 방바닥을 지나 굴뚝으로 빠져 나가도록 설계되어 있다. 그러므로 온돌은 위생적이다.

　온돌은 한국인의 슬기와 지혜를 보여주는 과학적 산물이며 나아가 최근에는 세계화의 가능성을 보이고 있다. 예를 들어 중국 상하이에 신축중인 고급 아파트 가운데 상당수가 한국식 온돌 설치를 계획 중이고, 라디에이터에 익숙한 서양인들도 한국식 보일러 설치에 많은 관심을 보이고 있다는 것이다.

〈결론 생략〉

1) 온돌은 무엇입니까?

2) 온돌의 두 가지 우수한 점은 무엇입니까?

3) 위 글에서 다음의 기능 표현이 쓰인 문장을 찾으십시오.

정의하기	
분석하기	
설명하기	
비교하기	
예시하기	

4) 다음 표를 이용하여 이 글의 개요를 정리해 보십시오.

주제	온돌
서론	다양한 난방법 중의 하나, 온돌
본론	1) 온돌의 정의 2) 온돌의 우수성 ❶ .... ❷ .... 3) 온돌의 세계화
결론	(생략)

02 다음 글은 <한국인의 식생활–김치>의 서론입니다.

　　한국 사람들은 하루 세 번 밥을 먹는다. 이때 밥과 함께 꼭 상 위에 놓이는 것이 바로 김치이다. 해외여행을 갈 때도 한국인들의 가방 속에는 김치가 들어 있다. 김치 없이는 못 사는 민족, 그들이 바로 한국인이다. 김치 민족, 한국인들에게 김치는 단순히 음식만은 아닌 것 같다. 음식 그 이상의 무엇, 과연 김치는 무엇일까? 최근 세계의 음식으로 거듭나고 있는 김치를 바로 알기 위해 우선 이 글에서는 김치의 역사와 효능, 그리고 김치의 다양한 종류에 대해 살펴보고자 한다.

1) 이 글의 본론에는 무슨 내용이 있겠습니까? 본론의 내용을 예상할 수 있는 부분에 밑줄을 치십시오.

2) 다음은 <한국인의 식생활–김치>의 본론을 쓰기 위한 개요입니다. 빈 칸을 채우십시오.

주제	한국인의 식생활–김치
서론	한국인은 김치민족이다
본론	1) .... ❶ 한자어 '침채(沈菜)'–채소를 절인다는 뜻 ❷ 삼국시대 이전부터 채소를 소금에 절여 먹었음. ❸ 조선 중기 고추가 전해짐. 2) .... ❶ 발효 식품 – 항암효과 ❷ 저칼로리 식품 – 비만 억제 3) .... : 계절별, 지역별, 재료별로 종류가 수백 가지가 넘으며 최근 다양한 조리법의 개발로 그 수가 더욱 많아지고 있음.

3) 위의 내용 외에 본론에 더 쓰고 싶은 내용은 무엇입니까?

4) 위의 표를 이용하여 <한국인의 식생활-김치> 의 본론을 써 보십시오.

5) 여러분 나라의 대표적인 음식은 무엇입니까? 그것을 설명하는 글의 개요를 만들고 서론과 본론을 써 보십시오.

8-2 한국인의 사상

학습 목표 ● 과제 한국의 사상에 대해서 알아보기, 논리적인 글쓰기(결론 쓰기)
● 문법 –는 둥 마는 둥 하다, –던 차이다 ● 어휘 한국의 사상과 효

사진 속의 사람들과 동상의 인물은 누구일까요?
여러분 나라에도 효 사상이 있습니까? 여러분 나라의 특징적인 사상은 무엇입니까?

1위		34.5%
2위	여행의 기회를 드린다	15.5%
3위	부모님께 취미나 소일거리를 가지시도록 도와드린다	12.5%
4위	매월 일정한 용돈을 드린다	10.5%
5위	사소한 병이라도 나시면 꼭 병원으로 모시고 간다	9.5%
6위	자주 부모님을 모시고 외출한다	7.5%
7위	사랑의 표현을 한다	6.5%
기타	맛있는 음식을 해 드린다 적정한 시기에 결혼한다	3.5%

위의 표는 한국의 30–40대 직장인 300명을 대상으로 '부모님께 하는 효도의 방법'에 대하여 조사한 결과입니다.

1) 빈 칸에 들어갈 내용은 어떤 것일까요?

2) 여러분은 부모님께 어떤 방법으로 효도를 하고 있습니까?

대화

🔊 46~47

민철 정희 씨는 날마다 어머니께 전화해서 문안인사 드린다면서요? 지난 생신 때는 직장에 휴가까지 내서 고향에 갔다오고요. 그야말로 효녀 심청이 따로 없네요.

정희 효녀 심청이요? 과찬이세요. 전 그저 거동도 불편하신데 홀로 계신 어머니가 안쓰럽기도 하고 걱정도 돼서 틈틈이 안부나 여쭙는 건데요, 뭐. 제가 전화로라도 챙기지 않으면 식사도 하는 둥 마는 둥 하시거든요.

민철 그래도 요즘 같은 시대에 그 정도로 효도하는 사람도 흔하지는 않지요. 옛날에야 우리나라의 전통 사상 중 으뜸가는 덕목이었다지만.

정희 저는 아무 것도 아니에요. 어제 텔레비전에서 딸이 어머니에게 신장을 기증하는 프로그램 봤어요? 정말 감동적이었어요.

민철 그래요. 저도 봤는데 정말 대단한 것 같아요. 어머니는 자식에게 짐이 될 수 없다며 한사코 거절했지만 결국 자식의 효심에 마음이 움직인 거죠.

정희 그뿐 아니라 민철 씨도 알다시피 우리 주변에도 부모님이나 시부모님을 지극 정성으로 보살피며 온갖 수발을 마다하지 않는 효자, 효부가 많잖아요.

민철 맞아요. 정희 씨 애기를 듣고 보니 새삼 나 자신을 되돌아보게 되는군요. 그렇지 않아도 어버이날 선물로 뭘 보낼까 고민하던 차에 좋은 선물이 생각났어요. 바로 나를 보내는 거예요.

정희 잘 생각했어요. 저도 부모님 살아계실 때 한 번이라도 더 찾아뵙는 게 가장 쉬우면서도 진정한 효도라고 생각해요.

01 위 대화의 내용에 맞는 것을 모두 고르십시오.

❶ 정희는 민철의 불효를 꾸짖고 있다.

❷ 민철은 정희가 현대판 심청이라고 한다.

❸ 효도하는 사람이 옛날보다 많아지고 있다.

❹ 정희는 부모님께 안부 인사를 자주 드린다.

02 위 대화에 나타난 효도의 방법은 무엇입니까? 모두 찾으십시오.

그야말로 adv. 真是、實在、的確、簡直、不愧　　과찬이다 v. (過讚) 過獎、過譽
거동 n. (舉動) 舉止、行動　　안쓰럽다 a. 抱歉、過意不去、可憐　　흔하다 a. 很多、常有、常見
으뜸가다 v. 首要、首屈一指　　덕목 n. (德目) 品德　　신장 n. (腎臟) 腎臟
한사코 adv. (限死 -) 堅決、非得、執意　　온갖 冠 . 種種、各種　　수발 n. 服侍、伺候、照料
마다하다 v. 不辭、拒絕、不嫌

03 여러분이 알고 있는 효자, 효녀에 대한 이야기를 해 보십시오.

[보기] 한국에는 '효녀 심청' 이라는 옛날이야기가 있습니다. 심청은 장님인 아버지의 눈을 뜨게 하려고 쌀 300석에 몸을 팔아 바다의 제물이 되었는데, 용왕에 의하여 구출되어 왕후까지 돼요. 그리고는 맹인 잔치를 열어 아버지를 만나고 아버지의 눈까지 뜨게 하는 이야기예요.

어휘　한국의 사상과 효 ●━━━━━━━━━━━━━━━━━━━━━

01 다음 표현을 익히고 질문에 답하십시오.

(가)	(나)
홍익인간 유교 불교 효 충 조상 숭배 장유유서	효도 효자 효녀 효부 불효자 공경하다 수발하다 섬기다

1) (가) 에서 알맞은 표현을 찾아 빈 칸을 채우십시오.

뜻	표현	예
윗사람과 아랫사람 사이에는 엄격한 차례와 질서가 있음.	장유유서	내가 아무리 목이 말라도 형님에게 먼저 물을 마시라고 준다.
널리 인간을 이롭게 함.		김영수 씨는 어려운 이웃을 위해 자원봉사 활동을 많이 한다.
부모님을 잘 섬기는 것		외출할 때 꼭 가는 곳을 밝혀 부모님이 걱정하지 않도록 한다.
국민이 나라나 임금을 위하는 마음		나라를 위해 전쟁터에 나가 싸운다.
조상을 공경하고 받드는 것		우리 집에서는 5대 조상님들께 제사를 지낸다.

2) (나)에서 알맞은 표현을 찾아 빈 칸을 채우십시오.

❶ 부모님께 (   )하는 방법은 그리 거창하지도 어렵지도 않다. 부모님의 마음을 이해해 드리고 걱정을 끼치지 않는 것이 그 시작이고 전부가 아닐까?

❷ 하반신 마비 장애인인 김 씨는 시집도 안 가고 88세 노모의 머리를 날마다 감겨 드리고 음식을 먹여 드린다는데 정말 보기 드문 (   )인 것 같다.

❸ 부모님께 제대로 효도도 못했는데 어머니가 병으로 누워 계셔서 마음이 아프다. 지금까지 (   )이었던/였던 내 자신이 부끄럽고 지금부터라도 잘 보살펴 드리고 모셔야겠다고 생각한다.

❹ 직장일 때문에 얼굴도 못 보는 아들보다 항상 곁에서 신경 써주고 챙겨주는 우리 며느리가 더 나을 때가 많아요. 우리 며느리는 정말 (   )이에요/예요.

❺ 김영수는 직장도 그만두고 5년째 암으로 투병 중인 아버지를 (   )하고 있다.

02 위의 표현을 사용하여 한국의 사상에 대한 여러분의 생각을 이야기해 보십시오.

[보기] 저는 장유유서 정신이 참 흥미롭다고 생각해요. 우리나라에서는 대중교통을 이용할 때 노약자에게 자리를 양보하는 문화도 없고 연장자를 먼저 우대하는 경우가 별로 없어요. 하지만 한국에서처럼 윗사람을 공경하고 받드는 예의가 있으면 인간관계가 더 따뜻해지고 좋을 것 같아요.

문법

01 다음을 읽고 문법 및 표현을 익혀 봅시다.

미선아, 통화가 안 돼서 우선 이렇게 메시지를 남길게. 다름이 아니라 다음 달이 어머니 회갑이시잖아. 그래서 우리 형제들이 돈을 모아 두 분 효도여행을 보내드리면 어떨까 하는데 네 생각은 어떠니? 언니는 흔쾌히 좋다고 했고 큰오빠는 전화했을 때 바빠선지 **듣는 둥 마는 둥 했지만** 찬성 쪽이었어. 그리고 내가 여기저기를 **알아보던 차에** 마침 여행사에 다니는 친구가 추천해 줘서 좋은 관광상품도 찾았단다. 호주 여행 5박 6일 일정인데 더 자세한 이야기는 모두가 만나서 해야 할 것 같아. 메시지 확인하는 대로 연락해 줘.

-는 둥 마는 둥 하다

1) 다음 표를 완성하고 보기와 같이 이야기해 봅시다.

원인	결과
아침에 늦게 일어났다	밥을 제대로 못 먹고 나왔다
머리를 감는데 갑자기 단수가 됐다	
외출 준비를 하고 있는데 급한 전화가 왔다	
친구가 이야기하는데 자꾸 딴 생각이 났다	
시험 공부를 하고 있는데 텔레비전에서 좋아하는 가수가 나왔다	

[보기] 아침에 늦게 일어나서 밥도 먹는 둥 마는 둥 하고 나왔다.

-던 차이다

2) 다음 대화를 완성하십시오.

[보기] 가: 미선아, 오랜만이다. 요즘 어떻게 지내니?
　　　　나: 어, 민수구나. 그렇지 않아도 <u>너한테 전화하려던 차였는데 잘 만났다.</u>

❶ 가: 레이 씨, 백화점에서 세일을 한다는데 같이 안 갈래요?
　　나: 잘 됐네요. _____.

❷ 가: 웨이 씨, 우리 편의점에서 아르바이트생을 구하고 있는데 혹시 생각 있어요?
　　나: 그럼요. _____.

❸ 가: 선생님. 마리아 씨가 갑자기 고향에 일이 생겨서 어제 러시아에 돌아갔어요.
　　　　선생님께 미리 연락드리지 못해서 죄송하다고 전해 달래요.
　　나: 그랬군요. 그렇지 않아도 _____.

❹ 가: 미선 씨, 저 빨간색 가방 어때요? 요즘 가장 유행하는 디자인이라던데요.
　　나: 그래요? _____.

02 위의 두 표현을 사용해서 보기와 같이 이야기해 보십시오.

[보기] 저희 옆집 사람은 음악가라서 거의 날마다 밤늦게까지 악기 연주를 하는 통에 잠을
　　　 잘 자지 못했어요. 그래서 한 번 얘기를 하려고 생각하던 차에 그 사람을 집 앞에서
　　　 우연히 만나게 되었어요. 나는 흥분해서 항의했는데 그 사람은 무슨 급한 일이 있는지
　　　 내 말은 듣는 둥 마는 둥 하고 서둘러 가 버리던데요. 내 참.

▶ 다음은 한국의 옛 이야기입니다. 읽고 질문에 답하십시오.

(가) 백제의 마지막 왕인 의자왕 즉위 15년에 신라와 당나라가 연합하여 백제를 공격하게
되었는데, 의자왕은 계백장군에게 나가 싸울 것을 명령하였다. 계백은 그 때 이미 나라의
위태로움을 알았고 출정 명령을 받은 후 집으로 가 '살아서 욕을 보는 것이 죽어서 편안함만
못하다' 하면서 자신의 가족들을 직접 죽였다. 자신의 가족까지 모두 죽이고 전장에 나선
계백으로 인해 백제군의 사기는 높았다. 반면 70만의 신라군은 고작 5천만 백제군과
대적하였으나 죽기 살기로 싸우는 그들에게 번번이 패하였다. 한편 신라 화랑도의 세속오계 중에
'임전무퇴'가 있다. 나이 어린 화랑 관창은 백제군에게 사로잡혔으나 계백은 그를 풀어주었다.
살아돌아온 관창은 백제군을 또다시 공격하였으나, 계백은 두 번째 사로잡힌 관창의 목을 베어
신라로 돌려보냈다. 용감하게 싸우다 죽은 어린 관창의 모습을 본 신라군은 흥분하였고 목숨을
걸고 싸워 결국 싸움을 승리로 이끌었다. 계백도 이 전투에서 전사하고 백제도 멸망하였다.

(나) 조선의 명장 이순신은 1545년에 가난한 선비의 가정에서 태어났다. 이후 무과에 급제하여
관직에 올랐으며 전쟁에 나아가 적군을 무찔러 큰 공을 많이 세웠다. 하지만 주변의 시기와
모함으로 관직을 빼앗기고 백의종군하기도 하였다. 그러나 타고난 무예와 충성심으로 많은 전쟁을
승리로 이끌었으며 1592년 임진왜란이 일어나기 며칠 전 거북선을 발명했다. 거북선을 이끌고
바다에서의 모든 전쟁에서 승리를 거둔 이순신 장군은 언제 어디서나 큰 칼을 옆에 차고 나라를
위한 근심만을 하였다. 그가 쓴 일기는 충성으로 가득 차 있다. 1598년 노량 앞바다의 싸움에서
이순신은 그만 적탄에 겨드랑이를 맞았으며 "방패로 나를 가려라. 그리고 내가 죽었다는 말을 하지
말라"는 말을 남기고 54살의 나이로 장렬하게 전사하였다. 승리는 하였지만 뒤늦게 이순신 장군이
전사한 것을 안 장병들은 통곡을 하며 장군의 명복을 빌었다. 충무공 이순신 장군은 우리 역사상
가장 위대한 나라의 수호자로서, 성웅으로 떠받들어지고 있다.

01 두 이야기의 공통된 주제는 무엇입니까?

02 (가) 의 내용에 맞는 것을 고르십시오.

❶ 백제군은 신라군보다 수가 더 많이 전쟁에서 유리하였다.

❷ 계백장군은 신라의 용감한 장군으로서 관창과 싸우다 전사하였다.

❸ 의자왕은 백제의 마지막 왕으로서 전쟁터에 나가 목숨을 걸고 싸웠다.

❹ 관창은 임전무퇴 정신을 지켜 전쟁에서 죽을 때까지 싸우다 전사하였다.

03 (나)의 내용에 맞지 않는 것을 고르십시오.

❶ 이순신은 충성으로 가득 찬 일기를 계속 써 왔다.

❷ 이순신은 조선시대의 위대한 장군으로 지금도 존경받고 있다.

❸ 이순신의 부상으로 참전하지 못한 노량 전투는 크게 패하였다.

❹ 이순신은 거북선을 만들어 바다에서의 전쟁을 승리로 이끌었다.

04 여러분 나라에도 위의 주제와 관련된 이야기가 있습니까? 이야기해 보십시오.

과제 2   논리적인 글쓰기(결론 쓰기)

기능표현 익히기

<결론 암시하기>

- **이상으로** 한국의 전통음식에 **대해서 살펴보았다.**

<요약하기>

- **지금까지의** 내용을 **요약해 보면 다음과 같다.**
- 한국의 교육**에 대해** 다음의 세 가지로 **요약해 보고자 한다.**
- **요컨대** 청소년들에게 미치는 교육의 문제의 해결방안 모색이 시급함을 알 수 있다.

<제안하기>

- 대학은 진리탐구라는 대학 설립 목적을 회복하는 **방향으로 나아가야 하겠다.**

<전망하기>

- 이 정보화 사회에서 개인은 더욱 창조적인 역할을 담당해야 **할 것이다.**

YONSEI KOREAN 6

01 다음 글은 <과학적인 온돌 난방>의 결론입니다. 읽고 질문에 답하십시오.

과학적인 온돌 난방

<서론, 본론 생략>

<가>이상으로 한국의 전통 난방 방식인 온돌에 대해서 살펴보았다. <나>지금까지의 내용을 요약해 보면 다음과 같다. 첫째, 온돌은 열을 방출해 불을 때지 않는 시간에도 바닥을 따뜻하게 유지할 수 있다는 경제성과 둘째, 불을 땔 때 나오는 연기가 방바닥을 지나 굴뚝으로 빠져 나가도록 설계되어 있는 위생성을 장점으로 살펴보았으며, 마지막으로 이러한 온돌이 세계화되는 추세에 있음을 구체적인 예를 들어 살펴보았다.

<다>온돌은 이제 한국만의 고유 생활 문화가 아니라 세계인의 난방법으로 진화하고 있으니만큼 기존 온돌의 전파에 만족할 것이 아니라 세계적이고 현대적인 온돌을 개발하려는 연구에 힘을 쏟아야 한다. 즉, 유럽에서는 이미 바닥 난방 설비의 독자적인 기준을 만들고 있으며, 서양에서도 지금 한창 생태환경을 고려한 바닥 난방에 대하여 연구하고 있다고 하니, 바닥 난방의 근원이 한국의 온돌임을 정확히 알리고 온돌의 현대화와 산업화를 서둘러야 한다. <라>그렇지 않으면 한국 태생인 온돌의 정체성이 사라져 버릴 위험에 처할 것이다.

온돌은 2천년 이상 유일하게 한국 민족만이 사용해왔던 한국 고유의 문화였으나, 최근 10여 년 사이에 전 세계 각국으로 급속이 전파되고 있다. 그러므로 한국은 온돌의 경제적, 위생적, 건강학적인 장점을 계승하고 개발하여 종주국으로서의 권리와 역할을 지켜야 할 것이다.

1) 위 글에서 결론임을 암시하는 부분은 어느 곳입니까? (   )
❶ <가>   ❷ <나>   ❸ <다>   ❹ <라>

2) 위 글에서 서론과 본론의 내용을 요약하는 부분은 어느 곳입니까? (   )
❶ <가>   ❷ <나>   ❸ <다>   ❹ <라>

3) 다음 표는 논술문의 결론에서 다루어지는 내용입니다. 각 기능이 나타난 부분과 표현을 찾아 쓰십시오.

기능	단락	문장
결론 암시하기	<가>	
요약하기		
제안하기		세계적이고 현대적인 온돌을 개발하려는 연구에 힘을 쏟아야 한다. 온돌의 현대화와 산업화를 서둘러야 한다.
전망하기		

02 <한국인의 식생활–김치>에 대하여 논술문을 쓰려고 합니다. 다음 표에 메모하면서 결론의 내용을 생각해 보십시오.

기능	문장
결론 암시하기	
요약하기	
제안하기	
전망하기	

03 위의 표를 바탕으로 논술문의 결론을 써 봅시다.

8-3 정리해 봅시다

I. 어휘

01 빈 칸에 어울리는 단어를 찾아 쓰십시오.

탁해지다　　경이롭다　　소재　　기증하다　　안쓰럽다　　흔하다
장치　　　　형태　　　마다하다　되돌아보다　덕목

대가족
핵가족
동거가족
공동체가족
―――――
[보기]
가족의 (형태)

만화, 동화
실화
미래사회
역사
―――――
영화의 (　　)

자동차 에어백
안전벨트
놀이공원 안전바
―――――
안전 (　　)

학생들에
대한 사랑
지식에 대한
열정
―――――
교사의 (　　)

- 죽은 나무에서 꽃이 피다니 정말 신기하다.
- 이런 높은 탑을 사람이 세웠다니 정말 놀랍다.

[보기] 경이롭다

- 구걸하는 어린 아이가 불쌍하다.
- 아르바이트를 하면서 공부하느라고 늘 피곤해하는 친구가 가엽다.

- 전 재산을 대학교에 주다.
- 장기를 환자에게 주다.
- 쓰지 않는 물건을 바자회에 내놓다.

- 아이들끼리 놀다가 싸우는 일은 보통 있는 일이다.
- 봄에는 어디에서나 진달래꽃을 쉽게 볼 수 있다.

02 다음 그림을 보고 빈 칸에 <보기>와 같이 단어를 쓰십시오.

윗목   아랫목   아궁이   처마   굴뚝

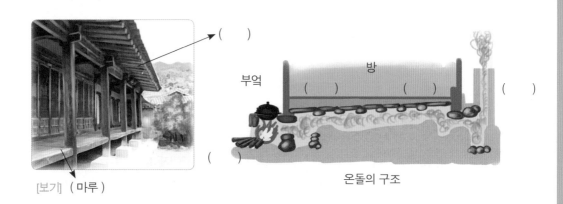

(   )

부엌

방

(   )   (   )   (   )

(   )

[보기] (마루)

온돌의 구조

03 다음 이야기의 내용과 관계있는 단어를 찾아 쓰십시오.

충	효부	효녀	불교	불효자
수발하다	장유유서	공경하다	효도하다	조상 숭배

내 친구 정희는 그야말로 천사다. 길을 걸을 때 땅바닥의 개미나 지렁이도 함부로 밟거나 죽이지 않는다. 그리고 학교 [보기] 선배를 만나면 깍듯이 인사하고 음료수를 마실 때조차도 항상 선배를 먼저 챙겨 드린다. 또한 ❶ 어머니를 아주 극진히 모시는 소문난 딸이기도 하다. 오랜 병으로 누워 계신 어머니를 ❷ 날마다 씻겨 드리고 밥도 먹여 드린다. 물론 친할아버지 할머니를 대하듯 ❸ 이웃 어른들께도 항상 예의바르게 행동하고 잘 모셔서 칭찬이 자자하다. 그런 정희의 모습을 보면 나는 정말 ❹ 부모님 속만 썩여 드린 철없는 자식이라는 생각이 든다. 일찍 아버지를 여읜 정희는 날마다 말한다. 살아계실 때 ❺ 부모님을 잘 모시라고, 해 드릴 수 있는 일을 하나라도 더 해 드리라고, 부모님은 기다려 주지 않으신다고...

[보기] 장유유서

❶ ....

❷ ....

❸ ....

❹ ....

❺ ....

II. 문법

다음의 문법을 이용하여 보기와 같이 주어진 상황에 맞게 대화를 만드십시오.

–다 못해   –기에 망정이지   –는 둥 마는 둥 하다   –던 차이다

[보기] 기다리다가 화가 난 친구와 약속시간에 늦어서 미안해하는 친구의 대화

가: 지금이 몇 신데 이제 오니?

나: 정말 미안해. 수업이 늦게 끝나서 그랬어. 마음이 급해서 수업도 듣는 둥 마는 둥 하고 친구들하고 인사도 하는 둥 마는 둥 하고 뛰어나왔는데도 이렇게 늦었네. 대신 내가 맛있는 거 살게.

가: 당연하지. 지금 막 기다리다 못해 집에 가려던 차였으니까. 내가 워낙 참을성이 많기에 망정이지 다른 사람 같으면 아까 갔을 거다. 우리 뭐 먹으러 갈까?

1) 회사에 사표를 내고 나온 친구와 그를 격려하는 사람의 대화

2) 학교에서 갑작스런 시험을 보고 나온 두 친구의 대화

3) 옆집 사람에 대해 각각 불평하는 두 사람의 대화

4) 아르바이트를 찾고 있는 사람과 자신의 아르바이트 자리를 소개해 주는 친구의 대화

III. 과제

다음은 유교 사상과 관련된 주장하는 글입니다. 다음을 읽고 여러분의 생각을 이야기해 보십시오.

> 어른을 공경하는 것은 젊은 사람으로서 당연한 일이고 아름다운 일이다. 노인을 우대하고 자신보다 연장자를 먼저 생각하는 정신은 효 사상의 연장으로 생각할 수 있다. 더구나 지금의 노장년층은 한두 세대 전에 나라를 위해 일해 왔고 오늘날의 우리를 있게 해준 주역임을 명심한다면 그들을 받들고 모셔야 함은 말할 필요가 없다. 지하철이나 버스에서 노인들에게 무조건 자리를 양보하는 것은 장유유서나 경로사상의 가장 기본적이고 당연한 의무라고 생각한다.

[보기] 지하철에서 경로석에 젊은 사람이 앉았다가 주변 사람들이나 노인에게 꾸지람을 듣거나 자리를 양보하기 싫어서 자는 척하다가 자기가 내릴 정류장이 되면 눈을 뜨고 내리는 젊은 사람들의 모습을 많이 보게 됩니다. 그런 모습을 보면 양보를 하는 것이 연장자를 위하는 순수한 마음이 있어서가 아니라 노인들에게 자리를 양보해야 한다는 강박관념이 있기 때문에 양보를 하는 것 같습니다. 그리고 양보를 안 하는 젊은이에게 무조건 호통을 치거나 욕을 하는 노인들을 보면 양보 정신이 없는 젊은이들보다 더 도덕이나 예의가 부족한 것 같습니다.

부모와 자식의 관계를 친 (親-친함) 으로 규정한 '부자유친' 은 '사랑' 을 주고받는 관계이다. 부모가 자식을 사랑하는 형태는 자애로움으로 나타나고, 자식이 부모를 사랑하는 마음의 표현은 효도로 표현된다. 따라서 아버지는 자식을 위해서 허물을 숨겨주고, 자식은 아버지를 위해서 허물을 덮어주어야 한다. 즉, 서로의 잘못을 감싸주고 좋은 일을 행하도록 인도하는 것이지, 법을 어겼다고 아버지가 자식을 고발하거나 자식이 아버지를 고발해서는 안 된다.

(의견)

'조상 숭배'를 주검을 숭배한다고 생각하는데 이는 잘못된 생각이다. 조상은 자기의 존재를 있게 해 준 사람이다. 집안에서 제사 지낼 때 고조부모, 증조부모, 조부모, 부모 등 4대를 제사 지내는 것은 자기가 볼 수 있는 조상을 의미한다. 그래서 제사는 효도의 연장이지 주검을 숭배하는 의식이 아니다. 명절 때 차례를 지내고, 조상의 묘소에 가서 절을 할 때 우리는 여러 가지 감정을 느끼게 될 것이다. 조상을 자주 찾아보지 못해서 미안한 마음도 들고, 삶과 죽음에 대해서 생각해 보는 시간을 갖게 되어 스스로 겸손한 자세를 갖추기도 한다.

(의견)

8-4 한국의 시

산에는 꽃 피네
꽃이 피네
갈 봄 여름 없이
꽃이 피네

산에
산에
피는 꽃은
저만치 혼자서 피어 있네

산에서 우는 작은 새여
꽃이 좋아
산에서
사노라네

산에는 꽃지네
꽃이 지네
갈 봄 여름 없이
꽃이 지네

산유화
김소월

1. 시인은 자신의 감정을 표현하기 위해서 다양한 이미지를 사용합니다. 이 시에서 시인이 자신의 정서를 표현하기 위해 사용한 이미지는 무엇입니까? 시인이 그 이미지를 사용한 이유는 무엇이라고 생각합니까?

2. 다음의 단어를 사용하여 이 시에 대해서 이야기해 봅시다.

자연	유한하다	영원하다	허무함

[시 해설]

　이 시에서 꽃은 인간과 대비되는 (　　　　)을/를 상징한다. 인간은 (　　　　) 존재이지만, 자연은 '봄 갈 여름 없이'에서처럼 시간의 흐름에 구애받지 않는 (　　　　) 존재이다. 시인은 꽃의 영원성 앞에서 삶의 (　　　　)을/를 노래하고 있다. 이렇게 시인은 꽃이라는 일상적인 소재를 통해서 인간의 삶에 대한 깊은 성찰을 보여준다.

자화상[1]

🔊 48

윤동주

산모퉁이를 돌아 논가 외딴 우물을 홀로 찾아가선 가만히 들여다 봅니다.

우물 속에는 달이 밝고 구름이 <u>흐르고</u> 하늘이 펼치고 파아란 바람이 불고 가을이 있습니다.

그리고 한 사나이가[2] 있습니다.   5
어쩐지 그 사나이가 미워져 돌아갑니다.

돌아가다 생각하니 그 사나이가 가엾어집니다.[3] 도로 가 들여다 보니 사나이는 그대로
있습니다.

다시 그 사나이가 미워져 돌아갑니다.   10
돌아가다 생각하니 그 사나이가 그리워집니다.

우물 속에는 달이 밝고 구름이 <u>흐르고</u> 하늘이 펼치고 파아란 바람이 불고 가을이 있고
추억처럼[4] 사나이가 있습니다.

---

1 자화상 : 스스로 그린 자기의 초상화.
2 사나이 : 한창 혈기가 왕성할 때의 남자를 이르는 말.
3 가엾다 : 마음이 아플 만큼 딱하고 불쌍하다.
4 추억 : 지나간 일을 돌이켜 생각함. 또는 그런 생각.

● 시 해설

꿈에도 그리던 조국의 해방을 보지 못하고 이국의 감옥에서 29살의 나이로 죽은 시인 윤동주는 생전에 한 편의 시도 발표하지 못했다. 그의 원고는 친구의 어머니에 의해 장롱 속에 몰래 보관되다가 해방이 된 후에 비로소 출간된다. 유고시집 『하늘과 바람과 별과 시』(1948) 의 서문에서 시인 정지용은 "무시무시한 고독 속에서 죽었구나! 29세가 되도록 시를 발표해 본 적도 없이!" 라고 써서 그의 죽음을 애도했다.

윤동주는 식민지의 어두운 현실에서 살아야 하는 자신의 삶을 성찰하면서 '부끄러움' 을 고백하고, 자신의 깨끗한 영혼과 양심으로 현실의 고난을 초월하려고 했다. 이 시는 이러한 윤동주의 시 세계를 잘 보여준 작품이다. 시에서 '우물' 은 자신을 들여다 볼 수 있는 '거울' 과 같은 것이다. 시인은 거울 속에 비친 자아를 미워하면서도 불쌍하게 여기는 양가적 감정을 보여 준다. 이렇게 '미워하기' 와 '되돌아가기' 의 모순적인 태도는 식민지의 상황 속에 놓인 시인의 갈등과 고통을 잘 드러내 준다. '하늘', '파아란 바람' 이 상징하는 순결함과 영원성은 시인이 동경하는 세계를 상징한다. 그는 이 깨끗한 세계에 자신의 얼굴을 투영하여, '가엾은' 현재의 모습에서 벗어나 순수한 존재가 되고자 했던 것이다.

● 글쓴이 소개

윤동주 (1916~1945)
북간도에서 태어나 기독교의 영향을 받으면서 성장했다. 1941년 연희전문 학교를 졸업한 후 일본으로 유학하여 도오지샤대학에서 영문학을 전공하였다. 그는 1943년 여름방학을 맞아 귀국하기 직전 독립운동에 가담했다는 이유로 경찰에 검거되어, 후쿠오카 감옥에서 복역하던 중 1945년 2월에 29세의 젊은 나이로 옥사했다. 해방 후 유고시집 『하늘과 바람과 별과 시』(1948)가 출간됐다.

이 시대의 죽음 또는 우화

오규원

죽음은 버스를 타러 가다가
걷기가 귀찮아서 택시를 탔다

나는 할 일이 많아
죽음은 쉽게
택시를 탄 이유를 찾았다   5

죽음은 일을 하다가 일보다
우선 한 잔 하기로 했다

생각해 보기 전에 우선 한 잔 하고
한 잔 하다가 취하면
내일 생각해 보기로 했다   10

내가 무슨 충신이라고[1]
죽음은 쉽게
내일 생각해 보기로 한 이유를 찾았다   15

술을 한 잔 하다가 죽음은
내일 생각해 보기로 한 것도
귀찮아서
내일 생각해 보기로 한 생각도
그만두기로 했다   20

술이 약간 된 죽음은
집에 와서 TV를 켜놓고
내일은 주말여행을 가야겠다고 생각했다

건강이 제일이지—
죽음은 자기 말에 긍정의 뜻으로
고개를 두어 번 끄덕이고는[2]   25
그래, 신문에도 그렇게 났었지
하고 중얼거렸다

---

1 충신 : 나라와 임금을 위하여 충성을 다하는 신하.
2 끄덕이다 : 고개를 아래위로 가볍게 움직이다.

이 시는 현대인의 무감각한 삶을 풍자한 작품이다. 우리는 걷기보다는 택시 타기를 즐기고, 일에 매달려 끙끙대기보다는 놀이의 유혹에 빠진다. 이런 똑같은 일상이 날마다 되풀이 되고, 그 속에서 아무 생각 없이 살아가는 것이 우리의 모습이다. 또한 우리는 여러 가지 이유를 만들어 자기의 행동을 합리화하고, 적당하게 술에 취해 현실에서 도망치고, 'TV와 주말여행'으로 상징되는 편안한 삶 속에 안주하고자 한다. 시인은 이러한 삶에 '죽음'이라는 이름을 붙이고, 그 무감각한 삶을 비판하고 있다. 스스로 선택하는 것을 두려워하고, 책임지는 것을 싫어하며, 자신의 건강만을 중요하게 생각하는 삶. TV와 신문에서 보도하는 것만을 진실이라고 믿어 버리고, 자신을 둘러싼 세계에 어떤 의문도 던지지 않는 사람들. 시인은 이러한 모습을 객관적으로 서술하는 듯하지만, 그 속에는 죽음과 같은 삶을 살아가는 현대인의 위선과 허위를 꼬집는 냉소적인 비판이 담겨 있다.

● 글쓴이 소개

오규원 (1941~2007)

1965년에 등단하여 『분명한 사건』, 『가끔은 주목받는 生이고 싶다』, 『사랑의 감옥』, 『새와 나무와 새똥 그리고 돌멩이』 등 다수의 시집을 출간했다. 그는 새로운 시쓰기를 실험하는 모더니스트 시인으로 초기에는 물신화된 사회를 비판하는 실험적 시들을 썼다. 이후에는 언어의 본질과 한계에 대해서 관심을 가지고 세계와 인간의 관계를 탐구한 시를 발표했다.

남해 금산

이성복

한 여자 돌 속에 묻혀[1] 있었네
그 여자 사랑에 나도 돌 속에 들어갔네
어느 여름 비 많이 오고
그 여자 울면서 돌 속에서 떠나갔네
떠나가는 그 여자 해와 달이 끌어 주었네
남해 금산 푸른 하늘가에 나 혼자 있네
남해 금산 푸른 바닷물 속에 나 혼자 잠기네[2]

---

1 묻히다 : 어떠한 상태나 환경에 휩싸이다, 어떠한 환경에 들어박히다.
2 잠기다 : 깊숙하게 박히거나 푹 묻히다.

● 시 해설

　　이 시는 이별의 상황을 통해 인간의 운명에 대해 성찰하는 시이다. 시에서 화자는 '여자'의 사랑으로 인해 '돌' 속으로 들어간다. 어둠으로 가득한 돌은 변하지 않는 영원성을 상징한다. 사랑은 이 불가능한 공간으로 화자를 이끌어 갈 만큼 강한 힘을 가진 것이다. 그러나 사랑의 시간은 끝나고 이별이 찾아온다. 여자의 떠남은 단순한 헤어짐이 아니라 해와 달이 상징하는 우주로 돌아가는 것, 곧 죽음을 의미한다. 인간의 사랑이 아무리 크고 깊을지라도 죽음 앞에서는 속수무책인 것이다. 그러나 이별은 사랑의 끝을 의미하는 것이 아니다. '비', '바다'를 이루는 물의 이미지는 순환하는 속성을 가지고 있다. 시인은 물의 이미지를 통해서 하늘과 땅의 경계를 넘어, 사랑이 영원히 계속될 수 있음을 보여 준다. '돌'이라는 비좁은 공간에서 시작된 사랑은, '바다', '하늘'이라는 무한한 공간으로 확장되면서 영원히 이어지게 된다.

● 글쓴이 소개

이성복 (1952~　)

1977년 『문학과지성』에 「정든 유곽에서」를 발표하면서 등단했다. 시집 『뒹구는 돌은 언제 잠 깨는가』, 『남해금산』, 『그 여름의 꿈』, 『호랑가시나무의 기억』, 『아, 입 없는 것들』 등을 출간했다. 초기 시에서는 현실의 폭력성과 실존적 자각을 실험적인 언어로 표현했으나, 이후에 그의 시적 세계는 사랑의 언어로 변모되어 왔다.

다람쥐를 위하여

정현종

내 일터 얼마 안 되는 도토리나무숲에 도토리가 떨어지면, 어디서 왔는지 아줌마 아저씨들이 비닐봉지나 무슨 헝겊 주머니 같은 걸 갖고 와 도토리를 주워 담는다. 떨어진 걸 다만 주워 담는 게 아니라 돌로 나무 기둥을 치거나 장대로[1] 가지를 쳐 떨어뜨리기도 한다. 또 보이는 것만 줍는 게 아니라 가랑잎을 파헤쳐[2] 그 속에 있는 것까지 깡그리[3] 주워 간다. 싹쓸이다.[4]

숲에 다람쥐가 꽤 많았으나 해가 갈수록 줄어들어 이제는 거의 보기 힘들어졌다.

나는 산보를 하다가 한심하고[5] 딱해서[6] 아줌마 아저씨들을 야단치기도 하였다. 사람들은 먹을 게 많지 않느냐. 하다못해 라면이라도 있지 않느냐. 다람쥐는 먹을 게 도토리밖에 없지 않느냐. 주워 가더라도 다람쥐 먹을 건 좀 남기고 주워 가야 하지 않느냐....그러나 소용이 없다. (도토리묵 장사들이 도토리 한 말에 얼마씩 주는지는 모르겠으나) 돈이 되면 뭐든지 싹쓸이다.

싹쓸이하는 손에 비하면, 도토리 하나 쥐고 오물오물오물오물[7] 먹는 다람쥐의 두 손이 너무 이쁘다.

---

1 장대 : 다듬어 만든 긴 막대기.

2 파헤치다 : 속에 있는 것이 드러나도록 파서 젖히다.

3 깡그리 : 하나도 남김없이.

4 싹쓸이 : 모두 다 쓸어버리는 일.

5 한심하다 : 정도에 너무 지나치거나 모자라서 가엾고 딱하거나 기막히다.

6 딱하다 : 사정이나 처지가 가엾다. 일을 처리하기가 난처하다.

7 오물오물 : 음식물을 입 안에 넣고 조금씩 자꾸 씹는 모양.

● 시 해설

　　이 시에서는 자연에 대한 시인의 깊은 애정이 나타난다. 시인은 도토리를 줍는 일상적인 풍경을 통해, 인간이 자연을 위협하고 있는 장면을 보여 준다. 도토리를 주워 가는 인간들은 그것이 다람쥐들의 먹이가 된다는 생각은 하지 않는다. 오직 자신의 욕심을 채우는 데만 급급할 뿐이다. 또 그들은 도토리를 줍는 데서 만족하지 않고 돌이나 장대로 나무를 치거나 때리기까지 한다. 이러한 모습은 자기의 이익을 위해서라면 주저 없이 자연을 훼손하는 인간의 폭력성을 적나라하게 보여준다. 자연을 돈으로 바꾸려는 인간의 이기심 때문에 자연(다람쥐)은 고난을 겪게 된다. 시인은 다람쥐의 무구함과 도토리를 싹쓸이해 가는 인간을 대조시킴으로써 인간의 끝없는 욕망을 비판한다. 그리고 자연의 편에 서서 인간과 자연의 공존을 역설하고 있다.

● 글쓴이 소개

정현종 (1939~　)

1965년『현대문학』을 통해 등단하여, 『사물의 꿈』, 『나는 별아저씨』, 『사랑할 시간이 많지 않다』, 『한 꽃송이』 등의 시집을 출간했다. 그는 예이츠, 네루다, 로르카 등 외국 시인의 시선집을 번역하여 출간하기도 했다. 그의 초기 시는 인간의 내면에 대한 성찰과 관념적 사유가 주를 이루었으나, 그 후에는 산업사회에서 파괴되는 생명에 대한 사랑과 예찬, 만물과의 우주적인 교감을 노래한 시를 발표하고 있다.

거꾸로 강을 거슬러 오르는 저 힘찬 연어들처럼

강산에

흐르는 강물을
거꾸로 거슬러[1] 오르는 연어들의
도무지 알 수 없는
그들만의 신비한 이유처럼

그 언제서부터인가
걸어 걸어 걸어오는 이 길
앞으로 얼마나 더 많이 가야만 하는지

여러 갈래 길 중 만약에 이 길이
내가 걸어가고 있는
돌아서 갈 수밖에 없는 꼬부라진[2] 길일지라도

딱딱해지는 발바닥
걸어 걸어 걸어 가다 보면
저 넓은 꽃밭에 누워서 난 쉴 수 있겠지

여러 갈래 길 중 만약에 이 길이
내가 걸어가고 있는
막막한[3] 어둠으로 별빛조차 없는 길일지라도

포기할 순 없는 거야
걸어 걸어 걸어 가다 보면
뜨겁게 날 위해 부서진 햇살을 보겠지

그래도 나에겐 너무나도 많은 축복이란 걸 알아

_____

1 거스르다 : 일이 돌아가는 상황이나 흐름과 반대되거나 어긋나는 태도를 취하다.
2 꼬부라지다 : 한쪽으로 휘어지다.
3 막막하다 : 아주 넓거나 멀어 아득하다.

수없이 많은 걸어가야 할 내 앞길이 있지 않나

그래 다시 가다 보면
걸어 걸어 걸어 가다보면
5 어느날 그 모든 일들을 감사해 하겠지

보이지도 않는 끝
지친 어깨 떨구고 한숨 짓는 그대
두려워 말아요
10

거꾸로 강을 거슬러 오르는
저 힘찬 연어들처럼

걸어가다 보면
15 걸어가다 보면
걸어가다 보면

● 시 해설

　　이 노랫말은 우리에게 희망을 포기하지 말라고 이야기 하고 있다. 빛이 없는 '막막한 어둠' 속에서도 절망을 이기고 자신의 희망을 찾아가야 꿈을 이룰 수 있다는 것이다. 살다 보면 힘들고 어려울 때가 있고 꿈을 포기하고 싶을 때도 있을 것이다. 그럴 때 이러한 노랫말은 우리에게 힘든 시간을 이기고 꿋꿋하게 걸어갈 수 있는 용기를 준다. 거센 강물을 거슬러 올라 자신이 태어난 곳을 찾아가는 연어처럼 자신의 꿈을 향해 나아가는 삶이야말로 진정 아름다운 삶이 될 것이다.

● 가수 소개

강산에 (1963~　)

1992년 첫 음반 『라구요』를 발표한 이후 활발한 활동을 하고 있는 강산에는 한국적인 록음악을 발전시킨 가수이다. 그는 분단문제, 사회비판 등의 주제를 한국 전통음악과 록을 결합시킨 독특한 창법으로 노래하고 있다. 1998년에 발표한 『거꾸로 강을 거슬러 오르는 저 힘찬 연어들처럼』은 현실을 힘겹게 살아가는 사람들에게 새로운 시작과 도전의 메시지를 전하고 있다. 이 노래는 1996년 한국노랫말대상 '좋은 노랫말 부문'을 수상했다.

한국인의 종교

문화

최근 한국 통계청이 발간한 <사회통계조사 보고서>에 따르면 15세 이상 인구 3,590여 만명 가운데 불교 인구는 26.3%, 개신교는 18.5%, 천주교는 7.1%로 나타났다. 이 밖에 유교는 0.7%, 원불교 0.2%, 천도교 0.1% 순이었다.

한국에서 불교는 대략 4세기 경인 삼국시대에 전래되어 나라의 종교가 되면서 널리 퍼졌고 고려시대에 와서는 팔관회, 연등회와 같은 대행사가 거행되면서 번성했다. 당시 불교는 호국적인 성격이 강하였으며 법회를 통해 내란과 외환 등의 악운을 물리치고 왕실과 국가의 안전과 평화 유지를 기원하였다. 또한 죽은 이의 명복을 빌거나 토속신을 섬기는 의식도 함께 행해졌는데 이러한 호국 불교의 이념이 가장 강하게 나타난 것은 신라 시대의 승려인 원광이 만든 세속오계(世俗五戒)이다. 세속오계는 '나라에 충성하고(사군이충 事君以忠) 부모님께 효도하고(사친이효 事親以孝) 믿음으로 벗을 사귀고(교우이신 交友以信) 싸움에 나가서는 물러서지 않으며(임전무퇴 臨戰無退), 살아있는 것을 함부로 죽이지 않는다(살생유택 殺生有擇).'는 내용을 담고 있다.

한국의 기독교는 18세기 경 중국을 방문한 유학자들이 유럽에서 온 선교사들로부터 천주교 관련 서적을 전해 받아서 서학(西學:서양 학문이란 뜻)이라는 이름의 학문으로 소개하면서 전파되었다. 그 후 학자들은 점차 천주교의 종교적 진리를 깨닫게 되어, 이를 신앙으로 받아들이려는 움직임이 뚜렷해졌다. 초기에는 천주교 신자들이 비밀 집회를 갖고 조상의 제사를 무시한다는 이유로 많은 교인들이 신앙의 박해를 받고 순교하였다. 그러나 천주교의 남녀평등 사상과 내세사상은 사회적 약자들에게 현실의 고통에 대한 위안을 주었고 사회개혁의 의지를 심어주어 사회에서 멸시 당하는 천민과 상민, 그리고 중인들과 권력에서 밀려난 양반들, 여인들을 중심으로 교세를 확장하였다.

개신교는 19세기 초 미국의 선교사들에 의해 전해졌다. 그 당시 한국은 주변의 여러 열강에 의해 압력을 받고 있었으며 나라 안에서는 부정과 부패 정치로 정부가 약해져 있는 상황이었다. 따라서 이 시기에 전파된 개신교의 개혁 의지는 서민들에게 희망과 용기를 주는 힘으로 작용하였다. 개신교 선교사들은 교육사업·의료사업·사회사업 등을 통하여 사회 개선에 노력하였으며 일제 강점기에는 한국 국민의 자주정신을 고취하여 독립운동에도 기여하였다. 그 후 6·25전쟁 등을 겪으면서 한국의 기독교는 역사상 보기 드문 발전을 하였고 현재에도 세계 곳곳에 선교사를 보내는 등 활발한 활동을 하고 있다.

1. 인간에게 종교는 어떤 역할을 한다고 생각합니까?

2. 여러분 나라에는 어떤 종교가 있으며 사람들에게 어떤 영향을 주었는지 이야기해 봅시다.

01 -다 못해

상태 동사의 경우 상태의 정도가 지나쳐서 그 이상의 극단적 상태에까지 이르렀음을 의미하며 동작동사의 경우 한계에 이르러 더 이상 그 동작의 상태를 유지할 수 없음을 의미한다.

若為形容詞的情況，表示狀態已超過某種程度並到達極致，若為動詞的情況，表示已到達極限，無法再維持那個動作狀態。

- 아이가 대학에 합격하니 기쁘다 못해 눈물이 난다.
- 배가 부르다 못해 터질 것만 같다.
- 그녀의 미모는 아름답다 못해 눈이 부시다.
- 상사의 부당한 요구를 견디다 못해 사내 고충위원회에 진정을 했다.

02 -기에 망정이지

당황스럽고 난처한 일이 생겼지만 우연히 벌어진 다행스러운 상황 덕분에 큰 문제 없이 그 상황에서 빠져 나왔음을 의미한다.

表示雖然發生驚慌又令人為難的事，但是多虧偶然出現幸運的狀況，沒有發生太大的問題，順利從那件事解脫。

- (열쇠를 잃어버렸다) 비상열쇠가 있기에/있었기에 망정이지 집에 못 들어갈 뻔했다.
- (연설 도중에 마이크가 고장이 났다) 내 목소리가 크기에/컸기에 망정이지 뒷자리에 있는 사람들은 하나도 못 들을 뻔했다.
- (오후가 되면서 갑자기 날씨가 추워졌다) 아침에 옷을 두껍게 입고 나왔기에 망정이지 얼어 죽을 뻔했다.
- (회의 준비를 깜빡 잊고 안 했다) 회의가 취소됐기에 망정이지 큰일 날 뻔했다.

03 -는 둥 마는 둥 하다.

무슨 일을 하는 듯도 하고 하지 않는 듯도 함을 나타낸다.

表示好像做了什麼事又好像沒做一樣。

- 걱정이 있어서 밥도 먹는 둥 마는 둥 했다.
- 좋아하는 프로그램이 시작돼서 엄마한테 인사를 하는 둥 마는 둥 하고 방으로 뛰어들어갔다.
- 어젯밤에 자는 둥 마는 둥 했더니 피로가 안 풀려서 몸이 힘들다.
- 여자친구와 헤어져서 요즘 수업도 듣는 둥 마는 둥 하고 밥도 먹는 둥 마는 둥 하며 지낸다.

04 -던 차이다.

마침 어떠한 일을 하던 기회나 순간임을 나타낸다.

表示剛好要做某件事的機會或瞬間。

- 아르바이트를 찾던 차에 마침 영수가 좋은 자리를 소개해 주었다.
- 잠이 막 들려던 차에 전화가 왔다.
- 너를 만나러 가려던 차였는데 마침 잘 왔구나.
- 어떤 옷을 입고 갈까 고민하던 차였는데 옷장에 걸려 있는 언니의 옷이 눈에 띄어 허락 없이 입어 버렸다.

제9과 미래 사회

문화
지난 20년간 사라진 것

9-1 자동화 사회

학습 목표 ● 과제 자동화된 사회에 대해서 전망하기, 정보 전달하기
● 문법 –기 나름이다, –는다손 치더라도 ● 어휘 자동화

위 사진의 로봇들은 어떤 일을 수행하고 있습니까?

여러분이 알고 있는 로봇에는 어떤 것이 있습니까?

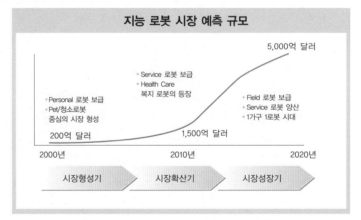

지능 로봇 시장 예측 규모

5,000억 달러

• Service 로봇 보급
• Health Care
복지 로봇의 등장

• Personal 로봇 보급
• Pet/청소로봇
중심의 시장 형성

• Field 로봇 보급
• Service 로봇 양산
• 1가구 1로봇 시대

200억 달러   1,500억 달러

2000년   2010년   2020년

시장형성기 ▶ 시장확산기 ▶ 시장성장기

(출처: 김병수, 가정용 로봇 산업 현황)

위 도표는 로봇 시장의 현황과 예측입니다.

1) 이 도표에서 알 수 있는 내용은 무엇입니까?

2) 사회의 변화에 따라 다양한 기능의 로봇이 필요합니다. 여러분은 앞으로 어떤 로봇이 필
요하다고 생각합니까?

사회의 변화	로봇의 기능
노인인구의 증가	
여성의 사회진출 확대	가사노동, 육아기능을 담당하는 로봇
독신자의 증가	

대화

🔊 49~50

알렉스 이번에 과학기술원에서 기술 개발에 성공한 수술보조 로봇에 대한 기사 봤어? 반응이 굉장하던데.

영수 어제 뉴스에서 봤어. 지금까지는 수술 위치를 정해주거나 수술 시 절개 부위를 잡아주는 등 한정된 역할만 할 수 있었는데 이번에 개발된 로봇은 직접 수술을 도와준다고 하니 대단하지.

알렉스 3차원의 입체영상을 통해 원격으로 수술을 집도하게 되니까 의사의 손떨림도 방지할 수 있고 미세한 봉합에 아주 적절하게 활용할 수 있다고 해.

영수 기사 내용을 보니까 앞으로는 수술 보조만 하는 게 아니라 직접 수술을 집도하는 수술로봇을 개발할 계획이라더군. 하긴 옛날에는 사람의 손을 거쳐야만 했던 많은 일들이 거의 자동화되었으니 그게 먼 세상 얘기도 아니지 뭐.

알렉스 맞아. 지난주에 의료기기 전시회에 갔다 왔는데 모든 기계가 인공지능으로 만들어져서 사람이 직접 조절하거나 관리할 필요가 없더라.

영수 첨단과학 기술의 발달로 모든 것이 다 자동화된다면 우리들은 뭘 해야 하나? 이러다가 로봇이나 기계가 사람의 자리를 대신하게 되어 인간의 존재 가치가 위협을 받게 되지는 않을까 걱정이야.

알렉스 그건 기술을 활용하기 나름이라고 생각해. 인간과 로봇이 공존할 수 있는 세상을 구현하도록 지혜를 모은다면 다양한 용도의 로봇을 이용해 편리한 생활을 즐길 수 있을 거야.

영수 아무리 인간 친화적인 로봇을 개발한다손 치더라도 자동화로 인한 부작용은 없앨 수 없을 거야.

01 알렉스와 영수가 공통적으로 느낀 점은 무엇입니까?

❶ 로봇의 판매 전략   ❷ 로봇의 활용

❸ 미래의 로봇   ❹ 인간과 로봇의 공존

02 위 대화에서 말한 자동화의 예로는 무엇이 있습니까?

반응 n. (反應) 反應	절개 n. (切開) 切開、剖開	한정되다 v. (限定 -) 限定、限制
입체영상 n. (立體映像) 立體影像	원격 n. (遠隔) 遠程	집도하다 v.(執刀) 執刀、主刀
미세하다 a.(微細 -) 細微、細小	봉합 n. (縫合) 縫合	보조 n. (輔助) 輔助	거치다 v. 經由、經過
위협 n. (威脅) 威脅	공존하다 v.(共存) 共存、共處	구현하다 v.(具現 -/具顯 -) 實現、貫徹
용도 n. (用途) 用途	친화적이다 a. (親和的) 親近的	

03 위의 대화를 이어서 기술 발달로 인한 부작용과 우리가 해결해야 할 과제에 대해서 이야기해 봅시다.

[보기] 통신 기술의 발달로 직접 만날 일도 줄어들고 끈끈한 인간미도 없어지면서 인간관계가 약화되고 있습니다. 온라인 상에서 형성된 관계를 오프라인으로 연계하는 작업이 중요하다고 생각합니다. 예를 들어 취미를 통해 형성된 관계라면 온라인으로 정보를 공유하고 오프라인으로는 전시회나 대회 등을 만들어 직접 참여하게 하는 것입니다. 이렇게 되면 자동화 속에서 소원해질 수 있는 인간관계가 친밀해질 수 있습니다.

어휘 자동화

01 다음의 표현들을 익히고 질문에 대답하십시오.

(가)	(나)
문서처리	경비절감
정보유통	보안강화
전자결제	사무업무의 효율화
원격제어	정보공유
자동감지	능률향상
전자상거래	품질향상

1) (가)에서 알맞은 표현을 찾아 빈 칸을 채우십시오.

기능 설명	표현
인터넷을 통해 물건을 사고 판다	전자상거래
집 안의 가전제품, 조명기기, 음향기기 등을 전화로 켜고 끈다	
물건을 구매한 후 대금을 온라인으로 지불한다	
가스 누출이나 화재, 도난 시에 경고음이 울린다	
필요한 자료를 도서관에 가지 않고 인터넷을 통해 찾는다	
각종 자료나 서류 등을 컴퓨터로 작성, 저장한다	

2) (나)의 표현을 이용하여 다음 빈 칸을 채우십시오.

컴퓨터와 통신기술의 획기적인 발전에 따라 자동화시스템은 더욱 발전하는 추세이다. 가정에서도 도난 시에 경보음을 울려주는 자동감지 기능을 통하여 (　　　　　) 의 효과를 거두고 있다. 사무실에서도 사무자동화를 통해 신속한 정보수집, 사무업무의 (　　　　) 및 내용의 질적인 향상을 도모할 수 있게 되었다. 또한 공장에서도 컴퓨터를 이용하여 사람들이 하던 일을 자동으로 처리하게 함으로써 사람의 개입을 최소화시켜 (　　　　) 의 효과를 가져 올 수 있다.

02 위의 표현을 이용하여 자동화 사회에 대해 이야기해 보십시오.

[보기] 현대사회는 많은 부분이 자동화되어 사람들의 생활이 편리해졌습니다. 집안에서 금융 업무를 보거나 전자 상거래를 통해 집에서 물건을 주문하고 결제할 수 있게 되었습니다. 뿐만 아니라 최근에는 컴퓨터나 복잡한 기계조작에 익숙하지 않은 사람들을 위해서 간편한 제품들도 많이 출시되고 있어 자동화 제품을 선호하고 이를 사용하는 인구는 점차 늘어날 거라고 생각합니다.

문법

01 다음을 읽고 문법 및 표현을 익혀 봅시다.

안녕하세요? 오늘 저희 홈쇼핑에서 소개할 상품은 전자의류입니다. 여러분이 원하는 적정온도를 설정해 주시면 옷 안에 들어있는 열선을 통하여 온도가 자동으로 조절됩니다. 비용이 좀 비싸다고요? 그것은 **생각하기 나름입니다.** 구입비용은 다소 **부담스럽다손 치더라도** 한 벌 구입하시게 되면 사계절 모두 입을 수 있기 때문에 오히려 경제적입니다. 이젠 무겁고 착용감이 불편한 옷은 필요 없게 될 것입니다.

-기 나름이다

1) 다음 대화를 보기와 같이 완성하십시오.

[보기] 가: 지금 시작하기에는 좀 늦지 않았어요? 제가 따라갈 수 있을지 걱정이에요.
　　　나: 그거야 자기가 하기 나름이지. 늦었다고 생각할 때가 가장 빠를 때니까 열심히 해 봐.

1) 가: 이 제품의 수명은 어느 정도인가요?

나: _____. 어떻게 사용하느냐에 따라 수명이 결정되는 거지요.

2) 가: 교육을 어떻게 시켰길래 저렇게 반듯하게 잘 자랐을까?

나: _____. 부모의 교육방법이 아이들에게 큰 영향을 미친다고 봐.

3) 가: 난 언제쯤 김 사장님처럼 경제적인 여유 속에서 행복을 누리며 살 수 있을까?

나: _____. 행복은 멀리 있지 않아. 네 마음 속에 있어.

4) 가: 이번 시험에 제가 합격할 수 있을까요?

나: _____. 성실하게 준비한다면 시험에 붙을 거야.

-는다손/다손 치더라도

2) 다음을 연결하여 보기와 같이 이야기해 봅시다.

신제품 개발에 성공한다 ●·····················● 비용이 너무 많이 들면 아무도
구입하지 않을 거다

전력상으로는 이길 가능성이 전혀 없다 ● ● 못 오면 연락을 해야 한다

회사일로 바쁘다 ● ● 영원히 안 보고 살 수는 없다

물건이 잘 팔리지 않는다 ● ● 시합을 포기할 수는 없다

부모님과의 갈등이 있다 ● ● 당장 장사를 그만 둘 수는 없다

[보기] 아무리 신제품 개발에 성공한다손 치더라도 비용이 그렇게 많이 들면 아무도
구입하지 않을 거예요.

02 위의 표현을 이용하여 여러분이 가지고 있는 물건에 대해서 이야기해 봅시다.

[보기] 제가 가장 아끼는 물건 중의 하나는 휴대용 게임기입니다. 요즘 청소년들의 게임
중독에 대한 기사가 가끔 실리기도 하지만 전 게임이 무조건 나쁘다고 생각하지
않습니다. 게임은 본인이 활용하기 나름입니다. 다소 부작용이 염려된다손 치더라도
많은 장점을 활용할 수 있다면 우리에게 약이 될 것입니다.

기술의 진화는 어디가 끝일까요?

불과 몇 년 전만 해도 상상 속에서만 가능했던 많은 일들이 실현되었습니다. 가정과 사무실, 공장에서 자동화시스템을 도입하여 업무의 효율성과 생활의 질적인 향상을 가져왔습니다. 여기에서는 첨단과학 기술의 발전이 우리의 생활에 어떤 편리함을 가져다 주었는지 구체적으로 살펴보고자 합니다.

첫째, 가정자동화입니다. 가정자동화란 집에 있지 않아도 집안에 있는 모든 가전제품이나 기기 등을 전화로 작동할 수 있게 해주는 시스템을 말합니다. 일일이 사람의 손을 거쳐야 했던 일들을 이제는 기계가 대신합니다. 아파트에 들어설 때 입구에 부착되어 있는 홍채 인식시스템을 지나가면 그 사람의 신상 파악에 필요한 정보가 입력됩니다. 신분이 불확실한 경우 자동으로 경비실에 연결이 되어 출입이 차단됩니다. 그 뿐만이 아닙니다. 퇴근하기 전에 원격제어 기능을 통해 거주자의 취향에 맞게 집안의 온도, 습도, 조명 등을 맞춰 놓을 수 있습니다. 가사노동에서도 해방됩니다. 가사 도우미 로봇이 냉장고가 제공하는 요리재료와 요리방법을 참고하여 하루 칼로리 섭취량과 선호 음식 등을 고려한 식단을 제공합니다.

둘째, 사무자동화 부분입니다. 사무자동화란 사무실에서 행해지는 업무를 자동화시키는 것을 의미합니다. 업무처리의 자동화를 통해 날마다 교통 전쟁을 치르며 출근할 필요 없이 대부분의 일은 재택근무를 통해 해결합니다. 결재서류도 직접 만나서 전달하지 않고 인터넷을 통해 주고 받기 때문에 시간이 크게 단축됩니다. 외국이나 지방에 있는 사람들과 회의를 하기 위해 시간을 투자해 이동할 필요도 없습니다. 정해진 회의 시간에 각자의 책상에 앉아 컴퓨터만 켜면 화상회의가 이루어질 수 있기 때문입니다.

셋째, 의료자동화입니다. 지금까지는 찾아온 환자가 어떤 상태인지에 대해서 의사가 미리 알지 못하므로 진단과 치료가 지연되기 일쑤였습니다. 또한 환자들은 자신이 먹는 약이 무슨 성분인지도 모르는 채 약을 복용하며 자신의 체질과 과거병력, 가족력은 고려되지 않은 처방을 받았습니다. 하지만 의료기술의 발달로 자신의 몸속에 들어있는 칩을 통해 본인의 건강을 실시간으로 확인할 수 있습니다. 이상이 생겼을 경우에는 자동으로 주치의에게 연락이 되어 환자의 모든 상태가 고려된 처방이 내려집니다. 수술 시에도 의사의 시간에 맞출 필요없이 담당 로봇이 수술을 집도하게 됩니다.

01 　 위 글은 무엇에 대한 글입니까?

02 글의 내용에 맞게 빈 칸을 채우십시오.

<가정의 자동화>

보안시설	홍채 인식시스템으로 신분 확인
주거환경	
가사노동	

<사무 자동화>

근무	재택근무 가능
결재	
회의	

<의료 자동화>

진찰	
처방	
수술	로봇이 진찰, 수술 등 직접적인 의료행위를 담당

03 다음은 우리가 생활 속에서 늘 사용하는 제품들입니다. 미래에는 어떤 기능들이 더 제공될지 이야기해 봅시다.

	휴대전화	컴퓨터	텔레비전	신분증
현재의 기능	전화기, 사진기	정보검색, 통신	시청각 자료 제공	신분증명서
미래의 기능				

과제 2 정보 전달하기 [🔊 51]

기능표현익히기

- 기존의 제품과는 달리 본 신상품은 전력 소모를 최소화**했다는 것이** 가장 **큰 특징입니다.**
- 지금까지의 휴대전화가 젊은 층을 주 대상으로 개발된 것**인 반면에** 이번 제품은 전 연령층에서 다양하게 사용될 수 있도록 고안된 것입니다.
- 교내에서의 휴대전화 사용의 문제는 교사의 입장, 학생의 입장 등 다양한 부분에서 요구조사가 이루어져야 한**다고 봅니다.**
- 로봇의 편리함은 다양하게 분석하여 발표되고 있지만 가격 경쟁력 부분은 기존의 기술로 해결하**기에는 어려운 점이 많습니다.**
- 따라서 저희 회사에서는 소비자들의 가격에 대한 부담을 줄여드리**고자** 필수적인 기능만을 담은 일반형 모델을 출시하게 되었습니다.

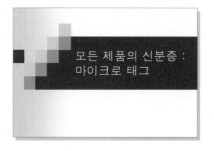

모든 제품의 신분증 :
마이크로 태그

개발 배경

1)판매자의 불편
: 재고 관리의 문제

2)구매자의 불편
: 고가품의 도난, 분실

장점

1)재고 관리의 효율성 : 판매 증진

2)개개 품목 추적 가능 : 도난 방지

3)계산의 용이함 : 쇼핑의 편리 추구

01 마이크로 태그란 어떤 제품입니까?.

02 마이크로 태그의 장점에 대해 이야기해 봅시다.

03 다음은 제품에 대한 간단한 설명입니다. 구체적으로 정보를 전달해 봅시다.

제품명	개발 배경	장점
엠피스리(MP3)	1. 시디(CD)나 카세트는 기계가 필요하므로 들을 수 있는 장소의 제약이 있다. 2. 시디(CD)나 카세트의 구입비용이 많이 들며 보관도 불편하다.	1. 인터넷에서 다운로드 받은 음악 파일을 휴대하고 다니면서 언제든지 들을 수 있다. 2. 좋아하는 곡을 선별할 수 있다. 3. 비용을 절약할 수 있다.
전자서적	1. 책의 부피 때문에 보관할 장소가 필요하다. 2. 들고 다니기가 불편하다.	1. 원하는 책의 칩만 사면 다양한 책을 볼 수 있다. 2. 휴대와 보관이 용이하다.
스마트 카드	1. 신분증, 각종 신용카드를 여러 개 보유하는 것이 불편하다. 2. 사이버 공간에서 신용카드 결제에 각종 정보를 입력해야 하므로 불편하다.	1. 신분증기능과 다양한 결제 기능을 가지고 있다. 2. 사이버 공간에서 결제 시 단일 패스워드만 입력하면 된다.

04 여러분은 미래에 어떤 제품이 개발되리라고 생각하십니까? 우리의 생활을 편리하게 해 주는 상품을 구상하고 그 특성이나 기능을 구체적으로 설명해 봅시다.

9-2 미래형 인간

미래 사회는 어떤 사람을 원할까요?
여러분들은 여러분의 미래를 위해 어떤 준비를 하고 있습니까?

미래사회에서 필요한 습관
1. 주도적이 되어라.
2. 목표를 먼저 세우고 행동하라.
3. 중요한 것부터 먼저 하라.
4. 윈–윈(win–win) 전략을 추구하라.
5. 남의 말을 먼저 듣고 이해한 후 그 다음에 남을 이해시켜라.
6. 시너지를 활용하라.
7. 심신을 단련하라.
8. 네 목소리를 찾아라. 그리고 다른 사람들도 자신의 목소리를 찾도록 영감을 줘라.

위의 표는 미래 사회에서 필요한 8가지 습관입니다.
1) 각각의 의미가 무엇인지 생각해 봅시다.

2) 여러분은 이 중에서 어떤 습관을 갖고 계십니까? 미래사회에서 필요한 9번째 습관은 무
엇이라고 생각하십니까?

대화

🔊 52~53

부장 김 과장이 이번에 세무사 시험에 합격했다면서? 새벽에 학원에 다니느라고 1년 넘게 고생하더니 보람이 있네.

민철 요즘은 퇴근하고 학원에 다니는 사람들이 많아졌어요. 우리 사회도 경력계발이니 평생학습이니 하는 것들이 생활화되었나 봐요.

부장 그럼. 끊임없이 자신을 개발하지 않으면 한 순간에 도태되고 말아. 자신의 개인생활을 포기하는 한이 있더라도 장래에 필요한 기술과 능력을 미리 준비하고 대비해야 성공할 수 있는 사회지.

민철 취업경쟁을 뚫고 이제야 겨우 직장 일에 익숙해져 가고 있는데 또 다시 새로운 것을 준비해야 되다니. 이 사회가 우리에게 너무 많은 걸 요구하는 것 같아요.

부장 정 대리도 확실한 미래를 잡으려거든 지금의 회사 생활에 안주하지 말고 필요한 자격증이라도 따는 공부를 시작해 보지 그래? 전공이 경제학이니 회계사 공부도 좋을 것 같은데.

민철 전 지금 공부는 고사하고 제가 맡은 일만으로도 벅찬 걸요. 미래사회는 폭넓은 지식을 갖춘 전문가를 필요로 한다지만 누구나 다 그렇게 될 수는 없잖아요? 오히려 그런 시대의 흐름에 너무 억지로 맞추려다 보니 한 우물을 파는 사람이 적어지는 단점도 있는 것 같아요.

부장 그렇지만 평생직장의 개념이 사라진 현대사회에서 주어진 일에만 충실하다가는 살아남기 힘들지 않을까? 미래가 원하는 인재형이 그런 거라면 우리도 시대의 변화에 따르는 게 옳다고 보는데.

민철 물론 그런 점도 있지요. 하지만 묵묵히 자신의 일을 처리해 나가는 사람도 이 사회에 꼭 존재해야 된다고 생각해요.

01 위 글에서 말하는 변하는 인재형에 대해 정리해 봅시다.

02 위의 두 사람은 현대사회가 요구하는 인재형에 대한 입장의 차이를 보이고 있습니다. 입장이 어떻게 다른지 이야기해 봅시다.

도태되다 v.(淘汰 -/陶汰 -) 淘汰、刷、去掉   대비하다 v.(對備 -) 預備、應對
요구하다 v.(要求 -) 要求   안주하다 v.(安住 -) 安身、安居、滿足   회계사 n. (會計士) 會計師
벅차다 a. 吃力、費勁；充滿、洋溢、激動   억지로 adv. 勉強、強迫   충실하다 a.(忠實 -) 忠實、忠誠
묵묵히 adv.(默默 -) 默默地

347

03 바람직한 미래형 인간의 모습에 대한 여러분의 생각을 이야기해 봅시다.

[보기] 인터넷이 전 세계 공통의 도서관 역할을 하는 요즘 세상에서 전문지식의 의미는 그다지
크지 않다고 생각합니다. 원하는 고급 지식을 언제 어디서나 바로 인터넷으로 연결하여
얻어 낼 수 있는 세계에서 개인의 경쟁력은 새로운 것을 창조해 해는 창의력에 있다고
생각합니다. 따라서 미래형 인간의 바람직한 모습은 변화하는 사회에 대처할 수 있는
문제 해결 능력을 갖춘 창의적인 인간이라고 생각합니다.

어휘 미래형 인간

01 다음 표현을 익히고 질문에 대답하십시오.

(가)	(나)
두뇌전쟁 원격학습 생명공학 극미세기술(나노기술) 대체에너지 유비쿼터스 인간소외 물질만능	전문지식 폭 넓은 교양 국제 감각 외국어 구사능력 진취적이며 긍정적 사고 유연성 창의력 인간미 올바른 가치관

1) (가)에서 알맞은 표현을 찾아 빈 칸을 채우십시오.

컴퓨터 화면을 통해 미국인 영어강사에게서 영어를 배운다	
돈만 있으면 무엇이든지 이룰 수 있다고 생각한다	
심장에 문제가 생겨 바이오 심장을 이식해 건강하게 생활하고 있다	생명공학
석유대신 태양열 에너지나 원자력 에너지에 대한 연구가 한창이다	
생활은 아주 편리해졌지만 마음 맞는 사람이 없어 늘 외롭다	

2) (나)에서 알맞은 표현을 찾아 빈 칸을 채우십시오.

이제 시대는 급변하고 있다. 한 우물만 파다가는 생존하기 어려울지도 모른다. 자신의 전공분야에 대한 (   ) 은/는 물론이고 다양한 분야의 폭 넓은 지식을 요구하는 사회이다. 학교에서도 공부벌레보다는 급변하는 사회에 대처할 수 있는 (   ) 과/와 자신만의 새로운 것을 만들어 내는 (   ) 을/를 키워주는 교육이 이루어져야 할 것이다.

02 위의 표현을 이용하여 미래사회의 모습에 대해 이야기해 봅시다.

[보기] 미래에는 인간의 노동력이 거의 필요없을 거라고 생각합니다. 생활 속의 대부분의 것들이 자동화될 테니까요. 유비쿼터스 시스템도 완벽하게 구축되어 장소에 관계없이 네트워크에 접속할 수 있게 되겠지요. 또한 생명공학의 발전으로 불치병, 난치병도 사라지게 될 것이며 인간의 평균수명이 100세를 넘을 것이라고 생각합니다.

문법

01 다음을 읽고 문법 및 표현을 익혀 봅시다.

　　미래사회에는 다양한 능력을 지닌 인간만이 살아남을 수 있다고 한다. 사회적인 성공을 위해 자신의 모든 개인생활을 포기해가며 분주하게 뛰어다니는 동료들을 보면 '그들은 지금 행복한가?' 라는 의문이 생긴다. 친구, 동료는 사라지고 경쟁자만이 존재하는 현실에서 인간적인 **정은 고사하고** 따뜻한 인사를 나누기도 힘들다. 조금 **처지는 한이 있더라도** 인간적인 정을 나누고 인간미를 느낄 수 있는 사회를 만들고 싶은 소망은 과연 나만의 것일까? 성공에 대한 강박관념을 가지고 남보다 앞서려고만 하기보다 자신이 정말 행복하게 살고 있는지를 한 번쯤 생각해 보는 시간을 가졌으면 좋겠다.

-는 한이 있더라도

1) 다음 표를 완성하고 문장을 만드십시오.

예상되는 좋지 않은 결과	의지
[보기] 주식을 지금 팔면 투자금액도 못 건질 것이다	오늘까지는 꼭 팔아야만 한다.
이번 일이 잘못되면 회사를 그만 둬야 할 것이다	
서류를 완벽하게 작성하려면 기한을 지키지 못할 것이다	
오늘까지 이 일을 끝내려면 밤을 새워야 할 것이다	
이렇게 훈련을 받다가는 쓰러질지도 모른다	
새로운 사업을 시작하려면 여가활동은 포기해야 할 것이다	

[보기] 투자금액을 못 건지는 한이 있더라도 오늘 안으로 꼭 팔아야 해요. 오늘까지 은행 빚을 갚지 못하면 집이 경매로 넘어간단 말이에요.

은/는 고사하고

2) 다음 표를 완성하고 문장을 만드십시오.

희망사항	못마땅한 현실
[보기] 기본 예의는 지켰으면 좋겠다	이기적인 행동만 한다
상여금을 받고 싶다	
집에 에어컨이 있었으면 좋겠다	
종합병원에서 치료를 받고 싶다	
빌려 준 돈의 이자를 받았으면 좋겠다	
이번 인사이동에서 승진이 되었으면 좋겠다	

[보기] 기본 예의는 고사하고 너무 이기적으로 행동해서 참기가 좀 힘들었어요.

02 위의 표현을 이용해서 여러분들의 강한 의지를 이야기해 봅시다.

[보기] 이번 프로젝트가 실패하면 승진은 고사하고 회사에서 쫓겨날지도 모른다. 그래도 내가 시작한 일인 만큼 내 자리를 내 놓는 한이 있더라도 끝까지 밀고 나갈 생각이다.

듣고 말하기 [🔊 54]

미래 사회에서 필요로 하는 인재의 요소입니다. 듣고 질문에 대답하십시오.

01 미래의 인재가 가져야 할 다섯 가지 요소는 무엇입니까?

02 T자형 인간이란 무엇입니까? 구체적으로 설명해 봅시다.

03 다음은 각 기업에서 제시한 인재상입니다. 여러분들이 생각하는 인재상에 대해 이야기해 봅시다.

회사명	삼성	엘지(LG)	에스케이(SK)	현대자동차
인재의 요소	세계 수준의 전문성, 도덕성, 리더십	전문성, 혁신적인 성향, 실행력	패기와 지식을 겸비한 사회적 기업인	창조하는 도전인, 학습하는 전문인, 봉사하는 사회인

04 위의 내용을 바탕으로 자신이 미래 사회에 꼭 필요한 인물이라는 것을 광고해 봅시다.

예측하기 ●─────────────────

기능표현 익히기
- 영어를 공용어로 사용하자는 영어공용화를 시행하게 되면 단기적으로는 다음과 같은 결과가 나타**날 것으로 보입니다.**
- 분배 문제가 원활하게 해결되지 않으면 소득의 양극화**가 초래될 것입니다.**
- 주가의 변동은 **좀처럼 예측하기 힘든 문제라고 할 수 있습니다.**
- 지금은 모두들 현실성이 없다고 하지만 앞으로 몇 년 내에 실용화**될 것이라고 장담합니다.**
- 빠르게 급변하는 현대사회에서 미래를 **내다 볼 수 없다면** 성공의 가능성은 낮아질 것입니다.

다음은 빗나간 지난날의 예언들입니다. 읽고 질문에 대답하십시오.

01

인구 폭발 (18세기 말 맬더스의 '인구론')

1950년대의 인구에 비해 1960년대에 40%의 인구증가를 제시하면서 세계 인구가 증가해 결국 지구가 수용할 수 없게 될 것이라고 내다 봤다. 하지만 인구는 크게 늘지 않고 오히려 현재는 한국을 비롯한 여러 나라들이 저출산 문제로 골머리를 앓고 있다.

1) 18세기 말에 맬더스가 인구의 폭발을 예측한 근거는 무엇입니까?

2) 앞으로 인간의 평균수명은 어느 정도까지 연장되리라고 생각합니까?

3) 현재의 고령화나 저출산 문제는 어떻게 되리라고 생각합니까?

4) 미래에는 어떤 인구 문제가 발생할 수 있을까요?

02

지구의 냉각화

1940년부터 1970년에 이르기까지 지구의 온도가 지속적으로 떨어지는 것을 보고 뉴욕타임즈는 새로운 빙하시대가 올 거라는 기사를 실었다. 당시의 학자들은 온실가스가 햇빛을 차단해 냉각화를 일으키는 주범이라고 생각했으니 대단한 모순이라고 볼 수 있다. 뿐만 아니라 1975년 뉴스위크지는 '차가워지는 지구 (The Cooling World)' 라는 제목 아래 지구의 기온이 점점 떨어져 곡식의 생산량이 감소하게 되어 결국은 온 인류가 기아에 허덕이게 될 것이라고 전망했다. 하지만 현재 지구는 냉각화와는 정 반대의 현상인 지구온난화 문제가 심각한 실정이다.

1) 지구가 냉각화될 것이라고 예측한 근거는 무엇입니까?

2) 여러분은 지구온난화 문제가 어떻게 될 것이라고 생각하십니까? 예측해서 이야기해 봅시다.

3) 그 외에 어떤 환경문제가 초래될 것이라고 생각하십니까?

03

컴퓨터 사용의 저평가

인터넷이 사람들의 생활에 이렇게 깊이 침투하리라는 것을 예측한 사람은 많지 않다. 불과 얼마 전만 해도 컴퓨터를 통해 정보를 공유할 수 있을 거라는 말을 비웃는 사람이 많았다. 1981년 컴퓨터의 황제인 빌 게이츠조차도 메모리가 640KB 정도면 모든 사람들에게 충분하고도 넘치는 용량이라고 예측했다. 하지만 현재 보통의 사람들이 수만 배의 메모리 용량을 사용하고 있다.

1) 빌 게이츠의 잘못된 예측은 무엇입니까?

2) 인터넷은 어느 정도까지 발전되리라고 생각하십니까?

04

2100년의 지구와 인류의 상황을 예측하고 근거를 제시하면서 발표해 봅시다.

9-3 정리해 봅시다

I. 어휘

01 다음의 단어를 분류하고 보기와 같이 짧은 문장을 만드십시오.

위협하다　도태되다　대비하다　안주하다　충실하다　억지로　묵묵히

<긍정적>
· 대비하다
·
·

<부정적>
· 위협하다
·
·

[보기]　만일의 사태에 대비하여 모든 시설을 다시 한 번 점검해 주시기 바랍니다.

1) ....

2) ....

3) ....

4) ....

5) ....

02 다음의 제시어와 관계 있는 단어를 쓰십시오.

					[보기]	생
						명
					(2)	공
					(1)	학
				(4)		
		(3)				
(5)						

[보기] 유전자 조합, 동물복제, 줄기세포 : 생명공학

1) 온라인 학습, 동영상 강의, 사이버대학 :

2) 무선조종, 리모컨, 무인감시 :

3) 인터넷 뱅킹, 온라인 쇼핑, 공인 인증서 :

4) 센서, 비상벨, 스프링클러 :

5) 원자력, 태양열, 바이오 연료 :

II. 문법

다음의 여러 주장에 대해서 보기와 같이 반대의 의견을 이야기해 봅시다.

-기 나름이다   -다손 치더라도   -는 한이 있더라도   은 고사하고

[보기] 주제 : 시한부 선고

주장하기 : 이미 중병으로 인해 심약해진 환자에게 시한부 선고를 한다면 환자의 상태
는 더욱 더 나빠질 것입니다. 자신의 인생이 얼마 남지 않았다는 절망보다
환자가 나을 수 있다는 희망을 가질 수 있도록 배려하는 것이 좋다고 생각
합니다.

반론하기 : 환자에게 무엇이 더 나은 방법인지는 생각하기 나름입니다. 처음에는 죽음
을 받아들이기 힘들다손 치더라도 그것은 개인이 겪어야만 하는 삶의 과정
이라고 생각합니다. 고통의 시간을 보내는 한이 있더라도 환자 스스로가 자
신의 인생을 정리할 수 있도록 미리 알려 줘야 합니다.

1) 주제 : 정리해고

    주장하기 : 여러분들도 아시다시피 요즘 회사의 재정상태가 아주 나쁩니다. 회사가 살아남을
              수 있는 길은 인원감축밖에 없습니다. 장기적으로 볼 때도 생산 시설을 자동화하여
              인력을 줄이는 것이 생산비의 단가를 높여 판매 수입을 늘이는 가장 효과적인 방법
              이라고 생각합니다.

    반론하기 :

2) 주제 : 지하철 무료승차권 지급

    주장하기 : 현재 65세 이상의 노인들에게 지급되는 지하철 무료승차권이 지하철 적자 운영의
              가장 큰 원인입니다. 나이가 많다는 이유 하나만으로 모든 노인들에게 무료승차권
              을 지급해야 한다는 것은 이해가 되지 않습니다. 수익자 원칙에 따라 이용하는 사람
              이 비용을 지불하는 것은 당연합니다.

    반론하기 :

III. 과제

01 다음은 인간의 생물학적인 능력을 뛰어넘은 영화 속 주인공입니다.

이식 경위 : 교통사고로 인한 신체의 결손 부분을 첨단과학의 힘을 동원해 초인적인 능력을 지닌 새로운 인간으로 재탄생시킴.

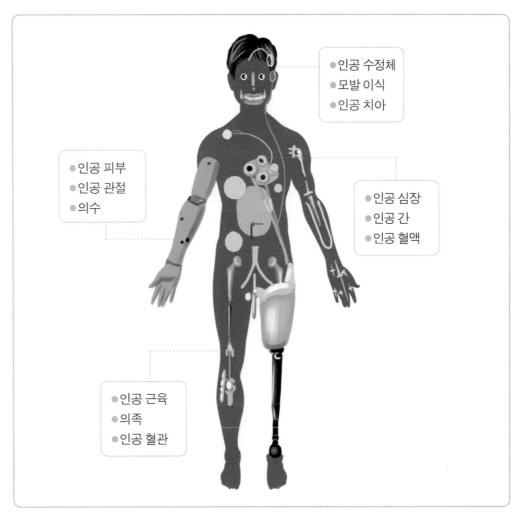

1) 여러분이 알고 있는 영화나 소설 속의 등장인물 중에서 첨단과학으로 인간의 한계를 뛰어넘는 능력을 가지게 된 인물에 대해 이야기해 봅시다.

2) 이식 기술의 발달로 인해 생길 수 있는 문제점과 그 해결 방안에 대해서 이야기해 봅시다.

9-4 소설 읽기와 세상 읽기 (1)

1. 다음 중 여러분의 생활에서 꼭 필요하다고 생각되는 도구는 무엇입니까?

자동차	휴대폰	컴퓨터	엘리베이터	세탁기	TV

2. 다음 단어를 사용하여 현대인에게 엘리베이터는 어떤 공간인지 이야기해 봅시다.

인간소외	단절	고립	소통의 부재	군중 속의 고독

55

엘리베이터에 낀 그 남자는 어떻게 되었나?

김영하

　살다 보면 이상한 날이 있다. 그런 날은 아침부터 어쩐지 모든 일이 뒤틀려 간다는 느낌이 든다. 그리고 하루 종일 평생 한 번 일어날까 말까 한 일들이 마치 기다리고 있었다는 듯 하나씩 하나씩 찾아온다. 내겐 오늘이 그랬다.

　아침에 면도를 하는데 면도기가 부러졌다. 별로 힘도 주지 않았는데 면도기의 목이 툭, 하고 꺾여 버렸다. 일회용 면도기였느냐고? 물론 아니다. 질레트사에서 최근에 내놓은, 값이 거의 육천 원에 육박하는 제품이다. 튼튼하기가 이를 데 없고 누군가 일부러 부러뜨릴래야 부러뜨릴 수 없는 것인데, 사용한 지 불과 한 달 만에 이렇게 되어 버린 것이다.

5

　면도기가 부러지는 바람에 내 수염은 반밖에 깎을 수 없었다. 왼쪽 얼굴은 말끔, 오른쪽 얼굴은 그 반대였다. 이런 우스꽝스런 모습으로 출근을 해야 하다니. 나는 기분을 잡쳐 버렸다. 시계를 보았다. 일곱 시 사십 분. 여유가 없었다. 머리를 말리고 옷을 걸치고 집을 나가 엘리베이터를 기다렸다. 아무리 기다려도 엘리베이터는 오지 않았다. 고장이라도 난 모양이었다. 다시 시계를 보았다. 일곱 시 오십오 분. 나는 15층에서 1층을 향해 중국집 배달원처럼 달려 내려갔다. 5층을 지나가면서 보니 엘리베이터는 문이 열린 채로 6층과 5층 사이에 걸쳐 있었고 엘리베이터 아래로 사람의 다리 두 개가 대롱거리고[1] 있었다. 한쪽 발은 신발이 벗겨져 있었다. 죽었을까 살았을까. 그때 내 앞으로 위층에 사는 사람들이 바삐 나를 밀치고 아래층으로 내려갔다. 말쑥한[2] 신사복을 차려 입은 그들은 출근 중이었다. 사람이 엘리베이터에 끼여 죽었는지 살았는지도 모르는데 저렇게 무심히 지나치다니. 하지만 나 역시 할 수 있는 일은 별로 없었다. 시계를 보았다. 여덟 시 정각. 이크. 나는 슬쩍 아래층 쪽을 내려다 보면서 갈등했다.[3] 할 수 없군. 나는 신발이 벗겨

10

15

20

---

1 대롱거리다 : 작은 물건이 매달려 잇따라 가볍게 흔들리다.

2 말쑥하다 : 지저분함이 없이 말끔하고 깨끗하다.

3 갈등하다 : 개인이나 집단 사이에 목표나 이해관계가 달라 서로 적대시하거나 불화를 일으키다.

진 발을 살짝 당겨 보았다(발은 내 얼굴 높이에 있었다). 여보세요. 발가락이 꿈틀거렸다. 말이라고 할 수 없는 신음도 흘러 나왔다. 살아 있는 모양이었다. 하지만 그를 구해낼 힘도 시간도 없었다. 이거 봐요. 어쩌다 엘리베이터에 끼였는지는 모르겠지만 내가 출근하면서 119에 신고해 줄게요. 아니면 아래층 경비에게 말해 줄 테니 조금만 기다리세요.

5 　나는 한달음에 일층까지 내려왔다. 경비실 창문에는 '순찰중' 이라는 팻말이 걸려 있었다. 바깥을 둘러봤지만 경비의 모습은 보이지 않았다. 할 수 없군. 나는 버스 정류장까지 달려갔다. 버스는 오지 않았다. 나는 옆에 서서 버스를 기다리고 있는 남자에게 물었다. 혹시 휴대폰 있습니까? 누가 엘리베이터에 끼여서 119에 신고를 해 줘야 하거든요. 남자는 별 시답잖은[4] 놈도 다 보겠다는 기색으로 힐끔거리더니만[5], 휴대폰 없어요, 라며 차갑게

10 내뱉고는[6] 고개를 버스 오는 방향으로 돌려 버렸다. 뒤에 서 있는 여자에게서도 비슷한 반응이 돌아왔다.

　저기 공중전화 있잖아요. 여자는 손가락이 아령이라도 되는 듯이 힘겹게 들어 길 건너편의 공중전화를 가리켰다. 나는 사정을 설명했다. 제가 저기 가 있는 사이에 버스라도 오면 어떻게 해요? 저희 부장님이 아주 성질이 드러워서 지각하면 죽음이거든요. 그리고 엘

15 리베이터에 낀 사람 생각 좀 해 주세요. 얼마나 아프겠습니까? 여자는 기가 차다는[7] 듯이 입가를 비틀며 웃더니 마침 도착한 버스에 올라타 버렸다. 휴대폰을 사든지 해야지 원. 나는 휴대폰을 사지 않은 것을 처음으로 후회했다. 그때 내가 타야 할 버스가 왔고 나는 사람들 사이에 끼여서 버스 위로 밀려 올라갔다. 버스 카드를 제시하려고 뒷주머니를 만지니, 이런, 지갑이 없었다. 기사는 짜증을 내며 현금을 내라고 했고 나는 지갑을 안 가지

20 고 와서 그것마저 낼 수 없노라고 말했다. 그럼 내리라며 기사는 짜증을 냈다. 내 뒤에 섰던 사람들은 한 번씩 나를 힐끔거리며 내 옆구리 사이로 버스 카드를 판독기에 대고 지나가 버렸다. 나는 기사에게 사정을 했다. 내일 두 번 찍을게요. 그럼 되잖아요. 그때 한 대의 덤프트럭이 휘청거리며 중앙선을 넘더니 그대로 내가 타고 있는 버스의 정면으로 돌진해 왔다.[8] 기사는 나에게 짜증을 내고 있느라 미처 그것을 보지 못했고 설령 봤다 하더

25 라도 뭐 별 도리는 없었을 것이었다. 그 만원 버스에서 앞을 보고 있는 사람이라면 기사에

---

4 시답잖다 : 볼품이 없어 만족스럽지 못하다.

5 힐끔거리다 : 가볍게 곁눈질하여 자꾸 슬쩍슬쩍 쳐다보다.

6 내뱉다 : 입 안에 있던 것을 입 밖으로 뱉어 내보내다. 마음에 내키지 아니하거나 못마땅한 어조로 불쑥 말하다.

7 기가 차다 : 어이가 없어 말이 나오지 않다.

8 돌진하다 : 거침없이 곧장 나아가다.

게 통사정하고 있던 나밖에 없었으니까. (그것만은 오늘 있었던 일 중에서 가장 운수 좋은 일이었다.) 나는, 어어어, 하면서 필사적으로 뒤로 몸을 빼며 웅크렸고 트럭의 머리는 그대로 버스의 앞면과 충돌해 버렸다. 사람들이 일제히 내 위를 덮었고 비명소리와 신음소리가 뒤섞여 버렸다. 나는 이제 더 이상 버스 카드 일로 추궁[9] 당하지 않게 된 것이 적이 기뻤다. 한 차례 충격파가 휩쓸고 간 후에 사람들은 여기저기서 몸을 일으키기 시작했다. 버스의 앞쪽은 판독기까지 트럭이 밀고 들어오는 바람에 박살[10] 났고 운전사의 가슴은 트럭의 백미러가 누르고 있었다. 다행히 나는 허리가 좀 뻐근한[11] 것만 빼면 별다른 상처가 없는 듯했다. 충격에서 헤어난 사람들은 너도나도 휴대폰을 꺼내기 시작했다. 조금 전 나에게 휴대폰이 없노라던 남자도 폴더형의 신제품을 꺼내 전화를 걸기 시작했다. 버스 안은 온통 119와 가족 그리고 회사에 전화하는 소리로 가득 차 버렸다. 엄마, 나야. 나 버스 탔는데 사고 났어. 응, 난 괜찮아. 근데 버스는 완전히 박살났어. 거기 일일구죠? 여기 삼동아파트 앞길인데 88번 버스가 뭐하고 부딪혔나 봐요. 빨리 와 주세요. 아, 부장님. 저 이 대린데요. 지금 저희 집 앞인데 타고 가던 버스가 트럭하고 부딪혔습니다. 예. 기사는 죽은 것 같구요. 저요? 저도 지금 사람들한테 깔리는 바람에 허리가 좀…… 예. 그 일은 박 대리가 잘 알 겁니다. 나는 전화를 마친 사람에게 휴대폰을 좀 빌려 달라고 했다. 하지만 그는 걸 데가 있다면서 빌려 주지 않았다. 사람들은 가족, 회사, 친구, 심지어 교통방송에까지 걸었다. 이어 사이렌 소리가 울리면서 소방차가 도착하기 시작했다. 그들은, 비켜주세요,라고 하면서 해머로 버스의 유리창을 부수어 버렸다. 사람들은 너도나도 그 유리창으로 뛰어내렸다. 나도 그들을 따라 유리창으로 탈출했다. 구급대원들은 사람들의 상태를 일일이 체크하고 있었다. 한 대원이 나에게 괜찮냐고 묻길래 나는 엘리베이터 이야기를 해 주었다. 제 아파트 엘리베이터에 사람이 끼였습니다. 빨리 가셔야 할 것 같은데요. 아까부터 신고하려고 했는데 휴대폰이 없어서요. 사람들이 아무도 안 빌려주더라구요. 내가 얘기를 끝냈을 때, 소방대원은

---

9 추궁하다 : 잘못한 일에 대하여 엄하게 따져서 밝히다.

10 박살 : 깨어져 산산이 부서짐.

11 뻐근하다 : 근육이 몹시 피로하여 몸을 움직이기가 매우 거북스럽다.

이미 다른 사람을 돌보러 떠난 후였다. 혹시 119는 전화로 신고 해야만 출동하는 조직인가. 어쩌면 그게 더 신빙성이[12] 있을지 몰라. 교통사고 현장에서 엘리베이터 사고를 신고한다면 누가 믿겠느냐 이거야. 나는 아픈 허리를 짚으며 건너편 공중전화로 걸어갔다. 투명문을 밀고 들어가보니 카드 전화기였다. 지갑이 없지 않은가. 나는 다시 공중전화 부스를 나와 사고 구경을 하는 사람들에게 전화 카드를 빌려 달라고 했다. 카드 좀 빌려 주세요. 몸집이 풍성한 한 아줌마는 대뜸, 어디에 걸 거냐고, 혹시 119에 할 거면 벌써 왔으니까 안 해도 된다고, 지난번엔 누굴 빌려 줬더니만 휴대폰에다 거는 바람에 삼천 원어치나 해 버렸다고, 요즘엔 그런 나쁜 놈들이 많다고, 내가 말할 틈도 주지 않고 떠들어 댔다. 나는 119에 할 거라고 했다. 하지만 이 사고 때문이 아니라 엘리베이터에 사람이 끼여서 그렇다고 말했다. 아줌마는, 한심하다는 듯이, 119나 112는 전화 카드 없이도 된다고 말했다. 나는 다시 전화 부스에 들어가 119를 눌렀지만 아무 발신음도 들리지 않았다. 그제야 나는 전화 앞에 끼워져 있는 하얀 양철조각에 씌어 있는 글자를 읽을 수 있었다. 고장 수리중.

그때 경찰차가 도착했고 경찰은 목격자를 찾았다. 나와 함께 버스에 탔던 사람들이 일제히 나를 지목했다. 저 사람이 맨 앞에 있었어요. 버스 카드도 없이 버스를 타는 바람에 기사하고 실랑이를[13] 벌였거든요. 저 사람만 아니었어도 이 사고는 안 일어났을지도 몰라요. 기사가 저 사람하고 싸우느라고 출발하지 못하고 있었거든요. 제복을 입은 경찰관 두 명이 내게 다가왔다. 경찰은 물었다. 아저씨, 사고 나는 거 보셨죠? 나는 대답했다. 아, 네. 보기는 봤는데, 저 그것보다 급한 일이 있거든요. 저 오늘 아침에 회사에서 브리핑을 해야 되구요. 것보다 더 급한 건 우리 아파트 엘리베이터에 사람이 끼였다는 거예요. 5층하고 6층 사이에 껐는데 빨리 가 보셔야 할 것 같은데요. 정말이라구요. 경찰은 내게 눈길도 주지 않고 수첩을 폈다. 묻는 말에만 대답해 주세요. 사고 난 거 보셨어요? 봤다니까요. 트럭이 중앙선을 넘더니 그냥 버스 정면으로 돌진했다니까요. 근데 그게 급한 게 아니고 엘리베이터에 사람이 끼여 있다니까요. 옆에 서 있던 경찰이 참다못해 끼어들었다. 엘리베이터에 사람이 낀 게 언제예요? 그러니까 아까 일곱 시 오십분쯤이요. 나는 시계를 보았다. 시간은 벌써 여덟 시 이십 분에 가까워져가고 있었다. 경찰은 허리춤에서 무전기를 꺼내 입에 댔다. 아, 혹시 삼동아파트 엘리베이터 사고신고 들어온 거 있어요? 경찰은 짜증스런 얼굴로 무전기를 다시 허리춤에 끼우더니 말했다. 이봐요, 아저씨, 바쁜 사람 붙잡고 장난합니까. 주민등록번호 좀 대세요. 나는 주민등록번호를 대 주었고 전화번호도 알려 주었

---

12 신빙성 : 믿어서 근거나 증거로 삼을 수 있는 정도나 성질.
13 실랑이 : 이러니 저러니, 옳으니 그르니 하며 남을 못살게 굴거나 괴롭히는 일.

다. 가도 됩니까? 경찰은 그렇다고 했다. 그 사이에 사람들은 다음 버스에 꾸역꾸역 올라 타고 있었다. 나도 그들을 따라 황급히 대열에 합류했다.[14] 버스 한 대가 박살이 났고 그 사이에 또 시간이 흘렀기 때문에 사람들은 궤짝 속의 생선들처럼 포개져 버렸다.[15] 다행 한 것은 앞 버스 승객들에겐 버스 카드 제시를 요구하지 않았다는 사실이었다. 나는 쾌재 를[16] 불렀다. 다소 비좁긴 했지만 공짜 아닌가. 지갑을 가지러 다시 15층까지 걸어 올라 가는 것도 끔찍했고 올라가면서 5층과 6층 사이에 끼여 있는 남자의 발을 다시 봐야 하는 것도 싫었다. 그에게 뭐라고 말한단 말인가. 경비는 순찰 중이고 사람들은 휴대폰을 빌려 주지 않고 공중전화는 고장이고 경찰은 얼굴의 수염이 반만 있는 내 말을 믿어 주지 않는 다고 하란 말인가. 게다가 회사는 벌써 늦어 버렸지 않은가. 회의는 또 어쩌란 말인가. 거 기에서 나는 오늘 회사 내 자원 재활용 문제에 관한 중대한 보고를 해야 한단 말이다. 더 정확히 말하자면 이면지 사용의 생활화 방안과 화장실 휴지 절약 방안을[17] 이사 앞에서 말끔하고 경쾌한 목소리로 떠들어 대야 하는데 아침부터 면도기가 부러지지 않나, 사람 이 엘리베이터에 끼여 있지 않나, 난데없이[18] 트럭이 가만히 서 있는 버스를 들이받지 않 나. 재수 없는 하루라는 게 분명해졌다.

　　두 번째로 탄 버스에선 아무 일도 없었나? 물론 아니다. 내 오른쪽 엉덩이 근처에서 뭔 가가 스멀거리더니만[19] 한 남자가 내 옆에 서 있는 여자의 엉덩이를 주무르고 있는 것이 었다. 아직도 이런 놈들이! 나는 분개했지만[20] 내 엉덩이도 아니고 해서 참으려고 노력했 었다. 하지만 그 여자가 내 얼굴을(그것도 면도가 안 된 오른쪽을) 자꾸만 쳐다보면서 인 상을 찌푸리는 데에는 더 이상 두고 볼 수 없었다. 이봐요. 아가씨. 당신 엉덩이를 만지는 건 내가 아닙니다. 그리고 오른쪽에 수염이 많이 나 있는 건 오늘 아침 면도기가 부러졌 기 때문이고 내 양복이 온통 구겨져 있는 건 조금 전에 탄 버스가 트럭에게 들이받혔기 때문이란 말입니다. 쓸데없는 말이었나? 주변의 사람들이 모두 일제히 나를 쳐다보았다.

---

14 합류하다 : 둘 이상의 흐름이 한 데 합하여 흐르다. 일정한 목적을 위하여 다른 사람, 단체 등과 행
　　　　　　동을 같이 함.

15 포개지다 : 놓인 것 위에 또 놓인 상태로 되다.

16 쾌재 : 일 따위가 마음먹은 대로 잘 되어 만족스럽게 여김.

17 방안 : 일을 처리하거나 해결하여 나갈 방법이나 계획.

18 난데없다 : 갑자기 불쑥 나타나다.

19 스멀거리다 : 살갗에 벌레가 기어가는 것처럼 근질근질하다.

20 분개 : 몹시 분하게 여김.

동시에 여자의 엉덩이를 어루만지던 남자의 손은 신속히 퇴각해[21] 버려 이젠 정말로 어느 놈이 그 여자의 엉덩이를 만졌는지조차 알 수 없게 되어 버렸다. 여자는 이렇게 된 이상 그냥 넘어갈 수 없다는 표정으로 몸을 내 쪽으로 뒤틀며 내 얼굴에 자기 얼굴을 들이밀었다. 좀 부끄러운 줄 아시란 말이에요. 우리 오빠가 누군 줄이나 알아요? 여자는 얼굴을 더 깊게 디밀었다. 댁의 오빠가 누군데요? 지금 생각해 보면 나는 그때 가만히 있었어야 했다. 그러나 나는 그렇게 말함으로써 내가 엉덩이를 만졌다고 자백한 꼴이 되어 버렸다. 여자는 자기 오빠의 직책이나 이름은 밝히지 않고 대신 이렇게 말했다. 콱, 감방에 처넣기 전에 조심하라구요.

그 여자의 코가 내 코에 거의 닿을 지경이 되었을 때, 나는 버스에서 내려야 한다는 절박감을[22] 느꼈다. 왜냐하면 그 소란을 들은 기사가 큰소리로, 아가씨, 이 버스, 파출소에 세울까요, 라고 말했기 때문이었다. 여자는 위협의 효과를 즐기려는지 운전기사의 말에 즉답을 하지 않았다. 그 사이 버스는 정류장에 정차했고 나는 올라타는 사람들을 밀치고 앞문으로 황급히 내려야만 했다.

시계를 보았다. 아홉 시였고 출근시간은 이미 삼십 분이나 지나 버렸다. 내린 곳이 충정로니까 회사가 있는 종로까지는 빨리 걷는다 해도 삼십 분쯤 걸릴 터였다. 전화도 걸지 못하고 택시도 탈 수 없으니 나는 하는 수 없이 터덜터덜 걷는 수밖에는 도리가 없었다. 이면지 사용 방안과 화장지 절감 방안에 대해 보고를 해야 하는데, 게다가 엘리베이터에 긴 사람은 어쩐단 말인가. 나는 버스에서 만난 여자가 미워졌다. 엉덩이나 만져보고 그랬다면 덜 억울할 텐데. 아, 이 모든 건 면도기가 부러졌기 때문이다. 면도기만 부러지지 않았다면 나는 좀 더 일찍 집을 나섰을 것이고 엘리베이터도 정상적으로 작동됐을 것이고 그럼 버스 사고도 나지 않았을 것이 아닌가. 이런 일로

---

21 퇴각 : 뒤로 물러감.
22 절박감 : 일이 급하여 몹시 긴장된 느낌.

질레트사에 손해배상을²³ 청구한다면²⁴ 승소할²⁵ 수 있을까. 이런 시답잖은 생각을 하며 광화문을 지나고 있을 때 허리춤의 삐삐가 요란하게 울려 댔고 번호를 보니 회사였다. 나는 달리기 시작했다. 회사만이 나를 구원해 줄 것이다. 거기에 가면 누군가 날 아는 사람이 돈을 빌려줄 테고 그럼 전화도 할 수 있고 버스를 탈 수도 있다. 내 책상 위의 전화로 119에 신고도 할 수 있고 그럼 만사 오케이다. 달려라, 달려. 나는 넥타이를 휘날리며 광화문 거리를 달렸다. 숨이 목까지 차올랐다. 아침에 다친 허리가 시려 왔지만 신경 쓸 겨를이 없었다. 헐레벌떡 회사에 도착했다. 회사가 입주해 있는 빌딩에는 모두 여섯 개의 엘리베이터가 있는데 그 중 하나는 맨 꼭대기에 사는 회장 전용이고 사원들은 나머지 다섯 개를 사용한다. 나는 그 중에서 하나에 올라탔다. 이미 출근시간이 지나 버려 올라가는 사람은 없었다. 다시, 엘리베이터에 끼여 있을 그 사람이 생각났다. 설마, 지금쯤이면 누군가 신고를 해서 구조됐을 거야. 엘리베이터가 작동되지 않는 걸 이상하게 생각한 아파트 경비라도 올라가 봤겠지. 5층이면 그리 높지도 않으니까. 아, 그렇지만 모두 나처럼 바빴다면, 아파트 경비들이 모여서 용역회사를²⁶ 상대로 임금 인상을 요구하는 집회라도 가진다면, 그 사람은 여전히 엘리베이터에 몸이 긴 채로 얼마나 이 세상과 인간들을 원망하고²⁷ 있겠느냐 말이다.

띵. 5층이었다.

한 여자가 엘리베이터에 올라탔다. 우리는 아마 몇 번쯤 서로 눈이 마주친 적이 있었을지도 모르겠다. 낯익은 여자다. 5층이라면 경리부가 있는 곳이다. 자주색 유니폼에 머리는 길게 길러 묶었다. 길게 기른 걸 보면 아직 결혼하지 않았다는 뜻이다. 왜 여자들은 결혼하면 머리부터 자르는 걸까. 그런 생각을 하는 사이 엘리베이터는 덜컹 하는 소리를 내며 멈춰 섰다. 여자는 처음에는 태연한²⁸ 척했다. 힐끔 나를 한 번 바라보더니 계속해서 묵묵히 엘리베이터 문만을 바라보았다. 하지만 아무리 기다려도 엘리베이터가 움직이거나 문이 열리지 않자 여자는, 어떻게 좀 해 봐요, 라는 표정으로 나를 다시 쳐다보았다. 나는 미국 사람처럼 어깨를 치켜 올리며 어쩔 수 없다는 표정을 지었다. 막막하고 답답한 분위기가 엘리베이터 안에 가득 찼다. 고장인가 봐요. 비상벨을 눌러볼까요? 여자가 초

5

10

15

20

25

---

23 손해배상 : 법률에 따라 남에게 끼친 손해를 물어 주는 일. 또는 그런 돈이나 물건.

24 청구하다 : 남에게 돈이나 물건 따위를 달라고 요구하다.

25 승소 : 소송에서 이기는 일.

26 용역 : 생산과 소비에 필요한 노동력을 제공하는 일.

27 원망하다 : 못마땅하게 여기어 탓하거나 불평을 품고 미워하다.

28 태연하다 : 두려워할 상황에서 태도나 기색이 아무렇지도 않은 듯이 자연스럽다.

조한 목소리로 말했다. 그게 좋겠군요. 나는 고개를 끄덕이며 말했다. 여자는 처음에는 천천히, 그러나 나중에는 신경질적으로 빨간색 '호출'[29] 버튼을 눌러 댔다. 여자는 손가락이 빨개질 정도로 눌러 대다가 포기했다. 밑에 아무도 없나 봐요. 시간은 점점 흘러갔다. 나와 여자는 엘리베이터 문을 힘차게 두들겨 우리가 이 안에 갇혀 있다는 걸 바깥에 있는 사람들에게 알리기로 했다. 우리는 손과 발을 이용해서 쿵쾅쿵쾅 문을 두들겨 댔다. 그러다가 내가, 이렇게 두들기면 엘리베이터에 충격이 가서 아래로 추락할지도 모르겠다고 말했다. 여자는 공포에 질린 표정으로 문 두드리는 일을 멈췄다. 오늘 아 침에 엘리베이터에 몸이 낀 사람도 봤는걸요. 우린 이만하면 다행이잖아요. 위로랍시고 꺼낸 말이 상황을 더 악화시켰다. 여자는 아예 주저앉아 버렸다. 그래서 그 사람 어떻게 됐어요? 제가 계단으로 내려오다가 봤는데, 아직 신고를 못했어요. 회사에 출근해야 했고 전 휴대폰도 없었거든요. 아, 맞다. 휴대폰, 아가씨 휴대폰 없어요? 여자는 절망적인 얼굴로 휴대폰은 핸드백에 들어 있다고 말했다. 우리는 동시에 한숨을 쉬었다. 휴대폰이 있었다면 좋았을 텐데. 나는 아쉬웠다. 여자가 휴대폰을 가지고 있었다면 우리가 갇혀 있다는 것도 알리고 엘리베이터에 끼인 그 남자도 119에 신고해 줄 수 있었을 텐데.

　　문을 한번 열어 볼까요? 여자가 제안했다. 그래서 우리가 힘을 합쳐 양쪽으로 문을 열려고 할 때, 여자가 갑자기 소리를 질렀다. 이걸 봐요. 여자가 가리킨 곳에는 '경고, 엘리베이터에 갇혔을 때, 강제로 문을 열려고 시도하지 마십시오.' 라고 적혀 있었다. 맞아요. 아침의 그 사람도 처음에는 우리처럼 엘리베이터에 갇혔을 거예요. 그러다가 출근시간이 가까워지니까 초조해져서 문을 열려고 해 봤을 거고 문이 열리자 바깥으로 나가려고 했겠죠. 그때 마침 엘리베이터가 움직여 버린 거죠. 아 불쌍한 사람. 빨리 119에 신고해 줘야 하는데, 어쩌죠? 오늘따라 지갑도 안 가져와서 공중전화도 못 걸고 사람들은 휴대폰을 빌려 주지 않잖아요. 게다가 버스랍시고 탄 건 트럭하고 충돌하는 바람에, 글쎄, 제 옷 좀 보시라니까요. 사람들에게 깔려서 이렇게 됐어요. 그 다음 버스에서는 엉뚱하게 여자 엉덩이나 만지는 치한으로[30] 몰려서 그만 버스에서 내려야 했답니다. 아, 그런 눈으로 보지 마세요.

---

29 호출 : 전화나 전신 따위의 신호로 상대편을 부르는 일.

30 치한 : 여자를 괴롭히거나 희롱하는 남자.

제가 한 게 아니고 다른 놈이 한 건데 그 여자가 내가 한 거라고 오해를 하더라니까요. 왜 그런 거 있잖아요. 여자는 멀찍이 물러나 엘리베이터의 구석으로 가 웅크렸다. 여차하면[31] 하이힐로 내 정강이를 걷어찰 기색이었다. 그러면서 여자의 손은 쉴 새 없이 '호출' 버튼을 눌러 대고 있었다. 이젠 고장 난 엘리베이터보다 나를 더 무서워하는 기색이었다.[32] 나는 그녀를 안심시켜 주려고, 걱정하지 말아요, 저 나쁜 사람 아니에요, 우린 같은 회사에 다니는, 신분도 확실한 사람들인데 설마 무슨 일이야 있겠습니까. 이렇게 만난 것도 인연인데 나가거든 커피나 한 잔 하지요, 라고 말을 건네 보았지만 여자는 묵묵부답이었다.

담배 피워도 됩니까? 나는 윗주머니에서 담뱃갑을 꺼내며 여자에게 물었다. 혹시 여자가 담배 피우는 사람이라면 분위기가 훨씬 너그러워질 것 같아서였다. 여자는 자기가 만들어낼 수 있는 최대한 싸늘한 표정으로, 사내는 금연이에요, 라고 쏘아붙였다. 아울러, 옥상이나 흡연실에 가서 피워야 되는 거 잘 아시잖아요, 라는 말을 덧붙였다. 나는 항변했다. 하지만 지금은 흡연실이나 옥상으로 갈 수 없잖아요. 갈 수 있으면 왜 여기서 피우겠습니까? 한 대만 피웁시다. 여자는 고개를 도리도리 저으며 반대했다. 이 좁은 데서 피우면 어떻게 해요? 간접흡연의 피해가 얼마나 심각한지 모르세요? 미국에서만 한 해에 육백만 명이 간접흡연의 피해로 사망한다니까요. 간접흡연은 자각이[33] 없기 때문에 더 위험하대요. 게다가 회사에서의 간접흡연은 정말 짜증나요. 지가 상사면 상사지 내 폐 속에 담배 연기 불어 넣을 권리까지 가진 건 아니잖아요. 오, 우리나라처럼 간접흡연 많은 나라는 세상에 없을 거예요. 도대체가 안 피우는 데가 없어요. 명절이나 한번 돼 봐요. 온 집안의 남자들이 모여서 너구리굴을 만들어 대죠. 술집이나 카페, 길거리, 아, 그래요. 길거리. 제 치마를 한번 보시라니까요. 그녀는 엉덩이를 내 쪽으로 돌려 보여 주었다. 치마 한 귀퉁이에 검게 지져진 자국이 있었다. 어떤 놈이 횡단보도에서 담배를 들고 있다가 내 엉덩이를 지진[34] 거예요. 이게 말이나 되는 일이라고 생각하세요. 길에서 담배 피우는 새끼들 보면 다 죽여 버리고 싶다니까요.

알았습니다. 안 피울게요. 나는 담배를 다시 주머니에 집어 넣었다. 셔츠를 온통 적셨

---

31 여차하다 : 일이 뜻대로 되지 않다.

32 기색 : 마음의 작용으로 얼굴에 드러나는 빛. 어떠한 행동이나 현상 따위가 일어날 것을 예측할 수 있게 하여 주 는 눈치나 낌새.

33 자각 : 현실을 판단하여 자기의 입장이나 능력 따위를 스스로 깨달음.

34 지지다 : 불에 달군 물건을 다른 물체에 대어 약간 태우다.

던 땀이 식으면서 몸에 으슬으슬 오한이[35] 났다. 춥군요. 지갑을 안 가져오는 바람에 차비가 없어서 회사까지 뛰어왔거든요. 보세요. 양복이 등까지 척척하게 젖었잖아요. 나는 등을 돌려 땀에 젖은 부위를 보여 주었다. 아 참, 그런데 이름이나 압시다. 여자는 고개를 들어 나를 한 번 쏘아보더니, 미스 정이에요, 라고 말했다. 나도 정씬데. 나는 반가워했다. 자원관리부의 정수관 대리요. 여자는 별 관심 없다는 표정으로 고개만 까닥거렸다. 우리는 그 후로 한동안 말없이 엘리베

이터 속에 쭈그리고 앉아 있었다. 그 사이에도 여자는 묵묵히 '호출' 버튼을 눌러 대고 있었다.
　도대체 이 빌딩은 어떻게 관리되는 겁니까. 엘리베이터가 이렇게 오래 작동되지 않으면 혹시 누가 갇혀 있지라도 않나, 올라와 봐야 되는 거 아닙니까? 도대체 이게 뭡니까? 아무리 다른 엘리베이터가 다섯 개나 있어도 그렇지. 그 말을 하는 동안에도 삐삐가 요란스레 울려 댔다. 부장이었다. 아, 부서를 코앞에 두고도 가지 못하다니. 나는 울화통이[36] 터졌다. 도저히 안 되겠어요. 나 이러다간 회사에서 잘릴 겁니다. 우리 엘리베이터에 낄 때 끼더라도 이 문을 열고 나가죠. 내 제안에 여자는 망설이는 눈치였다. 좋아요. 그럼 미스 정은 여기 남아 있어요. 문이 열리면 나 혼자 뛰어내릴 테니 미스 정은 문 여는 것만 도와 줘요. 그럼 내가 나가서 엘리베이터 고장났다고 신고할게요. 여자는 고개를 끄덕였다. 우리는 다시 힘을 모아 엘리베이터 문을 강제로 여는 작업을 시작했다. 의외로 쉽지 않았다. 우리는 땀을 뻘뻘 흘리며 엘리베이터를 열어 보려고 했지만 문은 조금 열렸다가 이내 다시 닫히기를 반복했다. 무슨 남자가 그렇게 힘이 없어요? 미스 정이 짜증을 부렸다. 나는 화가 났다. 아침엔 트럭에게 받히고 회사까지 뛰어오고, 무슨 힘이 남아 있겠어요? 허리도 아파 죽겠다구요. 변명을 하고는 머리를 굴려 보았다. 조금 열렸을 때, 그게 다시 닫히지 않도록 하는 것이 관건이겠군.[37] 그렇지만 아무리 둘러 봐도 엘리베이터 문에 끼워 넣을 만한 물건은 보이지 않았다. 할 수 없이 구두를 벗었다. 뛰어온 탓에 구두는 땀이 차 있었고 냄새도 났다. 자, 문이 조금 열리면 그 사이에 이 구두를 끼워 넣는 겁니다. 그럼 손을 잡을 만한 공간이 생길 거예요. 우리는 다시 힘을 모아 양쪽에서 엘리베이터 문을 자기 쪽으로 잡아 당겼다. 그러느라 여자의 상체가 숙여

35 오한 : 몸이 오슬오슬 춥고 떨리는 증상.

36 울화통 : 몹시 쌓이고 쌓인 마음 속의 화를 속되게 이르는 말.

37 관건 : 어떤 사물이나 문제 해결의 가장 중요한 부분

졌기 때문에 나는 유니폼 블라우스 사이로 그녀의 가슴을 훤히 들여다 볼 수 있게 되었다. 뭐 해요? 구두 안 넣고. 여자가 힘겹게 고개를 들어 내 얼굴을 바라보며 신경질을 부렸다. 그 서슬에[38] 나는 그만 구두를 집어 넣는다는 것이 내 발을 집어 넣고 말았다. 아팠지만 참기로 했다. 살짝 열린 틈새로 9층과 10층을 가르는 경계선, 그러니까 10층 바닥이 보였다. 조금만 더 열리면 10층으로 기어 올라갈 수 있을 것 같았다. 우리는 다시 힘을 합쳐 문을 조금 더 열었고 그걸 지지하기 위해 이번에는 엉겁결에[39] 내 몸을 집어 넣고 말았다. 이제 사람 하나가 빠져나갈 공간은 생긴 셈이었다. 나는 숨이 콱 막혔지만 여자 앞이니까 참기로 했다. 이제 어떻게 하죠? 내가 몸을 빼면 문이 다시 닫힐 텐데요. 내가 걱정하자 여자가 말했다. 저를 좀 받쳐 주세요. 그럼 저 위로 올라갈 수 있을 것 같아요. 9층으로 뛰어 내리는 건 너무 위험할 것 같아요. 전 몸이 가늘어서 나가기가 더 쉬울 거예요.

10층의 바닥은 내 머리 높이에 있었다. 그러니 그녀가 그리로 나가려면 내 어깨를 밟고 내 몸의 폭만큼 넓혀져 있는 문과 문 사이로 빠져나가야 했다. 나는 손을 내려 그녀가 내 손 위에 자기의 두 발을 올려놓을 수 있도록 했다. 그녀는 그렇게 했다. 그런 후에 그녀는 10층 바닥을 잡고 두 발을 내 손 위에서 어깨 위로 천천히 옮겨 디뎠다. 그녀의 구두굽이 내 어깨를 파고드는 것 같았다. 나는 아파서 비명을 지를 뻔했지만 참아냈다. 눈을 슬쩍 치켜 뜨니 그녀의 치마 속이 훤히 들여다 보였다. 그녀는 하얀색 레이스가 달린 거들을 입고 있었다. 이윽고 여자는 내 어깨를 힘차게 박차고 10층으로 기어오르는 데 성공했다. 나는 박수라도 치고 싶은 기분이었다. 엘리베이터 문에 몸이 낀 채로 나는 큰 소리로 그녀의 성공을 축하해 주었다. 이봐요. 미스 정. 축하해요. 자, 이제 빨리 사람들한테 내가 여기 있다고 알려 줘요. 자원관리부에도 좀 얘기해 주면 좋겠어요. 돌아오는 메아리는 없었다. 갑자기 불길한 예감이 뇌리를 스치고 지나갔다. 나는 두 발과 손으로 문을 최대한 밀어 문 사이에 낀 몸을 빼냈다. 문이 텅, 소리와 함께 닫혔고 어쩐지 그 소리는 관 뚜껑이 덮이는 소리처럼 들렸다. 내가 그 여자한테 뭐 잘못한 것도 없잖아. 탈출하라고 내 손과 어깨까지 빌려 줬는데 말야. 그리고 같은 건물에서 계속 만날 건데 설마 신고하는 걸 잊어버리기야 하려구. 그러나 10분이 지나고 20분이 지나도 사람들은 나타나지 않았다. 나는 절망하여 엘리베이터 바닥에 주저앉아 '엄마가 섬 그늘에...' 로 시작하는, 가사가 잘 기억나지 않는 동요를 불렀다. '아이는 홀로 남아...' 노래는 수십 번 반복되었다. 노래 부르기에도 지

---

38 서슬 : 강하고 날카로운 기세.

39 엉겁결에 : 자기도 미처 모르는 사이에 갑자기.

쳐 잠까지 오려는 찰나, 밖에서 왁자한⁴⁰ 소리가 들리면서 엘리베이터 문이 조금 열리고 그 사이로 사람의 얼굴이 나타났다. 그가 내게 물었다. 이봐요. 도대체 왜 거기 있는 겁니까? 그건 내가 하고 싶은 질문이었다. 도대체 내가 왜 여기에 있는가. 그건 엘리베이터 관리인인 당신이 답해 줘야 하는 거 아닌가. 나는 화가 치밀었지만 화를 내면 그가 그냥 가 버릴까 봐 고분고분⁴¹ 대답해 주었다. 엘리베이터가 고장 났나 봐요. 엘리베이터 관리인은 한 가지를 더 물어 보았다. 혼자요? 나는 역시 또 친절하게 답해 주었다. 아뇨, 아까 미스 정이란 여자가 있었는데 내 어깨를 밟고 밖으로 나갔어요. 그래서 저 혼자 남은 겁니다. 엘리베이터 관리인은 잠시 후 한 사람을 더 데리고 와서 문을 열어 주었다. 나는 그가 잡아 주는 손을 잡고 10층에 올라설 수 있었다. 그러 느라 내 옷의 앞쪽에는 온통 기름과 먼지가 덕지덕지⁴² 묻어 버렸다. 아, 그렇다면 먼저 올라간 미스 정도 옷의 앞쪽이 이렇게 더러워져 버렸겠구나. 나는 그녀가 좀 측은해졌다.⁴³ 나는 남자니까 그래도 괜찮지만 그 여자는 어쩌나.

관리인은 나를 꺼내 놓자마자 궁시렁궁시렁 떠들어 대기 시작했다. 도대체 이놈의 엘리베이터는 정기 점검한 게 언젠데 벌써 이렇게 고장이 난담. 대기업이라도 믿을 수가 있어야지 원. 그는 대기업과 뇌물 관행⁴⁴, 재벌과 언론의 유착⁴⁵관계에 대해 쉴 새 없이 비난의 화살을 퍼부어 댔다.⁴⁶ 나는 그에게 너무 세상을 비관적으로 보지 말라, 그래도 세상에는 당신 같은 사람들이 더 많다고 위로해 주었다. 그리고 지금이라도 꺼내 줘서 정말 고맙다는 말도 해 주었다. 그때 관리인이 내 발을 보더니, 아니 구두는 어디다 두셨어요? 나는 이마를 쳤다. 그러고 보니 아까 구두를 문에 끼워 넣는다고 벗었다가 그만 발을 끼우는 바람에 그냥 놔 둔 것이었다. 이봐요. 아저씨. 엘리베이터 안에 벗어 둔 모양인데 지금 내가 그거 가지러 내려갈 시간이 없거든요. 그거 찾으시거든 15층 자원관리부로 좀 갖다 주시겠어요? 그는 그러마고 했다. 시계를 보았다. 어느새 열 시가 훌쩍 넘어 있었다. 험난한 출근길이었다. 나는 사무실이 있는 15층까지 다른 엘리베이터를 타고 갈까 하다가 그냥 비상계단을 걸어서 올라갔다. 사무실에

---

40 왁자하다 : 정신이 어지러울 만큼 떠들썩하다.

41 고분고분 : 말이나 행동이 공손하고 부드러운 모양

42 덕지덕지 : 때나 먼지 따위가 아주 많이 끼어 있는 모양. 어지럽게 덧붙거나 겹쳐 있는 모양.

43 측은하다 : 보기에 가엾고 불쌍하다.

44 관행 : 오래 전부터 해 오는 대로 함. 또는 관례에 따라서 함.

45 유착 : 사물들이 서로 깊은 관계를 가지고 결합하여 있음.

46 퍼붓다 : 비, 눈 따위가 억세게 마구 쏟아지다. 욕설, 비난 따위를 마구 하다.

들어서니 동료들은 모두 회의에 들어갔는지 보이지 않았고 미스 리만이 전화를 받으러 남아 있다가 날 보더니 화들짝⁴⁷ 놀랐다. 아니 정 대리님, 하수도로 출근하셨나 봐요? 거울 좀 보세요. 거울을 보니 머리는 땀에 젖었다 식어서 엉겨⁴⁸ 붙어 있었고 면도는 반만 되어 있고 어깨엔 여자의 하이힐 자국이 움푹 파였고 양복의 앞은 기름으로 더러워져 있고 버스 사고로 그나마도 다 구겨져 있었다. 게다가 구두도 엘리베이터에 놓고 오지 않았는가.

그때 회의실 문이 열리면서 과장의 얼굴이 나타났다. 이봐, 미스 리, 정 대리 아직 안 왔나? 아, 저기 왔군, 도대체 지금이 몇 시야. 어서 들어와서 보고해. 나는 과장에게 내 행색을⁴⁹ 가리키며 좀 봐 달라는 표정을 지었으나 과장은 그냥 문을 쾅 닫고 들어가 버렸다. 회의에 들어가기 전에 나는 할 일이 있었는데, 119에 신고도 해야 하고 먼저 나가서 신고도 해 주지 않은 경리부의 미스 정을 만나 따지고 화장실에서 행색도 추스르고⁵⁰ 잃어버린 구두도 찾아야 하는데, 나는 그 모든 것을 뒤로 미루고 할 수 없이 회의실로 들어갔다. 사람들은 반쯤은 졸고 있었고 나머지 반은 자기가 발표할 자료들을 뒤적이고 있었다. 이사와 부장, 그리고 과장만이 나를 뚫어지게 바라보고 있었다.

그들은 물었다. 지각한 사유와 내 옷차림에 대하여. 나는 말했다. 아침에 제가 사는 엘리베이터에 누가 끼여 있었구요. 버스는 트럭하고 충돌했고 사람들은 휴대폰을 빌려 주지 않았고 지갑을 놓고 나오는 바람에 회사에 전화도 할 수 없었고 버스에선 치한으로 몰리는 바람에 충정로에서⁵¹ 내려야 했고 회사까지 뛰어오긴 했는데 엘리베이터가 고장 나는 바람에 그 속에 삼십 분이 넘게 갇혀 있었고 어깨의 이 하이힐 자국은 같이 갇혀 있던 여자를 탈출시킬 때 생긴 것이며, 그 여자가 나가자마자 신고를 해 줬어야 하는데 안 해 주고 자기 갈 길을 가 버렸고, 엘리베이터에서 나오다가 문턱에 발라진 기름 때문에 옷이

---

47 화들짝 : 별안간 펄쩍 뛸 듯이 놀라는 모양.

48 엉기다 : 액체나 가루 따위가 한 덩어리가 되면서 굳어지다.

49 행색 : 겉으로 드러나는 차림이나 태도.

50 추스르다 : 일 따위를 수습하여 처리하다.

51 충정로 : 서울의 광화문에서 신촌을 잇는 도로.

더러워졌고 그 와중에 구두는 엘리베이터 안에 놓고 왔다고. 미안하다고, 죄송하다고, 뭐가 미안한지 뭐가 죄송한지 모르겠지만 여하튼 미안하다고. 그러나 부장은 단 한 마디로 나의 말을 잘랐다. 됐어, 보고나 하지. 나는 어깨를 한 번 으쓱거리고는 주섬주섬 이면지 사용을 획기적으로 진작하기 위해선 인센티브 제도의 도입이 필수적이라는 요지의 발언을 했다. 또 화장실 휴지를 절약하기 위해선 절취선[52] 이 딱 1미터에 한 번씩 나 있는 휴지를 제조회사에 특별 주문하는 것이 가장 좋겠다는 얘기도 했다. 보통 휴지의 절취선은 10센티미터 간격인데 그걸 1미터 간격으로 해 놓으면 사람들이 한 번의 볼일에 1미터만 사용하게 되므로 절약 효과가 아주 클 것이다. 우리 회사 사원들에게 설문조사를 해 본 결과 보통 한 번 볼일에 1.4미터를 사용한다. 그러니 절취선을 1미터에 한 번씩 내어놓으면 약 40퍼센트의 절감효과가 발생한다는 사실을 무지하게 꾀죄죄한[53] 행색으로 역설했다.

그러자 당장 반론들이 제기되었다. 먼저 이은희 대리가 손을 들었다. 저기, 여사원들은 작은 볼일에도 휴지를 사용하거든요. 음, 다른 사람들은 모르겠지만 저는 1미터나 되는 휴지를 사용하지는 않아요. 뭐 넉넉잡아 30센티미터면 되는데 만약 절취선이 1미터마다 나 있는 휴지를 주문 사용한다면 그건 오히려 70퍼센트의 낭비가 발생하는 거 아닌가요? 이어 못마땅한 눈으로 앉아 있던 이사도 끼여들었다. 이보게. 1미터 40센티의 휴지를 사용하던 사람들이 어떻게 1미터만 사용하게 될 거라고 자신하나? 그 사람들이 2미터를 쓸 수도 있지 않은가. 이 제안은 폐기하도록 하고 좀더 생산적인 절감[54] 방안을 다시 연구하게. 부장과 과장도 고개를 끄덕이고 있었다. 나는 정말 궁금했다. 도대체 이 사람들은 화장실에서 몇 미터의 휴지를 소비하며 사는 걸까. 도대체 그게 왜 1미터로 부족하다는 건가.

회의는 열두 시가 다 되어서야 끝이 났다. 모두들 점심을 먹으러 와자지껄 사무실을 뜨는 동안에 나는 구두를 찾으러 갔다. 고장 났던 엘리베이터는 정상적으로 작동되고 있는 모양

---

52 절취선 : 문서나 고지서 따위에 자를 수 있게 나타낸 선.
53 꾀죄죄하다 : 옷차림이나 모양새가 매우 지저분하다.
54 절감 : 아끼어 줄임.

이었다. 나는 찜찜하기도[55] 해서 다른 엘리
베이터를 타고 1층으로 내려갔다. 경비원들
이 앉아 있는 프런트 데스크로 다가가자 앉
아 있던 안내 여직원이 가장 먼저 벌떡 일어
났고 이어 경비원들이 몰려들었다. 여직원
은 새침한[56] 표정으로, 뭘 도와 드릴까요, 라
고 물었지만 눈은 내 쪽으로 다가오는 경비
원들에게 향해 있었다. 그녀의 눈짓이 뭘 말
하는지는 곧 밝혀졌다. 경비원들은 나를 둘
러싸고는, 단도직입적으로,[57] 나가주세요, 라

고 말했다. 나는 항변했다.[58] 나 여기 직원이에요. 자원관리부의 정 대리란 말입니다. 아
까 고장 난 엘리베이터에 타고 있다가 신발을 벗어 놓고 나왔는데 그 신발만 찾으면 된
단 말입니다. 이봐요. 어어어. 그렇게 말하는 순간에도 나는 그들에게 들려 회사 밖으로
옮겨지고 있었다. 이봐요. 자원관리부에 전화해 봐요.

　　나를 구출해 준 사람은 입사 동기 한 대리였다. 나는 밥을 먹으러 나가던 그를 애절
하게[59] 불러 댔다. 이봐, 한경식 씨, 나야, 나. 그가 나를 알아봐 준 덕분에 나는 풀려났
고 경비원들에게 그간의 경과를 설명할 수 있게 되었다. 한 대리, 내가 나중에 점심 살
게. 그에게 마음에서 우러나오는 감사를 표하고 돌아서서 경비원들에게 엘리베이터 고
장과 나의 구두에 대한 이야기를 했다. 그러나 아무도 엘리베이터가 고장 났다는 사실
을 알지 못했으며 따라서 누가 그 엘리베이터를 열고 나를 꺼내 주었는지도 몰랐다. 그
들은 여기저기 전화를 하거나 무전을 쳐 댔지만 삼십 분이 지나도록 그 문제의 인물을
찾아낼 수 없었다. 결국, 그들이 내게 마지막으로 한 말은, 저희로서는 모르겠네요. 사
무실에 슬리퍼라도 있으면 신으시고 요 근처 구두 가게에 가서 하나 사서 신으시지요.
나는 힘없이 고개를 끄덕이고는 사무실로 돌아가기로 했다. 1층에서 엘리베이터를 기
다리는데 아까 나를 가둬 두었던 엘리베이터 문이 가장 먼저 열렸다. 탈 생각은 없었지
만 그 속에 가지런히 놓여 있는 구두는 볼 수 있었다. 나는 날렵한[60] 치타처럼 황급히 들

55 찜찜하다 : 마음에 꺼림칙한 느낌이 있다.

56 새침하다 : 쌀쌀맞게 시치미를 떼는 태도가 있다.

57 단도직입적 : 여러 말을 늘어놓지 않고 바로 요점으로 들어가는 것.

58 항변 : 대항하여 변론함.

59 애절하다 : 몹시 애처롭고 슬프다.

60 날렵하다 : 재빠르고 날래다.

어가 그 구두를 집어 들고 문이 닫히기 전에 그 엘리베이터에서 빠져나오는 데 성공했다. 허탈했다.[61] 눈물이 날 것만 같았다. 나는 1층 로비 소파에서 그 구두를 한 짝씩 발에 끼워 넣었다. 구두를 발에 끼워 넣자 나는 비로소 우리 아파트 엘리베이터에 끼여 있을 그 사람이 생각났다. 어차피 이런 행색이라면 식당에도 갈 수 없을 테고 그래서 나는 사무실로 올

5 라가 119로 전화를 걸었다. 여보세요. 119죠? 담당자는 친절하게, 어디십니까? 라고 물어왔다. 아, 여기는 종로인데요. 그러자 담당자는 금세, 아, 금정빌딩이죠? 라며 내가 근무하는 빌딩의 이름을 이야기해왔다. 나는 그들이 내 머리 위에서 나를 내려다 보고 있는 것 같은 착각이 들었다. 나는 사고가 난 곳은 여기가 아니라 삼동아파트라고 말해 주었다. 담당자는 의아해하는[62] 기색이었다. 그러나 여전히 친절하게 물어왔다. 무슨 사고입니까? 사

10 람이 엘리베이터에 끼여 있었어요. 그게 언제입니까? 담당자의 목소리엔 이제 완연하게 [63] 의심과 짜증이 드러났다. 오늘 아침 일곱 시 오십 분쯤인데요. 담당자는, 이거 보세요. 저희 바쁜 사람들입니다. 농담할 시간 없단 말입니다. 나는 황급히 변명을 해야만 했다. 아, 그러니까 아침에 그 사고를 보자마자 신고하려고 했는데요. 사람들이 휴대폰을 빌려 주지도 않았고 경비는 없고 게다가 제가 탄 버스가 사고가 났거든요. 회사에 오자마자 회사 엘리

15 베이터가 고장이 난 데다가 중요한 회의가 있었고 그 회의가 이제야 끝나서 이렇게 된 겁니다. 그 사고가 어떻게 처리됐는지 좀 알려 주세요. 담당자는 그런 일은 여기 소관이[64] 아니라면서 관할 소방서에 전화해 보라고 했다. 나는, 혹시 모르니까 지금이라도 구조대를 삼동아파트에 보내 줄 수는 없겠느냐, 주민들이 다들 맞벌이 아니면 독신 직장인들이라 어쩌면 나처럼 아무도 지금까지 신고를 안 했을 가능성이 있다고 말해 보았지만 담당자는 대꾸하

20 지 않고 그냥, 감사합니다, 라고 말하며 전화를 끊어버렸다. 도대체 뭐가 감사하다는 거지. 나는 화가 났지만 내가 할 수 있는 일이라고는 없었다.

　　오후의 회사 일은 순조롭게[65] 흘러갔다. 나는 계속 화장실 휴지 사용 절감 방안을 연구했고 사원들에게 돌릴 다른 설문지를 제작했다. 다섯 시가 되자 모두 썰물처럼 빠져 나갔고 나는 미스 리에게 만 원을 빌려 집으로 향했다. 아파트에 도착해서 우편물을 확인했다. 고지서

25 들이[66] 잔뜩 쌓여 있었다. 나는 그 중 몇 개는 경비실 1층에 마련된 폐지수거함에[67] 버리고

---

61 허탈하다 : 몸에 기운이 빠지고 정신이 멍함. 또는 그런 상태.

62 의아하다 : 의심스럽고 이상하다.

63 완연하다 : 눈에 보이는 것처럼 아주 뚜렷하다.

64 소관 : 맡아 관리하는 것. 또는 그 범위.

65 순조롭다 : 일이 아무 문제없이 예정대로 잘 되어 가는 상태에 있다.

66 고지서 : 국가 기관이 일정한 일을 민간에 알리는 법적인 문서.

67 폐지수거함 : 쓰고 버린 종이를 거두어 가기 위해 만든 상자.

엘리베이터로 다가갔다. 다행히 엘리베
이터는 정상적으로 작동되고 있었다.
몇 명의 사람들과 함께 엘리베이터에
올라탔다. 사람들은 지저분한 나를 피
해 다른 쪽 구석에 몰려 서 있었다. 나
는 그들에게 물었다. 혹시, 아침에 이 엘
리베이터에 끼여 있던 사람 어떻게 됐
는지 아십니까? 사람들은 말없이 고개

만 저었다. 아니, 제가 출근할 때 보니까요. 엘리베이터가 5층하고 6층 사이에 서 있고 6
층 바닥과 엘리베이터 바닥 사이에 한 사람이 끼여 있더라구요. 그 얘기 모르세요? 사람
들은 아무도 대꾸하지 않았고 자기 층에 엘리베이터가 설 때마다 황급히 내려 집으로 향
했다. 한 아주머니는 다섯 살쯤 되어 보이는 딸을 품에 꼭 안고 나를 경계하고 있었다. 이
윽고 엘리베이터가 15층에 정지했고 나와 함께 내린 여자는 전속력으로 집을 향해 뛰어
갔다. 나는 문을 열고 집으로 들어가 양복을 벗어 아무데나 집어 던지고 샤워를 했다. 머
리에 샴푸를 바르면서도 나는 계속 궁금했다. 도대체 그 사람은 어떻게 됐을까. 경비한
테 인터폰이나 해 봐야겠다. 그런데 샴푸질을 다 하고 물을 틀었을 때, 갑자기 차가운 물
이 쏟아지기 시작했다. 아무리 꼭지를 조절해 봐도 마찬가지였다. 나는 온몸을 오들오들
68 떨며 비눗기만 씻어낸 후에 인터폰을 들었다. 뚜뚜뚜. 경비는 이미 그런 전화를 수십
번 받았는지, 내가 뜨거운, 이라고 말하자마자, 아, 밑에 공고도 안 보고 다녀요? 오늘부
터 배관69 교체 공사한다고 써 붙여져 있잖아요. 내가 방송도 여러 수십 번을 했는데 말
야. 거의 반말조로 다다다다 내뱉은 경비는 인터폰을 끊어 버렸다.

아, 그래서 지금도 나는 궁금하다. 엘리베이터에 낀 그 남자는 어떻게 됐을까.

5

10

15

20

---

68 오들오들 : 춥거나 무서워서 몸을 잇따라 심하게 떠는 모양.

69 배관 : 기체나 액체 따위를 다른 곳으로 보내기 위하여 관을 이어 배치함.

● 글쓴이 소개

김영하 (1968~   )

1995년 단편소설「거울에 대한 명상」을 통해서 등단하였으며, 작품집으로 『나는 나를 파괴할 권리가 있다』, 『엘리베이터에 낀
그 남자는 어떻게 되었나』, 『오빠가 돌아왔다』, 『검은꽃』, 『빛의 제국』, 『퀴즈쇼』가 있다. 김영하는 인터넷 시대의 새로운 생
활방식과 풍속 등을 탐구하여 인간관계의 해체와 현대사회의 비인간성을 비판하는 작품 세계를 보여주고 있다.

문화

지난 20년간 사라진 것

한국갤럽에서 '예전에는 쉽게 볼 수 있었지만 지금은 사라지고 잊혀진 것들'이라는 주제로 한국 성인 남녀를 대상으로 조사를 한 바 있다. 오래 전에는 쉽게 볼 수 있었지만 요즘은 잘 볼 수 없거나 잊혀진 것들로 무엇이 가장 먼저 생각나는지에 대해서 물었다.

순위	지난 20년간 우리 주위에서 사라진 것들	%
1	연탄	11.3
2	삐삐	9.3
3	공중전화	7.3
4	버스 안내양	5.3
5	시내버스 회수권	5.1
6	사람 간의 정	4.9
7	가요 테이프	3.5
8	엿장수	3.3
8	뽑기/달고나	3.3
10	편지	3.1
11	깨끗한 자연	3.0
11	초가집	2.7
13	제비	2.5
14	불량식품	2.5
15	우체통	2.4
15	어린아이들의 순수	2.4
17	석유곤로	2.3
18	고무신	2.2
19	아이스케끼	2.1
19	함박눈	2.1
20	넉넉한 인심	2.1

(한국갤럽 2007년 12월)

　단어만 들어도 추억이 떠오르고 향수가 느껴지는 많은 것들이 급격한 트렌드의 변화 속에서 사라지고 있다.

　휴대전화가 등장하기 전 당시로서는 첨단 통신기기였던 '삐삐'가 사라지고 대중들의 주요 통신 수단이었던 '공중전화'가 사라지고 있다는 것은 격세지감을 느끼게 한다. 또한 '사람간의 정'이나 '넉넉한 인심'과 같이 온정이 식어버리는 세태를 반영하는 답변들은 '정'을 중시하던 우리 사회의 안타까움이 표현된 것이라고 하겠다. 오래도록 간직해야 하는 자산인 '깨끗한 자연'이 사라지고 있다는 응답은 환경오염에 대한 경각심을 일깨워 준다.

　앞으로 20년 후에는 어떤 것들이 사라지고 잊혀질까? 또 어떤 것들이 새로 생겨날까?

1. 지난 20년간 사라진 것들의 원인은 무엇인지 이야기해 봅시다.

2. 여러분 나라에서는 지난 20년간 어떤 것들이 사라졌습니까?

3. 미래를 위해 우리가 간직해야 하는 것에는 어떤 것들이 있을까요?

01 –는다손/–다손 치더라도

선행문의 내용을 인정한다고 해도 그러한 것이 후행문에 아무런 영향을 미치지 않음을 나타내는 표현으로 '다고 하더라도'와 같은 의미이다. 뜻을 분명하게 하고 강조하기 위해서 '아무리'와 함께 쓰는 경우가 많다.

就算承認前文的內容，那也不會對後文造成任何影響，與 '–다고 하더라도' 是同樣的意思，為了明確地強調意思，常與 '아무리' 一起使用。

- 수술을 한다손 치더라고 결과를 보장할 수는 없다고 합니다.
- 그 사람이 부자라손 치더라도 사람의 마음을 살 수는 없어요.
- 아무리 바쁘다손 치더라도 자기가 맡은 일을 미루면 안 되지요.
- 아무리 화가 났다손 치더라도 기본 예의는 지켜야 되는 거 아닙니까?

02 –기 나름이다

어떻게 하느냐에 따라 일이나 행위의 결과가 달라짐을 의미한다.

表示根據如何行動，事情或行為的結果會不同。

- 모든 일은 생각하기 나름입니다.
- 제품의 수명은 소비자가 사용하기 나름입니다.
- 다른 사람에게 인정을 받고 못 받고는 다 자기 하기 나름이에요.
- 그 말은 해석하기 나름인 것 같아요. 어떻게 해석하느냐에 따라 의미가 다르지 않아요?

03 은 고사하고

선행문의 내용은 말할 것도 없을 만큼 불가능하거나 어려우며 그것보다 정도가 약한 후행절의 경우라도 쉽지 않다는 의미를 나타낸다.

表示前文的內容不用說也知道不可能或非常困難，而就算是比它程度稍微弱的 後文情況也是不容易的。

- 장학금은 고사하고 낙제나 하지 말았으면 좋겠어요.
- 생일선물은 고사하고 축하한다는 전화 한 통 없었어요.
- 너무 긴장해서 어려운 문제는 고사하고 아는 것도 틀렸다.
- 보상은 고사하고 미안하다는 말 한 마디조차 하지 않더군요.

04 –는 한이 있더라도

뒤의 행위를 위하여 앞에 오는 상황이 희생하거나 무릅써야 할 극단적인 상황임을 나타낸다. 극단적인 상황을 전제하여 말하는 사람의 강한 의지를 표명할 때 쓰이는 표현이다.

表示為了後面的行為而犧牲在前面出現的狀況或是需要克服的極端狀況。是以極端狀況為前提，表明話者的堅決意志時使用的表現。

- 쓰러지는 한이 있더라도 끝까지 포기하지 않을 거예요.
- 굶어 죽는 한이 있더라도 그 사람에게 돈을 빌리지는 않을 거야.
- 전 재산을 날리는 한이 있더라도 이번엔 꼭 투자를 해 볼 생각이야.
- 하늘이 두 쪽이 나는 한이 있더라도 이번 일은 성공적으로 완성시키고 말 거예요.

제10과 진로와 취업

10-1 진로 상담

학습 목표 　●과제 진로에 대해서 조언하기, 상담하기
　　　　　　●문법 -으려고 들다, -노라면 ●어휘 진로

사람들은 보통 어떤 문제로 상담을 합니까?

여러분은 상담하고 싶은 문제가 있습니까?

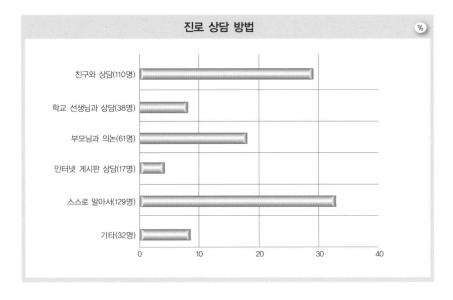

위 표는 고등학생 387명을 대상으로 진로 상담 방법에 대해 설문조사를 한 결과입니다.

1) 조사 결과를 통해서 알 수 있는 것은 무엇입니까?

2) 여러분은 진로에 대한 고민이 있을 때 어떻게 합니까?

대화

🔊 56~57

영수 　선생님, 감사합니다. 선생님들께서 많이 도와주신 덕분에 드디어 졸업을 하게 되었습니다. 어떤 때는 너무 힘들고 어려워 포기해 버릴까 하는 생각도 했었어요.

선생님 이럴 때 고생 끝에 낙이 온다는 말을 쓸 수 있는 거지요. 그런데 졸업 후에는 뭘 할 거예요? 취직을 할 건가요? 아니면 계속 공부를 할 건가요?

영수 　실은 진학하지 않고 취직을 하기로 결정하기는 했는데 제가 입사하고 싶은 회사는 한국에서 손꼽히는 유명한 대기업이라 경쟁이 만만치 않을 것 같아요.

선생님 대기업은 연봉이 높고 복리후생이 잘 되어있는 까닭에 취업준비자들이 너도 나도 입사하려고 드니까요. 하지만 무엇보다도 자기가 정말 하고 싶은 일을 할 수 있고 아울러 자신의 능력을 충분히 발휘할 수 있는 곳인지 먼저 살펴봐야 해요.

영수 　그런 생각을 안 해 본 것은 아니지만 아무래도 큰 조직에서 많은 경험을 통해 일을 배울 수 있는 대기업이 더 낫지 않을까요?

선생님 제 얘기는 무조건 대기업에 지원하지 말라는 얘기가 아니에요. 대기업만큼 안정적이진 않을지라도 도전적이며 자신을 발전시켜 줄 가능성이 높은 중소기업이나 벤처기업으로도 한번 눈을 돌려 보라는 거지요.

영수 　선생님 말씀을 듣고 보니 제가 너무 근시안적이었던 것 같네요. 이제부터는 어떤 회사가 저에게 가장 잘 맞는지 기업에 대한 구체적인 정보를 찾아 봐야겠네요. 그러면서 그 곳에서 필요로 하는 사람이 되도록 경쟁력을 높여 나가노라면 제 꿈을 이룰 수 있겠지요. 유익한 말씀 정말 고맙습니다.

01 위 대화에서 영수가 선생님을 찾아온 목적은 무엇입니까?

❶ 취업에 필요한 추천서를 받기 위해서

❷ 졸업 후 뭘 해야 할지 몰라서

❸ 중소기업에 취직하고 싶어서

❹ 인사도 하고 취업상담도 하려고

손꼽히다 v. 屈指可數、數一數二　　만만치 않다 不簡單　　복리후생 n.(福利厚生) 福利
까닭 n. 原因、理由　　조직 n. (組織) 組織　　도전적이다 a.(挑戰的 -) 挑戰的
중소기업 n. (中小企業) 中小企業　　벤처기업 n. (- 企業) 風險企業　　눈을 돌리다 關注、關心

02 이 대화에서 말하는 대기업과 중소기업의 장단점을 이야기해 보십시오.

	장점	단점
대기업		
중소기업		

03 여러분이 하고 싶은 일에 대해 보기와 같이 이야기해 보십시오.

[보기1] 저는 광고회사에 들어가서 아이디어로 승부하는 카피라이터나 광고 기획자가 되고
싶은데요.

[보기2] 저는 휴대폰 디자이너가 되어서 사용하기 편리하면서도 소비자의 감성을 자극하는
멋진 디자인을 개발하고 싶어요.

어휘 진로

01 다음 표현을 익히고 질문에 답하십시오.

(가)	(나)
구직자 구직난 구인난 전문직 단순직 종사자 자영업자	진로상담 진로정보센터 직업적성검사 취업정보사이트

1) (가)에서 알맞은 표현을 찾아 빈 칸을 채우십시오.

❶ 의사나 변호사 등과 같은 고도의 지식을 필요로 하는 직업을 (   )이라고/라고 부른다. 반면 (   )은/는 특별한 기술이나 전문적인 지식이 없어도 할 수 있는 일을 뜻한다.

❷ 어떤 한 가지 일에 매진해 일하는 사람을 그 분야의 (   )이라고/라고 하며 (   ) 이란/란 사업 등을 독립하여 자기 힘으로 경영하는 사람을 말한다.

❸ 이력서는 직업을 구하는 (   )과/와 채용담당자와의 첫 만남이라고 할 수 있으므로 정성을 다해 작성해야 한다.

❹ 요즘은 불경기로 인한 (   ) 때문에 그 일에 적합한 능력과 실력을 갖추고도 입사시험 에 낙방하는 사람들이 많다.

2) (나)에서 알맞은 표현을 찾아 빈 칸을 채우십시오.

❶ (   )은/는 졸업 후에 사회에 나아가거나 진학하는 문제로 상담을 하는 것이다.

❷ 취업에 관한 여러 정보를 알려면 (   )에 가는 것이 좋은데 여기에서는 자신이 직업과 관련된 특정 능력을 어느 정도로 갖추고 있는지 알 수 있는 (   )을/를 받아볼 수 있다.

❸ 자신의 직업 관련 능력을 알아 본 다음에는 (   )에 접속해서 자신에게 맞는 직업을 찾아 볼 수 있다.

02 이 대화에서 말하는 대기업과 중소기업의 장단점을 이야기해 보십시오.

[보기] 저는 한국에서 취직하는 것이 제게 유리하다고 생각해요. 요즘 한국도 구직난이 심하지만 우리나라보다는 심하지 않거든요. 게다가 세계가 점점 좁아지고 있는 요즘 외국 유학생활과 외국에서의 직장생활은 앞으로의 제 삶에 큰 도움이 될 것 같아요. 아무리 구직자가 많다고 해도 취업정보 사이트에 꾸준히 접속해서 정보를 찾고 진로정보센터에 가서 진로상담도 받으며 적극적으로 일자리를 찾노라면 제가 원하는 일을 찾을 거라 확신해요.

문법

01 다음을 읽고 문법 및 표현을 익혀 봅시다.

이른바 명문대를 졸업하고도 번번이 입사시험에서 떨어져 3년째 취업준비를 하고 있는 우리 오빠를 보면 취업난이 얼마나 심각한지를 나는 피부로 느낀다. 하지만 무조건 최상의 조건을 갖춘 회사에만 **입사하려고 드는** 오빠에게도 문제가 있다. 우리 속담에 '첫 술에 배부르랴' 라는 말도 있듯이 우선 웬만한 회사에 들어가 경험과 경력을 **쌓노라면** 좋은 기회가 올 텐데 왜 내 충고를 귀담아 듣지 않는지 모르겠다.

-으려고/려고 들다

1) 다음을 연결하고 보기와 같이 이야기해 보십시오.

노력을 하지 않다 ●┈┈┈┈┈┈┈┈┈┈┈┈┈● 좋은 결과만 얻다

공부를 열심히 하지 않다 ● ● 자꾸 대들다

내 동생은 내 말을 안 듣다 ● ● 인터넷게임만 하다

취직준비는 안 하다 ● ● 학점만 잘 받다

[보기] 내 동생은 노력은 하지 않고 좋은 결과만 얻으려고 드니 정말 큰일이에요.

-노라면

2) 빈 칸을 채우고 보기와 같이 이야기해 보십시오.

고민이나 문제	해결 방법	얻을 수 있는 결과
취직이 어렵다	열심히 취업 준비를 하다	원하는 회사에 들어갈 수 있다
처음 맡은 업무라서 일이 손에 익지 않는다		
한국말이 늘지 않는다	꾸준히 연습하다	
다이어트를 해도 살이 빠지지 않는다		살을 뺄 수가 있다
몸이 늘 무겁고 피곤하다	잘 먹고 충분한 휴식을 취하다	

[보기]　취직이 어렵다지만 열심히 취업 준비를 하노라면 원하는 회사에 들어갈 수 있을 거예요.

02 다음의 고민이나 문제에 대해 보기와 같이 조언을 해 보십시오.

[보기]　**고민**: 너무 말라서 걱정인데 아무리 먹어도 살이 찌지 않아요.
　　　조언: 무조건 많이 먹으려만 들지 말고 하루 세 번 영양이 풍부한 음식을 규칙적으로 먹고 꾸준히 운동을 하노라면 살이 찌게 될 거예요.

고민 1) 회사에서 동료와 사이가 안 좋아 자주 싸운다.

고민 2) 부모님이 결혼을 반대하신다.

고민 3) 요즘 잠이 오지 않아 불면증에 시달린다.

취업난이 심해지면서 '어떻게 하면 좀 더 빠른 시간에 정확하게 자신의 적성과 진로를 찾아서 취업에 성공할 것인가?' 하는 것이 모두의 관심사이다.

이에 온라인 취업사이트 사람인(www.saramin.co.kr)은 대학생들의 취업에 도움이 될 수 있는 네 가지 방법을 다음과 같이 소개했다.

첫째로 나를 객관적으로 잘 아는 것이 취업성공의 지름길이 될 수 있다. 따라서 본인의 성격과 적성이 무엇인지 알고 싶을 때는 MBTI(성격 유형 검사)와 MMPI(다면적 인성 검사)등의 성격 및 적성검사를 통해 이를 확인하는 방법이 있다. 한국청소년상담원에 가면 이러한 검사를 받을 수 있다.

두 번째 방법은 노동부 산하 고용지원센터에서 운영하는 '청년층 직업지도' 라는 프로그램에 참가하는 것으로 여기에서는 주로 취업에 도움이 되는 실제적인 방법들을 익히고 연습하는 활동을 한다. 이 프로그램의 참가자들은 진로설계나 직업선택, 자기소개서 작성, 면접기법 등의 도움을 받는데 15~29세의 청년층이면 누구나 참여가 가능하고 신청은 가까운 노동부지방사무소 및 고용지원센터에서 하면 된다.

그 다음으로는 각 대학에서 마련한 재학생들의 취업과 경력개발을 위한 취업지원실을 이용하는 것이다. 이곳에서는 취업 및 진로에 관한 고민상담, 기업의 인턴십 소개, 취업캠프 주최 등 다양한 일을 하고 있다. 교내 취업지원실에서 운영하는 프로그램은 현재 재학생에게 꼭 필요한 내용들로 구성되는 경우가 많기 때문에 적극적으로 이용하면 큰 도움을 얻을 수 있다.

마지막으로 사회에 진출한 선배가 역할 모델이 되어주는 '멘토 프로그램' 이 있는데 이 프로그램에서는 실무에서 얻은 지식이나 경험 등을 전해 들을 수 있기 때문에 이를 잘 이용하면 체계적인 미래계획을 세우는 데 도움이 된다. 멘토는 주변 지인의 도움을 받아 만날 수도 있고 제도적인 프로그램을 이용할 수도 있다. 현재 몇 개 대학을 중심으로 '교내 멘토 프로그램' 이 실시되고 있다.

01 이 글의 중심 내용은 무엇입니까?

❶ 멘토 프로그램 소개　　　　　　　　❷ 취업지원실 이용 방법

❸ 취업에 도움이 되는 여러 방법　　　　❹ 요즘 대학생들의 최대 관심거리

02 여러분이 구직자라면 위 방법 중에서 어느 방법을 가장 먼저 사용하겠습니까?

03 온라인 취업사이트에서 소개한 네 가지 방법을 다음 표에 정리하고 각각의 장점을 이야기해 봅시다.

방법	장점

04 위에서 소개한 방법 외에 직업을 구하는 데 도움이 되는 또 다른 방법이 있습니까?

과제 2 상담하고 조언하기 [🔊 58]

기능표현 익히기

<상담 요청하기>

- 이런 때는 어떻게 해야 할까요?

<공감하기>

- 그런 마음이 드는 것은 아주 자연스럽고 당연한 현상입니다.

<위로하기>

- 그런 일이 있었다니 정말 힘드셨겠습니다.
- 누구나 그런 때가 한 번쯤 있기 마련입니다.

<상대방의 입장에서 바라보기>

- 저도 _____ 씨 입장이었다면 그렇게 했을 겁니다.

<해결 방법 찾아주기>

- 이렇게 해 보는 것도 하나의 방법이 될 수 있다고 생각합니다.

---

01 다음은 상담을 요청하는 이야기입니다. 듣고 빈 칸을 채우십시오.

피상담자 정보	1) 이름: 2) 현재 하고 있는 일:
상담 요청 내용	

02 다음은 위의 상담 요청에 대한 전문가의 답변입니다. 빈 칸을 채우십시오.

위로 또는 공감내용	
문제해결방법 제시하기	• • • •

03 여러분의 장래에 대한 상담표를 만들고 이야기해 보십시오.

피상담자 정보	1) 이름: 2) 현재 하고 있는 일:
상담 요청 내용	

04 친구의 고민을 듣고 상담전문가의 입장에서 해결 방법을 찾아 이야기해 보십시오.

10-2 취업 면접

학습 목표 ●과제 면접시험에서 질문에 대답하기, 자기 소개서 쓰기
●문법 –은 바, –을 바에야 ●어휘 면접

면접관은 면접시험에서 보통 어떤 질문을 할까요?

여러분도 면접시험을 본 적이 있습니까? 기억나는 특별한 질문을 이야기해 보십시오.

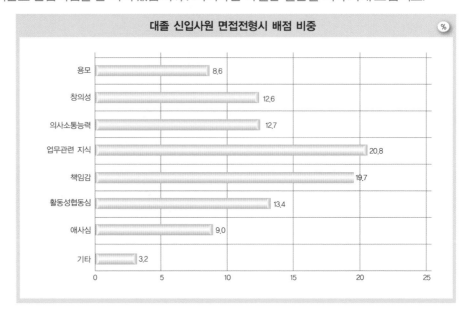

위 도표는 신입사원 면접 시의 배점 비중에 대한 것입니다.

1) 이 도표에 따르면 일반적인 면접시험에서 어떤 점을 중요하게 생각합니까?

2) 여러분이 면접관이라면 어떤 점을 가장 중요시하겠습니까?

대화

🔊 59~60

면접관　먼저 외국인으로서 우리 회사에 지원하게 된 동기가 무엇입니까?

웨이　저는 대학교에서 국제 무역을 전공했습니다. 우리 대만과의 무역을 적극적으로 추진하고 있는 이 회사야말로 제 능력을 펼칠 수 있는 곳이라고 확신해서 지원했습니다.

면접관　간단하게 자신의 장점을 소개해 보십시오.

웨이　저는 사교적이고 적극적인 성격이어서 학창시절부터 폭넓은 대인관계를 유지하고 있습니다. 여러 무역회사에서 아르바이트를 하거나 연수를 받으면서 실무경험도 쌓은 바 있습니다.

면접관　우리 회사엔 열정과 패기가 넘치는 사람이 필요합니다. 그 점은 어떻습니까?

웨이　제 취미는 철인 3종 경기입니다. 국제대회 입상 경력도 있습니다. 약 50km를 수영과 자전거와 달리기로 완주해야 하기 때문에 끈기와 패기가 없으면 불가능한 운동입니다.

면접관　우리 회사보다 조건이 좋은 곳도 있을 텐데 우리 회사를 선택한 특별한 이유라도 있습니까?

웨이　저에게 가장 중요한 조건은 바로 근무 환경과 분위기입니다. 틀에 박히고 구태의연한 업무 방식을 버리지 못하는 곳에서 일할 바에야 실업자로 지내는 게 낫다고 생각합니다. 이 회사에서는 창의적으로 업무를 수행하고 능력에 따라 평가받을 수 있으리라고 판단했기 때문에 지원한 것입니다.

01 웨이는 면접관의 질문에 어떻게 대답했습니까? 간단하게 이야기해 보십시오.

지원 동기	• •
자기 소개	• • • •

연수 n. (硏修) 進修、學習、培訓　　패기 n. (霸氣) 氣魄、雄心　　철인 3 종 경기 n. 鐵人三項競賽
입상 n. (入賞) 獲獎、得獎　　완주하다 v. (完走 -) 跑完全程　　틀에 박히다 死板的、按圖索驥的
구태의연하다 a. (舊態依然 -) 舊態依然　　실업자 n. (失業者)　　수행하다 v. (遂行 -) 執行、實行、完成

02 웨이는 이 회사의 어떤 점에 끌렸습니까?

03 여러분이 면접관이라면 어떤 질문을 하겠습니까? 위의 대화에 이어서 면접관과 지원자가 되어
이야기해 봅시다.

> [보기] 면접관 : 그럼 분위기만 좋으면 연봉이 아주 적어도 상관없단 말인가요?
>
> 지원자 : 네. 처음엔 적게 받더라도 능력에 따라 평가만 해 주신다면 곧 제대로 받게 될
> 테니까요.

어휘 면접 ●━━━━━━━━━━━━━━━━━━━━━━━━━━━━

01 다음 어휘를 익히고 질문에 답하십시오.

(가)	(나)
지원동기 직업관 포부 자격증 자기 PR	리더십이 있다 협동심이 강하다 책임감이 강하다 창의성이 풍부하다 전공을 살리다 일익을 담당하다 능력을 펼치다 실무경험을 쌓다

1) 다음은 무엇에 대한 대답입니까? (가)에서 찾아서 쓰십시오.

❶ 정보처리기사 시험에 합격했습니다.　　　　　　(　　　　　)

❷ 이 분야의 일인자가 되는 것입니다. 누구보다 뛰어난 능력을 인정받는 최고가 되고
   싶습니다.　　　　　　　　　　　　　　　　(　　　　　)

❸ 노력의 대가로 주어지는 급료도 무시할 수는 없지만 그보다는 회사에 도움이 되고
   보람된 일에 더욱 가치를 두겠습니다.　　　　　(　　　　　)

❹ 이 회사의 제품들이 소비자들로부터 큰 신뢰감을 얻고 있다는 것과 타사에 비해 수출
   실적이 높다는 것입니다.　　　　　　　　　　(　　　　　)

2) 다음 글에서 관련되는 표현을 (나)에서 찾아서 쓰십시오.

❶ 기업은 개성이 다른 사람과 조화를 이룸으로써 운영되는 것이라고 생각합니다. 그런
   의미에서 다른 사람들과 협력해 가며 업무를 수행하는 데 매력을 느낍니다. (　　　　　)

❷ 그리고 제가 맡은 일은 반드시 완수하고 맙니다.　　　　　　　　(　　　　　)

❸ 학창시절에 자주 친구들의 상담자 역할을 했습니다. 대학입학 후에는 국제교류
   동아리를 만들어 회장으로 활동했습니다.　　　　　　　　　　(　　　　　)

❹ 또한 새로운 아이디어를 생각해 내서 재미있는 일과 새로운 일을 기획하는 데 자신이
   있습니다.　　　　　　　　　　　　　　　　　　　　　　(　　　　　)

❺ 대학교에서 공부한 경영학을 활용하여 마케팅 관련 일을 하고 싶습니다. (　　　　　)

❻ 우리 회사를 우리나라 제 1의 기업으로 발전시키는 데 기여하고 싶습니다. (　　　　　)

02 위의 단어를 사용하여 자신을 소개해 보십시오.

> [보기] 저는 한국어학교에 다닐 때 좌담회에서 사회자를 맡은 적이 있습니다. 다양한
> 사고방식을 가진 세계 여러 나라 사람들의 의견을 모아 찬반 토론을 진행하는 것은
> 생각만큼 쉽지 않았습니다. 저는 강한 책임감으로 철저하게 준비를 하였습니다.
> 좌담회는 성공적이었다는 평가를 받았습니다. 이 경험을 통해 제 자신에게 숨겨진
> 리더십도 발견하는 계기가 되었습니다.

문법

01 다음을 읽고 문법 및 표현을 익혀 봅시다.

이제 막 학교를 졸업한 사회 초년생인 나는 다음 달부터 한 중소기업에서 일하게 됐다. 사실 나도 남들처럼 대기업에 몇 군데 응시했다가 낙방의 슬픔을 **경험한 바 있다**. 그러나 그 아픈 경험으로 얻은 것은 훨씬 크다. 내 능력을 알아주지 않는 대기업에 들어가서 기회를 얻지 **못할 바에야** 작은 조직의 중소기업에 들어가서 다양한 업무를 익히고 경험을 쌓아 실력을 인정받는 게 낫다는 생각을 하게 된 것이다.

-는/은/ㄴ 바

1) 다음을 연결하고 보기와 같이 이야기해 보십시오.

영수는 컴퓨터 회사에서 수년간 일했다	이 정도의 문제는 간단하게 고칠 수 있을 거예요
유재석 씨는 수차례에 걸쳐 큰 시상식을 진행하였다	가장 선호하는 배우자의 직업으로 공무원이 1위를 차지했대요
결혼정보회사가 배우자의 직업 선호도를 조사했다	이번 영화제도 성공적으로 진행할 수 있을 겁니다
아파트 안내방송을 통해서 공고됐다	솔직하게 모두 말씀해 주십시오
이번 뺑소니 사건에 대해서 안다	오늘 아침 9시부터 오후 5시까지 단수됩니다

[보기] 영수는 컴퓨터 회사에서 수 년 간 일한 바 있어서 이 정도의 문제는 간단하게 고칠 수 있을 거예요.

-을/ㄹ 바에야

2) 다음 표를 보고 보기와 같이 문장을 만드십시오.

상황	선택 1	선택 2
[보기] 진로를 고민할 때	대기업에서 주말도 없이 일한다	중소기업에 취직한다
사이가 안 좋을 때	만날 때마다 싸운다	헤어진다
거리가 멀 때	4번씩이나 차를 갈아 탄다	비싸도 학교 근처로 이사한다
학비를 벌어야 할 때	아르바이트하느라고 공부도 제대로 못한다	휴학한다
음식이 맛이 없을 때	먹는다	굶는다

[보기]   대기업에서 주말도 없이 일할 바에야 중소기업에 취직하는 게 낫겠어요.

02 과거의 경험이 선택에 영향을 미친 경우를 위의 두 표현을 사용해서 이야기해 보십시오.

[보기]   저는 부동산 소개업자의 감언이설에 넘어가 서울 근교의 부동산에 투자를 했다가 엄청난 손해를 입은 바 있습니다. 그래서 요즘 다시 불붙기 시작한 부동산 재테크에는 전혀 관심이 없습니다. 또 그런 어리석은 일을 저지를 바에야 그 돈을 어려운 이웃에게 다 나눠주는 게 훨씬 낫지요.

01 다음을 듣고 질문에 답하십시오.

1) 이 리포트는 무엇에 대한 것입니까?

❶ 면접시험의 질문의 유형   ❷ 신입사원의 사직 이유 분석

❸ 면접시험 볼 때의 주의사항   ❹ 질문에 따른 면접관의 유형

2) 면접의 형태가 다양해지고 질문이 진화하는 이유는 무엇입니까?

3) 다음 질문은 어느 유형에 들어갈까요?

           문제 해결형   로또형   시험형   경력 로드맵형

❶ 10억이 생긴다면 어떻게 하겠습니까?

❷ 같은 지역에 식중독이 발생하면 어떻게 대처하겠습니까?

❸ 3·5·10년 뒤 자신의 일상생활은 어떨까요?

❹ 일의 특성상 야근이 많고 때로는 철야도 해야 하는데 가능합니까?

4) 본문에 제시된 유형 중 어느 것이 가장 어려운 질문이라고 생각합니까? 왜 그렇습니까?

02 다음 질문에 답하십시오.

1) 여러분이 면접관이라면 '공휴일에 일해도 좋은가?' 라는 질문에 대해 어느 대답이 가장 설득력 있다고 생각하십니까?

❶ 회사 업무가 우선이므로 야근과 휴일근무를 불사하겠다.

❷ 회사생활과 개인의 삶을 조화해 나가도록 최선을 다하겠다.

❸ 가정과 대인관계가 원만해야 회사 일도 잘 할 수 있으므로 개인적인 시간도 중요하다.

2) 직장별로 '문제 해결형' 질문은 어떻게 다를까요? 질문을 만들어 봅시다.

❶ 은행의 경우   ❷ 여행사의 경우

❸ 대형마트의 경우   ❹ 외식업체의 경우

❺ 보험회사의 경우   ❻ 기타(   )

과제 2   자기 소개서 쓰기 ●──────────

기능표현 익히기

- 저는 외국계 기업에서 5년간 실무 경험을 쌓은 바 있습니다.
- 많은 형제들 속에서, 협동과 양보 그리고 신뢰감이 얼마나 중요한가를 배우면서 자랐습니다.
- 몸에 밴 독서 습관을 통해 논리적인 사고력과 어학 능력을 기를 수 있었습니다.
- 자신의 진로를 스스로 결정하기 위해 위인과 인생 선배들의 글을 읽고 말씀을 들으면서 자신에게 옳은 길은 어느 것인지 찾으려고 노력했습니다.
- 친구 따라 왔던 여행이 계기가 되어 한국 유학을 결심하게 되었습니다.

자기 소개서 쓸 때의 주의사항에 관한 글입니다. 읽고 답하십시오.

입사시험 등에서 자기 소개서를 요구하는 것은 입사원서나 이력서만으로는 평가할 수 없는 가정환경이나 성장과정을 통해 그 사람의 대인관계나 책임감, 성실함, 창의성 등을 파악하기 위해서이다.

자기 소개서를 쓰는 방법은, 먼저, 자신의 성장과정을 연대기 순으로 기술한다. 가족사항이나 가풍을 언급하고 학창시절의 특기할만한 점을 독특한 체험이나 에피소드를 섞어가며 작성한다.

둘째, 자기 성격의 장단점이나 특기사항을 구체적으로 언급한다. 가령, 외국어실력이 높다든가, 리더십이 있다든가 하는 업무를 수행하는 데 도움이 될 만한 사항은 자신의 체험과 함께 자세히 기술해야 한다. 또한 단점은 단점대로 솔직하게 시인하면서 실수나 실패를 통해 새로운 가치를 경험했다는 방식으로 장점으로 활용하는 것도 하나의 방법이다. 이때 지나치게 자신의 장점만을 강조하지 않는 것이 좋다.

셋째, 지원 동기를 구체적으로 밝힌다. '평소 관심이 있었다, 이 회사 경영방침이 마음에 들었다' 등의 너무 단순하고 막연한 내용보다는 해당분야에 대한 자신의 소질이나 신념, 전공과의 관련성을 구체적으로 언급한다.

넷째, 장래의 희망 또는 포부를 밝힌다. 이것은 일에 대한 의욕을 표현하는 부분이므로 '열심히', '최선을 다해' 따위의 판에 박힌 표현보다는 어떠한 계획이나 각오를 갖고 일할 것인가를 분명히 서술하는 것이 좋다. 특히 지원하는 회사의 방침이나 특성을 미리 파악하여 자신의 성격에 맞도록 재포장하는 지혜도 필요하다.

다섯째, 문장은 간단명료하고 어휘는 현실성 있는 표현으로 진술하게 구성한다.

01 입사 시험에서 자기 소개서를 요구하는 이유가 아닌 것은 무엇입니까?

❶ 지원자의 학력과 경력을 알 수 있기 때문에

❷ 가정환경이나 성장과정을 파악할 수 있기 때문에

❸ 지원자의 대인관계나 성격 등을 파악할 수 있기 때문에

❹ 입사 원서나 이력서에 나타나지 않는 것을 알 수 있기 때문에

02 다음 자기 소개서의 문장들을 읽고 위의 주의사항에 어긋나는 것은 어느 것인지 찾아보십시오.

❶ 저는 초등학교 교사를 하시는 부모님 밑에서 3남매 중 막내로 태어났습니다.

❷ 어려서부터 공부면 공부, 운동이면 운동, 미술이면 미술, 못하는 것이라고는 없었습니다.

❸ 저는 대학에서 응용미술을 전공하였으며 국내 최고의 광고기획사인 귀사에서 제 능력을 더욱 갈고 닦아 귀사의 발전에 일조를 하고 싶습니다.

❹ 모교의 대표로 출품했던 작품이 독창적인 아이디어가 넘친다는 평가를 받았습니다. 광고들마다 톡톡 튀는 아이디어로 고객을 사로잡는 귀사에서 제 능력을 펼쳐보고 싶습니다.

03 위의 주의사항에 따라 자기 소개서를 써 봅시다.

1) 먼저 주요사항을 간단히 정리해 봅시다.

성장 과정	가족 관계	
	가풍	
	학창시절	
성격	장점	
	단점	
특기와 취미	특기	
	취미	
지원 동기	전공	
	신념	
	포부	

2) 위의 표를 바탕으로 보기와 같이 자기 소개서를 써 보십시오.

'성실과 사랑'을 가훈으로 하는 평범한 중산층의 가정에서 2남 3녀 중 장남으로 태어난 저는 비교적 많은 형제들 속에서, 협동과 양보 그리고 사람끼리의 신뢰감이 얼마나 중요한가를 배우면서 자랐습니다.

주위에서 상상력이 풍부하고 말주변이 좋다는 평을 들었던 저는 초등학교 시절에는 교내외 백일장에서 여러 번 입상하였고, 중고등학교 재학 시는 학교 간부직을 맡아 리더십을 익혔으며 합창반 단원으로 활약하기도 했습니다.

학창 시절에 저는 앞으로 사람들에게 감동을 줄 수 있는 훌륭한 작품을 쓰는 문학가가 되고 싶었습니다. 그러나 주위의 권고, 특히 장남에게 거는 아버님의 기대를 저버릴 수 없어 법대에 진학했습니다.

저의 대학 시절은 모든 법대생들이 그렇듯 고시 공부에 중심을 두고 착실히 학업에 전념하였습니다. 그러나 제 가슴속에 남아있는 예술에 대한 미련과 '끼'는 버릴 수 없어 '극예술 연구회'와 '문학 동우회' 등에서 법전 연구 못지않은 정열로 사랑과 예술 그리고 인생의 의미를 느껴 보려고 몸부림치기도 했습니다. 법과 시가 반반씩 제 머리와 가슴 속에서 자리 잡고 제 운명의 열쇠를 쥐고 있던 시절이었습니다.

대학 3년을 마치고 한 군 입대는 저에게 새로운 삶에 대한 시각을 열어주는 계기가 되었습니다. 최전방에 황량하게 부는 바람과 갈대는 이제껏 '개인'이란 차원에서만 맴돌던 행복과 진실이 '민족' 이란 차원으로 승화하여 좀 더 넓은 삶의 의미를 깨우쳐 주었습니다.

그러나 복학 후 저는 제 자신이 남을 판결하는 일에는 맞지 않고 더 넓은 세계로 향한 저의 꿈과 욕망은 법조문을 뒤적이는 것에는 어울리지 않음을 깨달았습니다. 그래서 이제까지 한 법전공부를 토대로 법 지식을 활용할 수 있고, 자신의 예능과 사회에 대한 관심과 욕구를 최대한 충족시킬 수 있는 곳은 결국 언론사라는 결론을 얻어, 귀사의 제 27기 수습기자 모집에 지원하기로 결심했습니다.

항상 민중의 대변자임을 자처하고 정확하고 신속한 사실 보도에 사명을 다한다는 귀사의 언론관은 민주주의 사회에서 꼭 필요한 언론인의 사명을 다하고 싶은 저에게 저 자신을 투신하여 젊음과 정열을 불사를 수 있는 곳이라는 확신을 주기에 충분하였습니다.

이제 적으나마 저의 능력과 지식을 이 사회에 봉사할 기회로 삼아 귀사에 수습 기자직으로 지원하게 된 것을 영광으로 생각하며 무궁한 발전을 기원합니다.

출처: 이기종 편저 <작문의 이론과 실제>

10-3 정리해 봅시다

I. 어휘

01 빈 칸에 알맞은 단어를 골라 쓰십시오.

패기	입상	포부	자격증	실업자	철인 3종 경기
지원동기	직업관	복리후생	근시안	조직	추진하다
펼치다	완주하다	틀에 박히다	구태의연하다	돌리다	

대기업에 지원할까?

장점 →
- 연봉이 높다
- 사원을 위한 (　　　)이/가 잘 되어 있다.
- 큰 (　　　)안에서 다양한 경험을 축적할 수 있다.

단점 →
- 경쟁이 치열하다
- 능력을 발휘할 기회가 적다

중소기업에 지원할까?

장점 →
- 자신의 능력을 개발하고 (　　　)을/ㄹ 기회가 많다.
- 학벌이나 전공보다는 실무 능력에 대한 관심과 열정을 우선시한다.
- 고속승진이 가능하다.

단점 →
- 임금과 근로조건이 대기업 만큼 좋지 않다.
- 안정적이지 못하다
- 일을 (　　　)는 방식이 경영자 개인의 성격이나 능력에 좌우되는 일이 많다.

결론 →
- 당장의 결과만을 기대하는 (　　　)적인 사고에서 벗어나 다른 가능성으로 눈을 (　　　)어/아/여 보기로 했다.

- 학벌에 자신이 없으므로, 내 성격의 장점 즉 쉽게 포기하지 않는 (　　　)과/와 (　　　)을/를 인정해 줄 중소기업이 있다면 거기에 들어가기로 했다.

02 다음을 연결하고 보기와 같이 쓰십시오.

[보기] 전공 ● ● 쌓다

❶ 일익 ● ● 살리다

❷ 능력 ● ● 펼치다

❸ 실무경험 ● ● 담당하다

❹ 창의성 ● ● 강하다

❺ 책임감 ● ● 풍부하다

[보기] 사회복지학 전공을 살려서 사회복지 센터에서 일하게 되었다.

❶ ....

❷ ....

❸ ....

❹ ....

❺ ....

03 다음 글자로 끝나는 단어들을 쓰십시오.

1) ☐☐ 난: .... , ... , ... ,

2) ☐☐ 직: .... , ... , ... ,

3) ☐☐ 자: .... , ... , ... ,

II. 문법

알맞은 문법을 한 개 이상 골라 보기와 같이 이야기를 완성하십시오.

-으려고/려고 들다　　　-노라면　　　-는/은/ㄴ 바　　　-을/ㄹ 바에야

[보기]　직장에 입사한 지도 3년이 지났지만 회사를 위해서 아직 이렇다 하고 한 일이 없는 것 같다. 그래서 스스로에게 회의가 들기도 했는데 그러던 중 '직장을 위해서 당신이 할 수 있는 일' 이라는 책을 접하게 되었다. 그 책에 쓰여진 바에 따르면 성급하게 뭔가 실적을 올리려고 들지 말고 자기에게 주어진 일을 충실히 하노라면 언젠가 기회는 올 것이며 그 기회를 놓치지 않는 것이 중요하다는 것이었다.

01　친한 친구와 말다툼을 하고 일주일째 연락을 하지 않고 있다. 하루가 멀다 하고 만나고 하루에도 몇 번씩 문자메시지를 주고 받는 사이였는데 이런 일이 생겨서 마음이 불편하다. ⎯⎯⎯

⎯⎯⎯⎯⎯⎯⎯⎯⎯⎯⎯⎯⎯⎯⎯⎯⎯⎯⎯⎯⎯⎯⎯⎯⎯⎯⎯⎯⎯⎯⎯

⎯⎯⎯⎯⎯⎯⎯⎯⎯⎯⎯⎯⎯⎯⎯⎯⎯⎯⎯⎯⎯⎯⎯⎯⎯⎯⎯⎯⎯⎯⎯

⎯⎯⎯⎯⎯⎯⎯⎯⎯⎯⎯⎯⎯⎯⎯⎯⎯⎯⎯⎯⎯⎯⎯⎯⎯⎯⎯⎯⎯⎯⎯

02　새로 부임한 부장은 너무나 꼼꼼하고 치밀한 성격이다. 한 번에 끝내도 될 듯한 서류를 검토하고 수정하고 검토하고 수정하고. 이런 방식에 익숙하지 않은 직원들 중에는 불평을 하는 사람도 있다.

⎯⎯⎯⎯⎯⎯⎯⎯⎯⎯⎯⎯⎯⎯⎯⎯⎯⎯⎯⎯⎯⎯⎯⎯⎯⎯⎯⎯⎯⎯⎯

⎯⎯⎯⎯⎯⎯⎯⎯⎯⎯⎯⎯⎯⎯⎯⎯⎯⎯⎯⎯⎯⎯⎯⎯⎯⎯⎯⎯⎯⎯⎯

⎯⎯⎯⎯⎯⎯⎯⎯⎯⎯⎯⎯⎯⎯⎯⎯⎯⎯⎯⎯⎯⎯⎯⎯⎯⎯⎯⎯⎯⎯⎯

03　정부는 1가구 2주택자, 즉 주택을 둘 이상 소유한 경우에 대해 세금을 올리기로 결정했다고 한다.

⎯⎯⎯⎯⎯⎯⎯⎯⎯⎯⎯⎯⎯⎯⎯⎯⎯⎯⎯⎯⎯⎯⎯⎯⎯⎯⎯⎯⎯⎯⎯

⎯⎯⎯⎯⎯⎯⎯⎯⎯⎯⎯⎯⎯⎯⎯⎯⎯⎯⎯⎯⎯⎯⎯⎯⎯⎯⎯⎯⎯⎯⎯

04 뭐든지 다른 사람들에게 퍼주기를 좋아하시는 우리 어머니. 다른 사람들과 나누는 것이 좋은 일이라는 건 알지만 요즘 같이 물가도 비싼 세상에 아깝다는 생각이 드는 게 사실이다.

III. 과제

두 사람이 짝이 되어 보기와 같이 모의 면접을 해 보십시오.

<지원자 정보>

성명 : 김영수(남, 27세)

성격 : 매사에 적극적이며 지기 싫어하고 욕심이 많은 편이다.

전공 : 사회체육학

포부 : 한국 스포츠팬들이 스포츠를 보다 바르고 다양하게 즐길 수 있도록 정보를 제공하는
　　　기사를 쓰고 싶다.

지원 부문 : 신문사 스포츠 기자

특기 사항 : 대학 시절 교내 신문 기자로 활동했다.

[보기]　면접관　자신의 성격의 장단점을 말씀해 주십시오.

　　　　김영수　저는 매사에 적극적입니다. 그것이 저의 장점이기도 하지만 때로는 단점이기도 한 것 같습니다. 무슨 일이든 남에게 지기 싫어합니다. 어차피 해야 할 일이라면 남보다 앞장서서 남보다 잘 해내고 싶다는 욕심 때문에 적극적이다 못해 지나칠 때도 있는 게 아닌가 하고 스스로 반성하기도 합니다. 그러나 매순간 충실히 살았던 것에 대해서는 후회하지 않습니다.

　　　　면접관　학창시절에는 어떤 동아리 활동을 하셨습니까?

　　　　김영수　학교 신문사에서 기자로 활동했습니다. 주로 학생들에게 적당한 여러 스포츠를 소개하고 손쉽게 접할 수 있는 방법들을 알려주고자 노력했습니다.

　　　　면접관　장래의 포부는 무엇입니까?

김영수 대학에서 공부한 체육 이론을 바탕으로 우리 국민들에게 스포츠를 더욱 폭 넓게 보급하기 위해 스포츠에 대한 정확하고 다양한 정보를 제공하는 기사를 쓰고 싶습니다.

면접관 이 부문을 지원한 이유는 무엇입니까?

김영수 제 포부를 실현하기 위해서는 기자가 되는 길 밖에 없다고 생각했습니다. 언론의 힘이 얼마나 크고 위대한지 잘 알기 때문에 이 방법으로 제 꿈을 이루겠다고 마음먹은 것입니다.

1)

성명 : 이미영(여, 24세)

성격 : 책임감이 강하나 지나치게 완벽을 기하려고 한다.

전공 : 의류디자인

포부 : 우리 한복의 세계화를 위해 한국을 대표할 수 있는 의상 디자이너가 되어 한복의
　　　아름다움과 장점을 세계에 알리고 싶다.

지원 부문 : 여성 의류 회사의 디자인 부문

특기 사항 : 연극 동아리에서 의상을 담당했다.

2)

성명 : 박민수 (남, 26세)

성격 : 끈기와 참을성이 강하나 내성적이다.

전공 : 사회복지학

포부 : 노인 복지 관계 업무를 하는 공무원이 되어 노인복지제도 개선과 윤택한 노인의 생활 환경
　　　조성에 기여하고 싶다.

지원 부문 : 구청 노인 복지 관계 업무

특기 사항 : 학창시절에 사회 봉사 시설에서 다양한 봉사활동을 했다.

3)

성명 : 이지영 (여, 26세)

성격 : 명랑하고 솔직하나 성격이 급하다.

전공 : 유아교육학 / 레크레이션

포부 : 어린이들의 거울이 될 수 있는 교사가 되어 어린이들의 밝고 행복한 미래를 위해 바르고
　　　건강하게 성장하도록 도와주고 싶다.

지원 부문 : 유치원 교사

특기 사항 : 학창시절에 춤 동아리에서 다양한 춤을 연습했다.

10-4 소설 읽기와 세상 읽기 (2)

1. 여러분의 행복한 시간은 언제였습니까?

2. 다음은 『우리들의 행복한 시간』의 줄거리입니다. 이 글의 다음에 이어질 내용을 이야기해 봅시다.

> 대학교수인 문유정은 겉으로는 아주 화려하고 가진 게 많은 듯 보이지만, 어린 시절에 겪었던 씻을 수 없는 상처와 가족들에 대한 배신감으로 인해 냉소적인 삶을 살아가며 여러 번 자살기도를 했던 여자이다. 그녀는 세 번째 자살에 실패한 날 고모인 모니카 수녀를 따라서 사형수를 면회하러 가게 되고, 거기서 스물일곱 살의 사형수 정윤수를 만나게 된다.

🔊62

우리들의 행복한 시간

공지영

멀리 모니카 고모의 모습이 보였다. 고모는 좀 화가 난 듯했다. 내가 거의 삼십 분이나 늦어 버렸던 것이다. 내가 과천 정부종합청사 전철역 입구에 멈추어 서자 고모는 손에 들고 있던 커다란 꾸러미를¹ 들고 차에 올라탔다. 날이 추워서 그랬는지 고모의 검은 베일에서 몰려오는 찬 기

운이 냉장고의 문을 열고 서 있는 듯 섬뜩했다.² 고모의 입술이 파랗게 질려³ 있었다.

"옷을 말이야... 뭘 입고 와야 할지 모르겠더라구. 내가 구치소라는 데를 갈 줄 알았더라면 수녀복 같은 걸 좀 장만했을 텐데... 그래서 뭐 입나 고민하다가 늦었어요. 그러니까 휴대폰 같은 거 하나 장만하시지... 요새는 중이고 신부고 다 차 하나씩 있던데... 자동차도 하나 사면 좋잖아."

늦은 것을 변명하기 위해 내가 말했다. 고모는 아무 말도 하지 않았다.

"그러길래 내가 수녀원으로 가서 모시고 오겠다고 했는데 고모가 고집 피운 거잖아."

나는 내가 잘못했다는 느낌이 들 때 언제나 그랬던 대로 책임을 미뤘다.

"그 사람들은 일주일 내내 나를 기다리는 사람들이야. 일주일 동안 사람을 직접 만나지 못하는 아이들이라구. 너 땜에 그들의 귀중한 삼십 분이 날아갔다. 너한테는!"

고모는 아주 화가 난 듯 말을 잠시 멈추었다. 그리곤 침을 꿀꺽 삼키더니, 천천히 입을 열었다.

"너한테는 아무렇게나 쓰레기통에 버려도 되는 그 삼십 분이 그들에게는 이 지상에서

---

1 꾸러미 : 꾸리어 싼 물건

2 섬뜩하다 : 갑자기 소름이 끼치도록 무섭고 끔찍한 느낌이 들다. 여기서는 '선뜩하다'의 오기로 보임.
　　　　　 '선뜩하다'는 갑자기 서늘한 느낌이 있다.

3 질리다 : 몹시 놀라거나 두려워 얼굴빛이 변하다.

마지막 삼십 분이야. 그들은 오늘이 지나고 나면 다시는 오지 않을지도 모르는 그 오늘을, 그런 오늘을 사는 사람들이라구!....네가 그걸 알겠니?”

　　말소리는 나지막했지만 단호했고[4] 약간 울음기가 배어 있었다. 나한테는 쓰레기통에 버려도 되는 삼십 분이라는 말이 잠깐 목에 걸렸다. 내가 아무리 내 생을 탕진하며[5] 사노라고 내 입으로 떠들고 다니긴 했지만 그걸 남이 그렇다고 말할 때는 그다지 기분 좋은 일이 아닌 것이다. 내가 약속시간에 늦은 것이 사실이니까 그냥 내가 참는 게 나을 것 같았다. 어쨌든 오늘은 내가 고모를 따라온 첫날인 것이다. 하지만 기분이 좋은 첫날은 분명 아니었다. 쓰레기통이라는 그건 내가 쓴 표현이었지만, 아무리 그렇다 해도 내 말투를 그대로 옮겨서 고모가 내게 그렇게 심한 표현을 쓴 것은 처음이었다. 고모도 늙으시니까 약해지시나 보다, 하고 나는 생각해 버리기로 했다.

　　수녀가 된 고모가 교도소에 드나든다는 걸 나는 프랑스로 떠나기 전 신문에서 본 적이 있었다. 새벽녘에 머리가 아파 죽겠다고 전화를 한 엄마를 보러 의사인 작은 오빠가 집에 다니러 온 날이었다. 작은 오빠는 고모 나왔던데, 하고 들고 온 신문을 폈다. 그 신문은 소위 진보적이라는 신문이어서 작은 오빠가 아니었다면 우리 집에서는 고모가 신문에 날 정도로 유명한 사람이 되었다는 것

도 몰랐을 것이다. 아침에 일어나면 아침 인사처럼 일하는 아이에게 소리를 지르는 어머니가 그날도 일하는 아이에게 기어이 그 아침 인사를 하고 있다가 다가와 식탁에 앉았다. 고모가 아마 사형수들을 찾아다니는 모양이야. 작은 오빠가 말하자, 어머니가 대답했었다. 훌륭하시구나, 수도자가 됐으면 그 정도 희생은 해야지... 훌륭하셔... 너희 병원 신경외과에 예약 좀 해 놓겠니? 검사를 받아야겠어. 머리 속에서 뭐가 고장이 났는지 머리가 아파, 미치도록 머리가 아파서 어제도 한숨을 못 잤단다. 전에 네가 준 약도 안 들어. 그 약만 먹으면 화장이 안 받아... 몸에 나쁜 약을 몇 개씩이나 더 먹을 수도 없고 잠을 못 자니까 늙는 거 같애. 피부가 엉망이야... 언제나 말이 없던 작은 오빠는 입을 다물었고 나는 건강염려

---

4 단호하다 : 결심이나 태도, 입장 따위가 과단성 있고 엄격하다.

5 탕진하다 : 재물, 시간, 힘, 정열 따위를 헛되이 다 써 버리다.

중증인 엄마 옆에서 유기농 호밀빵 속에 햄과 야채를 끼워 넣은 샌드위치를 먹고 있었다. 작은 오빠와 내 눈이 마주쳤다. 좀 마음을 편하게 가지세요, 어머니. 몇 번 검사를 했는데도 아무 이상도 없었잖아요. 작은 오빠가 지치지도 않고 어머니에게 연민의 목소리로 말했고 나도 거들었다.⁶ 엄마, 작은 오빠 말이 맞아. 그래 현대의학이 어떻게 감히 엄마의 예민하고 섬세한⁷ 신경구조를 독해하겠어? 그러니 교양 있는 엄마가 참으시는 수밖에. 그리곤 아마 그날 아침도 우리들의 식사는 결국 엄마의 고함소리로 막을 내렸던 게 기억났다. 늘 벌어지는 아침 풍경이었다. 그 끔찍한 딴따라⁸ 짓 집어치우고 어디 유학이라도 가버리라고 엄마가 말했을 때 내가 흔쾌히 그러마고 했던 것은, 그때 일 년쯤의 가수 생활에서 느끼던 재미도 시들해지고 있었고, 아마도 집을 떠나면 조용한 아침을 찾을 수 있다는 기대도 한몫 했을 것이다. 나도 더 이상 엄마의 옥타브에 맞춰 고함치기에도 지쳐 있었던 것이다.

"미안해요. 내가 잘못했다구... 미안하다구요..."

더 버티는 것보다 순순히 항복하는⁹ 편이 나을 것 같았다. 왜 그런 생각이 들었는지 모르지만 나는 고모가 울까 봐 겁이 났다.

"그런데 고모 설마 날 데리고 지금 그 사형수들...인지...한테 가는 건 아니겠지? 날보고 거기서 설마 애국가를 부르라는 건 아니겠지?"

"그 사람들한테 가는 거야...애국가를 부를 수 있으면 부르지, 못 할 이유는 또 뭐냐? 그 목소리 쓰레기통에 처박느니¹⁰ 좋은 데 쓰면 좋은 거지. 저기 삼거리에서 좌회전하거라."

모니카 고모는 그렇게 말했다. 또 쓰레기통이었다. 내가 그날 병실에서 좀 감상적으로 한 말을 가지고 자꾸 약을 올리는 고모가 좀 비열하게¹¹ 느껴졌고 나는 약간 화가 나려고 했다. 고모의 말대로 좌회전을 하고 나자 서울구치소라고 쓴 간판이 보였다. 지겨운 병원에서 외삼촌이 데리고 있는 젊은 정신과 의사와 마주 앉아 그래서 화가 난 게 대체 뭐였죠, 라든가, 그럴 때 왜 화가 났지요? 어린 시절에 그거랑 비슷한 생각이 난 적이 있었나

---

6 거들다 : 남이 하는 일을 함께 하면서 돕다.

7 섬세하다 : 곱고 가늘다. 매우 찬찬하고 세밀하다.

8 딴따라 : 연예인을 낮게 이르는 말.

9 항복하다 : 적이나 상대편의 힘에 눌리어 굴복함.

10 처박다 : 마구 쑤셔 넣거나 푹 밀어 넣다.

11 비열하다 : 사람의 하는 짓이나 성품이 천하고 졸렬하다.

요? 뭐 이런 질문에 대답하고 있는 것보단 애국가를 부르는 게 나을까... 언제나처럼 나는 모르겠다, 길게 생각하지 말자, 하며 나 를 달랬다. 구치소는 적어도 병원처럼 진부하지는[12] 않을 테니까.

5 　　신분증을 맡기고 우리는 철창 안으로 들어섰다. 철창 하나를 지나자 뒤에서 문이 닫혔다. 쇠와 쇠가 부딪히는 소리가 싸늘하고 어둡고 텅 빈 복도에 울려 퍼지는 순간 묘한[13] 생각이 들었다. 나중에까지 오래도록 느낀 거였지만 그곳은 늘 온도가 바깥보다 이삼 도쯤 낮았다. 겨울에는 물론이고

10 한여름 복 지경에도 그랬다. 누군가가 말한 대로 그곳은 어둠이 서식하는[14] 공간이었다. 우리는 다시 문 하나를 지났다. 뒤에서 다시 문이 닫혔다. 커다란 안뜰, 사람들의 자취는 하나도 없는데, 저쪽 구석에서 푸른 죄수복을 입은 사람들 몇 명이 손수레를 끌고 있었다. 멀리 흰 석고로 된 성모상 아래에 작은 나무가 서 있고 거기에 크리스마스 전구가 촌스러운 색깔로 겨울 햇빛에 반짝이고 있는 것이 보였다. 크리스마스가 가까워온다는 것을 나는 그

15 제야 처음으로 의식했다. 파리의 대림절이[15] 생각났다. 샹젤리제 거리를 가득 메운 크리스마스 불빛들, 거리에서 꽃을 팔던 소녀들, 붉은 포도주와 혀 위에서 부드럽고 고소하게 녹아 끝내 허무의 매혹을 주던 프와그라 요리, 소음과 토악질로 끝났던 술자리....우리는 모퉁이를 여러 번 돌아 작은 방으로 안내되었다. 한 두 평 남짓한 방에는 십자가가 걸려 있고 그 옆에는 렘브란트의 그림 「돌아온 탕자」가 자리하고 있었다. 작은 탁자가 하나, 의자가

20 대여섯 개 놓여 있는 방 안은 소박했다.[16] 고모는 가지고 온 꾸러미를 내려 놓고 커피포트의 스위치를 올렸다. 잠시 후 노크 소리가 들렸다. 창살이 쳐진 문의 작은 유리창 너머로 옥색빛 수의가[17] 언뜻 보였다.

　　"어서 와라, 어서 와... 네가 윤수구나."

---

12 진부하다 : 사상, 표현, 행동 따위가 낡아서 새롭지 못하다.
13 묘하다 : 일이나 이야기의 내용을 표현하거나 규정하기 어렵다.
14 서식하다 : 동물이 깃들여 살다.
15 대림절 : 예수 성탄 대축일을 준비하고 기다리는 성탄 전 4주간.
16 소박하다 : 꾸밈이나 거짓이 없고 수수하다.
17 수의 : 죄수가 입는 옷.

모니카 고모는 교도관의 안내로 방으로 들어선 그에게 다가가 그를 얼싸안았다.

사형수…… 그는 사형수였다. 그의 왼쪽 가슴에는 붉은 명찰이 달려 있었다. 아니다. 명찰이 아니다. 이름이 없으니까. 거기에는 서울 3987이라는 검은 글씨가 쓰여 있었다. 그는 고모의 그런 포옹이 몹시 거북한[18] 듯했다. 키는 한 일 미터 칠십오 센티미터쯤 될까. 흰 얼굴 검은 고수머리[19], 그리고 그 위에 걸쳐진 뿔테 안경 속의 눈은 길고 날카로웠다. 그러나 넓고 흰 이마 위로 흘러내린 보통 사람보다 아주 검고 부드러운 고수머리는 전체적으로 그의 날카로움을 많이 완화시켜[20] 주고 있었다. 그러나 얼굴 곳곳에 드리워진 어두운 그림자는 뜻밖에도 내가 대학 강단에서 만나는 젊은 교수들의 얼굴을 연상시키기도 했다. 재단이 이래도 됩니까, 젠장, 할 때거나, 교수회의 중에 말도 안 되는 이사장의 말, 예를 들어 올해 우리 대학의 한 해 목표는 우선 공부하는 대학을 만드는 겁니다, 인재를 길러야 돼요, 우리 재단은 오직 그 목적을 가지고 학교를 설립했으며... 같은 누가 들어도 웃고 말 그런 말을 듣고 있을 때의 젊은 교수들 얼굴과 비슷했던 것이다. 나는 순간적으로 저 사람의 가슴에 달린 빨간 명찰이 혹시 국가보안법이라는[21] 것을 의미하는 것은 아닐까 하는 착각을 잠시 했다. 아마도 얼핏 비추었던 이지적인 인상이 그런 상상을 불러일으켰을지도 모르겠다. 그는 파리에서 젊은 사람들이 입고 다니던 티셔츠 위에 새겨진 체 게바라[22]의 한국판 얼굴이라고 말할 수도 있는 느낌을 주는 사내였다. 뭐랄까, 죽음을 넘어가 버린 존재, 어린 시절에 이미 거친 황야에서[23] 쓸쓸하게 죽기로 맹세한 사람들이 가지는 그런 수성 (獸性) 같은 것이 아른거리고[24] 있었던 것이다. 그리고 그게 그에게

---

18 거북하다 : 몸이 괴로워 움직임이 자연스럽지 못하거나 자유롭지 못하다.

19 고수머리 : 곱슬머리.

20 완화시키다 : 긴장된 상태나 급박한 것을 느슨하게 하다.

21 국가보안법 : 국가의 안전을 위태롭게 하는 반국가 활동을 규제하도록 제정한 법률.

22 체 게바라 (Che Guevara, 1928~1967) : 아르헨티나 출신의 쿠바 정치가, 혁명가.

23 황야 : 거친 들판.

24 아른거리다 : 무엇이 희미하게 보이다 말다 하다.

더 어울릴 것 같았다. 더 솔직히 말하자면 어쨌든 그는 내가 상상했던 소위 죄수의 얼굴을 하고 있지는 않았다. 하지만 나는 이런 진부한 기대를 무참히[25] 깨버리는 신선한 파격을[26] 좋아하는 사람이었다. 나는 그에게 호기심이 좀 생겨나기 시작했다.

"앉자. 자 앉아라... 내가 여러 번 네게 편지 했던 모니카 수녀다."

5   그는 서투른 동작으로 자리에 앉았다. 앞으로 모여 있는 그의 두 손목에 채워진 혁수정이 그제야 내 눈에 띄었다. 허리에 굵은 가죽 벨트 같은 것을 차고 거기에 달린 고리에 수갑이 매어져 있는 혁수정, 그 이름조차 나중에 안 것이었지만 왜였을까, 가슴이 철렁했다.[27]

"이주임, 저기... 내가 빵을 좀 사 왔거든... 빵 먹게
10   저... 수갑 좀 풀어 주면 안 될까?"

고모가 조심스레 물었다. 이주임이라는 교도관이[28] 곤란하다는 듯이 그냥 웃었다. 그의 얼굴에는 나는 바른 생활 사나이입니다, 같은 표정이 어려 있었다. 모니카 고모는 더 이상 고집을 피우지 않고 꾸러미에 든 빵
15   을 꺼내 놓았다. 크림빵과 버터빵, 단팥빵... 고모가 커피포트에서 끓은 물을 따라 커피를 만들어 그의 앞에 내 놓았다. 그리고는 수갑이 차인 그의 손에 빵 하나를 쥐어 주었다. 그는 대답 없이 빵 하나를 들어 잠시 그것을 물끄러미[29] 바라보았다. 정말 이것이 먹어도 되는 음식일까 하는 표정이었고, 한편으로는 오래도록 그리웠던 음식을 바라보는 자의 비감[30] 같은 것이 어리고[31] 있었다. 그는 결심을 한 듯 어렵게 그것을 입에 밀어 넣었다. 혁수정을 차고 있었으므
20   로 빵을 입에 밀어 넣는 동작을 하려면 허리까지 고개가 내려가야 하기 때문에 그의 몸이 달팽이처럼 둥글게 말렸다. 그는 그렇게 빵을 베어 먹고 그것을 우적우적 씹었다. 시선은

---

25 무참하다 : 몹시 끔찍하고 참혹하다.

26 파격 : 일정한 격식을 깨뜨림.

27 철렁하다 : 몹시 놀라 충격을 받다.

28 교도관 : 교도소에서 행형에 관한 사무에 종사하는 공무원.

29 물끄러미 : 우두커니 한 곳만 바라보는 모양.

30 비감 : 슬픈 느낌. 또는 그런 느낌이 듦.

31 어리다 : 빛이나 그림자, 모습 따위가 희미하게 비치다.

줄곧 의미 없이 탁자에 붙박인 채였다.

"그래 편하게 먹어... 목이 메겠다, 커피 좀 마시고... 앞으로도 먹고 싶은 거 있으면 내게 이야기해. 날 어머니같이 생각해라. 내가 자식이 없거든. 여기 드나든 지 삼십 년... 난 그냥 너희들 식구야."

빵을 씹던 그가 자식이 없다는 고모의 말에 억지로 약간 미소를 지었다. 나 혼자 본 것이었겠지만 거기에는 조소하는[32] 빛이 어렸다. 내가 깔깔거리며 갈등을 무마시켜 버리듯 그는 그렇게 조소하는 빛으로 무기를 삼는 것 같았다. 어찌됐든 그건 순전히 내 느낌이었는데, 나는 그를 처음 본 순간 그가 왠지 내 과(科)라는 생각을 했다. 나의 직감은 거의 틀린 적이 없었지만, 그냥 사람이 아니라 사형수를 두고 그런 생각을 하는 게 스스로도 좀 이상한 기분은 있었다. 늦잠을 자느라고 아침을 거르고[33] 온 바람에 빵이라도 좀 먹고 싶었지만 그가 다람쥐처럼 두 손을 모으고 온몸을 둥글게 말아 그것을 먹고 있는 걸 보노라니까 입맛이 없어졌다. 순간 좀 딱하다는 생각이 들었다. 저 인생은 어쩌다가 여기로 왔을까, 뭐이런 생각이 스쳐 갔던 것 같다. 모니카 고모는 빵을 들어 이주임이라는 교도관과 나에게도 하나씩 권하고 자신은 커피를 마셨다.

"그래 사는 게 어떠니? 이제 좀 적응이 돼?"

빵을 꾸역거리며[34] 씹던 그가 순간 씹던 동작을 멈추었다. 겨울 햇살이 비스듬히 비치는 사무실에 앉은 네 사람 사이로 긴장감 같은 침묵이 어렸다. 그가 먹던 빵을 마저 천천히 씹었다.

"보내 주신 답장 잘 받았습니다... 오늘 여기 오지 않으려고 했는데... 와서 말씀드려야 한다고 생각했습니다. 이주임님이 수녀님께서 삼십 년 동안, 비가 오나 눈이 오나 늘 전철 타고 버스 타고 오신다고... 그 말이 아니면 나오지 않았을 텐데... 그래서 나왔습니다."

그가 고개를 들었다. 얼핏 아주 평온한[35] 얼굴이었다. 그러나 좀더 자세히 보니까 그 평온은 가면처럼 딱딱해 보이는 종류의 것이었다.

"그래..."

32 조소 : 비웃음.
33 거르다 : 차례대로 나아가다가 중간에 어느 순서나 자리를 빼고 넘기다.
34 꾸역거리다 : 음식 따위를 한꺼번에 입에 많이 넣고 잇따라 씹다.
35 평온하다 : 조용하고 평안하다.

415

"...오지 말아 주십시오. 편지도 받지 않겠습니다. 저는 그럴 만한 자격이 없는 사람입니다. 저를 이대로... 죽게... 내버려 둬 주십시오."

죽게, 라는 마지막 말을 하면서 그는 이를 악물었다. 턱 주위가 씰룩거리는[36] 것이 어금니를 꽉 앙다물고[37] 속으로 이를 가는 것 같았다. 뜻밖의 반응이었다. 날카로운 그의 눈매로 푸른 기운이 어리는 것을 나는 보았다. 저 사람이 갑자기 여기서 내 목을 휘어잡고 인질극이라도[38] 벌일까 봐 나는 순간 두려웠다. 그리고 보니 그의 이름을 신문에서 본 게 떠올랐다. 그는 살인을 하고 도망치다가 가정집에 들어가 엄마와 아이를 잡고 난동을[39] 부린... 희미한 윤곽이[40] 떠올랐다. 나는 교도관과 고모를 바라보았다. 그가 튼튼해 보이는 수갑을 차고 있다는 것이 좀 마음을 안심시켰다.

"윤수야... 내가 벌써 나이가 칠십이니까, 이렇게 불러도 되겠지?"

모니카 고모는 조금도 당황하지 않고 차근차근[41] 말을 시작했다.

"죄인이 아닌 사람이 어디 있니? 샅샅이[42] 헤아린다면 자격이란 게 있는 사람이 어디 있니? 나는 그냥 너와 함께 있었으면 한다. 가끔 보고 같이 빵도 먹고, 그냥 오늘 있었던 일 이야기도 하고... 내가 원하는 것은 그거지만...."

"저는,"

모니카 고모의 말을 자르며 그가 다시 입을 열었다. 오래 생각하고 말을 꺼내는 자 특유의[43] 가라앉은 목소리였다.

"저는 살아갈 희망도 의지도 없습니다. 그런 데 쓰실 힘이 있으면 가엾은 다른 사람들에게 베풀어 주십시오. 저는 사람을 죽였습니다. 그러니 그냥 이대로 죽는 것이 맞습니다... 이 말씀을 드리러 왔습니다."

더 볼일이 없다는 듯 그가 일어섰다. 교도관이 크게 놀랄 일은 아니라는 듯이 그를 따라

---

36 씰룩거리다 : 근육의 한 부분이 자꾸 실그러지게 움직이다. 또는 그렇게 하다.

37 앙다물다 : 힘을 주어 꽉 다물다.

38 인질극 : 무고한 사람을 인질로 붙들어 놓고 자기의 목적을 이루려고 벌이는 소동.

39 난동 : 질서를 어지럽히며 마구 행동함. 또는 그런 행동.

40 윤곽 : 일이나 사건의 대체적인 줄거리. 사물의 테두리나 대강의 모습.

41 차근차근 : 말이나 행동 따위를 아주 찬찬하게 순서에 따라 조리 있게 하는 모양.

42 샅샅이 : 틈이 있는 곳마다 모조리.

43 특유 : 일정한 사물만이 특별히 갖추고 있음.

일어섰다. 빵을 먹을 때 마치 짐승이 땅에 떨어진 먹이를 먹는 것처럼 둥글게 몸을 말아야 하지만 나도 인간이라는 듯한 열띤 호소[44] 같은 것이 그에게서 느껴졌다. 사형수에게도 자존심이라는 것이 있나 보다, 라는 바보 같은 생각이 처음 들었다.

"잠깐만, 윤수 잠깐만!"

고모가 그를 애타게[45] 불렀다. 그가 고모 쪽으로 돌아섰다. 그를 바라보는 고모의 눈에 눈물이 고여 있었다. 그도 고모의 눈물을 본 거 같았다. 그건 찡그림이 아니라 무너짐 같은 거였다. 딱딱한 가면 한 귀퉁이가 찢어지는 듯한 그런 표정이었던 것이다. 그러나 그 무너짐도 곧 사라지고 다시 조소하는 듯한 빛이 어렸다. 고모는 들고 온 꾸러미 속에서 무언가를 주섬주섬 꺼냈다.

"곧 크리스마슨데, 선물 가지고 왔어. 춥지? 내복 좀 샀다... 그래도 네가 이렇게 어렵게 날 만나러 와 주었는데 어떻게 그냥 널 보내겠니... 그래 잠깐이면 되니까 좀 앉지 않겠니? 늙은이가 되어서, 내가 말이야, 다리가 좀 아프거든."

그는 고모가 내민 꾸러미를 바라보고 있었다. 턱의 근육이 욱신거리며[46] 움직이고 있었다. 짜증이 난다는 듯 미간 한구석이 찌푸려졌다. 크리스마스 선물이라니 웬 개뿔다귀? 아마도 그렇게 말하고 싶은 표정으로, 그러나 노인네고 여자니까 봐 준다는 표정으로 그는 자리에 앉았다.

"내가 크리스마스 선물을 주는 건, 너보고 부담 가지라고 그러는 게 아니야. 성당에 다니라고 그러는 것도 아니구. 종교 이야기가 아니라구... 종교를 뭘 믿으면 어떠니? 또 안 믿으면 어떠니? 하루를 살아도 사람이 사람답게 산다는 거... 그게 중요한 거지. 그럴 리 없겠지만 혹여 네가 너 자신을 미워하는 사람이라면 그런 너를 위해 예수님이 오신 거야. 너 자신을 사랑하라고, 네가 얼마나 귀중한 사람인지 알려 주시려고. 혹여 네가 앞으로 누군가에게 따뜻함을 느낀다면, 혹시 네가 이런 게 사랑받는 거로구나, 하고 느낀다면 그건

44 호소 : 억울하거나 딱한 사정을 남에게 하소연함.
45 애타다 : 몹시 답답하거나 안타까워 속이 끓는 듯하다.
46 욱신거리다 : 머리나 상처 따위가 자꾸 쑤시는 듯이 아파 오다.

하느님이 보내 주신 천사라고 생각했으면 하는 거야... 오늘 널 처음 보지만 나는 안다. 넌 마음이 따뜻한 녀석이야. 네 죄가 무엇이든 간에 그게 전부 다 너는 아닌 거야!"

고모가 마지막 말을 했을 때, 그가 얼핏 웃었다. 비웃음이었다. 사람을 죽였고 이제 그 죄과로 인해 내일이라도 형장에 매달려 죽을 사람에게, 귀중한 사람 어쩌구 하니까 어이가 없다는 듯했다. 그러나 감정의 동요가[47] 심한 자 특유의 불안한 기운이 그의 얼굴 위로 파도치듯 지나가고 있었다. 나는 이상하게도 그를 이해할 수 있는 기분이었다. 식구들과 지긋지긋하게 싸움을 하고 난 후, 고모의 전화를 받을 때, 그때 고모가 마치 지금 그에게 하듯 저런 목소리로 내게 말하면 나는 갑자기 화가 치밀어 올랐다. 말하자면 그건 내 감정 속으로 수혈되는[48] 다른 피에 대한 거부 반응[49] 같은 것이었다. 삶이든 감정이든 한 가지 혈액형일 때 우리는 편안함을 느낀다. 그게 옳든 그르든 악당은 악하고 반항아는 반항적인 것이 편안한 상태인 것이다.

"저한테 이러지 마십시오. 이렇게 하시면 저는 편히 죽을 수가 없습니다... 그래요 제가 수녀님을 만나러 오고 천주교 미사에 나가고 교도관들이 좋아하게 고분고분 말이란 말을 다 듣고... 그리고 찬송가 부르고 무릎 꿇고 앉아 기도하고, 그렇게 천사처럼 변한다고 합시다. 그러면 수녀님께서 저를 살려 주시기라도 할 거란 말입니까?"

뜻밖의 말이었다. 그는 짐승처럼 흰 이를 드러내며 마지막 단어를 뱉었다. 모니카 고모의 얼굴이 일순 해쓱해졌다.[50]

"그러니 그냥, 제발 이제 저를 찾아오지 마세요."

"그래, 그건 맞아... 그러고 싶지만 그럴 힘이 없으니까. 그런데 살려 주지 못한다고 해서 만날 필요도 없는 건 아니잖니? 이런 말 하면 어떨지 모르지만 우리 모두는 실은 사형수야. 우리도 언제 죽을지 모르는 사람들... 그 언제 죽을지 모르는 내가 네 말대로 언제 죽을지 모르는 널 만나러 오면 안 되니, 왜 그런데?"

모니카 고모도 만만치[51] 않았다. 그는 어이가 없다는 듯 모니카 고모를 바라보았다.

"왜냐구!"

---

47 동요 : 생각이나 처지가 확고하지 못하고 흔들림.

48 수혈 : 빈혈이나 그 밖의 치료를 위하여, 건강한 사람의 혈액을 환자의 혈관 내에 주입하는 것.

49 거부반응 : 조직이 잘 맞지 않는 장기를 이식하였을 때, 그것을 배제하려고 일어나는 생체 반응.

50 해쓱하다 : 얼굴에 핏기나 생기가 없어 파리하다.

51 만만하다 : 무서울 것이 없어 쉽게 다루거나 대할 만하다.

"...아무 희망도 갖고 싶지 않기 때문입니다... 그건 지옥입니다."

모니카 고모는 아무 말도 하지 않았다.

"여기서 조금만 더 나가면 저는 미쳐 버릴지도 모르겠습니다."

고모가 무언가 말을 꺼내려다가 잠시 입을 다물었다. 그리곤 잠시 후에 차분한⁵²목소리 **5**
로 되물었다.

"윤수야, 지금 너를 제일 괴롭히는 게 뭐니? 제일 두려운 게 뭐지?"

그가 고모를 올려다보았다. 한참을 그랬다. 적의에⁵³ 찬 눈길이었다.

"...아침이요."

그는 악랄한 검사가 내미는 마지막 결정적 물증⁵⁴ 앞에서 하는 수 없이 죄를 자백하듯
⁵⁵ 말했다. 목소리는 낮았다. 그는 더는 들을 필요가 없다는 듯 자리에서 벌떡 일어나 모 **10**
니카 수녀에게 인사를 꾸벅하고 걸어나갔다. 그러자 석고상처럼 굳어 있던 고모가 그를
따라 일어섰다.

"잠깐만... 그래, 미안해, 그렇게 화내지 마라. 그러니까 힘들면 날 안 만나도 좋고, 그냥 가
도 좋아. 가도 좋은데, 그런데 저기 이건 가지고 가서 먹어... 비싼 빵은 아니지만 이 늙은이
가 그래도 너 생각해서 사온 건데, 그렇게 맛없는 건 아니야. ...불법인 줄 알지만 이주임, 이 **15**
거 두 개만 옷 속에 넣어 가게 눈 좀 감아 줘...."

고모는 사가지고 온 빵을 몇 개 들어 윤수에게 건넸다. 곤란하다는 듯한 표정이 이주임
의 얼굴에 지나갔다. 저쯤 되면 고모의 고집이, 마치 아버지의 뜻이 하늘에서와 같이 땅에
서도 이루어지듯, 위력을⁵⁶ 발휘한다고 할 만했다.

"그래... 혼자 독방에서... 젊은 아이가 얼마나 배가 고플 텐가... 한참 먹을 때일 텐데... 이 **20**
주임! 부탁이야."

누가 죄인이고 누가 교화자인지⁵⁷, 누가 애원하고⁵⁸ 누가 거부해야 하는지 모를 좀 우

---

52 차분하다 : 마음이 가라앉아 조용하다.

53 적의 : 적대하는 마음. 해치려는 마음.

54 물증 : '물적 증거'를 줄여 이르는 말.

55 자백 : 자기가 저지른 죄나 자기의 허물을 남들 앞에서 스스로 고백함. 또는 그 고백.

56 위력 : 상대를 압도할 만큼 강력함. 또는 그런 힘.

57 교화 : 가르치고 이끌어서 좋은 방향으로 나아가게 함.

58 애원하다 : 소원이나 요구 따위를 들어 달라고 애처롭게 사정하여 간절히 바람.

스운 상황이긴 했다. 그때 그의 눈길이 처음으로 모니카 고모를 향하는 것을 나는 보았다. 그 눈길은 상대의 정체를 도저히 파악할 수 없다는 불안으로 흔들리고 있는 듯했다. 고모가 다가가 윤수의 옷 안쪽으로 빵을 넣어 주었다. 그는 약간 어이가 없는 표정이었다. 될 수 있으면 고모를 가까이 하고 싶지 않다는 듯이 뒷목을 길게 뺐다.

"괜찮아... 오늘 만나서 참 기뻤다. 윤수야, 널 만나서 나는 기뻤어. 나와 주어서 정말 고맙다!"

고모는 그의 어깨를 한참 어루만졌다. 그는 고문을 당하는 사람처럼 고통스러운 표정이었다. 그는 서둘러 몸을 돌렸다. 돌아서는데 자세히 보니까 한쪽 다리가 좀 불편한 듯 절룩이고 있었다. 고모는 긴 복도 끝으로 그가 사라질 때까지 상담실 문 앞에서 그를 보고 있었다. 그 순간 고모는 바닷가 절벽 위에 서 있는 염소처럼 몹시 고독해 보였다. 모니카 고모는 한 손을 이마에 짚었다. 갑자기 피로가 몰려오는 듯한 표정이었다.

"괜찮아, 첨엔 다 저래... 저게 희망의 시작이야... 자격 없다고 말하는 거, 그게 좋은 시작인 거야..."

고모는 딱히[59] 내게라고도 할 거 없이 중얼거리며 말했다. 가뜩이나 키가 작은 고모는 그대로 사그라져 버릴 것 같았다. 자기 자신에게 그렇게라도 다짐하지 않으면 안 된다는 듯했다. 나도 모르게 벽에 걸린 렘브란트의 그림을 힐끗 보았다 아버지에게 자신 몫의 유산을 먼저 달라고, 행패를[60] 부리던 그 작은 아들. 그 아들이 그 재산을 탕진하고 돼지먹이통을 기웃거리다가[61] 아버지에게 돌아온다. 그는 다시 아들이 될 자격조차 없다는 것을 안다. 그가 돌아와 "아버지, 저는 아버지와 하늘에 죄를 지었습니다." 라고 말한 것도 진심이었을 것이다. 그 모티프를 성서에서 따온 그림이었다. 렘브란트의 그림은 아들을 용서하는

---

59 딱히 : 정확하게 꼭 집어서.

60 행패 : 체면에 어그러지는 난폭한 짓을 버릇없이 함. 또는 그런 언행.

61 기웃거리다 : 무엇을 보려고 고개나 몸을 기울이다. 남의 것을 탐내는 마음으로 자꾸 넘겨다 보다.

아버지의 사랑과 무릎 꿇은 아들의 참회를[62] 표현하고 있었다. 렘브란트의 그림 속에서 아버지의 두 손은 다르다. 하나는 남자의 것이고 하나는 여자의 것, 그것은 신이 여성성과 남성성을 동시에 가지고 있다는 것을 표현한다고 미술사 시간에 배운 게 떠올랐다. 그런데 하필이면 이 방에 저 그림을 걸어둔 의도가 너무 뻔했다.[63]

"정윤수가... 아직도 말썽 많이 피우나?"

고모가 물었다.

"죽겠어요. 지난달에는 운동 시간에 조직 폭력배[64] 두목을 죽인다고 운동장 가에 피워 놓은 연탄난로 뚜껑을 집어 들고 싸움을 벌인 통에 보름 동안 징벌[65]방에 있다가 어제 나왔어요. 우리가 빨리 발견하지 않았으면 다시 재판정으로 갈 뻔했지요. 하긴 재판정에 가면 뭐 합니까? 사형에 더 보태도[66] 사형이니까... 징벌방에서도 어찌나 소란을 피우는지... 이런 말 씀드리면 뭣하지만, 사형수들 땜에 죽겠어요... 여기서 사람 하나 더 죽여 봤자 마찬가지란 거죠. 어차피 이래 죽거나 저래 죽거나 사형이니까. 죄수들이 그래서 눈치 살피면서 꼼짝을 못 하니까 지들이 무슨 왕처럼 군다니까요. ...작년 팔월에 집행[67] 있고 아직 없어서... 이제 집행 때가 다 찬 걸 느껴서 그러는지 연말이 되면 더들 한다니까요... 보통 연말에 사형 집행이 있곤 하니까 말이죠... 집행 한 번 있고 나면 몇 달은 조용들 할 텐데... 그중에 저 윤수란 놈 아주 악질이에요.[68]"

모니카 고모는 잠시 아무 말도 하지 않다가 입을 열었다.

"그래도 저 애가 오늘 날 만나러 나왔잖아. 내 편지에 드물게긴 하지만 답장도 했었고."

고모는 작은 단서라도[69] 붙들고 싶은 수사관처럼 교도관에게 바싹 다가가는 자세로 말했다. 교도관의 얼굴로 비웃음 같은 것이 지나갔다.

"그러니까, 저도 실은 좀 놀랐어요. 지난달에 목사님께서 성경을 넣어 주셨는데 갈기갈

---

62 참회 : 자기의 잘못에 대하여 깨닫고 깊이 뉘우침.

63 뻔하다 : 어떤 일의 결과나 상태 따위가 훤하게 들여다 보이듯이 분명하다.

64 폭력배 : 걸핏하면 폭력을 행사하는 무리.

65 징벌방 : 옳지 아니한 일을 하거나 죄를 지은 데 대하여 벌을 줌. 또는 그 벌.

66 보태다 : 모자라는 것을 더하여 채우다. 이미 있던 것에 더하여 많아지게 하다.

67 집행 : 법률, 명령, 재판, 처분 따위의 내용을 실행하는 일.

68 악질 : 못된 성질. 또는 그 성질을 가진 사람.

69 단서 : 어떤 문제를 해결하는 방향으로 이끌어 가는 일의 첫 부분.

기 찢어서 화장실 종이로 쓰고 있더라구요. 아마 그렇게 한 세 권쯤 없앴나 봐요."

　　내가 까르르 웃었다. 모니카 고모의 눈초리만 아니면 좀더 웃으려고 했는데 하는 수 없이 약간 근엄한[70] 표정으로 입을 다물어야 했다. 고소한 느낌도 들었다. 아까 여기 오는 길에 고모가 나한테 쓰레기, 쓰레기 한 말에 대한 복수를 그가 해 준 것도 같았다. 그는 고모가 제일

5　로 아끼는 그 성서를 찢어서, 그야말로 쓰레기보다 못하게 버렸으니까. 하지만 분위기상 너무 고소한[71] 티를[72] 내고 있을 수는 없었다. 두 사람은 심각한 얼굴이었던 것이다.

　　"근데 오늘 아침에 내가 가서 이따 수녀님 오실 거라고 어쩌겠냐고 물으니까, 좀 생각하는 눈치더니, 수녀님께서 몇 살이시냐고 묻더라구요. 칠십이 넘으셨다니까... 좀 망설이는 듯하더니 웬일로 나온다고 했던 거예요."

10　고모의 얼굴 위로 기쁜 듯한 표정이 어렸다.

　　"그랬어? 나이 먹으니까 좋은 것도 있군 그래, 헌데 찾아오는 사람은 있나?"

　　"없어요. 아마 고아인 거 같아요. 어딘가 어머니가 살아 있다고 하는 것 같긴 한데... 아무도 찾아오는 사람은 없어요."

　　모니카 고모는 주머니에서 주섬주섬 흰 봉투를 하나

15　꺼냈다.

　　"이거 윤수 영치금[73] 좀 넣어줘요. 그리고 이주임도 너무 저 아이 그렇게 보지 마. 교도관들이 교화하라고 있는 거지... 빨리 죽여 버리려고 있나? 자네나 나나 실은 우리 모두 죄인 아닌 사람이 어디 있겠나?"

20　이주임은 봉투를 받아 넣었을 뿐 아무 말도 하지 않았다.

---

70 근엄하다 : 점잖고 엄숙하다.

71 고소하다 : 볶은 깨, 참기름 따위에서 나는 맛이나 냄새와 같다. 기분이 유쾌하고 재미있다. 미운 사람
　　　　　　　이 잘못되는 것을 보고 속이 시원하고 재미있다.

72 티 : 어떤 태도나 기색.

73 영치금 : 죄를 지어 교도소에 갇힌 사람이 교도소의 관계 부서에 임시로 맡겨 두는 돈. 교도소를 통하
　　　　　　여 음식이나 물품을 구입하는 데 쓴다. '맡긴 돈'으로 순화.

돌아오는 길에 내가 수녀원까지 모셔다 드린다는 것을 모니카 고모는 한사코[74] 거절
했다. 대체 왜 이 추운 날 버스랑 전철을 갈아타고 다닌다고 하는지, 아마도 그것이 고
모와 내가 부리는 쓸데없다는 그 고집일 것이었다.

"고모, 그런데 저 사람 무슨 죄졌어?"

네거리에서 신호를 대기하고[75] 있는 동안 딱히 할 말도 없어서 내가 물었다. 고모는
생각에 잠긴 듯 대답이 없었다.

"그거 아까 수갑 같은 거는 우리 만난다고 차고 오는 건가?"

"아니야, 하루 종일 차고 있어."

아까 그가 몸을 둥글게 말고 빵을 먹는 모습을 보았을 때처럼 가슴이 철렁했다. 춘향
이가 큰 칼을 쓰고 앉아 있는 것은 청승스럽고[76] 비련스럽고[77] 아니면 무언가 위엄 같은
것이 있어 보였지만, 그건 어디까지나 훗날 당연히 이몽룡과 함께 도래할[78] 극적인 정
의의 반전[79]을 위해 비참하면[80] 할수록 좋은 도구이겠지만, 21세기가 다가오는 때, 실
은 그건 좀 충격적이었다.

"그럼... 잘 때도?"

"그래... 그래서 팔 한번 뻗고 자보는 게 소원인 사람들이야. 어떤 때는 잠결에 잘못
돌아누워서 팔이 부러지는 사람도 있어. 사형 판결을 받고 길게는 그렇게 이 년 삼 년을
지내다가 죽는 거야."

"밥은 어떻게 먹구?"

"젓가락질 못 하니까 그릇째 들고 먹거나, 여러 명이 같은 방에 있는 경우에는 다른
재소자들이[81] 밥을 대충 비벼 주면 숟가락만 들고 겨우 먹어... 게다가 저 아이 징벌방
에 보름 있었다는데 징벌방 들어가면 사람 그림자 하나 구경 못 해. 등 뒤로 수갑이 묶

74 한사코 : 죽기로 기를 쓰고.
75 대기 : 때나 기회를 기다림.
76 청승 : 궁상스럽고 처량하여 보기에 언짢은 태도나 행동.
77 비련 : 슬프게 끝나는 사랑. 애절한 그리움.
78 도래하다 : 어떤 시기나 기회가 닥쳐오다.
79 반전 : 일의 형세가 뒤바뀜.
80 비참 : 더할 수 없이 슬프고 끔찍함.
81 재소자 : 어떤 곳에 있는 사람.

여서 밥그릇에 입 대고 먹어. 소위 개밥이라고 하는 거지... 거기 보름이나 있다가 나왔으니
까 저도 제정신이 아니겠지... 화장실도 가지 못하는 경우도 있어. 그럴 땐 바지에 다 해결하
는 거야. 보름 동안...."

　　갑자기 입으로 한숨이 비어져[82] 나왔다. 꼭 그래야만 하는 거냐고 묻고 싶은 것을 꾹 참았
5 다. 모르고 있을 때는 몰랐는데, 알고 또 눈으로 보는 것은 참으로 다른 것 같았다. 나는 별로 살
고 싶지 않은 동네 입구로 한 발을 디뎌 버린 것 같은 불길함을 느꼈다.

　　"그러니까 저 사람 살인한 거지? 아까 제 입으로 그랬잖아... 근데 저 사람은 누굴 죽인 거
야? 왜 죽였대?"

　　"몰라."

10 　　고모의 대답은 너무도 단순하고 단호해서 나는 잠시 내 귀를 의심했다.

　　"어떻게 죽인 건데? 몇 명이나 죽였어? ...저 사람 신문에 난 적 있었지?"

　　"모른다고 했잖니!"

　　말투가 너무 단호해서 나는 고모를 돌아 보았다. 고모는 내 의문이 이상하다는 듯 나를 바
라보았다.

15 　　"어떻게 몰라? 아까 보니까 고모는 여기 서울구치소 종교위원이라던데...저 사람한테 편
지하려고 했을 땐 뭐 좀 알아 보고 했을 거 아냐?"

　　"난 저 애를 오늘 처음 만났다. 유정아, 저 애랑 난 오늘 처음 만난 거야. 그게 다야. 사람
과 사람이 만나는데 너는 누구를 처음 만나서, 이제껏 무슨무슨 나쁜 짓을 하다가 여기서 이
렇게 날 만나게 되었습니까? 하고 묻지는 않잖니. 자기 입으로 그 얘길하면 그냥 듣는 거지.
20 나에게는 오늘 본 저 애가 처음인 거다. 오늘의 저 아이가 내게는 저 아이의 전부야."

　　고모의 말은 단호했다. 무언가가 다시 한 번 가슴을 툭 하고 치고 지나가는 것 같았다. 나
는 새삼 고모가 수도자라는 것을 생각하게 되었다.

　　"신호가 바뀌었다. 저기 삼거리 역에서 차 세워라. 저녁에 내가 전화하마. "

　　고모는 그렇게 말하고는 전철역 앞에서 내렸다.

---

82 비어지다 : 가려져 속에 있던 것이 밖으로 나오다.

● 글쓴이 소개

공지영 (1963~　)

1988년 『창작과비평』에 중편소설 『동트는 새벽』을 발표하면서 문단에 데뷔하였다. 이후 소설집 『인간에 대한 예의』, 『무소의 뿔처럼 혼자서 가라』, 『봉순이 언니』, 『착한 여자』 등을 발간하였다. 공지영은 한국의 사회변동과 인간문제에 대해서 탐구하였으며, 최근에는 소외된 여성문제, 가족문제, 사형제도 등 사회적으로 민감한 주제를 다룬 작품을 발표하고 있다.

[해설]

　정윤수는 불우한 어린 시절을 보내고 세상의 밑바닥으로만 떠돌다가 세 명의 여자를 살해한 죄로 사형선고를 받았다. 어린 동생을 돌보지 못해 죽게 한 죄책감과 돈이 없어 아내를 지키지 못하고 살인자가 되어 삶을 체념한 윤수를 통해, 문유정은 자신과 같은 상처를 입은 인간의 모습을 발견하게 된다. 이들은 일주일에 세 시간씩 일 년 동안의 만남을 통해서, 그 동안 누구에게도 고백하지 못한 자신의 상처를 이야기한다. 그리고 서로의 모습을 통해 자기의 어두운 내면을 비로소 들여다 보기 시작한다. 상처로 상처를 위로하면서 그들의 절망은 서서히 행복감으로 바뀌어 간다. 문유정은 스스로 죽을 결심을 버리게 되고, 윤수는 생애 처음으로 간절히 살고 싶어진다. 그리고 세상에 '사랑' 이 있다는 것, 살아 있다는 것의 기쁨을 알게 해 준 서로가 소중하게 느껴진다. 서로의 마음을 이해하고 변화하게 될 때 윤수의 사형이 집행되는데....

문화

조선시대의 신분제도

사농공상은 조선 초기에 백성을 나누던 네 가지 계급이다. 사는 선비, 농은 농민, 공은 공장, 상은 상인을 이르던 말이다. 조선 왕조의 계급 질서는 고려시대로부터 내려오던 전통적인 사회적 기반과 새로운 유교적 이념에 입각해서 사회계층을 사농공상의 순대로 정했다.

선비는 대부분이 최상위의 사회 지배층인 양반이었고 상인은 최하층으로 천대를 많이 받던 계급이었다. 조선시대의 귀족이었던 양반은 그들의 특권적 위치를 더욱 강화하고 지속시키기 위하여 그들 스스로가 신분차별 정책을 기획, 실현하였다. 각 신분층은 서로 상하우열로 평가되는 직업을 각각 세습하였다. 다른 신분층간의 결혼은 금지되었으며 거주 지역조차 서로 분리되는 경우가 많았다.

조선시대는 농본주의와 농자는 천하지대본의 사상으로 농민은 사의 그 다음 계층으로 여겼다. 농민은 크게 두 가지로 나뉘었다. 그 하나는 사유지를 경작하는 자작농으로서 그 비율은 아주 작은 편이었다. 다른 하나는 소작농으로서 대부분의 농민이 거기에 속하였다. 소작농은 국유지 또는 양반의 사유지를 경작하고 국가 또는 지주에게 지대를 바치었다.

농민의 그 다음 계층은 공장이었다. 공장은 수공업에 종사하는 사람들이었다. 조선시대는 유교문화의 영향을 많이 받았기 때문에 물건을 사고, 팔고 돈을 버는 상인들을 최하 계층으로 간주하였다.

이러한 신분차별은 조선 초기로부터 수백 년 동안 계속되다가 1894년(고종 31) 갑오개혁 이후 점차 그 질서가 무너졌다. 조선 후기에는 농업기술의 발달에 의한 농산물의 증수와 전란 당쟁을 통한 국가통치력의 약화에 따라서 상민층의 일부는 양반으로 신분상승이 가능하였다.

1. 조선시대의 신분제도에 대해 알아봅시다.

2. 여러분 나라의 신분제도에 대해서 이야기해 봅시다.

문법
설명

01 -으려고/려고 들다

어떤 행위를 할 의도나 목적이 있음을 나타내는 '-으려고/려고' 와 '꾀하거나 이루려고 하다' 의 뜻을 가진 '들다' 가 보조동사로서 결합한 형태이다. 동사에 붙어서 그러한 행위를 할 의도를 가지고 적극적으로 추진함을 나타낸다. '-으려고/려고 하다' 보다는 강한 느낌을 주는 표현이다.

表示要做某種行為的意圖或目地的 '-으려고/려고' 和帶有 '꾀하거나 이루려고 하다' 意思的 '들다' 當做輔助動詞所結合而成的形態。接在動詞後，表示要做那個行動的意圖並積極地推進。是比 '-으려고/려고 하다' 感覺更強烈的表現。

● 이야기를 자꾸 숨기려고 드니까 더 궁금해요.

● 다섯 살짜리 꼬마가 무엇이든지 알려고 든다.

● 일을 배우려고 들면 금방 배워요.

● 개가 화가 나서 주인을 물려고 들었다.

02 -노라면

동사에 붙어서 어떤 행위를 지속적으로 유지하다 보면 다른 어떤 상황을 맞게 된다는 뜻을 나타낸다. '다가 보면' 이나 '계속해서 한다면' 과 의미가 비슷하다.

接在動詞後，表示某種行為持續維持的話，便會符合某種其它的狀況的意思。與 '다가 보면' 或 '계속해서 한다면' 是類似的意思。

● 계속 운동하시노라면 건강을 회복하실 수 있을 거예요.

● 그 노래를 듣고 있노라면 마음이 편안해진다.

● 사노라면 언젠가는 즐거운 날이 올 거야.

● 열심히 노력하노라면 성공할 수 있을 거예요.

03 -는/은/ㄴ 바

앞에서 말한 내용 그 자체나 일 따위를 나타내는 말이다. 특히 '은/ㄴ 바 있다' 는 '어
떤 일을 한 경험이 있다' 는 의미로 뒷 절의 근거로 이용되는 경우가 많다.

表示前述的內容本身或事情之類的，尤其 "은/ㄴ 바 있다" 以 "어떤 일을 한
경험이 있다" 的意思，常用作後述內容的根據。

- 그 선수는 올림픽에서 메달을 딴 바 있는 우수한 선수입니다.
- 홍보과에서 공고한 바와 같이 이번 창립기념일에는 자사 주최 바자회가 정문 앞광장에
  서 열립니다.
- 일부 언론사가 보도한 바에 의하면 재벌 기업의 비자금 문제의 실체가 조만간 밝혀질
  것으로 보입니다.
- 새로운 교육정책에 대해서 생각하시는 바를 허심탄회하게 말씀해 주시기 바랍니다.

04 -을/ㄹ 바에야

앞 절의 내용을 절대로 받아들일 수 없어서 그것을 선택하는 것보다는 오히려 뒷 절
의 내용을 받아들이는 게 낫겠다는 의미이다.

表示絕對無法接受前者的內容，比起選擇前者，反而寧願接受後者。

- 결혼해서 구속당하면서 살 바에야 외로워도 자유롭게 혼자 사는 게 낫지 않아요?
- 그 사람한테 내 돈을 맡길 바에야 차라리 고양이한테 생선가게를 맡기는 게 낫지요.
- 이렇게 제대로 된 일 한 번 못 해 보고 잔심부름만 할 바에야 돈은 못 벌어도 백수로 지
  내는 게 낫겠어요.
- 복권에 당첨돼서 가족 사이가 나빠질 바에야 가난해도 행복하게 사는 게 훨씬 나아요.

대화 번역

❖ 第一課

1-1

詹 姆 斯：首先恭喜您，身為韓國人，您是第一位當上國際機構首長的呢！請發表您的感言。

事務總長：我只想感謝各位國民一直以來的支持與聲援。對我個人來說是莫大的榮幸，但另一方面也感到肩負重擔。

詹 姆 斯：您因身為達成兒時夢想的代表人物，成為許多年輕人的楷模，具體來說，有什麼動機讓你抱持著外交官的夢想嗎？

事務總長：小時候茫然地抱持著想走遍世界各地，為國家做點事的想法，高中時，老師對我說：「你如果能成為外交官就好了」。那是我的夢想具體化的瞬間。

詹 姆 斯：要到現在這樣的位置，一定有很多危機與試煉，您是如何克服的呢？另外，如果有把您的人生帶向成功的座右銘的話，也請您分享。

事務總長：每當遇到危機或試煉，想打退堂鼓時，就會抱著「與其害怕失敗而什麼都不做，就算有可能會失敗也試一次會更好」的想法，再次嘗試新的挑戰。然後危機與試煉在不知不覺間變成了機會，因此我想這大概是我人生的座右銘。

詹 姆 斯：最後，想聽聽您對最近在全球成為話題的人權問題有什麼看法？

事務總長：人類因為是人類，因此有一定的權利，我相信不管因為任何理由，這項權利都不能受到侵犯，因此不管會有任何困難，守護這項權利，是我應該要努力的部分。

詹 姆 斯：感謝您的回答。

1-2

受訪者：所以就如同我剛才說的，我人生的最高價值就是，和我的家人過幸福的生活，並實現我的理想。

詹姆斯：綜合目前所說，老師您似乎非常主觀地來解釋所謂的成功。那麼把財富與名譽、地位或權力等當成最高價值的許多人，對於他們您有什麼看法呢？

受訪者：因為每個人追求的東西不同，所以我不認為他們是錯的。我想說的是，不管怎麼活下去，那樣的生活對自己而言，是滿足的、是幸福的話，那就夠了。

詹姆斯：那麼老師您所說的家庭的幸福與理想的實現是什麼，能否具體說明？

受訪者：最重要的是我希望和家人有很多時間相處，伴隨相處的時間，共同擁有的也會更多，那麼相互的理解與愛會越來越深，不是嗎？還有，我的理想是分享的生活，即使不能帶給別人很多或很宏大的幫助，但就算是一邊與近鄰稍微分享我的所擁有的，一邊生活，這便是我所想的幸福。

詹姆斯：最後再請您回答一個問題，如果社會上獲得成功的人們將老師您當做人生的落伍者，或者後代的孩子們說想和老師過不同的生活的話，您怎麼想呢？

受訪者：世界上有很多種生活方式，誰都不能勉強其他人該如何生活。另外，我認為現在我們的社會也認可那樣的多樣性。

詹姆斯：我了解了。感謝您在百忙之中還真摯地回答問題。

1-4-1

又一個開始

張英姬

現在一年過去，又開始新的一年。仔細想

想，所謂的「又一個」真的是個很神秘的詞，雖然伴隨著現在年輪的轉輪又再次轉動的負擔感，但就算那樣也是許下能夠再次開始的餘裕及現在開始新的一年會比過去更好的希望的話。

對我們來說連電影也耳熟能詳的馬格麗特・蜜雪兒的「亂世佳人」，以「明天的太陽依然會升起」，這句名言做為結束，事實上原文裡的內容是「明天又是嶄新的一天。」是描述因為南北戰爭的戰敗，導致家道中落、過去的榮華富貴隨風飄逝的南方女子的一生的名作，美麗又不可一世的名為思嘉莉歐哈拉的大地主之女，雖然既蠻橫又是機會主義者，但朝氣蓬勃且具有不放棄自己的夢想及野心的毅力。雖基於嫉妒和利害關係與三名男人結過婚，但結果第一任及第二任丈夫皆死亡，第三任丈夫瑞德無法忘卻他的初戀情人衛希禮而拋棄她遠走，思嘉莉在瑞德離開後，才明白自己真正愛的人是瑞德，但已經晚了。愛情也是、財產也是，失去所有的東西的思嘉莉，但是她仍決定回到自己的家塔拉，開始新的人生。

我喜愛這篇小說的女主角思嘉莉的理由是，在失去和失敗中不僅變得更堅強、更成熟，也因為在絕望中也能重新開始的她的能力。此外，我也能說是有過再次開始的經驗。

1985 年在紐約州立大學度過的第六年留學生活的我，學位論文幾乎要完成，正夢想著幸福歸國。但是在交出最終版本之前，發生了需要急忙趕到 LA 的姊姊家一趟的事，因為反正就快離開了，我把那期間堆積在桌上的論文草稿全都丟掉（身為機器白癡的我，因為電腦作業太難，因此所有的作業都用電動打字機解決），把最終版、書、衣服等我的全部財產放在我的一個包包裡。

再回來時，到了來甘迺迪機場接我的朋友的家中小坐的期間，剛想喝杯咖啡，鄰居進來告訴我，小偷把朋友車子的後車箱打開，並把我的行李偷走了。在瞬間失去了 2 年來的努力的我，當場暈了過去。

我不記得是怎麼回到奧爾巴尼的學校，鎖住宿舍的門，一動也不動地躺在床上，大概是第五天的早上，我睜開了眼睛。看了腳邊的鏡子，出現了亂糟糟的頭髮及蒼白如幽靈般的模樣。但真的很神奇的，在我的內心深處，有某個聲音在喃喃自語，"重新開始吧，可以重新開始的，是啊，我還活著嘛……不過是篇論文嘛。"那顯然不是站在絕對會喪命的死巷裡的拼命掙扎。而是平靜地、和平地接受現實，並站起來的宿命感，不，就像絕望無預警地到來一樣，不知不覺中，沒有預告地找來，再次對我悄聲細語的希望之聲。

透過這次經驗，我學到了絕望與希望常常只有一線之隔，與其跌倒癱坐在地，不如即使辛苦掙扎，也要再次站起繼續走比較舒心。此外，我相信那時帶給我「能夠重新開始」的力量的，最起碼有一部分是源於我一生之中閱讀的文學的力量。因為就如福克納所說，文學總歸一句，就是「人類如何克服並活下去」的紀錄。

雖然是經過千辛萬苦而完成的論文，但與最近才氣蓬勃的新進學者們用新的理論所撰寫的論文相比，哪裡是可以拿得出手的東西。然而就算那樣，我也仍然感到驕傲的部分便是論文的第一頁，在獻呈部分，我寫上「將此論文獻給賦予我生命的父母，還有感謝偷走我的論文原稿，教給我人生中最重要的一課－再次開始的方法－的小偷。」

新的一年的開始，意味著另一個開始。去年如果有感到挫折的、失望的、心痛的記憶的話，現在是把它們都拋到腦後，重新開

始的時候。就像說著「明天又是展新的一天。」，奮然振作的思嘉莉一樣……各位讀者，祝你們有個更充滿活力及幸福的新年！

1-4-2

羅斯卓波維奇老師的眼淚

作者：張漢娜

第一次看到老師流淚的模樣。五年前想嚇嚇來到紐約演奏的大提琴家羅斯卓波維奇老師，便完全沒有事先聯絡，突然找去了後台。演奏結束後，像以往一樣，為了得到老師簽名的許多樂迷們正在排隊，我加入了隊伍，等到輪到我的時候，冷不防地向老師遞出節目冊，沒想太多正想簽名的老師一抬頭看到了我，老師露出開心的笑容，從位子上站起來，站出來到簽名的桌子前。凝望我的臉的期間，笑容轉變成了眼淚，就那樣邊流淚邊抱著我的時間持續了大概有一分鐘，吵雜的後台突然變安靜了。

11 歲的 1994 年 10 月，在法國巴黎參加了老師每四年舉辦一次的大提琴競賽。因為當時太小，完全沒想過比賽有多重要，得獎之後會怎麼樣。只是抱著想讓羅斯卓波維奇老師聽到我的演奏的心情。第四天輪到我的演奏了，雖然規定上，未滿 33 歲的人都可以參加，但參加大提琴比賽的人不管是體型還是年紀，大約都比當時的我還要大上兩到三倍，之後老師告訴我，看我在預賽上台演奏時，「我以為是大提琴自己走出來，嚇了一跳呢！」

結束演奏，待在後台，老師突然出現了。一來就一下子把我舉起抱住：「你做的非常好。」邊輕撫我的頭。現存最棒的大提琴家變成了親切和藹的老爺爺，多虧如此，在第二次預賽及決賽中就像在爺爺面前演奏一樣，以舒適的心情專心於演奏，並得到了第一名。頒獎典禮後，在自己家招待晚餐時，老師說：「每個月不要演奏超過

四次。」並強調要在學校享受充分的時間，與其他的同齡朋友們一起成長。如果沒有這樣的指點的話，我大概會連讀書或休息的時間都沒有，快速進入演奏人生吧。

第二年 2 月，老師特別來到法國坎城聽我的演奏會，說要請吃晚餐，帶我去了餐廳，詳細為我說明大提琴和鋼琴的位置，甚至在餐巾紙上畫了舞台上的配置圖。那時，他教導我大提琴和鋼琴的聲音必須合而為一，傳達到觀眾席才行。我到現在還好好地保存著那張餐巾紙。晚餐後，老師送我回到下榻的宿所，因為不想分開，所以在旅館前面和老師一起抓著兩手跳舞的記憶還歷歷在目。那年 11 月，老師直接站出來說要指揮我的第一次錄音。

在那之後，買了機票，飛去紐約、華盛頓、莫斯科、聖彼得堡等老師所在的地方，在旅館各住五天，每天上約三小時老師的課，十五歲一個非常寒冷的冬天在聖彼得堡上了最後一堂課，結束了最後的演奏，老師說：「現在我把音樂的鑰匙交給你了。」「以後不要再接受包括我以內的任何人的指導。」老師反而要我透過和我一起演奏的優秀的指揮家，還有站在舞台上的經驗，自行去開啟音樂的世界。

五年前在紐約，看到了老師意料之外的眼淚，再一次能夠感受到「老師的心情」。老師在去年 4 月到另一個世界去了，我現在正為了不辜負老師的眼淚，持續不斷地成長，為了成為與他人分享老師的教導與愛的音樂人，每天都以嶄新的心情開始只屬於我的戰爭。

❖ 第二課

2-1

區廳長：今天的公聽會是以徵求各位國民對建設火葬場的理解與希望各位能協助本計畫為宗旨而召開。

貞　熙：首先我想知道建立火葬場的必要性。

區廳長：各位也知道，最近 10 年間火葬的比例急速升高，但火葬設施與納骨設施卻非常不足，現在是急迫需要建立與擴張設施的時期。

民　哲：如果能更早預測葬禮文化的變化並做好準備，就不會變成像現在如此緊急的狀況了。

貞　熙：但是為什麼偏偏要設置在我們區內呢？

區廳長：數據顯示，現在我國的國民約有 60% 希望火葬，在我們區內保有火葬場的情況下，有既減少使用費，又能獲得政府的支援，擴張公共設施等優點。

民　哲：就算那麼說，焚燒時，很明顯地會產生有害物質，也無法避免因為那所造成的環境汙染。

區廳長：因此，位置將選在盡可能離住宅區遠一點的地方，另外，為了防止汙染物質與惡臭的發生，將配有最尖端設備，建立成公園的形式，讓大家對它的認知不再是嫌惡設施，而是生活便利設施。麻煩各位的積極協助。

2-2

民　哲：貞熙小姐，你有看昨天的專題節目「企業利潤都到哪裡去了」嗎？國內的企業現在都為了將利潤回饋給社會做各種努力呢。

貞　熙：啊，對，我聽說最近每個企業都在進行各式各樣具有特色的活動，也有為了低收入的民眾設置了小朋友的學習教室，並派遣職員擔任教師的地方；也有置辦免費供餐設施，讓職員們直接去做志工服務的企業。

民　哲：有一家衛生紙公司正在進行包括植樹等環境保護的事業，某家電子產品公司為了地方發展，對文化藝術活動進行支援。

貞　熙：然而，雖然那些做法對社會也是好的，但對公司的形象也會有相當正面的影響吧？產品的品質有明顯差距的話還說不準，但如果差異不大的話，果然還是會被形象良好的公司產品所吸引嘛。

民　哲：那樣看來，企業方面，因為能提高企業的利潤，所以是好的；而消費者方面，消費者購買那間公司的產品，間接地對社會做出貢獻，對所有人都是好事呢。

貞　熙：現在是企業與消費者一起實現社會發展的時代。覺得「就算我不做還有其他人會做吧」，然後只在一旁旁觀的話是不行的。

民　哲：在那樣的意義下，許多企業不只汲汲追求眼前的利益，基於社會責任的層面，正積極地參與社會服務活動，不是嗎？

2-4-1

認識點字

羅喜德

在約二十歲時，有一段時間，只要一有空我就製做點字書。只要有格子板、鑽孔器、點字紙的話，是不論何時、不論在何處都能做的事。在偶然的某個機會，透過某社福中心的研習課程，學習了手語和點字。一開始因為不熟悉點字記號，每次都得偷看教材，打錯記號也不是一兩次。但是漸漸地熟悉之後，類似像小學課本一樣簡單的童話書、美文短篇，更之後甚至連聖經那樣相當多的分

量都能消化了。

現在因為有電腦，所以能在短時間內自動點字化，但在那時候，如果熟悉點字的人不一一地用手製做點字書的話是不行的。因此，點字形式的書籍只能遠遠地不足。雖然比起將書的內容錄在錄音帶裡的方式，是一件所需的時間又長，又煩瑣的事。但視覺障礙者說，比起用耳朵聽內容，更喜歡直接用手讀書。因為如同我們用眼睛閱讀一樣，他們也想用敏銳的手指自己閱讀並品味書中內容。他們的手指撫過的不過是稍微突起的點的集合，但通過小小的點所看見的世界絕對不小。

大量製做點字的時候，雖然手會長繭或感到疼痛，但一邊想著將會拿著書用手指閱讀的某個人，一邊一個個地打記號，常常在不知不覺中幾個小時忽然就過去了。那就好像花繡子放在面前，一針針地繡出某種圖案一樣。比起為了誰而做志工的想法，只是在享受那件事罷了。製作世界上獨一無二的書籍的快樂，我就好像成了手工業者一樣，專注於那件事情裡。

那麼那些記號就像是通往另一個世界的通道，感覺像是將陌生的他們與我連接的某種緣份一樣。現在雖然作為文字工作者生活，在那個時候，儘管還不清楚，但我正醞釀著要和視覺障礙者一起生活下去的想法，為了那樣，我覺得我必須先了解他們使用的語言。不是成長過程中所習得的語言，而是要學習另一個新的語言，那是為了與另一個世界接觸所做的一種準備。那雖然是非常單純又無聊的記號的羅列，但通過所謂點字的語言，我將會用新的方式去解讀名為世界的課題。

然而，不管再怎麼熟習打記號，想要用手閱讀點字的事，並不是下定決心就可以的。雖然眼睛看著的時候，可以流利地閱讀點字，但真要閉上眼將手放在點字上的話，我的手指便不得不那麼笨拙且茫然。

那樣的同時，我深切感受到，用習慣了光線的眼睛，想要理解某個人的黑暗是多麼不可能的事，他們得在黑暗中不斷掙扎直到手指尖變得像眼睛一樣敏銳，沒有經歷過那如伸手不見五指一樣的黑暗，就妄想閱讀他們的語言的我的意圖，是多麼傲慢！說到底我還是用眼睛閱讀的人。

這種絕望感如果讓眼睛看不見的人聽到的話，說不定會說我不知足。然而，我常常覺得這個世界不是光用眼睛看的，用眼睛看不到的東西太多了。我也認為，比起睜著眼睛，但心靈之眼卻沒打開的人，肉體之眼看不到的人說不定並沒有更不幸。如果想想看因為兩眼而產生的數不盡的慾望及分裂，便無法否認兩隻眼睛是給人的祝福卻也是最大的包袱。

燕巖朴趾源的散文中曾出現這樣的話，話說花潭徐敬德先生走在路上，遇到了某個找不到家而正在哭的人，先生問他為什麼哭，他邊哭邊回答：「我從五歲的時候眼睛就瞎了，二十年期間過著看不見的生活，但是今天早上一出門，發現世界突然看起來很亮，不知道理由，只覺得開心。因為覺得神奇所以到處走走看看，現在正想回家，但好多岔路，大門都很相似，實在是無法分辨哪裡是哪裡，所以只能這樣哭了。」聽了這話的花潭先生便告訴他回家的方法：「聽好了，再把眼睛閉起來看看，還有用拐杖邊敲邊走走看，馬上就會找到你家了。」因此，那個盲人便照著平時做的，再次閉上眼睛，邊敲打拐杖邊走，便找到家了。

就那樣叫達成願望重新看見的人，再次閉上眼睛的花潭先生的話，乍聽之下可能很不現實。這個故事比起真的盲人，應該看做是說給雖然兩眼正常地活著，卻看不清前方的人的話。眼前的現實越撲朔迷離，就越應該再次閉上雙眼找回平常心。同時，這個故事讓我們重新提問，看起來像真實的東西到底是什麼？

再次回到以前的記憶，想想看我是從什麼時候開始與點字書漸行漸遠的話，應該是從我對「看到」的事實沒有任何懷疑並全盤接受時開始。從忘卻了「第二春」的語言，變得只熟悉我的語言時開始。無法與其他語言磨合的我，已經不再感到不便時開始，還有漸漸遺忘某個豎起手指等待的人開始……，應該是從那時候開始的。

大學畢業後，在地方小都市的高中學校裡擔任教師而離開首爾的這件事；即使是國文系畢業的我再怎麼希望，也無法馬上找到與障礙者有關的工作的這件事，被寫詩的工作纏身已經有十年的這件事，現在世界變方便，已經沒有必要用手製做點字書的這件事，我一直抱持著這些藉口。對於曾經夢想卻無法走的路與現在正在走的路，就那樣編造藉口一邊生活下來。

然而，那些藉口上被丟了一大塊泥土。

「再把眼睛閉起來看看，還有用拐杖邊敲邊走走看，馬上就會找到你家了。將你的心靈之眼掉落在地的那個地方。」

突然想起忘得一乾二淨的二十歲記憶，是因為年初時，一位長者親手寫了並寄給我的文章。所謂「得眼」的話，攤開與在文學上得到眼睛是最重要的話一起寄出的「得眼」二字，所謂「眼」的這話讓心情變得沉重，也因為回想在得到文學的眼之前，身為人類我到底看了什麼而活到現在，也因為想將那些東西用語言留下些什麼。也因為得到真正的眼的這件事還很渺茫，我到現在還像瞎眼的野獸一樣，活著的每一天都很艱辛。

得眼，似乎得回到二十歲，向我的靈魂所出入的那些小小的點字們，再次問問看關於光明與黑暗才行了。

人與人之間

法頂

某經濟研究所固定以全國三千一百零八戶，七千四百九十五名為對象，從 1993 年開始調查每年每戶的經濟活動，並在最近發表了那項結果。尤其，都市地區與鄰居的斷絕現象明顯，絕半的居民表示，在生活中，一天之內連一次都不會和鄰居接觸。就算和鄰居和碰面了，別說是打招呼，轉過臉避開是常事。這就是我們時代冰冷又面無表情的世態。就算住在隔壁，也因以牆、垣區隔開來的居住型態，奪走了人們的招呼和表情。就算不硬要看這種調查報告，現實是，我們現在不管在都市還是在農漁村，都在漸漸遠離溫暖又充滿人情味的人性特質。時間越過越久，人與人之間的距離只會越來越遠。

另一方面，難道沒有雖然常常見面聊天卻只是敷衍帶過的情況嗎？難道沒有不管是家人關係或者是朋友關係，因為太常見面，總是覺得理所當然而變得平庸的情況嗎？該好好想一想，不管有沒有事情，動不動就打電話，叮咚一聲找去的事，會對友情的密度上佔有多大的分量。因為無聊或閒著沒事，只是為了一起殺時間而找朋友的話，那不能是友情。為了殺時間找的朋友不是好的朋友，能創造有意義的時間而相聚的朋友，才是值得信任的好的朋友關係。

朋友之間的相聚，必須要能夠互相有靈魂的回響，太常相聚的話，便沒有兩人之間互相累積那重量的充裕時間，雖然相隔很遠，卻能像你心裡的影子一樣，一起陪伴你的那種關係，就是很好的朋友。相聚時要伴隨著想念，沒有伴隨想念的相聚，勢必很快就會疲乏。

我們活在這個世界上，發生最令人高興的事情時，或者感到最痛苦時，可以一起分享那喜悅及苦痛的那種關係，便是好的人際關係。

有句話說，所謂真正的朋友，指的便是兩具肉體合為一個靈魂。那種朋友關係，就算在空間上相隔很遠，也絕對不是真的很遠。就算住的近在咫尺，沒有辦法享受一體感的話，那不會是真正的朋友。

愛情盲目時，即愛無法看到一個存在的全貌的期間，是無法到達關係的源頭。古話說，水深可知，人心難測。說的是經過歲月的過濾過程的話，馬上就能顯現關係的實際狀況的意思。形成人際關係的根的禮節和信義，不能只看某一段時間來衡量，時間一久，那個人的本性勢必會顯現出來。不管長的再怎麼像樣的對象，當他肚子裡的東西見底或沒有信義的話，就會變成像蠶蛹一樣微不足道的對象了。但就算是再平凡不過的對象，某一天突然對自己最珍重的事情表示出極大的關心，並熱情地聊天分享的話，他就會重新變得顯眼。

真正的相聚是互相的開眼，如果沒有靈魂的振動的話，那不是相聚而是一時的相遇罷了，那麼為了相聚必須不斷地耕耘、調整自己才行。想要遇到好的朋友，首先我得先成為一個好的朋友，因為所謂朋友就是回應我的呼喚，物以類聚的話也是由此衍伸出來的。

有這樣的詩句

> 人有看起來像天空一樣晴朗的時候
> 那時我從他身上
> 聞到了天空的味道

你有從人身上聞到天空的味道過嗎？只有本身具有天空味道的人才能聞到那種味道。

人際關係總是伴隨著時間及空間的倦怠，並不是說只因為衝突而產生的。不傾注充滿創意性的努力帶來改變的話，生活便只會在每天重覆類似習慣的日常的反復中生鏽。雖然也不能忽視為了顯現美麗的裝扮及潤飾，但為了不讓自己的生活生鏽，得經常琢磨，並提升心靈的事，必須伴隨著最根本的努力。

如果想法或靈魂沒有共鳴的話，人際關係便無法變的透明及周到，因此，必須以具有共通的知識性關心話題為前提。有多少好不容易朋友們見面了，聊天分享，卻因為沒有共通的知識性關心話題，使得聚會本身失去光彩的情況？持續不斷地探索的人才能保有知識性關心話題。人們一面各自耕耘自己的世界的同時，也需要有共享的聚會才行。借用哈利勒‧紀伯倫所使用的表現的話，「就像能合作彈奏一首曲子的同時，卻又各自保持距離的玄鶴琴的琴玄一樣。」必須是那樣的距離才行。因為玄鶴琴的琴玄各自分開，所以才能發聲，如果都貼在一起的話，是無法發出聲音的。共有的領域越狹窄，便會變深、變濃、變厚。共有的領域如果太寬廣，便會再次淪為平庸。

幸福的根本絕對在於節制，過度的想法或行動會侵蝕幸福，人與人之間的相聚也需要這種節制。雖然是所謂幸福的話本身，就跟所謂愛的表現一樣淪為平庸的世代，就算那麼說，所謂幸福，來自於心中充滿愛，來自於信賴與希望，萌芽於分享溫暖的心。因此有溫暖的心做支撐時，想念滿滿快要溢出時，散發出靈魂的香氣時，也要與朋友見面才行。習慣性的相聚的話，不管是友情還是幸福都不會累積。

你有過這樣的經驗嗎？在住宅旁的田園裡看到露珠凝結的西葫蘆時，想要摘下寄送給朋友的那種想法。或者你有過在穿越田間小路或山路，遇見開得清麗的野花時，想向朋友訴說那美麗的悸動的那種經驗嗎？懷著這種心情的人，會是就算距離相隔再遠，也像靈魂的影子般一直在身旁陪伴的好的朋友。好的朋友是人生中最大的寶貝，藉由朋友耕耘生活的基底吧。

3-1

媳　婦：媽，今天公布人事調動，我這次升
　　　　職了，好怕這次也沒升，不知道有
　　　　多擔心。

婆　婆：那真是該慶祝的事啊，光在我們那
　　　　個時代，還是結婚的同時就必須要
　　　　辭職的氣氛，但最近好像只要有能
　　　　力，就能盡情地做想做的事一邊生
　　　　活，真令人羨慕啊！

媳　婦：是那樣沒錯，但到目前為止對職業
　　　　婦女來說，兼顧家事和工作還是不
　　　　簡單的事。光是我現在還是得將小
　　　　孩託付給媽媽，才能去公司上班，
　　　　總是對媽媽感到不好意思。

婆　婆：不需要那麼想，我反而對既做家事
　　　　又要上班，總是東奔西走卻能在公
　　　　司得到認可的你感到驕傲呢！

媳　婦：然而，最近覺得做為賢妻良母的生
　　　　活是最值得的女性也很多，相信女
　　　　人的幸福比起自己在社會上的成
　　　　功，更取決於老公和小孩的成功。

婆　婆：不管怎麼生活，只要找到讓自己滿
　　　　足和幸福的路就行，不是嗎？

媳　婦：首先，就職的時候就不能抱著做一
　　　　陣子就辭職的心態，必須要做好做
　　　　為終生職場一樣工作的覺悟。

婆　婆：想要那樣的話，就應該創造一個職
　　　　場女性能夠放心工作的環境才行。

3-2

鄭民哲：部長，我這次想申請一年的留職停
　　　　薪。

崔部長：什麼，你說留職停薪？那是什麼
　　　　話？我這次還打算讓你負責大案子
　　　　的說……

鄭民哲：不是因為別的，部長你也知道，我
　　　　老婆上個月不是生了嗎？但是因為
　　　　沒有能讓在上班的老婆放心託付小
　　　　孩的地方，因此我和太太對於這個
　　　　問題百般考慮的結果，決定我暫時
　　　　留職停薪。

崔部長：就算是那樣，小孩不是應該要給媽
　　　　媽帶嗎？

鄭民哲：我不覺得小孩一定要給媽媽帶才
　　　　行，不論男女，不管是媽媽還是爸
　　　　爸，有條件的人照顧小孩就可以
　　　　了不是嗎？但是自己開公司的我
　　　　太太，現在不是可以放下工作的情
　　　　況。

崔部長：不管時代再怎麼變，你說男人得連
　　　　工作都休息去帶小孩嗎？不知道是
　　　　不是因為我是舊世代，這實在不是
　　　　我能理解的事啊。

鄭民哲：我很清楚部長對我有很大的期待，
　　　　也很重視我，但男主外女主內不是
　　　　一種刻板印象嗎？我認為如同職場
　　　　的成功，家庭的幸福也是很重要的
　　　　事。

崔部長：如果你真的得那樣的話，我也沒辦
　　　　法，但你再仔細想一想吧。

3-4-1

世界化的各種面貌

金士雄 姜明玉

有些人說我們正生活在國際化的時代，
有些人則說已經越過了那個階段，生活在世
界化的時代。說活在國際化時代，好像還是
昨天的事，現在說已經來到世界化時代，不
禁讓人覺得不知所措。事實上，所謂的世界
化的話，現在對我們來說已經是不陌生的單
字了。然而，這話指的是什麼，在某方面無

法讓人迅速理解。首先，讓我們現來了解所謂的世界化是什麼。

到目前為止，可以將超越曾是我們的活動的基本界限的國境、將地球全體變成一個單位的趨勢或過程定義為世界化。代替世界化，使用全球化的狀況也很多。

那麼說來，世界化是從何時開始的呢？東洋的秦始皇帝，西洋的亞歷山大大帝都曾夢想著天下統一。這兩人活動的時期很巧地，都很接近西元前 4 世紀，也許認為世界化是從這時候已經開始，也是有道理的。有些人則說世界化是因產業革命而開始。

然而，現在我們日常生活中所說的世界化，最長的話也不過是最近幾十年的事。 1970~80 年代，說不從國家的觀點，而是必須從人類的觀點去解決環境破壞、戰爭、貧窮等地球的問題，同時也出現了「以地球的角度去思考，以地區的角度去行動」的標語。

1990 年代以經濟為中心，加速了世界化。WTO 的成立，及伴隨而來的貿易與服務的自由化，導致我們的中小企業產品得與地球另一邊的中小企業產品相互競爭的局面。幾乎適用於世界所有國家的 WTO 規定，對我國的農民的生計也造成極大的影響。

1997 年我國金融危機時，國際貨幣基金 (IMF: International Monetary Fund) 直接介入我國的經濟營運，我國的股票市場受到美國的那斯達克市場或東京的證券市場的影響，外國投資者對市場的影響力增加。這所有的事，都是我們日常生活中正在經歷的世界化的特徵。世界化，現在不論是企業還是都市的勞動者、農民、漁民、公務員等，幾乎對所有人的生活都正在造成影響。(中略)

世界化的多種樣貌正不斷地影響我們的日常生活，有時，在我們不知不覺中，既讓我們變得富裕，也讓我們變得貧窮。更進一步地，甚至改變我們的道德基準與行為模式。

最先朝我們迎面而來的便是溝通手段的發達，透過電腦網路、電話通信、大眾媒體等，不管國境、不管在世界的任何一個地方都能即時聯絡，這是在訊息通信技術的耀眼發展下完成的作品。現在已經是可以在世界各國的室內看到真切的伊拉克戰爭場面的世界了。

在美國或非洲的某個國家即時收看我國的網路新聞，即時使用我國的銀行帳戶的網路銀行。如果觀察透過網路訊息通信發達的效果，對全世界的平凡人們造成什麼樣的影響的話，就可以知道這個領域的世界化，對我們有多廣泛圍且近距離地靠近。

因 WTO 的出現，世界貿易自由化也是世界化的其中一個重要樣貌。WTO 規定現在可以說是已經成為名符其實通用於世界全球的貿易法則。引領經濟世界化的兩大軸 - 貿易與金融的世界化中，要說貿易的世界化是通過 WTO 才變得可能也不過份。

我們肉眼所看不到的金融的世界化也是很驚人的程度，據說 2004 年的情況，一天平均世界交易量約為 250 億美元，加上外匯交易及股票交易的國際金融市場一天平均金融交易總額超過 2 兆美元。與實貨交易無關的金融本身的交易，可以算是達到實貨交易的約 100 倍，尤其短期資金只要是有錢賺的地方，就好像魚群在移動一樣，瞬間移動過去。可以實切地感受到金融的世界化。 1997 年我國的 IMF 事件也是金融世界化的一個切面。

以下是透過多國籍或者超越國籍的生產活動的世界化。三星電子的確是在我國打下基礎的企業，但我們很清楚在國內販售的三星筆電、數位相機等有一定部分是中國製造。現在索尼、東芝等日本品牌，也很難找到在日本生產的產品了，在中國生產的三星筆電很明顯是 Made in

China，但是那裏面的零件如前述說的是多國籍的。現在，企業正根據資本、勞動力、市場等的條件到處尋找能得到利潤的最適合地點。

最後是文化、藝術、體育的世界化，因訊息通信技術的發達，在世界許多地區觀賞同樣的電影、同樣的電視節目、同樣的體育競賽已經變得很平常，可以在美國、歐洲、日本、韓國等同時看到魏聖美的高爾夫球賽，也能確認她的人氣不管在何處始終一直很高。深切感受到我們正生活在逐漸變窄的世界裡。

以世界化時代的主角登場的是超越國籍的企業、金融組織、國際性的非政府組織、具多樣性格的國際機構、世界性的文化、藝術、體育界的名人等。世界化為他們提供了過去想像不到的活動空間。

然而，這樣的效果並不是在地球的所有角落以及所有人都具有的，在亞洲或美洲、歐洲，還有非洲等地，所體驗的世界化程度都是不同的。另外，即使是住在同一個地方的人，也會依據屬於某種階層，世界化所產生的影響也不同。

此外，世界化並不像可以治百病的靈丹妙藥，不是在每個方面都只帶來好的結果。與說世界化會帶來自由、平等、繁榮的一部分幻想不同的是，它也帶來了副作用。

經濟所得、享有教育文化、持有與利用訊息通信工具等，在多個領域中造成了兩極化。看看恐怖主義與戰爭、內戰頻繁、環境惡化、出現新的疾病、愛滋與麻藥的擴散等的話，很明顯地，世界化並不是可以解決所有問題的方法。但因為那麼說，而將所有錯誤的結果都怪罪於世界化也是不行的。

另外，說世界化會完全消除我們地理上的距離，或為所有世界上的人類帶來文化的同質性的主張是沒有說服力的。我們很顯然地存在領土的限制，而地區的特殊文化也隨著世界化的發展，更鮮明地被映照著。

我們現在正處在世界化的過程中，隨著世界化的發展，如上我所指出的內容將會不斷地反覆變化。當完全沒有國際性的交流的狀態稱為「零世界化」，而世界完全成為一體並活動的狀態稱為「百分之百世界化」時，今天的世界化究竟達到多少百分率呢？這是無法正確地計算出來的，但是，在往後的學習過程中，我們所有人都嘗試自己計算看看的話也是不錯的。

3-4-2

全球漸漸同化

劉哲仁

可口可樂和麥當勞不只是美國的象徵，也成為了表現出消費世界化或者文化世界化的象徵。全世界 200 多個國家的人民正在喝的可口可樂，在官方網站上，以「不管您是愛喝可口可樂的美國學生，還是喝紅茶的義大利女性，還是喜愛果汁的秘魯小孩，還是一起運動過後買礦泉水喝的韓國戀人們，我們總是在您的身邊。」這樣的話語做為宣傳。在那樣的同時，宣稱要把想法、行為、種族背景等各式各樣的消費者們，變成喝可口可樂的一個全球性人類。麥當勞果然也是為了向 120 多個國家的消費者灌輸他們的產品與服務，不管在何時、在何處都是一樣的而努力中。意思是不管在哪一個麥當勞賣場吃的漢堡，都和其他賣場的漢堡是一樣的，下禮拜或者明年吃的漢堡也跟今天吃的漢堡一樣。

我們喝著超越國籍的商品可口可樂，吃著麥當勞的漢堡。此外，在世界化的洪流中，

也利用著流入我國的大型賣場及便利商店。還有，也對於去現代化的大型賣場、消費時髦的、最新型的物流企業感到自豪。另一方面，甚至抱有去傳統市場或小型店鋪消費的行為是老舊的、落後的想法。因為這樣的傾向，既存的店鋪乾脆只將名稱改為便利商店的名稱。

像這樣地球村民的消費模式越來越相同的方面逐漸增加。在消費世界化的同時，地球村的文化差異，從表面上看起來像變得非常小。因為交通與通信的發達，資本主義擴散全球，世界漸漸以更相互依賴的世界的形式逐漸變窄中。然而，重視文化多樣性的人類學者們，並不接受因為世界化的影響，全世界正在往主導型西歐模式同質化的一般觀點。

甚至，只看吃麥當勞的漢堡或薯條的方式，也能表現出地區的差異。美國人吃漢堡時，將包裝紙拆下後，用手抓著漢堡吃。與之相反地，在我國，就那樣用包裝紙包著吃的人很多。但是吃薯條時，像美國人的話是用手抓著吃，討厭手沾上油或食物的德國人則會用放在麥當勞賣場裡的木製拋棄式叉子插薯條來吃，另外在我國，很多人一起吃的時候，通常會把各自的薯條全部集中在某一個地方吃，就好像分食餐桌上許多小菜一樣，把各自點的薯條再一次聚集在一個地方一起吃。

不只是消費者配合本身的飲食文化來吃麥當勞的漢堡，麥當勞賣場也嘗試將菜單多樣化或本土化。法國的麥當勞賣場與其他國家相比，沙拉類的菜單更多，也販賣葡萄酒，不執著於全世界標準化且被侷限的菜單，是迎合法國人的喜好的例子。英國的麥當勞賣場的早餐的菜單種類比美國或法國的多很多，這也是反映了英國飲食文化的例子，因為英國人的早餐比起歐式早餐或美式早餐，吃更多的熱食。與此相比，只在我國的麥當勞賣場裡販賣的產品有泡菜堡，是象徵韓民族的泡菜與象徵美國文化的漢堡結合的新產品。

全球化的產品隨著地區的不同，而有不同的接受度，不是只侷限在麥當勞。讓我們來看看可口可樂的情況，南美的祕魯正在生產用安地斯山脈產的多種水果混合而成的黃色可樂 - 印加可樂。只賣可口可樂的麥當勞在秘魯也因應當地消費者的要求而販賣印加可樂，1998 年 4 月時，在我國也誕生了名為「可樂獨立 815」的可樂產品。這是可口可樂公司一公布國內的直銷體制後，對應此舉，某個輸入可口可樂的原液販賣的食品公司自行開發出的產品。多虧了號召民族主義的可樂名稱，獨立可樂 518 也被選入那年韓國能率協會所選定的人氣商品中。再加上我國不是只生產替代可口可樂的飲料，也生產將傳統飲料食醯產品化的飲料或用來泡茶喝的大棗或梅子所製成的飲料。如同展現我們的飲料市場般，世界化在抵抗或與全球文化妥協的同時，也將強化了將傳統再創造的區域化。此外，如同麥當勞賣場的菜單所展現的，外來要素與本土要素融合的文化混合現象的區域化，正在以那種方式產生。

❖ 第四課

4-1

貞　熙：電視上會播總統候選人的政見，民哲先生你也會看吧？

民　哲：當然囉，但是貞熙小姐你決定好要選誰了嗎？

貞　熙：我目前還無法決定，但我覺得 3 號候選人的政見既具體又實際，不管是派遣工的勞工問題，或是公共住宅的普及方案等，提出了許多解決國民民生問題的方案。

民　哲：但是 3 號候選人只有政見好，在背後支持的人力不足，雖然總統候選人本人也很重要，但是我認為所屬政黨也很重要。從那一點來看，登記 1 號候選人

當上總統的話應該還不錯。

貞　熙：因為那個政黨非常保守，所以我有點擔心，2 號候選人的政黨既安定，也提出了為了國民的政策，理應得到很多人的支持，但不知道為什麼支持率低。因為是女人所以那樣嗎？民哲先生不是也因為 2 號候選人是女人所以不信任她嗎？

民　哲：貞熙小姐怎麼會這麼看我呢？難道我會因為我是男人所以無條件認為女人無法當總統嗎？

貞　熙：我不是把民哲先生當成那種人，但是每到選舉的時候，因為執著於地緣關係、學歷、性別等，而無法做出基本判斷的人太多了。

民　哲：但是最近那種氣氛好像也漸漸在改變，因為這次選舉也積極地展開審核各候選人是否可能兌現政見的活動，民眾們也能觀察後再做選擇。

4-2

會議主持：概括到目前為止的討論的話，我國國民希望統一的理由，第一，因為這是我們民族的宿命，第二，因為大韓民國的穩定，固然也能為世界和平做出貢獻，可以整理出以上等理由。那麼我想，現在開始，我們來討論政府對統一的政策。首先從申局長開始發言。

申局長：現在我們政府為了誘導北韓政治開放，積極地支援北韓政府，施行與北韓政府合作的包容政策，這樣的政策雖然比較花時間，但能夠漸進地克服南北之間的差異，具有減少統一的副作用的效果。

朴議員：我國政府應該是抱著善意的目的去支援北韓，但現在有不少我國政府的政策只是在被北韓利用的意見，我希望我國政府能夠秉持比起無條件給予，該給的給，該拿的要確實地拿的原則。(中略)

會議主持：果然如預想般，對於政府政策的想法方面，兩位的意見有很明確的分歧喔。最後，我們聽聽兩位簡單發表對於統一的意見後，便結束會議。

申局長：現在我國政府統一政策是經過長久的調查及研究後提出的結果，因此，如果各位民眾相信政府、支援政府的政策的話，不就能將統一的大韓民國傳給後代子孫了嗎？

朴議員：我國大部分的民眾都希望統一這是事實，我認為政府不應只執著於由政府主導的統一政策，也應該擴大民間方面的交流。

會議主持：是的，感謝兩位的意見。在對於必須統一的理由和統一的效果、統一政策的談話當中，不知不覺 100 分鐘已經過去了，從分享統一意見的結果看來，我們可以知道通往統一的路是既困難又危險的過程。希望這次討論對各位民眾都有所幫助，會議到此結束，以上是會議主持洪小英。

4-4-1

兩天之內完成的雪嶽山攻頂

韓飛野

4 月 20 日

　　山是我非常珍貴的朋友。尤其我國的山

不論再怎麼危險，也沒有業餘人士無法爬上的山，因此感到更為親近。這也成為我在國外的時候，想回到韓國的具體理由。總是矗立在那不論何時都高興地歡迎我的山，只要睜開眼睛看到的就是山，山也是總是注視著我們。可能是因為那樣，在只有草原或沙漠綿延不斷的國家，或者在海岸地區旅遊太久的話，就無法隱藏少了些什麼的空虛感。

說到山的話，哪裡會有我不愛的山呢？但除了首爾的北漢山之外，我最常去爬的山就是雪嶽山了。發生煩雜的事情時、想與新朋友變得更親近時、有外國客人來訪時、只是想暫時逃離首爾讓頭腦冷靜時等，就像愛酒的人找藉口喝酒一樣，我也用各種理由去爬雪嶽山。

因此，我的雙眼、我的雙腳已經熟悉了每個角落。不管何地、不管何時、不管跟誰一起去，雪嶽山行一直都是特別且很棒的時光。這次登山也是那樣。獨自越過無人的雪嶽山的心情會是怎樣呢？

站在登山道的入口，覺得能夠得到正式的雪嶽山入山許可真是萬幸。從入口開始，沿著山的周圍，圍著可怕的高鐵絲網，要像五臺山一樣偷溜進去，怎麼看都很難。

今天是從五色礦泉到大青峰為止，短短四五個小時的山行。離開始爬山大約過了一小時的時候，令人吃驚地，我遇到了一群登山客。看到我後，他們的表情比我更驚訝。

「小姐，你就回去吧。我們在大青峰一個人被罰了 10 萬元下來的。」

再一次覺得慶幸，雪嶽山不是只給警告，而是真的會罰錢的嚴格的地方。

毫無人跡的山路已經迎來了春天，滿山遍野的杜鵑花，現在這時候，北漢山的寶光寺到大同門的杜鵑稜線應該已經開起花的饗宴了。從海院寺往大南門的路也是。一隻松鼠舉起前腳豎起耳朵，搓揉雙手站立著。是在向我要什麼嗎？曾聽

說因為人們把橡實全部一掃而空，害得松鼠沒有食物。又不是為了度過春荒期才那麼做，太過分了。居然搶松鼠的糧食吃！同樣身為人類覺得很抱歉，背包裡有松仁稍微給牠一點嗎？

經過了雪嶽瀑布後，出現的溪谷水聲暢快，不知道是不是因為昨天下過雨，風也非常清淨。好像一鼓力量湧上來。只要進入到山裡面的話就感覺到的神奇的能量。

喜愛山的人籠統稱為山的靈氣，但仔細想想的話，好像可以知道它到底是什麼。這會不會是因為山裡的石頭與土壤、乾淨的空氣與水、樹木與小草，還有在那裡面生活的大大小小的動物們之間的暢通的循環呢？這是不是在沒有人類的干涉時，出現的礦物、植物、動物的自然交感？還有，身為人類的我既不是自然的征服者，也不是利用者，而是成為那裡的一份子，自然秩序中一環的一體感呢？是不是因為在那水流中，和自然交換了好的氣息呢？

好像是那樣。

自己租了一間中青避難所的像運動場般大的房間，如果有一起住的人的話，就會稍微有點熱氣了。聽到晚上的氣溫會掉到零下的訊息，我就像被毛毯壓住一樣，蓋了好多層睡覺。說不定被凍死比被壓死好，結果如何明天看了才知道。

4 月 21 日 一飽口福的日子

「這是用昨天釣的魚做的。」

一個隊員一邊開玩笑，一邊叫我吃早餐。簡單吃吃的早餐桌上有魚湯鍋，甚是還有泡菜鍋，簡直是山珍海味啊。分明是有誰想向我炫耀料理手藝。

本來想隨便吃個泡麵填飽肚子，這是哪裡來的好運啊。昨天晚上也是因為覺得不好意思，說要吃泡麵，他們卻說那沒味道，幫我將一般的泡麵煮得不可思議的好吃。還附上泡菜和一碗白飯，不知道是因為整個冬天都沒有人，還是本來

就這樣，亦或因為我是女生，六個人都非常親切。真的百般感謝。

大青峰的早晨晴朗至極，這裡是以一年四季都吹風有名的，但今天連一點風都沒有。工作好幾年的大叔們也都說，這是非常難得看到的好天氣，足以讓因風吹而像往前趴一樣的個子矮小的偃松和朝鮮崖柏抬起頭。

在往小青的路上，雪積到了膝蓋。雪地裡可能結冰了，非常滑。來到能夠一望無際的地方，恐龍、龍牙、華彩稜線盡收眼底，強烈地感受到向著天空筆直伸展的岩石稜線的活力。展開雙臂深呼吸，通體舒暢，正面非常好看的蔚山岩很清楚，後面還能看到東海，這次連眼睛都痛快了。

這裡是白頭山脈的哪個位置呢？從白頭山開始，頭流山、金剛山、雪嶽山、五臺山、太白山延伸到智異山的我國的骨幹白頭山脈，雪嶽山裡的支脈，從昨天經過的五色礦泉到大青峰，沿著眼前的恐龍稜線連接到陳富嶺。因此沿著恐龍稜線走的話，會有趣地遇見說正在縱走白頭山脈的人們。不知道是不是因為是目的地就在眼前的人，雖然是疲倦的臉龐，但表情非常明朗且清爽，看著他們的話，真的很羨慕，我也希望有一天能縱走白頭山脈，不，是一定要。（中略）

今天是一飽口福的日子，喜雲閣的大叔替我新煮了熱騰騰的飯當午餐，甚至還弄了鍋巴，喝了濃稠的鍋巴湯，1959 年生的大叔也是個奇葩，早早就完成了縱走白頭山脈，從東海岸北部開始，繞過南部，到西部的大川為止，繞了我國海岸線一圈。他說往後的夢想是縱走中國的萬里長城和跟隨慧超和尚走過的路。這是在那同時，我們所聊的話。

「都還沒好好地認識韓國，還想走去哪裡啊？」

「這個嘛，我正在深深地反省，但是雖然順序顛倒，我現在不正在走嗎？」

大叔對我的回答嘿嘿一笑。

「說得也是。」

是無法估算年齡的天真笑容。

隨著年紀的增長，想做的事也越來越多，不管再怎麼想，人的一生，長的百年也太短了，如果要把想做的事都做了的話。只說旅行的話也是那樣，我說已經環遊世界一週的話，說「現在沒有可以去的地方了喔！」的人很多，這是哪裡的話！正因為去過回來，想去的地方反而更多了，用流行語說的話，就是出去兜風透氣。

在韓國的話，首先我想縱走白頭山脈以及逛逛起碼 200 座島嶼。（在我國約有 3153 座的島嶼，其中 464 座是有人居住的島，就島嶼多的話，緊接菲律賓、印尼，是所謂世界第三的事實）也想在國土最瘦長的部分，完成東西向的橫斷，希望有一天能連著走訪韓國的四個極點，即東部的獨島、西部的平安北道龍川郡馬鞍島、南部的馬羅島和北部的咸鏡北道穩城郡柳浦津。

世界旅行也只是結束了陸路旅行，目前還沒去過的國家也還很多，下次想搭船繞世界三圈半，遊走島與島之間，走遍占據地球約 70% 以上的海洋。另外，也想和生活在海邊的人見面。再然後呢？剩下的地方就是天空了嗎？總有一天也想到那裡去，搭輕型飛機或熱汽球轉轉一定也很棒，雖然無法遇見其他人，但會有屬於我個人的樂趣。宇宙旅行如何呢？有何不可？（中略）

從喜雲閣沿著溪谷往下走，雪嶽山盡情地穿戴鮮豔飾品來裝扮自己，宛如變身成春

山。從陽瀑經過千佛洞溪谷，抵達飛仙台的路，那才是無法用文字與言語形容的美麗景致。原本以為微弱的山櫻花的香氣比紫丁鄉更濃厚，瀰漫了整座山。因為白色花瓣，山裡就好像結了霜一樣一片雪白。風一吹，就落下芳香迷人的花雨。我的身體好像也沉浸在那香氣中。還有，令人刺眼的新綠、草綠的同調色彩，一會變淡，一會變深，甚至炫爛奪目。

幾乎到達陽瀑山莊，瀑布淌流的地點，在適合朋友四五名坐在這玩耍的亭岩上雙腳往前一伸，環顧左右，好像被圖畫圍繞的奇巖絕壁，在那之中流淌並形成的大大小小的泥沼的水淺處與水深處各各呈現出不同的白與綠。只有顏色不同嗎？潺潺而流的水、形成瀑布的水、被關在巨大水坑裡平靜的水，水流的姿態也是各式各樣。

看看這些，大概就叫仙境吧。忘情地看了好一會兒，不由自主地嚥了口口水。光是以絕壁和溪谷不可思議地和諧的千佛洞溪谷一個，撐起雪嶽山的名聲就綽綽有餘了。多虧了入山禁令，這兩天我獨佔了雪嶽山，還接收到了滿滿的山的靈氣。

我，韓飛野，現在死也無憾了。

4-4-2

巨濟島「皇帝之路」

林東賢

路是為任何人開啟的，皇帝走過的路超市老闆也能行走，夢想成為馬拉松選手的小毛孩也能在其上奔跑。只有路是那樣嗎？不，海浪聲也是，花也是，小小的圓石也是，並非皇帝的所有物。而是屬於張三李四，我們所有人的。

站在巨濟島被稱為「皇帝之路」的望峙嶺頂上，包含腳下的內島、外島，密密麻麻的小島們正躺在晚秋的夕陽下。女人的島，內島靠近陸地，男人的島，外島則往海的方向被推擠著，理由很簡單，男性必須保護女性的道理，外島保護內島不被風浪侵襲。但是巨濟島的人們一直相信，外島被內島女人的美貌所迷住而靠近，但女人一喊聲，便在海裡停住的神話。因此，這兩個島並不是裡面的島和外面的島的意思，而是說男、女分有別的島的意思。

在皇帝之路思考內島和外島的意義時，想起了伊索比亞的塞拉西皇帝。1968 年來訪韓國的塞拉西皇帝在非公開的行程中，登上了巨濟島的望峙嶺。他在望峙嶺看見外島與內島的瞬間，在迷人得令人心臟停止的境地喊出了「Wonderful」。走下山坡路時，他也再次驚嘆「Wonderful」。幾隻漁船漂泊在深藍的海上，像貝一樣大小的幾幢茅草屋頂著海風的模樣激起了他的童心。「Wonderful」，他說了約七次的「Wonderful」後，在山坡下的望峙三叉路，結束了行程打道回府。

在塞拉西皇帝掉頭的望峙三叉路，我往右折了進去。「皇帝沒走的路」，站在那條路旁的黑珍珠鵝卵石海邊豎起耳朵，數百年海浪襲來的期間，尖銳的部分被磨得圓滑的石頭上，海浪靠近又遠離。在這裡海浪遠離的聲音很重要，無法形容的聲音在鵝卵石海邊週邊展開來，海浪從石縫裡溜走的聲音，演奏出用任何樂器都無法表現的旋律。

想起另一個記憶，25 年前記者菜鳥時期，為拜訪小說家李無影先生的後代，第一次來到巨濟島，李先生的兒子在三星重工業工作，他將筆者帶到自己家中，招待午餐（南下到巨濟島，聽了兒子的話後，才知道那時李先生的太太住在首爾，算是沒能找到住在近處的遺族，卻輕易地找到了住在遠處的兒子），那時孩子們彈奏了鋼琴。想起了遊走於白鍵與黑鍵上，彈奏出海浪聲與風聲的的孩子們的白色小手。那琴聲，仔細想想黑珍珠鵝卵石海邊的圓石所發出的啪啪聲跟那鋼

琴的聲音很像。塞拉西皇帝如果來到這裡的話，一定會再次驚嘆「Wonderful」的。

總而言之，巨濟是蘊含韓國中小都市的成長的塑像。韓國戰爭時，在俘虜收容所足足收容了 17 萬名，但現在巨濟的人口才剛好超過 20 萬人。那不是件令人惋惜的事。10 年前遭遇 IMF 事件時，失去工作的人接二連三地湧入巨濟島，因為流傳著「去巨濟島的話，就會有生路」的話。實際上也是那樣的，在巨濟市大宇造船及船用工程公司和三星重工業工作的人，包含他們的家人加起來的話，超過了人口的一半。小城市的人口正在減少，但巨濟市的人口卻正在成長的原因就在這裡。文化觀光解說員朴麻子小姐要求我們忘了「在巨濟島踢足球的話，足球會掉近很海裡是很平常的事」的含義也在於此，意思是巨濟市又大又美麗。

皇帝沒走的路，這樣那樣地到處走走看看，紅浦在名為旅次村的那旅次村村子尾端。在為了不讓巨濟市的祕境被毀壞而故意留下的砂石路上奔馳約 3 公里，便會出現的望山，不僅是能一眼望盡在它之下的大坮台島、小坮台島、大每勿島、小每勿島的地方，也是與遠處的大韓海峽連接的的海岸之路展開的地方。奔馳過皇帝的路與皇帝沒走的路，不知不覺已經日落，紅紅的夕陽正中央有漁船經過。所謂的耀眼到底是什麼？那是即使走在同樣的路上，卻看到了不同的東西，去了在別人沒去過的地方所懷抱的想法。就像在回答那耀眼般，紅浦的夕陽下，黑珍珠鵝卵石海邊啪啪啪的聲音與之交疊。在這個時候，我們任何人都是皇帝。

❖ 第五課

5-1

民　哲：咿咻，好累喔。休息一下吧，你也要喝水嗎？

朋　友：你真是運動不足阿！來，喝這個運動飲料，喝水的話，雖然可以馬上解渴，卻無法攝取體內所需的充足水分，運動過程中也會給胃帶來負擔。

民　哲：又在裝運動科學專家了。對了，這雙運動鞋如何？雖然看起來這樣，這可是有名的田徑選手得金牌時穿的那雙產品喔。重量又輕也不太流汗，真的很棒。

朋　友：說到這個，聽說不久前開發了 93 公克超輕量田徑鞋。說連鞋子穿在腳上的事實都會忘記，線的強度是一般線數千倍，而且完全預防鞋內滑腳的部分。

民　哲：哇！好厲害！對於為了減少 0.001 秒而竭盡全力的短距離選手來說，因為鞋子幾公克重量的差異，也可能改變獎牌的顏色喔！

朋　友：那就是運動科學的產物啊！但那只不過是冰山一角，仔細地分析選手，針對個人開發出最適合的方案，並拍下對手的比賽場面，分析技術，甚至還開發應戰戰略，另外，說是為了重現臨場感，建造了模擬賽場，為了讓選手熟悉氣候或者甚至是觀眾的噪音，到了連心理訓練也進行的程度。

民　哲：在半世紀前還是赤腳的馬拉松選手稱霸世界，但現在這樣的話似乎不再是運動而是科學技術的對決了。那麼，就當作培養一個選手，把你

的專業活用在提高我的運動實力不行嗎？

朋　友：穿那麼好的運動鞋的話，當然可以跑得跟其他人一樣，但我想對跑不到 10 分鐘便癱坐在地的你來說，就算動用所有的尖端科學都不可能啊。運動科學也是要有選手先天的體力和努力當基底才能看到最佳的效果的。

5-2

詹姆斯：昨天的奧運開幕典禮真的是盛大又華麗。各國代表揮舞旗幟入場的場面也非常帥氣，你看了嗎？

英　秀：當然看囉，我多麼期待啊。尤其是在戰爭中或分裂的國家們，手牽著手入場的模樣太令人感動了。

詹姆斯：沒錯，但是開幕式後舉行的足球賽，就是將那之前的感動澆了一桶冷水的樣子。選手們的犯規也是那樣，裁判的判定也很偏頗，實在是看不下去比賽了。

英　秀：誰說不是呢？對手隊的犯規都睜一隻眼閉一隻眼，我們隊只要想積極一點地進攻的話，馬上裁判就跑過來警告。

詹姆斯：我也是不知道多有生氣……，和上次比賽的時候完全相反，田徑決勝賽時，驚險地獲得金牌的選手，服從電腦判讀的結果，不是將金牌讓給了獲得銀牌的選手嗎？

英　秀：是那樣啊，但是得了第二名的選手果然也承讓金牌，直到到了領獎台的時候，還互相推辭上席的模樣真的令人欣慰。那兩人的模樣讓所有的觀眾都起立鼓掌。

詹姆斯：就是那樣才能說是真正的運動精神。盡全力堂堂正正地競爭，接受結果，並且為那模樣毫不保留地送上鼓掌的所有觀眾的樣子，全部。

英　秀：你的話很對，就像這次奧運的口號是「合而為一的我們」一樣，一起期待和諧與和平，繼續觀看之後的比賽吧。

5-4-1

地球啊 謝謝你

趙洪燮

因為想養魚，所以將在溪谷抓的幾隻尖頭鱥裝在寶特瓶裡。會變怎麼樣呢？一開始活得好好的。我是說如果不裝自來水，而是放進溪水的話。但是過沒幾天，最後也死了。記得小時候的事嗎？有多少魚因為科學的好奇心而死亡。

想讓尖頭鱥活得更久的話，比起瓶子必須要有更接近大自然的魚缸。在魚缸裡又鋪上細沙，又種下水草的話會更好。但還是有無法達到自然的部分，是什麼呢？首先，沒有水流，那樣的話，設置空氣幫浦供給充分的氧氣。再來沒有像隆線蚤之類的食物，那麼便放入飼料。如果沒有新的水持續進來的話，就偶爾換水。現在幾乎自然一樣了，為什麼尖頭鱥不產卵呢？

那是因為和溪谷的環境不一樣的關係，在不分季節和晝夜，溫度幾乎一致的房間裡，最後尖頭鱥喪失了生殖的規律。把魚缸拿到陽台放著，給予類似水絲蚓或隆線蚤等自然的食物的話，或許就會產卵也說不定。但就算那樣，也只是必須供給電與飼料才得以維持的「半自然」罷了。雖然大自然看起來像什麼事都沒做，但就如同在前例看到的，真要模仿大自然並不簡單。

大自然是由有機體和無機體所構成，動物、植物、微生物等有機體利用像泥土、空氣、陽光、水一樣的無機體成分存活下去。大自然是經過至少 30 億年以上進化而來的結果。在那期間，有機體在為了存活下去的競爭過程中，以最適合大自然的方式重生。因此有機體也是最精打細算的資源消費者。

人們關注於這樣的層面。太空旅行就是那個例子，一個太空人要在太空停留一年，需要至少 12 噸的水、空氣與食物。如果有三名乘務員參加需花費兩年往返的火星旅行的話，就得載上 72 噸過去。對光要發射 1 公斤的貨物，就得花費數百萬元的太空旅行來說，要裝著份量約數十台卡車的水和罐頭，飛去距離這裡五千六百萬公里以上的火星，以常理來說，是不太可能的事。太空人以在地球上難以想像的程度徹底地實行再利用。現在漂浮在宇宙的國際太空站也是過濾乘務員的尿液後，經過蒸餾，再當作飲用水喝。洗澡或洗臉的水也經過好幾次過濾，通過水質檢驗的話，就倒入飲用水桶裡。啟動做為太空船原動力的燃料電池的話，也會有水做為副產物跑出來，這也是飲用水源。所需的水大部分都是這樣籌備的。水不是只有拿來喝，也用來電解，產生呼吸需要的氧氣。那麼說來，太空人的排泄物怎麼辦呢？將它們真空乾燥後，收集起來放著，再帶回地球。至少到現在為止是那樣做的。

像火星一樣的長距離旅行又另當別論，科學家相信，如果不把所有物質的再利用、再使用率提高到接近 100 % 的話是不行的。比如說，從固體排泄物中提出水分，將剩下的殘渣用來種植植物，生產糧食。就是所謂的太空船農場。仔細看看未來太空船的內部的話，比起裝載各種機械與裝置的船艙，更多的是以太陽能電池來照射陽光的人工農場。這個農場不只生產糧食，也進行去除二氧化碳、微量汙染物質及製造氧氣的功能。驚人的是，動員最棒的科學技術的長距離太空旅行，最重要的居然就是在田園也適用的原理的這個事實。實際上，地球不就是一個直徑 1 萬 2 千公里的巨大太空船嗎？為了讓這艘「太空船地球號」正常地運行，最棒的

指南就是大自然了。

模仿自然並不只限於研究科學的學生的好奇心，大人們也是，而且還是以非常大的規模。美國的百萬富翁愛德華・貝斯氏試圖創造一個小地球，他在美國亞利桑那州南部的歐拉克爾沙漠地帶建造了一間 4 萬坪的玻璃溫室。被命名為生物圈 2 號 (因為生物圈 1 號為地球) 的這個人工地球中，建造了縮小版的地球，海洋、濕地、熱帶雨林、沙漠、草原、農耕地等，和山羊、猴子、蚯蚓、蜂鳥等三千八百多種的各種動植物一起，穿著類似宇航服服裝的自願參加者，男女各四，共八人的與外部斷絕的人工地球中，從 1991 開始度過了 2 年。就像魚缸裡的尖頭鱸一樣。萬一這些人的實驗是成功的，溫室內部的空氣和養分循環正常，不需外部的支援就能生存的話，我們就能在月球或火星創造類似的人類居住地，那時的期待非常的高。

2 年後，實驗暫時終止，但構成自給自足生態系的試圖悽慘地失敗了。鳥和動物、昆蟲，別說繁榮昌盛，大部分都死了，蟑螂和螞蟻占領了「生物圈」。最致命的是，花費了 2 億美元的這個設備，無法供給八名隊員呼吸的足夠氧氣這點。與當初說好的不一樣，必須從外部緊急投入氧氣才行，就好像魚缸裡的空氣幫浦一樣。跟我們的地球生物圈 1 號非常不同，雖然人類呼吸氧氣的費用，連一毛錢都沒付，卻提供給所有的 60 億地球人充足的氧氣，地球真的對我們毫不保留地付出。

「生物圈 2 」的實驗的教訓非常明顯。就算說大自然是幾乎不收取任何費用，提供給人類的服務，但用人工建造的話，就會投入非常多的費用。我們常常要到自然的這種恩惠消失後才了解它的價值。看看某個研究的話，自然提供給人類社會的服務，如果用

錢計算，達到一年約 36 兆美元的天文數字。即使是那樣，這樣的自然價值被合理的評估之前，正在被浪費著。在地球上無數的生物活動互相協調，才創造出這樣的服務，人類正獨占那項服務並且將之毀滅中。舉例來說，陸地上的淡水有一半是人類只為了人類而使用的，土地的二分之一到三分之一，還有透過植物的光合作用，製造營養物質的初級生產的五分之二以上也是人類為了自己的目的所使用。換句話說，人類把地球當作自己的所有物在利用，但不能忘記，如果我們毀損大自然的話，大自然一直默默運行的某個珍貴的機能將會消失的這一點。然而，人類還是只被當前自己的利益遮蔽雙眼，仍忽視著毫不保留給予的大自然的深厚恩惠。

`5-4-2`

天氣也是人類的責任

鄭承熙

在我國擁有高人氣的美劇始祖，怎麼說都應該是「X 檔案」吧。具豐富感性的穆德與冷靜的史卡利，美國聯邦調查局的男女要員所展開的奇妙故事及狂熱喜好，甚至還建立了死忠俱樂部。我覺得 X 檔案中最荒唐卻又最有趣的，便是叫做「造雨的男人」的這篇插曲。

故事是從幾年間連一滴雨都不下的村莊開始的，穆德與史卡利要員動身前往調查那個地區氣候異常的原因，因此揭開的驚人事實……。他們指認氣象局的職員為犯人，雖然那位職員的心情狀態會影響天氣，但他連自己一直以來操控天氣的事實都不知道，穆德問史卡利：「天氣會給人的心情帶來很大的影響吧，那麼相反地，人的心情就不能影響天氣嗎？還有，最令人印象深刻的最後一個場景，那位職員向從高中時期就一直暗戀的女性告白的瞬間，烈日炎炎的天空降了甘霖。

人類的心情能改變天氣的發想非常新奇，然而，現實中人類始終單方面地受天氣影響。在善變的天氣面前無計可施的人類，也把天氣當做神的情感表現或懲罰的方法。害怕大自然所降下的至高的恐懼 - 閃電的人類，將宙斯描寫成「閃電之神」，就是明顯的例子。

中世時期，也把壞天氣當做是神降下的災禍。1581~95 年法國洛林與特里爾地區有 2700 多人，被扣上魔女或魔法師的罪名而遭處火刑。特里爾地區聖西梅翁村裡的祭司因為「意外的氣候變化導致連年歉收，人民沒有食物而餓死，人心惶惶，人民覺得是因為受到惡魔唆使的魔女，才導致連年歉收。」研究魔女審判的歷史學家沃夫岡‧貝林格提出在歐洲，達到魔女審判的巔峰的三次時期都準確地與最惡劣的酷寒期時間一致。

然而，現代科學雖然不像 X 檔案的人類情感一樣，卻查明了人類的活動確實正對天氣造成影響。灌溉設施或多功能水壩的建設及山林的開墾，導致了生態變化，也甚至改變了氣溫與日射量。高樓大廈與柏油路引起熱島現象，使大都市比鄉下熱很多。也有報告指出，因 911 恐怖攻擊，雙子星大廈消失的同時，也改變了曼哈頓一帶的閃電模式。

今年我國的天氣真的很奇怪，要說整個國內從 6 月底開始便沉浸在雨中也不過份，9 月的降雨量為 411.7 釐米，是 1973 後的最大降雨量。雖然也有人怪罪擁有超級電腦卻屢屢預測失敗的氣象局，但與天氣預測樣本不符相同程度的，異常氣候太常發生才是根本的問題。

氣象專家指出，韓半島降雨量增加的原因為地球溫暖化，氣溫上升的話，陸地或海洋的蒸發量增加，蒸發的水蒸氣在大氣中循環，只要物理性及地形性條件符合的話，便變成雨水降下。「自然」雜誌最新刊便提到，溫暖化不只是氣溫上升，整個地球的濕度也正在增加。

地球溫暖化便是人類活動對天氣造成影響的最明顯的例子。 19 世紀的煤炭時代，20 世紀的石油時代釀成了 21 世紀的氣候異常。今年從達沃斯論壇、聯合國總會到諾貝爾和平獎，國際社會敦促對氣候變化的關心，也是試圖喚醒人類對氣候的責任的努力的一環。

人類不只是天氣影響下被動的存在，人類是自然世界的一部分，與自然是相互影響的，對於人類與天氣的關係的明確覺醒，是避免氣候變化的災難的解決方案之基礎。

❖ 第六課

6-1

朋　　友：看，艾力克斯，今天又有什麼事，臉色怎麼是那樣啊？是地鐵搭錯邊了嗎？

艾力克斯：別提了，路上的人們，就像第一次看到外國人一樣，對我指指點點，我感覺好像變成了動物園裡的猴子。

朋　　友：哈哈哈，那點小事，我第一次來韓國的時候，小孩看到我還大哭了呢！

艾力克斯：原來如此……。其實，每次遇到這種事的時候我都表現出不悅，但大家好像都不在乎的樣子。

朋　　友：沒錯，韓國人或韓國社會在很多方面有點排他的事是事實，但據我所知，最近也增加了許多對於外國人的社會關懷，還有制度的改善或外國人相關的法律改訂等也相當積極。

艾力克斯：但是像社會關懷或法律的改訂這樣的變化，似乎只不過是表面上的變化，真正的變化是要從韓國人個人的意識變化中產生的不是嗎？

朋　　友：在我看來，韓國已經進入多民族、多文化社會了。因此意識變化是必然的啊，你知道嗎？變成那樣的話，你反而會想念韓國人關心的視線也說不定喔……。

艾力克斯：怎麼可能，總而言之這樣聊過之後，煩悶的心情有好一點了，我這幾天完全是想馬上回到我的國家的心情。

6-2

貞　　熙：在市區有反對進口開放的示威，不是普通的激烈。

民　　哲：那也是有理由的啊。最近已經進行一陣子的自由貿易協定簽約之後，便宜的農畜產品就會無限制地進口嘛。那樣的話，我們的農畜產業市場將會受到致命的打擊。

貞　　熙：雖然是那樣，只要打通關稅障壁的話，就能相對減少進出口的費用，貿易量自然就會增加了，那麼就結果來說，我認為還是會對活絡經濟有所幫助。

民　　哲：只有從事貿易業的人的立場來看是值得歡迎的事吧。

貞　　熙：不只是從事貿易業的人，從消費者的立場來看，在價格或品質方面也有更寬的選擇，滿足度也會提升。

民　　哲：然而就算說活絡經濟，對消費者的便利性有幫助，對於可能會在短時間之內失去祖先代代傳下來的生計方法也說不定的農民，可不能裝做不知道。

貞　　熙：看來政府也很知道那個問題的嚴重性，因此似乎還需要等待看看，說

民　哲：是正在從多方面研究支援的政策。
的確，說是正在為因開放而受到損害的人們準備保護基金。如果能早一點找到讓所有人都成為受惠者的方法就好了……。

6-4-1

文化的遺傳基因，街道

金贊鎬

　　孩子們成長過程中，會離開家庭，在巷弄組成所謂同齡集團的新世界，在那裡體會多樣的遊戲，男孩子們透過「孩子王」體驗權力關係。現在雖然很多都消失了，但巷弄是孩子們自己組成社會並學習的基地，那樣子長大之後便漸漸經常接觸更大、更複雜的道路。都市的大馬路是人類活動發生的現場，形成自由的聚會的場所。在那裡，基督教或一部分民族宗教的信徒們進行傳教，選舉季時舉行街頭造勢活動。相反地，就像「露宿街道」（這時更常使用所謂「街頭」的表現）、「露宿者」、「street children」的表現一樣，也是失去人生基礎的人們，沒有落腳處四處漂泊的地方。因此，「徘徊」街頭也可能是愉快的流浪，也可能是孤單的徬徨。

　　韓國都市的街道算是特別擁擠的，飛快的步伐和充滿緊張的都市樣貌令人印象深刻，而且到了晚上都還鬧哄哄的。因結束晚自習，在補習班接駁車前排隊的青少年們、結束夜班後小酌一杯的上班族們、深夜約會一族的行列等明亮而繁華。為了符合他們需求，從事各種服務業的人也營業到相當晚，攤販到更晚的時候都還亮著燈。訪問韓國的外國人，被那樣的街頭活力給吸引（相反地，對行人來來去去撞到肩膀也不說一句抱歉的這件事，感到不快的同時，韓國帶給人負面印象的地方也就是街頭）。以前曾經和某個美國人在首爾光化門碰面，晚上大約 10 點從咖啡廳出來的時候，他看到人們在街道上奔跑的情形，無法隱藏驚訝的眼神，同時問我，今天是有什麼節慶的日子嗎？當然是普通的一個晚上。但是，像在哪個外國大都市的話，那個時間商店都已經關門，街道上也非常冷清。跟那比起來，韓國到深夜還不平靜，因為一般地方都有人，所以可以安心地行走。

　　在那個地方來往的行人之間，形成一種視線的親密互動，每個人雖然只是衣襟擦身而過剎那的緣份，彼此互瞅較量並且欣賞。極度在意自己對於不特定多數的他者來說，會映出什麼樣面貌，同時對那點裝出似乎毫不迷戀的樣子。繁華的街道就是那些展示模特兒遊行的時裝秀舞台。賣弄的身姿及羨慕的眼神複雜交錯的形象的競賽場。

　　然而，在街道藏有自生的文化潛力，在那裡透過偶然的相遇與即興的狀況劇也能引發創意的心靈提升效果。 2002 年世界杯街頭加油的神話就是享受那充滿爆發力的體驗。（中略）

　　在加油的同時顯現出的身姿，就是毫不顧忌地表露出像那樣被囚住、被纏繞住的生命能量般的祭典。對於在廣場重新發現的慶典的渴望，那是人類掙脫了現實，試圖將整個自己投入某個巨大物體的超脫意志，透過不定期逃離，在那奇幻裡重新看待日常的喜悅……

　　就算不是宏大的活動，偶爾在街道上也會有廣場的形成。不知名的人們向著各自的目的地紛紛移動的街道，但就像那樣，在彼此沒有交集的空間偶爾也會成為共同活動的場合。如果街道上的演奏者帶來精彩演奏，行人三三五五地聚集，創造出觀眾席的話，看到誰犯下的不道德的舉動的同時，也會因群眾心理而在一瞬間讓大家成為一體。韓國培養出的 B-Boy 也是以街頭為基礎。最近還有地方自治團體乾脆打造「想散步的小徑」或「文化廣場」等的情況。在這樣的空間也舉行像青少年交流廣場或舞蹈競賽、街頭籃球大

賽之類的活動。這時，街頭便轉變成為令人想暫時駐足的空間。

街頭是公共領域與私人領域之間第三的空間，是從業務與日常的束縛中解放的緩衝地帶。沒有必要看上司的眼色，也不用因念書的壓力而受折磨的那個空間，是一種安身之所。另外，街頭不管何時都能成為表現與溝通的空間。如同 Hip-hop 在荒涼的貧民街孕育般，冷漠的都市裡，也有年輕人們正在創造各式各樣的風采與風格。

孕育不定期的快樂的日常空間，秩序與無秩序互相契合的同時，在像反映出都市文化的碗盤似的街道上，洶湧的人潮都想用饒舌說唱並配上合音各自訴說自己人生的光彩。想用輕快的腳步律動與大家打成一片。

首爾仁寺洞

金鎮愛

仁寺洞是我國最有名的傳統社區，雖然也有很多其他原封不動地保留以前模樣的名地，但不知道是不是因為仁寺洞在充滿活力的都市中心，覺得與我距離更近。

「在仁寺洞見！」一句充滿氣氛的話，即使不是將仁寺洞當做是「第二個自家社區」的無數作家、詩人、畫家、學者，最近不管是年輕人們、還是大嬸們、或是年紀小的學生們都喜歡在仁寺洞見面。大家都有各自的「在仁寺洞見的那種感覺」。

實際上，仁寺洞要說爆紅也太紅了，到了覺得太多人找來的程度。平日 5-6 萬、週末有 10 多萬人湧入。週日午後去的話，是會令人嚇一跳的程度。怎麼又會有那麼多外國人呢？因為這是不可錯過的觀光路線。

對仁寺洞的變化感到惋惜的人也不少，他們是懷念寂靜又高級的真正傳統社區的世代。「還是那時候好啊！」流浪漢很稀少，當地人和常客們都達到一定的品味，別說是進口品了，那時只有純粹的國產貨，我當然也記得那時令人肅然起敬的氣氛。

88 奧運後，成為大眾的傳統社區的現在，仁寺洞仍然有氣氛，但不再是令人肅然起敬的氣氛。傳統，轉變為可以購買的物品、可以品嚐的茶、可以吃的料理、可以穿的衣服、看可以觀賞的過程來貼近大眾。一方面感到很惋惜，另一方面又到很新奇。

改變中的仁寺洞仍然能讓人說是仁寺洞的關鍵是什麼呢？儘管時間流逝，好像會留下一點的是什麼呢？最有仁寺洞感覺的東西是什麼呢？當然也有韓屋、也有瓦片、也有圍牆，仁寺洞的最有仁寺洞感覺的便是「巷弄傳統」以及「田園傳統」不是嗎？

仁寺洞路從鍾路邊南人寺廣場到安國洞環型交叉路北人社廣場不過長 600 公尺，但往旁延伸的巷弄就像微血管一樣穿梭整個仁寺洞。那些路的總長約 20 多公里。和與仁寺洞大小相近的 Coex 區的路長相比，大約長了 10 倍。這就是仁寺洞是「怎麼探索也探索不完的有魅力的社區」，而 Coex 區則是「能一眼看穿的商業社區」的原因。

仁寺洞就好像是葉子的樣子，或者該說是「根深的大樹」的樣子嗎？仁寺洞就是不管怎麼改變都應該要維持巷弄的原因，在那段期間消失的許多巷弄反而應該要再次讓它們復活。

支撐著巷弄傳統的是仁寺洞的田園傳統。就算不是「有庭院的家」，任何一家都會在前面得田園、圍牆下、大門旁推積瓦片或磚塊當做區劃。雖然小的不過一兩尺寬，大的頂多三四尺長，但卻認真地種植。如果沒有營造田園的地，也會將即使是花盆或石

臼拿來放著一種再種。感受主人的手藝,這裡是田園天堂。

某一家小吃店幾年來只種紫茉莉,在某一家咖啡廳前面有低矮的篠依靠著圍牆,某家茶房的各種花草很有名,並且在水碓放上布袋蓮飄浮著,某一圍牆前的葫蘆瓢藤攀延而上,七八月時在巷弄頂上垂掛陰涼,還能找到大花馬齒莧、鳳仙花、雞冠花、南瓜、烏竹、梅花、百日紅、爬牆虎。

因為是「曾經有人居住的社區」,也不知道能不能延續田園傳統。雖然好像幾百年期間一直都是那樣,但仁寺洞巷弄的出現是從 1930 年代開始。雖然原本就是貴族社區,隨著貴族的沒落,土地被分割,建立了巷弄,建造房子居住,販賣貴族拿出來的古董,也出現了古書畫店、陶瓷店、毛筆店,大道旁的畫廊還有仁寺洞就好像田園的植物成長過來一般。

坐在北人社廣場的話,常會聽到說「這裡是盡頭了……」,似在說明一樣的年輕人的話語。他們是只走了仁寺洞的大條道路。並不是那樣的,仁寺洞真正面貌就在像迷宮一樣的巷弄裡。彎曲的巷弄、拐來拐去的小路、不通的死路、經過別人家後院的小徑、連接履帶式的巷弄間如翡翠般的田園綠葉們與花朵們,仁寺洞是無盡頭的社區。

想將如「荒蕪地」的現代都市至少變得不那麼殘忍的話,對待都市如自然一樣就行。雖然是小的巷弄、雖然是小小的田園,只要種下種子,品嚐柔軟細嫩又綠油油的生命的喜悅,那就是生活。生命出生,傳統成長,仁寺洞的傳統會由巷弄、由田園無止境地延續下去。即使這個春天過去,又即使我們逝去。

❖ 第七課

7-1

理 惠:隔了好久才出來戶外,心情好像都舒暢了呢,聽說這水原華城是具有很大的歷史價值的遺跡?

英 秀:是的,朝鮮第 22 代王正祖,將沒能登上王位就遭到殺害的父親的墓移到當時是最棒的風水寶地的水原華山,並在附近建立新都市。因為覺得理惠小姐既然為了深入了解韓國而來到韓國,就應該去一次看看才行,所以我才說今天一起來這裡的。

理 惠:原來如此啊!但是王為什麼建立這樣的新都市呢?

英 秀:對父母至誠的孝心是最大的動機,另外也有政治、經濟的考量。

理 惠:在韓國人的情感上,因為對父母的孝心這點稍微可以理解,但所謂政治、經濟考量,具體來說是什麼樣的內容呢?

英 秀:基於建立支持王權的背後都市,強化王權的政治性企圖與意圖將位於從南方北上首爾的路口的此地當作貨物流通樞紐的經濟性目地,而建立了這座城市。

理 惠:哇,我都不知道華城是抱持著那麼多意圖所建設的計劃都市,但想累積到這種規模的城郭的話,必須要動員非常多的人力吧?

英 秀:說是因為這裡是由那當時優秀的學者丁若鏞擔任負責人,並有全國的技術人員大舉參與,才能建立非常科學、實用的城郭。再加上留下了將城郭的設計、城建立的過程全用文字和繪畫完整地記錄的書籍的這點,也被認為非常具有歷史價值。

英　秀：民洙啊，我們去自助旅行時拍的照片出來了，就像你說的吳哥窟真的去對了，這裡這個密林裡的寺院跟湖水真的非常壯觀。

民　洙：我生平第一次去那麼大的遺跡，果然稱的上是世界文化遺產不是嗎？

英　秀：對啊，在熱帶叢林中間，當用那麼大的石頭建造的寺廟出現的時候，簡直讓人目瞪口呆，要說是差不多的都市規模也很令人吃驚。

民　洙：我說我也是被那雄偉的大小所震懾啊。但是建築物四處破碎毀損的地方很多，心情有點苦澀，遲來的保護施工的模樣也有點令人惋惜。

英　秀：那樣珍貴的文化財，因為自然災害或類似戰爭一樣的人類行為而遭到破壞，果然親眼看到之後，深刻體會了它的嚴重性。

民　洙：然而被指定為世界文化遺產的文化財漸漸增加，相反地，對於消失和荒廢的文化財的關心或修復的努力似乎非常不足。因為歲月久遠，地基正在漸漸鬆動啊。

英　秀：不是只有世界遺產，具有人類歷史的所有文化財都應該積極地保護才行。

民　洙：完全同意，那麼既然說到這個，加入文化保存團體如何？聽說既進行基金創造活動，還有多樣的志工活動，既然這樣，索性今天去看看好嗎？

「歡迎來到東莫谷」與看「分裂電影」的視角

ISSUE TODAY 編輯部

ISSUE 的背景

2005 年創下最佳票房紀錄的「歡迎來到東莫谷」(以下簡稱東莫谷) 的大獲成功有很大的啟示。近年間有很多以分裂或思想為話題的韓國電影成功引發社會議題、獲得好票房的例子。「魚」和「JSA 安全地帶」(以下簡稱 JSA)、「太極旗生死兄弟」(以下簡稱太極旗) 等都屬於那些例子，分裂電影的成功神話可以算是承接自「東莫谷」，有對於「東莫谷」症候群的分析指出，是巧妙地融入處於所謂分裂情況的韓國的故事與電影的趣味性妥善地配合的企劃的勝利。但是，我們發現了在「東莫谷」有別於其他既存的電影所探討的分裂或思想的特徵。探討分裂的其他既存電影有什麼差別？那變化又有什麼樣的意義？

分裂電影的進化

以票房為目的的商業性企劃與以社會、政治性的緩和氣氛來召集國民的關心的一連串分裂電影，是一種「歷史的再書寫」、「意識形態壁壘的破解」的作業中的一環。其中包含了還原被遺忘或被錯誤認知的歷史記憶，即使透過電影也試圖解開南北間僵化的紛爭的意圖。追溯以分裂為話題的電影發展過程的話，那些電影從帶有強烈政治色彩的故事，轉變方向為小個人的故事。如果說「南部軍」、「想到那座島上去」、「太白山脈」等，到 1990 年代初期為止的電影，是試圖對於歷史的反省回顧的話，「魚」、「JSA」、「太極旗」、「東莫谷」等 2000 年代的分

裂電影則稍微減輕了歷史的重量感。「魚」用男女間的愛憎破解南北關係，以惋惜的視線凝視民族的對立，「JSA」對在共同警戒區發展出的南北士兵們的友情與破壞那的看不見的外部力量委婉地提出評論。「太極旗」則為將「魚」的男女關係轉變為兄弟關係的版本。在 2000 年代的分裂電影中，可以看到的共同點為政治的信念與個人之間的糾葛。「魚」的對立從意識形態的信念 (因體制的差異引發的對決) 與個人信念 (對戀人的愛) 相互衝突的狀況中發生。以大多數人物的死亡作結的「JSA」的對立構圖也呈現類似的趨勢。像這些 2000 年代的分裂電影便指出民族或個人之間的溝通與堵塞的意識形態的危害性。

「東莫谷」與既存分裂電影的差異

　　「東莫谷」與以分裂為題材的以前的電影採取稍微不同的觀點。這部電影是以奇幻的手法解決韓國戰爭與思想的第一個例子。如果說「魚」、「JSA」、「太極旗」等，是以沉重又認真的色調處理分裂的話，「東莫谷」則是以所謂奇幻及喜劇的輕鬆形式去接近那個問題。前述的三部電影持續不斷地激發分裂意識，並將所謂「分裂」的主題放在戲劇的糾葛中心，相反地，東莫谷的故事越進行到後面，越拭去了南北士兵的糾葛。對作戰理解錯誤，南下來到南韓的人民軍與從本隊脫離的國軍們跑到神秘的東莫谷之後，所謂分裂與觀念對立的狀況便從故事的核心漸漸消失了蹤影。這部電影之所以能像這樣排除觀念糾葛的狀況，是由於與現實保持距離的電影的奇幻色彩的關係。

　　「東莫谷」雖然以韓國戰爭的背景，卻是徹底排除現實感的故事，也就是說，這部電影所顯示的並不是戰爭或信念。戰爭就像屏風般，只像背景一樣地存在著，只為了在最後的瞬間喚起主題而簡短地登場罷了。可以從試圖拭去這個分裂狀況的意圖與現從現實中脫離的奇幻性中發現它

與既存分裂電影最大的差別。奇幻描寫現實中不可能發生的事。因為在現實中不會發生，所以誇張與美化是可能的。外部四處瞄準槍口的戰爭正激烈，聚集在江原道偏僻山區裡不知名的村落的國軍與人民軍、被迫降落的聯合國戰鬥機機師與村民相處融洽，創造出思想的解放區的設定本身就是虛構的。

　　「東莫谷」以能夠自由想像的奇幻空間顛覆現實空間，將歷史的時空間創作為遊戲的場所，在那裡也包含了將分裂意識所創造的累積已久的對立與傷口，以所謂奇幻的藝術形式撫慰的意圖。

賣座公式裡所包含的大眾的無意識

　　票房成功的分裂電影，包含了足以得到大眾喜愛的要點，首先，那就是不正面處理分裂的問題，「魚」、「JSA」、「太極旗」比起全都以歷史的視線去接近那議題，採取相當多私人且具仁本主義的態度，在這裡主導電影消費的階層大部分都是沒能經歷過戰爭的所謂的戰後世代這點，扮演了重要的角色，對沒能經歷戰爭的這些人來說，分裂不是以皮膚實切感受到的要緊問題。在分裂電影中帶入男女之間的愛情 (「魚」)，或者友情 (「JSA」)、親情 (「太極旗」) 等可能形成情緒共鳴的代碼的理由就在這。這些電影因為用愛情與友情、親情等普遍的故事來包裝所謂分裂這種多少令人感覺遙遠的話題，來形成共鳴。

　　在「東莫谷」裡發揮這些功能的是所謂「超越觀念的差異，帶有善意的所有人是一體」的博愛主義。不管是南韓軍、北韓軍、聯合軍、村民、還是都市人，大家都是要和諧相處的朋友，同時也是一樣的人的意識。在這裡要搞清楚的是，分裂電影之所以能夠得到大眾的支持，是因為所謂對社會禁忌的違反意識這點，在韓國電影界也有了可以隨心所欲地發表因反共意識的威脅而被當

作禁忌思想的自由。因政治、社會的理由，長期間處於思想禁錮狀態中的韓國人們的意識，透過這樣的違反得到宣洩。就好像在電影最後部分顯露的表現決定轟炸東莫谷的聯合軍本部違反人倫的處事般，在「東莫谷」也存在著的另一個禁忌 - 反美色彩。美國電視節目 CNN 去採訪「東莫谷」症候群的理由，就是因為韓國人熱愛反美電影的事實。近年來，對美國的反感越來越公開化的國民情緒，也被認為對於觀眾熱愛這部電影，扮演了很大的角色。

人道主義可以填補思想的鴻溝嗎？

「東莫谷」將所謂分裂與思想對立的韓國特殊狀況以所謂的奇幻及喜劇等普遍的代碼，同時滿足意義與趣味。電影比起所謂分裂的民族性話題的解決方案，更宣揚人道主義的還原。

擔心類似「東莫谷」的電影所包含的以虛構性來貼近歷史的內容，可能會使歷史的視線本身遭到扭曲。因為必須以客觀事實存在的歷史，被囚禁在戲劇性虛構或奇幻的框架中，可能會妨害歷史意識的形成。然而，就算這符合國家政策或學者的論述，卻不是可以拿出來批判藝術作品的要點。以「東莫谷」為主，把韓國戰爭當作題材的電影受到觀眾狂熱地支持的理由就是因為它扮演了默默反映我們時代的無意識的鏡子的角色。

分裂電影不直接處理所謂的思想對立與糾葛等政治性話題。它顯現了人類討厭並想陷害人類的心是從何而來？又會招來什麼樣的悲劇性結果？透過名為韓國的國家，處在所謂的「分裂」的特殊狀況來表現。分裂與對立不只是在南北關係，而是在韓國社會處處常有的威脅。對生活在激進對立與分裂的時期的我們來說，不將這部電影純粹看成以

虛構加油添醋的歷史故事的原因就在於此。

英子與我的野蠻女友

李孝仁

至少到 1980 年為止，英子是很常見的名字。那也是順應近代化的同時，無法順應文化的人們命名能力的界限。「英子的全盛時代」中，英子是當時與棄農現象相關的社會脈絡中出現的人物，此後經過了十幾年，女諧星李英子理直氣壯地將「英子」商品化，享受高人氣後又聲勢爆跌。然而緊接著其他英子登場了，「我的野蠻女友」的她，便是英子的接班人。但是在 21 世紀出現的「她」，是另一個英子。「她」的角色是誠實地顯露欲望或能從社會的上下秩序中逃脫的欲望的代理實現者。

具有美貌的 21 世紀的「英子」

從「英子的全盛時代」的英子之後 20 幾年登場的英子，不是被命運壓迫、被不幸所蠶食的那種英子。而是知道如何克服命運，反而將身體的弱點當作武器，帶給大眾快樂與優越感的，那樣的英子。這個英子在因為倒楣又委屈的騷動要被趕走時，英子再次復活了。

像英子一樣厚臉皮但具備美貌的英子，她就是「我的野蠻女友」(郭在容，2001) 的「她」。她和英子並沒有特別不同的地方，或者更甚於藍。但因為美貌，所有的事都可以被原諒。如果說女諧星李英子積極展現自己不利的身體構造而得以享受高人氣的話，「我的野蠻女友」利用苗條的身形與美麗的臉蛋還有「野蠻的行動」獲得高人氣。她動

不動就威脅男人說：「你想……還是想死？」非常常喝酒，還在電車裡吐在別人的頭上，人們把那稱做野蠻，這所謂野蠻的單字中有著奇妙的共鳴，是不管是誰都會想做但卻又不是誰都能做的行動，或者所謂「對誰來說都是很驚嚇的，卻又是可愛的行動」的共鳴在震動。對於追著「我的野蠻女友」的「她」的牽牛來說，雖然有因為她所帶來的污辱、痛苦以及悲傷，但她的行動只是「偽惡」罷了。因為她還留著愛慕離開的前戀人的痛苦。

如果「英子的全盛時代」是代表時代的實際人物的話，女諧星李英子便是將那實際性易容，創造成商品，而「我的野蠻女友」裡的她則是同時代女性心中所期盼的具代表性的女性形象之一。

她既輕浮又隨興，同時具備能左右一個男人一生的美貌。萬一沒有美貌的話，她的所有行動與話語全都會淪為粗俗，但美貌不只可以防禦所有的事，反而還算是將那些行為變為令人羨慕的魅力。不用工作也可以的自由奔放，雖然輕浮但卻能接受的可愛感，能夠駕馭守護天使或者是隨從一樣的男人的魅力。在依據學歷或美貌、工作等來判定人的等級的社會中，哪怕是在螢幕上，「她」也帶給了觀眾們安慰。

這樣的觀點也是反映了我們態度，現在不打理身體的人，在認知上就會被看作懶惰的人，現在身體已經不是我們的所有，而是我們必須打理或抗爭的對象。這極度反映出以二分法來思考肉體與精神的西歐近代哲學的基調。另一方面，也與對於身體的後現代態度有所相關。即，現在的人們算是把身體當成遊戲，這種現象雖然與人類對身體認識的變化有關，更進一步地與推動消費的資本主義市場相關，女諧星李英子帶給我們違逆市場所助長的那種大勢的快感。相反地，「我的野蠻女友」則是積極地順應那股潮流的形象。

2000 年代韓國一部分的電影不需再寫實，也不需反省觀察人生，觀眾們也誠實地顯露欲望及感情，隨著想從社會的上下秩序中脫離的欲望一起，時時刻刻消費「英子」與「她」。要判斷那對人類來說是好的還是壞的，似乎還太早。

❖ 第八課
8-1

英　秀：你說你去了韓屋體驗嗎？在炕房裡睡覺感覺如何啊？

詹姆斯：才燒了一兩次火，就能維持一個晚上的溫暖，真的很驚人。再加上即使供熱，房間裡的空氣也居然不會變濁，不只是驚人甚至令人感到驚奇。

英　秀：不知道什麼時候曾經在報紙上看到炕暖房法因為不只具有經濟效益，而且還很衛生而受到世界的矚目的新聞，尤其因為傳統韓屋的材質非常環保，因此最近在想活得健康長久的人群之中正竄起一股新的人氣。

詹姆斯：然而炕房不僅只是火炕，放在房與房之間開闊的木地板也非常令人印象深刻喔。

英　秀：你看得真準。炕房與木地板是展現韓屋的科學卓越的兩個代表特徵，如果說火炕是為了冬天的裝置的話，木地板便是為了因應夏天的空間。

詹姆斯：然而韓屋的魅力雖然也在於那機能性的層面，但似乎更在不管屋頂還是屋簷，與優雅的韓服曲線相似的柔和形式的美麗中。

英　秀：喔，一天之內你就深深陷入韓屋的魅力裡了。怎麼樣啊？抽個時間體驗真是做對了吧？

詹姆斯：對啊，還好因為偶然聽到體驗團的話題，不然我差點連這麼棒的經驗都沒體驗到就要離開韓國了。

民　哲：聽說貞熙小姐你每天都打電話給媽
　　　　媽問安？上次生日的時候甚至還請
　　　　假去了一趟故鄉，簡直跟孝女沈清
　　　　沒兩樣呢！

貞　熙：孝女沈清嗎？您太過獎了，我只是
　　　　對行動不便還獨居的媽媽感到心疼
　　　　和擔心，才一有空就問候媽媽，如
　　　　果我連電話都不打的話，連飯都愛
　　　　吃不吃的。

民　哲：那也是，像最近這種時代，孝順到
　　　　那程度的人不多了，雖然以前是我
　　　　國傳統思想中最重要的品德。

貞　熙：我也不算什麼，昨天你有在電視上
　　　　看到女兒捐贈腎臟給媽媽的節目
　　　　嗎？真的很令人感動。

民　哲：對啊，我也有看，真的很了不起。
　　　　雖然媽媽說不能成為子女的負擔，
　　　　堅決拒絕，但結果還是被子女的孝
　　　　心打動了。

貞　熙：不只是那樣，民哲先生你也知道，
　　　　在我們周圍有很多無微不至、精心
　　　　照顧父母，不辭各種照料的孝子、
　　　　孝順媳婦。

民　哲：對啊，聽了貞熙小姐的話之後，讓
　　　　我重新審視我自己了，事實上我剛
　　　　好在為了父母節要送什麼禮物而煩
　　　　惱，現在想到好的禮物了，就是把
　　　　我送過去。

貞　熙：真是個好主意，我也認為在父母還
　　　　健在的時候，就算能多找去一次，
　　　　就是最簡單、也是真正的孝道。

自畫像

尹東柱

繞過山腳 獨自找到農家偏僻的水井 靜靜地
往裡頭探看

井中的 月光皎潔 雲朵飄動 蒼穹無邊無際 蕭
瑟風吹 是秋天

還有一名男子
不知怎麼地 對那名男子感到厭惡 而轉身離
去

走到一半想想 為那名男子感到可憐 又折返
往裡頭探看 男子仍然在那 沒有任何改變地

再一次對那名男子感到厭惡 而轉身離去
走到一半想想 又為那名男子感到可憐

井中的 月光皎潔 雲朵飄動 蒼穹無邊無際 蕭
瑟風吹 是秋天 還有 如回憶般的男子

詩句解析

　　無法看到在夢裡也懷念的祖國的解放，
在異國的監獄中以 29 歲的年齡去世的詩人
尹東柱，在他生前連一篇詩都沒能發表。他
的原稿被朋友的母親秘密保管在衣櫥中，解
放之後才得以刊行。在遺稿詩集「天空、風、
星星與詩」(1948) 的序文中，詩人鄭芝溶題
了「在可怕的孤獨中逝世！直到 29 歲都沒
發表過一首詩！」，以哀悼他的死亡。

　　尹東柱在省察必須在殖民地的陰鬱現實
中存活的自己的人生的同時，坦承「慚愧」，
企圖以自身的潔淨靈魂與良心超越現實的苦
難。這首詩是很清楚地展現尹東柱這樣的詩

世界的作品。詩中的「水井」是如可以內省自己的「鏡子」一樣的物品，表現出詩人對在鏡中映出的自我感到既厭惡又可憐的雙面情感，這種「厭惡」與「折返」的矛盾態度充分顯示出處於殖民地的狀況中的詩人的糾葛與痛苦。「天空」與「蕭瑟的風」所象徵的純潔與永恆，象徵的是詩人憧憬的世界。他將自己的臉孔投影在這樣潔淨的世界裡，是企圖從「可憐的」現在模樣中逃脫，成為純粹的存在。

這時代的死亡或者寓言

吳圭原

死亡正想去搭公車
走到一半因為麻煩而改搭了計程車

我要做的事情很多
死亡輕易地
找到了搭計程車的理由

死亡工作到一半 比起工作
決定暫且先喝一杯

思考之前暫且先喝一杯
喝到一半醉了的話
決定明天再思考

我又不是什麼忠臣
死亡輕易地
找到了明天再思考的理由

喝酒喝到一半 死亡連
明天再思考的決定也
覺得麻煩
因此 明天再思考的決定也
決定放棄了
稍微喝醉了的死亡

回到家將電視開著
想著明天要去週末旅行

健康最重要啊
死亡對自己的話帶著肯定的意味
點了兩下頭
對啊 新聞也那樣說過
一面喃喃自語

詩句解析

　　這首詩是諷刺現代人毫無感覺的生活的作品，我們比起走路更喜歡搭計程車，比起被事物纏身吭唧抱怨，更容易陷入玩耍的誘惑。這樣一成不變的日常生活每天反復，在那之中完全沒有一點想法而生活著，便是我們的模樣。又或者我們找各種理由將自己的行為合理化，適當地酒醉從現實中逃離，企圖安身於「電視與週末旅行」象徵的安逸的生活中。詩人給這種生活安上所謂死亡的名字，並批判那毫無感覺的生活。害怕自己選擇的事物，討厭負責，只認為自己的健康重要的生活，只相信電視和新聞中出現的報導是真實的，對自己週邊的世界不丟出任何疑問的人們，詩人雖然像是客觀地敘述這樣的情況，但在那之中包含了明確指出生活與死亡沒有不同的現代人的偽善與虛偽的冷眼批判。

南海 金山

李晟馥

有一名女子被埋在石裡
因為那名女子的愛情 我也進入石裡
某年夏天雨綿綿
那名女子一邊哭泣一邊離開了石頭
離開的那女子 為我引來了日與月
在南海錦山的蔚藍天邊 我獨自一人
在南海錦山的碧藍海水中 我獨自深陷

詩句解析

　　這首詩是透過離別的狀況省察人類的命運的詩。詩中的話者因為對女子的「愛」而進入了「石」中，被黑暗填滿的石頭象徵著不變的永恆，愛具有足以將話者牽引到這不可能的空間中的強烈力量。然而，愛情的時間結束後，離別來臨了。女子的離開並不只是單純的分離，回到日月所象徵的宇宙，即意味著死亡。人類的愛不管再怎麼大、再怎麼深，在死亡面前仍是束手無策。但是離別並不代表愛情的結束。形成「雨」、「海」的水的形象，帶有循環的特性。詩人透過水的形象，超越天空與大地的界限，展現愛能持續到永恆。從所謂「石」的狹窄空間裡開始的愛情，擴大到所謂「海」、「天」的無限空間，延續成永遠。

為了松鼠

鄭玄宗

　　在離我公司不遠的橡實樹林裡只要有橡實掉落的話，就會有不知道從哪裡來的大嬸、大叔們拿著塑膠袋或像什麼布袋一樣的東西來裝撿來的橡實。他們不是只撿掉下來的裝進去，還用石頭敲打樹幹或用長竿敲樹枝讓它掉落。還有，不是只撿看得到的，甚至撥開枯葉，連在那裡面的也全部撿走，一掃而空。

　　雖然以前樹林裡有相當多的松鼠，但日漸減少，現在幾乎很難看到了。

　　我散步到一半，因為覺得不像話又令人心酸，常常訓斥大嬸大叔。人可以吃的東西不是很多嗎？再怎麼不堪不是也還有泡麵？松鼠吃的除了橡實之外就沒有了不是嗎？就算你要撿走，也應該給松鼠留一點吃的不是嗎？但是完全一點也沒有。(做橡實凍生意的橡實一大桶 (約 18 公升) 不知道給多少錢) 能賺錢的話不管是什麼都一掃而空。

　　比起掃蕩橡實的手，將一顆橡實握在手中細嚼慢嚥的松鼠的雙手實在太美麗了。

詩句解析

　　這首詩顯現了詩人對自然的深愛。詩人透過撿拾橡實的日常風景，表現出人類正在威脅自然的場面。撿走橡實的人們沒想到那是松鼠的食物，只汲汲營營地滿足自己的欲望。另外，他們也不滿足於撿拾橡實，用石頭或長竿敲擊甚至拍打樹木。這種模樣赤裸裸地呈現了只要是為了利益，便毫不猶豫地破壞自然的人類的殘暴。因為想用自然換取錢財的人類的自私，而使自然 (松鼠) 遭遇痛苦。詩人將松鼠的無辜及掃蕩橡實的人類做對比，批評人類無止盡的欲望。此外，站在自然的那一方，強調人類與自然的共存。

像那奮勇逆流而上的鮭魚一樣

姜山嬉

逆流
而上的鮭魚群
就像完全無法知道的
只屬於牠們的神秘理由

那是從什麼時候開始的
走著 走著 走來的這條路
往前還必須要走多遠

在許多叉路中 萬一這條路
我正走去的
就算是不得不回頭的曲折路

變得僵硬的腳底

走著 走著 走下去的話
便可以躺在那寬廣的花田裡休息了吧

在許多叉路中 萬一這條路
我正走去的
就算是充滿孤寂的黑暗 連一點星光沒有的路

也是不能放棄的
走著 走著 走下去的話
便可以看到炙熱地為我打破黑暗的陽光了吧

就算那樣我也知道對我來說是太大的祝福
不是還有很多無數必須走下去的我的前路嗎

是的 再次向前的話
走著 走著 走下去的話
有一天 將會感謝那一切的事情吧

看不見的終點
垂下筋疲力盡的雙肩嘆氣的你
請不要害怕

就像那逆流而上的
奮勇的鮭魚一樣

走下去的話
走下去的話
走下去的話

詩句解析

　　這首歌詞對我們訴說著不要放棄希望。即使在沒有光亮的孤寂黑暗中，也要戰勝絕望、找到自己的希望才能實現夢想。活著活著會有辛苦的時候，也會有想放棄夢想的時候，那時這樣的歌詞便帶給我們戰勝辛苦的時刻及堅強走下去的勇氣。就像逆著氣勢磅礴的江水而上，找尋自己出

生之地的鮭魚一樣，朝著自己的夢想向前邁進的人生，才會成為真正美麗的人生。

❖ 第九課

9-1

艾力克斯：你有看到這次對於科學技術院成功技術開發出來的手術輔助機器人的報導嗎？反應真不是蓋的。

英　　秀：昨天在新聞上看到了。到目前為止只能做判定手術位置或抓手術時的切開部位等一些侷限性的角色，但聽說這次開發出來的機器人能直接輔助手術，很厲害吧。

艾力克斯：說是因為變成透過 3D 的立體影像遠程執刀手術，既能防止醫生手抖，也能非常恰當地運用在細微的縫合上。

英　　秀：我看報導內容，之後不只是做手術輔助，還計畫開發直接執刀的手術機器人。也是，因為以前必須經過人手來做的很多事情幾乎都自動化了，所以那也不是很遠之後的話了。

艾力克斯：沒錯，上禮拜我去了一趟醫療機器展覽會，所有的機器都製造成具有人工智慧，人類不需要直接操作或管理。

英　　秀：因為尖端科學技術的發達所有事情都變自動化的話，我們應該要做什麼呢？這樣下去，我擔心機器人或機械取代人類的位子，人類的存在價值不會受到威脅嗎？

艾力克斯：我覺得那取決於技術的運用，集智實現一個人類和機器人能共存的世界的話，就能利用多用途機器人享受便利的生活了。

英　　秀：不管再怎麼開發出親近人類的機器

人，還是不可能消除自動化帶來的副作用的。

9-2

部　長：聽說金科長這次通過稅務師考試了？清晨就得去補習班，一年多來的辛苦值得了。

民　哲：最近下了班還去補習班的人變多了。在我們社會，專長開發、終身學習也變得生活化了。

部　長：當然囉，如果不持之以恆地開發自己的話，瞬間就會被淘汰了。這是即使放棄自己的個人生活會有遺憾，但還是得預先準備應對未來需要的技術與能力才能成功的社會。

民　哲：通過就業競爭，現在好不容易才漸漸熟悉職場的工作，又要再次準備新的東西！這個社會似乎對我們要求太多了。

部　長：如果鄭代理也想要抓住明確的未來的話，就不要安逸於現在的公司生活，怎麼不試著開始準備會用到的資格證考試也好啊？主修是經濟學，念會計師的話應該不錯。

民　哲：我現在別說念書了，光我負責的事就已經很吃力了，雖然說未來的社會需要具備廣闊知識的專家，但也不是誰都能變成那樣的嘛？反而如果想勉強迎合那種時代趨勢，好像也會有只精研一種專業的人越來越少的缺點。

部　長：但是，在終身職場的概念消失的現代社會，若只忠實在交代給自己的事情，往後要存活下來難道不會很辛苦嗎？如果未來所要的人才形態是那樣的話，我覺得我們也得跟著時代的變化才對啊！

民　哲：當然那點也是，但是我認為默默地處理自己事情的人，在這個社會還是必須存在才行。

9-4-1

夾在電梯的那個男人怎麼樣了呢？

金英夏

　　活著活著總會有奇怪的一天。那天從早上開始不知怎麼地，就有種諸事不順的感覺。另外，在那一整天，一生中都不見得會發生一次的事情，就像等很久了一樣，一個一個地找上門來。對我來說今天就是那樣。

　　早上刮鬍子時，刮鬍刀被折斷了。我也沒特別用力，刮鬍刀的脖子部分就喀一聲折斷了。你問是不是拋棄式刮鬍刀嗎？當然不是，是吉列公司最近推出的、價格逼近六千元的產品，無比堅固，如果不是誰故意折斷是無法折斷的。到現在才用了一個月，就變成這樣了。

　　因為刮鬍刀斷掉，我的鬍子不得不只刮了一半。左半邊臉乾淨俐落、右半邊臉與之完全相反，居然得用這種滑稽的模樣去上班，我的心情完全被破壞了。看了看手表，7 點 40 分，時間不夠了。弄乾頭髮、披上衣服、走出門等電梯。不管怎麼等，電梯都不來。看起來是故障了，再次看了看時表，7 點 55 分，我像中國料理外送員一樣從 15 樓往 1 樓狂奔下樓，經過 5 樓一看，電梯的門維持在開著的狀態卡在 5 樓與 6 樓中間，在電梯下有兩隻人的腳在晃動。一隻腳的鞋子已經脫落，是死了還是還活著？那時住在樓上的人急忙地把我往前推之後，就下樓了，身著整齊俐落的西裝的他們正要上班，有人卡在電梯不知道是死是活，居然就那樣不關心地經過，但是也沒有什麼是我能做的。看

了一眼手表，八點整點了。哎呀！我悄悄地望著樓下的方向內心掙扎著，沒辦法了，我試著稍微拉扯鞋子被脫掉的那隻腳（腳剛好在我的臉的高度）。喂。腳趾頭蠕動了。傳出不能稱的上是話的呻吟聲。看來還活著的樣子，但是我沒有能救他的力氣，也沒有時間。那個，雖然不知道你是怎麼被夾在電梯裡的，我上班時會打電話給 119 報案，要不然我也會跟樓下警衛說，請你稍微等一下。

我一口氣下到 1 樓，警衛室的窗口掛著巡查中的牌子，我在外面轉了轉，但沒看到警衛的人影，沒辦法了。我向公車站奔跑。公車還沒來。我問了站在前面等公車的男子。請問你有手機嗎？有人被卡在電梯裡，我得打電話給 119 報案才行。男子以怎麼有這麼不順眼的人的眼色瞟了我一眼，丟出了一句，我沒有手機。並將頭轉向公車來的方向，站在後面的女子也是一樣的反應。

那裡不是有公共電話嗎？女子的手指像變成啞鈴一樣，困難地舉起並指向對面的公共電話。我說明了我的狀況。如果我去那裡的期間公車來了怎麼辦呢？我們部長個性非常卑鄙，遲到的話我就死定了。還有想想被夾在電梯裡的人吧，那有多痛啊？女子覺得不可思議似地抽動嘴角笑了一下，搭上剛好抵達的公車。應該至少買個手機的，我第一次對沒買手機這件事感到後悔。那時我要搭的公車來了，我夾在人群中被擠上了公車。想拿出悠遊卡，摸了一下後面口袋。哎呀，沒有錢包。司機不耐煩地叫我付現金，我說我沒帶錢包，連現金也無法付。司機邊發脾氣說，那就下車。站在我後面的人，都瞄了我一眼，把悠遊卡從我的腰間貼近讀卡機後，便經過我上車。我跟司機說明我的情況，明天我會付兩次的，那樣不就行了嗎？那時，一台砂石車搖搖晃晃地越過了中央線，朝我搭的這台公車迎面而來。因為司機正在對我發火，所以沒看到那情況，就算看

到了也沒有別的辦法。因為在那台客滿的公車上，如果說有人正看著前面的話，就只有在懇求司機的我了。（就只有那，是今天發生的事情中最幸運的事了）我一邊喊著喔喔喔，一邊往後把身體抽離縮起來，砂石車的車頭就那樣和公車的前頭撞上了。人們同時蓋在我身上，混雜著悲鳴與呻吟。現在我因為不用再被追問悠遊卡的事，不禁感到高興。一波的衝擊席捲過後，四處的人們開始抬起身體，公車的前頭，連讀卡機都因為砂石車衝撞過來而碎毀，司機的胸口被砂石車的後照鏡壓著，還好除了我的腰有點痛之外，似乎沒有別的傷口。擺脫衝擊的人們，爭先恐後地開始掏出手機，剛才對我說沒有手機的那個男人也掏出了折疊式的新產品開始打電話，公車裡全都充滿了打給 119 和家人，還有公司的聲音。媽媽，是我，我搭公車遇到車禍了。嗯，我沒事。但是公車完全撞壞了。那裡是 119 吧？這邊是三東公寓前面的路， 88 號公車好像跟什麼撞上了，請快點過來。啊，部長，我是李代理，現在在我家前面，我搭的公車和砂石車撞上了，對，司機好像死了，我嗎？因為我現在也被人壓著，腰有一點……，是，那件事情朴代理會清楚的。接著警報聲響起，消防車開始到達，他們一邊說著請讓開，一邊用鐵鎚將公車的玻璃窗敲碎，人們爭先恐後地從玻璃窗跳出來，我也跟著他們從玻璃窗逃出。急救隊員正一一確認人們的狀態，因為某一個隊員問我有沒有事，我便告訴他電梯的事。我住的公寓有人卡在電梯裡。請你們應該要快點過去。從剛才就想報案但是因為沒有手機。誰都不借給我。我的話結束時，已經是消防隊員離開去查看其他人之後了。難道是得向 119 打電話報案才能出動的組織嗎？搞不好那樣的話更有可信度。在車禍現場報案說有人卡在電梯裡的話，誰會相信啊！我揹著疼痛的腰走向對面的公共電話，推開透明門進去一看，是插卡式的電話。我不是沒有錢包嗎！我再次走出公共電話

亭，跟圍觀看車禍的人借電話卡，請借我電話卡，一位身材豐腴大嬸馬上問我，你要打去哪裡？如果你是要打給 119 的話，已經來了，不用打也行，上次借給某個人，因為是打給手機，打了幾乎三千塊，現在很多那種壞人。一點說話的時間都不給我，不停地嘮叨。我說我要打給 119，但是不是因為這個車禍，是因為有人卡在電梯裡才要那樣的。大嬸好像覺得很不像話似地說，119 或 112 不用電話卡也能打。我再次進入電話亭播了 119，但是沒有聽到任何發信的聲音，那時我才看到夾在電話前面的白鐵片上寫的字，故障修理中。

那時警車也到了，警查在尋找目擊者，和我一起搭公車的人一致地說是我。他在最前面，因為沒有悠遊卡就上車，正和司機爭執，如果不是他的話，搞不好就不會發生這件車禍也說不定，司機為了和他吵架而沒能出發。兩名穿著制服的警官朝我走來，警察問，大叔，你有看到車禍發生的狀況吧？我回答，啊，對，看是看到了，但我有比那重要的事情，我今天早上得在公司做簡報，還有比那更重要的是有人卡在公寓的電梯裡，夾在 5 樓跟 6 樓中間，您應該趕快去看看才行，我說的是真的。警察連看都不看我一眼，打開了手冊，請你只回答我的問題，你有看到車禍發生嗎？我說我有看到啊，砂石車越過中線，就那樣迎面朝公車撞上來了。但是那不是要緊的事，我說有人卡在電梯裡。站在一旁的警察，忍不住插話了，有人卡在電梯裡是什麼時候的事呢？大概是剛才 7 點 50 分的時候。我看了看手表，時間已經快接近 8 點 20 分了。警察從腰際掏出無線電貼在嘴邊，啊，有接到三東公寓電梯事故的報案嗎？警察以煩躁的表情再次將無線電夾回腰際。我說這位大叔，你抓著繁忙的人

開玩笑嗎？請報一下身分證字號。我報了身分證字號也報了電話號碼。我現在可以走了嗎？警察說可以走了。在那期間，人們正接二連三地搭上下一班公車。我也跟著他們急忙地進入隊伍。因為一台公車撞壞，而且在那段期間時間流逝，人們就像櫃子裡的魚肉一樣疊著，幸運的是，沒有要求前一台公車的乘客出示悠遊卡，我高喊快哉，雖然多少有點狹窄，但不是免費的嗎？為了拿錢包再走回到 15 樓也很殘酷，也討厭上去的時候再看到被夾在 5 樓跟 6 樓中間的男人的腳。要對他說什麼呢？要說警衛現在巡察中、大家都不借我手機、公共電話故障了、警察不相信鬍子只刮了一半的我的話嗎？再加上到公司已經晚了不是嗎？會議又要怎麼辦呢？今天在那裡我必須針對公司內資源再利用的問題做出重要的報告。更準確地說，是必須在理事面前，以既簡潔又輕快的嗓音宣揚廢紙使用生活化方案及廁所衛生紙的節約方案才行。但從早上開始，刮鬍刀斷了、有人卡在電梯裡、突如其來的砂石車撞上停著的公車。很明顯的就是運氣很背的一天。

在我搭的第二台公車上什麼事都沒發生嗎？當然不是。我右邊的臀部附近好像有什麼癢癢的，一個男子正在揉站在我前面的女子的臀部。現在還有這種混蛋！雖然我很憤慨，但因為不是我的臀部便努力忍住。但我再也無法忍受那個女子總是盯著我的臉（而且還是沒刮鬍子的右半邊）看，還一邊皺著眉頭。我說小姐，摸你屁股的不是我。還有右臉的鬍鬚很茂盛是因為今天早上刮鬍刀斷了，我的西裝全都皺了是因為我剛才搭的公車被砂石車撞上了。這是沒用的話嗎？旁邊的人都一致地望向我。同時間，摸女子的臀部的男子的手迅速地縮回，現在真的連是哪個混蛋摸了那名女子的臀部都無法知道了。

465

女子以既然都這樣了無法輕易放過你的表情，擰過身，將自己的臉往我的臉貼近。請你稍微知道羞恥好嗎？你知道我哥是誰嗎？女子將臉推的更近。你哥是誰？現在想想，我那時應該要安靜待著，但是因為我那樣說了，就變成我承認屁股是我摸的。女子沒有說出哥哥的職務或名字，但這麼說了。喀，把你塞進牢房前你最好小心一點。

當那名女子的鼻子幾乎快要碰到我的鼻子時，我感受到必須從公車上下來的迫切感，因為聽到那騷動的司機大聲地說，小姐，這台公車要停到警察局前面嗎？女子不知道是不是在享受威脅的效果，並沒有馬上回答司機的話。在那期間，公車停在公車站，我推開搭上車的人，不得不急忙地從前門下車了。

看了看手表，9 點上班時間已經過了 30 分了，因為下車的地方是忠正路，到公司所在地的鍾路，即使快走也要約 30 分鐘。又不能打電話，又不能搭計程車，我不得不邁著沉重的步伐繼續走。得報告廢紙使用方案跟衛生紙節約方案才行，再加上卡在電梯裡的人要怎麼辦？我如果在公車裡真的有摸屁股的話就不會這麼委屈了，啊，這所有的事情都是因為刮鬍刀斷掉。如果刮鬍刀沒斷的話，我就會早一點出門，電梯也會正常運行，那麼公車也不會出車禍了不是嗎？因為這些事而要向吉列公司申請損害賠償的話會勝訴嗎？在想著這些負面的問題，經過光化門的時候，我腰間的嗶嗶叩吵雜地響起，一看號碼，是公司，我開始奔跑。現在只有公司能救我了。去那裡的話，某個認識我的人就可以借我錢，那樣就可以打電話，也可以搭公車了，也能用我桌上的電話打給 119 報案，這樣一來就萬事 ok 了。跑啊，跑啊，我一邊領帶飛揚，一邊奔跑在光化門的路上，都要喘不過氣了，早上受傷的腰開始感受到疼痛，沒有時間費神。氣喘吁吁地到達公司，公司入駐的大樓總共有六個電梯，其中一個是住在頂樓的會長的專用電梯，職員們使用剩下

的五個，我搭上了其中一台，已經過了上班時間，沒有上樓的人，我再次想起被卡在電梯裡的那個人，不會吧，現在應該有人報案，他被救出來了吧。就算是因為電梯不動而感到奇怪的公寓警衛也會上去看看吧。5 樓的話也沒那麼高。啊，但是如果大家都像我一樣忙的話，那個人到現在還卡在電梯裡，會多麼埋怨這世界和人類啊。

叮，5 樓到了。

一位女生進了電梯，我們可能見過幾次面也說不定，是面熟的女子。五樓的話是財務部所在的地方。她穿著紫色制服，將長頭髮綁起。看她是長頭髮，應該還沒結婚。為什麼女人結了婚便從頭髮開始剪短呢？在想那問題的時候，電梯發出碰咚的一聲，停住了。女子一開始假裝很泰然，偷偷瞄了我一眼，繼續默默地望著電梯門，但是不管怎麼等電梯不動、門也不打開，女子用做點什麼吧的表情再次看了我。我像美國人一樣，聳聳肩擺出沒辦法的表情。電梯裡充滿了沉寂及煩悶的氣氛，看來是故障了，要按按看緊急按鈕嗎？她以焦急的聲音說。就那麼做吧。我點點頭說。她一開始緩慢地，但之後神經質地一直按著紅色的「呼叫」按鈕，她按到手指頭都變紅的程度後放棄了。看來下面都沒人的樣子。時間漸漸流逝，我和她決定大力地拍打電梯門，讓外面的人知道我們被關在這裡面。我們持續地用手腳砰砰地敲門。然後我說，這樣拍的話，搞不好會給電梯帶來衝擊然後往下掉也說不定。女子以陷入恐慌的表情停下拍門的動作。我今天早上也看到被夾在電梯裡的人了。我們只有這樣算還好了不是嗎？原本是想安慰才說出來的話讓情況更惡化了。女子乾脆癱坐在地上。所以那個人怎麼樣了呢？我下樓梯時看見的，到現在還沒辦法報案，得到公司上班，而且我沒有手機。啊，對了，手機，小姐，你有手機嗎？女子露出絕望的表情說，手機在手提包裡。我們同時嘆了一

口氣。如果有手機就好了。我覺得很可惜，如果她帶著手機的話，就可以讓大家知道我們被關著的事，也能幫被夾在電梯的男子向119報案了。

要試試看把門打開嗎？女子提議。所以我們合力試圖從兩邊把門打開的時候，她突然驚呼，看這個，她所指的地方寫著，「警告，被關在電梯裡時，請不要試圖打開電梯。」早上的那個人一定也像我們一樣被關在電梯裡，然後越接近上班時間，開始焦急，試圖把門打開，門一打開就想出去到外面，那時剛好電梯動了。這可憐的人，得趕快打電話向119報案才行。怎麼辦？特別今天又沒帶錢包，沒辦法打公共電話，而且大家都不借我手機不是嗎？再加上搭的公車又和砂石車撞上，反正，你看看我的衣服，因為被人們壓在下面才變成這樣的。在下一班公車上又意外地被當成摸女生屁股的癡漢，不得以只能從公車上下車。啊，請不要用那種眼神看我，我說不是我摸的，是別的混蛋摸的，但那個女生誤會是我做的。不是有那種事嗎？她遠遠地退到電梯的角落蜷縮起來。要是我怎樣的話就打算用高跟鞋踹我的小腿的樣子。那樣的同時，她的手還是不停地按著「呼叫」按鈕，現在比起故障的電梯，好像更害怕我的樣子。我試著讓她放心，不要擔心，我不是壞人，我們是同公司、身份明確的人，難道會有什麼事嗎？這樣見面也是緣分，如果出去的話一起喝杯咖啡吧，雖然我這麼說了，但她默默不答。

我可以抽根菸嗎？我從上衣口袋掏出香菸盒，並問她。如果她是抽菸的人的話，似乎氣氛會變得更緩和。女子用自己能擺出最冷冰冰的表情說，公司裡面是禁菸的。而且，你也知道得去頂樓或吸菸室才能抽菸不是嗎？如果能去的話，我何必在這裡抽呢？我

只抽一根。她搖搖頭反對。在這麼窄的地方抽菸的話我要怎麼辦？你不知道二手菸的危害有多嚴重嗎？我說光在美國一年就有六萬人因為二手菸的危害死亡。因為二手菸是不自覺吸入的所以更危險。再加上在公司的二手煙真的很令人厭煩。他是上司的話就只是上司，並不握有往我的肺裡吹進菸氣的權力嘛。噢，世界上不會有像我們國家一樣二手菸這麼多的國家。簡直沒有不吸菸的地方，一到佳節看看，整間屋子裡的男人聚在一起，造狸貓窟啊，酒館、咖啡廳、街上，啊，對了，街上，我說你看看我的裙子。她把臀部朝我的方向轉並展示，裙子的一角有被燻得黑黑的痕跡。某個混蛋在斑馬線上拿著香菸，烙在我的裙子上。你想想這像話嗎？我說在街上看到抽菸的兔崽子的話，真的很想全部殺死。

我知道了，我不抽了。我再次把菸盒放回口袋裡，襯衫全部被汗浸溼，涼了之後開始覺得發冷。很冷吧，因為沒帶錢包沒有車費，所以我跑到公司來的。你看，連西裝的背不是都濕答答的嗎？我轉過身，給她被汗弄濕的地方。啊對了，但是我們互相知道一下名字吧，她抬起頭銳利地盯著我說，我是鄭小姐。我也姓鄭，很高興能認識你，我是資源管理部的鄭秀觀代理。她帶著沒什麼興趣的表情只點了點頭。我們在那之後，有一段時間什麼話也不說在電梯裡蹲坐著。在那期間她默默地一直按著「呼叫」鈕。

這間大樓到底是怎麼管理的啊？電梯這麼久不動的話，會不會有誰被關在裡面？要上來看一下才行不是嗎？到底這是什麼啊？就算其他電梯有五台也是啊。在說那些話的期間，嗶嗶叩嘈雜地響起。啊，我的部門就在眼前了，居然卻無法過去。我爆發怒氣。實在不行了。我再這樣下去會被公司開除

的，我們就算會被夾在電梯也把門打開出去吧。她對我的提議露出猶豫的眼神。好吧。那鄭小姐妳留在這裡。門打開的話我會自己跳下去，鄭小姐你只要幫我打開門就好。那麼我會出去說電梯故障了。她點點頭。我們再次合力開始強制打開電梯門的作業。沒有想像中容易。我們滿頭大汗，想打開電梯，但門反覆地稍微打開又再次關上。什麼男人這麼沒有力氣？鄭小姐不耐煩地發脾氣。我很生氣。早上被砂石車撞到，又用跑的到公司，還會留下什麼力氣啊？我的腰也快要痛死了。辯解完後我開始動腦，關鍵是門稍微打開的時候，要讓它不會再關起來，但是再怎麼環顧四週也沒看到可以夾進電梯門裡的東西，不得以只好脫下了皮鞋，因為跑來的關係，皮鞋裡充滿汗水而且也有味道，門稍微打開的話，我就會將皮鞋放進那空隙間，那麼就會產生手可以抓的空間了，我們再次合力從兩邊抓住電梯門往自己的方向拉，為了那樣，她必須彎下上半身的關係，我便能從制服襯衫的空隙間清楚地看到了她的胸部，你在做什麼？不趕快放皮鞋，她吃力地抬起頭，看著我的臉發脾氣，在那樣的氣勢下，本該把皮鞋放進去的我，變成把我的腳給放進去了，雖然很痛但我決定忍住，透過稍微打開的縫隙，看到了 9 樓和 10 樓的界線，也就是看到了 10 樓的地板，再稍微打開一點的話，似乎就可以爬上去 10 樓的樣子。我們再次合力將門再打開一點，為了支撐那個空隙，這次我不由自主地把我的身體給夾進去了，現在算是產生一個人可以逃脫出去的空間，我快喘不過氣了，但因為是在女生面前，所以決定忍住，現在怎麼辦呢？我如果把身體抽出來的話，門應該會再次關起來，我才一擔心，女子便說話了，請撐我一下，那我應該就可以上去，跳下去 9 樓好像太危險了，我身體比較瘦，會比較好出去。

10 樓的地板在我頭的高度，所以她如果想這樣

出去的話，就必須踩著我的肩膀，從跟我身體寬度一樣的門跟門之間逃出去才行。我把手往下讓她可以把雙腳放在我的手上，她那麼做了，然後她抓住 10 樓的地板，兩隻腳從我的手上慢慢地移動踏上我的肩膀。她的鞋跟好像鑽進我的肩膀似的，我因為太痛差點發出悲鳴，但是忍住了。眼睛稍微往上瞧，清楚地看到她的裙底風光，她穿著帶白色蕾絲的塑身褲。一會兒女子有力地踢開我的肩膀成功爬上 10 樓，我多想拍手慶祝，以身體被夾在電梯門的狀態，我大聲地祝賀她的成功，喂，鄭小姐，恭喜你，好的，現在快點告訴別人我在這裡，如果也能跟資源管理部說一下的話就好了。沒有回音，不祥的預感突然閃過腦海，我用手腳並用將門打開到我能開的最大程度，並將夾在門之間的身體抽回，門伴隨著呼的聲音一起關上。不知怎麼地，那聲音聽起來像棺蓋蓋上的聲音。我對那名女子也沒做錯什麼啊，為了讓她逃脫甚至還借出我的手跟肩膀，還有在同一棟大樓也會繼續見面，難道她會忘記報案嗎？但是十分鐘過去了，二十分鐘過去了，沒有人出現。我感到絕望，蹲坐在電梯的地板上，唱起以「媽媽在島的影子……」開頭的，不太記得歌詞的童謠。「孩子自己留下……」歌曲反覆了數十次，唱歌唱累正快睡著的瞬間，聽到外面有吵雜的聲音。門稍微被打開了，在那之間出現了人的臉。他問我，喂，你到底為什麼在這裡？那是我想問的問題。我到底為什麼在這裡？那是電梯管理員你應該要回答我的不是嗎？我雖然一股氣上來，但怕他就那樣走掉，便老實地回答他，電梯好像故障了。電梯管理員又問了一個問題。你是一個人嗎？我還是親切地回答他。不是，剛才還有一位叫鄭小姐的，踩著我的肩膀出去外面了，所以我自己留在這裡。電梯管理員稍後又帶來一個人幫我把門打開，我抓著他幫我抓住我的手得以爬上 10 樓，因為那樣我的衣服正面全都沾上了厚厚的油跟灰塵。啊，那樣的話，先上去的

鄭小姐衣服前面一定也像這樣變髒了，我有點為她感到可憐，我是男生就算那樣也沒關係，但她該怎麼辦呢？

管理員一把我救出來，便開始不斷地咕囔發牢騷，到底這該死的電梯定期檢查才剛做完，這麼快又這樣故障了，即使是大企業也不能相信啊！他對大企業和賄賂慣行、財閥與媒體的紐帶關係不斷地射出批評的箭。我安慰他說，不要把世界看得太悲觀，就算那樣，這個世界上像你一樣的人還是佔多數。此外也告訴他，即使是現在，你能把我救出來真的很感謝。那時管理員一看我的腳，哎呀，你把皮鞋放哪了呢？我拍了一下額頭，那樣看來，剛才本來說要把皮鞋夾在門裡，便脫了鞋子，但卻把我的腳放進去的關係，鞋子就那樣放著了。我說，大叔，我好像把鞋子脫掉放在電梯裡了，但是我現在沒有下去拿它的時間，如果找到它的話，可以請您幫忙拿到 15 樓的資源管理部嗎？他說就那樣吧。我看了一下手表，不知不覺突然超過十點了，真是辛苦的上班之路。想了一下要不要搭台電梯到我辦公室所在的 15 樓，我決定還是走逃生樓梯上去。一進到辦公室，不知道同事們是不是都去開會了，看不見人影，只剩李小姐為了接電話留在外面，一看到我驚訝地嚇了一跳。哇，鄭代理，看來你是從下水道來上班的喔，請看看鏡子吧。一看鏡子，頭髮因被汗浸濕，涼了之後，黏成一塊，鬍子只刮了一半，肩膀是被女子的高跟鞋挖得凹下去的痕跡，西裝正面被機油弄髒，因為公車車禍連襯衫整個皺掉，再加上皮鞋也放在電梯裡就過來了。

那時，會議室的門被打開，出現科長的臉。我說，李小姐，鄭代理還沒來嗎？啊，在這裡啊，到底現在幾點啦，快點進來做簡報。我向科長指著我的衣著，露出請他看看

的表情，但科長就那樣把門砰一聲地關上進去了。進入會議之前我還有要做的事，得向 119 報案，還有跟先出去卻不幫我報案的會計部鄭小姐當面理論，得在廁所打理好衣著，也還得找到弄丟的皮鞋，我把所有的事情都往後推延，硬著頭皮進去了。有一半的人正在打瞌睡，另一半正反覆翻著自己要報告的資料。只有理事和部長，還有科長像要把我看穿一樣地盯著我看。

他們問了對於我遲到的理由和我的服裝。我說，早上我住的地方有人被夾在電梯裡，公車和砂石車相撞，大家都不借我手機，錢包又放在家裡沒帶出來的關係，不能打電話給公司，因為在公車裡被誤會成癡漢，結果只能在忠正路下車，雖然跑到公司了，但又因為電梯故障，在那裡面被關了三十分鐘以上，肩膀的高跟鞋痕是跟我一起被關住的女生逃出去的時候弄的，那女生應該一出去就要幫我告訴別人，但她沒幫我，只顧著做自己的事去了，要從電梯出來時，因為塗在門檻的機油，而把衣服弄髒，在那樣的情況下，還把皮鞋留在電梯裡出來了。對不起，真的很抱歉，雖然不知道到底我該對不起什麼，抱歉什麼，反正我說了對不起。但是，部長只用一句話打斷我的話。好了，趕快報告吧，我稍微聳聳肩，一一地說明為了大力鼓舞廢紙使用，引進獎勵制度是必須的要點。此外，還說明為了節約廁所衛生紙，特別向衛生紙切取線剛好是一公尺一張的衛生紙製造公司下訂單是最好的。通常衛生紙的切取線是 10 公分的間隔，把那弄成 1 公尺的間隔的話，大家上一次廁所就會只用 1 公尺，會有非常大的節約效果。在對我們公司的職員問券調查的結果發現，通常上一次廁所會用掉 1.4 公尺，因此，把切取線弄成 1 公尺切一次的話，就會有約百分之四十的節

約效果，我以特別邋遢的衣著強調這個事實。

然後馬上就有反對意見被提出，首先李恩熙代理舉起手。那個，女職員們就算是小號也會用衛生紙喔。嗯，別人怎麼樣我不知道，但我不會用到一公尺的衛生紙，抓鬆一點 30 公分的話就夠了，如果說要訂切取線一公尺切一次的衛生紙來使用的話，那反而會出現百分之七十的浪費不是嗎？接下來，一直以不滿意的眼神坐著的理事也插進來，我說，原本要用 1 公尺 40 公分的人，你怎麼有信心覺得他們會只用 1 公尺？那些人也有可能用到 2 公尺不是嗎？把這個提案廢掉，再去研究更有建設性的節約方案，部長和科長都點點頭，我真的很好奇，這些人到底是在廁所裡用幾公尺的衛生紙生活？到底為什麼 1 公尺不夠用呢？

會議到十二點才結束，大家為了去吃午餐鬧哄哄地離開辦公室時，我去找我的皮鞋。故障的電梯好像已經正常運行了，我因為還不放心，所以搭了其他電梯下到一樓，一接近警衛坐的前台，原本坐著的服務台女職員最先猛然站起，接著警衛們圍了過來。雖然女職員以冷漠的表情問我。有什麼需要幫忙的嗎？但眼神卻朝著向我靠進的警衛們，她的眼神在說什麼馬上就揭曉了，警衛將我包圍後，單刀直入地說。請你出去。我辯解說。我是這裡的職員，我是資源管理部的鄭代理，剛才搭到故障的電梯，把皮鞋脫在裡面出來了，我只是要找到我的皮鞋，我說，噢噢噢。在那麼說的瞬間，我被他們包圍著往公司外面移動。我說，你打電話給資源管理部看看。

救我的人是跟我同一期進公司的韓代理，我哀切地呼喚正要去吃飯的他。喂，韓京植先生，是我，我。因為他認出我，我才被放開，並能向警衛說明那段期間的經過。韓代理，我以後會請你吃午餐。向他表示發自內心的感謝後，轉回過頭向警衛們說了電梯故障及我的皮鞋的事，然而誰都不曉得電梯故障的事，因此也不知道是誰

把電梯打開，把我救出來。他們到處打電話或透過無線對講，但過了三十分鐘還是找不到那問題人物。結果，他們最後對我說的話是，我們是不知道了，如果辦公室裡有脫鞋的話，請先穿著，或是到這附近的皮鞋店買一雙穿吧。我無力地點點頭，決定回到辦公室，在一樓等電梯，剛才把我關在裡面的電梯最先開門了，雖然沒有想要搭的念頭，但看到了被整齊地放在那裡面的皮鞋，我像敏捷的獵豹一樣急忙進去將我的皮鞋拿起來，成功地在門關上之前從那電梯裡逃脫出來。好虛脫，眼淚好像快要掉下來了，我在一樓大廳的沙發，將那皮鞋一隻一隻地穿上，皮鞋一穿進腳裡，我才想到被夾在我們公寓電梯裡的那個人，反正以這種衣著的話也沒辦法去餐廳，所以我上去辦公室向 119 打電話。喂， 119 嗎？負責人很親切地問我。您是哪裡打來的呢？啊，這裡是鍾路。話一說完，啊，是金亭大樓吧？負責人馬上說出我上班的大樓名稱，我有種他們似乎正從我的頭頂上俯看我的錯覺。我說發生事故的地方不是這裡而是三東公寓，負責人似乎很訝異，但是仍然親切地問，什麼事故呢？有人被夾在電梯裡。那是什麼時候呢？現在負責人的聲音委婉地出現懷疑與厭煩。大概是今天早上七點五十分的時候。負責人說，我說，我們是很忙的人，可沒有開玩笑的時間。我急忙辯解說，啊，就是說早上我看到狀況的時候就想立刻報案，但是大家都不借我手機，警衛也不在，再加上我搭的公車發生車禍了，一到公司，公司的電梯故障，而且還有重要的會議，那個會議現在才結束，所以才變成這樣，請告訴我那個事故後來怎麼處理的。負責人說那種事情不是這裡的管轄範圍，叫我打電話去管轄消防局看看。我說以防萬一，即使是現在也好，能不能派救護隊到三東公寓呢？因為居民大家不是雙薪就是單身上班族，搞不好會有像我一樣大家到現在都沒報案的可能。雖然麼說了，但是負責人也不回答，只說了

句謝謝你,然後掛了電話,到底在感謝什麼,我雖然生氣,但也沒有我能做的事。

下午公司的工作非常順利地過去了,我繼續研究廁所衛生紙節約方案,製作要發給職員們的其他問卷,一到五點,所有人像退潮一樣離開,我像李小姐借了一萬元回家。到達公寓後確認了信件,通知書滿滿堆積,我將其中幾封丟進設置在警衛室一樓的廢紙回收箱裡。走向電梯,還好電梯正常運行中,我和幾名住戶一起搭上電梯,大家避開骯髒的我聚集站在另一角。我問他們,請問你們知道早上被夾在電梯裡的人怎麼樣了嗎?大家無言地只搖了搖頭。不是,我上班的時候真的看到了,電梯停在 5 樓跟 6 樓中間,6 樓地板跟電梯地板中間夾著一個人,你們不知道那件事嗎?大家誰也沒有回話,每當電梯停在自己樓層的時候,急忙地走出電梯回家。一個大嬸將看起來大約五歲的女兒緊緊地抱在懷裡,對我保持警戒。一會兒,電梯停在 15 樓,和我一起出電梯的女生全速往家裡奔去,我打開門進到家裡,把西裝脫下,隨便丟在一個地方,然後去洗澡。在頭髮塗滿洗髮精的同時,我還在好奇,到底那個人怎麼了,得用對講機跟警衛問看看了。但是頭髮洗完打開水龍頭時,突然開始冒出冷水,不管再怎麼調整水龍頭都一樣。我一邊全身冷得發抖,一邊將肥皂泡沖掉後,拿起對講機,嘟嘟嘟,警衛可能已經接到數十通電話,我一說熱……,啊,你都不看下面貼的公告的嗎?不是有貼了寫著從今天開始施工換配線嘛,我也廣播過數十次了。以幾乎是半語的語調答答答說完的警衛掛斷了對講機。

啊!所以到現在我還是很好奇,那個夾在電梯裡的男人到底怎麼樣了。

❖ 第十課

10-1

英　秀：老師,謝謝您。多虧老師幫了很多忙,我終於畢業了。有時候還因為太辛苦、太困難而有是否該放棄的想法。

老　師：這種時候就能用苦盡甘來這句話,但是畢業後你打算做什麼?就業嗎?還是繼續念書呢?

英　秀：其實,我決定不繼續升學,打算就業,但因為我想進的公司在韓國是數一數二有名的大企業,競爭似乎很激烈。

老　師：因為大企業年薪高、員工福利又好,所以準備就職的人不分你我都想進公司啊。但最重要的是,要事先觀察是否是能做自己真正想做的事,並且能夠充分發揮自己能力的地方。

英　秀：那點我不是沒想過,但再怎麼說能夠在龐大組織裡透過許多經驗學習的大企業不是更好嗎?

老　師：我說的不是絕對不要應徵大企業的意思,而是要你關注一下雖然不像大企業那麼穩定,但既具有挑戰性而且也能讓自己有更多成長的可能性的中小企業或風險企業。

英　秀：聽完老師的話後,我好像太目光短淺了,現在開始,得找找企業的具體資訊,看哪一家公司對我來說最為合適了。那麼,為了成為在那裡被需要的人,繼續提升競爭力的話,就能實現我的夢想了吧。真的很感謝老師的良言。

10-2

面試官：首先，身為外國人，應徵我們公司的動
機是什麼呢？

王　偉：我在大學的主修是國際貿易，我相信在
目前積極地促進與我國台灣的貿易的貴
公司，是我可以一展長才的地方，所以
才應徵的。

面試官：請簡單介紹自己的優點。

王　偉：我有很強的社交能力與積極的個性。學
生時期開始，就廣泛地與他人建立良好
的人際關係，曾經在許多貿易公司打工
及參加培訓課程，所以也累積了實務經
驗。

面試官：我們公司需要的是充滿熱情及雄心的人
才，關於這點你怎麼樣？

王　偉：我的興趣是鐵人三項競賽，也曾經在國
際大會上得過獎，因為要把全程約 50
公里的游泳、自行車、路跑全部完成，
是沒有毅力與雄心的話不可能達成的運
動。

面試官：一定也有條件比我們公司還要好的地
方，有什麼選擇我們公司的特別理由
嗎？

王　偉：對我來說最重要的條件就是工作環境及
氣氛，與其在無法拋棄死板又墨守成規
的作業方式的地方工作，我寧願當個失
業者，因為我認為貴公司的業務具有創
意性，並且能夠因能力得到認可，所以
應徵了貴公司。

10-4-1

我們的幸福時光

孔枝泳

遠遠就看到莫尼卡姑姑的身影，姑姑好像有
點生氣的樣子，我幾乎遲到了三十分鐘，我一

在果川政府綜合廳舍地鐵站入口停下，姑姑就拿
著提在手裡的大包包坐上了車，可能因為天氣冷
吧，從姑姑的黑色頭紗裡湧上來的冰冷氣息就像
站在冰箱門前似的令人打寒噤。姑姑的嘴唇凍得
發青。

「我說衣服啊……，真的不知道該穿什麼來
才好，我如果知道要去叫做拘留所的地方的話，
就會先準備類似修女服之類的東西了……。所以
因為煩惱要穿什麼然後就晚了，所以您也準備個
手機什麼的嘛……，最近和尚和神父都至少有台
車呢，買台轎車的話不是很好嗎？」

為了狡辯遲到，我這麼說。姑姑什麼話都沒
說。

「就是因為那樣我才說我要去修女院接您，
是姑姑您執意不要的不是嗎？」

我在覺得自己做錯時，總是像那樣推卸責
任。

「那些人是一整個禮拜一直在等我的人。
是一整個禮拜都無法直接與別人見面的孩子們
啊。因為你，他們珍貴的三十分鐘沒了，對你來
說！」

姑姑像是非常火大似的暫時停住了話語，然後
吞了口口水，慢慢地張開嘴。

「對你來說，是隨便丟到垃圾桶也可以的
那三十分鐘，對他們來說，是在世界上最後的
三十分鐘，他們是過了今天的話，不知道會不會
再到來的今天，他們是在那樣的今天生活的人們
啊！……你了解嗎？」

嗓音雖然很輕，但帶著堅決與些許的哽咽，
我被所謂對我來說是丟到垃圾桶也可以的話暫
時嚇到了，我再怎麼揮霍我的人生過生活，用我
的嘴四處嚷嚷，但當那被別人說出來的時候，並
不是那麼件開心的事情。因為我在約定時間遲到
是事實，就那樣忍下來應該會比較好。反正，今
天是我跟著姑姑來的第一天，但很明顯地不是心
情好的第一天，雖然所謂垃圾桶的那句話是我常

用的表現，但不管再怎麼說，把我的語氣原樣複製，姑姑對我用那樣嚴重的表現是第一次，看來姑姑是年紀大了變弱了，我決定這麼想。

　　成為修女的姑姑時常進出監獄的事，我在去法國前，曾在報紙上看到過。是在清晨為了來看打電話說頭快痛死的媽媽的醫生二哥回來的那一天。二哥說，姑姑上報了，並把拿來的報紙打開，那份報紙是所謂充滿進步色彩的報紙，如果不是二哥的話，我們家不會知道姑姑已經成為了在報紙上出現的名人。只要早上一起來，就像說早安一樣對著工作的孩子大吼的媽媽，今天終究還是對工作的孩子做了那樣的早安問候，然後來到餐桌坐了下來。姑姑應該是到處拜訪死刑犯的樣子。二哥一說完，媽媽便回答，真了不起啊！如果成為修道者這種程度的犧牲是該做的……。了不起……！你可以幫我預約你們醫院的神經外科嗎？我要接受檢查了，頭腦裡好像有什麼東西故障，頭很痛，因為痛到快瘋了，昨天一會兒都沒睡，之前你給我的藥我沒吃，只要吃那藥就不好上妝……。對身體不好的藥也不能多吃，又沒辦法睡，好像變老了……。皮膚很糟糕。總是沉默的二哥嘴唇緊閉，我在擔心健康的重症患者媽媽旁邊吃著在有機黑麥麵包裡夾著火腿和蔬菜的三明治。二哥和我對到眼，你放寬心點，媽，做了幾次檢查都沒有什麼異常不是嗎？二哥不厭其煩地以憐憫的嗓音對媽媽說。我也在一旁幫襯，媽，二哥說的沒錯，現代醫學怎麼能夠解讀媽既敏感又纖細的神經構造呢？因此有教養的媽媽只能忍住，然後我記得也許那天早晨我們的早餐也是在媽的高喊聲中落幕。這是總是發生的早晨風景。媽媽對我說，快結束那可怕的戲子生涯，去哪留學都好時，我欣然地答應了。因為那時對為

期約一年的歌手生活漸漸失去興趣，也許離開家的話，就能找回寧靜早晨的期待也占了一大部分原因，我已經對媽媽調好音階的高喊聲感到厭煩了。

　　「對不起，我錯了……。我說對不起……。」

　　比起再堅持下去，投降好像比較好，雖然不知道我為什麼會那樣覺得，我可能是怕姑姑哭吧。

　　「但是姑姑，難道現在你帶我去見的不會是死刑犯……之類的吧？你不是要叫我在那裡唱愛國歌吧？」

　　「是去找那些人沒錯……。愛國歌如果能唱的話就唱啊，有什麼不能唱的理由？與其把那副嗓音丟到垃圾桶裡，倒不如用在好的地方，在那邊三叉路口左轉。」

　　莫尼卡姑姑那樣說了，又是垃圾桶，我對拿著那天在病房裡有點感傷時說的話刺激我的姑姑感到卑鄙，我有點想發火。照姑姑的話一左轉，便看到了寫著首爾拘留所的牌子。在討厭的醫院裡和舅舅底下的年輕精神科醫師相對而坐，所以你生氣的點到底是什麼？或是，那時候為什麼生氣？小時候曾經有過與那類似的想法嗎？比起回答這種問題，唱愛國歌會比較好嗎……？就像任何時候一樣，我說著不知道，別想太多，安慰自己，至少拘留所應該不會像醫院一樣陳腐。

　　押了身分證之後我們進入鐵窗裡，一經過一道鐵窗，後面就把門關起來。鐵與鐵撞擊的聲音在冷颼颼又黑暗的步道響起的瞬間，我浮現了奇妙的想法。到很久之後還感覺得到的，那個地方的溫度總是比外面低約兩三度，冬天是當然的，盛夏的狀況也是那樣。如某人講過的話一樣，那個地方是黑暗棲息的空間。我們又經過了一道門，後面再次關上門。偌大的後院，沒有一點人跡，遠

處角落有幾名穿著青綠色囚衣的人正在拉著手推車。遠遠的以白石膏做成的聖母像下端，佇立著小樹，在那裡能看到聖誕燈泡以俗氣的色彩反射著冬天的陽光。我那時才意識到聖誕節快到了，我想起了巴黎的將臨節，填滿香榭麗舍大道的聖誕節燈光，在大道上賣花的少女，紅葡萄酒及在舌尖上滑順又香氣四溢地化開，到最後帶給人虛無的誘惑的鵝肝料裡，以噪音及嘔吐結束的酒席……。我們經過好幾個轉角，被引導到一個小房間。一、兩坪多的房間裡掛著十字架，佔據那旁邊位子的是林布蘭的畫「浪子回頭」。放了一張小桌子，五、六張椅子的房裡非常簡樸，姑姑將帶來的大包包放下，把咖啡壺的開關打開，一會兒後聽到了敲門聲，越過圍著窗格的門的小玻璃窗突然出現了玉綠色的囚衣。

「快過來，快過來……。你就是允秀啊！」

莫尼卡姑姑靠近並緊緊擁抱被獄警引導進到房裡的他。

死刑犯……他是死刑犯。在他的左胸口掛著紅色的名牌，不，不是名牌，因為沒有名字，在那裡寫著首爾 3987 的黑字。他似乎對姑姑那樣的擁抱感到非常抗拒。身高，約有 175 公分嗎？白皙的臉龐，黑色捲髮，還有掛在那上面的牛角框眼鏡中的眼睛既細長又銳利。此外，寬廣的白皙額頭上滑落的比一般人還要烏黑、柔順的捲髮，在整體上將他的銳利緩和許多。然而臉上處處布滿的陰影，意外地讓我聯想到我在大學講壇遇到的年輕教授們的臉，說著財團這樣也可以嗎？媽的！這話的時候，或者在教授會議上，聽著理事長不像話的話，舉例來說，說今年我們大學的一年目標首先是成為教育的大學，必須培養人才才行，我們財團是只抱持著那個目標設立學校的……。與聽著不管是誰聽到都會笑出來的那種話時的年輕教授們的臉很類似。我瞬間有種那個人胸口掛著的紅色名牌會不會是代表所謂的國家保安法的暫時性錯覺，也許是猛然透出這種知

性的印象，而喚起那種想像也說不定。他可以說是給人一種在巴黎的年輕人穿在身上的 T 恤上印著的切‧格瓦拉的韓國版臉孔的感覺的男人，該怎麼說呢？超越死亡的存在，閃現著幼年時期已經發誓要在狂暴的荒野中淒涼孤寂的死去的人所擁有的那種像獸性一樣的性格，而且那好像對他更適合。說得更白一點的話，反正他不是我所想像所謂的罪犯的臉孔，但我是喜歡這種將陳腐的期待殘忍地打破的新鮮破例的人，我對他開始稍微產生了好奇心。

「坐下，來，坐下……。我是寫了好幾次信給你的莫尼卡修女。」

他以急忙的動作坐到位子上，那時聚在前面的他的雙手上銬著的皮手銬才映入我的眼簾，是腰部帶著像粗皮帶一樣的東西，掛在那上面的環上繫著手銬的皮手銬，連那個名字我都是之後才知道的，但為什麼，心裡咯噔了一聲。

「李主任，那個……，我買了一點麵包過來……，讓他好吃麵包……，不能幫忙把手銬解開嗎？」

姑姑小心翼翼地詢問。被叫做李主任的獄警，只露出困難的微笑，在他臉上，有著類似我是生活正直的男人的許多表情。莫尼卡姑姑不再固執，將放在包包裡的麵包拿出來放著，奶油麵包和牛油麵包、紅豆麵包……，姑姑倒出在咖啡壺煮開的水，泡好咖啡，放在他的面前，然後在被手銬銬著的他的手中塞了一個麵包。他沒有回答地拿起一個麵包出神凝視了它一會兒，這真的吃了也沒關係的食物嗎的表情，另一方面，也流露出凝視著久違想念的食物的人的類似傷感的情緒，他像下了決心似的艱辛地把它塞進嘴裡。因為帶著皮手銬，如果想做把麵包塞進嘴裡的動作的話，得將頭低到腰際才行，因此他的身體就像蝸牛一樣圓圓地捲起，他就那樣咬著麵包，咯吱咯吱地咀嚼著，視線一直毫無意義地死盯著桌上。

「對啊,放輕鬆地吃⋯⋯,喉嚨會噎到的,喝一點咖啡⋯⋯,以後有想吃的東西的話跟我說,把我當成媽媽,我沒有孩子,來這裡已經三十年了⋯⋯我就是你們的家人啊。」

嚼著麵包的他對於沒有孩子的姑姑的話硬是擠出一點微笑,雖然是我自己那麼看,但從那裡透露出嘲笑的神色。我邊哈哈大笑,像是想平息衝突似的。他似乎將那種嘲笑的神色當作武器的樣子。不管怎樣那純粹是我的感覺。我在第一次看到他的瞬間,就覺得他不知怎麼地是我的同類的感覺,雖然我的直覺幾乎沒有錯,對於不是平常人而是死刑犯抱有那種想法,我自己的心情也很奇怪。因為賴床而沒吃早餐就來的關係,就算是麵包也想多少吃一點,但是看到他像松鼠一樣,兩手聚在一起,全身圓圓地捲曲吃著那個的模樣,我就沒胃口了。在那瞬間,浮現了可憐的感覺。他的人生怎麼會來到這裡?好像類似這樣的想法掃過一樣。莫尼卡姑姑拿起麵包,勸叫做李主任的獄警和我各吃一個後,自己喝了咖啡。

「那生活怎麼樣呢?現在比較適應了嗎?」

狼吞虎嚥地嚼著麵包的他瞬間停住了咀嚼的動作,坐在冬陽斜照的辦公室裡的四人之間凝結著緊張感似的沉默,連他正在吃的麵包都慢慢地咀嚼。

「我收到您的回信了⋯⋯,本來今天不想到這裡來的⋯⋯,但覺得應該要來告訴您一聲,李主任說修女您三十年間不管是下雨還是下雪,總是搭地鐵、搭公車來到這裡⋯⋯,如果不是那些話的話,我是不會出來的⋯⋯,所以我來了。」

他抬起頭,一閃而過的是非常平和的臉龐,然而再仔細一點看,那平和是像面具一

樣看起來僵硬的一種。

「這樣啊⋯⋯。」

「請您不要來,我也不會收信的,我是沒有那種資格的人,請就這樣讓我⋯⋯死去⋯⋯。」

他邊咬牙說著讓我死的最後一句話,下巴周圍的抽蓄,似乎是用力咬住臼齒往裡磨牙的樣子,是令人意外的反應。我看到了從他的銳利眼神中透出青色的氣息,因為擔心那個人會突然在這裡抓住我的脖子,鬧出人質劇,我在那瞬間害怕了。這樣看來,我想起在報紙上看過他的名字,他殺了人後逃跑途中,進了一般家庭家裡,抓了媽媽和小孩,造成騷動的⋯⋯。想起模糊的輪廓,我望著獄警和姑姑,他戴著看起來很堅固的手銬的這件事,讓我稍微覺得安心。

「允秀啊,因為我年紀已經七十了,這樣叫你也可以吧?」

莫尼卡姑姑一點都不慌張,有條不紊地開始說。

「哪有不是罪人的人?仔細算的話,有所謂的資格的人又在哪裡?我只是想和你一起,偶爾見面一起吃吃麵包,只是聊聊今天的事⋯⋯,我希望的是那樣,但⋯⋯」

「我,」

打斷莫尼卡姑姑的話,他再次張開嘴,是經過許久思考過後提出話題的人特有的平靜嗓音。

「我沒有活下去的希望,也沒有意志。如果您有用在那裡的力氣的話,請您去施與其他可憐的人。我殺了人,因此就這樣死去是對的,我是為了告訴您這個而來的。」

再沒有其他事似的,他站了起來,獄警像是這不是什麼好驚訝的事似地跟著他站了起來。雖然在吃麵包時,必須像野獸在吃掉到地上的食物一樣,圓圓地捲曲身體,但我

475

從他身上感受到，我也是所謂的人類的類似激動的傾訴的表現。第一次產生了看來死刑犯也是有自尊心的，像笨蛋一樣的想法。

「等等，允秀，等一下！」

姑姑哀切地呼喚他，他朝姑姑的方向轉過身來，望著他的姑姑眼中積滿了淚水。他好像也看到了姑姑的眼淚，那不是皺眉而是崩垮，是像堅硬的面具一角被撕裂一樣的那種表情。但是那崩垮也立刻消失，再次浮現類似嘲笑的眼神，姑姑從拿來的包包裡仔細地掏出什麼東西。

「馬上就是聖誕節了，我帶了禮物來，很冷吧？我買了內衣……，再怎麼說你這麼辛苦地來和我見面，怎麼能就那樣讓你回去……只要一下下就好，不能再坐一下嗎？因為我老了，我啊，腿有點痛。」

他望著姑姑伸出的包裹，下巴的肌肉陣陣刺痛般地抽動著，像是厭煩一樣皺起眉頭一角。居然說是聖誕禮物，這是什麼鬼？擺出可能想那樣說的表情，但因為是老人又是女人，所以放她一馬的表情，他坐到了位子上。

「我給你聖誕禮物，不是為了想讓你有負擔，也不是叫你上教堂，不是有關宗教的話題……，信什麼宗教又怎麼樣？不信又怎麼樣？就算只活一天，人也要活得像人一樣……，那才是重要的。雖然不可能會那樣，但如果你是討厭你自己的人的話，為了那樣的你耶穌將會降臨，為了叫你要愛自己，告訴你你是多麼貴重的人。如果你以後對誰感到溫暖的話，或許當你感到，原來這樣就是得到愛啊的話，把它想成是上天派來的天使的話就好了。雖然今天是第一次見到你，但我知道，你是心裡很溫暖的小子，不管你的罪是什麼，那期間的那些並不全都是你。」

姑姑最後說話的時候，他突然笑了，是嘲笑。因為對殺了人且現在因為那個罪過，也許明天就要在刑場被吊死的人說是貴重的人什麼的，似乎覺得啼笑皆非。然而，情感動搖劇烈的人所

特有的不安氣息在他的臉上如浪濤般的一閃而過。很奇妙地，我能理解他的心情，和家人厭煩地吵架過後，接到姑姑的電話時，那時姑姑就用像現在跟他說話的那種嗓音和我說的話，我會突然超火大，也就是說，那就似乎是對於在我感情中輸入其他血液的排斥反應，不管是人生還是感情，在只有一種血型時我們感到安穩，不管那是對還是錯，壞人使壞，叛逆兒反抗，才是舒適的狀態。

「請不要對我這樣，如果您這樣的話，我就不能安心地死去……。是啊，叫我來見修女，參加天主教彌撒，老實點讓獄警們心情好的話我都聽過……。還有唱讚美歌跪著祈禱，一起說要變成那樣的天使，那樣的話修女您就會救活我嗎？」

是出乎意料之外的話，他像野獸一樣露出白色的牙齒，吐出最後的單字。莫尼卡姑姑的臉瞬間變得蒼白。

「所以，就那樣吧，拜託現在開始請不要再來找我。」

「是啊，那是對的……。雖然想那樣但因為力不從心，但不是說無法救活你就沒有見面的必要啊。雖然這麼說不知道會怎麼樣，其實我們所有人都是死刑犯啊，我們也是不知道什麼時候會死的人……。那不知道何時會死的我，來見按你說的，不知道何時會死的你，難道不行嗎？為什麼呢？」

莫尼卡姑姑也不是好對付的，他啼笑皆非似地望著莫尼卡姑姑。

「我問為什麼！」

「……，因為我不想抱任何希望……，那是地獄。」

莫尼卡姑姑什麼話都沒說。

「從這裡再稍微往前一步的話，我也許會瘋掉也說不定。」

姑姑好像想說什麼卻又暫時閉上了嘴巴。然

後過了一會兒，以沉穩的聲音再次問道。

「允秀啊，現在最折磨你的是什麼？你最害怕的是什麼？」

他抬頭看著姑姑，看了一陣子，是充滿敵意的眼神。

「……是早上。」

他像在殘忍的檢察官所遞出的最後的決定性物證面前無可奈何地自白認罪似地回答，嗓音很低沉。他像是沒有必要再聽下去似地猛然從座位上站起，向莫尼卡修女點個頭打了招呼便走了出去，接著像石膏像一樣僵硬的姑姑跟著他站了起來。

「等一下，好，對不起，不要那麼生氣。如果真的很辛苦的話不要和我見面也好，就那樣走掉也好，但是你把這個拿去吃吧……。雖然不是昂貴的麵包，但是我這個老人為了你買來的，不是那麼難吃的東西……。我知道是違法的，但李主任，讓我只放兩個在他的衣服裡給他帶走，麻煩您通融……。」

姑姑把買來的麵包拿了幾個遞給允秀，表示困難的表情閃過李主任的臉上，到了那樣的話，姑姑的固執，可以說就像天父的旨意在地上也如在天上實現一樣，發揮了威力。

「是啊，一個人在單間裡……，年輕的孩子肚子會有多餓啊……正是吃很多的時候呢……。李主任！拜託了。」

的確是不知道誰是罪人誰是教化者、誰該懇求誰該拒絕的有點可笑的情況。那時我看到他的眼神第一次望向莫尼卡姑姑，那眼神中似乎閃動著無法把握對方到底是何許人物的不安。姑姑走近，把麵包放進允秀的衣服裡，他的表情有點無奈，如果可以的話不希望姑姑靠近的樣子般，將脖子往後拉長。

「沒關係，今天能見面真的很開心。允秀啊，見到你我很開心，你來見我真的謝謝你。」

姑姑輕撫了他的肩一會兒，他就像被拷問的人一樣露出痛苦表情。他急忙轉身，在他轉身時仔細一看，一邊的腳像不太方便似地一拐一拐地，姑姑在面談室的門前，向著長廊的尾端，望著他直到他消失。那瞬間，姑姑好像站在海岸懸崖邊的山羊似的，看起來很孤獨。莫尼卡姑姑一手扶在額頭上，似乎是突然疲勞突然湧上的表情。

「沒關係，第一次都那樣……。對我而言是希望的開始……。說沒有資格的話，那便是好的開始……。」

姑姑不知道是不是對我說似地喃喃自語，本來就個是小個子的姑姑好像會就那樣消失的樣子。如果不對自己那樣保證的話，似乎就不行的樣子。我也不由自主地偷偷瞄了掛在牆壁上的林布蘭的畫。向爸爸先要了自己份的遺產後胡作非為的那小兒子，在那個兒子將財產蕩盡後，甚至得眼饞豬飼料桶，而後回到爸爸身邊，他知道沒有再當兒子的資格，他回來後說的，「爸爸，我對爸爸和上天犯了罪。」也是真心的。那是從聖經裡引用主題的畫。林布蘭的畫，表現出饒恕兒子的父愛與跪著的兒子的懺悔。我想起在美術史的課學到的，在林布蘭的畫中，父親的雙手是不同的，一隻是男人的手，一隻是女人的手。那是要表現神同時擁有女性形象與男性形象。但是，偏偏就在這個房間掛著那幅畫的意圖太明顯了。

「鄭允秀……，到現在還很常胡鬧惹事嗎？」

姑姑問道。

「可誇張了，上個月的運動時間說要殺死黑道份子的老大，拿著在運動場邊升著火的煤炭爐的蓋子引起紛爭，所以十五天

期間都待在懲戒房裡，昨天才出來。如果我們沒即早發現的話，差點又要再次踏上法庭了。不過也是，去了法庭又怎樣？死刑再添上去也是死刑……，在懲戒房裡不知道引起多大的騷動……。雖然跟您說這種話有點那個，我們因為死刑犯都快煩惱死了……。我說的是在這裡多殺死一個人也是一樣，因為反正這樣死、那樣死都是死刑，因此罪犯們都看眼色不敢隨便行動，他們就像什麼王一樣，去年八月執行死刑後到現在還沒有過……。可能覺得現在到了執行死刑的時候，一到年末就更加過份……，因為通常都說年末會執行死刑……。只要執行一次的話，就會安靜好幾個月……。在那之中，叫做鄭允秀的混蛋又非常惡劣。」

姑姑安靜了片刻，又開口。

「好歹那個孩子今天來見我了嘛。雖然很難得，但也回了我的信。」

姑姑像即使是小小的線索也要抓住的搜查官一樣，以緊巴著獄警的姿勢說著。獄警的臉上閃過類似嘲笑的表情。

「對啊，所以其實我也嚇到了。上個月牧師放了聖經，他把它撕得碎碎的，當做廁所衛生紙來用，大概那樣消滅了約有三本吧。」

我咯咯地笑了，要不是莫尼卡姑姑的目光的話，還想再笑一會，結果不得不以略帶莊嚴的表情閉上了嘴。也有幸災樂禍的感覺，似乎是他幫我報了剛才來這裡的路上，姑姑對我說的垃圾、垃圾的話的仇。因為他撕壞了姑姑最珍惜的那聖經，那才是比對垃圾還要糟糕的行為，但是氣氛上不能表現的太過幸災樂禍。兩個人都是嚴肅的表情。

「但是今天早上我去問他，等一下會有修女過來，你要怎麼辦？看起來是有點猶豫的眼神。然後問修女幾歲，我說超過70歲……，他似乎有點動搖，不知道怎麼會說要過來。」

姑姑得臉上浮現高興的表情。

「是那樣嗎？年紀大也有好處啊，但是，有人來找他嗎？」

「沒有，應該是孤兒的樣子。好像說媽媽住在哪裡……，沒有人來找過他。」

莫尼卡姑姑從口袋裡有條不紊地掏出一個白色信封袋。

「把這個放到允秀的收管金裡，還有李主任也不要太那樣看那個孩子，獄警是為了要教化才存在的……，難道是為了盡快殺死他們而存在的嗎？不管是你還是我，實際上我們所有人中，哪裡有不是罪人的人呢？」

李主任只接過信封收下，什麼話都沒說。

回來的路上，姑姑執意地拒絕我說要載她到修女院的話，到底為什麼在這麼冷的冬天還要搭公車和轉搭地鐵，也許那就是姑姑和我耍的無用的固執。

「姑姑，但是那個人犯什麼罪啊？」

在十字路口等紅燈時，剛好沒有要說的話，我便問了，姑姑像陷入沉思似地默默不答。

「剛才那個像手銬一樣的東西，是因為要和我們見面才戴著過來的嗎？」

「不是，一整天都戴著。」

就像剛才看著他圓圓地捲曲身體吃麵包的樣子時一樣，我的心裡咯噔了一下。春香帶著巨大的刀子坐著的樣子，看起來不是鬧心就是悲戀，不然就是有種類似威嚴的樣子，但那終究是為了日後一定會和李夢龍一起來到的戲劇化的正義的逆轉，所使用的越悲慘越好的道具。然而在即將迎接21世紀的這時，事實上那有點衝擊性。

「那麼……睡覺的時候也是？」

「是啊……所以他們是把手臂能伸直睡覺一次當作願望的人們啊。也有有時候睡夢中沒翻好身，把手臂弄斷的人。收到死刑判決之後，長的話那樣生活個兩年、三年然後死去。」

「飯要怎麼吃呢？」

「因為無法用筷子，所以整個碗拿起來吃，或者好幾個人睡一間的情況下，其他囚犯大概幫你把飯拌一拌，困難地拿著湯匙吃……。再加上說那孩子在懲戒房裡待了十五天，進去懲戒房的話，看不到一個人影，因為手銬在背後，只能用嘴貼著飯碗吃，就是所謂的狗食……。在那裡待個半個月出來，他應該神志也不太清醒了，也有不能去廁所的情況，那時候就都在褲子上解決，半個月的期間……。」

突然從嘴裡嘆出一口氣，我緊緊忍住想問一定要那樣才行嗎的話。不知道的時候不知道，知道而且又親眼看到時似乎真的很不一樣，我感覺到就像一腳踏入不太想住的社區入口似的不祥預感。

「所以他殺了人對吧？剛才他那麼說的不是嗎……？但是他殺了誰？為什麼殺了？」

「不知道。」

因為姑姑的回答太過於單純且堅決，讓我暫時懷疑了我的耳朵。

「怎麼殺死的？殺死了幾個人？……，他有上過報紙吧？」

「我不是說了不知道嗎！」

由於語氣太過堅決，因此我轉頭看著姑姑，姑姑像是我的問題很奇怪一樣地望著我。

「怎麼會不知道？剛才看姑姑說是這裡首爾拘留所的宗教委員耶……！你要寫信給他的時候，不是會了解些什麼嗎？」

「我今天第一次見到那孩子。維真啊，那個孩子和我今天是第一次見面，那就是全部了。人與人見面，你不會第一次見到誰就問，你到現在都做了什麼壞事，才在這裡這樣和我見面吧？如果他自己說出來的話，就聽就好了。對我來說，今天看到的那孩子是第一次，今天的那孩子對我而言就是那孩子的全部。」

姑姑的話很堅決，好像有什麼再次咚地敲擊心臟後閃過似的，讓我重新思考姑姑身為修道者的這件事。

「綠燈了，把車停在那邊三叉路口站，傍晚我會打電話。」

姑姑那麼說完後，在地鐵站前下車了。

YONSEI KOREAN 6

듣기 지문

1과 2항 과제 1 [◀) 05]

먼저 청소년들의 개괄적인 인생관을 알아보기 위한 질문으로 인생을 살아가는 데 가장 중요한 것이 무엇이냐고 물었습니다. 이에 청소년들의 절반이상인 50.2%가 '가족' 이라고 응답했습니다. 다음으로는 건강 20.4%, 돈 12.3%, 친구 8.7%, 종교 2.7%, 학력 1.5% 등이 중요하다고 응답했습니다. 또한 지금의 삶에 대해 행복한가라는 질문에는 긍정적인 응답이 66.4%로 부정적인 응답 33.6%보다 높게 나타났습니다. 향후 직업 선택 시 중요하게 고려하는 것은 능력발휘 33.2%, 적성 32.8%로 능력발휘와 적성을 가장 중요하게 보았으며, 그 외에 경제적 수입, 직업의 장래성 등의 순이었습니다.

다음은 청소년들의 결혼관과 가족관에 대한 질문이었는데 청소년들은 4명중 1명꼴로 결혼을 반드시 해야 하는 것으로 생각하지 않았으며, 배우자 선택 시 58.3%가 성격을 가장 중요하게 생각한다고 응답했고, 다음으로 경제력, 외모, 직업 등을 꼽았습니다. 결혼 후 자녀는 평균 2.09명을 희망했고, 딸을 선호한다는 응답이 33.5%로 19.4%의 아들을 선호한다는 응답보다 높았습니다. 한편 결혼 후 부모님을 모시고 사는 것에 대해서는 66.8%가 긍정적으로 응답했습니다.

청소년들의 사회·국가관에 대해서는 79.1%의 청소년이 우리사회가 공정하지 못하다고 보고 있었으며 대통령 선거에 대해서는 54.9%가 관심이 없다고 응답했습니다. 존경하는 인물에 대한 질문에는 1,592명이 '부모님' 을 가장 존경한다고 응답했고, 세종대왕, 이순신, 빌게이츠, 선생님, 헬렌켈러, 유관순 등이 뒤를 이었습니다. 역대 대통령 중에 존경하는 인물이 없다는 응답이 65.8%였으며, '있다' 고 응답한 경우에는 김대중 대통령이 18.3% 박정희 대통령이 1.4%였습니다. 국가관과 관련해서는 '이 나라에 태어난 것이 자랑스럽다 는 긍정적 응답이 68.5%였으나, '나라가 위급하면 무엇이든 하겠는가' 라는 질문에는 39.4%만이 긍정적으로 응답했습니다. 또한 '나라의 발전이 곧 나의 발전인가' 라는 질문에는 51.1%가 긍정적으로 응답하고 있어, 청소년의 국가관에서 개인 지향적인 성향을 읽을 수 있었습니다.

마지막으로 청소년들의 통일관 및 다문화의식에 대한 조사를 실시했습니다. 먼저 '통일의 필요성'과 '통일가능성'에 대해서는 65.9%와 58.1%로 긍정적인 응답이 많았으며, 북한에 대해서는 76.9%가 북한을 '협력대상'으로 보고 있었으나 믿을 수 '없다'는 응답이 71.6%로 나타났습니다. 대한민국이 단일민족이라고 생각하는지에 대해 전체 응답자의 52.6%만이 단일민족이라고 응답, 혈통중심의 단일민족의식이 청소년층에서 약화되고 있다는 것을 알 수 있었습니다. 청소년의 다문화의식과 관련해서는 다문화라는 용어를 들어본 적이 '있다'는 응답이 56.3%로 '없다'보다 다소 높았으며, 우리사회가 다문화사회가 되는 것이 국가발전에 도움이 된다는 '긍정적 응답'이 67.7%로 부정적 응답보다 높게 나타났습니다.

2과 1항 과제 1 [🔊 09]

경상남도 부산시 주민들이 혐오시설로 기피대상이 되어 온 쓰레기 소각장 유치를 놓고 치열한 경쟁을 벌여 관심을 모으고 있습니다. 부산시는 하루 100톤 처리 규모의 소각장 건립을 위해 지난 5월부터 후보지를 공개 모집한 결과, 현재까지 17개 지역이 신청서를 제출했다고 7일 밝혔습니다. 이 같은 현상은 IMF외환위기 이후 지방 자치 단체의 재정 상태가 악화되어 지역의 여러 사업 해결이 어려워진 상황에서 도가 상당히 유리한 조건을 제시했기 때문인 것으로 보입니다.

경상남도는 쓰레기 소각장 유치지역에 대해 환경영향평가를 실시한 뒤, 정도에 따라 해당 지역 주민에게 10억 원 상당을 현금으로 보상하고 주민들을 소각장 경비원으로 채용한다는 조건을 제시하고 있습니다. 또 유치 지역에 도로 개설과 주민회관 설치 등 지역개발 사업비로 해마다 5억 원씩 10년간 50억 원을 지원하는 한편 소각로의 열을 이용한 42도의 온수를 가정에 무료로 공급하는 등 다양한 혜택도 줄 방침입니다.

지역 선택방법에 대해서는, 신청 지역 가운데 먼저 3개소를 선택한 뒤 선정위원회를 열어 후보지를 최종적으로 결정할 예정입니다. 이처럼 혐오시설 후보지를 공개적으로 뽑는 방식은 지역이기주의 현상 등으로 혐오시설 건립에 어려움을 겪고 있는 다른 지방 자치 단체에 좋은 사례가 될 것으로 보입니다.

-2000년 8월 10일 YBS뉴스-

3과 2항 과제 1 [🔊 17]

여성의 사회 진출 확대와 전문직 여성의 증가 등의 영향으로 집에서 아이를 돌보거나 살림을 떠맡는 남성 '전업주부' 가 급증하고 있습니다. 여성들이 고소득 전문직으로 활발하게 진출하는데다 질 좋은 일자리가 줄어들면서 남성이 돈을 벌어 오고 여성이 육아와 가사를 담당하던 가부장적 부부 관계가 깨지고 있는 것입니다.

통계청은 초등학교에 입학 전인 미취학 아동을 돌보는 것을 '육아' 로 분류하고, 초등학교 이상인 자녀를 돌보며 집안일을 하는 것을 '가사' 로 분류하고 있습니다.

통계청 자료에 따르면, 2006년 비경제활동인구 중 이러한 육아나 가사활동을 전담하는 남성은 모두 15만 천 명으로 집계됐습니다. 이는 육아나 가사활동을 하는 남성이 10만 6천명이었던 2003년과 견줘 42.5%나 늘어난 것입니다. 반면 육아와 가사활동을 하는 여성은 지난해에 비해 1.1% 증가하는데 그쳐 큰 변동이 없었습니다.

또 다른 통계청 자료를 보면, 여성 취업자 수는 3년 전에 비해 6.6% 늘어난 데 반해, 남성 취업자 수는 3년 동안 3.2% 증가하는 데 그쳤습니다. 그 뿐만 아니라 전문직 여성은 지난해 92만 명으로 3년 전보다 14만 명 정도 증가한 반면 전문직 남성은 같은 기간 약 10만 명만 늘어났습니다.

또한 여성이 고소득 풀타임 직장을 다니고 남성이 파트타임 직업을 가진 부부 중에 남성이 육아와 가사를 책임지는 경우가 많은 것으로 조사되었고 사회 전체의 일자리 감소와 전통적인 남녀 역할 변화, 여성 연상 커플의 증가 등으로 남자들의 가사노동이 늘어나고 있는 것으로 밝혀졌습니다.

4과 2항 과제 1 [🔊 23]

<전반부>

사회자   오늘 드디어 반세기 만에 남북의 열차 길이 뚫렸습니다. 이번 남북철도 시험 운행의 의미를 어떻게 보십니까? 이 장관님께서 이번 개통의 의미를 잠깐 설명해 주실까요? 어떻게 생각하시는지...

통일부장관	우선 우리가 남북의 분단을 생각할 때 늘 떠오르는 것이 녹슨 기관차였는데요. 이번에 드디어 경의선은 56년 만에, 그리고 동해선은 57년 만에 군사분계선을 넘었습니다. 이 사실은 대단히 중요한 의미가 있다고 봅니다. 한마디로 민족의 혈관이 다시 이어진 것이 아닌가, 이렇게 생각을 합니다.
사회자	박 의원님께서도 같은 생각이신지 궁금하네요. 의견을 말씀해 주시겠습니까?
박의원(야당)	남북을 잇는 철도가 56년 만에 개통된 것에 대해서는 큰 역사적인 의미가 있다고 봅니다. 그렇지만 우리는 이것을 위해 상당히 많은 비용을 치렀습니다. 경의선하고 동해선을 합쳐보니까 한 53km정도 되는데 그동안 정부가 들인 돈이 약 5,400억 원 정도입니다. 또 추가로 2,400억 원을 지원하기도 했고요. 이번 행사는 일회성 행사인데 그렇다면 아마 1km 달리는 데 100억 원 이상이 쓰인 것입니다. 우리가 일회성 이벤트를 위해서 이런 막대한 돈을 북한에 제공해야 하는지 생각해 볼 여지가 있습니다. 만약에 우리가 다시 열차 시험 운행을 하자, 또 정기적으로 열차를 운행하자고 했을 때, 북한이 다시 물자를 요구한다든지, 또 다른 것을 요구하면 어떻게 할 것인가 이런 점이 커다란 문제점으로 지적됩니다.

<후반부>

통일부장관	남북 철도 개통은 한반도의 평화와 안정에 기여함은 물론 장기적으로는 막대한 경제적 가치를 가질 것이라고 확신합니다.
사회자	반론 있으십니까?
박의원 (야당)	정부는 북한에 다녀와서 여러 가지 청사진을 제시했는데 과연 그게 쉽게 이루어질 수 있는지 의심스럽습니다. 정부의 계획이 그대로 이루어진다면 북한을 개혁 개방으로 이끄는 지름길이 될 것이고, 우리의 통일도 그만큼 앞당겨지겠지요. 하지만 북한이 하나씩하나씩 할 때마다 모든 것에 조건을 걸고, 또 적지

	않은 웃돈을 요구하고 있습니다. 이런 본질적인 부분들이 개선되지 않고서는 남북 간에 진정한 대화가 힘들다는 생각이 듭니다.
통일부장관	박 의원님의 말씀에 대해서 저는 두 가지 면에서 다른 의견을 가지고 있습니다. 첫째, 남북 대화는 사실상 긴 기간이 걸린다는 것입니다. 그러므로 단기간에 손해와 이익을 계산하는 태도는 바람직하지 않습니다. 이번 철도 행사만 하더라도 약 6년 7개월이 걸렸습니다. 남북 철도를 연결하기 위해 무려 61회의 당국 간 회담이 있었고 거의 200일 동안 서로 의논을 하면서 오늘에 이르게 된 겁니다. 기찻길이라는 것은 한번 열면 그 다음 단계는 훨씬 더 쉬워질 수 있는 것입니다. 한번 열지 못하면 그 다음 단계를 기대할 수가 없는 거죠. 두 번째는 비용 문제입니다. 이번에 총 5,400억 원 정도가 들어갔는데 이 가운데 3,600억 원 이상이 남쪽 지역에 철도를 놓는 데 경비가 들어간 것이고, 북쪽 지역에 들어간 것은 1,800억 원입니다. 그런데 이 1,800억 원도 우리가 그냥 준 것이 아니라 차관으로 제공한 것입니다. 그냥 무상 제공한 것은 결코 아닙니다.
박의원(야당)	그게 나중에 받을 수 있을지는 두고 봐야 되겠습니다만 그동안 포용정책이라는 이름 아래 우리가 북한에 얼마나 갖다 줬는지 생각해 봐야 합니다. 적어도 10조 이상이 들어갔습니다. 물론 어느 정도 성과야 있었지만 투자한 비용에 비해 산출된 결과는 초라하기만 합니다. 그야말로 고비용 저효율 그 자체입니다. 이런 상태에서 북한에 대해서 퍼주기식 지원을 계속한다는 것은 다시 생각해 볼 여지가 있다고 봅니다.
통일부장관	한마디만 더 하겠습니다. 한국 경제에 있어서 가장 중요한 것은 한반도의 안보 위기를 관리하는 거라고 생각합니다. 2000년에 남북 정상 간 회담이 이루어지고 오늘 철도 임시개통이 이루어지기까지 지속된 평화와 안정의 분위기가 바로 한국 경제가 단계적으로 성장할 수 있는 기반이 됩니다. 또한 외국인들이 한국에 투자할 수 있는 바탕도 되고요. 아시다시피 우리 주식시장이 700조입니다. 1%만 달라져도 지금 말씀하신 10조에 가까운 7조의 국부 부가가치가 달라지는 거죠. 우리가 들인 돈의 경제적 가치는 장기적으로 봐야 합니다.

5과 1항 과제 1 [🔊 27]

　박 선수가 지난 올림픽 수영 종목에서 금메달을 목에 걸기까지는 스포츠과학도 큰 몫을 했다. 대표 팀 감독은 운동생리학을 전공한 박사와 함께 훈련의 전 과정에서 박 선수의 몸의 변화를 점검하는 스텝테스트를 실시했다. 200미터를 6분 주기로 7회 실시하고 각 회마다 맥박과 혈액을 채취했는데 횟수가 늘어날수록 운동량이 쌓이기 때문에 그동안 훈련을 제대로 해왔는지, 지구력은 얼마나 쌓였는지 알 수 있고 향후 훈련 방향도 잡을 수 있다. 특히 박사가 개발한 스피드 측정기를 통해 좌우 균형을 잡는데도 도움을 받았는데 낚싯줄처럼 가는 줄을 몸에 매달고 수영을 하면서 좌우 호흡시의 속도 변화를 측정해서 어느 쪽 균형이 흐트러졌는지를 파악했다고 한다. 여기에다가 후원사가 개발한 새 수영복도 기록 단축에 보탬이 됐는데 이 수영복은 미국항공우주국과 협력해 최첨단으로 만들어졌다. 물의 저항력을 최대한 줄여주고 부력을 향상시키며 근육을 잡아줘 물속에서 최대한 힘을 쓸 수 있도록 하는 것이 이 수영복의 효과다. 이 수영복이 출시되자마자 이를 입고 뛴 선수들이 줄줄이 세계신기록을 경신하자 일부 수영인들은 '기술적인 도핑'이라며 비아냥거리기도 했다.

　여기서 간단하지 않은 문제가 제기된다. 스포츠는 단지 과학의 도움을 받는 것인가, 아니면 점점 더 과학에 의존해 가고 있는 것인가. 이런 질문에 맞서 단호하게 과학을, 아니 과학에의 의존을 거부한 선수가 있다. 1990년대 수영계를 지배한 러시아의 포포프이다. 전신 수영복이 올림픽에 본격적으로 등장한 시드니 대회 때 포포프는 전통적인 삼각 수영복을 고집했다. 그리고 그는 '전신 수영복에 의존하는 것은 정직한 스포츠맨십이 아니다'라고 일침을 가했다. 금메달은 놓쳤지만 그의 원칙과 소신은 금메달 이상의 인상을 남겼다. 지금도 전신 수영복을 '과학적인 약물 남용'이라고 비판하는 시각이 있다. 올림픽 도핑테스트는 약물 복용에 대해선 이 잡듯 철저하다. 신경안정제를 먹었다가 도핑테스트에 걸려 메달을 박탈당한 선수도 있는데 전신 수영복을 입고 기록을 단축하는 것은 문제가 없을까? 이제는 스포츠와 과학이 만나는 적정선에 대해서도 생각해 볼 때가 아닌가 한다.

6과 2항 과제 1 [🔊 35]

경제 발전 초기에는, 국산품을 사용하는 것이 기업을 보호하고 육성하는 데 도움이 될 수 있습니다. 그러나 국산품을 사용하는 것이 한 나라의 경제에 긍정적인 영향만을 미치는 것은 아닙니다. 즉, 품질이 좋지 않은 것도 국산품이라고 해서 구매한다면, 기업들의 생산성 향상이나 품질 개선 노력을 저해하게 될 것이며 결과적으로 대외 경쟁력을 약화시키고 수출도 어렵게 만들 것입니다.

글로벌 경쟁 시대에 세계의 다국적 기업들은 전 세계를 생산 기지화하고 있습니다. 가장 싼 곳에서 부품을 공급받아, 가장 비용이 적게 드는 곳에서 조립하여 세계 각처에 제품을 공급하고 있는 것입니다.

21세기는 이제까지의 자기중심적 민족주의를 버리고 보편적 세계주의 시대로 변화해야 할 것입니다. 이것은 우리 민족의 이익을 지키기 위해서도 꼭 필요한 것입니다.

세계는 수년 내에 경제적 면에서 국경이 없어질 것이며, 우리나라의 농촌도 전 세계의 농촌과 경쟁해야 하고, 뒷골목의 조그마한 공장도 전 세계의 공장과 겨뤄야 합니다. 그러므로 국산품 애용이 반드시 애국이 아니며, 국산품도 세계 경쟁에서 이길 수 없는 것은 도태되어야 합니다.

7과 1항 과제 1 [🔊 39]

안녕하십니까? 창덕궁에 오신 관람객 여러분을 진심으로 환영합니다. 지금부터 여러분은 개별적인 자유 관람은 할 수 없고 제 안내에 따라서 1시간 20분간 관람하실 수 있습니다.

유네스코가 지정한 세계문화유산인 창덕궁은 1405년에 지어진 것으로 처음에는 별장 개념으로 사용된 궁궐이었으나 1610년부터 1868년까지 정궁으로 사용되었습니다.

여러분이 방금 들어오신 문은 창덕궁의 정문인 돈화문으로 서울에서 가장 오래된 목조 건물이고 현재 남아 있는 궁궐 정문 중에서도 가장 오래된 것입니다. 조선시대에는 2층에 종과 북이 있어서 시간을 알려주었다고 하나 지금은 남아있지 않습니다. 이 앞에 있는 다리는 금천교라고 하는데 현재 서울에 남아있는 돌다리 중에서 가장 오래된 돌다리입니다. 조선의 궁궐에는 공통적으로 입구 부근에 맑은 물이 흐르게 하고 그 위에 돌다리를 놓았고 다리의 중간과 아래에 동물들을 조각해서 나쁜 귀신을 쫓고 궁궐을 지키게 했다고 합니다. 자, 저를 따라서 이쪽으로 오십시오. 지금 보고 계시는 건물은 인정전이라고 하는데요, 이곳은 왕의 자리에 오르는 의식인 즉위식을 하거나 외국에서 온 사신을 만나는 등 나라의 중요행사가 진행되던 궁궐의 대표적인 공간입니다.

-중략-

여기는 왕들의 휴식처로 쓰이던 후원 즉 뒤뜰입니다. 이곳은 300년이 넘은 큰 나무와 연못, 정자 등의 시설이 자연과 조화를 이루도록 함으로써 창덕궁을 한국에서 가장 아름다운 궁궐로 꼽히게 했습니다. 이쪽으로 오십시오. 이것은 부용지라고 부르는 연못입니다. 이 연못의 네모난 모양과 저 안의 동그란 섬을 잘 보십시오. 조선의 궁궐 연못은 그 당시 사람들이 믿고 있었던 '하늘은 둥글고 땅은 네모나다' 는 사상에 의해서 만들어졌습니다. 즉 땅을 상징하는 네모난 연못 속에 하늘을 상징하는 둥근 섬을 만들었습니다.

-후략-

8과 1항 과제 1 [🔊 45]

풍수지리란 지형이나 방향을 인간의 길흉화복과 연결시켜, 죽은 사람을 묻거나 집을 짓는 데 알맞은 장소를 찾는 이론을 말하는데, 이 이론에서는 좋은 터에 지은 집을 좋은 집이라고 정의한다. 그리고 좋은 터라는 것은 수맥이 흐르지 않는 땅이라고 말한다. 즉, 사람은 언제 어디서나 땅의 기운을 받으며 생활하므로 그 땅의 기운이 좋으면 좋은 기를 받아 모든 일이 잘 되고, 땅의 기운이 나쁘면 나쁜 기운을 받아 모든 것이 좋지 않게 된다는 것이다. 그래서 예부터 조상들은 묏자리나 집터를 고르는 데 신중했고 정성을 다하였다. 그런데 나쁜 기운을 내는 나쁜 땅의 대표는 바로 수맥이 흐르는 땅이다. 여기에서는 나무조차 잘 자라지 못한다. 완전히 생기를 상실한 나쁜 터이기 때문이다. 따라서 이곳에 집을 짓지 않아야 하는 것은 당연하다. 좋은 집이란 좋은 땅의 기운이 많이 배출되어 좋은 기운을 지속적으로 받을 수 있는 그런 터에 지어진 집이다.

좋은 집으로 인정받으려면 집이 향하는 방향도 중요하다. 방향은 다름 아닌 태양의 기운을 얼마나 많이, 오래 받을 수 있느냐의 문제로서 남향과 동향집이 좋고 북향집이나 서향집이 좋지 않다는 것이 일반적인 정설이다. 왜냐하면 동쪽과 남쪽으로부터 아침의 밝고 충만한 기운을 받을 수 있어 채광과 환기가 제대로 잘 되기 때문이다.

그 외에도 집은 주변의 환경으로부터 영향을 많이 받게 되는데, 예를 들어 집 주위에 커다란 고압선이 지나가는 곳, 큰 도로를 끼고 있는 곳, 하천과 가까이에 있는 곳, 혐오시설이나 짓다가 만 흉측한 건물이 있으면 좋은 집터가 아니다.

9과 1항 과제 2 [🔊 51]

여러분, 안녕하십니까?

수년간의 연구를 통해 새롭게 선보이게 된 이 제품은 책, 의류 등 모든 물건에 눈에 띄지 않게 부착하는 마이크로 태그입니다. 그야말로 각 제품들의 신분증의 역할을 할 수 있는 소형 칩입니다.

이번에 개발된 마이크로 태그는 물건을 판매하는 판매자와 물건을 구입하는 소비자 모두가 가지고 있었던 각각의 불편함을 해소하고자 연구, 개발하게 되었습니다. 그 동안 판매자가 어떤 물건이 얼마나 판매되었는지를 파악하는 데는 많은 시간과 인력투자가 필요했을 겁니다. 이러한 불편은 이제 각 제품에 부착되어 있는 마이크로 태그가 해결해 줄 것입니다.

소비자의 입장에서는 큰 맘 먹고 구입한 고가품이나 각 제품들의 도난, 분실에 대한 우려가 컸습니다. 또한 사이버 공간에서 개인정보와 카드번호를 공개하는 것에 대한 불안감도 큰 사회문제로 대두되었습니다.

이러한 판매자와 구매자의 불편은 이 마이크로 태그 하나로 완벽하게 해결할 수 있습니다. 우선 마이크로 태그를 사용하게 되면 제품의 재고관리가 용이해집니다. 왜냐하면 제품이 판매되는 순간 그 제품에 대한 모든 정보가 입력되기 때문입니다. 뿐만 아니라 구매자의 정보도 입력이 되므로 제품의 구매와 동시에 누가 이 제품을 소지하고 있는지를 파악할 수 있습니다. 또한 모든 제품의 추적이 가능하므로 도난을 당했을 경우 제품의 위치와 경로를 확인할 수 있습니다. 따라서 분실이나 도난에 대한 걱정은 사라지게 됩니다. 쇼핑 후 계산대에서 오래 줄을 서서 기다릴 필요도 없습니다. 구매한 물건은 마이크로 태그를 통해 자동으로 계산되어 소비자의 은행계좌에서 빠져 나갑니다.

9과 2항 과제 1 [🔊 54]

　　사회적으로 인재를 평가하는 시각이 달라지면서 인재가 지녀야 할 요소들도 크게 달라지고 있다. 과거에는 학력과 경력을 중심으로 해당분야에 대한 전문적인 능력만 있으면 인재로 평가받을 수 있었지만 앞으로는 업무능력 외에도 여러 능력을 고루 갖춘 인재가 높은 평가를 받게 될 것이다. 미래사회에서 인재로 평가받으려면 어떤 요소를 갖춰야 할까?

　　첫째, 비전을 가져야 한다.

　　미래의 변화를 예측하고 그에 적합한 꿈을 가져야 한다. 뜬 구름을 잡는 듯한 모호한 비전이 아니라 구체적이고 실제적인 비전을 지녀야 한다. 눈 앞의 이익만을 고려하는 것이 아니라 거시적인 관점에서의 비전을 구상해야 한다.

　　둘째, T자형 인간이 되어야 한다.

　　미래사회에서는 자신의 전공 분야만 아는 인재는 성공 가능성이 낮아질 것이다. 자신의 전문 분야뿐만이 아니라 다양한 분야에 걸쳐 깊이 있는 폭 넓은 지식을 지녀야 한다. T자의 세로 선은 전공 분야에 대한 깊이를 의미하며 가로 선은 다방면에 걸쳐 박식한 지식을 지녀야 함을 의미한다. 따라서 T자형 인간이란 깊이와 다방면의 박식함을 두루 갖춘 인간형을 의미하는 것이다.

　　셋째, 국제 감각을 익혀야 한다.

　　우물 안 개구리는 글로벌 사회에서 성공하기 힘들다. 시야를 세계로 돌려야만 생존할 수 있을 것이다. 국제 감각을 익히기 위해서는 외국어 구사능력은 필수 조건이다.

　　넷째, 유연성을 길러야 한다.

　　미래사회의 기술적 변화와 치열한 경쟁에 적응하기 위한 필수 조건은 유연성이다. 변화하는 사회에 유연하게 대처하지 못한다면 예기치 못한 어려움에 직면하게 될 것이다.

　　다섯째, 창의성을 키워야 한다.

　　20세기 산업화 사회에서 요구하는 인재형은 성실성과 충성심이 가장 중요한 요소였고 윗사람에게 순종하고 자신의 임무만 충실하게 수행하면 인재라는 말을 들을 수 있었다. 하지만 시대가 변해 이제는 새로운 정보와 기술을 개발하고 활용할 수 있는 창의력이 인재의 중요 덕목이다.

10과 1항 과제 2 [🔊 58]

(질문) 올해 대입에 실패하고 학원에 다니고 있는 강동건입니다. 전 배우가 되고 싶습니다. 그래서 연기학원에 다니고 있었는데, 부모님께서 제가 배우가 되는 것을 반대하셔서 학원을 그만 두었습니다. 공부를 해서 대학에 가라는 겁니다. 대학에 연극영화과가 있지만 하도 반대가 심해서 지금은 대학입시준비를 도와주는 학원에 다니고 있습니다. 하지만 공부에 아무런 흥미를 느낄 수가 없어서 마음은 다른 곳에 가 있고 의자에 몸만 앉아 있는 셈입니다. 연기 학원에 다시 다니고 싶지만 부모님이 크게 실망하실까 봐 선뜻 말을 꺼내지 못하고 있습니다. 부모님도 제 맘을 잘 알고 계시지만 별 말씀이 없으십니다. 어떻게 해야 할까요?

(답변) 하고 싶은 일을 하지 못하고 원치 않는 수업을 듣고 있다니 참으로 괴롭겠습니다. 힘들겠 지만 우선 부모님이 정말 동건 군을 얼마나 사랑하고 있는지를 한 번 생각해 보세요. 자식 을 너무 사랑하고 있기 때문에 섣불리 무엇이라고 답하기 어려우신 게 아닐까 하고 생각해 보세요. 혹시나 배우가 되라고 도와주었다가 실패하여 다른 좋은 일을 할 기회를 놓치게 된 다면 얼마나 마음이 아프시겠어요. 만약 그렇게 되면 부모님을 원망하지 않을까요? 요즘 젊 은 사람들 사이에서는 가수나 연예인들이 우상이 되다시피 하여 많은 젊은이들이 그런 사 람이 되고 싶어합니다. 부모님도 그런 것을 걱정하고 계신 게 아닐까요?

강동건 군은 배우가 자신의 적성에 맞는지 스스로 확신을 가질 수 있고 또 이를 부모님이나 누구에게도 객관적으로 보여 줄 수 있는 증거를 가지고 있나요? 그렇지 않다면 일단 적성· 흥미·성격검사를 한 번 받아 보십시오. 그리고 가까운 상담소에 가서 진로상담을 적어도 세 번 이상 받아 보십시오. 상담을 해서 배우가 적성에 맞는지, 배우는 어떤 생활을 하는지, 배 우가 되려면 노래 말고 어떤 다른 재능도 필요한지, 그리고 배우 말고 다른 직업인이 될 수 있는 방법은 없는지 등을 진지하게 알아보고 고민해 보십시오. 그리고 나서도 배우가 되는 것이 최선이라고 판단이 선다면 그땐 그 일을 적극적으로 추진하시기 바랍니다.

이제 이러한 절차를 거쳐서 배우가 되기로 확신을 가졌다면 부모님과 진지하게 이 문제를 상의해 보십시오. 부모님께 자신의 생각과 그 동안의 진로상담 결과를 잘 전달해서 설득을 하시기 바랍니다. 혼자서 할 자신이 없으면 주변에서 도와 줄 수 있는 사람을 구해 보십시 오. 부모님이 반대한다고 무조건 화내거나 싸우지 말고 부모님을 충분히 이해시키고 설득시킬 수 있도록 하는 것이 중요합니다. 물론 거기에는 충분한 근거들이 있어야 하겠지요. 그렇게 한다면 부모님은 성숙한 아들의 모습을 보며 적극적으로 지원해 줄 겁니다.

10과 2항 과제 1 [🔊 61]

요즘 취직하기가 하늘의 별따기라지만 1, 2년 다니다 그만두는 신입사원이 많은 것도 사실입니다. 그래서 기업들은 그걸 막으려고 능력 못지않게 끈기를 확인하는 면접의 필요성을 느끼고 있습니다. 그것이 면접의 형태와 질문이 진화하는 까닭입니다. 한 취업포털 사이트가 지난 1년 간 기업 채용 때 등장한 면접관들의 질문 4,000여 건을 정리해서 내놓았는데요 오늘은 그것을 소개해보겠습니다.

크게 4가지 유형으로 구분할 수 있습니다. 첫 번째 유형은 '문제 해결형' 입니다. 이것은 직장생활에서 생길 만한 문제 상황을 주고 어떻게 대처할지를 묻는 방식인데 '난동을 피우는 고객이 있으면 어떻게 하겠는가' 와 같은 질문을 던집니다. 학점이나 어학성적이 좋은 모범생이라도 순발력과 현장 감각이 떨어지면 곤란하다는 것입니다.

두 번째는 '로또형' 입니다. '로또에 당첨돼도 회사에 다닐 것인가' 하는 이런 질문에 대해 '그만 두겠다' 는 취지의 응답을 하면 탈락을 각오해야 합니다. 직업관과 직장관을 알아보고자 하는 의도입니다. 비슷한 질문으로는 '10억이 생긴다면 어떻게 하겠나' 등이 있습니다.

세 번째는 '시험형' 으로 지원자를 살짝 시험에 들게 하는 것입니다. 직장에 대한 충성심이나 구직자의 자세를 평가합니다. '잦은 야근으로 대인 관계가 소홀해지면 어떻게 하나', '공휴일에 일해도 좋은가' 등입니다.

네 번째 유형은 '경력 로드맵형' 입니다. 어떤 비전을 갖고 회사 생활을 할지를 살펴보려는 것으로 '15년 뒤 자신의 모습을 그려보시오' 등입니다. 실현 가능성을 고려하고 구체적으로 답하는 게 좋다고 합니다.

색인 　− 문법 색인
　　　　− 어휘 색인

문법 색인(1-5과)

어휘 색인(1-5과)

문법 색인(6-10과)

어휘 색인(6-10과)

Linking Korean
最權威的延世大學韓國語 6 課本

2017年5月初版 　　　　　　　　　　　　　　　　　定價：新臺幣850元
有著作權・翻印必究
Printed in Taiwan.

著　者：延世大學韓國語學堂	總 編 輯	胡	金	倫
Yonsei University Korean Language Institute	總 經 理	羅	國	俊
	發 行 人	林	載	爵

出　版　者　聯經出版事業股份有限公司	叢書主編	李		芃
地　　　址　台北市基隆路一段180號4樓	文字編輯	謝	宜	蓁
編輯部地址　台北市基隆路一段180號4樓	內文排版	楊	佩	菱
叢書主編電話　(02)87876242轉226	封面設計	賴	雅	莉
台北聯經書房　台北市新生南路三段94號	錄音後製	純粹錄音後製公司		
電　　　話　(02)23620308				
台中分公司　台中市北區崇德路一段198號				
暨門市電話　(04)22312023				
台中電子信箱　e-mail：linking2@ms42.hinet.net				
郵政劃撥帳戶第0100559-3號				
郵撥電話　(02)23620308				
印　刷　者　文聯彩色製版有限公司				
總　經　銷　聯合發行股份有限公司				
發　行　所　新北市新店區寶橋路235巷6弄6號2樓				
電　　　話　(02)29178022				

行政院新聞局出版事業登記證局版臺業字第0130號

本書如有缺頁，破損，倒裝請寄回台北聯經書房更換。　　ISBN　978-957-08-4927-1 (平裝)
聯經網址：www.linkingbooks.com.tw
電子信箱：linking@udngroup.com

國家圖書館出版品預行編目資料

最權威的延世大學韓國語 6 課本/延世大學
　韓國語學堂著 . 初版 . 臺北市 . 聯經 . 2017年5月（民106年）.
　520面 . 19×26公分（Linking Korean）
　ISBN　978-957-08-4927-1（平裝附光碟）

　1.韓語　2.讀本

803.28　　　　　　　　　　　　　　　　106004401